美绘楚辞

第一册

白羽 译注

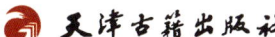
天津古籍出版社

图书在版编目（CIP）数据

美绘楚辞 . 3 / 白羽译注 . — 天津：天津古籍出版社, 2023.6
 ISBN 978-7-5528-1344-9

Ⅰ.①美… Ⅱ.①白… Ⅲ.①楚辞—通俗读物 Ⅳ.
①I222.3

中国国家版本馆 CIP 数据核字（2023）第 079466 号

美绘楚辞
MEIHUI CHUCI

白　羽 / 译注

出　　版	天津古籍出版社
出 版 人	张　玮
地　　址	天津市和平区西康路 35 号康岳大厦
邮政编码	300051
邮购电话	（022）23517902

责任编辑	李立然
装帧设计	周　飞

印　　刷	北京卓诚恒信彩色印刷有限公司
经　　销	新华书店
开　　本	710 毫米 ×1000 毫米　1/16
印　　张	44
字　　数	422 千字
版次印次	2023 年 6 月第 1 版　2023 年 6 月第 1 次印刷
定　　价	198.00 元（全三册）

版权所有　侵权必究
图书如出现印装质量问题，请致电联系调换（022-23517902）

帝子降兮北渚目眇兮愁予嫋嫋兮秋风洞庭波兮木叶下
登白薠兮骋望与佳期兮夕张鸟何萃兮蘋中罾何为兮木上沅有茝兮澧有兰思公子兮未敢言荒忽兮远望观
流水兮潺湲麋何为兮庭中蛟何为兮水裔朝驰余马兮江皋夕济兮西澨闻佳人兮召予将腾驾兮偕逝筑室兮水中葺之兮荷盖荪壁兮紫坛播芳椒兮成堂桂栋兮兰橑辛夷楣兮药房罔薜荔兮为帷擗蕙櫋兮既张白玉兮为镇疏石兰兮为芳芷葺兮荷屋缭之兮杜衡合百草兮实庭建芳馨兮庑门九嶷缤兮并迎灵之来兮如云捐余袂兮江中遗余褋兮澧浦搴汀洲兮杜若将以遗兮远者
时不可兮骤得聊逍遥兮容与

右湘夫人

序　言

　　《楚辞》是中国文学史上第一部浪漫主义诗歌集,与《诗经》并称为先秦文学的双璧。传统观点认为,"楚辞"是战国时楚国诗人屈原所创的一种诗体。"楚辞"之名,最早见于司马迁《史记》,可见在西汉初已为智识者所备知。刘向收录诸家之楚辞,将之编订成书,从而成集。东汉时王逸作《楚辞章句》,收录屈原、宋玉、淮南小山、东方朔、王褒、刘向等人的辞赋,并增入自己的诗作《九思》。《楚辞》以屈原作品为主,以《离骚》最为知名,乃至于成了"楚辞"的代称,又称"楚骚"。除了屈原的诗歌外,《楚辞》的其他各篇沿袭了屈赋的文学形式,运用南方楚地的方言声韵,结合神话与历史,滥觞逶迤在先,周流兰殿于后,对我国的浪漫主义文学发展影响深远。

　　《楚辞》的文本形成,是创作、整理、承袭、诠释的过程。屈原作《离骚》《九歌》,用楚语、言楚声、纪楚地、名楚物,打破当时流行的诗歌的四言体式,于当时而言,无疑是创新,于今而言,犹有其"新"可见。诗歌作为全世界通用的文学体裁,是由物质世界通往精神之地的桥梁。人们通过最精简的语言,将最深刻的东西清晰化,进而自由地表达。这也是楚辞这种文体不断被诠释的原委。宋玉继屈原之后,创作了《九辩》,又景差作《大招》、贾谊作《惜誓》、淮南小山作《招隐士》(一说此诗作者为屈原)、东方朔作《七谏》、王褒作《九怀》、刘向作《九叹》。其中刘向的贡献尤大,正是他整理成集,为楚辞流传提供了载体。刘向《楚辞》原书虽亡佚,但后来的传本大体保留了其文本体系。后世王逸作《楚辞章句》、洪兴祖作《楚辞补注》,都是对楚辞的诠释。这种文辞的疏证,并不只是一种新的理解方式,更是一种再创造行为。任何一个时代对前贤著作的诠释,都是一次传承,这种传承使得诗歌拥有了新的生命、新的时代精神。

　　南宋朱熹作《楚辞集注》,以王逸《楚辞章句》为参考,但打破了《章句》的体系,删《七谏》《九怀》《九叹》《九思》而不取,增入了贾谊《吊屈原赋》《鹏鸟赋》二篇,扬雄《反离骚》一篇,并附《楚辞后语》,将具有"楚辞风格"

的诗歌补入,其中尤不乏唐宋人之作。明代王夫之作《楚辞通释》,删去《七谏》以下五篇,增入南朝江淹《山中楚辞》《爱远山》二篇,并将己作《九昭》一篇列入。王夫之与朱熹一样,在诠释前贤之书时,在文本结构上作了极大改动,然将己作《九昭》附入,尤有刘向之作《九叹》、王逸之作《九思》的意味,是诠释而后承袭:以楚辞这种文体来寄托己情,既是抒发个体之愤,也是对屈子精神之仰望。

梁启超说:"吾以为凡为中国人者,须获有欣赏《楚辞》之能力,乃为不虚生此国。"与先秦诸家之学不同,楚辞有强烈的个体表达在内,直奔生命的本质问题,对后世的诗人影响极大,诸如李白、杜甫、李贺等顶级大诗人,都受到这种濡染。李白说:"屈平词赋悬日月,楚王台榭空山丘。"杜甫说:"窃攀屈宋宜方驾,恐与齐梁作后尘。"南朝刘勰《文心雕龙·辨骚》中说:"自《风》《雅》寝声,莫或抽绪,奇文郁起,其《离骚》哉!固已轩翥诗人之后,奋飞辞家之前,岂去圣之未远,而楚人之多才乎!昔汉武爱《骚》,而淮南作《传》,以为:'《国风》好色而不淫,《小雅》怨诽而不乱,若《离骚》者,可谓兼之。蝉蜕秽浊之中,浮游尘埃之外,皭然涅而不缁,虽与日月争光可也。'"对《楚辞》的评价之高,可谓论者之冠。明人蒋之翘为《楚辞集注》作所谓"七十二家集评",其中虽然收了不少伪托之语,但也反映了楚辞对历代诗人、学者影响的广度。从这个意义上来说,《楚辞》是中国文化的根脉之一。

笔者少时所读的第一本古典文学书,是一部《楚辞》的选本。诗句古奥,生僻字颇多,然而注释极为细密,其中包含的历史故事和神话,足以令年少的我沉迷其中。及年长,每次读到"亦余心之所善兮,虽九死其犹未悔""路曼曼其修远兮,吾将上下而求索"这类诗句,内心的涟漪都会一圈圈扩大,仿佛隔着时空,可与先贤触手而及。可以说,半生与《楚辞》相伴,它的精神内核与艺术形式,都使我受益匪浅。与时下在各种载体上流行的唐宋近体诗名句不同,楚辞的语言并不那么容易被理解。打个不太准确的比喻,如果说唐宋诗句是明珠,那么楚辞则是钻石,它的质地极为坚硬,光华尤其灿烂。作为诗人,屈原有一颗柔软的心,满怀对生民命运的关怀,当他发出"长太息以掩涕兮,哀民生之多艰"这样的长叹时,他已经站在了全世界伟大诗人的行列之中。

《楚辞》的意象非常宏阔,使用了大量的神话传说,且以丰富的历史故事穿插其中,有时候一句诗中就有五六个意象,仿佛是用碎钻堆叠起的瑰

丽大厦。诗歌中涉及人物多达数百位。例如：望舒、飞廉、嫫母、颛顼、尧帝、舜帝、帝辛、周文王、周武王、比干、梅伯、箕子、彭咸、姜太公、徐偃王、齐桓公、晋献公、晋文公、楚武王、楚文王、管仲、宁戚、伍子胥、介子推、骊姬、申生、子椒、子兰、伯夷、叔齐、伯乐、伯牙、卞和、列子，等等。有的人物还反复出现，体现了诗人对当时神话传说及历史记载的熟稔。

与其他文体不同，楚辞脱离了应用文体的功能性，是诗人对自我、对生命高度审视和思考的产物。诗人们就仿佛光阴之河上的渔父，他们打捞上来的，除了记忆，还有新的感知方式。

《楚辞》中的大部分作品，抒写的是诗人自身的遭际和生命体验，拥有一首好诗所具备的全部品质。当代诗人简·赫斯菲尔德在其《十扇窗》一书中说："一首好诗既具综合之能，无所不包，又充满渴求。它将我们拉向那些看不见的事物，拉向变幻无常的、不稳定的、不受保护的、多面性的事物。……诗歌的无穷无尽就是存在本身的无穷无尽，它无时无刻不在从一个新的世界跃向另一个新的世界。"由于屈、宋及汉代诸家诗人所处的时代较早，《楚辞》中的神话保留了早期神话的原始内容，有些神话内容为孤例，在后世神话中已不见其踪影。受宗教的影响，后世神话的体系中出现了很多专司其职的新神祇，替代了《楚辞》中的那些"旧"神人。同样，由于典籍的亡佚，早期的一些历史记录变得模糊，而这些在《楚辞》中都还保留着一鳞半爪。通过《楚辞》，我们能够认识一个更加遥远的时代，而那个时代，正是我们所不知道的秘域。

诗歌是语言之火，其中有光。

英国诗人济慈在一首诗中说："落日总使我舒畅。一只麻雀落在我的窗前，我也分享它的生活，和它一起啄食。"从本质上而言，这与"朝吾将济于白水兮，登阆风而缲马"并无区别，都是庸常生活中的逸兴之辞。笔者注译这部作品的初衷，原本是提供一个较为浅显的、适合青少年阅读的《楚辞》读本，然而随着这项工作的深入，回忆起了更多青少年时代的阅读往事，愈加认识到在合适的年龄读正确的书的重要性。《楚辞》版本甚多，我所做的工作，在前贤的基础上，虽不敢说更进一步，但也有一些自己的侧重点，主要有：

注释。目前的大部分读本，更适用于有古文基础的读者，其注音、注释相对简略，仅对生僻词、有难度的词注释，对一般文言词则不注释，这对没有古文基础的读者而言，仍然存在阅读障碍。本书注释则尽可能详尽，以使一般读者和青少年读者也能读懂。如"伯昌"，一般注释为"周文王"，本书则注释为"即周文王，西周王朝的奠基人，周武王之父，姬姓，名昌，曾受封为西伯，故而有此称。"再如涉及的神话、历史、天文知识，大多数《楚辞》读本仅作一般性注释。本书则尽可能详尽讲述与诗句有关的神话、历史典故、天文星名，但要而不繁。

注音。大多数读本仅对生僻字注音，对一般难度的字不注音，对异音的字也不注音。本书则对一般难度的字和异读字均注音，力求年龄层次较低的读者也没有阅读障碍。

翻译。一般性注译本，通常将注释连缀成文，往往比较拗口。本书则首先注重准确明白，使读者能够看懂译诗，同时力求语言的精炼、典雅，使译诗不乏诗的味道，成为译"诗"，而不是译"文"。

解题。《楚辞》收录了多人的作品，有些作品的作者是谁，往往言之不详，或者一带而过。本书则将历代学者对诗人身份的认定列入，从而使读者有更清晰的认知。同时，结合诗人的身份谈其作品，易使读者有更深刻的阅读体验。

延伸。本书对诗歌的赏析，不限于千篇一律的寻章摘句，而是结合诗歌背景、内容、审美特点，对诗歌做高度概括，同时在微观上，谈论诗歌的表达手法、修辞特点、情感，乃至于在横向上与西方经典文学作品《伊利亚特》《奥德赛》《神曲》做对比，从而发散读者的思维。

大部分《楚辞》译注本以《楚辞章句》为底本，本书亦概莫能外。本书在以《楚辞章句》为底本的同时，也参考宋代朱熹《楚辞集注》、明代王夫之《楚辞通释》，并将《楚辞集注》后附的《楚辞后语》选入。《楚辞后语》中的作品，有相当部分也被纳入了当下的教材，属于"大语文"的范畴。人们对其重视，实则是对青少年读者古典文学修养的重视。

曹丕云："古人贱尺璧而重寸阴，惧乎时之过已。"对于有志于读书，不欲使生命空度的人而言，此可谓千古名句。"日月逝于上，体貌衰于下，忽然与万物迁化，斯志士之大痛也！"于我辈而言，不可不自警。

是为序。

白　羽
二〇二二年十一月十七日

目　录

第一册

离骚	/ 001
九歌	/ 057
东皇太一	/ 058
云中君	/ 063
湘君	/ 065
湘夫人	/ 071
大司命	/ 077
少司命	/ 082
东君	/ 086
河伯	/ 091
山鬼	/ 094
国殇	/ 101
礼魂	/ 103
天问	/ 105
九章	/ 165
惜诵	/ 165
涉江	/ 174
哀郢	/ 183
抽思	/ 192
怀沙	/ 201
思美人	/ 209
惜往日	/ 215
橘颂	/ 223
悲回风	/ 229
远游	/ 242
卜居	/ 265
渔父	/ 269

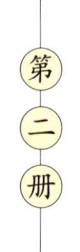

第二册

九辩 / 275

招魂 / 304

惜誓 / 331

招隐士 / 342

七谏 / 347

初放 / 347

沉江 / 353

怨世 / 361

怨思 / 370

自悲 / 372

哀命 / 379

谬谏 / 385

九怀 / 396

匡机 / 397

通路 / 399

危俊 / 404

昭世 / 409

尊嘉 / 413

蓄英 / 416

思忠 / 419

陶壅 / 422

株昭 / 427

九思 / 432

逢尤 / 433

怨上 / 438

疾世 / 443

悯上 / 447

遭厄 / 453

悼乱 / 457

伤时 / 461

哀岁 / 467

守志 / 472

第三册

佹诗	/	481
易水歌	/	487
越人歌	/	493
垓下帐中之歌	/	497
大风歌	/	501
鸿鹄歌	/	504
吊屈原赋	/	506
鵩鸟赋	/	512
瓠子歌	/	518
乌孙公主歌	/	523
长门赋	/	527
思玄赋	/	539
悲愤诗	/	582
胡笳	/	588
登楼赋	/	605
归去来辞	/	612
鸣皋歌	/	622
引极	/	630
山中人	/	632
鱼山迎送神曲	/	638
日晚歌	/	642
吊田横文	/	645
吊屈原文	/	649
吊乐毅	/	656
憎王孙文	/	661
书山石辞	/	668
寄蔡氏女	/	670
秋风三叠	/	673
参考文献	/	679
后记	/	681

离 骚

作者及作品

  屈原是中国古代史上著名的爱国主义诗人，也是古代文学史上开天辟地式的人物。他以楚辞这种艺术形式，清晰地画出了文学的框架，为后世的诗歌创作树立了典范。木心先生说，政治、生活、爱情都失败，更可以是伟大的文学家，譬如屈原。政治、人生、爱情很难成功，都因为自己做不得主，有着大量外在的因素；艺术上的成功，乃在于自己可以做主。屈原在政治上失意，但在艺术上却成功了，而且成了一种文化的象征。

  屈原，名平，字原，生于周显王二十九年（前340年）正月初七日，另一说生于周显王三十年（前339年）正月十四日。芈姓，出身楚国核心贵族家族，先祖为楚武王之子熊瑕。熊瑕受封于"屈"，故而后代以屈为氏。这也是先秦时期的传统，世袭大族往往以自己的封地为姓氏。屈原少年时受到了良好的贵族教育，早早地就绽露了头角。

  成年后，屈原在贵族子弟中颇有美名，被楚怀王任命为仅次于令尹的左徒，对内主持改革，对外主持外交，一时间政令清明。屈原的改革触动了楚国守旧贵族们的利益，遭到反对。有一次，与屈原同朝为官的上官大夫看到屈原草拟的法令草稿，想取过来，遭到了屈原的拒绝。上官大夫本就对屈原之才心怀嫉妒，便到楚怀王面前进谗言说："大王让屈原制订法令，外间无人不知。每次法令颁布，他总是夸耀，自称'非我不能为也'。"楚怀王听到这种离间之辞，信以为真，从此对屈原疏远了，罢免了他的左徒之职，贬官为三闾大夫。

  屈原被贬，不久被流放到汉北地区。因为先前楚国大夫屈匄曾率军和齐国的军队一起进攻秦国，并且夺取了秦国部分土地，秦国便决计瓦解齐楚联盟。秦惠文王派张仪到楚国后，花费巨资贿赂楚王身边的大臣，同时对楚怀王承诺：只要楚国和齐国绝交，秦国愿意把商、於间六百里的土地割让给楚国。楚怀王天真地相信了张仪的话，便断绝了和齐国的同盟关系，同时派使臣到秦国索取土地。但张仪却假装从车上坠落，一直不上朝，使得楚国使臣没机会与之见面。楚怀王以为秦国怀疑自己与齐国断交的诚意，因此派猛士宋遗去齐国辱骂齐宣王，两国关系彻底破裂。这时候，张仪才面见了楚国使臣，他说："我和大王说的是六里土地，没听说六百里。"使者回报楚怀王后，怀王大怒，举兵讨伐秦国。秦军和楚军激战于丹水、浙水一带，楚军战败，战死者达八万人，大夫屈匄被俘虏。秦国趁机夺取了楚国汉中的大片土地。

　　战败的楚怀王恼羞成怒，动员全国兵力，大举进攻秦国，两军再次大战于蓝田。魏国见楚国空虚，从侧翼袭击楚国的邓地，楚怀王大为惊恐，只好撤军。齐国坐视楚国陷于两面交兵，未予援手。

　　楚国的困局，让楚怀王想到了屈原。于是，他起用屈原为使臣出使齐国，目的是齐楚两国缔结新的联盟。秦国怕齐楚再度结盟，为了缓和两国关系，表示愿意退还汉中之地与楚国交好，楚怀王却说不要土地，只要张仪的人头。张仪来到楚国，用重金贿赂了楚怀王的宠臣靳尚，并得楚怀王宠姬郑袖青眼以加，怀王耳根子一软，就把他放回秦国了。屈原从齐国回来后，对怀王说："为什么不杀张仪？"怀王当即后悔了，赶紧派人去追，但此时已经来不及了。

　　此后的十年，屈原虽然在朝，但并未得到重用。周赧王十六年（前299年），由于秦楚之间的婚姻关系，秦昭襄王请求与楚怀王会晤。屈原对怀王说："秦国是虎狼之国，缺乏信用，不可轻易冒险。"楚怀王的小儿子子兰却力劝怀王前行，认为不该失去这个秦楚交好的机会。楚怀王进入秦国境内的武关后，秦军立刻阻断了楚王的退路，并且将其劫持到了咸阳，要求楚国用巫郡和黔中郡来交换。怀王非常愤怒，不予答应。

　　楚怀王被劫，在齐国为人质的太子横赶紧回国即位，是为楚顷襄王。顷襄王即位的第二年，楚怀王从秦国逃脱，奔向赵国边境，但赵国不接纳

离 骚

他。他又企图逃往魏国，结果被秦军追上，重新幽禁，一年后便病逝了。

顷襄王执政后，任命公子子兰为统领百官的最高长官令尹。由于屈原痛恨子兰劝怀王入秦，故而子兰对屈原也十分忌惮，便让上官大夫去诋毁屈原。顷襄王听信谗言，屈原被流放到江南一带，这是他第二次遭到贬谪。屈原离开国都，到达长沙，遍游山川名胜，写下了大量诗篇。

此后，秦楚连年交战，楚国丧失了大片土地。楚顷襄王在位的第二十一年（前278年），秦国大将白起率军攻破了楚国的都城郢都，放了一把火将夷陵的楚国历代先王陵墓烧了个干净。逃奔出都城的顷襄王只得迁都到陈城，苟延残喘。屈原听说故都被攻破，于农历五月五日投汨罗江自尽殉国。

《离骚》是屈原被放逐后所写的作品。他满怀悲愤，行吟泽畔。他追忆祖先的荣光：他的远祖是高阳氏，也就是伟大的颛顼；他的近祖是楚国先王。他与楚国王室同宗同源，是王室的偏支，因此对楚国有一种特殊的使命感。

他自幼聪明颖悟，受到良好的教育，有着孤高不群的追求。他不看重世俗的权力与荣华，而是看重对"道"的追求，因此发出了"路曼曼其修远兮，吾将上下而求索"的声音。他又是一个内心柔软的人，拥有悲天悯人的情怀，当他看到百姓凄惨的生活时，不由得写下："长太息以掩涕兮，哀民生之多艰。"

他以香草喻高洁的品质，在整首诗中提到了很多种香草，有江离、辟芷、秋兰、木兰、宿莽、申椒、菌桂、蕙茝、留夷、揭车、杜衡、芳芷、秋菊、木根、薜荔、芰荷、芙蓉等十余种，另外还有一些和香草有关的事物，如落英、琼枝等，还有和香草相关的地名，如兰皋和椒丘。由这些不难看出，屈原是一个爱花之人。他不但种花、养花、护花，而且还常常用花儿连缀成衣服，把花儿当成配饰。他不但是花中的君子，而且堪称花儿的知音。他多处提到兰花、菊花、荷花，这些花儿最了解他，他就像是花儿的情人。屈原首开香草美人之喻，汉代王逸在《〈离骚〉序》中说："《离骚》之文，依《诗》取兴，引类譬喻：故善鸟香草，以配忠贞；恶禽臭物，以比谗佞；灵修美人，以媲于君。"十分中肯。

在《离骚》中，香草有三层内涵：一是至纯品格的象征；二是忠贞志士的象征；三是审美的精神倾向。"纷吾既有此内美兮，又重之以修能。扈江离与辟芷兮，纫秋兰以为佩"，把美德良能与佩戴香草放在一起，使香草具有极高的象征意味。言象征忠贞之士，则诗中所提及的彭咸、比干、梅伯之人也。比较隐晦的是审美的精神倾向，诗人一再将香草作为配饰和衣服，反映出一种强烈的超尘脱俗的气质，甚至于饮露餐英，宛若仙界之人。这种描述给予人丰富的想象，也是香草文化的渊薮。后世的文人墨客亦受其影响，且形之文，如陶渊明之于菊花，周敦颐之于莲花……

全诗有时如怨如诉，哀婉缠绵，如同失恋的女子；有时又满怀愤恨，指天画地，露出节烈的猛士气概；有时又浮想联翩，神游八极，像一个远离尘俗喧嚣的人。在这里，诗人有三重性格，一个是女性性格，一个是男性性格，还有一个是神性性格。

女性性格出现后，诗人就如同一个失恋的女子，准确地说，是一个弃妇。她一再申诉，那些浊陋的妒妇嫉妒自己的美貌，故而诬陷自己淫荡，从而使君王疏远了自己（众女嫉余之蛾眉兮，谣诼谓余以善淫）。

男性性格的一面则表现在，诗人是一个追寻真爱的人，他上天入地，希望找寻一个真正的美人。他曾经向宓妃、简狄、虞国二女，甚至昆仑山的仙子、天帝宫的仙子求爱，但不是所求对象与外表不符，就是媒人从中作梗，或不得其门而入，或是错过了好时机，总之天地茫茫，飞跃于其间的诗人却无法找到一个真正属于自己的怀抱。这个怀抱可以理解为精神上的远方，也可以理解为一个接纳正直大臣的君王胸怀。先说精神上的远方，凡是诗人，尤其是真正的诗人，他们的灵魂都是飘在空中的，得不到安慰，或者说得不到终极的安慰。如果说真有一个安慰的话，那就是他自己——他自己的诗歌。君王的胸怀，很好理解，屈原被放逐，他失去了君主的青睐，彻底地被驱逐出了国家的政治中心，成了一个无法左右国家兴亡的局外人。梦想中的贤君，自然是那个怀抱，但他最终也没有等到这个怀抱，因此怀沙沉江。

神性的性格是诗人身上最重要的品质，他身上一直散发着悲天悯人的光辉。尤其是他陷入幻想的时候，他驾驶玉龙、凤车，行走于八极之间，

离 骚

太阳神、月亮神、风神、云神、雷神、雨师……都供他驱遣。而在这个过程中,他不是单纯的像神仙一般游玩于天地间,而是仍然在寻求"道",而寻"道"的呈现方式就是"求爱"。在天帝的春宫,在昆仑山的悬圃,他都曾做出过这般努力。

《离骚》构建了一个庞大的审美空间。它的美不但通过思维传承,还通过体验传承,不同的读者,会获得不同的体验。让我们一起来读这首伟大的作品吧。

> 帝高阳①之苗裔②兮,朕③皇考④曰伯庸⑤。
> 摄提⑥贞⑦于孟陬⑧兮,惟庚寅⑨吾⑩以降⑪。

注释

①帝高阳:名颛顼。上古时期的部落联盟首领,"五帝"之一。姬姓,因为分封在"高阳",故而称"高阳氏"。他是黄帝的孙子,黄帝的二儿子昌意的儿子,是黄帝家族的第三任部落联盟首领。在神话传说中,他还是主宰北方的天帝——黑帝。②苗裔:后裔子孙。③朕:我。先秦时期,普通人也可自称"朕"。前221年,秦统一六国,"始皇帝"嬴政将"朕"定为皇帝专用的自称,从而被后世帝王所沿袭。④皇考:一说是对亡父的尊称,另一说是对远祖的称谓。⑤伯庸:人名,一说为诗中"我"的父亲,一说为远祖的名字。⑥摄提:上古时期的历法,太岁星在寅时称为"摄提格",此处指寅年。⑦贞:正当时。⑧孟陬:夏历正月。⑨庚寅:庚寅日,干支历法中的第27天。⑩吾:我。⑪降:降世,出生。

译诗

我是上古圣王高阳氏的后裔,我已故的父亲名叫伯庸。
寅年的孟春月,庚寅日那天我出生。

离 骚

> 皇①览揆②余③初度④兮,肇⑤锡⑥余以嘉名⑦;
> 名⑧余曰正则⑨兮,字⑩余曰灵均⑪。

注释

①皇:即皇考,指作者的父亲。②揆:揣测。③余:我。④初度:生日。⑤肇:肇始,开始。⑥锡:同"赐"。⑦嘉名:好名字。⑧名:作动词,取名。⑨正则:公正而有法则。屈原,名平,字原。正则是对"平"字的阐明。⑩字:作动词,取字。⑪灵均:形容土地丰美且平坦,是对"原"字的阐明。

译诗

先父认真揣测我的生辰,一开始就赐给我一个美好的名字。
给我起名"正则",字"灵均"。

延伸

第一部分,作者叙述了自己的家世、出生时间、名字。他说自己是上古帝王高阳氏的后裔子孙,高阳氏即"三皇五帝"之中的"五帝"之一——颛顼。那么,作者是否有攀附上古圣王为自己的祖先之嫌呢?从历史角度看,诗人屈原的远祖是熊瑕,熊瑕是楚武王熊通之子,曾担任过楚国的最高官职"莫敖"(相当于宰相)。因熊瑕有功劳,所以楚王把屈邑这一大片地方分封给了他,故而他又被称为"屈瑕"。先秦时期,贵族才有封地,并以此为荣耀,后裔往往以封地之名为姓,因此熊瑕这一系的后裔便以"屈"为姓。由此可见,屈原家族与楚国王室同一血脉。据《史记·楚世家》的记载,楚国王室是高阳氏的后裔,那么与楚王同宗的屈原家族,毫无疑问也是高阳氏的血脉了。

《离骚》是一部浪漫主义作品,而非写实的作品。诗歌中的"灵均"并不与屈原本人完全吻合,而是一个诗化的自我,亦真亦虚。诗中说他降生于寅年寅月寅日的"三寅"之日,未必就是屈原本人的出生年月。诗人与诗中的"灵均"的关系,在似与不似之间,既有现实中自我的映照,也有灵动的神性,这正是这部作品的独特之处。

> 纷①吾既有此内美②兮，又重之以修能③。
> 扈④(hù)江离⑤与辟芷⑥兮，纫⑦(rèn)秋兰⑧以为佩⑨。

注释

①纷：盛多。②内美：先天的美好品质。③修能：卓越的才能。④扈：披着。⑤江离：香草名，或说即为今之川芎，可入药。⑥辟芷：香草名，即白芷，根可入药。⑦纫：连缀。⑧秋兰：香草名，今指泽兰。⑨佩：本指古人身上用金玉等材质制成的装饰物，此处指以花为佩。

译诗

上天赋予我美好的品质，我又提高自己的修为和能力。
我用江离和白芷制成衣服，连缀秋兰为佩饰。

> 汩①(yù)余若将不及兮，恐②年岁之不吾与③。
> 朝④搴⑤(qiān)阰⑥(pí)之木兰⑦兮，夕⑧揽⑨洲⑩之宿莽⑪(sù mǎng)。

注释

①汩：本义形容水流，此处用以形容时间流逝。②恐：恐怕。③不吾与：即"不与吾"，不等待我。④朝：早晨。⑤搴：摘。⑥阰：山坡。⑦木兰：花名，或说紫玉兰。⑧夕：傍晚。⑨揽：采集。⑩洲：水中的小岛。⑪宿莽：香草名，经冬不死，叶有香气。

译诗

时光如水我怕追赶不上，唯恐岁月不等人。
早晨我在山坡上摘取木兰花，夕阳下我在水中的小岛采摘香草。

> 日月忽①其不淹②兮，春与秋其代序③。
> 惟④草木之零落⑤兮，恐美人之迟暮⑥。

注释

①忽：迅速的样子。②淹：停留。③代序：不停地更迭。④惟：念及。⑤零落：凋谢。指树木落叶，花草凋敝。⑥迟暮：衰老。

译诗

岁月迅疾逝去而不停留，春秋更替时光匆匆。
想到树木落叶纷纷，担心青春美人衰老。

延伸

第二部分，诗句中出现了江离、辟芷、秋兰、木兰、宿莽五种香草，以香草喻美好品质，以美人比喻君子。香草美人的典故，创于屈原，始于《离骚》。这一典故，被后世的诗人们继承了下来，并成为了中国古典诗歌的传统。唐代诗人王维《辛夷坞》诗云："涧户寂无人，纷纷开且落。"宋代诗人苏东坡《和子由记园中草木十一首》诗云："芎䓖生蜀道，白芷来江南。"清代诗人康有为《出都留别诸公》诗云："怀抱芳馨兰一握，纵横宙合雾千重。"这些诗中的香草意象，是对《离骚》创始的这一意象多层面上的发展和丰富。

> 不抚①壮②而弃秽③(huì)兮，何不改乎此度④？
> 乘骐骥⑤(qí jì)以驰骋⑥(chí chěng)兮，来吾道⑦夫先路⑧！

注释

①抚：趁着。②壮：盛年，指年华正好之时。③秽：本义为肮脏，此处指败坏的政治。④此度：目前的制度。⑤骐骥：骏马。⑥驰骋：飞快地奔跑。⑦道：通"导"，引导。⑧先路：前路。

译诗

为何不在盛年时抛弃糟糕的政治，为何不改变现在的制度？
就像乘着千里马拉的车驰骋，我会在前面为你引路。

昔①三后②之纯粹兮，固③众芳④之所在。
杂申椒⑤与菌桂兮，岂惟纫夫蕙(huì)茝(chǎi)！

注释

①昔：从前，先前。②三后：三位君王。或指楚国历史上的熊绎、若敖、蚡冒三位君主。③固：本来。④众芳：指有贤德的臣子们。⑤申椒：申地的花椒，指香料。与后文的菌桂、蕙、茝都指有贤德的臣子。杂用众贤，非专任一二人。

译诗

从前的三位先君品格高贵，有贤德和才能的臣子环绕。

人品如申椒和菌桂者都得到重用，不必说贤达如茝和蕙者（更是）联系紧密。

彼尧舜(yáo shùn)①之耿介(gěng jiè)②兮，既遵道③而得路④。
何桀纣(jié zhòu)⑤之猖披⑥兮，夫唯捷径⑦以窘步。

注释

①尧舜：上古的两位圣王，奉行禅让制，以贤德著称。尧帝，又称陶唐氏，后禅位于贤德有才的舜；舜帝，名重华，后禅位于治水有功的禹。②耿介：光大圣明，廉洁自持。③遵道：遵行正大光明的政治之道。④得路：得到治理国家的正途。⑤桀纣：古代史上的两位暴君。桀为夏朝的亡国之君，纣为商代的末世之君。⑥猖披：猖狂。⑦捷径：本义为便捷之路，此处指非正途。

译诗

尧帝和舜帝秉性光明而正直，遵行正道把国家带上正确的道路。

夏桀和商纣猖狂而无德，因贪图捷径而寸步难行。

离　骚

> 惟夫党人①之偷乐②兮，路幽昧③以险隘。
> 岂余身之惮殃④兮，恐皇舆⑤之败绩⑥！

注释

①党人：大臣们结成朋党。②偷乐：苟且于安乐。③幽昧：昏暗不明。④惮殃：畏惧灾祸。⑤皇舆：本义指国君所乘坐的高大华丽的车，后代称王朝。⑥败绩：失败。

译诗

结党营私的人苟且于安乐，国家的道路却越来越险恶。
我岂是害怕自身的安危，我是担心江山社稷倾覆。

> 忽①奔走以先后兮，及②前王之踵武③。
> 荃④不察余之中情⑤兮，反信谗以齌怒⑥。

注释

①忽：急忙。②及：赶上。③踵武：足迹，脚印。④荃：香草名。⑤中情：内心。⑥齌怒：暴怒，狂怒。

译诗

匆忙地前后奔走，踏着先代圣王的足迹。
君王未了解我内心的忠诚，反而相信小人对我发怒。

> 余固知①謇謇②之为患③兮，忍而不能舍也。
> 指九天④以为正⑤兮，夫唯灵修⑥之故也。

注释

①固知：固然知道。②謇謇：忠贞直言的样子。③患：灾难。④九天：古

代人认为天有九重,此处代指天。⑤正:通"证",证明。⑥灵修:指楚怀王。

译诗

我固然知晓直谏的灾祸,但我仍然不能放弃。
我请上苍作证,我所做的一切都是为了我的君王。

> 初①既与余成言②兮,后悔遁③而有他。
> 余既不难夫离别兮,伤灵修之数化④(shuò)。

注释

①初:起初。②成言:约定。③遁:隐。④数化:多次变化。

译诗

起先既已与我有了约定,为何反悔而又做别的打算。
我并不难过与你的别离啊,只是伤心君王的变化无常。

延伸

第三部分,首先劝谏国君趁还处于盛年,丢弃败坏的国政,执行正确的制度。只要肯改革,就仿佛驾上了一辆由千里马拉的车,很快就能在光明的道路上驰骋。诗人还怀念了楚国的三位有作为的君主,讲述明君和贤臣一起创造的良好局面。并从反面和正面两个方面举例,像尧帝和舜帝那样,就能昌盛;像夏桀和商纣那样,国家就会灭亡。尽管忠言劝谏会引起君主的怒火,并引火烧身,但作者并不畏惧。"荃不察余之中情兮,反信谗以齌怒。余固知謇謇之为患兮,忍而不能舍也"等句,表达的就是一种不避斧钺、依然爱国的思想。鲁迅先生诗云"寄意寒星荃不察",便是用此典故。清代大臣林则徐诗云"苟利国家生死以,岂因祸福避趋之",更是对屈原这一爱国思想的继承。

诗中以男女之情喻君臣,以男女婚恋破碎比喻君臣之间不协调,自己遭受小人陷害,政治道路上遭遇挫折。

离 骚

> 余既滋①兰之九畹②兮,又树③蕙之百亩。
> 畦④留夷⑤与揭车兮,杂杜衡与芳芷。

注释

①滋:种植。②九畹:三十亩为一畹。九畹,极言多,并非确指。③树:同前文"滋"类似,均指种植植物。④畦:五十亩为一畦。⑤留夷:香草名,即芍药。后文的揭车、杜衡、芳芷均为香草名。

译诗

我种植了很多兰花,又栽培了百余亩蕙草。
我在垄上种植了留夷与揭车两种香草,又在垄间套种了杜衡与芳芷。

> 冀①枝叶之峻茂②兮,愿竢③时乎吾将刈④。
> 虽萎绝⑤其亦何伤兮,哀众芳之芜秽⑥。

注释

①冀:希望。②峻茂:高大茂盛。③竢:同"俟",等待。④刈:本义为收割庄稼,此处指收获。⑤萎绝:枯萎凋谢。⑥芜秽:本义指杂草丛生,此处指有才的人变坏。

译诗

我期盼它们高大而茂盛,等待时机一成熟我就收获。
枯萎凋零又有何悲伤,我痛心的是有才华的人志节败坏。

> 众皆竞进①以贪婪兮,凭不猒②乎求索。
> 羌③内恕己④以量人兮,各兴⑤心而嫉妒。

注释

①竞进:争相晋身,向高位爬。②猒:同"餍",满足。③羌:楚方言的语

气词，无实义。④内恕己：对自己宽容。⑤兴：起。

译诗

众人都贪婪争抢高位，充满利欲而不满足地索取。
宽恕自己而猜忌别人，各自起坏心眼而嫉妒。

忽驰骛^①（wù）以追逐兮，非余心之所急。
老冉冉^②其将至兮，恐修名^③之不立。

注释

①驰骛：乱跑。②冉冉：渐渐的。③修名：美名。

译诗

到处钻营而追逐名利，不是我内心急于追求的。
衰老渐渐地逼近，我担心自己的美名还未树立起来。

朝饮木兰之坠露兮，夕餐^①秋菊之落英^②。
苟^③余情其信^④姱^⑤（kuā）以练要^⑥兮，长顑颔^⑦（kǎn hàn）亦何伤。

注释

①餐：吃，食用。②落英：坠落的花瓣，或说是初生之花。③苟：只要。④信：果真。⑤姱：美好。⑥练要：精诚专一。⑦顑颔：由于饥饿而面色发黄。

译诗

早上饮用木兰花上坠落的露珠，晚上食用秋菊凋谢的花瓣。
只要我的感情精诚不移，面黄肌瘦又有何忧伤。

擥^①（qiān）木根以结茞兮，贯^②薜荔^③之落蕊。
矫^④菌桂以纫蕙兮，索^⑤胡绳之纚纚^⑥（xǐ）。

离 骚

🏷 注 释

①擎：持取。②贯：串起来。③薜荔：香草名。④矫：举着，拿。⑤索：搓绳子。⑥纚纚：绳索美好的样子。

🏷 译 诗

持取木根编织茝草，再把薜荔的落花串于其中。
拿菌桂的枝条连缀美蕙，搓成的胡绳看起来棒极了。

> 謇吾法^①夫前修兮，非世俗之所服^②。
> （jiǎn）
> 虽不周^③于今之人兮，愿依彭咸^④之遗则^⑤。

🏷 注 释

①法：效法。②服：做。③不周：不相容。④彭咸：人名，殷商时期大夫。劝君主改过，君主不听，因而投水自尽，被屈原视为忠烈的楷模。彭咸为殷商大夫的说法见于王逸《楚辞章句》，但在其他史书中却不见记载，可能为传说中的人物。此外，彭咸之名还出现在《思美人》《悲回风》《抽思》等篇目中。⑤遗则：遗留下的法则。

🏷 译 诗

我向古代的圣者学习，不是世间凡俗之人能够做到的。
我不为当世之人所容纳，愿意追随古代名臣彭咸的遗教。

🏷 延 伸

第四部分，诗人在政治上遭到了挫折，但他并没有气馁，而是奖携后进，为国家培养人才。周围的同僚们大多以名利为立身之本，而诗人却以美德为立身的基础，反映了两种完全不同的人生观。

世道人心渐变，身居高位者醉生梦死，身处下位者竞相媚上。而诗人依然直道而行，头戴香花，身披香草，遗世而孤立，卓尔不群于浊流之中。诗人还把殷商时期的贤者彭咸奉为自己的榜样，坚持自己的人生理想，即使是死，也毫不放弃。

长太息①以掩涕②兮,哀③民生④之多艰。
余虽好修姱⑤以鞿羁⑥兮,謇朝谇⑦而夕替⑧。

注释

①太息:叹息。②涕:泪水。③哀:怜悯。④民生:人民的日常生计。⑤修姱:洁美。⑥鞿羁:本义为马缰绳和络头,此处指自我约束。⑦谇:劝谏。⑧替:废。

译诗

我擦着眼泪长叹一声,怜悯百姓的生活如此艰难。
我虽爱好洁美而严于自律,但早上去进谏晚上仍被贬出朝堂。

既替余以蕙纕①兮,又申②之以揽茝。
亦余心之所善兮,虽九死其犹未悔。

注释

①纕:佩戴。②申:重复。

译诗

他们攻击我以蕙草为配饰,又责难我采摘茝兰。
这是我内心真正的追求,就算是死再多次也不后悔。

怨①灵修②之浩荡兮,终不察夫民心。
众女③嫉余之蛾眉④兮,谣诼⑤谓余以善淫⑥。

注释

①怨:怨恨。②灵修:对楚国君主的美称,此处或指楚怀王。③众女:比喻群臣。④蛾眉:形容女子的眉毛好看,后来成为女子的代称。⑤谣诼:

造谣诽谤。⑥善淫：过度放纵。

译诗

　　实怨我们的君王太糊涂，始终不能体察民心。
　　群小嫉妒我的才华，造谣诽谤说我品行不端。

> 固时俗之工巧①兮，偭②规矩而改错③。
> 背绳墨④以追曲⑤兮，竞周容⑥以为度。

注释

①工巧：善于取巧。②偭：违背。③错：通"措"，措施。④绳墨：指木工打直线的墨线。⑤曲：斜曲。⑥周容：苟合取容。

译诗

　　庸俗之人本就善于投机取巧，背弃规矩而改变先王制度。
　　背弃正直而追逐邪曲，竞相以苟合取悦主上为原则。

> 忳①郁邑余侘傺②兮，吾独穷困③乎此时也。
> 宁溘④死以流亡兮，余不忍为此态也。

注释

①忳：心闷。②侘傺：不得志的样子。③穷困：仕途不达。④溘：忽然。

译诗

　　怀才不遇而忧愁烦闷，仕途不顺而困窘到了极点。
　　我宁愿忽然死去魂魄飘散，也不愿做出媚俗取悦的丑态。

> 鸷鸟①之不群②兮，自前世而固然。
> 何方圜③之能周④兮，夫孰异道而相安？

注释

①鸷鸟：指猛禽。②不群：不合群。③圜：同"圆"。④周：相合。

译诗

猛禽和凡鸟不同群，自古以来就如此。
方与圆岂能相合，道不同如何能彼此相安？

> 屈心①而抑志兮，忍尤②而攘诟③。
> 伏④清白以死直⑤兮，固前圣之所厚⑥！

注释

①屈心：委屈自己的心志。②尤：过错。③攘诟：忍受耻辱。④伏：同"服"，坚守。⑤死直：为忠直而死。⑥厚：厚待，重视。

译诗

我宁可委屈压抑自己的情感，接受迎头泼来的脏水。
保持清白节操为忠直而死，这才是被古代圣贤所看重的。

延伸

第五部分，诗人遭到了群小和奸佞的中伤和诋毁，但仍然不放弃自己忠贞的节操，并表达了九死不悔的态度。

诗人将自己比作不合群的猛禽，庸碌的官员们自然就是凡鸟了。猛禽向来独飞，凡鸟则叽叽喳喳，聚拢成群。不能与世俗和光同尘，这实际上意味着诗人不太得志于当时的官场，必然被驱逐。诗人在政治上失败了，一腔怨愤无处发泄，郁郁于心，曲折成诗。他在仕途上虽然失意，但在艺术上却成功了，迸发出了"长太息以掩涕兮，哀民生之多艰"的千古绝唱，堪称古代有良知的知识分子的典范。

> 悔相①道之不察②兮，延③伫④乎吾将反⑤。
> 回朕车以复路兮，及行迷之未远。

注释

①相：观察选择。②察：仔细观察。③延：长久，或说伸着脖子看。④伫：站立。⑤反：同"返"，返回。

译诗

后悔当初上路没有仔细观察，长久徘徊我打算掉头返回。
让我的车回到原来的路上，幸好我还未曾迷失得太远。

> 步余马于兰皋①兮，驰椒丘②且③焉④止息。
> 进不入⑤以离⑥尤⑦兮，退将复修吾初服⑧。

注释

①兰皋：长满兰草的水边高地。②椒丘：长满花椒树的山。③且：暂且。④焉：于此。⑤进不入：即"不进入"。⑥离：罹，遭遇。⑦尤：罪。⑧初服：原来的衣服。以嘉美的衣服比喻美德。

译诗

我骑着马行于长满兰花的水边小丘，驱驰到长满花椒树的山边休息。
不进官场招惹祸患，退回来重修当年的衣裳。

> 制芰荷①以为衣②兮，集芙蓉以为裳。
> 不吾知③其亦已兮，苟④余情其信芳。

注释

①芰荷：菱花的别称，为楚国方言。②衣：上衣。古人称上衣为"衣"，下衣为"裳"。③不吾知：即"不知吾"，不了解我。④苟：如果。

译诗

用菱花的叶子裁剪成上衣，用莲花缝制成下装。
没有人了解我也就罢了，只要我的内心充满了芬芳。

美绘楚辞

> 高①余冠之岌岌②兮,长③余佩之陆离④。
> 芳与泽⑤其杂糅兮,唯昭质⑥其犹未亏。

注释

①高:动词,加高。②岌岌:本义为山高的样子,此处形容帽子很高。③长:动词,加长。④陆离:此词最早见于《楚辞》,历代学者各有所说,有"参差""众貌""璀璨"等种种说法,史树青先生考证为"琉璃"。⑤芳与泽:芬芳的与恶臭的。泽,大部分学者均认为是芳的反面。⑥昭质:内有美德。

译诗

把帽子制作得高又高,腰间的配饰璀璨而夺目。
香花和污泥混在一起,光明美好的品质却未曾消减。

> 忽反顾以游目①兮,将往观②乎四荒③。
> 佩缤纷④其繁饰兮,芳菲菲⑤其弥⑥章⑦。

注释

①游目:放眼看。②往观:前去观望。③四荒:四方荒野之地。④缤纷:盛多的样子。⑤菲菲:勃勃,芳香的样子。⑥弥:更加。⑦章:同"彰",彰显。

译诗

急急地放眼观望,准备去四荒之地探索。
我的配饰飘然而华丽,散发着一阵阵的幽香。

> 民生①各有所乐兮,余独好修②以为常③。
> 虽体解④吾犹未变兮,岂余心之可惩⑤。

注释

①民生:人生。②好修:爱好修能。③常:如常,习惯。④体解:肢解的

离骚

酷刑,即车裂。⑤惩:戒惧且悔恨。

译诗

人生的道路上各有自己的乐趣,我独独爱好不断提高修养并习以为常。纵使粉身碎骨也不改变,我的心岂能畏惧折服。

延伸

第六部分,进一步表达了作者九死不悔的态度。诗中的"我"身上穿着用菱花、莲花制成的衣裳,戴着高高的帽子,腰间的配饰随风飘荡,幽香四溢。从这副形象来看,"灵均"绝不似凡间之人,而是天降之子,这是一副天仙之姿,飘然而洒脱。与他的外貌相匹配的,是他内心的美德。他意志坚定,就算是人间最残酷的刑罚,也不能令他产生那么一丝动摇。

"芰荷为衣"的典故为后世诗人所发扬,成为退而善其身的代称。宋代诗人陈必复《江湖》诗云"江湖路远总风波,欲向山中制芰荷",便是借用此义。

> 女嬃^①之婵媛^②兮,申申^③其詈^④予。
> 曰:"鲧^⑤婞直^⑥以亡身兮,终然殀^⑦乎羽之野。

注释

①女嬃:姊,姐姐。另有女儿、侍女、巫女等众多说法。这个形象当为诗人创造的文学形象,未必实有其人。②婵媛:关心痛恻的样子。③申申:再三。④詈:责骂。⑤鲧:大禹的父亲。传说天下洪水泛滥,尧帝任命鲧为治水之官,治水长达九年。鲧用堵的方法治水,治水失败,被尧帝流放到羽山,后来尧帝又派遣祝融将他杀死。⑥婞直:刚直。⑦殀:同"夭",非正常死亡。

译诗

姐姐关切我而为我痛心,一遍又一遍地告诫我。
说:"鲧因为刚直而性命不保,最终被杀死在羽山的荒野。

> "汝何博①謇②而好修兮，纷独有此姱节③？
> 薋④菉⑤葹⑥以盈室兮，判⑦独离而不服⑧!

注释

①博：多。②謇：直言。③姱节：美好的节操。④薋：同"茨"，堆积。另说为草名。⑤菉：草名，王刍。⑥葹：恶草名。⑦判：判然。⑧服：佩戴。

译诗

"你为何总是好直言而追求美德，与众不同且讲求节操。
满屋子堆满了野生的花花草草，你却不肯佩戴而孤傲自持。

> "众不可户说①兮，孰②云③察余④之中情？
> 世并举⑤而好朋⑥兮，夫何茕独⑦而不予听？"

注释

①户说：一家一户地去解释自己的心志。②孰：谁。③云：语助词。④余：咱们。⑤并举：相互抬举。⑥好朋：好结朋党。⑦茕独：无兄弟称之为"茕"，无子称之为"独"，此处指孤独。

译诗

"对众人不能挨家挨户去说明，谁又能详查我们的本心呢？
世人都喜欢拉帮结伙互相吹捧，你为何孤身而行不听我的劝告呢？"

延伸

第七部分，诗中出现了第二位人物女媭。她是一位关心且爱护诗人的女性。她劝告诗人不妨和光同尘，与世人保持一致，不要太洁身自持，以免像鲧那样，因为太刚直而遇害。诗歌通过女媭之口，侧面描写了诗人不同于流俗、特立独行的风姿。

离 骚

依前圣以节中①兮,喟②凭③心而历④兹⑤。
济⑥沅湘⑦以南征兮,就重华⑧而陈辞。

注释

①节中:节制而不偏离,持守正道。②喟:叹息。③凭:愤懑。④历:经历。⑤兹:此。⑥济:渡河。⑦沅湘:沅水和湘水,楚国境内的两条河流。⑧重华:舜帝。据说舜帝是重瞳,每只眼睛里有两个瞳孔。舜帝南巡时死于沅湘以南的九嶷山。

译诗

我遵行圣贤的要求无偏差,可叹我的遭遇竟然如此。
渡过沅水湘水向南走去,我要向舜帝陈说衷肠。

启①《九辩》与《九歌》②兮,夏康娱③以自纵。
不顾难以图后④兮,五子⑤用失⑥乎家巷⑦。

注释

①启:夏启,大禹之子,夏王朝的实际建立者。夏启之前,尧、舜、禹推位让国,实行的是原始的选举制,也就是禅让制。大禹的儿子夏启杀死了伯益,破坏了禅让制度,开启了权力在家族内部传承的世袭制。②《九辩》与《九歌》:神话传说中的天界乐曲。据说夏启到天上做客,将这两支乐曲偷偷带回了人间。③康娱:过分的娱乐,放纵。另一说"夏康"连读,"夏"义为大,"康"指夏启之子太康。④图后:以图将来。⑤五子:夏启的五个儿子。另一说是太康的五个儿子。夏启晚年逐渐昏聩,他的五个儿子曾发动叛乱。⑥失:夏朝传到第三代君主太康时,太康整天饮酒作乐,荒废政事,东夷有穷氏的首领后羿趁机攻打夏朝,夺取了政权,这就是历史上的著名事件"太康失国"。太康的五个弟弟在洛水边,作《五子之歌》。⑦家巷:家乡,此处指夏朝的都城。

译诗

夏启从天帝那里偷来《九辩》和《九歌》，寻欢作乐而自我放纵。
不考虑可能出现的后患，五个儿子失去了他们的家。

> 羿①淫②游以佚畋兮，又好射夫封狐③。
> 固乱流其鲜终④兮，浞⑤又贪夫厥⑥家⑦。

注释

①羿：后羿，夏朝时有穷国的君主。羿发动政变取得了夏王朝的权柄，后来被自己的家臣寒浞所杀。②淫：与后文的"佚"同义，均指过度。③封狐：大狐狸。④鲜终：少有善终。⑤浞：寒浞，传说是后羿的相。后羿沉溺于打猎，不思处理国事，大权旁落到了寒浞手中。寒浞喜爱后羿美丽的妻子纯狐，并与之偷情，害怕败露，射杀了后羿。⑥厥：其。⑦家：通"姑"，古代对女性的称谓，此处指后羿之妻。

译诗

后羿过度迷恋于打猎嬉戏，又沉醉于猎杀大狐。
行为放荡者从来很少善终，寒浞杀掉后羿霸占了他的妻子。

> 浇①身被服强圉②兮，纵欲而不忍。
> 日康娱而自忘③兮，厥首用夫④颠陨⑤。

注释

①浇：过浇，寒浞的儿子，是著名的猛士。②被服强圉：依仗自己强大的力量。另说穿着坚固的盔甲。③自忘：忘掉自己的安危。④用夫：因而。⑤颠陨：坠落。

译诗

寒浇自恃勇武有力，放纵自己而不肯节制。
每日寻欢作乐忘掉了自身的危险，他的脑袋因此而搬了家。

离 骚

夏桀^①之常违^②兮，乃遂焉而逢殃^③。
后辛^④之菹醢^⑤兮，殷宗^⑥用而^⑦不长。

注释

①夏桀：夏王朝的末代君主，暴君，被流放而死。②常违：违背天道和人情。③逢殃：遭受灾祸。④后辛：及商纣王，商朝的末代君主。牧野之战失败后，周军攻陷商王朝的都城朝歌，商纣王自焚而死。⑤菹醢：把人剁成肉酱的酷刑。⑥殷宗：商王朝的国祚，宗指宗庙、宗脉。⑦用而：因而。

译诗

夏桀的行为总是违背常规，终于遭到殃祸。
纣王把忠良剁成肉酱，殷王朝也就不能长久了。

汤禹^①俨^②而祗^③敬兮，周^④论道而莫差。
举贤而授能兮，循^⑤绳墨而不颇。

注释

①汤禹：商王朝的开创者成汤和夏王朝的开创者大禹。②俨：庄严。③祗：恭敬。④周：周密谨慎，或说周文王与武王。⑤循：遵从。

译诗

商汤和大禹庄重肃穆敬畏神灵，周详地治国少出偏差。
他们都能选拔贤良之臣，遵循法度而不偏颇。

皇天^①无私阿^②兮，览民德^③焉错辅^④。
夫维^⑤圣哲^⑥以茂行^⑦兮，苟^⑧得用^⑨此下土^⑩。

注释

①皇天：对天与天神的称谓。②私阿：偏爱，曲意庇护。③民德：君主之德。

对上天而言，君主也是民。④错辅：安排辅佐。错，通"措"。⑤维：同"唯"，唯独。⑥圣哲：有超越常人道德与智慧的人。⑦茂行：德行充茂的人。⑧苟：于是。⑨用：拥有。⑩下土：指天下。

译诗

上天不会偏私，谁有德就给予谁扶助。
只有贤达睿智德行充沛的人，才能得到整个天下。

> 瞻前而顾后兮，相观①民②之计极③。
> 夫孰非义而可用兮？孰非善而可服④？

注释

①相观：同义连用，观察。②民：人，此处指君主。③计极：兴亡之因缘。
④服：意同"用"。

译诗

把天下兴亡思前想后，看出了万民的意愿。
哪有不义而拥有天下，哪有不善而得到拥戴？

> 阽①余身而危死兮，览余初②其犹未悔。
> 不量凿而正枘③兮，固前修以菹醢。

注释

①阽：临近凶险。②初：初衷，初心。③枘：凿子的木柄，此处指诤臣，不肯迁就迎合君主的臣子。

译诗

虽然死亡已向我靠近，但我并不为初心后悔。
不因君主的好恶而改变自我，这是前代诤臣粉身碎骨的原因。

离 骚

曾^①歔欷^②余郁邑兮，哀朕时之不当^③。
揽茹^④蕙以掩涕兮，霑^⑤余襟之浪浪^⑥。

注释

①曾：通"增"，屡次。②歔欷：悲伤哭泣的声音。③不当：不逢时。④茹：柔软。⑤霑：沾，打湿。⑥浪浪：流个不停的样子。

译诗

心中忧郁而哭泣不止，哀叹自己生不逢时。
我拿起柔软的蕙花擦拭眼泪，但泪水涟涟沾湿了我的衣襟。

延伸

第八部分，诗人虽然得不到重用，但是心中依旧难以放下朝堂大事。他反复思考历史上的国家兴亡，得到了一个结论：君主能够洁身自好，克制自己，对百姓行仁义，天下就能长久，比如大禹、成汤、周文王、周武王等创业者；不修自己的德行，暴虐、贪婪、放纵欲望，就会导致灭亡，比如太康、后羿、寒浞、夏桀、商纣王等。从以上所举的例子来看，诗人熟习历史。这个历史的范畴是整个华夏范围内的历史，而不局限于楚国的地域历史，可见诗人是将自己王国的历史放置在整个天下范围内来衡量的。诗人无处陈述内心的苦楚，想象自己到了上古先王舜帝面前，向他讲述这个道理。这种曲折的表达方式，将诗人内心深处的无望与无奈，以及对故国的哀愁表达得淋漓尽致。

跪敷^①衽^②以陈辞^③兮，耿^④吾既得此中正^⑤。
驷^⑥玉虬^⑦以桀^⑧鹥^⑨兮，溘^⑩埃^⑪风余上征^⑫。

注释

①敷：铺开。②衽：衣服前面的襟子。③陈辞：陈说。④耿：耿介。⑤此中正：此中之正道。⑥驷：四匹马拉着一辆车，称为驷。⑦玉虬：玉龙。虬，传

说中没有角的龙。⑧椉：乘。⑨鹥：传说中的神鸟，属凤凰一类，羽毛五彩。⑩溘：忽然。⑪埃：细小的尘土。⑫征：向天上飞。

译诗

跪着铺开衣襟诉说心扉，我得到正道心里明亮。

我乘着玉龙凤车，在风的助力下扶摇直上天空。

朝①发轫②于苍梧③兮，夕④余至⑤乎县圃⑥。

欲少留此灵琐⑦兮，日忽忽其将暮。

注释

①朝：早晨。②发轫：启程。轫，阻止车轮转动的楔子形状的小木头，垫在车轮下，防止车轮滚动。取掉轫，即为启程。③苍梧：又名九嶷，在今湖南省宁远县东南，舜帝即葬于此。诗人在这里拜谒了重华，故而说从这里启程。④夕：傍晚。⑤至：到达。⑥县圃：又作"悬圃""玄圃"，传说中昆仑山顶上的神仙居所。⑦灵琐：进入玄圃的门。

译诗

早晨从南方的苍梧出发，晚上就到了万里之外的玄圃。

我想在仙府门前稍留片刻，可是天色昏暗快天黑了。

吾令羲和①弭节②兮，望崦嵫③而勿迫④。

路曼曼⑤其修远⑥兮，吾将上下而求索。

注释

①羲和：传说中的太阳神。②弭节：缓慢地行驶。③崦嵫：传说中太阳落下的山。另说在今甘肃省天水境内。④迫：靠近。⑤曼曼：漫漫，形容远，是时间上的，也是空间上的。⑥修远：长远。

离 骚

译诗

我命令太阳神羲和停鞭慢行,莫叫太阳靠近崦嵫山。
前面的道路漫长而无期,我将不停地追求理想。

饮余马于咸池①兮,总②余辔③乎扶桑④。
折若木⑤以拂日兮,聊逍遥以相羊⑥。

注释

①咸池:神话传说中太阳沐浴的湖。②总:系,打结。③辔:马缰绳。④扶桑:神话中的神木,太阳从扶桑树升起。也说扶桑树是太阳栖息之地。⑤若木:神树名,在昆仑山极西。⑥相羊:徜徉。与"聊逍遥"都是联绵词,形式不同。

译诗

在太阳沐浴的神池饮马,把它拴在太阳栖息的扶桑树下。
折若木挡住太阳的光芒,我暂时可以从容自在地徜徉。

前望舒①使先驱②兮,后飞廉③使奔属④。
鸾皇⑤为余先戒兮,雷师⑥告余以未具⑦。

注释

①望舒:月神。②先驱:军队的前锋,此处指队伍的前导。③飞廉:风神。④奔属:奔跑而紧随其后。⑤鸾皇:鸾和凰,都是神话传说中的神鸟。⑥雷师:神话中的雷神。⑦未具:没有准备好。

译诗

月亮之神望舒为我的前导,风神飞廉紧随在队伍之后。
青鸾和凤凰为我肃清道路,雷神告诉我车驾还没有准备好。

031

离 骚

吾令凤鸟①飞腾兮,继之以日夜。
飘风②屯③其相离④兮,帅⑤云霓⑥而来御。

注释

①凤鸟:凤凰。②飘风:旋风。③屯:聚集。④离:附丽。⑤帅:同"率"。⑥霓:虹的一种。

译诗

凤凰翱翔于长天,昼夜不息地兼程。
大风聚集于我的车驾周围,排布云阵来迎接。

纷总总①其离合兮,斑②陆离③其上下。
吾令帝阍④开关兮,倚阊阖⑤而望予。

注释

①总总:聚集在一起的样子。②斑:光彩斑斓。③陆离:璀璨的样子。④帝阍:天帝的守门人。阍,守门人,引申为天将。⑤阊阖:神话中的天门。

译诗

云霓忽聚忽散,上下瞬息万变色彩斑斓。
我让天帝的守门人开门,他却倚靠着门框凝视我。

时暧暧①其将罢②兮,结③幽兰而延伫④。
世溷浊⑤而不分兮,好蔽美⑥而嫉妒。

注释

①暧暧:昏暗的样子。②将罢:将尽,指一天快要结束。③结:结交。④延伫:站立很久。⑤溷浊:浑浊。⑥蔽美:遮蔽美德。

译诗

日光昏暗一天将要结束,我怀抱兰花久久站立。
世道浑浊不能区分,总遮蔽美德而嫉妒贤能。

延伸

　　第九部分,这是《离骚》当中最具有想象力,也最能体现其浪漫主义表达手法的部分。这是一个神话中的世界,同时也是一个超越肉身存在、无拘无束的精神世界。诗中的"灵均"乘着龙车凤辇,高天四野、苍梧昆仑,无所不至。他求索的路十分漫长,担心光阴流逝得太快,叫日神减缓太阳的速度。日神羲和、月神望舒、风神飞廉、雷师,这些神仙都愿为他所驱使。他悠游于四海八荒,最后飞到了天庭,让天门的守门人开门,守门人却靠着门边翻白眼,对其视而不见。

　　诗中的意象非常密集,诗人往往把不同的事物安放在一处,如咸池、扶桑、若木,本不在一地,但为了渲染黄泉碧落任我遨游的境界,进行了诗意地处理,给人一种意境悠远、缥缈无限之美。可以说,从这一部分的语言中可以看出后世唐诗、宋词的语辞脉络。换一种说法,后世的诗人们从这些诗句中汲取了大量营养。如唐代诗人李白《赠饶阳张司户燧》诗中的"朝饮苍梧泉,夕栖碧海烟。宁知鸾凤意,远托椅桐前",宋人曹勋《游仙诗》中的"须臾羲御崦嵫没,相呼拍手骑龙归",清代诗人康有为的《出都留别诸公》中的"天龙作骑万灵从,独立飞来缥缈峰。怀抱芳馨兰一握,纵横宙合雾千重",不论是意象,还是句式结构,都受到屈原的影响。对于《离骚》中的这32句诗,只要稍微改变一下词汇和句式结构,就拥有了近体诗的味道。我们不妨试译一下:

　　锦毯铺地来相诉,内怀冰心意非殊。
　　驾车游龙伴灵鸟,一刹便入天津渡。
　　清晓乘风发苍梧,夕云收尽至悬圃。
　　欲留灵薮须臾时,青冥昏昏日将暮。
　　吾令羲和莫挥鞭,停车光阴居白屋。
　　长路漫漫其修远,上下求索无觅处。

离 骚

饮龙咸池闻谣歌，总辔扶桑见神木。
折木拂日群山立，信马逍遥到蓬壶。
望舒大步为先驱，飞廉相随影徐徐。
青鸾开道凤凰舞，雷师传旗疾击鼓。
凤鸟飞腾不一息，继以日夜是良图。
飘风万里归故人，云霓千重宇宙浮。
纷合瑞气窥鹤影，陆离烟色蔽云路。
我令天将开阊阖，倚门相望若无睹。
一尘暧暧空际尽，怀抱幽兰伫天都。
天上人间无浊清，蔽美嫉妒良人逐。

朝吾将济①于白水②兮，登阆风③（láng fēng）而绁④（xiè）马。
忽反顾⑤以流涕兮，哀高丘⑥之无女。

注释

①济：渡河。②白水：神话传说中发源于昆仑山的河流，饮后可以不死。③阆风：传说中的仙山，在昆仑之巅。④绁：系马缰绳。⑤反顾：回过头来看。⑥高丘：神话中的山名，或说是楚国境内的山。

译诗

早晨我将渡过白水河，登上阆风仙山把马拴在那里。
回过头来禁不住泪涕横流，哀伤于仙山也没有我心仪的人。

溘①吾游此春宫②兮，折琼枝③以继佩。
及荣华④之未落兮，相⑤下女之可诒⑥（yí）。

注释

①溘：忽然。②春宫：传说中东方青帝居住的宫殿。③琼枝：神话中的玉树。④荣华：花草茂盛，比喻美好年华。⑤相：视，看。⑥诒：通"贻"，馈赠。

译诗

忽然游历了青帝的宫殿，折一枝仙树的枝条作为配饰。
趁着花朵尚未凋落，我要看看有无美人相赠。

> 吾令丰隆①乘云兮，求宓(fú)妃②之所在。
> 解佩纕(xiāng)③以结言④兮，吾令蹇修(jiǎn xiū)⑤以为理⑥。

注释

①丰隆：神话中的云神。②宓妃：神话中的洛水女神。③纕：佩带。④结言：口头订约。⑤蹇修：神话中伏羲的大臣，是有贤德的人。⑥理：使者，媒人。

译诗

我让云神丰隆驾云，去寻找洛水女神的住所。
我解下佩饰去订约，让蹇修给我当媒人。

> 纷总总①其离合兮，忽纬繣(huà)②其难迁。
> 夕归次③于穷石④兮，朝濯发⑤乎洧(wěi)盘⑥。

注释

①纷总总：形容往来人多，使者络绎不绝。②纬繣：乖戾，不合。③次：住宿。④穷石：神话中的地名，东夷有穷氏君主后羿的居住之地。⑤濯发：洗头发。⑥洧盘：神话中的河，发源于崦嵫山。

译诗

使者不绝于道态度难明，忽然间告知我情意不投好事难成。
晚上住在穷石的宫阙，早上回到洧盘河洗头发。

> 保①厥②美以骄傲兮，日康娱以淫游。
> 虽信美而无礼兮，来③违弃④而改求。

离 骚

注释

①保：依靠。②厥：其，指洛水女神。③来：回来，指唤回云神丰隆。④违弃：丢开。

译诗

洛水女神自恃貌美而骄傲，整天游戏放纵而无度。
虽然美丽但却不守礼法，还是放弃她而追求其他。

> 览相观①于四极②兮，周流乎天余乃下。
> 望瑶台③之偃蹇④兮，见有娀⑤之佚女⑥。

注释

①览相观：三个字同义，都是看的意思。②四极：泛指四方很远的地方。③瑶台：神话中的神仙居所。④偃蹇：高高耸立。⑤有娀：古国名，殷商始祖契的母亲简狄即为有娀之女。⑥佚女：美女。

译诗

驰目骋怀游览四极无尽头，周游了所有地方才降落。
遥望高耸在云中的瑶台，看到有娀氏的美人简狄。

> 吾令鸩①为媒②兮，鸩告余以不好。
> 雄鸠之鸣逝兮，余犹恶③其佻巧④。

注释

①鸩：传说中有毒的鸟，将它的羽毛浸入酒中，即成为毒酒。饮鸩止渴，说的就是饮用以这种鸟的羽毛浸泡的毒酒，比喻只求解决眼前困难而不顾严重后果。②媒：媒介，媒人。③恶：憎恨，憎恶。④佻巧：轻佻。

译诗

我让鸩鸟前去给我做媒，鸩鸟却说那个美女不好。
雄鸠大声叫着飞走，我又嫌它诡诈轻佻。

心犹豫而狐疑①兮，欲自适②而不可。
凤皇既受诒③兮，恐高辛④之先我。

注释

①狐疑：与"犹豫"同，都是忧而不能决断。②适：往。③诒：同"贻"，馈赠，此处指聘礼。④高辛：五帝之一的帝喾，号高辛氏。

译诗

我心中犹豫而疑惑不定，想自己去又觉得不合礼仪。
凤凰已经接受聘礼，我担心帝喾会先我一步娶到简狄。

欲远集①而无所止兮，聊浮游以逍遥。
及少康②之未家兮，留有虞之二姚③。
　　　　　　　　　　　　yú

注释

①集：就。②少康：夏朝的中兴之主，太康之弟仲康的孙子。我们在前面写过"太康失国"，夏启的儿子太康沉迷于游猎，有穷国的君主后羿趁机攻占夏朝都城，之后后羿又被其臣子寒浞所杀。寒浞窃取了夏朝的大权后，让自己的儿子过浇杀夏朝的王族，包括少康的父亲相。少康不得已，逃亡到了有虞国，并娶了有虞国君主的两个女儿。之后少康复国，消灭了过浇，使得夏王朝再度强大。③二姚：有虞国君主的两个女儿。有虞国为姚姓。

译诗

我想去远方但却怕无人投靠，只好在附近徘徊游荡。
趁着少康还未成家，虞国的两位美娇娘可以追求。

理弱而媒拙兮，恐导①言之不固②。
世溷浊而嫉贤兮，好蔽美而称恶。
　hùn

注释

①导：传递。②不固：不成。

译诗

担心媒人言辞笨拙，恐怕传达言语不当而致失败。
世道昏暗容纳不得贤才，遮蔽美德而宣扬其缺点。

闺①中既以邃②远兮，哲王③又不寤④。
怀朕情而不发兮，余焉能忍而与此终古？

注释

①闺：女子所居之内殿。②邃：幽深。③哲王：明智聪敏的君主，指诗中所说的"灵修"。④寤：醒来，比喻觉醒。

译诗

美人所居之地幽秘深邃，君王又始终不觉醒。
满腔忠贞无法当面陈说，我怎能就此了却一生。

延伸

第十部分，为了找到心中的最爱，诗中的主角"灵均"渡过了白水河，到达昆仑山的神仙居所。这里尽管仙妹不少，但是并无他心仪之人。他又到了青帝的宫殿。这里琼花满枝，美人成群，却依旧没有他喜欢的人。他看中了洛水女神，但后来发现她美而无礼，并非良配。他不期望了一眼云端高阙上的美人简狄，一下子爱上了她，但美人心有所属，未能投洽。又念及有虞氏的两个女儿，贤达聪慧，却因闺房深远难以与之接近。

这一段以追求理想的爱情来譬喻追求理想，以男女之情比喻君臣之义。诗中引入了很多神话中的山水、宫阙和人物，与之前的写作手法一样。诗人善于打破时空限制，把不同的人物纳入同一个文本结构，让它们都汇聚在"灵均"的世界里。诗中的洛水女神宓妃、帝喾之妃简狄、有虞氏二女并非同一时代的人物，但诗人将她们放在了同一语境里。宓妃美丽而放纵，

与后羿、河伯之间是三角恋关系，故而与诗人性情志趣不投，诗人放弃了她。简狄、有虞氏二女端庄而有德，但皆因种种原因而没有追求成功。诗章最终落到了灵修，也就是楚国君王的身上。诗人希望君王觉醒，能够听取自己的衷肠。

整段诗篇如同大风吹云，忽散忽合，好像说得很清楚，又令读者无从把握。它不像叙事诗，文辞讲得都很明白。它更多的是用象征手法，铺陈了很多神话，意象之间充满了跳跃，在亦真亦幻之间，最终落到了现实上。前面的虚与后面的实，形成了强烈的反差，犹如从云端坠落，最终为现实所惊醒，诗人依旧不能忘怀故国。

索琼茅①以筳篿②兮，命灵氛③为余占④之。
曰："两美其⑤必合兮，孰信⑥修而慕⑦之？

注释

①琼茅：用于占卜的草。②筳篿：竹片，楚人用来算卦。③灵氛：掌管卜卦的巫师。④占：占卜。⑤其：表肯定的语气助词。⑥信：确实。⑦慕：思、念。

译诗

索取占卜的灵草和细竹片，请求巫师灵氛为我占卜。
说："郎才女貌必能好合，哪个有美德的人不令人思慕呢？

"思九州①之博大兮，岂惟是其有女？"
曰："勉②远逝而无狐疑兮，孰求美而释③女④？

注释

①九州：传说大禹将天下划分为九州，后来"九州"便成为天下的代称。②勉：劝勉。③释：放弃。④女：同"汝"，你。

离 骚

译诗

"想想天下如此广阔,难道只有这里才有贞淑的美人?"
说:"劝你到远方去不要再犹豫,热爱美德之人谁会把你放弃?

"何所独无芳草兮,尔何怀乎故宇①?
世幽昧以眩曜兮,孰云②察余之善恶?

注释

①故宇:旧土。②云:语助词。

译诗

"天涯何处无芳草,你何必怀恋故土?
世道黑暗昏昧令人迷乱,谁又能真正了解我们?

"民①好恶其不同兮,惟②此党人其独异!
户③服艾④以盈要⑤兮,谓幽兰其不可佩。

注释

①民:人。②惟:唯。③户:音同"扈",披着。④艾:艾草。⑤要:即"腰"字。

译诗

"人们固然各有所喜恶,只是这里朋比为奸的人更加与众不同。
他们都把艾草挂在腰间,却说兰花不可佩戴。

"览察草木其犹未得兮,岂珵①美之能当?
苏②粪壤以充帏兮,谓申椒其不芳。"

注释

①珵:美玉。②苏:捡、拾取。

译诗

"他们对草木尚且不能辨识,又怎么能鉴定玉器呢?
捡拾粪土塞满香囊,却说申椒没有香味。"

> 欲从灵氛之吉占兮,心犹豫而狐疑。
> 巫咸①将夕降兮,怀②椒糈③而要之。

注释

①巫咸:人名,巫师的名字。《尚书》《吕氏春秋》《庄子》《山海经》等古典著作中都曾出现这个名字。但此处并非写实,如同前面引简狄、宓妃等人名,仅为借作艺术形象。②怀:藏,准备。③椒糈:拌香料的米饭。糈,精米。

译诗

想听从灵氛占卜的好卦,心里却又犹豫不能决断。
巫咸今晚将要降神,我准备好了拌有香味的精米饭恭候他。

> 百神翳①其备②降兮,九疑③缤其并迎。
> 皇④剡剡⑤其扬灵⑥兮,告余以吉故。

注释

①翳:遮蔽。②备:全部都。③九疑:九嶷山上的神灵。④皇:义同后世之"煌"字,辉煌。⑤剡剡:发亮的样子。⑥灵:神。

译诗

诸神遮天蔽日一起降临,九嶷山的仙子纷纷迎接。
巫咸光芒闪耀,告诉我吉利的原因。

离 骚

曰："勉升降以上下兮，求榘(jǔ)矱(yuē)①之所同②。
汤禹严而求合兮，挚③咎(gāo)繇(yáo)④而能调。

注释

①榘矱：两种工具名。榘，同"矩"，度量方形；矱，度量长度。②同：清代学者孙怡让认为系"周"字，义为"合"。③挚：尹伊，商汤的国相。④咎繇：即皋陶，传说中舜帝的大臣，善于拟定法令，且执法严明。

译诗

他说："要能浮能沉进而能处于高位也能在卑位，按照尺度寻求同行者。商汤和大禹庄重寻求贤士，得到了伊尹和皋陶的协助。

"苟中情其好修兮，又何必用夫行媒①？
说②(yuè)操筑③于傅岩④兮，武丁用而不疑。

注释

①媒：通聘问的人，指使者。②说：傅说，商王武丁的国相，因被武丁发现于傅岩，故称。③操筑：筑墙。操，操作；筑，筑板。④傅岩：地名，在今山西平陆县以东。

译诗

"只要衷心热爱美好的品质，又何必用媒人往来说合？
傅说在傅岩间筑墙，商王武丁毫不犹豫地重用了他。

"吕望①之鼓刀②兮，遭周文③而得举。
宁戚④之讴歌兮，齐桓⑤闻以该⑥辅。

注释

①吕望：又称吕尚，世称姜太公。姜姓，名尚，字子牙，因先代封于吕，因

而以吕为氏。辅佐周文王治理周部族强大，完成了灭商兴周的大业。②鼓刀：敲打刀发出声音。指姜太公微贱时曾为屠夫，在街边招揽顾客。③周文：周文王，姬姓，名昌。④宁戚：齐桓公时期的齐国大夫。⑤齐桓：齐桓公，姜姓，吕氏，名小白，春秋五霸之一。⑥该：预备。

译诗

"姜太公曾在朝歌的街边敲打着刀揽客，遇到周文王而得到重用。
宁戚拉车喂牛的时候高歌，齐桓公听到后任命他为自己的辅臣。

"及年岁之未晏①兮，时亦犹其未央。
恐鹈鴂②之先鸣兮，使夫百草为之不芳。"

注释

①晏：晚。②鹈鴂：鸟名。

译诗

"趁着年纪还不太老，时光还没有流失殆尽。
担忧的是鹈鴂叫得太早，使得百花因此而凋零。"

何琼佩①之偃蹇②兮，众薆然③而蔽之。
惟此党人之不谅兮，恐嫉妒而折之。

注释

①琼佩：美玉所制成的佩饰。或说即前文神话中的"琼枝"所做的玉佩。②偃蹇：高耸的样子，有高卓之意。③薆然：因遮蔽而黯然。

译诗

为何我的佩饰高卓美好，小人却遮蔽它而使之黯然失色。
这些小人们不值得信赖，因嫉妒而将美玉摧毁。

离骚

> 时缤纷^①其变易兮,又何可以淹留?
> 兰芷变而不芳兮,荃蕙化而为茅^②。

注释

①缤纷:形容世道纷乱。②茅:茅草,此处指小人。

译诗

世道纷乱而事态变易,我又岂能在此久留?
兰芷变质而失去了芳香,荃蕙两种香草败成普通的茅草。

> 何昔日之芳草兮,今直^①为此萧艾^②也?
> 岂其有他故兮,莫好修之害也!

注释

①直:竟然。②萧艾:代指普通的草,指奸佞小人。

译诗

为何从前的香草,如今都成了庸俗草木。
莫非还有其他原因,这都是不好修洁造成的。

> 以兰为可恃兮,羌无实^①而容长^②。
> 委厥美以从俗^③兮,苟得列乎众芳。

注释

①无实:徒有表面,缺乏内在。②容长:容貌美好硕实。③从俗:与庸俗合流。

译诗

我以为兰草可以信赖,谁知它华而不实虚有其表。
兰草放弃美质屈从于世俗,苟且偷生只为与一众俗草同列。

椒^①专佞以慢慆^②兮，樧^③又欲充夫佩帏。
既干进^④而务入^⑤兮，又何芳之能祗^⑥？

注释

①椒：一说指楚国大夫子椒，另说指变节之人。②慢慆：怠惰而沉迷逸乐。③樧：草名，形似茱萸而小，色赤。④干进：汲汲于晋升，追逐权力。⑤务入：务必进入官僚贵族上层。⑥祗：尊敬。

译诗

椒专事谄媚而好逸乐，樧又一心想进入宫廷的上层。
他们汲汲于钻营以获得晋身，又怎会对有品格的人保持尊敬呢？

固时俗之流从^①兮，又孰能无变化？
览椒兰其若兹兮，又况揭车与江离^②？

注释

①流从：像水一样流而往下，比喻不辨是非，盲目从俗。②揭车与江离：两种香草，此处指变节的人。

译诗

世俗本就是随波逐流，谁又能保证不发生变故。
且看椒和兰尚且如此改变，更何况揭车与江离呢？

惟兹佩之可贵兮，委^①厥美而历兹^②。
芳菲菲而难亏^③兮，芬至今犹未沬^④。

注释

①委：丢弃，此处指被抛弃。②历兹：到了这步田地。③亏：亏损。④沬：香气消散之意。

离　骚

译诗

念及我的佩饰最可贵啊，却遭人嫌弃到了这步田地。
浓郁的香气很久无亏损，直到如今香气还未消散。

和调度^①以自娱兮，聊浮游而求女。
及余饰^②之方壮^③兮，周流观乎上下。

注释

①调度：格调和法度。②饰：配饰，此处指年岁。③方壮：正壮健。

译诗

调整内心以求自娱，姑且去漫游寻求理想的知音。
趁着我尚在壮健之岁，我要周游天下观览四方。

延伸

　　第十一部分，诗人遍寻"美人"不得，求助于神巫。占卜在古人的生活中有重大意义，当事不能决断的时候，往往通过占卜来下决心，或者作为对一件事情的判断依据。诗人问卜，当然不是为了趋利避害，而是请求神明给自己指路，告诉自己怎样才能达到明君贤臣的政治理想。对于古代知识分子而言，明君贤臣是保证政治清明、天下安定、人民和谐的唯一道路。诗人在诗中历述明君贤臣的历史，尤其是伊尹、傅说、姜太公和宁戚四人，堪称是君主"礼贤下士"的经典，被历史文本一遍又一遍地提及。伊尹是出身于庖厨的奴隶，商王成汤不因为他身份低微而轻视他，发掘了他的才能，任命为宰辅，最终灭夏而成为新的天下共主，建立商王朝。傅说是在傅岩修筑城墙的一个奴隶，殷高宗武丁发现了他的才能，提拔为自己的大臣，让他充分施展才能，实现了商王朝的中兴。姜太公鼓刀为屠夫，文王认为他有王佐之才，请他上车一同回到宫廷。他协助周文王治理周国，后来又辅佐周武王剪灭商王朝，是西周王朝的元勋。宁戚出身卑贱，以挽车喂牛为生，齐桓公重用了他，为齐国的称霸制订了策略，是与管仲、鲍

叔牙齐名的贤臣。然而，现实是无情的，楚怀王也好，楚顷襄王也好，他们不但不是齐桓公，更不是殷高宗、周文王，诗人因此不被重用，而且一再遭到罢黜。现实中无所着力，诗人便寄情于精神世界。

> 灵氛既告余以吉占兮，历吉日乎吾将行。
> 折琼枝以为羞^①兮，精^②琼靡^③以为粻^④。

注释

①羞：同"馐"，美味的食物，或说肉干。②精：去除杂质，提取精纯。③琼靡：玉的细屑。④粻：粮食。

译诗

灵氛已告诉我卜的是吉卦，让我选个好日子启程。
折下玉树的枝叶作为菜肴，碾碎美玉作为干粮。

> 为余驾飞龙兮，杂瑶象^①以为车。
> 何离心之可同兮？吾将远逝以自疏^②。

注释

①瑶象：珠玉象牙。②自疏：自我疏离。

译诗

给我的车套上飞龙，用美玉和象牙装饰车子。
和心志不同的人岂能凑合在一起，我将主动离开他们远去。

> 邅^①吾道夫昆仑兮，路修远以周流。
> 扬云霓之晻蔼^②兮，鸣玉鸾^③之啾啾^④。

离 骚

注释

①遭：转。②晻蔼：云旗蔽日的样子。③鸣玉鸾：鸣响车铃铛。鸾，车铃铛。④啾啾：本为鸟鸣声，此处指车铃声。

译诗

我转道至昆仑山下，路迢迢我将周游天下。
飞扬的云旗遮蔽了日光，车铃声啾啾响鸣悦耳动听。

> 朝发轫于天津①兮，夕余至乎西极②。
> 凤皇翼③其承旂④兮，高翱翔之翼翼。

注释

①天津：天河的渡口，传说在箕、斗两星宿之间。②西极：辽远的西方，传说中的日落之处，此处形容远。③翼：展翅。④承旂：龙旗和凤旗交相辉映。旂，旗杆头上有铃铛，上绘双龙图案的旗帜。

译诗

清晨从天河渡口出发，晚上到达西边的天尽头。
凤凰展开的羽翼上托着旗帜，翱翔在天上平稳又自由。

> 忽吾行此流沙①兮，遵②赤水③而容与④。
> 麾⁵蛟龙⁶使梁津⁷兮，诏⁸西皇⁹使涉予。
> （huī）

注释

①流沙：传说中极西的沙漠。②遵：遵循。③赤水：神话中的河流，源出于昆仑。④容与：从容的样子。⑤麾：指挥。⑥蛟龙：龙的一种。⑦梁津：在渡口搭建浮桥。⑧诏：下诏，命令。⑨西皇：西方之神白帝少昊，或说为神的使者蓐（rù）收。

053

译诗

忽然来到西边最远的流沙，沿着赤水河从容地前进。
指挥蛟龙在渡口架上桥，又令西方之神帮我渡过去。

> 路修远以多艰兮，腾①众车使径待②。
> 路不周③以左转兮，指西海④以为期。

注释

①腾：转告。②径待：在路边随侍。③不周：不周山，神话传说中的山，在昆仑山西北。传说共工与颛顼争夺帝位，怒而触不周山，撞断了天柱，导致天倾西北，地不满东南，造成了东方大陆西北高，东南低的局面，从此江河向东流。④西海：神话中西部的一个大湖。

译诗

路途遥远而又艰难，我传令众车前后扈从。
路过不周山向左转，把西海作为此行的目的地。

> 屯余车其千乘①兮，齐玉轪②(dài)而并驰。
> 驾八龙之婉婉③兮，载云旗之委蛇④(wēi yí)。

注释

①千乘：四匹马驾一车，称为一乘。千乘，形容队伍庞大。②玉轪：玉做的车轮。③婉婉：蜿蜒曲折的样子。④委蛇：即逶迤，舒卷蜿蜒的样子。

译诗

聚集跟随我的有上千车驾，玉轮轰鸣并驾齐驱。
驾车的八条龙逶迤蜿蜒，车上的云旗随风招展。

离 骚

抑志^①而弭节兮,神高驰之邈邈^②。
奏《九歌》而舞《韶》^③兮,聊假日^④以偷乐。

注释

①抑志:抑制自己的情志。②邈邈:渺远的样子。③韶:即《九韶》,传说为舜帝时的乐舞。④假日:利用时日。

译诗

我抑制情绪而放慢速度,我的神思却飞得更高更远。
演奏《九歌》舞起《九韶》,且在时光中寻求享乐。

陟升^①皇^②之赫戏^③兮,忽临睨^④夫旧乡^⑤。
仆夫^⑥悲余马怀^⑦兮,蜷局^⑧顾而不行。

注释

①陟升:登上,上升。②皇:皇天。③赫戏:光明的样子。④睨:斜着眼睛看。⑤旧乡:故乡,故土。⑥仆夫:仆从。⑦怀:眷恋,思恋。⑧蜷局:蜷曲不能伸展。

译诗

我刚登上光芒四射的天国,不经意间又看到了我的故乡。
我的仆从悲伤连马儿也眷恋不已,弓身顿蹄不肯向前。

乱^①曰:
已矣哉!国无人莫我知兮,又何怀乎故都!
既莫足与为美政^②兮,吾将从彭咸之所居!

注释

①乱:古代乐曲里的一个名目,相当于尾声。②美政:理想的政治。

译诗

乱辞说:
算了吧!国中已无人了解我,我又何必怀念故都。
既然没人和我一道实现理想政治,我将追随先贤彭咸而去。

延伸

第十二部分,仿佛是为了对应前一章"明君贤臣"美好政治理想的破灭,诗人再度踏上"周游世界"之路。这个"世界"并非纯粹的私人的精神空间,而是一个突破了时空局限的世界。尽管时间过去了两千多年,但我们仍然能够感受到文字间的那种张力。过去时光中的读者,那些已经作古的古人,应该也有过和我们相同的感受。

诗人驾驶着飞龙牵引的瑶车,取道昆仑山,曾到过流沙、赤水、西海这些世界上最远的地方。然而,无论走得多远,走得多久,只需一回首,就能看到故园。家国之思,是他永远的精神内核。

九 歌

作者及作品

《九歌》的作者是屈原。此诗历来被奉为屈原作品中最精致、最富有魅力的诗篇之一。它体现了屈原的最高艺术成就。《九歌》以山川神祇和自然风物为内容，淋漓尽致地抒发了诗人放逐沅湘期间忠君爱国、忧世愁苦的心情。全篇诗歌"寓情草木，托意男女""吟咏情性，以风其上"，反映了屈原高超的文学表现手法。

从古代人类宗教思想的渊源来考察，人们所祭祀的神灵和生产斗争、生存竞争有密切关系。所祭的神与灵可分为三类：天神、地神、魂灵。《九歌》中，属于天神的是东皇太一、云中君、大司命、少司命、东君；属于地神的是湘君、湘夫人、山鬼；属于魂灵的是阵亡的将士之魂。有人认为，在上述的神灵中，除了篇首的东皇太一和篇末的将士之魂是单独的外，其他的六神都可以按照性别配对，即东君（男）与云中君（女），大司命（男）与少司命（女），湘君（男）与湘夫人（女），河伯（男）与山鬼（女）。但其中除了湘君、湘夫人有较明显的配偶关系外，别的都较为牵强，故不为大多数学者所认可。

从《九歌》的形式来看，似乎当时楚国的祭神活动已经具备了赛神歌舞剧的特征。其中，许多地方呈现出男巫与女巫互相唱和的情景。清代学者陈本礼在其著作《屈辞精义》中说："《九歌》之乐，有男巫歌者，有女巫歌者；有巫、觋并舞而歌者；有一巫倡而众巫和者。"这就在祭神仪式中出现了表演世间男女恋爱的剧目。

宋代理学家朱熹在《楚辞辩证》中说："《九歌》比其类，则宜为三《颂》

之属；而论其辞，则反为《国风》再变之《郑》《卫》矣。"同样包含了男女之情，《九歌》和《诗经》中的《郑》《卫》之风，大不相同。应该说《诗经》中的《郑》《卫》之风，更多表现出的是中原文化的特征；而《九歌》则呈现出江汉一带楚国文化的深邃、幽隐、曲折与婉丽。

"九歌"之名含义深广，来源古老。《尚书》和《左转》中都有关于"九歌"的记载。它是一种上古音乐的名称。传说《九歌》本是天乐，赵简子梦中升天曾经听到过。另外，还有夏启从天界盗取《九歌》到人间的说法。据说因夏启盗天乐，还造成了五子之乱，以至于夏人亡国。闻一多先生则认为可以将《九歌》看作一出大型歌舞剧，这对考证《九歌》的戏剧色彩很有助益。不过，《九歌》虽然有一定的娱乐色彩，但仍然以祭神为主，本质上并未脱离宗教因素。虽然有的篇章可构成情节，但是各个篇章之间却并非一个有机的整体。巫师们时而扮神、时而媚神，其目的还是迎请神灵降临于祭坛、获得神灵的福佑，而不是单纯的表演，因此还不能将《九歌》视作完整的歌舞剧。

作为中国古代祭神题材的杰作，在舞蹈、戏剧、诗歌的发展里程上，《九歌》都有极为重要的意义，对研究古代南方的社会文化也有很大的价值。

东皇太一

吉日①兮辰良②，穆③将愉兮上皇④。
抚长剑兮玉珥⑤，璆锵⑥鸣兮琳琅⑦。

注释

①吉日：好日子。②辰良："良辰"的倒文，以便谐韵。③穆：敬。④上皇：对太一神的尊称。⑤玉珥：剑镡，即护手，此处代指剑柄。⑥璆锵：形容佩玉撞击的声音。⑦琳琅：美玉的名字。

九 歌

译诗

良辰吉日，恭敬地祭祀东皇。
手扶长剑的玉柄，腰间的玉佩叮当响。

瑶席①兮玉瑱②（zhèn），盍③将把兮琼芳④。
蕙肴⑤（huì yáo）蒸⑥兮兰藉⑦，奠⑧（diàn）桂酒兮椒浆⑨（jiāo jiāng）。
扬枹⑩（fú）兮拊鼓⑪（fǔ），疏缓节⑫兮安歌，陈⑬竽瑟兮浩倡⑭。

注释

①瑶席：质地精美的席子。②玉瑱：玉质的席镇。古人席地而坐，为了防止席子卷起来，四角用席镇压住。此处指神位前的席镇。③盍：发语词。④琼芳：鲜花。⑤蕙肴：蕙草薰的肉。⑥蒸：进献。⑦兰藉：用兰花衬垫。⑧奠：献供。⑨椒浆：以椒浸制的酒浆。⑩枹：鼓槌。⑪拊鼓：击鼓。⑫缓节：轻缓的节奏。⑬陈：列。⑭浩倡：大声唱。

译诗

精美的席子上压着玉镇，芳香的鲜花献给你。
蕙草薰的肉放在兰花上，桂花酒和椒汤一起呈上。
举起鼓槌敲鼓，随着舒缓的节奏轻歌，伴奏着竽和瑟高歌。

灵①偃蹇②（yǎn jiǎn）兮姣服③，芳菲菲兮满堂。
五音④纷兮繁会，君⑤欣欣兮乐康。

注释

①灵：指神。《九歌》中凡"灵"字皆指所祭祀的神。②偃蹇：委曲婉转的样子，指舞蹈。③姣服：美丽的衣裳。④五音：宫、商、角、徵、羽，是中国古代音乐的音阶。⑤君：指东皇太一。

译诗

东皇穿着华美的衣裳起舞,满堂阵阵香气袭人。
音乐声纷繁而优美,东皇愉悦而安乐。

延伸

东皇太一在中国神话中是什么地位的神祇?各种文献中并无统一的说法。《汉书·郊祀志》记载:"天神贵者太一。太一佐曰五帝。古者天子以春秋祭太一东南郊。"《汉书·天文志》记载:"中宫天极星,其一明者,太一常居也。"刘安《淮南子》记载:"太微者,太一之庭。紫宫者,太一之居。"《天文大象赋》注:"天皇大帝一星在紫微宫内,勾陈口中。其神曰曜魄宝,主御群灵,秉万机神图也。"清代学者戴震注《东皇太一》:"古未有祀太一者,以太一为神名,殆起于周末。汉武帝因方士之言,立其祀长安东南郊。唐宋祀之犹重。盖自战国时奉为祈福神,其祀最隆,故屈原就当时祀典赋之,非祠神所歌也。"

从以上内容来看,东皇太一在上古神系中具有很高的地位。同为楚辞大家的宋玉在《高唐赋》中说"醮诸神,礼太一",可见东皇太一在祭祀中的地位了。

诗篇开篇写祭祀神的供奉,极尽庄严。祭神者腰悬长剑,佩戴美玉环佩,姿态恭顺肃穆,显示出一派典雅和高贵的风范。祭神的用品有蕙、兰、桂、椒四种香草,这四种香草是被屈原赋予了高贵内涵的,由此可见其圣洁无伦的象征意义。

在叙述祭神的场景时,则说:"扬枹兮拊鼓,疏缓节兮安歌,陈竽瑟兮浩倡。灵偃蹇兮姣服,芳菲菲兮满堂。"场面庄敬,歌舞虽铺陈,但是毫不艳俗;音乐虽繁杂,但并不浮靡。音乐和舞蹈都是严肃的祭祀乐舞,平和庄重,气息廓大。

诗篇中描绘东皇太一附体降临于巫师之身。这种祭祀风俗,在湖北的部分地区至今仍然存在。担任巫师一职的人被称为"神脚",从这个名称来看,颇有些"神的代步者"的意味。且不论这种活动在现代社会的意义,单纯从学术的角度来说,也印证了屈原时代楚地人的祭祀方式。

云中君

浴①兰汤②兮沐③芳,华采衣兮若英④。
灵⑤连蜷⑥兮既留,烂昭昭⑦兮未央⑧。

注释

①浴:洗澡。②兰汤:添加了兰花的洗澡水,此处泛指香气四溢的水。③沐:洗头。④若英:如同花一样。⑤灵:指云中君。⑥连蜷:长而婉转曲折。⑦烂昭昭:光华灿烂。⑧未央:未尽。

译诗

在香气四溢的兰汤中沐浴,穿上华丽的如花般的衣裳。
云神回环起舞降临祭坛,光辉灿烂没有止境。

謇①将憺②兮寿宫③,与日月兮齐光。
龙驾④兮帝服,聊⑤翱游兮周章⑥。

注释

①謇:发语词,无实义。②憺:安。③寿宫:云神的宫阙。④龙驾:龙拉的车。⑤聊:暂且。⑥周章:周游往来。

译诗

云间宫阙安详自然,和日月一起放射光芒。
驾着龙车穿着华服,在天宇间翱翔周游。

灵皇①皇兮既降②,猋③远举兮云中。
览④冀州兮有余,横⑤四海兮焉穷⑥。

思⑦夫君兮太息⑧，极劳心兮忡忡⑨。

注释

①皇：通"煌"，光华闪烁。②降：从天上降临地面。③猋：原义为风从上往下吹。此处指云神刚来又走了。④览：看。⑤横：横奔。⑥穷：尽头。⑦思：思念。⑧太息：叹息。⑨忡忡：忧虑的样子。

译诗

从天而降光焰四射，忽又疾飞云端。
俯瞰远超冀州之外，横越四海而无穷尽。
思念神君长长的叹息，忧心忡忡且黯然神伤。

延伸

云中君是什么神？众说纷纭。一说即云神丰隆，另外则有水神说、月神说、电神说、洛神说，等等，均为一家之言。

此诗为迎神之作，其中前两句所说的沐浴更衣，是巫师迎神前的一系列准备工作，接下来是巫师迎神、礼神。颂神后，神安乐愉悦，光华焕发。

"灵连蜷兮既留，烂昭昭兮未央。謇将憺兮寿宫，与日月兮齐光"等句描写祭神的盛大场面，可见其地位之尊崇，是当时非常重要的神。

湘君

君①不行兮夷犹②，蹇③谁留兮中洲？
美要眇④兮宜修⑤，沛⑥吾乘兮桂舟。

注释

①君：指湘君。②夷犹：犹豫。③蹇：发语词，无实义。④要眇：美好的样子。⑤宜修：修饰得当。⑥沛：水流充足，此处指行舟快。

译诗

郎君啊犹豫不前,为谁停留沙洲?
我为你修饰容颜,在急流中驾起一叶桂舟。

令沅湘^①兮无波,使江水兮安流。
望夫君兮未来,吹参差^②兮谁思?

注释

①沅湘:沅水和湘水,均在今湖南境内。②参差:不整齐,此处指排箫。

译诗

我命令沅湘二水波澜不兴,还让江水缓缓流动。
望眼欲穿你却未来,你吹着箫为谁情思悠悠?

驾飞龙^①兮北征^②,邅^③吾道兮洞庭。
薜荔^④柏兮蕙绸^⑤,荪桡^⑥兮兰旌^⑦。

注释

①飞龙:绘制有飞龙的船。②北征:向北行。③邅:转弯。④薜荔:即木莲。⑤蕙绸:薰草帐子。⑥荪桡:以荪草为饰的船桨。⑦兰旌:兰草做的旌旗。

译诗

划动龙船向北而去,转道赶赴美丽的洞庭。
薜荔花和蕙草作帷幕,香荪为桨木兰为旗。

望涔阳^①兮极浦^②,横大江兮扬灵。
扬灵兮未极,女^③婵媛^④兮为余太息!

注释

①涔阳：地名，在涔水北岸。②极浦：遥远的水边。③女：侍女。④婵媛：关心痛恻的样子。

译诗

极目眺望遥远的涔水北岸，我的灵魂已横飞过大江。
神往而未及，侍女也为我伤心叹息。

> 横流涕兮潺湲^①，隐思君兮陫侧^②。
> 桂棹^③兮兰枻^④，斲^⑤冰兮积雪。

(chán yuán / fèi cè / zhào / yì / zhuó)

注释

①潺湲：缓缓流淌。②陫侧：同"悱恻"，内心忧伤。③棹：长船桨。④枻：船舷。⑤斲：劈开。

译诗

泪水缓缓从脸上留下，暗自思念你伤心断肠。
桂木长桨兰木船舷，劈开航道上的冰层与积雪。

> 采薜荔兮水中，搴^①芙蓉^②兮木末^③。
> 心不同兮媒劳^④，恩不甚兮轻绝。

(qiān / fú róng)

注释

①搴：采集。②芙蓉：莲花。③木末：树梢。④劳：徒劳。

译诗

就像在水中摘薜荔，又像是从树梢摘荷花。
两心不往同一处想，爱恋不深轻易就弃别。

九 歌

> 石濑^①兮浅浅，飞龙兮翩翩。
> 交不忠兮怨长，期^②不信兮告余以不闲。

注释

①石濑：浅滩上的流水。②期：约期，约会的时间。

译诗

水在浅滩上流淌，龙舟轻盈地掠过水面。
不忠诚的感情使怨恨增长，未按期赴约却告诉我没有空闲。

> 朝^①骋骛^②兮江皋^③，夕^④弭^⑤节兮北渚^⑥。
> 鸟次^⑦兮屋上，水周^⑧兮堂下。

注释

①朝：早上。②骋骛：奔走。③江皋：江边的高地。④夕：傍晚。⑤弭：停下。⑥渚：水中的小块陆地。⑦次：停息。⑧周：环绕。

译诗

早晨在江边高地疾行，傍晚把车停在北岸。
飞鸟安歇在屋檐，流水潆洄在堂前。

> 捐^①余玦^②兮江中，遗^③余佩兮澧浦^④。
> 采芳洲兮杜若，将以遗兮下女。
> 时不可兮再得，聊逍遥兮容与^⑤。

注释

①捐：丢弃。②玦：佩玉的一种。③遗：义同捐，丢弃。④澧浦：在今浙江金华市境内。⑤容与：舒缓的样子。

译诗

把玉玦抛入江中,把玉佩扔进澧水边。

在江心岛采集杜若,准备馈赠给你。

流失的时光不复再来,暂且放慢脚步逍遥盘桓。

延伸

《湘君》和后面的《湘夫人》系姊妹篇,或者说一体两面,是屈原作品中最富浪漫主义色彩的作品。

诗中所写的湘君、湘夫人,是屈原家乡楚地的神灵,所以这是两首祭祀神的歌曲,写的固然是神的爱情,但何尝不是关于人的隐喻。

神仙眷侣,是爱情的最高理想。

湘夫人出门去见湘君,但却犹疑不定,停驻于水中的小岛,在这里修饰容颜,这才乘上桂舟赶往约会地点。(君不行兮夷犹,蹇谁留兮中洲?美要眇兮宜修,沛吾乘兮桂舟。)这一切,像极了第一次约会。尽管青春的容颜光彩夺目,但依旧对自己不自信,谁让要见的是心上人呢?

她轻轻挥动衣袖,平复了湘水涌动的波涛,流水也为她动情。然而,她望眼欲穿,期待的人却未出现,只好将满腔情思寄托于乐曲,吹起那悠悠的排箫。恋爱,会让人成为诗人,也会让人成为歌者。

既然约会的人未曾来,那么我就去找你。爱,需要主动。

湘夫人驾着装饰了龙纹的桂舟一路向北,折转路线取道洞庭湖,去寻找自己的爱人。

大诗人屈原写家国情怀,九死而未悔;写爱情,惊艳而绚烂。湘夫人赴约、不遇、寻找,一波三折,这是外在的描写,笔锋一转而向内,将女神痛彻心扉、泪水横流的形象勾勒出来,尤其是身边侍女那长长的叹息,更是堪称妙笔。中国古典文学,如同中国的文人山水画,重视的是意境。即便是爱情诗,也能在写意中见神采。"桂棹兮兰枻,斫冰兮积雪。采薜荔兮水中,搴芙蓉兮木末。"人物心中的哀伤,似乎赋形于自然山水,点缀于香草兰舟,就连大自然也染上了玫瑰般的色彩。

恋爱中的人,就像坐过山车,情绪忽高忽低,即便是神,也不能幸免。湘夫人一会儿发出"心不同兮媒劳,恩不甚兮轻绝"的感叹,一会儿又继

续在水路上飞驰,早上还在江边的小土山边,傍晚就又重回了河流的北岸。行动之速,奔波之劳,都说明她始终没有放弃。恋爱中的少女,娇嗔卖乖,时作分手之语,以考验那痴情的可怜人。然而下一步,她又在水边的小岛上采集一种名为杜若的香草,准备赠予心上人。

期待,终究不能化解忧愁。

美好的时光一去不返,孤独的漫步使那多情人更显得动人。

在这场约会中,为何湘君始终不曾出现?也许,在另一篇中能够找到答案。

湘夫人

帝子①降兮北渚②,目眇眇③兮愁予。
嫋嫋④兮秋风,洞庭波兮木叶下。

注释

①帝子:指湘夫人。"子"在古代男女皆可用。②渚:岸边。③眇眇:望眼欲穿的样子。④嫋嫋:即"袅袅",风徐徐吹拂的样子。

译诗

湘夫人降临北岸沙渚上,望眼欲穿愁绪满怀。
秋风萧瑟,洞庭湖边的树木凋零。

白薠①兮骋望②,与③佳期④兮夕⑤张⑥。
鸟萃⑦兮蘋⑧中?罾⑨何为兮木上?

注释

①白薠:水草名。②骋望:放眼眺望。③与:为。④佳期:约会的好日子。⑤夕:晚暮。⑥张:布置。⑦萃:聚集,栖息。⑧蘋,多年生草本植物,长在浅水中。⑨罾:一种渔网。

译诗

在白烦丛中放眼四望,晚暮的约会已准备好。
鸟儿为什么聚集水草上?渔网为什么挂在树梢?

沅^①有茝^②兮澧有兰,思公子^③兮未敢言。
荒忽^④兮远望,观流水兮潺湲^⑤。

注释

①沅:沅水,在今湖南省。②茝:白芷。③公子:指湘君。④荒忽:恍惚。
⑤潺湲:水缓缓流动的样子。

译诗

沅水岸边生长白芷澧水长满兰花,思念你啊不敢开口。
神思恍惚地眺望远方,只有江水缓缓流淌。

麋^①何食兮庭中?蛟^②何为兮水裔^③?
朝^④驰余马兮江皋^⑤,夕济^⑥兮西澨^⑦。
闻佳人^⑧兮召予,将腾驾兮偕逝^⑨。

注释

①麋:哺乳动物,俗称四不像。②蛟:传说中能引发洪水的龙,此处泛指龙。
③水裔:水滨。④朝:早上。⑤皋:水边的高地。⑥济:渡河。⑦澨:水边。
⑧佳人:指湘夫人。⑨逝:远去。

译诗

麋鹿为何在院子里觅食?蛟龙为何在浅水扑腾?
早晨我骑马在江边的高地奔驰,傍晚我渡到江的西岸。
我听说爱侣在召唤我,我将驾车与她一同离去。

九 歌

筑^①室兮水中,葺^②(qì)之兮荷盖^③。
荪壁^④兮紫^⑤坛,匊(jū)^⑥芳椒(jiāo)^⑦兮成堂。

注释

①筑:建造。②葺:用茅草覆盖屋顶,此处泛指盖屋顶。③荷盖:用荷叶做屋顶。④荪壁:用荪草装饰墙壁。⑤紫:紫贝。⑥匊:掬。⑦芳椒:植物名,香料。

译诗

我把房屋建在水中,用荷叶做屋顶。
用荪草装饰墙壁,用紫贝砌成厅堂,撒布香椒妆点大厅。

桂栋^①兮兰橑(lǎo)^②,辛夷(xīn yí)楣(méi)^③兮药房^④。
罔(wǎng)^⑤薜荔(bì lì)^⑥兮为帷(wéi)^⑦,擗(pǐ)^⑧蕙櫋(mián)^⑨兮既张。

注释

①桂栋:桂树做的栋梁。②兰橑:用木兰做的椽子。③辛夷楣:辛夷木做成门楣。④药房:香草装饰的房屋。⑤罔:同"网",编,连缀。⑥薜荔:植物名,木莲。⑦帷:帐子。⑧擗:分开。⑨蕙櫋:蕙草做的隔扇。

译诗

用桂木做栋梁用木兰做椽子,辛夷装饰门楣白芷妆点卧室。
编织木莲做成帷帐,分开蕙草做隔扇以安放。

白玉兮为镇^①,疏石兰兮为芳。
芷葺(qì)兮荷屋^②,缭(liáo)^③之兮杜衡(dù héng)^④。

注释

①镇:压住席子的物件。②荷屋:荷叶做的屋,此处泛指雅室。③缭:环绕。④杜衡:香草名,即杜若。

译诗

用白玉做席镇,播撒石兰散放芳香。
用白芷整修荷叶屋,用杜衡环绕四周。

> 合百草兮实①庭,建芳馨兮庑②门。
> 九嶷③缤兮并迎,灵④之来兮如云。

注释

①实:充满。②庑门:堂下的走廊和正门。③九嶷:九嶷山,在今湖南省宁远南部,此处指九嶷山的神仙。④灵:神灵。

译诗

汇聚各种香草充实庭院,用各种香草熏染门廊。
九嶷山的神灵纷纷来祝贺,众神飞舞飘忽如云。

> 捐①余袂②兮江中,遗③余褋④兮澧浦⑤。
> 搴⑥汀洲⑦兮杜若⑧,将以遗兮远者。
> 时不可兮骤得,聊⑨逍遥兮容与⑩。

注释

①捐:丢弃。②袂:衣袖。③遗:留下。④褋:没有里子的衣服。⑤澧浦:澧水之滨。⑥搴:采摘。⑦汀洲:水里的小岛。⑧杜若:即前文所说杜衡。⑨聊:姑且。⑩容与:悠闲自然的样子。

译诗

我把衣袖抛到江中去,我把中衣留在澧水边。
我在岛上采集杜若,将它送给远方的人。
美好的时光不可再得,我暂且放慢脚步逍遥盘桓。

延伸

湘夫人的出场，堪比凌波仙子，轻轻飘落在江北岸的小洲上，一双美目中充满了忧愁。秋风袅袅，洞庭湖畔的草木落叶纷纷，鸟儿们聚集在水草上，渔网挂在树干上，根本没有情人的影子。

湘君在约会地点没见到湘夫人，同样湘夫人也没见到他，这一对为爱而奔赴的人并没有失约，他们只是搞错了地方。约会的小岛，恐怕并不只有一座。

"沅有茝兮澧有兰，思公子兮未敢言。"

这两句实在是太美了，笔者无法用白话文去翻译出更好的意境，但想到了另外两句诗，那就是《越人歌》中的"山有木兮木有枝，心悦君兮君不知。"这两句诗的表达方式都是曲折的，句式结构也一样，将含而不露、细腻微妙的心情刻画的传神极了。

似乎是为了寻求一种美学上的对称，或者说在爱情观上，男性与女性只是作为人的一体两面，所以诗人在这里采用了同样的笔法——湘君的寻找之路。同样，湘君也是朝夕不停，一旦得知爱人的消息，便马不停蹄。与湘夫人有所不同的是，湘君不但有主动求索的勇敢，也有坚持守候的力量。他在水中建造了一座房子，用荷叶做屋顶，用荪草装饰墙壁，紫贝砌成厅堂……芳椒、辛夷、薜荔、白玉、石兰、杜衡所有这些世间的美物，都在证明一件事，那就是爱。诗人海子大约也是受了屈原的影响吧，写下了"我有一所房子，面朝大海，春暖花开。"哪里有爱，哪里就有家。水边的房子，是一种守候。

这两首诗篇充满了艺术的感染力，炼句炉火纯青，如"袅袅兮秋风，洞庭波兮木叶下"，寄情于景，景中寓情，直接影响了唐代大诗人杜甫，写出了"无边落木萧萧下，不尽长江滚滚来"的名句。

"筑室兮水中，葺之兮荷盖"等句，写的是屋宇的华美，也是造屋的过程与细节，这种一步一步层层叠加、不断铺陈的写法，使得感情色彩更加浓厚。甚至可以说，这种写法一点都不像古人，充满了现代主义诗歌的表达技巧。用一句套话说，传统的，通常也是现代的。

九 歌

两首诗的末尾，都写了将佩玉抛入水中，这是古人的祭祀方式，应该是楚人的巫师祭湘君和湘夫人的一种仪式。古人祭祀山神，通常将玉埋藏在高山上，祭水神，则采用沉玉的方式。这首诗是祭歌和爱情之曲的混合，充满了绮丽的浪漫色彩。

爱巢建造好了，就连九嶷山的众神都来恭贺，两个相爱的人在一起了吗？诗人并没有直接写，将答案留给了读者。

大司命

广开兮天门，纷吾①乘兮玄云②。
令飘风③兮先驱④，使冻(dōng)雨⑤兮洒尘。

注释

①吾：我，大司命的自称。②玄云：黑色的云，或说青云。③飘风：旋风，暴风。④先驱：先行者，前面开路的队伍。⑤冻雨：暴雨。

译诗

大开天门，我驾着青云。
让旋风开路，让暴雨荡涤灰尘。

君①回(huí)翔②兮以下，逾(yú)空桑③兮从女(rǔ)④。
纷总总兮九州，何寿夭(yāo)⑤兮在予！

注释

①君：指大司命。②回翔：回旋飞翔。③空桑：传说中的山名。④女：同"汝"，第二人称代词，你。⑤寿夭：长寿或短命。

译诗

大司命回旋飞翔降临，越过空桑山来到巫师中间。
九州的子民纷纷扰扰，所有的生死都由我掌控。

> 高飞兮安翔，乘清气兮御①阴阳②。
> 吾③与君④兮齐速⑤，导⑥帝⑦之兮九坑⑧。

注释

①御：主宰，掌控。②阴阳：我国古代的哲学概念，此处指生与死。③吾：主祭巫师的自称。④君：指大司命。⑤齐速：整齐而疾速。⑥导：引导。⑦帝：天帝。⑧九坑：九州的山。

译诗

在长空悠然飞翔，乘着清和之气掌控阴阳两界。
我和你整齐而快速地引导天帝降临九州。

> 灵衣①兮被被②，玉佩兮陆离③。
> 壹④（yī）阴兮壹阳，众莫知兮余所为。

注释

①灵衣：神灵的衣服。②被被：长长垂落的样子。③陆离：光彩绚烂。④壹：或。

译诗

飘逸的霞衣垂落，腰间的玉佩令人目眩。
忽而生忽而死，众生不懂我的奥秘。

> 折疏麻①兮瑶华②，将以遗③兮离居④。
> 老冉冉兮既极，不寖⑤近兮愈疏。

注释

①疏麻：传说中的神麻，折以赠人，类似后世折柳。②瑶华：神麻的花。③遗：送。④离居：巫师将离开大司命。⑤寖：逐渐。

译诗

摘下神树上的白玉花朵，赠给将要离别的人。
我感到衰老在慢慢逼近，若不亲近神灵会更加疏远。

乘龙兮辚辚①，高驰②兮冲天。
结桂枝兮延伫③，羌④愈思兮愁人。

注释

①辚辚：马车的声音。②驰：同"驰"，飞奔。③延伫：长久地站着。④羌：发语词，无实义。

译诗

大司命的龙车车声辚辚，高高地冲上云天。
拿着编好的桂树枝站立很久了，越是思念越满腹惆怅。

愁人兮奈何！原若今兮无亏①。
固②人命兮有当③，孰离合兮可为？

注释

①无亏：没有损失。②固：本来。③当：定数。

译诗

愁苦又能如何，宁愿保持现今的样子无损。
人的生死皆有定数，谁能主宰呢？

延伸

大司命是掌管人间生死寿夭的神。《周礼·大宗伯》记载:"以吉礼事邦国之鬼、神、祇;以禋祀祀昊天上帝,以实柴祀日月星辰,以槱燎祀司中、司命、风师、雨师;以血祭祭社稷、五祀、五岳,以埋沉祭山林川泽,以疈辜祭四方百物。"由此可见,早在周代时期已经有了祭祀大司命的仪式。

诗篇以神与人对唱的形式,展现了神的威严,以及巫师迎神和送神时的变化。其中"老冉冉兮既极,不寖近兮愈疏"显然掺杂着诗人本身的情感,由此可见,诗篇中多次提到神与人的离合之情,很可能暗含着屈原自己与楚王之间的情愫。

少司命

秋兰兮麋芜(mí wú)①,罗生②兮堂下。
绿叶兮素枝,芳菲菲兮袭③予。
夫④人自有兮美子,荪(sūn)⑤何以兮愁苦?

注释

①麋芜:芎䓖(xiōng qióng)的幼苗。②罗生:生得繁密,如网一般。③袭:香气扑鼻。④夫:发语词,无实义。⑤荪:香草名,此处指代少司命。

译诗

秋兰和麋芜的幼苗,并生在房前的院子里。
绿叶和白枝衬映,缕缕香气迎面袭来。
人各自有好儿女,你何必忧心忡忡?

秋兰兮青青,绿叶兮紫茎①。
满堂兮美人,忽独与余②兮目成③。

注释

①紫茎：紫色的茎，或说花。②余：我。③目成：眉目传情。

译诗

秋兰青青，绿叶长在紫色的茎上。
美人的光彩辉映满堂，忽独与我眉目传情。

> 入①不言兮出不辞②，乘回风③兮载云旗④。
> 悲莫⑤悲兮生别离，乐莫乐兮新相知。

注释

①入：进入，来。②辞：告辞，辞别。③回风：旋风。④云旗：车上插的旗子，此处指少司命车上的旗帜。⑤莫：莫若。

译诗

来的时候不说话走的时候也不告别，驾起旋风竖起云旗。
悲伤的莫过于生时别离，快乐的莫过于新遇到知音。

> 荷衣兮蕙带，儵(shū)而①来兮忽而逝②。
> 夕宿兮帝郊③，君谁须④兮云之际？

注释

①儵而：忽而，很快的样子。②逝：远去。③帝郊：天帝宫廷的附近。④须：等待。

译诗

穿起荷衣系上蕙带，忽然前来又忽然离去。
晚上寄宿在天宫近郊，你与谁在云间相约？

> 与女①游兮九河②，冲风至兮水扬波。
> 与女沐兮咸池③，晞④女发兮阳之阿⑤。

注释

①女：同"汝"，你，第二人称代词。②九河：天上的河。③咸池：神话传说中太阳沐浴的地方。④晞：晾晒。⑤阳之阿：日出之山。

译诗

和你一起飞掠过天河，疾风扬起了条条水波。
和你一起到太阳沐浴的咸池洗梳长发，在太阳经过的地方晾干。

> 望美人兮未来，临风怳①兮浩歌②。
> 孔盖③兮翠旍④，登⑤九天兮抚⑥彗星。
> 竦⑦长剑兮拥幼艾⑧，荪独宜兮为民正⑨。

注释

①怳：失意的样子。②浩歌：高声唱歌。③孔盖：大型的车盖，此处形容车驾豪华。孔，大。④翠旍：以翠鸟的翎毛做的旌旗。旍，同"旌"。⑤登：飞升。⑥抚：手持。⑦竦：挺着。⑧幼艾：漂亮的小孩。⑨民正：为民的主宰。

译诗

远望美人仍然没有来，迎着风抑郁地高歌。
大车盖上插着翠翎旗，飞上九天手持彗星。
挺着长剑抱着婴儿，只有你最宜为民主持公正！

延伸

少司命是主管什么的神呢？王夫之《楚辞通释》中道："大司命通司人之生死，而少司命则司人子嗣之有无，皆楚俗为之名而祀之。"《少司命》

云:"夫人自有兮美子,荪何以兮愁苦。"由此可见,少司命是主管人的子嗣的神。

　　《楚辞》中的《九歌》是一组祭神用的乐章,主要由男女巫师做为主祭人进行祭祀。在所有的巫师中有一个是主巫,他代表着受祭的神,而且以神的身份在仪式中歌唱舞蹈,其余的巫师则以集体的歌舞相配合,举行迎神、送神、颂神、娱神等仪式。《九歌》的不少篇章含有爱情的内容,比如《湘君》和《湘夫人》,这是神与神之爱,同时也包含着神与人的恋情。在楚地祭祀中,女巫和神之间有一种模糊的恋情关系,但是这种关系并非明确的爱情,而是一种怀着崇高的献祭情结的爱。"夕宿兮帝郊,君谁须兮云之际"一句,便是写主祭的女巫怀着对神无法捉摸的情绪,在思考少司命为何来去匆匆,难道还和谁在云间约会吗?同时也反映了主巫内心对离别的伤感。《九歌》中多处写到离合之情,都暗含着作者的情愫。从某种意义上说,所有的诗人写作都有一个指向,不论这个指向是否明确,但都具有一致性,那就是从自己的心灵深处散发出来,或指向明确的爱恋者,或指向模糊的爱恋者。这首诗的后半部分,真切地反映了这一情感。

东君

暾^①将出兮东方,照吾槛^②兮扶桑^③。
抚余^④马兮安驱,夜皎皎兮既明^⑤。

注释

①暾:太阳。②槛:栏杆。③扶桑:传说中的东方神树,太阳栖息其上。④余:我,第一人称代词。⑤明:天亮。

译诗

　　太阳从东方徐徐升起,从扶桑树洒下的光照在我的栏杆上。
　　轻拍着马儿慢慢前行,夜色渐退露出曙光。

驾龙辀^①兮乘雷,载云旗兮委蛇^②。
长太息^③兮将上,心低徊^④兮顾^⑤怀。

注释

①辀:车辕,此处代指车。②委蛇:逶迤,舒卷的样子。③太息:叹息。
④低徊:徘徊不前。⑤顾:回头。

译诗

龙车如雷横绝长空,云旗逶迤舒卷飘扬。
长叹一声飞到云上,徘徊不前满心惆怅。

羌^①声色兮娱^②人,观者憺^③兮忘归。
缅瑟^④兮交鼓,箫钟兮瑶虡^⑤。

注释

①羌:发语词。②娱:娱乐。③憺:安乐。④缅瑟:绷紧的琴弦。⑤瑶虡:
玉质的挂钟的架子,此处形容精美。

译诗

日出令人眼目迷幻,观者安然忘归。
绵密的玉瑟伴着疾鼓,箫声和钟声清越响亮。

鸣篪^①兮吹竽,思灵保兮贤姱^②。
翾^③飞兮翠曾^④,展诗^⑤兮会舞。

注释

①篪:竹制的吹奏乐器。②贤姱:贤且美。③翾:飞翔。④翠曾:迅速高飞。
翠,翠鸟。⑤展诗:吟唱诗歌的集会。

译诗

横吹篪轻吹竽，思念神灵贤明且盛美。
翠鸟轻灵盘旋飞翔，众人起身吟诗舞蹈。

> 应律①兮合节②，灵③之来兮蔽日。
> 青云衣兮白霓(ní cháng)裳，举长矢(shǐ)④兮射天狼⑤。

注释

①律：音律。②合节：合着节拍。③灵：神灵。④矢：弓箭。⑤天狼：天狼星，大犬座最亮的星星。或用来比喻秦国。

译诗

应和着音乐合着节拍，众神遮天蔽日地降临。
身穿青云衣白霓裳，搭上长箭射落天狼。

> 操①余弧(hú)兮反②沦降③，援④北斗⑤兮酌(zhuó)⑥桂浆。
> 撰(zhuàn)⑦余辔(pèi)⑧兮高驼翔，杳 冥冥(yǎo míng)⑨兮以东行。

注释

①操：手持。②反：同"返"。③沦降：坠落，此处指落日。④援：举。⑤北斗：北斗七星，此处象征酒杯。⑥酌：倒酒。⑦撰：持着。⑧辔：马缰绳。⑨冥冥：昏暗的样子。

译诗

手执长弓返回降临，拿起北斗大杯斟满桂花酒。
拽起天马的缰绳作长空之游，渺渺夜色中向东行。

延伸

此诗的祭祀对象是"东君"，东君是什么神呢？古代文献多认为是日神，

也就是太阳神。宋代学者洪兴祖《楚辞补注》中说："《博雅》曰：'朱明、耀灵、东君，日也。'"朱熹《楚辞集注》云："此日神也。"当然，也有一些学者不认同此说，比如王闿运。笔者认同日神说。此诗是祭祀太阳神的篇目，充满了对光明的热爱与崇拜。万物之生离不开太阳，歌颂太阳神是古今中外的永恒主题。

东君从东方驾着龙车，载着五彩祥云，赶走黑夜，带来光明。之所以拍着马鞍缓缓徐行，是要离开扶桑完成日神的职责，但他心中因眷恋大地而徘徊叹息。这里日神（东君）还没有降临，这是主祭东君的主巫唱的。众巫迎神的描写，展现了琴瑟钟鼓齐鸣的热烈祭祀场面，也达到了诗歌的第一个高潮。

日神在娱神的热烈场面中接受了祭祀者的祈求，手持天弓，引利箭射杀天狼，展现出英气逼人的形象。希腊神话中的太阳神阿波罗是一个引弓操琴的美少年，与《东君》中的形象可谓不谋而合。清代学者戴震认为天狼星在秦之分野，故"举长矢兮射天狼"有"报秦之心"，反映出屈原对秦国的"手刃"之心。联系战国时期秦楚之间的恩怨，此可备一说。"射天狼"让诗歌达到了第二个高潮，将日神飘逸的神武之姿刻画得活灵活现。在后世的诗歌传统中，"射天狼"被赋予了击破贼寇，收复河山的新含义。如苏轼《江城子·密州出猎》："会挽雕弓如满月，西北望，射天狼。"陆游《晓出遇猎徒有作》："狐兔草间何足问，合留长箭射天狼。"李梦阳《秋望》："客子过壕追野马，将军弢箭射天狼。"所用皆为此典故。

此诗手法娴熟，意象密集，辞藻华美，略改动便可成为一首合乎格律的近体诗，试译之：

金乌出旸谷，朱辉下扶桑。

驱马缓缓行，皎夜露辉光。

驾龙声如雷，载云旗飞扬。

太息九重上，低徊心惆怅。

鼓瑟且击鼓，箫鸣钟声长。

管弦如急雨，诸灵焕馨香。

疾飞低回旋，唱诗几酣畅。
盛舞合韶歌，灵来何煊皇。
青袍白霓裳，长箭射天狼。
操弓一夕降，大斗酌琼浆。
天马云间驰，幽夜归东方。

河伯

与女^①（rǔ）游兮九河^②，冲风起兮横波。
乘水车^③兮荷盖^④，驾两龙^⑤兮骖螭^⑥（cān chī）。

注释

①女：同"汝"，你，第二人称代词。②九河：古代黄河下游支流的总称。古黄河在河南北部孟津县周遭，向东北分成徒骇河、太史河、马颊河、覆釜河、胡苏河、简河、絜河、钩盘河、鬲津河九道河流，最后合流入海。③水车：指水神河伯的车。④荷盖：荷叶做的车盖，形容雅致。⑤两龙：拉车的两条龙。⑥骖螭：驾车的无角的龙。骖，古代用四匹马拉车，车辕内的两匹马称为服，辕外的两匹马称为骖。

译诗

与你一起游九河，狂风掀起数重波。
与你同乘荷叶车，两龙飞腾云变色。

登昆仑^①兮四望，心飞扬^②兮浩荡。
日将暮兮怅^③忘归，惟^④极浦^⑤（pǔ）兮寤怀^⑥（wù）。

注释

①昆仑：传说中神仙居住的山。②飞扬：心情愉悦，思绪飞扬。③怅：学

者姜亮夫认为是"憺"字之讹，意为安乐。④惟：思念。⑤极浦：远处的水岸边。⑥寤怀：醒来思念。

译诗

登上昆仑四野望，心随流水逐烟波。
日薄西山乐忘归，河水洋洋人落寞。

鱼鳞屋①兮龙堂②，紫贝阙③兮朱宫④。
灵⑤何为兮水中？乘白鼋⑥兮逐文鱼⑦。

注释

①鱼鳞屋：鱼鳞所造的房屋，形容其华美。②龙堂：龙纹装饰的大厅，指水下宫殿。③紫贝阙：紫贝装饰的宫阙。④朱宫：红色的宫殿。或说为"珠宫"，与"贝阙"对应。⑤灵：指河伯。⑥白鼋：白色的大鳖。⑦文鱼：有花纹的大鱼。

译诗

鱼鳞屋宇龙纹堂，紫贝宫阙朱砂墙。
君为何处水中央？乘鼋逐鱼多欢畅。

与女游兮河之渚①，流澌②纷③兮将来下。
子④交手⑤兮东行，送美人兮南浦。
波滔滔兮来迎，鱼鳞鳞⑥兮媵⑦予⑧。

注释

①渚：水中的小块陆地。②澌：解冻的冰。③纷：水流大。④子：河伯。⑤交手：古人将别，则相执手。⑥鳞鳞：通"粼粼"，形容比次相连，众多。⑦媵：送别。⑧予：我。

译诗

与你同游河渚上，融冰激流声琅琅。
揖手话别向东方，相送美人南浦旁。
滔滔流水来相迎，为我护驾鱼成行。

延伸

河伯是中国神话体系中最古老的神之一，传说本名冯夷，因渡河落水而死，后成为水神。不过屈原诗中的河伯，可能并非冯夷的化身，而是更加古老的水神。此外，在上古神话中，河伯曾多次出现，还曾被英雄后羿射伤，并被后羿抢走了妻子。河伯与古希腊中的神一样，虽然具有神力，但经常遭到人类的挑战，甚至被打败。这一点，是早期神话的共同特征。

诗歌从巫师的思绪出发，想象与河伯畅游九河，西游昆仑，到了河流的尽头，最终从怀思中觉醒，望着黄昏的日落，仿佛身临其境。诗歌写水下世界，虽然仅寥寥几笔，但已构建出了一个丰富而具体的"水晶宫"，给后世的小说描写提供了典范。最后，巫师们与河伯告别，这几句写得缠绵婉转，令人想起南朝江淹《别赋》中"黯然销魂者，唯别而已矣"之句。

山鬼

若有人兮山之阿①，被②薜荔③兮带④女萝⑤。
既含睇⑥兮又宜笑，子⑦慕⑧予⑨兮善窈窕⑩。

注释

①阿：山的弯曲之处。②被：同"披"。③薜荔：植物名，木莲。④带：腰带。⑤女萝：松萝。⑥睇：微微斜视，含情地看。⑦子：山鬼对恋慕之人的称谓。⑧慕：爱慕。⑨予：我，第一人称代词，山鬼的自称。⑩窈窕：心灵美且身段好。

译诗

恍若有人从山坡上走过，鲜花为衣藤萝为带。
含情脉脉嘴角带笑，你爱慕我温柔且身姿美好。

乘赤豹①兮从文狸②，辛夷车兮结③桂旗④。
被石兰兮带杜衡，折芳馨兮遗⑤所思。

注释

①赤豹：毛呈赤色，有黑色斑点的豹子。另说为巨豹。②文狸：有花纹的狸猫。③结：编织。④桂旗：以桂树枝为旗。⑤遗：赠予，留给。

译诗

骑着赤豹还有文狸追随，用辛夷饰车以桂树枝为旗帜。
身披石兰腰束杜衡，折一枝花聊且寄托思念。

余①处幽篁②兮终不见天，路险难兮独后来。
表③独立兮山之上，云容容④兮而在下。

注释

①余：我，第一人称代词。②幽篁：幽深的竹林。③表：特出。④容容：形容云气浮动。

译诗

我住在幽深的竹林里看不见天，道路艰险来晚了。
独立高山之巅，翻卷流动的云彩在脚下。

杳冥冥①兮羌②昼晦③，东风飘兮神灵雨④。
留灵修⑤兮憺⑥忘归，岁既晏⑦兮孰华⑧予？

注释

①冥冥：形容阴暗。②羌：发语词。③晦：光线昏暗。④神灵雨：神灵所赐予的雨水。⑤灵修：对所爱之人的尊称。⑥憺：安乐。⑦晏：迟到,晚了。⑧华：同"花",作动词,使开花。

译诗

忽明忽暗白日如同夜间，东风回旋带着雨点。
挽留爱恋的人使他乐而忘归，红颜老去岂能面如花？

> 采三秀①兮于山间，石磊磊②兮葛③蔓蔓④。
> 怨⑤公子兮怅⑥忘归，君思我兮不得闲⑦。

注释

①三秀：灵芝。灵芝一年开三次花,故而得名。②磊磊：形容石头堆积的样子。③葛：多年生草本植物,葛藤。④蔓蔓：形容葛藤蔓延的样子。⑤怨：怨恨。⑥怅：失望。⑦闲：闲暇。

译诗

采集灵芝在山间，层叠的怪石爬满藤蔓。
埋怨公子怅恨忘归，你既想我为何不得闲。

> 山中人①兮芳杜若，饮石泉兮荫②(yìn)松柏。
> 君思我兮然疑③作。

注释

①山中人：山鬼的自称。②荫：庇荫。③疑；疑惑,不信。

译诗

山中的人儿如同杜若，饮石泉之水在松柏下休息。
你思念我吗？我信疑参半。

九 歌

> 雷填填①兮雨冥冥②，猨(yuán)③啾啾④兮狖夜鸣。
> 风飒(sà)飒兮木萧萧，思公子兮徒离忧⑤。

注释

①填填：形容雷声很大。②冥冥：形容阴雨。③猨：同"猿"，指猴子。
④啾啾：鸟兽的叫声。⑤离忧：遭受忧愁。离，通罹，遭遇。

译诗

雷声滚滚雨丝绵绵，猿啼声穿透沉沉夜幕。
萧萧冷风穿过树木，想念你啊徒增烦恼。

延伸

山鬼的形象为中国神话体系中所仅见，是中国神话中的山泽女神，与希腊神话中的山泽女神艾蔻（Echo）相类。从名称上来说，"山鬼"二字还保持着原始时代神话的一些特征，具有原始的纯洁性。她以半裸的姿态出现，在山林之中奔跑跳跃，她的身上散发着女神与女巫的双重气息。

诗歌开头从主祭的女巫独唱写起，塑造了一个神采动人的女神，或者说精灵形象。她以山花为衣，藤萝为带，骑着猛兽，以狸猫为随从。在她面前，这些凶猛的动物都像温顺的仆人，供其驱策。坐在赤豹背上的她，身形窈窕，美目流盼。这大自然的女儿宛若天地精气之所凝注，正沉浸在青春的悸动与期待之中。她一会儿站在豹子的背上，长发飘扬；一会儿又跳下座驾，去采集盛开的野花，以便献给即将见面的人儿。

接着写女神到了约会的地点，却不见情人的身影。她以为自己迟到了，自我解释说她住在抬头不见天的幽深竹海之中，道路又遥远而艰难，所以晚了。她登上高高的山峰，脚下云海翻卷，风吹起了她黑亮的长发，她直等到天色由明转暗，昏暗如夜，也还不见情人的影子。她叹息道："痴心等你，你可知人是在等待中老去的。"

终究情人没有来，山鬼决定离去。她在归途上采集灵草，自我安慰，

一边攀岩越岭，一边遐想。可是这种遐想还是不能转移内心的惆怅，面对凄风苦雨，猿啼风啸，内心的伤感再度涌起。

山鬼能够驱使虎豹，以一切猛兽作为自己的仆人。但她并非如后世神话中那些具有绝对超能力的神，而是具有隐居世外人的色彩。准确地说，像是生活在乡野，没有被礼教束缚的山民之女。她深居遮天蔽日的竹林之中，渴了饮巨石上涌动的清泉，困了在伞盖般的松柏之下栖息。她居无定所，整个山林就是她的家；她没有亲友，虎豹猛兽就是她的朋友。她就像是山林中的风，自由而无拘无束。

不过，她也有爱。她爱上了一个人。这个人是谁？文章没有交代。一个能和山鬼来往的人，也必非俗人。山鬼怀着涌动的情愫，像初恋的少女一样。或者说她比人世间那些初恋的女子还要纯粹，她像一株山花，没有任何文饰。她完全从属于自己的心，不受任何俗世道德的约束，从未沾染尘世的任何气息。这一点让人想到金庸先生笔下的小龙女，笔者常常怀疑，金庸笔下的小龙女参照了山鬼的形象。因为在她的世界里的一切，包括睡眠方式，都是出尘脱俗的，只有山鬼才具备这种可能。

山鬼的超尘脱俗，让她的失恋更加痛切。云雾漫卷，天色晦明，猿啸鸟鸣，风吹叶落，……所有的一切让她那么凄楚。你能想象她是一位明艳别透的、光彩照人的、飞山渡水如履平地的女神么？她突然之间变得忧郁了，变得恍惚了。曾经的她在风清月白之夜骑着赤豹穿梭山林之中，在雷电交加的夜晚于洞穴的深处一手端着竹筒饮果酒一手逗弄她最喜欢的那只小狸猫；在旭日初升的早晨，登上最高的山峰，望云卷云舒，听风吹松涛；在细雨霏霏的下午爬上最茂密的大树，坐在粗壮的树桠上晃荡着赤裸而白皙的秀足……可是，现在这一切都消失了。在这风雨交加的夜晚，她的泪水一串串从清澈的眸子里滑落。虎豹在她身边走来走去，发出一阵阵嘶鸣；密林深处的白猿跳跃着采集花果，送到她的面前，她都无动于衷，这种忧伤的情绪，令草木为之失色，百兽为之哀鸣。这就是爱情。

此时的她不再是神，而是一个真实纯粹的人。她终于明白了一个道理：当你不懂爱情的时候，你是神；当你陷入情网，你就成了一个凡人。

九 歌

国殇

操^①吴戈^②兮披犀甲^③，车错毂^④兮短兵接。
旌^⑤蔽日兮敌若云，矢^⑥交坠兮士争先。

注释

①操：手持。②吴戈：吴国产的戈，以锋利著称。此处泛指作战兵器。③犀甲：犀牛皮做的铠甲。④毂：车轮的中心部位，周围与车辐相连，中间插车轴。⑤旌：军旗。⑥矢：箭矢。

译诗

手执锋利的吴戈身披犀皮铠甲，战车交错短兵相接。
旌旗蔽日敌军如云，箭矢如蝗勇士们奋勇冲杀。

凌^①余阵兮躐^②余行^③，左骖^④殪^⑤兮右刃伤。
霾^⑥两轮兮絷^⑦四马，援^⑧玉枹^⑨兮击鸣鼓。

注释

①凌：侵犯。②躐：践踏。③行：战场列阵的行列。④左骖：古代用四匹马拉战车，车辕内的两匹马称作服，车辕外的称为骖。左边的为左骖，右边的为右骖。⑤殪：死亡。⑥霾：同"埋"。掩埋。⑦絷：拴住马足。⑧援：拿起。⑨玉枹：击鼓用的鼓槌。古人的作战号令，击鼓为进军，鸣金则收兵。

译诗

敌军冲击我们的军阵，我战车的马或死或伤。
车轮深陷战马不前，拿起鼓槌继续敲响战鼓。

> 天时坠①兮威灵②怒,严杀尽兮弃原野。
> 出不入兮往不反③,平原忽兮路超远。

注释

①坠:沦丧。②威灵:神灵发威。③反:同"返",返回。

译诗

昏天黑地宛若神明震怒,将士们的尸骨布满荒野。
出征时没想过回还,平原迷漫路越来越远。

> 带长剑兮挟秦弓①,首身②离兮心不惩③(chéng)。
> 诚既勇兮又以武,终刚强兮不可凌④。
> 身既死兮神⑤以灵,魂魄(hún pò)毅⑥兮为鬼雄。

注释

①秦弓:秦国产的良弓,此处泛指弓。②首身:头颅和身体。③惩:畏惧。
④凌:凌犯。⑤神:英魂。⑥毅:刚毅。

译诗

腰悬长剑挟着强弓,身首分离也无怨。
内心怀着勇志和必胜之心,永远刚强不可侵犯。
即使战死英灵也不灭,魂魄成为鬼中的豪雄。

延伸

这是一首为战死的将士而唱的歌。以电影回放般的笔触描写了战况:披坚执锐的将士们冒着箭雨,与敌人短兵相接;蜂拥而上的敌人像乌云一般,敌军猛烈的攻击冲乱了我们的战阵,并践踏着我们的士卒;就连主帅战车上的左右两匹马也一死一伤,车轮深陷泥中,战马不前,主帅亲自登上战车击鼓,鼓励将士们杀敌。惨烈的战况震撼着天地,风云为之变色,

神灵似乎也为之震怒。

诗中的"鬼雄"意象对后世影响很大,多位诗人都曾运用这一意象。南宋女词人李清照《夏日绝句》中"生当为人杰,死亦为鬼雄"之句,清代诗人赵翼《题褒忠录》中"想见强魂如鬼雄,不屑人间泪如雨"之句都是对"鬼雄"一词文化内涵的发扬。

所有的战争都是惨烈的,也是残酷的。战争结束了,但是那些为国而死的勇士们再也回不来了。他们的尸骨流落于荒野,只有血色的夕阳把一丝温暖的光洒落。

主祭的巫师以悲壮的情绪祭奠他们,认为真正的勇士是不会被消灭的,即便他们战死了,英魂也不会消散,而是成为鬼中之雄。这首诗笔力强劲,意象开阔,悲壮的战场描写渲染着将士们视死如归的英雄气概。

礼魂

成礼①兮会鼓②,传芭③兮代舞④。
姱(kuā)女⑤倡⑥兮容与⑦。
春兰兮秋菊,长无绝兮终古。

注释

①成礼:使得礼完成。②会鼓:鼓声齐鸣。③传芭:跳舞的人手拿香草,进行传递。芭,同"葩"。④代舞:更迭起舞。⑤姱女:美女。⑥倡:领唱。⑦容与:仪态闲适。

译诗

祭祀完毕一起敲响大鼓,传递手中的花交替起舞。
美人领唱闲适从容。
献上春天的兰花秋天的菊花,长久的纪念永无尽头。

延伸

《礼魂》是《九歌》的结尾,也是最短的一篇。宋人洪兴祖认为:"礼魂,谓之以礼善终也。"明代人汪瑗认为:"盖此篇乃前十篇之乱辞,故总以'礼魂'题之。"从《礼魂》的内容来看,大抵如此。"成礼"是礼成之意。成礼之后,人们歌舞欢庆。《礼魂》相当于《离骚》中的"乱曰"的内容,是祭祀结束后的结尾曲。"长无绝兮终古",用我们今天的话说就是"永垂不朽"。

天 问

作者及作品

《天问》的作者是屈原。其创作缘由有三说。

其一,东汉学者王逸在《楚辞章句》中提出了"何(呵)壁问天"说。他认为楚国的先王庙和公卿祠堂的墙壁上有天地山川神灵怪和古圣贤的图画(可能是壁画),诗人休息其下,仰见画图,何(呵)而问之。为何不说"问天",而说"天问",王逸给出的解释是:"天尊不可问,故而曰天问也。"

其二,宋代学者洪兴祖《楚辞补注》中提出了"自解说"。他认为古来之事很多,不可胜穷,是人的智识思虑无力穷究的。楚国的兴衰,究竟是天意还是人的原因?当时没有人能理解屈原内心这种沉重的苦痛,因此只能托之于天,用来自解。

其三,现代学者姜亮夫把《天问》视为诗人对历史、神话、自然提出的一个系统的疑问,也就是所谓的"拷问"之说。

《天问》全篇374句,提出了172个问题,涉及天文知识、历史故事和传说,展现了屈原广博的知识和深邃的思考。尤其是其提出的天文问题,在我国古代有着独特的意义。全诗文词瑰丽,气势磅礴,有极高的文学价值。

曰①:遂古②之初③,谁传道④之?
上下⑤未形⑥,何由⑦考⑧之?

注释

①曰：问。②遂古：远古。③初：初始，开始。④传道：流传诉说。⑤上下：指天地。⑥未形：没形成固定形态。⑦何由：即"由何"，凭借什么。⑧考：探究、探索。

译诗

问：远古初始的情形，是谁流传下来的呢？
天地未形成之前的事，怎样探究得知呢？

> 冥①昭②瞢暗③，谁能极④之？
> 冯翼⑤惟像⑥，何以识⑦之？

注释

①冥：昏暗。②昭：明亮。③瞢暗：混沌模糊。④极：穷究。⑤冯翼：学者姜亮夫认为"冯翼"为"丰融"的转音，义为丰盈。⑥像：无形之象，义同《道德经》中"大象无形"之义。⑦识：认知。

译诗

天地混沌晦暗，谁能穷究它的奥秘？
元气充盈而无形，谁能探究原因呢？

> 明明暗暗，惟①时何为？
> 阴阳②三合③，何本④何化⑤？

注释

①惟：发语词，无实义。②阴阳：中国古代哲学概念，阴阳又称"两仪"，是万物诞生的基础。③三合：交融。"三"同"参"。④本：本源。⑤化：化生。

天　问

译诗

昼与夜明暗交替，为什么是这样？
阴阳二气交融汇合，哪是本源哪是演化？

> 圜①则九重②，孰③营④度⑤之？
> 惟兹⑥何功⑦？孰初作⑧之？

注释

①圜：同"圆"，古代认知中的天，苍穹。②九重：九层，此处指九重天。③孰：谁。④营：营建，建造。⑤度：测量。⑥兹：此，指代九重天。⑦功：工程。⑧作：工程作业。

译诗

苍穹有九层，谁量度建造的呢？
如此浩大的工程，最初又是谁干的呢？

> 斡①维②焉系？天极③焉加④？
> 八柱⑤何当⑥？东南⑦何亏⑧？

注释

①斡：天体运行的枢纽。古代天文学认为，天体围绕一个轴转动。②维：系在轴上的绳索。③天极：天体轴心的顶端。④加：安放。⑤八柱：古人认为，天穹就像一个巨大的屋顶，有八根巨大的柱子。⑥当：支撑。⑦东南：大地的东南方。古人的世界观建立在九州之内。中华大地西北高，东南低，古代传说天神共工与祝融争帝位，愤怒得撞向不周山，撞倒了天柱，导致天空的西北角垮塌，大地的西南塌陷，从而形成江河向东流的局面。⑧亏：亏缺。

🈶🈯

天穹运转的轴绳系在哪里？天轴的顶端安放在何处？

八根柱子怎样支撑天空？大地的东南为何比较低？

九天①之际②，安放安属③？

隅④隈⑤多有，谁知其数？
（yú wēi）

🈚🈶

①九天：形容天最高处，古人认为天有九层。②际：边。③属：依附。④隅：角落。⑤隈：弯曲处。

🈶🈯

九层天之间的分级，怎样安置和衔接？

曲折的角落很多，谁知它的准确数字？

天何所沓①？十二②焉分？
（tà）

日月安属？列星③安陈④？

🈚🈶

①沓：会合。②十二：指十二时辰，或说指周天的十二星次。③列星：天上的群星。④陈：陈列。

🈶🈯

天宇中的一切如何会合？黄道十二辰如何划分？

日月怎样安置？星辰怎样排布？

出自汤谷①，次②于蒙汜③；
（sì）

自明④及晦⑤，所行几里？

天　问

注释

①汤谷：即旸谷，传说太阳在这里沐浴。②次：止息。③蒙汜：传说中太阳降落处。④明：早晨天亮。⑤晦：夜晚。

译诗

太阳从汤谷出发，到蒙河边栖息；
从微明到迟暮，走了多少里路？

> 夜光①何德②？死③则又育？
> 厥④利⑤维何？而顾菟⑥在腹？

注释

①夜光：指月亮。②德：德行。另说通"得"，得以。③死：指月缺。④厥：其，代指月亮。⑤利：借为"黧"，月亮里的黑印子。⑥顾菟：传说中的月中玉兔，闻一多考证为蟾蜍。

译诗

月亮有何种盛德，每个月都能死而复生？
月中的黑印子是什么？为何月腹中有只蟾蜍？

> 女岐①无合②，夫焉取③九子？
> 伯强④何处？惠气⑤安在？

注释

①女岐：又作"女歧"，神女名。②合：匹配。③取：生。④伯强：风神，另说是疫鬼。⑤惠气：祥瑞之气。

译诗

神女岐无夫婚配，为何有九个孩子？
风神伯强住在哪里，暖风从哪里吹来？

何阖^①而晦？何开而明？
角宿^②未旦^③，曜灵^④安藏？

注释

①阖：关闭。②角宿：二十八宿之一，东方苍龙七宿的第一宿，代表东方，由两颗星组成，传说两星之间是天门。③旦：天亮。④曜灵：指太阳。

译诗

为何天门一关就是夜晚，天门一开就是白天？
角宿未亮之前，太阳的光藏在哪里？

延伸

以上内容是《天问》的第一部分，从宇宙混沌未开，到阴阳二气交融、苍穹的形成、日月星辰的排列，一直问到了昼夜交替、风的来源等，均涉及天文和天象。可以说，这是《天问》开篇最令人感到震撼的部分。在这里，屈原不只是一个诗人，同时也是一个思想家。他以诗化的思维追寻着天地万物的形成，并且一开始就提出了最根本的问题：宇宙是如何形成的？他在发问中融入了神话，营造出一种神奇奥妙、斑斓绚丽的氛围，充满了诗意的想象。

不任^①汩^②鸿^③，师^④何以尚^⑤之？
佥^⑥曰何忧？何不课^⑦而行^⑧之？

注释

①任：胜任。②汩：治。③鸿：通"洪"，洪水。④师：众人。⑤尚：推荐。⑥佥：全、都。⑦课：试。⑧行：用。

译诗

鲧不胜任治水，众人为何还推崇他？
众人说有何担忧，何不让他试试再实行？

天 问

鸱龟曳衔①，鲧②何听焉？
顺欲③成功，帝④何刑⑤焉？

注释

①鸱龟曳衔：传说鲧治水时鸱鸟衔火，神龟负土。曳，牵引。衔，本义为马口铁，此处指神鸟衔着火炬。②鲧：神话人物，大禹的父亲。③顺欲：合乎要求。④帝：指舜帝。⑤刑：刑罚。

译诗

鸱鸟和大龟牵引相衔，鲧为何听从它们？
照鲧的方式治水能成功，大帝为何又惩罚他？

永遏①在羽山②，夫何三年不施③？
伯禹④愎鲧，夫何以变化？

注释

①遏：禁闭。②羽山：传说中的山名。③施：通"弛"，释放。④伯禹：即大禹。

译诗

长久的流放幽闭在羽山，为何多年不放了他？
大禹从父亲鲧的腹中化育，为何会有这种变化？

纂①就②前绪③，遂成考④功。
何续初继业⑤，而厥谋不同？

注释

①纂：继承，续就。②就：跟从。③绪：事业。④考：指父亲。既可指亡故的父亲，如先考；也可指在世的父亲。⑤续初继业：继承父亲的志业。

译诗

（大禹）继承其父的事业，代其父获得了成功。
为何做的是相同之事，而采用的不同方法？

洪泉①极深，何以窴②之？

地方③九则④，何以坟⑤之？

注释

①洪泉：指洪水之源。②窴：通"填"。③方：比。④九则：九州，或说九条标准。⑤坟：划分。

译诗

洪水之渊非常深，（大禹）用什么将它填塞？
大地划分为九州，用什么方法来划分？

应龙①何画？河海何历？

鲧何所营②？禹何所成？

注释

①应龙：有两翼的龙。传说大禹治水，应龙曾予以协助。②营：经营。

译诗

应龙之尾划过哪些地方？河流怎样流入大海？
鲧怎样经营治水？大禹为何能够成功？

延伸

以上内容是《天问》的第二部分，提出的问题针对的主要是上古时期发生的一场大洪水。

传说在尧帝时期，发生了一场大洪水，天下洪水滔滔，很多人被淹死，劫中求生的人们不得不搬到高山上去住。一些巨大的猛禽、巨蛇、野兽也

天 问

出来袭击人类，人们苦不堪言。尧帝任命鲧为治水官，带领人们去治水。鲧采用了堵的办法，建造了很多堤坝，将洪水堵住。开始这个方法很有效，但后来堤坝垮塌，又淹没了很多地方。尧帝大怒，将鲧流放到羽山，并将他诛杀丢弃在荒野。过了三年时间，鲧的尸体并未腐烂，而且肚子像一面鼓一样，越来越大。尧帝生疑，命大臣祝融带着一柄名为吴钧的宝剑去查看。祝融用吴钧剑划开了鲧的腹部，一个男孩像风一样从豁口跑了出来，而且一边跑一边长，很快长成了一个大人，他就是大禹。而鲧的尸体则化为一只黄能（一种三足，类似龙的动物），一转身跃入深渊，很快消失在了水中。祝融带大禹到尧帝的宫廷，尧帝便命大禹继承其父的职位，继续治水。大禹一改其父堵的方式，而用疏导的方式，开凿挡住洪水的高山，疏导壅塞的河道。最终，百川归海，九州太平。

大洪水的传说是人类共同的记忆。比较著名的还有国外《圣经》中诺亚方舟的故事。上帝为了惩戒人类的罪，决定用大洪水淹没世界，但他事先将这一切告诉了先知诺亚。诺亚便建造了一个巨大的方舟，带领自己的家人们搬进了方舟，同时还将世界上的所有动物，大到大象，小到一只蚊子都成双成对地安置到了方舟上。大洪水退却后，他派出了一只乌鸦去探听消息，乌鸦却一去不回；他又派出了一只鸽子，鸽子衔着一支绿色的树枝回来了。诺亚知道天下太平了，便带着家人和动物们重新回到了大地生活。自此以后鸽子也成为和平的象征。

大洪水的传说还出现在两河流域、印度、希腊和北美印第安人的神话中。一些学者认为，这可能和几万年前气候转暖，冰川融化，海平面上升，淹没了部分低洼地有关，人类被迫向高地迁徙，从而留下了那些无法磨灭的记忆伤痕。人们将这些悲剧编成了故事，用来治愈记忆创伤。由于不断的迁徙，这些故事在流传过程中被不断加工，便出现了各种各样的版本。

康回①冯怒②，墜③(dì)何故以东南倾④？
九州⑤安错⑥？川谷何洿⑦(wū)？

注释

①康回：指共工，神话人物。②冯怒：大怒。③墜：古"地"字。④东南倾：向东南倾斜。⑤九州：传说大禹划分了九州。⑥错：通"措"，设置。⑦洿：深。

译诗

共工氏怒发冲天，为何使大地向东南倾斜？
九州怎样设置？大河的水为何那样深？

> 东流①不溢②，孰知其故？
> 东西南北，其修孰多？

注释

①东流：向东流的河。中国西高东低，故而大部分河流向东流。②溢：满。

译诗

流向东方的水为何永远不满，谁知道原因？
东西南北四方，哪一方的边际更长？

> 南北顺㯑①，其衍②几何？
> 昆仑县圃③，其尻④安在？

注释

①顺㯑："顺"和"㯑"同义，狭长。②衍：余。③县圃：即悬圃，神话中昆仑山山顶上的神仙居所。④尻：同"居"字。另说为"尻"的替代字,尾部。

译诗

南北距离狭长，比东西间距离长出多少？
昆仑山的悬圃，它的山麓在哪里？

天　问

> 增城^①九重^②，其高几里？
> 四方之门^③，其谁从^④焉？

注释

①增城：神话中神仙所居之地，在昆仑山上。②九重：九层。③四方之门：昆仑山朝向四面的门。④从：由，出入。

译诗

传说中的增城有九重，它高达多少里？
昆仑山四面的门，谁从哪里通过？

> 西北辟启^①，何气通焉？
> 日安不到？烛龙^②何照？

注释

①辟启：开启。②烛龙：神话中的巨龙。《山海经·大荒北经》："西北海之外，赤水之北，有章尾山。有神，人面蛇身而赤，直目正乘，其瞑乃晦，其视乃明……是烛九阴，是谓烛龙。"

译诗

西北的门敞开，什么风流通顺畅？
什么地方太阳照不到？烛龙之神如何照明？

> 羲和^①之未扬^②，若华^③何光？
> 何所^④冬暖？何所夏寒？

注释

①羲和：太阳女神，帝俊的妻子。②扬：扬鞭。③若华：若木的花，传说生长在太阳落山的地方。④所：处。

天 问

译诗

太阳尚未升起,若木的花为何能照亮大地?
哪里的冬天是温暖的,哪里的夏天是寒冷的?

> 焉有石林?何兽能言?
> 焉有虬龙①,负②熊以游?

注释

①虬(qiú)龙:一种无角的龙。②负:背着。

译诗

哪里石能成林?哪里的野兽会说话?
哪里有虬龙,背着黄熊游乐?

> 雄虺(huǐ)①九首②,儵(shū)忽③焉在?
> 何所不死④?长人⑤何守?

注释

①虺:毒蛇。②九首:九个头。③儵忽:往来飘忽,如同电光一样,形容速度快。④不死:指能够长生。《山海经·海外南经》:"不死民在交胫国东,其人黑色,长寿不死。"⑤长人:指巨人。

译诗

九头大毒蛇,行动迅疾去了哪里?
什么地方的人长生而不死?巨人守护的是何方?

> 靡蓱(píng)①九衢②,枲(xǐ)华③安居?
> 一蛇吞象④,厥大何如?

注释

①靡萍：萍草。萍，通"萍"。②衢："欋"的借字，形容树根盘错，此处指水草。③枲华：麻的花。华，同"花"。④一蛇吞象：见载于《山海经·海内南经》："巴蛇食象，三岁而出其骨。"

译诗

什么样的浮萍有九个枝，开着神麻一样的花？
一条巨蛇吞下大象，它大到什么程度？

黑水①玄趾②，三危③安在？
延年④不死，寿何所止？

注释

①黑水：古水名。②玄趾：地名。③三危：山名。《尚书·禹贡》："导黑水，至于三危，入于南海。"④延年：长寿。

译诗

黑水、交趾，还有三危在什么地方？
延年益寿而不死，生命在何时终止？

鲮鱼①何所？魼堆②焉处？
羿③焉彃④日？乌⑤焉解羽⑥？

(líng) (qí) (bì)

注释

①鲮鱼：神话中的鱼。《山海经·海内北经》："陵鱼人面手足鱼身，在海中。"②魼堆：传说中的鸟。③羿：神话人物。④彃：射。⑤乌：乌鸦，此处指太阳中的三足金乌。⑥解羽：羽毛解散，代指金乌鸟死去。

天　问

译诗

传说中的鲮鱼在哪里？大雀又在何处？
后羿为何射日？太阳中的金乌为何会死去？

延伸

以上是《天问》的第三部分，提出的问题既有建立在神话基础上的，也有关乎客观地理内容的。问题从共工怒触不周山开始。传说天神共工与祝融相争，撞断了支撑天穹的巨柱，导致大地开裂，洪水滔天。这个故事也为前面大禹治水提供了洪水的来源。

大洪水之后，又出现了旱灾，天上出现了十个太阳，炙烤着大地。人类的英雄后羿出现了，他射掉九个太阳，留下一个太阳，为人类提供足够的光与热。

除此之外，诗中出现了多个神话意象，层层推进，开启了中国诗歌的浪漫主义先河。如诗中出现的"悬圃""增城""烛龙""金乌"等意象，开启了神话入诗的传统，并成为一种"诗典"，被后世诗人们接受并继承。唐朝诗人刘禹锡《思黯南墅赏牡丹》诗云："偶然相遇人间世，合在增城阿姥家。"南朝诗人谢灵运《答中书诗》云："悬圃树瑶，昆山挺玉。"谢朓《杂咏》云："抽茎似仙掌，衔光似烛龙。"宋太宗《逍遥咏》："金乌飞绛阙，玉兔弄精神。"……这些诗中所用的意象，均与《天问》不无关系。

禹之力①献②功③，降省④下土四方。
焉得彼鲎（tú）山⑤女，而通⑥之于台桑⑦？

注释

①力：尽力。②献：投入。③功：指治水。④降省：下来视察。⑤鲎：即"涂"，涂山氏，古国名。⑥通：通婚。⑦台桑：地名。

译诗

大禹勤勉地治理水灾，下到民间巡查各个地方。
怎么会遇到涂山氏的女子，和她在台桑相爱。

闵①妃②匹合③，厥身是继④。
胡⑤维⑥嗜不同味，而快⑦朝(zhāo)饱⑧？

注释

①闵：忧。②妃：配偶。③匹合：婚配。④继：继嗣。⑤胡：为什么。⑥维：语助词。一作"为"。⑦快：快意。⑧朝饱：一朝饱食，形容一时之乐。朝，即"朝"。

译诗

恋爱并且结婚，他因此有了继承人。
为何他们习俗并不相同，但能得到一时的欢乐。

启①代益②作后③，卒④然离⑤孽(niè)⑥。
何启惟⑦忧，而能拘是达⑧？

注释

①启：大禹的儿子。②益：大禹治水的重要助手，曾选定为禅让人选。③作后：成为君主。闻一多先生在《天问疏证》中指出，大禹死后，启想夺取帝位，被伯益发觉，将他囚禁了起来，但被启逃脱了。启反过来攻击伯益，夺取了天下。④卒：通"猝"。⑤离，通"罹"，遭到。⑥孽：即"孽"，灾祸，忧患。⑦惟：通"罹"，遭受。⑧达：通。此处指逃脱。

天 问

译诗

大禹的儿子启取代伯益为帝,突然遇到了忧患。
为什么启遭遇忧患,仍然能从拘禁中脱身?

皆归射鞫①,而无害厥躬②。
何后益③作④革⑤,而禹播降⑥?

注释

①射鞫:射出的箭,此处泛指武器。②厥躬:指启。躬,本身。③后益:伯益,他曾被选为大禹的继承人,故而称后益。④作:通"祚",帝位。⑤革:革除。⑥播降:繁荣昌隆。播,通"蕃"。降,通"隆"。

译诗

交战时密集的箭雨射下,启却未受到伤害。
为何伯益的帝位被夺去,大禹的后代却能繁荣昌隆?

启棘①宾②商③,《九辩》《九歌》④。
何勤子屠⑤母,而死⑥分竟地?

注释

①棘:急。②宾:朝见。③商:"帝"的讹字。④《九辩》《九歌》:传说中的乐曲名。⑤屠:裂开。⑥死:通"尸"。

译诗

夏启急切地祭祀天帝,得到了《九辩》和《九歌》这两首天界的曲子。
为何贤良的儿子却会导致母亲遇难,使她的尸骨散落各地。

延伸

以上是《天问》的第四部分,讲述了大禹家族的故事。治水的大禹和涂山氏族中的女子相爱,并结为了夫妻。传说大禹在工地上干活,妻子每天都给他送饭。他曾和妻子约定,到了吃饭的时候他会击鼓,听到鼓声便送饭来,否则不要出现在工地上,以免发生危险。有一次,开凿河道的大禹被一座石山挡住了,他变成了一只巨大的熊,用锋利的爪子开辟山石,顺着山坡滚下去的碎石子击中了鼓面。他的妻子误以为是丈夫击鼓,便带着饭篮到了工地上,忽然发现一只巨熊,于是丢下饭篮就跑。大禹见到妻子转身跑开,十分奇怪,便追了上去,妻子却跑得更快了。大禹忘了自己已化身为熊,奋力追赶。就这样,一个人在前面跑,一个人在后面追,追赶了很久,妻子实在跑不动了,便坐在了一块石头上,瞬间化成了一尊石像。大禹望着石像,十分懊悔,想到妻子正怀孕,便大喊一声"开",石像碎裂,一个婴儿呱呱坠地。他便给这个孩子起名为"启"。一般认为,诗中的"何勤子屠母,而死分竟地"指的便是这个诞生神话。不过,还有另外一种可能,即这两句诗是写实的:夏启之母的死,是启本人造成的,她很可能死于夏启巩固自己统治的斗争中。

按照上古的君位传承模式,大禹应该在晚年将权力交给辅佐他治水最有功勋的伯益,伯益也的确得到了很多人的支持。但是大禹的儿子启不接受伯益担任新君主,发动了战争。伯益和夏启各自率领自己的部族攻击对方,最后伯益失败,启登上了权力宝座,开启了夏王朝。从诗中我们会发现,大禹之后,伯益曾掌握了权力,成为了新的统治者,否则不会被称为"后益",但后来的史家为了彰显大禹传位给启的连续性,抹掉了伯益曾登上帝位这一事实。

屈原《天问》中的故事,尽管是传说,但保留了一些可能更加接近真实的材料。

帝^①降^②夷羿^③,革孽^④夏民。
胡射夫河伯,而妻彼雒嫔^⑤(luò pín)?

天 问

注释

①帝：天帝。②降：下派。③夷羿：后羿。④革孽：革，变革；孽，祸害。此处指夺取夏王朝政权。⑤雒嫔：洛水女神宓妃。

译诗

天帝委派后羿降临，让他变乱夏王朝的国政。
他为何射中河伯，并娶了河伯之妻洛水女神。

冯^①珧^②利决^③，封豨^④是射。
何献^⑤蒸^⑥肉之膏^⑦，而后帝^⑧不若^⑨？

注释

①冯：通"凭"，挟。②珧：蚌蛤的壳，用来装饰弓。代指弓。③利决：善于射箭。④封豨：大野猪。⑤献：祭祀。⑥蒸：通"烝"，冬祭。⑦膏：肥肉。⑧后帝：天帝。⑨若：顺。

译诗

他凭借手中的硬弓利箭，射杀大野猪。
为何他将肥美的肉献祭给天帝，天帝却不庇护他？

浞^①娶纯狐^②，眩^③妻爰^④谋。
何羿之射革，而交^⑤吞^⑥揆之？

注释

①浞：寒浞，后羿的国相。②纯狐：后羿之妻。③眩：迷惑。④爰：于是。⑤交：合力。⑥吞：消灭。

译诗

寒浞娶了后羿的妻子纯狐，善于迷惑人的妻子与之同谋。
为何后羿那么善射，还是被他们合谋杀害了。

阻穷西征，岩何越焉？
化为黄熊，巫何活①焉？

注释

①活：复生。指鲧复活，但这个神话不见载于典籍。

译诗

阻断鲧的西返之路，高大的山他怎能翻越？
尸身化为黄能那样的生物，巫师如何让他复活？

咸播秬黍①，莆②雚③是营④。
何由⑤并投⑥，而鲧疾⑦修盈⑧？

注释

①秬黍：黑黍。②莆：同"蒲"，水草。③雚：通"萑"，芦苇一类的植物。④营：耕种。一说除草。⑤由：原因。⑥并投：一同放逐，传说鲧是四大恶人之一，与共工、驩兜、三苗一起被放逐。⑦疾：罪行。⑧修盈：形容罪行多。

译诗

都种上了黑米，经营长满了水生植物的土地。
为何与有罪的人一起被流放，难道鲧真的恶贯满盈吗？

白蜺①婴②茀③，胡为此堂？
安得夫良药，不能固臧④？

注释

①白蜺：白色的虹。蜺，同"霓"。②婴：缠绕。③茀：曲。④臧：同"藏"。

译诗

白虹屈曲环绕,为什么是这座高大的明堂?
怎样得到神妙的药,却不能稳妥地收藏?

天式①从横②,阳③离爰死。
大鸟④何鸣,夫焉丧厥体?

注释

①天式:自然的法则。②从横:即纵横,阴阳消长之道。③阳:阳气。④大鸟:指王子乔尸体变成的大鸟。王逸《章句》:"崔文子取王子乔之尸,置之室中,覆之以弊筐,须臾则化为大鸟而鸣,开而视之,翻飞而去,文子焉能亡子乔之身乎?言仙人不可杀也。"

译诗

自然大道有消长,阳气离开人就会死去。
王子乔化成的大鸟为何鸣叫,他为何会丧失其生命。

蓱①号起雨,何以兴之?
撰②体协胁③,鹿④何膺⑤之?

注释

①蓱:蓱翳,神话传说中的雨师。②撰:传说中的神鹿,名为天撰十二神鹿,一身八足两头。见汉王逸《楚辞章句》。③协胁:胁骨长在一起。协,合。④鹿:指风神飞廉,传说为鸟头鹿身。⑤膺:通"应"。

译诗

雨师蓱翳号令行云布雨,为什么雨就会下起来?
风神飞廉两胁相连,如何响应行云布雨?

天 问

鳌^①戴^②山抃^③，何以安^④之？

释舟陵行^⑤，何之迁之^⑥？

注释

①鳌：上古神话中的大海龟，力气极大，背负大山。②戴：背负、驮着。③抃：一说为拍手鼓掌，即抃舞。另一说为浮游，游动。传说在渤海的东方，有十五只巨大的海龟，驮着五座仙山游动。④安：安稳。⑤释舟陵行：放弃船在陆地上行走，或说"解开舟在陆地上行走"。陵，高山，此处引申为陆地。中国古代有陆地行舟的传说，民间的跑旱船、游船舞等民俗还保留了一些传说的影子。⑥何以迁之：将船放在陆地上，怎样移动它。或说，此处指神山迁移的传说。龙伯国有一位巨人，将东方渤海中的大海龟一次吊走了六只，导致大海龟背负的岱舆、员峤两座山失去了根基，漂移到北极去了。或说指的是传说中的大力士浇，其力大能拖着船在陆地上行走，也能负山而迁。

译诗

巨鳌背着山鼓掌舞蹈，为何山还那么安稳？
在陆地上行舟，如何做到迁徙的？

惟浇^①在户，何求于嫂^②？

何少康^③逐犬，而颠陨^④厥首？

注释

①浇：寒浞之子。②嫂：指女歧。③少康：夏朝国君。④颠陨：坠落。

译诗

大力士浇在家中，有何事求助于嫂子？
为何少康驱逐他的猎犬，就能将浇的脑袋砍下来？

135

> 女歧缝裳，而馆同①爰止②。
> 何颠易③厥首，而亲以逢殆④？

注释

①馆同：同房。②止：息。③颠易：砍断。④殆：危险。

译诗

女歧为浇缝制衣裳，并与他同宿。
为何也被砍下脑袋，只是因为亲密而遭殃吗？

> 汤①谋易旅②，何以厚③之？
> 覆舟④斟寻⑤，何道⑥取之？

注释

①汤：指"浇"，系讹字。②易旅：整顿军队。③厚：强大。④覆舟：船只倾覆。⑤斟寻：夏朝时的诸侯国，与夏王同姓。⑥道：方法。

译诗

浇如何整顿军队，为何能够那么强盛？
覆灭斟寻的战船，采取了何种办法？

> 桀①伐蒙山，何所得焉？
> 妹嬉(mò xī)②何肆，汤何殛(jí)③焉？

注释

①桀：夏朝暴君，因残暴而亡国。②妹嬉：即末喜，夏桀的正妃。③殛：流放。

天 问

译诗

夏桀讨伐蒙山氏,究竟得到了什么?
妹嬉何曾恣肆,成汤为何流放了她?

延伸

以上是《天问》的第五部分,讲述了大禹之后夏王朝的历史。我们必须明白,远古的历史中往往混杂着大量传说,有些传说中的人物横跨时空,出现在不同的时代,甚至把几个不同的人的故事,叠加在一个人的名字上,但这些传说中隐藏着历史的真实。前面我们提到,大洪水时代,曾出现了一个人类的英雄后羿。洪水发生后,一些原本生活在深山大泽中的毒蛇猛兽也跑出来伤人,后羿发挥他善射的本领,射杀蟒蛇与猛兽,解除了人们的祸患。他还射瞎了水神河伯的一只眼睛,并且娶了河伯的妻子。我们会发现,在古老的英雄时代,人和神往往有角力的资本,而后羿显然是一个半神式的人物。当然,这里的河伯可能是一个生活在水上的部落酋长的名字。

在《天问》的语境中,神话中的后羿和史书中有穷氏的君主后羿叠加在了一起。启死后,他的儿子太康成为了新的君主。太康沉迷于打猎,经常离开宫廷很长时间不归。东夷部落的有穷氏君主后羿趁此机会,阻断了太康返程的道路,并射杀了他,夺取了夏朝君主的权力。后羿和太康一样,同样沉迷于打猎,而将朝政事务交给了自己的大臣寒浞。寒浞和后羿一样是射箭高手,他爱上了后羿的妻子,当然更爱权力,他以其人之道还治其人之身,射杀了后羿,并娶了他的妻子。前文说过,后羿射中河伯,并娶了其妻,并说这个女子是洛水女神。但寒浞所娶的后羿之妻却名为纯狐。二者很可能为同一人,也可能是两个人,毕竟在部落时代,部落君主可以娶多个妻子。后羿和寒浞相继控制了夏王朝的中枢,这段历史,史书中称为"太康失国"。

后羿夺取夏王朝的权力后,曾立太康的弟弟仲康当傀儡君主。仲康的儿子名叫相,逃跑到了斟灌氏和斟寻氏这两个部族,寒浞追杀他并一股脑儿灭了这两个部族。相虽然死了,但是怀孕的妻子后缗却从一个墙洞里逃

跑了。后缗逃回自己母族的部落有仍氏,并生了一个男孩,即少康。少康被有仍氏的君主任命为管理牧业的官员,并且允许他建立自己的军队。少康一面养精蓄锐,另一方面获得了有虞氏部族君主的支持。有虞氏君主对他非常信任,不但把两个族中的女子嫁给他,甚至让他担任自己的宫廷厨师长,负责自己的饮食。为了了解寒浞的动向,少康派名叫女歧的美人充当间谍,打入寒浞的宫廷,打探消息。诗中的"女歧缝裳,而馆同爰止"一语,写得便是女歧卧底到浇的身边,并充当其情人,以刺探情报的事。

少康的力量壮大后,率领军队一路打了回去,很快消灭了寒浞及其子浇的势力,重新掌握了夏王朝的君权,史书上称为"少康中兴"。不过,少康很快就诛杀了为他立下大功的女歧。

夏朝的最后一位君主夏桀的正妃名叫妹喜,原本是蒙山国的女子。夏桀征伐蒙山,蒙山将妹喜献给了他。但后来夏桀抛弃了妹喜,妹喜便与商汤的大臣伊尹往来,充当其间谍,最终灭了夏桀。毫无疑问,妹喜在商汤建国过程中建立了大功,但商汤后来还是流放了她。这是为什么呢?诗人没有告诉我们答案。但答案是显而易见的:狡兔死,走狗烹,这是古代君主统治的特点。

关于夏朝的历史,《天问》提供了很多资料,但这些资料更像一串神秘的密码。诗人以一种独特的方式,把历史保留在了问号中。某种程度上,大部分史料都经过了后世文人的整合,而《天问》中的这些问号,则把史料撬开了一条缝隙。

舜闵在家①,父②何以鳏③(guān)?
尧不姚④告,二女⑤何亲⑥?

注释

①家:成家。②父:舜的父亲瞽叟。③鳏:同"鳏"。老而无妻之谓。④姚:舜的姓,此处指舜的父亲。⑤二女:指娥皇、女英,都是尧帝的女儿。⑥亲:姻亲,丈夫家。

天　问

译诗

舜在家中忧虑婚事，他的父亲为何不让他成亲？
尧帝不向舜的父母通告，为何能将女儿嫁给他？

> 厥萌①在初，何所亿②焉？
> 璜台③十成④，谁所极⑤焉？

注释

①萌：萌芽。②亿：通"臆"，预料。③璜台：玉台。④成：层。⑤极：建造。

译诗

坏的萌芽刚显露，谁能料到呢？
用美玉砌成十层楼台，谁所完成的呢？

> 登立①为帝，孰道②尚之？
> 女娲③有体，孰制匠④之？

注释

①立：通"位"。②道：导引。③女娲：神话中的创世女神。④匠：造。

译诗

登基成为帝王，谁所引导推举的呢？
女娲的身体不断变幻，又是谁造就了她？

> 舜服厥弟①，终然为害。
> 何肆②犬豕，而厥身不危败？

注释

①弟：指舜的弟弟象。②肆：放肆。

译诗

舜帝一再顺从他的弟弟，终究酿成祸害。
为何像象这样猪狗不如的人，最后却身家没有败亡？

延伸

以上内容，是《天问》的第六部分，包含着舜帝及其家族的故事。正统史书中记载：尧帝晚年，准备以禅让的方式继续传递权力。他看中了舜，为了考察他，赏赐给他很多物品，还将自己的两个女儿娥皇和女英一并嫁给了他。舜是一个贤良且孝顺的人，但他的家人却糟糕得一塌糊涂。

舜的父亲瞽叟不喜欢这位贤良的儿子，他的弟弟象则垂涎两位嫂子，因此瞽叟和象合谋准备杀了舜。修补谷仓的时候，瞽叟哄骗舜爬上仓顶，象抽掉了梯子，并且在下面纵火，企图烧死舜。舜拿着两个斗笠作翼，从谷仓顶上滑翔了下来，幸免于难。一计不成又生一计，瞽叟欺骗舜挖井，挖到很深的时候，在上面填土，想把舜活埋。舜早已怀疑其父和弟弟，所以事先在井壁上挖了一条隧道，从隧道逃跑了，并躲了起来。瞽叟以为舜死了，便和象瓜分了舜的财物，并且占据了他的房屋。当舜回来的时候，象却做出很思念的样子。后来舜做了君主，也没有惩罚象。

对此，《天问》中继续发挥其质疑本色，提供了与正统历史截然不同的史料。诗中说，舜是单身，他的父亲不思谋为之取亲。而且尧帝没有告知舜的父母，就将两个女儿嫁给了舜。按照上古氏族通婚传统，两族联姻是两个部族的大事。从舜帝的姓氏来看，他恐怕并非普通人，而是出身于一个大的部族。历史的真相究竟如何，已不得而知。总之，这是一段扑朔迷离已经被历史湮没的故事。

吴获①迄古，南岳②是止③。
孰期去④斯⑤，得两男子⑥？

注释

①吴获：即吴伯，指古公亶父的长子吴太伯。②南岳：并非今之南岳衡山，

而是指霍山。③止：居留。④去：一作"夫"。⑤斯：这里。⑥两男子：指太伯和弟弟仲雍。

译诗

吴国获得了长久的国祚，疆域一直延伸到了南岳。
谁能料到这一切，难道仅仅因为有了太伯和仲雍这两个奇男子？

缘鹄^①饰玉^②，后帝^③是飨^④。

何承谋夏桀，终以灭丧？

注释

①鹄：天鹅。②饰玉：装饰美玉。③后帝：大帝。④飨：请人享用。

译诗

用雕饰了天鹅的玉器，祭祀天帝。
为什么传位到夏桀，最终王朝的承续断绝？

帝^①乃降观^②，下逢伊挚^③。

何条^④放致罚^⑤，而黎服^⑥大说^⑦？

注释

①帝：指成汤。②降观：视察民情。③伊挚：即伊尹，商代开国君主成汤的佐命大臣。④条：鸣条，夏军战败的地方。⑤致罚：进行惩罚。⑥服：古代行政区划单位，九服。⑦说：通"悦"，喜悦。

译诗

成汤降临民间巡视，遇到伊尹密授天机。
为何从鸣条放逐夏桀，百姓们都大为欢悦。

美绘楚辞

延伸

以上内容，是《天问》的第七部分，包含了两个故事：吴国在南方立国；成汤颠覆夏王朝，成为新的天下共主。西周王朝建立之前，周族出现了一个划时代的重要人物，即周部族的首领古公亶父（周太王）。他有三个贤明的儿子，太伯、仲雍和季历，三人当中他最喜欢的是季历，于是想让季历继承部落首领之位。但不论是按嫡长子继承制，还是兄终弟及制，都不能够保证季历继位。为此，周太王寝食不安。太伯和仲雍知道了父亲的心思，就逃往南方的蛮荒之地，并像当地的土著一样斩断头发，在身体上刺青，这就是所谓"断发文身，示不可用"。"断发文身"在当时的华夏族来看是蛮族习俗，一旦这样做了就意味着放弃了继承权，故而季历毫无悬念地成为继承人。太伯兄弟二人到南方后，他们高尚的人品和带来的先进技术吸引了一大批追随者，不久就成为当地的领袖，太伯成了新的国家——吴国的开创者。太伯死后无子，他的弟弟仲雍即位，成为新的领导者。武王灭商之后，派人去寻找太伯和仲雍的后裔，找到了仲雍的曾孙周章，他已经是吴国的第五代国君了。周武王承认吴国为诸侯国，将之纳入了周王朝的诸侯体系。另外，周武王给周章的弟弟虞仲一块封地，在周的北面，成为另一个诸侯国，即虞国。从太伯立国，到春秋时期越王勾践灭吴，吴国享国长达七百余年。

夏王朝的末年，成汤在鸣条之战中击败夏军，覆灭了夏朝。在商王朝的建立中，大臣伊尹立了大功，但早期他可能是夏桀的臣子，甚至这一身份背后可能还有别的身份，即他是成汤派到夏桀身边的间谍。"何承谋夏桀，终以灭丧"一句中便包含着这种怀疑。在古人的观念中，辅佐成汤建立商王朝的伊尹，协助商高宗武丁安邦定国的傅说，佐助周文王、武王两代君主的姜太公被视为天选之人，也就是被上天密授天机的人。他们身上拥有能超越自己低微身份的力量，故而能成就一番大业。

在这部分，作者把先周时期的这个"推位让国"的故事和成汤推翻夏桀、自己当君主的故事放在一起，是大有深意的。

简狄①在台，喾②何宜？
玄鸟③致贻，女何喜④？

天　问

注释

①简狄：有娀国之女，嫁给帝喾为妃。②喾：帝喾，五帝之一。③玄鸟：黑色的燕子。一说是凤凰。④喜：指怀孕。

译诗

简狄居住在瑶台，帝喾如何知道来求爱？
玄鸟给简狄送来礼物，她为何怀了身孕？

> 该①秉季②德，厥父是臧③。
> 胡终弊④于有扈⑤(hù)，牧夫牛羊？

注释

①该：契的六世孙王亥。商的历史被分为三个时期，即先商、早商、晚商，王亥是先商时期商部族的首领。②季：指王亥的父亲冥，因治水而死。③臧：善。④弊：通"毙"，死。⑤有扈：即有易。

译诗

王亥继承了父亲的美德，并将父亲视为典范。
后来为什么被困在有扈氏，在那里替人放牧牛羊？

> 干①协②时舞③，何以怀④之？
> 平胁曼肤⑤，何以肥⑥之？

注释

①干：盾牌。②协：合。③舞：指拿着武器为道具的武舞。④怀：诱惑。⑤曼肤：肌肤润泽。⑥肥：借为"妃"，匹配。

译诗

王亥手持盾牌起舞，为何使姑娘思念？
身材饱满而丰腴，如何会是这样的美？

> 有扈①牧竖②，云何而逢③？
> 击床先出④，其命何从？

注释

①有扈：即前文所说之"有易"。②牧竖：放牛的小子，指王亥。③逢：相遇，指王亥和有易之女相见。④先出：事先跑掉。

译诗

作为有扈氏身份卑微的牧童，他如何与贵族女子相逢？
袭击床上的人，女子先逃走，命令来自何方？

> 恒①秉季德②，焉得夫朴牛③？
> 何往营④班禄⑤，不但⑥还来？

注释

①恒：王恒，王亥的弟弟。②季德：其父亲的德行。③朴牛：服力役的牛。"朴"通"服"。④营：居。⑤班禄：颁布爵禄。⑥但：通"旦"，天亮。

译诗

王恒继承了父亲的美德，怎样得到驾车的大牛？
为何去颁布爵禄，不等天亮就归来？

> 昏微①遵迹，有狄②不宁。
> 何繁鸟③萃棘④，负子⑤肆情？

注释

①昏微：指先商时期的商部族首领上甲微，因其昏聩，故而称之为"昏微"。

天 问

②有狄：即有易。③繁鸟：众多的鸟。④萃棘：落在酸枣树上。⑤负子：指背负孩子的女子。

译诗

上甲微沿袭祖辈之德，有扈氏部落从此不得安宁。
为何鸟儿们成群地停留在荆棘上，竟想与背负孩子的女子偷情？

> 眩弟①并淫，危害厥兄。
> 何变化②以作诈，后嗣③而逢长④？

注释

①眩弟：善于蛊惑人的弟弟。②变化：多变。③后嗣：后代。④逢长：指子孙兴旺。逢，通"丰"。

译诗

与善于蛊惑人的弟弟一起放纵，并最终危害了兄长。
为何诡计多端而奸诈的人，他的后代反而昌隆？

> 成汤①东巡，有莘②(shēn)爱极。
> 何乞③彼小臣④，而吉妃⑤是得？

注释

①成汤：商的开国君主。②有莘：古国名。③乞：索取。④小臣：指伊尹。⑤吉妃：善妃，指有莘氏的贵族之女。

译诗

成汤到东方去巡视，到达了有莘氏部族。
为何想得到对方的小臣，却娶了对方的贵族女子为妻？

水滨之木，得彼小子①。

夫何恶之，媵②有莘之妇？

注释

①小子：指伊尹。②媵：陪嫁奴婢。

译诗

在水边的树上，得到了一个婴儿。
他为何被人厌恶，成了有莘氏姑娘的陪嫁奴隶？

汤出①重泉，夫何罪尤②？

不胜心伐帝③，夫谁使挑之？

注释

①出：释放。②罪尤：罪过。③帝：指夏桀。

译诗

商汤被囚禁在重泉，有何罪过？
没有好胜心去挑战夏桀，是谁激起了他灭夏的决心？

延伸

以上内容，是《天问》的第八部分，讲述了商人的起源和商王朝的历史。《诗经》中说"天命玄鸟，降而生商"，从侧面印证了《天问》中的诗句。帝喾的次妃简狄多年未孕，有一次游玄丘，在池水中沐浴，飞来一只黑色的燕子，生下了一枚卵，调皮的简狄捡起来放进了自己嘴里，却不小心吞了下去，由此有孕，破胸生子契。契善于用火和观星，因而被任命为火正。尧帝时，契被任命为司徒。他也被商王室奉为始祖。

商族人自契之后，传了七代，权杖交到了部落首领王亥的手中。王亥善于驯养牛马，并与其他部族进行贸易，很快使商族富裕了起来。后世把

天 问

做生意的人称为"商人",便与此有关。有一次王亥和弟弟王恒赶着牛羊,带着财物到有易氏部落进行贸易。在迎接王亥兄弟的宴会上,二人激怒了有易氏的部落君长绵臣,绵臣让刺客杀害了王亥,并私吞了牛羊和财物。王恒则逃了回来。后来王恒之子(一说是王亥之子)上甲微继承部落首领之位,率军灭了有易氏,并杀了绵臣为父复仇。

但是在《天问》中,并未写以上内容,而是写王亥被困在有易氏部族,且沦落成了"牧竖",也就是牧童。在祭祀典礼上,他手执盾牌跳起了祭祀的万舞,英俊的外表和壮实的身体,吸引了这个部族的姑娘,从而引发嫉妒,遭到杀身之祸。《竹书纪年》中也记载了王亥引诱有易氏之女,被其君长所杀的内容。诗中所写的内容,与后世史书记载多不相符,很可能是基于别的文本记录。如诗中不写王亥兄弟去贸易牛羊,却写"颁布爵禄",就是一例。诗中的"眩弟并淫,危害厥兄"一句则透露,王亥很可能和弟弟王恒一起引诱了这位姑娘。也有学者认为,这是影射舜帝和他的弟弟象。学者姜亮夫则认为,"眩弟并淫"一句指的是上甲微,上甲微晚年十分昏庸,他还夺取了儿子之妻,成为有名的昏君兼暴君,以至于诗人称他为"昏微"。他的弟弟依靠欺诈获得信任,并最终继位。后世的商代君主,便是上甲微弟弟一系。

成汤是契的第十四代孙,也是商王朝的开国君主。在商王朝的建国进程中,尹伊功不可没。尹伊原本是有莘氏部族管理御厨的小臣,以善于烹饪而知名。成汤看中他的才华,请求有莘氏部落君长将他赐给自己,但却被拒绝。后来成汤娶有莘氏之女为妃,尹伊作为陪嫁奴隶一起到了商族,成汤立刻重用了他。关于伊尹的身世,有着和启相似的诞生传说。根据《水经注》的记载,伊尹的母亲居于伊水,有一天晚上做了个梦,梦见神告诉她:"臼内如果出水,就一直向东走,千万不要回头。"第二天,他发现臼内水哗哗地往外流,她立刻告诉四邻八舍,向东逃跑。村民们听了她的忠告,纷纷向东出逃,而村子顷刻间化为汪洋大海。由于泄露了神的告诫,这位善良的女子被化为了一株空桑。一个有莘氏的采桑女去采集桑树的叶子,在空桑中发现了一个婴儿,便带回去献给了部落首领。首领让厨奴养育这个孩子。因他生于伊水之滨,便以伊为姓。伊尹在建立商王朝的过程中建立大功，权势显赫，曾放逐商王朝的第二代君主太甲。当太甲在桐宫思过，并表示要做一个勤勉的君主后，伊尹才接他回来，并还政于他。由此可见伊尹在商朝初年的地位之高。

成汤灭夏，是以臣子身份讨伐主君，这不符合当时的道德。诗中说成汤是个没有好胜心的人，即使建立大功，在祭祀天帝的时候也从不表露。他被囚禁在重泉，可能是遭到了猜忌。为了避免遇害，他不得不起兵讨伐夏桀。这就像周文王曾被商纣王囚禁在羑里一样，起兵是基于反抗暴君这样一种伦理。诗歌不止是一种艺术，同时还是历史，它以极为相似的叙事模式，为部落首领反抗昏庸残暴的主君找到了合理的伦理逻辑。

会朝①争盟，何践②吾③期？
苍鸟④群飞，孰使萃之？

注释

①朝：指甲子日。②践：履行。③吾：指周族。④苍鸟：鹰，此处用以比喻周族的军队。

译诗

诸侯聚在一起盟誓，为何都能按期到达？
好像雄鹰合群飞翔，是谁将他们团结在一起？

列①击纣躬②，叔旦③不嘉。
何亲揆④发⑤足，周之命⑥以咨嗟⑦？

注释

①列：分解。②纣躬：商纣王的身体。③叔旦：指周公旦。④揆：谋划。⑤发：指周武王姬发。⑥周之命：周族拥有的天命。⑦咨嗟：叹息。

天　问

译诗

裂解商纣王的尸体，周公旦并不赞成。
为何他亲自为武王姬发出谋划策，但却又为周得到天命而叹息？

授殷天下，其位安施？
反①成乃亡，其罪伊②何？

注释

①反：等到。②伊：助词，无实义。

译诗

上苍把天下交给了殷人，国君的位置怎么安置？
等他们获得成功又灭亡，是犯了何种罪过？

争遣伐器①，何以行之？
并驱②击翼，何以将③之？

注释

①伐器：武器，此处指军队。②并驱：并驾齐驱。③将：率领。

译诗

争先拿起讨伐暴君的武器，怎样调遣军队？
齐头并进且攻击两翼，是谁亲自率领？

延伸

以上内容，是《天问》的第九部分，讲述的是商纣王残暴不仁，诸侯们在周武王的率领下一起颠覆了他的王朝。根据历史记载，在周武王的大军攻入商王朝的都城朝歌前，骄傲的商纣王见大势已去，不愿意受辱，就在著名的鹿台纵火自焚而死了。按照上古时期的传统，主君无德，可以被

颠覆，但是不能被杀，也不能绝其祭祀。成汤流放夏桀，周灭商但是分封微子到宋，并允许其君主继续祭祀商王，都是基于这种道义。某种意义上，先秦时期形成了一个"王不杀王"的传统。既然不能杀主君，当然更不能侮辱其尸体，但是据《周书·克殷篇》和《史记·周本纪》记载，周武王攻克商都后，看到纣王的尸体，向尸体射了三箭，并用黄钺（大斧）砍下了纣王的脑袋，悬挂在了旗杆上。不过，作为周武王最得力的辅佐者之一，周公旦显然并不赞成这种做法。诗中的"列击纣躬，叔旦不嘉"说的便是此事。相较于周武王这位开国者，他的弟弟周公旦显然更善于怀柔，是一个更加成熟的政治家。

这部分写商纣王残暴，故而被上苍抛弃，国运转移到了周族人，也就是西周王朝的建立者姬发家族的手中，诸侯们都听从他的号令，并一起讨伐了商王。历史的新篇章从这里开始了。

> 昭后^①成游，南土^②爰底。
> 厥利^③惟何，逢^④彼白雉^⑤？

注释

①昭后：周昭王，名瑕，周朝的第四任君主。②南土：南方，指楚国。③利：贪求。④逢：迎。⑤白雉：野鸡，用作贡品。

译诗

周昭王外出巡游，到达南方的土地上不归。
到底有何好处，难道是为了白色的野鸡？

> 穆王^①巧梅^②，夫何为周流^③？
> 环理^④天下，夫何索求？

天 问

注释

①穆王：指周穆王，名满，西周第五任君主。②巧梅：善驾车。梅，通"枚"，马鞭。③周流：周游。④环理：周行。理，通"履"，行。

译诗

周穆王善于驾车，为什么而四处周游？
走遍天下，到底在追求什么？

> 妖夫①曳炫②，何号③于市？
> 周幽④谁诛？焉得夫褒姒⑤（sì）？

注释

①妖夫：妖人，统治者对威胁自己统治之人的蔑称。②炫：炫耀。③号：呼喊，吆喝。④周幽：周幽王，名宫涅，西周第十二任君主，也是亡国君主。⑤褒姒：周幽王宠妃。

译诗

妖人携带货物炫于人前，为何呼号于街市？
周幽王究竟被谁所杀？他怎么得到褒姒？

延伸

以上内容，是《天问》的第十部分。《诗经》中说，殷鉴不远，在夏后之世。周王朝的统治者和商王朝一样，丝毫未曾从前朝的灭亡中得到教训。就像黑格尔说，人类从历史中唯一吸取的教训，就是人类从不吸取教训。如杜牧在《阿房宫赋》中所言："秦人不暇自哀，而后人哀之；后人哀之而不鉴之，亦使后人而复哀后人也。"

《史记·周本纪》中记载，西周的第四代君主，也就是周武王的重孙周昭王不断征伐，进行大规模的军事活动。南征时，渡汉江，造船的人厌恶他的统治，进献的船是用胶粘的，而没有使用榫卯和钉子。周昭王和他的大臣、

士兵们乘着这艘船到了汉江中流,粘着木板的胶被水泡开,船散架了,周昭王和大臣都掉进江水中淹死了。诗中的"昭后成游",说的便是此事。

周昭王之子,也就是西周的第五代君主周穆王,并未从父亲那里接受教训,同样喜好出游,并且变本加厉。《穆天子传》中说他一直向西游,遇到了神话中的西王母。

西周国祚传了十二代,到了周幽王姬宫涅时代,统治更加昏聩,结果与诸侯离心离德,最后犬戎攻破都城,将他杀死,西周灭亡。据说周幽王的覆灭,和神秘的美人褒姒有关。传说在夏朝末期,有两条龙停留在宫殿前不肯离去,夏王命令祭司占卜,占卜结果是杀掉龙、赶走龙、留下龙都不吉利,只有留下龙的唾液并储藏起来才吉利。于是,夏王命令祭司向龙进献玉帛,并写祷告文祝告,最后得到龙的唾液并装进木匣放进了宫廷的藏宝室。随着夏王朝的灭亡,这个木匣子几乎被人遗忘。商灭夏后,继承了夏王朝的一切,包括藏宝室里的所有物品。周灭商后,同样也继承了这一切。到了西周王朝的第十代君主周厉王(这是一位非常残暴的君主)时期,这个匣子被打开了,龙涎流到了宫廷的地板上,怎么也无法除去。周厉王命令几个妇女赤裸着身子,围绕着龙的唾液呼喊舞蹈,施行一种巫术,唾液变成了一只黑色的龟(或说是蜥蜴),窜入了后宫,遇到一个未成年的小宫女,然后就消失了。小宫女成年后,竟然无夫而孕,生下了一个女孩。小宫女害怕此事被人获知后遭到惩罚,便将女婴抛弃在街边。刚好有一对出售桑木弓箭的夫妇遭到追捕,从这里逃跑,便抱起了婴儿。当时是周厉王的儿子周宣王时期,宣王曾听过一个谣言:"檿弧箕服,实亡周国"(卖桑木弓箭的人,灭亡周国)。因此,凡是在街市上出售桑木弓和箭的人,都会被视为妖人,逮住处死。这对夫妇被追捕得紧急,便抱着婴儿逃到了褒国,婴儿长大后出落得如同天人,成了远近闻名的美人,她就是褒姒。周宣王死后,他的儿子幽王继位。周幽王不但昏聩,而且好战。他讨伐褒国,褒国战败,便将褒姒献给了幽王。褒姒进入幽王的宫廷后,从来都不笑,有一次看到火炬竟然笑了。周幽王为了博取美人一笑,命令点燃了骊山的烽火,诸侯们以为是外敌入侵,纷纷带兵来解救周幽王,结果却发现是一个玩笑。幽王多次点燃烽火,诸侯们多次遭到玩弄,便失去了对幽王的信任。

天 问

当犬戎大军真来侵犯，周幽王点燃烽火向诸侯求救时，诸侯们再也不来了，结果防线被攻破，幽王被杀。

这部分写了西周王朝的三位君主，早期的周昭王、穆王和末代君主周幽王，虽然只有十二句，但是信息量很大，记录了一段跌宕起伏的历史。

天命反侧①，何罚何佑？
齐桓②九会③，卒然④身杀⑤。

注释

①反侧：反复。②齐桓：齐桓公，姜姓，吕氏，名小白，春秋五霸之一。③九会：九次和诸侯会盟。④卒然：终于。⑤身杀：遭到杀身之祸。

译诗

上天的爱顾反复无常，何为惩罚何为庇佑？
齐桓公九合诸侯功业鼎盛，但却最终凄凉地死去。

彼王纣之躬，孰使乱惑①？
何恶辅弼，谗谄②是服？

注释

①乱惑：混乱而迷惑。②谗谄：谗言陷害，搬弄是非。

译诗

商纣王这个独夫，谁使他昏庸糊涂？
为何厌恶忠良的辅佐，偏偏喜欢谄媚之人？

比干①何逆，而抑沈②之？
雷开③阿顺，而赐封之？

注释

①比干：商纣王的叔父，因为忠直而冒犯了纣王，被剖心而死。②抑沈：压制。沈，同"沉"。③雷开：商纣王的大臣，以谄媚著称。

译诗

比干如何因谏言逆耳，遭到压制和打击？
雷开如何阿谀奉承，被赐予和封赏？

何圣人①之一德②，卒其异方③？
梅伯④受醢⑤（hǎi），箕子⑥详狂⑦？

注释

①圣人：指殷商末期贤臣梅伯、箕子。②一德：品德相同。③异方：不同的结局。④梅伯：纣王大臣，进谏触怒纣王遇害。⑤醢：肉酱，此处指古代把人剁成肉酱的刑罚。⑥箕子：纣王的叔父。⑦详狂：装作发疯。详，通"佯"。

译诗

为何圣人的美德都一样，他们的结局却不同？
忠臣梅伯被纣王砍成了肉酱，箕子则装疯佯狂躲过了劫难。

延伸

以上内容，是《天问》的第十一部分，把齐桓公和商纣王放在一起来写。齐桓公是春秋五霸之一，尊王攘夷，九次会盟诸侯，得到了鲍叔牙、管仲、隰朋、宾胥无、宁戚等贤臣的辅佐，建立了无上的功勋，也积攒了巨大的威望。在周天子威望无存、诸侯们群龙无首的时代，他率领诸侯们抵御戎狄入侵，救援被入侵的国家，保护了农耕文明，是当之无愧的领袖人物。这样一个得到历史正面评价的人物，为何要把他与暴君商纣王写在一起呢？

这是因为，齐桓公犯了和商纣王一样的错误，不听忠良之臣的谏言，

天 问

偏偏听信小人谗言。事实上，商纣王身边并不缺乏贤臣，其中就有被称为"圣人"的王叔比干，像梅伯这样耿直敢言的纯臣，还有像箕子这样诚心辅佐他的宗室大臣。然而，他剖开了王叔比干的心，将梅伯剁成肉酱，逼得箕子装疯，最后落得个宗室贵族离散、诸侯离心、被周武王所替代的下场。

反观齐桓公晚年，协助他建立功勋的贤臣们相继离世。尤其是桓公四十一年（前645年），他最重要的大臣管仲去世了。管仲弥留之际，桓公曾询问继任的宰相人选，并列出易牙、开方、竖刁、常之巫四个人选。管仲将这四人全部否定了，并告诫桓公，万不可重用这四人。这四个人早先曾在齐桓公的宫廷任职，被管仲视为佞臣小人，俱都斥逐，赶到了外地。管仲一死，齐桓公便忘记了其告诫，将四人全部召了回来。

齐桓公四十三年（前643年），桓公病重，他的五个儿子（公子无亏、公子昭、公子潘、公子元、公子商人）争位，易牙、开方、竖刁为了各自的利益，支持不同的公子，并掌控了宫廷守卫，命令加高宫墙，封闭门户，任何人不得出入，结果齐桓公被活生生饿死在宫中。五位公子相互厮杀，最后公子无亏得到易牙、竖刁二人的支持，暂时获胜登上君位。收殓齐桓公遗骸的时候，已经是他死去的第67天了，死状极为凄惨。

齐桓公虽非商纣王那样的人，但结局却与之无太大差别。诗人之所以将纣王、桓公放在一起写，将佞臣小人为祸写得如此深刻，与自身的遭遇不无关系。诗人本人便是遭到佞臣的排挤而遭流放的，楚国也是因佞人之害而灭国的，可以说诗人是通过历史寓言来表达自己的孤愤。

> 稷①维元子②，帝③何竺④之？
> 投之于冰上，鸟何燠⑤（yù）之？

注 释

①稷：后稷，周人始祖。②元子：嫡妻所生的长子。③帝：帝喾。④竺：通"毒"，憎恶。⑤燠：温暖。

译诗

后稷是帝喾的长子,为何遭到其父的厌恶?
被扔到冰上,鸟儿们为何遮蔽他?

何冯①弓挟矢,殊能将②之?
既惊帝③切激,何逢长之?

注释

①冯:持。②将:资。据说后稷有异能,出生就能拉弓射箭。③惊帝:让帝喾感到震惊。

译诗

他如何带弓射箭,谁让他拥有异能?
他的才能震惊和激怒帝喾,为何还能受庇佑长大?

伯昌①号②衰,秉鞭③作牧④。
何令彻⑤彼岐社⑥,命有⑦殷国?

注释

①伯昌:即周文王,西周王朝的奠基人,周武王之父,姬姓,名昌,曾受封为西伯,故而有此称。②号:"毫",指八九十岁。③秉鞭:拿着鞭子,此处指拿着权杖。④作牧:担任诸侯之长。⑤彻:毁。⑥岐社:指周族人在岐山下的祭祀宗庙。⑦命有:承有天命。

译诗

西伯侯姬昌年老了还能发号令,手持权杖成为西部的首领。
为何下令毁掉了岐山的宗庙,仍承接天命得到殷商天下。

迁藏①就岐,何能依②?
殷有惑妇③,何所讥④?

天 问

注释

①藏：财物。②依：依附。③惑妇：指迷惑商纣王的宠妃。④讥：谏。

译诗

迁徙宝藏到岐山脚下，他们所依附的是谁？
殷王室有惑乱纣王的后妃，如何去劝谏君王？

受赐①兹醢②，西伯上告。
何亲就上帝罚，殷之命以不救？

注释

①受赐：周文王受到纣王的赏赐。②兹醢：指纣王杀死周文王长子将之做成的肉酱。

译诗

领受儿子肉制作的酱，文王向上苍控诉。
为何要招致上天惩罚，殷商王朝的命运已无可挽救？

师望①在肆②，昌③何识④？
鼓刀扬声⑤，后⑥何喜？

注释

①师望：指姜太公。②肆：市面。③昌：指周文王。④识：相识，了解。
⑤扬声：发出声音。⑥后：指周文王，三代时天子称"后"。

译诗

太公望在店铺里做生意，文王怎样认识他？
敲击着刀子叫卖，文王听到为何欢喜？

武发①杀殷②,何所悒③?
载尸④集战⑤,何所急?

注释

①武发:周武王,谥号"武",姬姓,名发。②杀殷:杀了纣王。此处的"杀",指间接导致其死亡,并非直接杀死。③悒:不愉快。④尸:此处指周文王的木主。⑤集战:会战。

译诗

武王姬发杀掉纣王,为何那么激愤?
用车载着父亲的灵位号令士兵作战,为何那样着急?

伯林①雉经②,维其何故?
何感天抑墬,夫谁畏惧?

注释

①伯林:地名。另说指晋太子申生。②雉经:自缢死。

译诗

申生在伯林上吊而死,究竟是什么原因?
他呼号于天顿足于地,究竟是害怕什么?

皇天集命①,惟何戒之?
受礼②天下,又使至代之?

注释

①集命:将赐天命。②受礼:得到拥戴。

译诗

上天将权力授予新君,怎样示以告诫?
纣王既然得到天下拥戴,为何又被人取代?

天　问

延伸

　　以上内容，是《天问》的第十二部分，写的仍然是周族的历史，所不同的是上溯到了周族的始祖后稷。传说帝喾（黄帝的曾孙，五帝之一）的妻子姜嫄有一次在荒野中行走，在野外踩到了一个巨人的脚印，感而有孕。到了分娩时，生出来的竟然是一个肉球。她非常害怕，就把他扔到了狭窄的巷子里，没想到路过的牛羊都绕着走，而不践踏。之后又抱起来扔到了冰面上，鸟儿从天空飞下来用羽翼裹住他，避免他着凉。种种神异的事情打动了姜嫄，所以又将他抱回来抚养。《诗经·大雅·生民》中也记录了此事，说后稷出生时"不坼不副"（胞衣未破裂）。与大部分上古英雄一样，后稷也是一位"无父而生"的孩子。神话的背后往往有着难以明言的历史，尽管《诗经·大雅·生民》为后稷编造了一个诞生神话，但仍然无法掩盖他不被父亲喜欢的历史，他的出生可能另有隐情。这也是他虽然是元妃所生的嫡子，但却未能继承帝位的原因。

　　中国神话里类似的故事很多，哪吒的出生也是如此。若认真计较起来，很可能是婴儿出生时羊膜囊未破，故而误以为是肉球。这种现象在医学上是非常罕见的，但并非没有。曾有新闻报道过西班牙一例羊膜囊完整而出生的婴儿，给人一种"卵生"的即视感。古人不理解这种罕见的医学现象，故而视为神异。

　　诗歌上溯后稷，下延及周文王、武王两代君主。在姜太公的辅佐下，武王最终替代了商纣王，而成为新的天下共主。之所以上溯至后稷，是为了说明从先周时期开始，到武王建国，周族的子民经过了十几代的奋斗，才最终使得周族突破狭窄的生存空间，和中原部族建立了密切关系，并最终成为一个强大的势力，开辟新的王朝。

> 初汤臣挚①，后兹承辅。
> 何卒官汤②，尊食宗绪③？

注　释

①臣挚：指伊尹。②官汤：在汤处为臣。③宗绪：在宗庙接受血食。

译诗

起先成汤重用伊尹,后来成为重要的辅臣。
死后如何配享成汤,并享受庙食祭祀。

勋阖①梦②生③,少离散亡④。
何壮武厉⑤,能流⑥厥严⑦?

注释

①阖:指吴王阖闾。②梦:指吴王寿梦。③生:通"姓",孙。④散亡:指吴王阖闾最初流亡在外。⑤厉:奋发。⑥流:传布。⑦严:本作"庄",汉代避讳汉明帝刘庄讳,改为"严"。"庄"是吴王的谥号。

译诗

阖闾是吴王寿梦的嫡孙,少年时为何离家流浪?
为何成年后勇猛非凡,成为威名远扬的君主?

彭铿①斟雉②,帝③何飨④?
受寿永多⑤,夫何久长?

注释

①彭铿:即彭祖,传说中的长寿之人。②斟雉:野鸡羹。③帝:天帝。④飨:享用。⑤受寿:得到的寿数。

译诗

彭祖擅长烹饪野鸡汤,上帝怎样享用?
赐予的寿命那么多,人的寿数为何会那么长啊?

中央①共牧②,后③何怒?
蜂蛾微命④,力何固?

天 问

注释

①中央：指周天子的中枢。②共牧：共同执政。③后：指周厉王。④微命：指小生命。

译诗

周公和召公共同执政，主君为何愤怒？
蜜蜂和蛾子虽是微小的生命，但是反抗的力量为何那么强？

> 惊女①采薇②，鹿何祐③？
> 北至回水④，萃⑤何喜？

注释

①惊女：闻一多先生认为当作"女惊"，"惊"通"警"，即女子警言。②采薇：伯夷、叔齐在商王朝灭国后，隐居在首阳山采集植物为食。③祐：庇护。④回水：首阳山下的河流转弯处。⑤萃：相聚。

译诗

有女子讥讽他们采食的也是周薇，（兄弟二人绝食将亡）野鹿为何提供庇护？
向北来到水流潆洄处，兄弟相聚因何欢喜？

> 兄①有噬犬，弟②何欲？
> 易之以百两③，卒无禄④？

注释

①兄：指秦景公。②弟：指秦景公的弟弟针。③两：通"辆"，车驾。④无禄：丧失禄位。

译诗

兄长有一头猛犬，弟弟为何想要？
用百辆车驾交换，为何被剥夺了爵位？

美绘楚辞

🔴 延 伸

  以上内容，是《天问》的第十三部分，既有史实，也夹杂有传说内容，讲述了商初期到春秋时期的故事。诗歌的跳跃性比较强，从一段历史到了另一段历史，跨越了长长的历史空间，而且每个故事之间并不以时间为序，而是颠倒错乱的，给人一种纷乱之感。其中"不食周粟"是中国文化中一个非常有名的典故。

  商的属国孤竹国国君有三个儿子，其中长子为伯夷，幼子为叔齐。国君很喜欢幼子，希望幼子即位，但这与嫡长子继承制的传统不相符，伯夷为了让父亲的愿望实现，便出走了。后来国君亡故，叔齐不愿违背传统，决定寻找哥哥回来即位，也离开了王宫。两人相遇后，决定放弃王位，不再回归王室。

  周武王讨伐殷商，伯夷和叔齐兄弟俩都认为这么做不符合道义，于是便拦住了武王的大军，并牵住武王的战马，希望停止军事行动。士兵们非常生气，准备杀了他们，姜太公认为二人是贤人，让士兵们不要伤害他们，只是驱逐开。

  武王灭商后，伯夷、叔齐兄弟认为天下是周的天下，那么天下所产，也就是周王朝所产，便不再吃粮食，而是隐居到首阳山，采薇而食。《史记·伯夷列传》记载："武王已平殷乱，天下宗周，而伯夷、叔齐耻之，义不食周粟，隐于首阳山，采薇而食之。"一个妇女提醒他们说："你们固然不吃周朝的粮食，但是野菜也是周朝的土地上长出来的啊。"二人一听，便绝食而死。据说，曾有野鹿用奶来喂养他们。伯夷、叔齐不赞同纣王，但也不认同武王伐纣，是因为他们不赞同"以暴虐制止暴虐"，而是希望倡导固有的贵族伦理，这是后世很难理解的，故而被视为"迂腐"，但在当时却被视为清风峻节，是世人所崇尚的。

薄暮①雷电，归何忧？

厥严②不奉③，帝何求④？

天　问

注释

①薄暮：傍晚。②厥严：楚国的威权。③奉：保持。④何求：有什么请求。

译诗

黄昏时电闪雷鸣，回家为何忧虑？
国家的尊严不存，如何向上天祈求？

> 伏匿①穴处②，爰何云？
> 荆③勋作师④，夫何长？

注释

①伏匿：隐藏。②穴处：住在山洞里。③荆：楚国。④作师：兴兵。

译诗

匿藏在山洞里，面对此种境况还能说些什么？
楚国不断兴兵，国运如何长久？

> 悟过改更①，我又何言？
> 吴光②争国③，久余④是胜。

注释

①改更：改变做法。②吴光：吴公子光，即吴王阖闾。③争国：指吴楚两国的战争。④余：指楚国。

译诗

（君王）改过而自新，我又何必多说什么？
吴国与我国争锋，多年来一直胜于我们。

> 何环穿自闾①社②丘陵，爰出子文③？
>
> 吾告堵敖④以不长。
>
> 何试⑤上自予⑥，忠名弥彰⑦？

注释

①闾：闾里。②社：里社。③子文：楚国最高执政令尹子文。④堵敖：指楚国国君熊艰。⑤试：通"弑"，指臣子杀死君主。⑥自予：指自立为王。⑦彰：彰显。

译诗

为何绕过闾门到山丘的密林，生下了子文？
我说堵敖家族的命运不会长久。
为何成王弑兄自立，他忠诚的名声却更加彰显了？

延伸

  以上内容，是《天问》的第十四部分，写的是楚国的历史，并与诗人自身息息相关。诗人以薄暮雷电，来反衬自己内心的忧虑和彷徨。楚国虽然是春秋时期的大国，但长期与吴国征战，并多次战败，被吴国攻破都城，甚至被迫迁都。楚国的贵族们争权夺利，为了获得执政权，经常发生内斗。楚文王死后，其子熊艰（号堵敖）被立为国君。熊艰即位后，骄奢淫逸，整日飞鹰走马，不理朝政，但当时楚国处于上升期，在周边的影响力仍然不断扩大。楚文王的另一个儿子熊恽不满哥哥的统治，遭到了猜忌，因此出逃到了邻国随国，并在随国人的支持下袭击熊艰，并杀了他，自立为王，史称楚成王。

  这一部分内容比较散乱，很可能在流传中佚失了部分诗句。诗人有感于当时楚国危如累卵，对本国的历史同样发出了质问，作为诗歌的压轴部分，充满了反思精神。

九 章

作者及作品

《九章》的作者是屈原。所谓"九章",即九篇作品的合称。这九首诗早先可能是单独的篇目,连贯成为一个整体,当为后世人所整理。司马迁《史记》当中提到了《怀沙》《哀郢》二篇,但却没有提及"九章"这个总名。《汉书》中提到了《惜诵》《怀沙》二篇,也未提及"九章"这个名目。刘向首次提及"九章"之名,则至少在刘向整理《楚辞》时已经有了这个总称。学者姜亮夫认为,"九章"可能是淮南王刘安的幕府文人们所整理时定下的名称。

《九章》中的《惜诵》《思美人》《惜往日》《悲回风》都以篇首二字或三字起名,这是沿袭了《诗经》中常用的标题方式,其他篇目则以题旨为标题。

《九章》的这种形式固定下来后,成为后世诗人模仿,向屈原致敬,或者代屈原立言的一种诗歌文本范式。王褒作《九怀》,刘向作《九叹》,王逸作《九思》,王夫之作《九昭》,都是如此。

《九章》的很多内容可以补充《离骚》,作品风格更加成熟,也更加多样化,仿佛是一部诗传,对屈原的行踪有更多记录,是探索屈原生平的重要资料。

惜诵

惜诵①以致愍②(mǐn)兮,发愤以抒情。

所作忠而言之兮,指苍天以为正。

注释

①惜诵：哀惜进谏。②愍：忧伤。

译诗

以痛惜的心情进谏表达伤痛，发泄愤慨以抒写衷情。
发誓出于忠实而陈述心意，用手指天为我作证。

**令五帝①以折中②兮，戒③六神④与向服⑤。
俾⑥山川以备御⑦兮，命咎繇⑧使听直⑨。**

注释

①五帝：上古传说中的五位天帝，东方青帝太昊，南方炎帝神农，西方白帝少昊，北方黑帝颛顼，中央黄帝轩辕。②折中：按法律条文断定对错。③戒：命令。④六神：古代传说中的六位神灵。有三种说法，一说为星、辰、风伯、雨师、司中、司命；一说为日、月、星辰、太山、河、海；另一说为四时、寒暑、日、月、星、水旱之神。⑤向服：对证事实。⑥俾：使。⑦备御：准备侍御的人以陪审。⑧咎繇：皋陶，传说是舜帝时的司法官，以公正著称。⑨听直：听候诉讼，判断曲直。

译诗

请五方天帝来断定对错，让六神判断事实真相。
使山川诸神作为陪审，命皋陶断定是非曲直。

**竭忠诚以事君兮，反离群而赘尤①。
忘儇媚②以背众③兮，待明君其知之。**

注释

①赘尤：多余的肉瘤。②儇媚：狡黠。③背众：背离众意。

九 章

译诗

竭尽忠心侍奉国君,反而被排斥成为多余人。
不会阿谀而背离了群小,期待明君了解我的衷心。

> 言与行其可迹①兮,情与貌其不变。
> 故相臣②莫若君兮,所以证③之不远。

注释

①可迹:有痕迹可循。②相臣:审察大臣。③证:取证。

译诗

言行一致可根据实际考察,内心和外在始终如一。
所以了解臣子莫若君主,要求证不必去远求。

> 吾谊先君而后身兮,羌①众人之所仇也。
> 专惟君而无他兮,又众兆之所雠②也。

注释

①羌:发语词。②雠:仇恨,怨恨。

译诗

我先照顾君王再考虑自己,却受到群小的仇视。
一心服侍国君而不顾及其他,又遭到众人的怨恨。

> 壹心①而不豫②兮,羌不可保也。
> 疾③亲君而无他兮,有招祸之道也。

注释

①壹心：一心一意。②豫：预备，考虑。③疾：急切，极力。

译诗

一心为国不为自己考虑，却几乎不能自保。
极力亲近君主别无他想，却是自招灾祸的根由。

思君其莫我忠兮，忽忘身之贱贫。
事君而不贰①兮，迷不知宠之门②。

注释

①不贰：专一，无贰心。②宠之门：得到君王宠信的门径。

译诗

思念君主没有比我更忠心的，忘记了自己出身微贱。
侍奉君主没有贰心，但迷惑于不知取悦君主的门径。

忠何罪以遇罚兮，亦非余心之所志①也。
行不群②以巅越③兮，又众兆之所咍④也。

注释

①志：通"知"。②不群：不合群。③巅越：跌倒。④咍：嘲笑。

译诗

忠诚有何罪却受到惩罚，这也不是我所明了的。
行为不合群而摔跟头，又遭到众人的讥笑。

纷逢尤①以离谤②兮，謇③不可释也。
情沉抑而不达兮，又蔽而莫之白也。

九 章

注释

①逢尤：遭到罪责。②离谤：被诋毁、诽谤。③謇：发语词，无实义。

译诗

遭到纷乱的罪责且被诽谤，无法解释清楚。
遭到压制而无法上达天听，君主被蒙蔽使我无法辩白。

> 心郁邑①余侘傺②兮，又莫察③余之中情。
> 固烦言不可结诒④兮，原陈志而无路。

注释

①郁邑：忧郁愁闷。②侘傺：失意而惆怅的样子。③察：体察，得知。④诒：赠送。

译诗

心情郁闷而失意惆怅，没人体察我的衷情。
本来言语繁杂无法表达清楚，想陈述内心的志向却不知途径。

> 退静默①而莫余知兮，进号呼②又莫吾闻。
> 申侘傺之烦惑③兮，中闷瞀④之忳忳⑤。

注释

①静默：沉默。②号呼：大声叫唤。③烦惑：心绪烦乱且迷惑。④闷瞀：内心烦闷且迷乱。⑤忳忳：忧愁的样子。

译诗

退而隐居恐怕无人明白我的心意，进而奔走呼号又没有人肯倾听。
内心失意烦乱迷惑，内心紊乱忧心忡忡。

> 昔余梦登天①兮，魂中道②而无杭③。
> 吾使厉神④占⑤之兮，曰："有志极而无旁。"

注释

①登天：进入天界。②中道：中途。③杭：渡过。④厉神：一说为主杀伐的神灵。另说为占卜师的名字。⑤占：占卜。

译诗

从前我曾梦见登天，灵魂到了中途却没有渡船。
我让厉神为我占卜，他说："你有大志但无同行的人。"

> 终危独①以离异②兮，曰："君可思而不可恃。
> 故众口其铄(shuò)金③兮，初若是而逢殆(dài)④。

注释

①危独：处境危险孤立无援。②离异：因不同而各行其道，分道扬镳。③众口其铄金：众人说的话能销熔金子，形容谣言的损害很大。④逢殆：遇到危险。

译诗

最终会独行而被众人背弃吗？他说："对君主可以忠诚但不可依靠。
故而众人说坏话能熔化黄金，当初你和君主太密切而遭遇危险。

> "惩于羹(gēng)者而吹齑(jī)①兮，何不变此志也？
> 欲释阶②而登天兮，犹有曩(nǎng)③之态也。

注释

①齑：细菜，此处指凉菜。②释阶：撤掉梯子。③曩：从前。

九 章

译诗

"被热汤烫过的人遇到冷菜尚且吹一吹,你为什么不改变自己的志向?
想丢掉梯子而登天,这种态度还像昔日一样。

"众骇遽^①以离心兮,又何以为此伴也?
同极而异路兮,又何以为此援^②也?

注释

①骇遽:惊惶,畏惧。 ②援:援助。

译诗

"众人惊骇都离心离德,又怎么能以他们为伴?
共同侍奉君王道路却不同,又怎能希望他们出手相助?

"晋申生^①之孝子兮,父信谗而不好。
行婞^②直而不豫^③兮,鲧功用而不就。"

注释

①申生:春秋时晋献公的太子,遭到谗言诬陷,被逼自杀。 ②婞:刚强。
③不豫:从容不迫。豫,安乐。

译诗

"晋国太子申生本是个孝子,父亲却听信谗言不喜欢他。
行为耿直而不随和,鲧的事业就成功不了。"

吾闻作忠以造怨^①兮,忽谓之过言。
九折臂而成医兮,吾至今而知其信然^②。

注释

①造怨：招来仇怨。②信然：的确如此。

译诗

听说忠诚会招致怨恨，我认为这是胡言乱语。
多次折断胳膊会成为良医，到今天我才明白这个道理。

> 矰弋^①机而在上兮，蔚罗^②张而在下。
> 设张辟^③以娱君兮，原侧身而无所。

注释

①矰弋：射鸟用的短箭。②蔚罗：捕鸟用的网。③张辟：捕捉鸟兽的工具。

译诗

弓弩设置好对准天上，罗网张开布设在地面。
为弓装上弦取悦君主，转身躲避却没有地方。

> 欲儃佪^①以干傺^②兮，恐重患^③而离尤。
> 欲高飞而远集^④兮，君罔谓女何之？

注释

①儃佪：徘徊不前。②干傺：求做官，进入仕途。③重患：增加重罪。④远集：远去他方。

译诗

徘徊不前想求得仕进，担心重获祸患而遭受罪过。
想高飞而去远方寻觅，国君该不会说："你要去哪里？"

九 章

欲横奔而失路兮，坚志而不忍。
背膺牉^①以交痛兮，心郁结而纡轸^②。

注释

①牉：分开。②纡轸：委屈而隐痛。

译诗

想狂奔乱走而不走正道，可又志向坚定不忍背离。
后背和前胸分裂而交结隐痛，内心纠结而抑郁悲痛。

捣^①木兰以矫^②蕙兮，𥵥^③申椒以为粮。
播江离与滋菊兮，原春日以为糗芳^④。

注释

①捣：通"捣"。②矫：糅合，混合。③𥵥：碾碎，此处指精细。④糗芳：芳香的干粮。

译诗

捣碎木兰花混合蕙草，碾碎申椒做成食粮。
种下江蓠栽种菊花，希望春天到处都有芬芳。

恐情质之不信兮，故重^①著以自明。
矫兹媚^②以私处兮，原曾^③思而远身。

注释

①重：反复。②媚：美好的东西。③曾：再三。

译诗

担心真挚的情怀无人相信，因此反复申述来明志。
带上美好之物独自持守，反复思虑我将抽身远离。

延伸

这首诗深刻地反映了屈原内心的斗争,其犹豫徘徊、茫然失措无不尽显。诗中用一个"厉神"的形象,来规劝屈原依从世俗,选择另一种人生。厉神特别指出,屈原虽有明确的目的,但是在楚国目前的环境下是不会实现的。众口铄金,谗言是可以杀人的,他劝屈原改弦易辙,保持缄默,以保全自己。厉神还以历史为镜鉴,指出晋献公的太子申生尽管贤明,但仍然不能避免杀身之祸;治水的鲧,尽管有治水之功,但仍然免不了被处死。和小人在一个朝堂上,别说发挥自己的长处,保全自己恐怕都不易,所以希望屈原对自己以后的人生有所考虑。所谓"厉神",不过是屈原内心另一个自己。他反思、困惑、坚定。

诗人告诉厉神,自己以前曾梦中登天,但灵魂到了半空中却没有飞跃云海的渡船。可以说梦境是现实的反映,现实中没有展现志趣的地方,梦中也难以到达天界。经过反复思量,他最终还是否定了可以保全自身的三种策略:等待时机求仕、离开楚国去别国、改变气节顺从现实。他决定坚守美德,洁身自好。

涉江

余①幼②好此奇服③兮,年既老而不衰④。
带长铗⑤之陆离⑥兮,冠⑦切云⑧之崔嵬⑨,
被⑩明月⑪兮珮宝璐⑫。

注释

①余:我,第一人称代词。②幼:年幼,小时候。③奇服:奇特的服饰。④衰:衰退,懈怠。⑤长铗:长剑。⑥陆离:形容佩戴的宝剑璀璨夺目。⑦冠:名词动用,戴帽子。⑧切云:一种高高的帽子。⑨崔嵬:形容高的样子。⑩被:同"披"。⑪明月:夜间能发光的宝珠。⑫宝璐:美玉。

译诗

我年少的时候喜欢穿奇特的服饰,年老了这种爱好还未减。

腰间悬着闪烁光华的长剑,头上戴着高高的切云冠,佩戴的明珠美玉璀璨。

世溷浊①而莫余知兮,吾方高驰②而不顾。
驾青虬③兮骖④白螭⑤,吾与重华⑥游兮瑶之圃⑦。

注释

①溷浊:混乱浊污。②高驰:高飞驰骋。③青虬:青色的有角的龙,此处指青龙。④骖:四匹马驾车,车辕外的两匹马称为骖。⑤白螭:白色的无角的龙。⑥重华:舜帝。⑦瑶之圃:即悬圃,传说中神仙居住的地方。

译诗

世道昏暗无人识得我,我要疾驰而不返回。

青龙和白龙驾着车,我同舜帝一起周游仙苑。

登昆仑兮食玉英①,与天地兮同寿,与日月兮齐光。
哀南夷②之莫吾知兮,旦③余济④乎江湘。

注释

①玉英:玉的花朵。②南夷:楚国南部的土著。③旦:天亮。④济:渡河。

译诗

登上昆仑山食用玉树花,拥有与天地一样长的寿命,与日月一起闪烁光芒。

哀痛南方夷人不了解我,天亮了我就渡过湘水。

乘①鄂渚②而反③顾④兮，欸⑤秋冬之绪风⑥。

步余马兮山皋⑦，邸⑧余车兮方林⑨。

注释

①乘：登上。②鄂渚：地名，在今湖北鄂州。③反：同"返"。④顾：回头看。⑤欸：感叹词。⑥绪风：大风。⑦山皋：水边的高地。⑧邸：停留。⑨方林：地名。或说是面积广大的树林。

译诗

登上鄂渚回头望啊，对着秋冬的大风哀叹。

骑马缓步登上水边高地，将车子停靠在大片林边。

乘舲①船余上沅兮，齐吴榜②以击汰③。

船容与④而不进兮，淹⑤回水而凝滞⑥。

注释

①舲：有窗子的船。②吴榜：船桨。③击汰：划开水波。④容与：徘徊不前的样子。⑤淹：停留，滞留。⑥凝滞：停滞。

译诗

乘坐小船溯沅水而上，船夫们一起举桨划开水波。

小船兜兜转转移动很慢，在旋涡中艰难前行。

朝发枉陼①兮，夕宿辰阳②。

苟③余心其端直兮，虽僻远之何伤！

注释

①枉陼：地名，在沅水岸边。②辰阳：地名，汉代设有辰阳县。③苟：如果，假如。

译诗

早上从枉渚出发,晚上留宿辰阳。
只要我的操守端正无私,被放逐到偏僻的地方又有何忧伤?

入溆浦^①余儃佪^②兮,迷不知吾所如。
深林杳以冥冥^③兮,乃猿狖^④之所居。

注释

①溆浦:地名,位于今湖南省。②儃佪:徘徊不前。③杳以冥冥:形容幽暗。
④猿狖:指猴子。

译诗

进入溆浦我却踌躇,内心迷乱不知去何方。
树木幽深且阴暗,此乃猿猴栖息的地方。

山峻高以蔽日兮,下幽晦^①以多雨。
霰雪^②纷其无垠兮,云霏霏而承宇^③。

注释

①幽晦:幽暗而阴晦。②霰雪:雪珠和雪花。③承宇:指云气弥漫与房檐连接。

译诗

山峰险峻遮蔽阳光,山下阴晦,雨下个不停。
冰雹雪花纷飞没有止息,云雾弥漫贴近屋檐。

哀吾生之无乐^①兮,幽独处乎山中。
吾不能变心而从俗兮,固^②将愁苦而终穷。

注释

①无乐：没有快乐。②固：固然，本来。

译诗

伤心我这一生没有多少欢乐，孤独地生活在山间。
我不能改变自己流入世俗，理所当然要愁苦一生。

> 接舆①髡首②兮，桑扈③臝行④。
> 忠不必用⑤兮，贤不必以。

注释

①接舆：春秋时期楚国隐士，断发佯狂，后来也用作隐士的代称。②髡首：本义为把头发剪断的刑罚，此处指断发。③桑扈：即桑伯子，古代隐士。④臝行：裸体而行。臝，同"裸"。⑤用：得到重用。

译诗

接舆断发佯狂，桑扈裸体而行。
忠臣未必得到任用，贤士未必被举荐。

> 伍子①逢殃兮，比干②菹醢③。
> 与前世而皆然兮，吾又何怨乎今之人！
> 余将董道④而不豫兮，固将重昏⑤而终身。

注释

①伍子：指伍子胥，楚国大臣伍奢之子。遭到奸臣陷害，其父伍奢和兄长伍尚遇害，他逃离楚国。后来得到吴王阖闾重用，带领吴国兵马击败楚军报仇。②比干：商朝末代君主纣王的叔父，因进谏被杀。③菹醢：肉酱，此处指剁成肉酱的刑罚。④董道：遵守正道。⑤重昏：重重昏暗。

译诗

伍员遭遇杀身之祸,比干被剁成肉酱。
历数前朝都是这样啊,我何必怨恨现在的人。
我将依正道而不再犹豫,宁可在黑暗中度过余生。

> 乱曰:
> 鸾鸟^①凤皇^②,日以远兮。
> 燕雀乌鹊,巢堂坛^③兮。

注释

①鸾鸟:传说中的神鸟,此处指贤良的人。②凤皇:古代传说中的吉鸟,是百鸟之王,出现意味着盛世。③堂坛:庙堂和祭坛。

译诗

乱辞说:
鸾鸟和凤凰,一天天远去。
燕雀和乌鹊,在厅堂上筑巢。

> 露申^①辛夷^②,死林薄^③兮。
> 腥臊^④并御^⑤,芳不得薄兮。

注释

①露申:香草名,比喻贤良的人。②辛夷:香草名,多次出现在屈原的诗中,比喻高洁的人。③薄:草木丛生之地。④腥臊:恶臭的气味,此处比喻小人和奸佞。⑤御:进用。

译诗

露申和辛夷,在杂草中枯萎。
小人奸佞们得到重用,忠臣贤良却到不了身边。

> 阴阳①易位②,时不当兮。
> 怀信③侘傺④,忽乎吾将行兮。

注释

①阴阳:中国古代哲学概念,此处比喻伦理关系和社会秩序。②易位:颠倒位置。③怀信:怀抱忠信。④侘傺:惆怅失意之貌。

译诗

阴阳颠倒,生不逢时。
满怀忠信却失意惆怅,只好飘然远行。

延伸

东汉学者王逸说"此章言己佩服殊异,抗志高远,国无人知之者,徘徊江之上,叹小人在位,而君子遇害也",准确道出了诗之大意。在《楚辞》的众多篇目中,《涉江》是最具文学审美价值的作品之一。意象的提炼,辞藻的排布,结构性的创设,都具有了后世诗歌的雏形。试用五言古体译前面一部分:

少小好奇服,年老意未减。
腰悬秋水剑,头戴切云冠。
身佩明月珠,袍带玉灿烂。
浊世无人识,此去意不返。
驾有青白龙,我与重华见。
昆仑食玉英,天地等量观,日月齐光辉。
故国无人识,天明济江湘。
登渚回首望,唯有迎风叹。
拍马山泽间,停车方林边。
乘舟溯江上,击水波荡漾。
缓慢不能进,洄流心惆怅。
朝起清水湾,晚暮宿辰阳。
我心始如一,偏僻又何妨。

徘徊淑水滨,迷乱且忧伤。
深林杳冥冥,哀猿啼不住。
山高林蔽日,幽晦雨如汤。
霰雪纷无垠,山气云莽莽。

整首诗可以视作《离骚》的后续篇,我们由此对作者的认识更加形象化。他佩长铗、冠切云、被明月、驾青虬、骖白螭、登昆仑、游瑶圃,风神卓尔不群,如闲云野鹤。但现实却是浑浊不堪的,他和当时的掌权派格格不入。这就导致了极端的孤独,这种孤独无处可倾诉,只能和想象中的,那个最信任的人,也最尊敬的人——舜帝重华来诉说。屈原的诗中,多次出现重华这一人物,可见舜帝是屈原政治理想中的典范人物。

全诗意象开阔,想象力极为丰富。和《离骚》一样,诗人再一次描绘了御龙车飞天的想象情景,绘制出一幅神异之图。或许,文人都有一种登仙的理想,不能在政治上展现自己的才华,就转而寻找一种能够"永恒"的事业。南北朝时的葛洪、唐代诗人李白都有非常浓厚的神仙思想,前者直接参与炼丹,后者则寻仙访道。屈原可以算是文人界这方面的鼻祖了。

乱辞开首便说"鸾鸟凤皇"。在《楚辞》中,尤其是屈原的作品中,多次出现凤凰和鸾鸟。凤凰和鸾鸟是神话中的神鸟,也是楚文化中高洁的象征。从某种意义上来说,楚文化是神鸟文化,也是凤凰文化,它和中原各国的龙文化是不同的。此外,诗人还写了四个历史上的人物:接舆、桑扈、伍子胥、比干,这四个人要么忠直见杀,要么不与统治者合作。屈原在两者之间徘徊,最终选择了这样一条路:"余将董道而不豫兮,固将重昏而终身。"直道而行,宁可在灰暗中度过自己的一生。

哀郢

皇天①之不纯命②兮,何百姓之震 愆③^{zhèn qiān}?
民离散而相失兮,方仲春而东迁④。

注释

①皇天：对天的敬称。皇，美而且大。②纯命：指天命无常。③震怨：惊恐，震动恐慌。④东迁：向东迁徙。

译诗

天命变化无常，为何让百姓震惊凄惶？
民众流离失散，仲春时节迁徙东方。

> 去故乡而就远兮，遵①江夏以流亡②。
> 出国门而轸③怀兮，甲④之鼂⑤吾以行。

注释

①遵：沿着。②流亡：逃亡。③轸：哀痛。④甲：甲日，古人用十天干记时日。⑤鼂：早晨。

译诗

离别故土去向远方，顺着长江和夏水逃亡。
出了国都的城门痛苦难舍，在甲日踏着晨光启程。

> 发①郢都②而去闾③兮，怊④荒忽⑤其焉极？
> 楫⑥齐扬以容与⑦兮，哀见君而不再得。

注释

①发：出发，离开。②郢都：楚国都城，位于今湖北省荆州北面纪南城，楚文王从丹阳迁于此,成为楚国持续时间较长的都城。在楚人的观念里，"郢"字类似于"京"。郢都南近长江，东邻长湖，东西两面为八岭山、纪山，近山傍水，地理位置非常优越。"郢"字源于"䣠"，䣠是楚国的发源地，楚国先君在此立国繁衍生息，后来楚人将"䣠"字的"贝"改成"王"，代指国都。即便迁都离开原来的位置，也仍然称作"郢"。③闾：本义为里巷的

九 章

大门,此处指贵族们生活居住的区域。楚国的贵族屈、景、昭三族,便称为"三闾"。④怛:悲痛。⑤荒忽:神思恍惚。⑥楫:船桨。⑦容与:船只停顿不前。

译诗

从郢都出发离开里巷,神思恍惚去往何方?
船儿徘徊划动船桨,可怜再难见到君王。

望长楸①而太息兮,涕淫淫其若霰②。
过夏首③而西浮兮,顾④龙门⑤而不见。

注释

①长楸:高大的树木。②霰:雪珠。③夏首:夏水从长江分流的起始处。④顾:回头看。⑤龙门:楚国都城的东门。

译诗

遥望故国的乔木长长叹息,流下的清泪像雪珠一样。
船过了夏口向西望,回首都城的东门已看不见。

心婵媛①而伤怀兮,眇②不知其所蹠③。
顺风波以从流兮,焉洋洋而为客。

注释

①婵媛:关心痛恻的样子。②眇:同"渺",远。③蹠:落脚。

译诗

心头隐痛又悲怆,何处是我落脚的地方?
随波逐流四处流浪,漂泊无依客居在他乡。

凌阳侯①之氾滥兮,忽翱翔之焉薄②?
心絓结③而不解兮,思蹇产④而不释。

185

注释

①阳侯：神话传说中的波浪之神，此处指波涛。②薄：停留。③绖结：形容内心纠结痛苦。④蹇产：形容情思不舒畅。

译诗

凌驾洪波迎着大浪，宛若鸟儿飞翔却不知落脚何方。
解不开心头的愁思，舒展不了九曲衷肠。

> 将运舟①而下浮②兮，上洞庭而下江。
> 去终古之所居兮，今逍遥而来东。

注释

①运舟：驾船。②浮：漂流。

译诗

将开船顺流向下，过了洞庭入长江。
离开祖辈居住的地方，只身漂泊去东方。

> 羌①灵魂之欲归兮，何须臾②而忘反③！
> 背夏浦④而西思兮，哀故都之日远。

注释

①羌：发语词。②须臾：一会儿。③反：同"返"。④夏浦：夏口，即今汉口。

译诗

灵魂想回归熟悉的故里，何尝有一刻忘记返回故乡！
背向夏水念及西方，故都日渐遥远令我忧伤。

九 章

登大坟^①以远望兮，聊以舒吾忧心。
哀州土^②之平乐兮，悲江介^③之遗风。

注释

①大坟：江中大的沙洲。②州土：楚国的广大土地。③江介：沿江两岸。

译诗

登上沙洲举目远望，姑且借此舒展忧虑。
哀叹荆楚曾经富饶宽广，江汉两岸依旧是楚国风尚。

当陵阳之焉至兮，淼^①南渡之焉如？
曾不知夏^②之为丘兮，孰两东门^③之可芜^④？

注释

①淼：水面宽阔广大。②夏：大屋。③两东门：楚国都城东关有二门。④芜：荒废。

译诗

抵达陵阳后去哪里，渡江南行又将何往？
未料大厦成了丘墟，不知郢都东关的两座门是否荒废？

心不怡^①之长久兮，忧与愁其相接。
惟郢路之遥远兮，江与夏之不可涉。

注释

①不怡：不快。

译诗

心绪烦闷且绵长，新愁连着旧哀伤。
回归郢都的道路那么遥远，长江水和夏水无法渡涉。

忽若去不信①兮，至今九年而不复。
惨郁郁②而不通兮，蹇③佗傺④而含慼⑤。

注释

①不信：难以置信。②惨郁郁：忧愁的样子。③蹇：发语词。④佗傺：惆怅失意之貌。⑤含慼：含着伤痛。

译诗

时光飞逝难以置信，在外漂泊九年时光。
胸中郁郁气息不畅，失意怅然满含悲伤。

外承欢①之汋约②兮，谌③荏弱④而难持。
忠湛湛⑤而愿进兮，妒被离而鄣⑥之。

注释

①承欢：承奉君主的欢心。②汋约：柔媚的样子，此处形容谄媚。③谌：诚然。④荏弱：软弱。⑤忠湛湛：忠诚厚实的样子。⑥鄣：阻塞。

译诗

小人们取悦君王一脸柔顺，实际虚弱而无法坚守。
忠贞之士以身许国，却遭奸佞嫉妒被排挤在外。

尧舜①之抗行②兮，了杳杳③而薄天④。
众谗人之嫉妒兮，被⑤以不慈之伪名。

注释

①尧舜：尧帝和舜帝，上古时期的圣王。②抗行：高尚的节操。③杳杳：高远的样子。④薄天：靠近天。⑤被：加。

译诗

尧舜二位圣王有操守，上接九霄光芒万丈。
众小人心怀嫉妒，诋毁他们并加上不慈爱的伪劣之名。

憎愠忙①之修美兮，好夫人之忼慨②。
众踥蹀③而日进兮，美超远而逾④迈。

注释

①愠忙：形容怨思在心。②忼慨：同"慷慨"。③踥蹀：行走的样子。④逾：跃进。

译诗

君王厌恶正直有美德的臣子，故作姿态的慷慨却受到赞赏。
小人日夜奔走被重用，贤臣日益疏远被放逐他方。

乱曰：
曼余目以流观①兮，冀壹反之何时？
鸟飞反故乡兮，狐死必首丘②。
信非吾罪而弃逐③兮，何日夜而忘之？

注释

①流观：四处观望。②首丘：头朝向出生的山丘。③弃逐：流放。

译诗

乱辞说：
四处观望向远方，何日可以归故乡？
鸟儿飞得再远也返回故林，狐狸虽死头对着山岗。
确实不是有罪遭到放逐，日日夜夜哪能把故都遗忘？

延伸

《哀郢》在结构上可谓独创。诗人使用了倒叙的手法,首先回忆了自己流放时所见,这是因秦军攻楚而引起的。《史记·屈原贾生列传》记载,顷襄王立,令尹子兰谗害屈原,屈原被放江南之野。

秦昭襄王二十九年(前278年),秦军迂回到了楚军背后,楚军大败。秦军夺取了楚国都城郢,纵火烧毁了楚王的坟墓夷陵,又一直向东攻击竟陵。楚军再一次战败,楚国君臣逃奔到了陈(今河南淮阳),楚顷襄王在此建都,仍然称郢都。楚顷襄王暂时在陈安定下来,收拢军队,得到十来万人,向西进军,夺回了被秦军占据的15个邑,但由于兵力薄弱,人心涣散,再无更大的进展。就是在这种历史背景下,屈原写了这首诗。屈原描绘了九年前秦军进攻楚国,自己进谏遭到流放,随同百姓一起东行的情景,"民离散而相失兮,方仲春而东迁"等诗句营造出了一种哀鸿遍野的气氛。

诗人以哀痛的笔触描绘了一幅哀鸿图。彼时,春荒的坏情绪弥漫,百姓东迁,涛声连绵,哭声不断,直上云天。船起航后,诗人依旧心系故都,无所适从。想到郢都这个集中了楚人文化与梦想的城市毁于一旦,不由得涕泗横流。

诗人一路向东,尔后调转船头由洞庭北行,之后再顺流而下。离故都越远,思念便越真切。尤其是"登大坟以远望兮,聊以舒吾忧心"之句,令人宛若目睹,极为感人。其中结尾处的"鸟飞返乡"和"狐死首丘"这两个典故,堪称中国文学史上最具家国情怀的意象。

抽思

心郁郁之忧思兮,独永叹乎增伤。
思蹇产①之不释兮,曼②遭夜之方长。

注释

①蹇产:情思屈曲而不得舒展。②曼:漫长。

九 章

译诗

心中郁郁思绪万端,孤独地哀伤叹气。
反复思虑难以释怀,苦恨长夜漫漫。

> 悲秋风之动容兮,何回极①之浮浮!
> 数惟荪②之多怒兮,伤余心之忧忧。

注释

①回极:回旋的天极。②荪:香草,此处比喻君主。

译诗

悲伤秋风摇曳万物凋零,为何天极回旋也变动不安。
数次想起君王的屡屡发怒,使我伤感忧心忡忡。

> 原摇起①而横奔②兮,览民尤以自镇。
> 结微情③以陈辞兮,矫④以遗夫美人。

注释

①摇起:很快地起身。②横奔:大步奔跑。③微情:幽微的情思。④矫:举起。

译诗

本欲极速起身大步奔走,看到百姓苦难又让我安静下来。
我将幽微的念头用文辞表达,呈献上去以向君王陈说。

> 昔君与我诚言①兮,曰:"黄昏以为期②。"
> 羌③中道而回畔④兮,反既有此他志。

注释

①诚言：即"成言"，约定好的话。②期：约定的时间。③羌：句首发语词。
④回畔：改道。

译诗

从前与你有过约定，说："黄昏时候互相会面。"
但你中途却离去了，返回有了别的念头。

憍①吾以其美好兮，览余以其修姱②。

与余言而不信兮，盖③为余而造怒④。

注释

①憍：同"骄"。②修姱：美好，指才能和品德。③盖：同"盍"，为何。
④造怒：寻衅发怒。

译诗

给我夸耀他的美好，向我展示其美好的德行。
对我承诺的话不守信，还向我乱发脾气。

原承间①而自察②兮，心震悼③而不敢。

悲夷犹而冀进兮，心怛④伤之憺憺。

注释

①间：机会，空隙。②自察：自我表白。③震悼：颤栗。④怛伤：悲痛。

译诗

想趁空闲来自我表白，内心畏惧徘徊没有胆量。
悲伤忧郁我还想见你，心中悲痛让我难安。

九 章

> 兹历^①情以陈辞兮，荪详聋而不闻。
> 固切人^②之不媚兮，众^③果以我为患。

注释

①兹历：在此举例。②切人：正直的人。③众：宵小，和屈原对立的人们。

译诗

在这里把衷情一一向你诉说，奈何你假装耳聋未听见。
本性正直不会谄媚，众人却都把我看作祸患。

> 初吾所陈之耿著^①兮，岂不^②至今其庸^③止？
> 何独乐斯之謇謇^④兮？愿荪美之可完。

注释

①耿著：明亮而且显明。②不：朱熹《楚辞集注》认为无"不"字。③庸：就。④謇謇：直言的样子。

译诗

当初我陈述得很清楚，难道今天你已忘干净了吗？
为何我乐意忠直的进谏？是希望你的德行彰显得更加完美。

> 望三五^①以为像^②兮，指彭咸^③以为仪。
> 夫何极而不至兮，故远闻而难亏^④。

注释

①三五：宋代学者朱熹认为是三皇五帝。但屈原所说"三王"多指"三后"，即夏后氏大禹、商王成汤、周文王；"五"指五伯，也就是被周天子认可的五位方伯，即春秋五霸，齐桓公、晋文公、楚庄王、吴王阖闾、

越王勾践。②像：榜样。③彭咸：传说中殷商时期的贤良之臣。④亏：缺失。

译诗

希望以三王五霸为典范，愿以彭咸为我的标杆。
有了目标哪会走不到，美名远扬而没有缺失。

善不由外来兮，名不可以虚作^①。
孰无施^②而有报兮，孰不实而有获(huò)？

注释

①虚作：凭空得来。②施：施与。

译诗

美言善行不从外面产生，名声不会凭空得来。
谁不施与而得到回报，谁不耕种得收获？

少歌曰：

与美人抽怨^①兮，并日夜而无正。
憍(jiāo)吾以其美好兮，敖(áo)^②朕(zhèn)^③辞而不听。

注释

①怨：《楚辞集注》作"思"字。②敖：同"傲"。③朕：我。

译诗

短歌道：
我向美人倾诉幽情，白天和黑夜无人为证。
他向我夸耀自己的美丽容貌，对我的话拜谢不听。

九 章

倡①曰：

有鸟自南兮，来集②汉北③。

好姱④佳丽⑤兮，牉⑥独处此异域⑦。

注释

①倡：同"唱"，另外再唱之义。②集：栖息。③汉北：今湖北省襄阳市附近。④好姱：容貌美好。⑤佳丽：清丽动人。⑥牉：事物分开成两半，此处指分解。⑦异域：异乡。

译诗

又唱道：

有鸟从南方飞来，停留在汉水之北。

羽毛美丽绚烂，独在他乡做客。

既惸①独而不群兮，又无良媒②在其侧。

道卓远而日忘兮，原自申③而不得。

注释

①惸：同"茕"，孤独。②良媒：好的媒人，此处指在诗人和楚怀王之间通气的人。③自申：自己申明、陈说。

译诗

茕茕孑立没有朋友，也没有好的媒人在身边。

相隔既远而渐渐被遗忘，想自己阐明却无法实现。

望北山而流涕兮，临流水而太息。

望孟夏①之短夜兮，何晦明②之若岁！

注释

①孟夏：夏季的第一个月，即初夏。②晦明：从夜晚到天明。

译诗

眺望北山泪流满面，面对水流长长叹息。
初夏之夜本来最短，为何感觉漫长如一年。

> 惟郢路^①之辽远兮，魂一夕而九逝。
> 曾不知路之曲直兮，南指月与列星。

(yǐng)

注释

①郢路：通往楚国都城的路。

译诗

回望郢都路途遥远，梦魂一夜之间多次前往。
不管是弯路还是捷径，只顾披星戴月南行。

> 原径逝^①而不得兮，魂识路之营营^②。
> 何灵魂之信直兮，人之心不与吾心同！
> 理^③弱而媒不通兮，尚不知余之从容。

注释

①径逝：一直前往。②营营：来回走动的样子。③理：传递消息的人，媒介。

译诗

想一直向前但却得不到接纳，灵魂往来辨识来时的路。
灵魂为何忠贞不屈啊，别人的心和我的心不一样。
传递消息的人太弱不能为我沟通，谁知道我的磊落襟怀。

九 章

乱曰：
长濑^①湍流，溯^②江潭兮。
狂顾^③南行，聊以娱心兮。

注释

①濑：浅滩上的水流。②溯：沿着河流向上走。③狂顾：急切地回望。

译诗

乱辞说：
乱石滩上流水湍急，沿着河岸逆流而上。
急切地回望并向南行，聊以安慰愁肠。

轸石^①崴嵬^②，蹇^③吾原兮。
超回^④志度^⑤，行隐进兮。

注释

①轸石：方石，指石头突兀不平。②崴嵬：高耸的样子。③蹇：阻碍。④超回：朱熹《楚辞集注》认为意或同隐进，不可解。⑤志度：通"跱踱"，即踯躅。

译诗

嶙峋的怪石高耸，阻隔着我回家的路。
徘徊而跨踏不前，缓慢地前进。

低佪夷犹，宿^①北姑^②兮。
烦冤瞀容^③，实沛徂^④兮。

注释

①宿：投宿。②北姑：地名，具体未详。③瞀容：忧愁烦闷的样子。④沛徂：颠沛困苦地前行。

199

译诗

犹豫在歧路不能前行，夜晚在北姑山留宿。
心烦意乱满面愁容，颠沛流离依然前行。

> 愁叹苦神，灵^①遥思兮。
> 路远处幽，又无行媒^②兮。

注释

①灵：魂灵。②行媒：通报之人。

译诗

哀愁地长叹伤神，神魂远远地思念故乡。
道路遥远且偏僻，又没有人给我送信。

> 道思作颂^①，聊以自救兮。
> 忧心不遂^②，斯言谁告兮！

注释

①作颂：写颂词，此处指这首诗。②不遂：不顺利，不通畅。

译诗

表达忧思写了这首诗，姑且自我拯救。
忧虑的内心不通畅，向谁诉说这番衷肠。

延伸

"抽思"之名，出自"与美人之抽怨兮"这一句，意为袒露自己的心声。这首诗可能作于屈原被楚怀王流放时，是借男女之情喻君臣之义，徘徊、犹豫、思念、怨怒……仿佛一个弃妇对丈夫的怨恨，但又不放弃希望，而是抱着一种复合的心态。但那个负心人最终也没有复合的表示，弃妇依旧抱有希望，徘徊不定，盼着有一天接自己回去的马车能够出现，甚至不

九 章

惜放下自尊，偷偷溜到家门附近，来观察情况。诗中的"惟郢路之辽远兮，魂一夕而九逝"之句情真意切，沈约"梦中不知路，何以慰相思"颇得此中真意。

宋代学者洪兴祖在谈及此篇时说："此章有少歌，有倡，有乱。少歌之不足，则又发其意为倡。独倡而无与和也，则总理一赋之终，以为乱辞云耳。"以乱总结全篇诗歌：诗人在诉说与踌躇中依然志向坚定，虽然忧思无法排解，但是对楚怀王仍然抱有幻想，所以向南到离郢都比较近的地方，尽管无法回故土，但可聊解相思之情。

怀沙

滔滔①孟夏②兮，草木莽莽③（mǎng）。
伤怀永哀兮，汩（gǔ）徂南土。

注释

①滔滔：形容夏天暑热的气息。②孟夏：指初夏。③莽莽：草木茂盛的样子。

译诗

暑气上涌的初夏时节，草木郁郁葱葱。
伤感的心情思绪绵长，匆忙去往南方。

眴（xuàn）①兮杳（yǎo）杳，孔②静幽默③。
郁结纡轸（yū zhěn）④兮，离愍（mǐn）⑤而长鞠（jū）⑥。

注释

①眴：看。②孔：很。③幽默：深沉而寂静。④纡轸：形容内心被痛苦缠绕而伤感。⑤愍：哀痛。⑥长鞠：困苦。

201

译诗

眼前的风景阴翳幽暗，细听悄然无有声息。
郁结的悲伤缠绕着，遭受着悲哀困苦。

> 抚情效志兮，冤屈而自抑。
> 刓^①方以为圜^②兮，常度未替。
> （wán）（yuán）

注释

①刓：削。②圜：同"圆"，圆形。

译诗

抚慰情绪调整心志，压抑着内心的冤屈。
裁切方的为圆形，我的法度依旧未变。

> 易初本迪^①兮，君子所鄙。
> 章画^②志墨^③兮，前图未改。

注释

①本迪：常道。②画：计划。③墨：绳墨，木工画直线的工具。

译诗

改变最初的准则，为君子所鄙夷。
彰显规划和准绳，前贤的法则没改变。

> 内^①厚质正兮，大人^②所盛。
> 巧陲^③不斲^④兮，孰察其拨正。
> （chuí）（zhuó）

注释

①内：内心，内在。②大人：指圣人，有德之人。③巧倕：舜帝时名匠的名字。④斲：砍。

译诗

内心醇厚品质端正，名公君子都称赞不已。
巧倕不用斧头劈砍，谁能察明曲直。

玄文①处幽兮，矇瞍②谓之不章。
离娄③微睇④兮，瞽⑤谓之不明。

注释

①玄文：黑色的花纹。②矇瞍：盲人。③离娄：传说中视力非常好的人。④睇：看。⑤瞽：目盲。

译诗

黑色花纹放在暗处，盲人说不明显。
神目人离娄微微睁开眼，盲人说他也看不见。

变白以为黑兮，倒上以为下。
凤皇在笯①兮，鸡鹜②翔舞。

注释

①笯：鸟笼。②鹜：鸭子。

译诗

把白色混淆为黑色，把上下颠倒。
凤凰关进笼子里，鸡鸭却恣意飞跳。

同糅^①玉石兮，一概而相量^②。
夫惟党人鄙固兮，羌^③不知余之所臧^④。

注释

①糅：混杂。②量：衡量。③羌：发语词。④臧：具有的美德。

译诗

美玉和石块混在一起，用一个标准来衡量。
结党营私的顽固之辈，怎么知道我的美德。

任重载^①盛兮，陷滞^②而不济。
怀瑾握瑜^③兮，穷不知所示。

注释

①载：负担。②滞：停滞。③怀瑾握瑜：怀揣着、紧握着美玉，比喻人拥有高尚的品德。

译诗

职务重而且负担太多，陷入困境难以达成目的。
怀着美好的品德，但终究不知给谁看。

邑^①犬群吠^②兮，吠所怪也。
非俊疑杰^③兮，固庸态也。

注释

①邑：城镇。②吠：狗叫。③杰：才能出众的人。

译诗

城里的狗群起而狂吠，只因它们少见多怪。
非议才俊怀疑人杰，本来就是庸人的本性。

九 章

文质^①疏^②内^③兮，众不知余之异采。

材朴^④委积兮，莫知余之所有。

注释

①文质：外在与本质。②疏：疏阔，指没有繁文缛节。③内：同"讷"，指话少。④材朴：可用的木材，用以比喻人的才能。

译诗

性格疏阔而言语少，众人不知我有出众的才干。

鸿才堪当重任，无人知道我拥有的本领。

重^①仁袭^②义兮，谨厚以为丰。

重华^③不可遌^④兮，孰知余之从容！

注释

①重：重视。②袭：重叠。③重华：指舜帝。④遌：遇见。

译诗

重视仁德积累道义，谨慎纯良充实自己。

舜帝重华不可遇见啊，谁人知晓我的容止大度。

古固有不并^①兮，岂知何其故！

汤禹^②久远兮，邈^③而不可慕。

注释

①不并：指明君贤臣未在一个年代。②汤禹：商朝的开创者成汤和夏朝的创建者大禹。③邈：远。

译诗

自古贤良不能并生，谁知是什么原因？

商汤和夏禹已远去，邈远而不可追慕。

惩①违改忿②兮，抑心而自强。
离愍③而不迁兮，原志之有像④。

注释

①惩：止住。②忿：愤怒。③愍：同"愍"。④像：榜样。

译诗

止住恨意停下愤怒，抑制心情自我控制。
遭遇忧患而不改变初衷，希望我的志向有个榜样。

进路北次①兮，日昧昧其将暮。
舒忧娱哀②兮，限③之以大故④。

注释

①次：停歇。②舒忧娱哀：舒散忧愁。③限：期限。④大故：死。

译诗

前行向北停歇下来，已是日落黄昏之时。
舒展忧虑排解哀愁，人生大限将至。

乱曰：
浩浩沅湘，分流汩①兮。
修路幽蔽，道远忽②兮。

注释

①汩：水流湍急。②忽：辽阔广大。

九　章

译诗

乱辞说：
浩荡的沅水湘水，波卷浪涌不停歇。
长路幽暗并且闭塞，道途幽远使人心悲。

> 怀①质抱情，独无匹②兮。
> 伯乐③既没，骥④焉程⑤兮。

注释

①怀：内心。②无匹：无可匹敌。③伯乐：古代传说中善于相马的人，后世作为善识人才者的代称。④骥：良马。⑤程：衡量。

译诗

内怀美德和忠贞之情，独步当世无人媲美。
世间既已无伯乐，马匹优劣何以辨别。

> 万民之生，各有所错①兮。
> 定心②广志③，余何畏惧兮！

注释

①错：同"措"，安置。②定心：安心。③广志：驰骋志向。

译诗

万民降生于世，各有自己的命运。
安心修养大志，我还有什么畏惧的呢！

> 曾①伤爰哀②，永叹喟兮。
> 世溷浊③莫吾知，人心不可谓兮。

注释

①曾：重重。②爰哀：哀伤无法停止。③溷浊：混乱浊污。

译诗

重重的悲伤没有休止，长长哀声叹息。
世间混浊无人知我，我对人心已无以言说。

> 知死不可让，原勿爱兮。
> 明告君子①，吾将以为类②兮。

注释

①君子：在上位的人，执掌权力的人。②类：法则。

译诗

死生有命无可回避，宁愿不再爱惜自己。
我明告上位的大人，我将以此作为准则。

延伸

　　传统上认为，"怀沙"的"沙"为"砂石"，即怀抱砂石自沉于水。另一说"沙"指长沙，长沙是楚国先王的祖居之地，"怀沙"就是怀念先王之地。《史记·屈原贾生列传》中全文收录《怀沙》，可见对此诗之看重，同时也说明司马迁的时代此诗已流传甚广。朱熹认为，屈原在临死前创作了《怀沙》《惜往日》《悲回风》等诗篇，是"临绝之音"，尤其《怀沙》，是屈原自沉汨罗江之前的绝笔。

　　诗中写了舜帝、大禹、商汤，遗憾那个圣王的时代已经远逝，自己未能和他们生在同一个时代，慨叹自己的才华得不到重视，也没有伯乐那样的人发现。诗句仿佛一层层剥开的洋葱，到"舒忧娱哀兮，限之以大故"，令人感慨万千，潸然泪下。

　　糊涂的楚怀王客死秦国，继任的顷襄王并不重视屈原，屈原也就失去了被召回的可能。屈原身为王室同族，眼见社稷飘摇，大厦将倾，却报国

无门，发出的声音尤为哀痛。"修路幽蔽，道远忽兮"，这样的感情基调，令人惆怅不已，久久不能释怀，两千余年后依旧有动人的力量。

思美人

思美人①兮，擥②涕而伫眙③。
媒绝路阻兮，言不可结而诒④。

注释

①美人：指君王。②擥：同"揽"。③伫眙：站立着凝望。④诒：赠送。

译诗

思念我心爱的人儿，擦干泪水久久远望。
无人传递消息道阻且长，有话想说却无法对你倾诉。

蹇蹇①之烦冤兮，陷滞而不发。
申旦②以舒中情兮，志沉菀③而莫达。

注释

①蹇蹇：形容情绪纠结不通畅。②申旦：从夜晚到天亮。③沉菀：心思郁积。

译诗

我满怀诚意却遭受冤屈，内心烦闷滞涩无法抒发。
想每天倾诉我的内心，却心思委顿无法表现。

原寄言于浮云兮，遇丰隆①而不将②。
因归鸟而致辞兮，羌③宿④高而难当⑤。

注释

①丰隆：神话传说中的云神。②不将：不听命令。③羌：发语词。④宿：速度快。⑤当：当值，见朱熹《楚辞集注》。

译诗

想把要说的话寄托于浮云，但云神却不采纳。
委托归巢的鸟为我传消息，却迅速高飞难可当值。

高辛①之灵盛②兮，遭玄鸟③而致诒④。
欲变节以从俗兮，愧易初而屈志。

注释

①高辛：五帝之一，帝喾，号高辛氏。②灵盛：神灵旺盛。③玄鸟：黑色的燕子，商朝人的图腾。④诒：礼物。

译诗

帝喾的灵多么旺盛啊，遇到玄鸟为他传递礼物。
想改变志节顺从世俗，我感到羞愧而未成行。

独历年而离愍①兮，羌冯②心犹未化。
宁隐闵③而寿考④兮，何变易之可为！

注释

①离愍：遭遇忧痛。②冯：愤懑。③隐闵：隐忍。④寿考：寿命。

译诗

常年独自遭受忧痛，愤懑的情绪还没释怀。
宁可隐忍不言了此余生，也绝不改变志向！

九 章

知前辙^①之不遂^②兮，未改此度。
车既覆而马颠兮，蹇^③独怀此异路^④。

注释

①前辙：前面的车辙，此处指前方的道路。②不遂：不顺利。③蹇：同"謇"，发语词。④异路：与世俗之人不同路。

译诗

明知前面的道路不通畅，但仍然不改处世准则。
马车颠覆马儿跌倒，我独自走上了一条与他人不同的路。

勒^①骐骥^②（qí jì）而更驾兮，造父^③为我操之。
迁^④逡次^⑤（qūn）而勿驱兮，聊假日以须时。

注释

①勒：控驭。②骐骥：古代良马的名字。③造父：周穆王大臣，以善于驾车著称。④迁：迁延。⑤逡次：徘徊不前。

译诗

勒住马儿重新套上车，请善于驾车的造父来控驭。
缓慢地前进莫要驱驰，暂且偷闲等待时机。

指嶓冢^①（bō zhǒng）之西隈^②（wēi）兮，与纁黄^③（xūn huáng）以为期。
开春发岁兮，白日出之悠悠。

注释

①嶓冢：山名，在今西北一带。②隈：悬崖。③纁黄：日落，黄昏。

译诗

指着嶓冢山的西崖,相约在黄昏时候。
春天到来又是新的一年,太阳缓缓升起。

> 吾将荡志^①而愉乐兮,遵江夏以娱忧^②。
> 掔大薄^③之芳茝^④兮,搴^⑤长洲之宿莽^⑥。

注释

①荡志:放纵情思。②娱忧:排遣忧愁。③薄:草木丛生处。④芳茝:香草名,白芷。⑤搴:采集。⑥宿莽:香草名。

译诗

我敞开心扉寻乐,沿着长江和夏水行走排忧。
采集草丛中的白芷,摘取沙洲上的宿莽。

> 惜吾不及^①古人兮,吾谁与玩此芳草。
> 解萹薄^②与杂菜兮,备以为交佩^③。

注释

①不及:没赶上。②萹薄:丛生的萹竹。③交佩:两两相对的配饰。

译诗

可惜和古圣贤没生在同一时期,我和谁一起赏玩香草呢?
采集丛生的萹竹和杂菜,作为成对的饰物佩戴。

> 佩缤纷以缭转^①兮,遂萎绝而离异^②。
> 吾且儃佪^③以娱忧兮,观南人之变态^④。

注释

①缭转:缭绕周身。②离异:离弃。③僵佪:徘徊不进。④变态:情态之变。

译诗

环绕的佩饰色彩繁盛而缭乱,最终枯槁凋谢被丢弃。
我徘徊而消解愁闷,观察南土的情态变化。

> 窃快在其中心兮,扬厥凭①(jué)而不竢②(sì)。
> 芳与泽其杂糅兮,羌芳华自中出。

注释

①凭:愤懑。②竢:等待。

译诗

快乐偷偷浮上心头,把愤怒抛诸九霄之外。
美好与污秽混在一起,美好的东西会脱颖而出。

> 纷①郁郁其远烝②兮,满内而外扬。
> 情与质③信可保兮,羌居蔽而闻章④。

注释

①纷:同"芬",香气。②远烝:香气飘散到远方。③质:内在特质。
④闻章:声名彰显。

译诗

香气浓郁向远处升腾飘散,花香充溢在内而飘扬在外。
内外一致无表里之分,身居幽闭之处声誉也能彰显。

> 令薜荔(lì)以为理①兮,惮②(dàn)举趾而缘木。
> 因芙蓉而为媒兮,惮褰裳③(qiān)而濡足④(rú)。

注释

①理：媒介，媒人。②惮：忌惮。③褰裳：提起袍子的下摆。④濡足：沾湿脚。

译诗

让薜荔充当牵线人，又畏惧抬起脚爬树。
想让芙蓉花充当媒介，又害怕撩起衣裳沾湿双脚。

登高吾不说①兮，入下吾不能。
固朕(zhèn)形之不服兮，然容与②而狐疑。

注释

①说：喜爱。②容与：徘徊不肯前进。

译诗

往高处爬我不喜欢，顺从下流我也不愿。
本来我就不合于当世，徘徊不前内心充满怀疑。

广遂①前画②兮，未改此度也。
命则处幽③吾将罢兮，原及白日之未暮也。
独茕(qióng)茕而南行兮，思彭咸之故也。

注释

①遂：道路。②画：规划。③处幽：处在幽暗偏僻之地。

译诗

遵循以前的规划，没有改变最初的准绳。
命运让我在偏僻的地方停下来，趁着天色还未到晚暮。
一人孤单地向南走去，这是追慕彭咸之故。

延伸

诗题曰《思美人》,并非实指美人,而是指君王。屈原常以美人喻君王,至于是楚怀王,还是楚顷襄王,已不得而知。现代论者一般认为是怀王,因为屈原在诸多诗歌,尤其是《离骚》中即有较为明确的暗示。对于这首诗,你可以把它看作一首纯粹的情诗,也可以按照传统看法把它视作政治抒情诗。王逸《楚辞章句》说《离骚》是"依《诗》取兴,引类譬喻",《思美人》亦是如此。它和《离骚》一样,体现出"香草以配忠贞,恶禽臭物以比谗佞。灵修美人以媲于君,宓妃佚女以譬贤臣"的特色。

此诗和《离骚》一脉相承,在于寄托自己的"美政"思想。诗一开始就描绘一个男子思念美人,擦干泪水,登高远望,感情非常真挚。可惜,受到客观环境的限制,没有良媒为之传情达意。尽管如此,他仍然如一个爱而未得的男子,不肯放弃,可谓志向坚定。

这首诗也是除《离骚》外,多次写到香草芳花的诗篇。他一路采集香草作为自己的佩饰,但并未得到君王的赏识,诗人因此发出了"吾谁与玩此芳草"的感慨。这就像一个捧着鲜花、打扮帅气的男子却遭到窈窕淑女的拒绝。

《思美人》与屈原其他作品一样,同样富有想象力。诗人跨越空间与时间,将人间、仙界、历史与现实沟通,使得作品出现了人神兼通、虚实结合的效果。

惜往日

> 惜往日之曾信兮,受命诏①以昭②时。
> 奉先功③以照下④兮,明法度⑤之嫌疑⑥。

注释

①命昭:君主发布的诏令。②昭:明。③先功:楚国前代君王的功业。

④照下：抚下民。⑤法度：国家的法令制度。⑥嫌疑：法令中不明确、有疑问的地方。

译诗

追惜从前曾受信任，受到委派去整饬时政。
遵奉先人的功勋抚化百姓，阐明法令解除疑问。

> 国富强而法立兮，属①贞臣而日娭②。
> 秘密③事之载心兮，虽过失犹弗治。

注释

①属：同"嘱"，托付。②娭：游乐。③秘密：黾勉，勤勉。

译诗

国家富强法令确立，国务托于忠臣君王游乐。
勤勉国事永铭在心，虽有差错也没有被治罪。

> 心纯厖①而不泄②兮，遭谗人而嫉之。
> 君含怒而待臣兮，不清澈其然否。

注释

①厖：敦厚。②泄：泄露。

译诗

心性敦厚而办事严谨，遭到奸佞的嫉妒和谗毁。
君主含着怒气责怪臣下，不澄清事实明辨对错。

> 蔽晦①君之聪明②兮，虚惑误又以欺。
> 弗参验③以考实④兮，远迁臣而弗思。

九 章

注释

①晦：昏暗不明。②聪明：听觉好谓之聪，视力佳谓之明，此处指明察。③参验：参考验证。④考实：考察事实真相。

译诗

小人蒙蔽使君王不明，惑言使君王又受到欺蒙。
不考察验证真相，就不加思考地将我流放。

> 信谗谀之溷浊^①兮，盛气志而过之。
> 何贞臣之无罪兮，被^②离谤^③而见尤！

注释

①溷浊：混乱浊污。②被：蒙受。③离谤：离间诽谤。

译诗

听信谗言而导致朝局昏暗，盛怒之下迁怒臣下。
为何忠良之臣无罪，却被离间诽谤遭到惩罚。

> 惭光景^①之诚信兮，身幽隐^②而备^③之。
> 临沅湘之玄渊^④兮，遂自忍而沉流。

注释

①光景：光影。②幽隐：居住在偏僻之地。③备：具备。④玄渊：黑色的深渊。

译诗

惭愧日月光影那样真实，身处幽暗中还得照光辉。
走近沅水湘水的深流边，就此甘心投水自尽。

美绘楚辞

> 卒没身而绝名兮，惜雍(yōng)君①之不昭。
> 君无度②而弗察兮，使芳草为薮(sǒu)幽③。

注释

①雍君：昏君，被蒙蔽的君王。②无度：没有法度，没有衡量标准。③薮幽：水泽幽暗。

译诗

最后身死而名灭，可惜庸主仍然不觉醒。
君王缺乏原则不善体察，把芳草埋没在沼泽中。

> 焉舒情而抽信①兮，恬②死亡而不聊。
> 独鄣雍③而蔽隐兮，使贞臣为无由。

注释

①抽信：展示忠信。②恬：安静。③鄣雍：阻塞。

译诗

如何抒情展示忠信？只能安然地死亡不苟且偷生。
只因重重阻塞遮挡通路，导致忠臣无法接近君王。

> 闻百里①之为虏(lǔ)②兮，伊尹③烹(pēng)④于庖(páo)厨⑤。
> 吕望⑥屠于朝歌⑦兮，宁戚⑧歌而饭牛⑨。

注释

①百里：即百里奚。姜姓，百里氏，名奚，字子明，春秋虞国人。虞国被晋国所灭，百里奚成为陪嫁奴隶，后来受到秦穆公赏识，成为秦国大夫，为秦国的发展做出了巨大贡献。②虏：俘虏。③伊尹：己姓，伊氏，名挚，

有莘国人。最初为厨师,被成汤发现,作为陪嫁奴隶到成汤身边,得到重用后成为商王朝的开国勋臣。④烹:烹饪。⑤庖厨:厨房。⑥吕望:太公望。姜姓,名尚,字子牙,因先代封于吕,因而以吕为氏。辅佐周文王治理周部族强大,后被周武王尊为尚父,完成了灭商兴周的大业。⑦朝歌:商王朝的都城,在今河南淇县。⑧宁戚:春秋时卫国人,到齐国经商,一边喂牛一边高歌,齐桓公认为他有贤才,留任为大夫。⑨饭牛:喂牛。

译诗

听说百里奚曾做过俘虏,名相伊尹曾当厨师。

姜太公曾在朝歌当屠夫,宁戚曾唱着歌喂牛。

> 不逢汤武①与桓缪(mù)②兮,世孰云而知之!
>
> 吴③信谗而弗味兮,子胥④死而后忧。

注释

①汤武:商王成汤和周武王。②桓缪:齐桓公小白和秦穆公任好。"桓"和"缪"系谥号。③吴:指吴王夫差。④子胥:指春秋时楚国人伍员,字子胥。伍员父兄被害,他逃离楚国,得到吴王阖闾重用,率领吴军几乎灭楚。但吴王夫差即位后疏远伍子胥,最后赐剑令他自杀。

译诗

若不遇商汤、周武王、齐桓公、秦穆公这样的明主,世间谁知道他们的智慧?

吴王夫差听信谗言不加查证,赐死伍子胥后忧患不断。

> 介子①忠而立枯兮,文君②寤(wù)而追求;
>
> 封介山③而为之禁兮,报大德之优游。

注释

①介子:指介之推,晋文公在外流亡时的追随者。②文君:指春秋五霸之

一的晋文公重耳。③介山：以介之推之名命名的山，在今山西介休。

译诗

介子推忠直却为节操而死，晋文公一醒悟就追悔补救。
以介山作他的祭地而封禁，以报他的贤德和宽大品格。

> 思久故之亲身兮，因缟素^①而哭之。
> 或忠信而死节兮，或訑谩^②而不疑。

注释

①缟素：白色的布，此处指丧服。②訑谩：诈伪。

译诗

思念多年的亲密老友，穿起白色的丧服为之痛哭。
有人为忠信而死节，有人诈伪而不受怀疑。

> 弗省察^①而按^②实兮，听谗人之虚辞。
> 芳与泽^③其杂糅兮，孰申旦^④而别之？

注释

①省察：检察。②按：考察。③泽：臭。④申旦：自黑夜至白天。

译诗

不据实进行验证考察，听信谗佞之辈的空话。
芳草与污垢混杂，谁能从早到晚进行甄别？

> 何芳草之早夭^①兮，微霜降而下戒^②。
> 谅^③聪不明而蔽壅兮，使谗谀而日得。

九 章

注 释
①殀：夭折。 ②戒：警戒。 ③谅：确实。 ④谗谀：谗言和阿谀。

译 诗
为何芳草会早早死去，细微的霜从天而降给予告诫。
确实是君主不敏锐受人蒙蔽，使谗佞阿谀之辈日渐得志。

> 自前世之嫉贤兮，谓蕙若①其不可佩。
> 妒佳冶之芬芳兮，嫫母②姣③而自好。

注 释
①蕙若：蕙草和若花，以香草比喻君子。 ②嫫母：传说是黄帝之妃，貌丑但贤良多智慧。 ③姣：容貌美。

译 诗
自古以来小人嫉妒贤良，都说贤者不可亲近。
嫉妒美人的高洁志趣，像嫫母一样丑却自负妩媚。

> 虽有西施①之美容兮，谗妒入以自代。
> 原陈情以白行②兮，得罪过之不意。

注 释
①西施：春秋时期越国人，著名的美人。 ②白行：表白、陈说自己的作为。

译 诗
即便有西施一样的美貌，也会被奸佞通过诋毁取代。
期望陈述实情自我表白，没料到又招来罪过。

221

情冤①见之日明兮，如列宿②之错置③。
乘骐骥④而驰骋兮，无辔衔⑤而自载。

注释

①情冤：真情与冤屈，指是非曲直。②列宿：天上的星宿。③错置：放置，安置。"错"通"措"。④骐骥：古代良马的名字，泛指良马。⑤辔衔：马缰绳和马嚼子。

译诗

真情与冤屈日渐明了，就像群星排列有序。
骑着骏马驱驰，没有羁绊完全自由奔走。

乘氾柎①以下流兮，无舟楫而自备。
背②法度而心治③兮，辟与此其无异。

注释

①氾柎：渡河的筏子。②背：违背。③心治：依照私心治理。

译诗

乘着竹筏向下漂流，没有船桨全靠自己动手。
背弃法令凭私心处理政务，和这些情形没有分别。

宁溘①死而流亡兮，恐祸殃之有再。
不毕辞而赴渊②兮，惜雍君之不识。

注释

①溘：忽然。②赴渊：跳入深渊。

译诗

宁可突然死去随水漂逝,唯恐灾祸再一次降临。

话没说完就自投于江,可惜君王被蒙蔽仍然没觉醒。

延伸

南宋学者魏了翁认为《惜往日》是伪作,到了热衷于考据的清中晚期,如吴汝纶、曾国藩也都疑为托伪。近代学者陆侃如、冯沅君、刘永济等人也都持怀疑态度。但是,所有疑问都缺乏足够强的说服力,因而此诗仍然被视为屈原的作品。

从诗篇结尾的文辞来看,此篇无疑属于屈原的绝笔。全诗提到了多个明主赏识贤臣的故事,如殷商王朝的建立者成汤与伊尹,西周开创者武王姬发与姜太公,春秋第一霸主齐桓公与宁戚,秦国霸业的开创者秦穆公与百里奚,吴王夫差和充满悲剧的伍子胥,晋文公与不离不弃的介之推……这些故事从正反两个方面来举例说明:明主遇到贤臣,则国兴;昏君亲近奸佞,则国灭。遗憾的是,诗人并未遇到他期待的明主,只能选择和商代名臣彭咸一样的归宿,投水殉国。

橘颂

后皇①嘉树②,橘徕③服④兮。

受命不迁⑤,生南国兮。

注释

①后皇:后土与皇天,是对大地和天空的神格化。②嘉树:美好的树。③徕:同"来"。④服:适应。⑤迁:迁徙。

译诗

后土皇天之间的美好树木,生来就适应这片水土。

秉承天命而不改变,扎根于江南。

深固难徙(xǐ)，更壹(yī)志兮。

绿叶素荣①，纷②其可喜兮。

注释

①素荣：白色的花朵。②纷：形容繁茂。

译诗

根深蒂固难以撼动，志向坚定专一。
绿色的叶子白色的花，枝叶繁茂令人喜爱。

曾①枝剡(yǎn jí)棘②，圆果抟(tuán)③兮。

青黄④杂糅，文章⑤烂⑥兮。

注释

①曾：层层叠叠。②剡棘：尖锐的刺。③抟：圆。④青黄：青色和黄色。橘树的果实未成熟时为青绿色，成熟后则为黄色。⑤文章：错综的花纹。文，同"纹"。章，文采。⑥烂：灿烂。

译诗

层叠的枝条尖锐的刺，圆润的果实聚集成团。
青色和黄色交糅在一起，花纹和色彩多么绚丽。

精色①内白，类②任③道兮。

纷缊(fēn yūn)④宜修⑤，姱(kuā)⑥而不丑兮。

注释

①精色：橘子表皮色泽明艳。②类：好像。③任：重任。④纷缊：纷繁茂盛。
⑤宜修：修饰合宜。⑥姱：美好。

译诗

外观精美内心清白,如同堪当大任的君子。
丰姿美盛修饰得体,美好没有任何瑕疵。

> 嗟^①尔幼志,有以异^②兮。
>
> 独立不迁,岂不可喜兮?

注释

①嗟:表感叹的虚词。②异:不同。

译诗

你幼年时的志向,就与众不同。
独立而不改易志向,岂能不令人欢喜?

> 深固难徙,廓^①其无求兮。
>
> 苏^②世独立,横^③而不流兮。

注释

①廓:广大,廓大。②苏:清醒。③横:直行。

译诗

根深蒂固而不移,心胸开阔而无私。
清醒而独立于世,直行而不随波逐流。

> 闭心^①自慎,不终失过^②兮。
>
> 秉^③德无私^④,参^⑤天地兮。

注释

①闭心：排除干扰。②过：过失。③秉：秉持。④无私：没有私欲。⑤参：合，匹配。

译诗

谨慎自守，始终没有过失。
处事公正无私，真可与天地相比。

> 原岁^①并谢^②，与长友^③兮。
> 淑^④离不淫^⑤，梗^⑥其有理^⑦兮。

注释

①岁：年寿。②并谢：一起凋零，同死。③长友：长久友好。④淑：善。⑤淫：过度。⑥梗：正直。⑦理：条理。

译诗

愿与你生死不离，与你结为终身知己。
内善外美处事不过度，耿直坚强又通达明理。

> 年岁虽少，可师长^①兮。
> 行比伯夷^②，置以为像^③兮。

注释

①师长：老师和长者。②伯夷：殷商末年孤竹国人，不食周粟，与兄弟叔齐一起饿死首阳山。③像：榜样。

译诗

年龄虽然小，但可以做众人的师长。
行为可与圣贤伯夷相比，应把你视为榜样。

延伸

诗歌赞颂了橘树多方面的优点,如"受命不迁""深固难徙""纷缊宜修,姱而不丑""独立不迁""苏世独立,横而不流""秉德无私""淑离不淫"等,对树木的赞颂实际上都是对人的品行的赞颂。

当代诗人舒婷《致橡树》,其意境远追"原岁并谢,与长友兮"这一句,其诗主旨也与此句有某种承继性。

悲回风

悲回风①之摇②蕙兮,心冤结③而内伤④。
物有微而陨性⑤(yǔn)兮,声有隐而先倡⑥。

注释

①回风:疾风、旋风。②摇:摇撼。③冤结:心情愁闷之状。④内伤:内心的悲伤。⑤陨性:性命凋谢。⑥倡:先导。

译诗

悲伤旋风摇落蕙草,内心愁思郁结。
蕙草微小易受损伤,风无形却能发声响。

夫①何彭咸②之造思③兮,暨志介而不忘!
万变其情岂可盖兮,孰④(jí)虚伪之可长!

注释

①夫:用于句首的发语词。②彭咸:商代大夫,进谏不纳,投水而死。③造思:树立的思想。④孰:哪。

译诗

为何彭咸树立的思想，与他耿介的志节不被遗忘！
情态变化万端岂能掩盖，哪个虚伪的人能够长久！

> 鸟兽鸣以号①群兮，草苴②比③而不芳。
> 鱼葺鳞④以自别兮，蛟龙⑤隐其文章⑥。

注释

①号：大声叫。②草苴：枯死的草。③比：合。④葺鳞：修饰鳞。⑤蛟龙：龙的一种。⑥文章：花纹。

译诗

鸟鸣兽叫召唤同类，枯草和新草不可能一起散发香味。
鱼以不同之鳞区别其他，蛟龙却将鳞纹隐藏。

> 故荼荠①不同亩兮，兰茝②幽而独芳。
> 惟佳人之永都③兮，更统世而自贶④。

注释

①荼荠：苦菜和荠菜。②兰茝：兰草和白芷。③永都：永远美好。④贶：给予，赐予。

译诗

所以苦菜和甜荠不在同一处生长，兰草芷草在幽谷中独自芬芳。
想起君子长久之盛，经过几代之久的自我充实。

> 眇①远志之所及兮，怜浮云之相羊②。
> 介眇志之所惑兮，窃③赋诗之所明。

九 章

注释

①眇：远。②相羊：没有依靠凭借之状。③窃：暗自。

译诗

高远的志向所要达到的地方，像令人怜惜的浮云在天空中飘荡。
志向远大坚定令众人迷惑，私下赋诗来明志。

> 惟佳人之独怀兮，折若椒以自处。
> 曾歔欷^①之嗟嗟兮，独隐伏^②而思虑。
> （xū xǐ）

注释

①歔欷：哀叹抽泣。②隐伏：隐而思虑。

译诗

念及美人与众不同的襟怀，采集杜若申椒独处。
一再哽咽连声哀叹，独身隐居而思绪满怀。

> 涕泣交而凄凄兮，思不眠以至曙。
> 终^①长夜之曼曼^②兮，掩此哀而不去。

注释

①终：从开始到结束。②曼曼：形容漫长的样子。

译诗

涕泪横流多么凄惨，沉思不眠一直到天明。
度过漫漫长夜，掩盖着的悲伤却始终不消散。

> 寤^①从容以周流^②兮，聊^③逍遥以自恃。
> 伤太息之愍怜^④兮，气於邑^⑤而不可止。
> （wù）　　　　（mǐn）　　　（wū yì）

注释

①寤：醒来。②周流：走遍。③聊：姑且。④愍怜：怜悯。⑤於邑：呜咽。

译诗

醒来后悠闲地游走四方，暂时悠然地自娱排遣愁闷。
伤心叹息实在令人怜悯，郁结在心之气无法消除。

> 纠^①思心以为纕^②兮，编愁苦以为膺^③。
> 折若木^④以蔽光兮，随飘风^⑤之所仍。

注释

①纠：编结。②纕：佩戴。③膺：前胸，此处指贴着前胸。④若木：神话传说中的神木。⑤飘风：旋风。

译诗

缠结忧思的心为佩带，编织的苦闷紧贴前胸。
折下神木的枝叶遮挡阳光，随着席卷的大风飘摇。

> 存仿佛而不见兮，心踊跃其若汤^①。
> 抚珮衽^②以案志^③兮，超惘惘^④而遂行。

注释

①汤：热水。②衽：衣襟。③案志：抑制情志。④惘惘：形容惆怅的样子。

译诗

现实的存在模糊不见，心跳动着犹如沸腾的水。
抚弄着玉佩以克制激动的内心，怅惘中动身前行。

九 章

岁曶曶^①其若颓^②兮，时亦冉冉而将至。
颁蘅^③槁而节离兮，芳以歇而不比^④。

注释

①曶曶：忽忽，形容光阴流逝。②颓：下坠。③颁蘅：水草和香草。④不比：不再繁茂。

译诗

岁月如水匆匆逝去，暮年也将缓缓到来。
白颁杜衡枯槁支离，芳草消歇不比往日。

怜思心之不可惩^①兮，证^②此言之不可聊^③。
宁溘死^④而流亡兮，不忍此心之常愁。

注释

①惩：治。②证：证实。③聊：可靠，依赖。④溘死：突然死去。

译诗

哀怜思念之心不能停止，证实这些话不可信赖。
宁愿突然死去随水飘逝，不能忍受内心长期愁苦。

孤子^①吟而抆^②泪兮，放子出^③而不还。
孰能思而不隐兮，照彭咸之所闻。

注释

①孤子：孤居之人。②抆：擦拭。③出：离开。

译诗

孤独的人一边呻吟一边拭泪，被放逐的人再也回不去了。
谁能怀念而无隐忧，依照听闻的彭咸德行行事。

登石峦^①以远望兮,路眇眇^②之默默^③。
入景^④响之无应兮,闻省想^⑤而不可得。

注释

①石峦:小而尖锐的石山。②眇眇:遥远之状。③默默:形容寂静。
④景:同"影"。⑤省想:审查思考。

译诗

登上小山峰眺望,道路幽远寂静无声。
进入光影与声响都无回应的秘境,听觉视觉意识都已徒然。

愁郁郁之无快兮,居戚戚^①而不可解。
心鞿羁^②而不开兮,气缭转^③而自缔^④。

注释

①戚戚:形容愁苦。②鞿羁:马嚼子和拴马的绳子。③缭转:纠缠而无法排解,形容情绪郁结。④缔:缠结。

译诗

愁思郁积而无快乐,内心忧伤无可排解。
心被束缚而不能开阔,郁结之气缠绕成结。

穆^①眇眇之无垠^②兮,莽芒芒^③之无仪。
声有隐而相感兮,物有纯^④而不可为。

注释

①穆:深远。②无垠:没有边际。③莽芒芒:广大的样子。④纯:粹美。

九 章

译诗

深远辽阔而没有边际，苍茫广袤而不见尽头。
音声无形而能相感应，万物粹美而无所为。

> 藐^①蔓蔓^②之不可量兮，缥绵绵^③之不可纡^④。
> 愁悄悄之常悲兮，翩冥冥之不可娱。
>
> （miǎo màn piāo yū）

注释

①藐：同"邈"，远。②蔓蔓：同"漫漫"。③缥绵绵：细微绵长。④纡：弯曲，萦绕。

译诗

距离遥远而不可量度，缥缈绵延而不可求索。
暗暗滋生的忧愁常引起悲情，飞到很高的地方也得不到欢乐。

> 凌大波而流风兮，托彭咸之所居。
> 上高岩之峭岸兮，处雌蜺^①之标颠^②。
>
> （tuō qiào cí ní diān）

注释

①雌蜺：虹有两环时，内环色彩鲜艳为雄，名虹；外环色彩暗淡为雌，名蜺，即霓，现称为副虹。②标颠：顶端。

译诗

乘着奔涌的波浪和流荡的风，托身于彭咸所居的地方。
登上岩石耸立的陡峭河岸，处于彩虹的顶端。

> 据青冥^①而攄^②虹兮，遂^③儵忽^④而扪^⑤天。
> 吸湛露^⑥之浮凉兮，漱^⑦凝霜之雰雰^⑧。
>
> （shū shū hū mén zhàn fēn）

235

注释

①青冥：青天。②摅：舒展。③遂：于是。④儵忽：瞬间。⑤扪：抚摸。⑥湛露：浓重的露水。⑦漱：含着。⑧雰雰：形容霜雪缤纷。

译诗

凭借晴空舒展彩虹，瞬间就可以触摸到青天。
吸饮清澈的清凉露水，含着纷纷坠落的霜雾。

依风穴①以自息兮，忽倾寤②以婵媛（chán yuán）③。
冯④昆仑以瞰（kàn）⑤雾兮，隐岷山以清江。

注释

①风穴：神话中产生风的洞穴。②倾寤：全都明白。③婵媛：关心痛恻的样子，形容心情。④冯：依靠。⑤瞰：向下看。

译诗

倚着吞吐寒风的洞穴休息，忽然清醒过来内心伤悲。
倚着昆仑山俯瞰云山雾海，依傍着岷山看清江河流。

惮①涌湍（tuān）②之磕（kē）磕③兮，听波声之汹汹。
纷容容之无经④兮，罔（wǎng）芒芒⑤之无纪。

注释

①惮：害怕。②涌湍：流动的大水。③磕磕：岩石发出的声音。④经：法度。⑤芒芒：形容迷乱。

译诗

畏惧湍流撞击岩石的轰鸣，听着波涛澎湃之声。
水势纷乱而无常道，广远无边也无序。

九 章

> 轧①洋洋②之无从兮,驰委移③之焉止。
> 漂翻翻④其上下兮,翼遥遥⑤其左右。

注释

①轧:倾轧,撞击,形容水湍急。②洋洋:形容水流广阔。③委移:逶迤,指水沿着弯曲的河岸流动。④漂翻翻:形容水面起伏。⑤翼遥遥:两侧摇摆不定。

译诗

水波激荡没有束缚,驰流摇撼河的两岸。
心如水波上下翻腾,伴随着浪花摇个不停。

> 氾(fàn)①潏潏(yù)②其前后兮,伴张驰③之信期。
> 观炎气④之相仍兮,窥(kuī)⑤烟液⑥之所积。

注释

①氾:泛滥。②潏潏:形容水流奔涌。③张驰:潮水的涨落。④炎气:热气。⑤窥:窥视。⑥烟液:云和雨水。

译诗

大水奔流前后涌动,伴随着水的涨落成为潮信。
看夏天的热流不断循环,窥探雨露烟云的凝成。

> 悲霜雪之俱下兮,听潮水之相击①。
> 借光景以往来兮,施黄棘②之枉策(jǐ)③。

注释

①相击:浪花互相拍打。②黄棘:一种带刺的植物,用来制作马鞭。③枉策:弯曲的鞭子。

译诗

悲叹霜雪一起飞降，倾听潮水拍打的声音。
凭借光影往来于天地之间，用黄棘的枝条做成弯曲的马鞭来驾驭。

> 求介子①之所存兮，见伯夷②之放③迹。
> 心调度而弗④去兮，刻著志之无适⑤。

注释

①介子：介子推，春秋时晋文公的大臣，追随晋文公不离不弃。②伯夷：殷商末期孤竹国公子。③放：放逐，此处指伯夷叔齐自我放逐。④弗：不。⑤无适：无所适从。

译诗

寻求介子推隐居的地方，看到伯夷自我放逐的地方。
心中思量而不能释怀，打定决心绝不去他处。

> 曰：
> 吾怨往昔之所冀①兮，悼②来者之愁愁③。
> 浮④江淮而入海兮，从子胥⑤而自适⑥。

注释

①冀：希望。②悼：悼念。③愁愁：形容忧患的样子。④浮：漂流，此处指乘船。⑤子胥：伍子胥，春秋时楚国大臣，遭谗害后逃奔，得吴王阖闾重用，率兵攻破楚国都城。后吴王夫差听信谗言，赐剑自尽。⑥自适：自求适意。

译诗

乱辞说：
我怨恨往昔的那些期冀，感伤未来为之忧惧不已。
顺着长江淮河进入大海，追随伍子胥的踪迹以求心安。

九 章

> 望大河之洲渚^{zhǔ}①兮，悲申徒②之抗迹③。
> 骤^{zhòu}谏^{jiàn}④君而不听兮，重任⑤石之何益！
> 心絓^{guà}结⑥而不解兮，思蹇^{jiǎn}产⑦而不释。

注释

①渚：水中的小块陆地。②申徒：申徒为官名，此处指申徒狄，传说为殷商时人，谏言不纳，投水自杀。与彭咸一样，都是屈原推崇的人。③抗迹：高尚者的遗迹。④谏：进谏。⑤任：抱着，或说背负。⑥絓结：心中郁结。⑦蹇产：郁结不顺。

译诗

眺望大河中的沙洲，悲见商末贤臣申徒狄的遗迹。
屡次向君王进谏而不被采纳，抱着石头跳河又有何益。
心有牵挂而忧思郁结，忧思不畅难以放下。

延伸

诗歌从回风摇撼蕙草的气候变化写起，想到忠良见斥的现实悲哀，指出君子始终光明正大，与善变的小人有所不同，同时表明自己绝不改易的意念。"物有微而陨性兮，声有隐而先倡"，见景生情，托物起兴。钱澄之在《庄屈合诂》中说："秋风起，蕙草先死；害气至，贤人先丧。"诗人又以鸟兽、草木、龙鱼之喻，指出物以类聚，不会相互杂厕，比喻君子小人不可能共处。

屈原是状物写景的高手，常把自己的情绪融入风物之中，充满了强烈的感染力。与《离骚》《天问》等诗篇相比，此诗的语言较为浅白，古奥之辞较少，在修辞上铺陈华美，写大自然宛若展开一幅山水画。正是这个因素，自宋人魏了翁以来，便有学者怀疑此诗非屈原所作。但这种怀疑缺乏更有力的证据，主流研究者仍多认可是屈原的作品。

此诗意象密集，写大自然如在眼前，充满了强烈的文学感召力，是笔者最喜欢的古诗之一。如写登高望远的辽阔，有"登石峦以远望兮，路眇

眇之默默";写霜雾天的迷蒙,有"吸湛露之浮凉兮,漱凝霜之雰雰";写山间流水的澎湃,有"惮涌湍之磕磕兮,听波声之汹汹";写清澈的流水奔流,有"漂翻翻其上下兮,翼遥遥其左右";写夏天热气上升,云雨将来,有"观炎气之相仍兮,窥烟液之所积":不但调动了视觉、听觉、触觉、嗅觉,而且还将这些感觉打通,如"悲霜雪之俱下兮,听潮水之相击",诗句中涌动着一种天籁般的意境。

屈原的诗中多夹杂叙事,《悲回风》则纯粹是一篇内心的独白,尽管沉郁,却并不晦暗,而是蕴藉着一股无法疏散、喷薄欲出的力量,将淋漓的元气尽情宣泄于诗句中。笔者曾将此诗重构,写成一首现代主义风格的作品,向伟大的诗人屈原致敬,谨志于此:

回旋的风摇撼草木,我难抑心中哀伤。春华已逝,隐匿的风为何吹响?寻找彭咸的足迹,他的声音依然回荡。真情的潮水涨落,谁企图用理智将自己伪装?

鸟兽在旷野鸣唱,新花在枯草中失去芬芳。银鱼飞翔碧水,苍龙隐匿大江。尝试苦和甜的滋味,幽兰独在深谷中芬芳。佳人遗世而独立,历经沧桑。

我的心在古人的胸腔,如同浮云在天上。我非尘俗之人,何妨写尽万古愁肠。

美人独自怀想,折一支秋天的花在瓶中。忧伤的泪水滑落,身影被窗下的光拉长。就这样哭泣了一夜,帘幕上竟然有了曙光。长夜已然结束,姑且放下悲伤。

我将周游世界,从城市到村庄。太息的风走了,郁结的云也散去。脱掉伤心的袍服,弃绝忧闷的胸甲。我用神木挡住太阳,做风中前行的猛士。

眼前虽看不清,心儿却已驰骋。振衣前行,大野中孤独的人。岁月像滚远的石头,生命也到了尽头。芳草支离,繁花零落成泥。

我是冥顽不灵的人,我不愿做无根的幽灵。我愿托身江湖,也不做愁苦的可怜虫。这片土地的孤独之子,从此别离故乡的门。怀念是永远的痛,但我愿做彭咸的后身。

登上乱石堆积的山岗,天空和大地都没有回响。世界如此安静,全部

九 章

的意识都遁入乌有之乡。愁绪的云在飞，哀戚的雾升起。心中的马遭到羁绊，整个世界突然陷落。

  大地渺渺无垠，夜色如此浓沉。秋风中谁在呼应，万物有它的灵性。痛苦的海水翻腾，忧愁的绳索系在何方？愁思悄悄，心事重重。乘着大风飞翔，我要去见我的偶像。

  登上峭立的高山，驻足尘世之巅。漫步彩虹之桥，扶摇青冥苍穹。呼吸流水般的湛露，饮用如烟的霜雪。我枕着风穴山入眠，梦里愁绪绵绵。

  背倚昆仑山挥散大雾，看见了岷山下清澈的长江。大壑间涌流声响，怒涛的音乐如此激昂。烟水横流洋洋，日影照射浊浪。山脉的余音远近回响，仿佛大河逝去的惆怅。

  澄碧的寒溪流过，细石滩上浪花如雪。泛动的光波粼粼，诉说着时间的承诺。夏天即将到来，饱含雨水的云停在远山。夜晚下起了霜雪，我隐隐听到潮水拍岸的节奏。

  我在往古与而今之间穿行，挥舞神的鞭子。我飞过深林中贤者的洞穴，高山上隐士的屋舍。我徘徊着、犹豫着，在生与死之间彷徨。我曾有一双希冀的翅膀，把它们赠予追慕我的人。循着江淮之水划动木筏，去大海上会见我的故友。回望河流之上悬浮的岛屿，我的脑海里涌现一个身影。我已无法改变尘世，怀沙沉江的人安在？

远　游

作者及作品

　　自汉代学者王逸作《楚辞章句》以来，主流观点都认为此诗的作者是屈原，如朱熹、王夫之等大家都将此诗归于屈原名下。清乾隆时期的学者胡濬源则认为《远游》与屈原其他作品差异较大，似为汉代人的拟古之作。晚清学者廖平甚至说作者为司马相如。不过现代学者如陈子展、姜亮夫则认为《远游》就是屈原的作品，这一观点也被大多数学者所认可。

　　屈原的长诗中虽然没有"自由"这个概念，但是我们却看到了他对精神自由的追寻。《远游》这首诗向世人展现的是一个展翅高飞、超凡脱俗、到梦幻的世界里去寻求自由的"远游者"形象。诗人创造的这个世界由两部分构成，一部分是历史，另一部分是神话。法国著名文艺理论家丹纳曾说，作品的产生取决于时代精神和周围的风俗。鉴于屈原出身于贵族世家，并受到过良好的教育，身处战国乱世，又被排挤出权力核心，远古的历史自然与痛苦的精神波动结合起来，从而流淌成诗歌的河流。轩辕黄帝、高阳氏、太昊，一方面是历史人物，另一方面又是神话人物。可以这样说，几乎所有先民的历史，都混杂着神话，在似与不似之间，这就是诗。屈原在《远游》中的表达手法，大抵也是如此。

　　《远游》表达的是一种对超脱世俗、高尚的精神世界的追求。它与前面的《离骚》《九歌》等篇目在整体上都有所不同，这也难怪晚清的考据家们怀疑它不是屈原的作品。一些学者认为，屈原这首诗开了古代"游仙诗"的先河，不过从精神内核上来说，未尝不是长篇山水诗，很多贴切而又真实的诗句很可能来自于屈原的旅行经历。屈原本人热爱大自然，而且

远 游

从事过外交工作，出使过齐国，到过很多地区。如果把诗歌中的神话意象全部换成现实中的自然景观和历史景观，如山川、森林、湖泽、城郭、废墟、楼观，我们看到的就像是一首英国诗人拜伦的作品。在神话传说背后，是一个旅行者的宏大视野。比如，屈原诗中的"时仿佛以遥见兮，精晈晈以往来"，很可能是夜晚露营者的感受；"山萧条而无兽兮，野寂漠其无人"，则是一个在旷野里独自旅行者的所见和所感"载营魄而登霞兮，掩浮云而上征"，则是登上高山后，忽然看到彩霞满天，如同乘云般的愉悦心境。

我们在《远游》中看到了一种旅行者的酣畅淋漓，其中有大量的历史遗迹，但更多的则是生命对整个世界的感受：春秋的季节交替，南方大地上火热的天气，缓慢的落日，凋零的草木，深秋季节降临的薄霜，山川大河的涌动奔流，几个世纪以来一直存在的冰层，还有那无穷无尽的大地。"经营四荒兮，周流六漠。上至列缺兮，降望大壑。"诗人以极其高明的表现手法，将客观世界藏在了虚构的世界里。可以这样说，我们所处的世界，并非存在于某种绝对的意义中。它以多种方式存在，既在神话，也在现实。现实并不意味着一切，《远游》的精神内核，正在于挣脱现实，高蹈于另外一种可能。

悲①时俗②之迫阨③兮，愿轻举④而远游。
质⑤菲薄而无因⑥兮，焉⑦托乘⑧而上浮⑨？

注释

①悲：悲哀。②时俗：世间，世俗。③迫阨：胁迫，逼迫。④轻举：飞去。⑤质：资质。⑥无因：没有凭借。⑦焉：怎么，怎能。⑧托乘：指搭乘贤人的车驾，比喻得到人帮助。⑨上浮：朝上漂浮。

译诗

悲伤于世俗使人陷入困厄，真想登仙去远处云游。
资质浅薄又没有机缘，怎能依托仙驾上游天界呢？

> 遭①沉浊而污秽（wū huì）②兮，独郁结③其谁语！
> 夜耿耿④而不寐（mèi）⑤兮，魂营营而至曙。

注释

①遭：周遭。②污秽：肮脏的；不洁净的。③郁结：指心情郁闷。④耿耿：形容夜晚长。⑤寐：睡着。

译诗

周遭污浊而且肮脏，独自郁闷和谁倾诉！
漫长的黑夜里睡不着，孤魂野鬼般的等待天亮。

延伸

以上为诗歌的第一部分，陈说了远游的缘由。诗人是迫于时俗的胁迫、现实的浊污才离开的，这是外在的客观原因。

> 惟天地之无穷兮，哀人生之长勤。
> 往者余①弗（fú）②及兮，来者吾不闻。

注释

①余：我，第一人称代词。②弗：不。

译诗

想到天地无穷无尽，悲伤于人生的艰辛。
过往之事我未曾赶上，将来之事我不得而知。

> 步徙倚①（xǐ yǐ）而遥思兮，怊 怅 恍（chāo chàng huǎng）②而乖怀③。
> 意荒忽④而流荡兮，心愁凄而增悲。

注释

①徙倚：徘徊；流连。②怊怅：惆怅、模糊。③乖怀：背离，违背。④荒忽：恍惚。

远 游

译诗

踌躇不前思绪悠悠，失意伤感违背衷心。
神思恍惚如同流水，心中愁苦增添了悲伤。

> 神儵忽①而不反②兮，形枯槁③而独留。
> 内惟省以端操④兮，求正气之所由。
> 漠虚静以恬愉⑤兮，澹无为而自得。

注释

①儵忽：迅疾的样子。②反：同"返"。③枯槁：形容形体憔悴。④端操：正直的操守。⑤恬愉：快乐。

译诗

神魂忽然飘散不返回，只留下枯槁的肉体。
反省自己并端正操守，寻求人间正气的根由。
怀着恬静以得到愉悦，淡泊无为故而悠然自得。

延伸

以上为诗歌的第二部分，写诗人的忧郁、愁凄的心理状态。这种内在特质是敏感的，容易从俗世中被抽离，追寻一种更高的精神生活，这是远游的内因。就像第一部分说的那样，没有同类，连个倾诉的对象都没有，就好像一个孤独的人在漫漫长夜中苦熬。在这种情况下，神魂飘荡，势必要离开。

去远方，往往意味着寻求一个新的世界。

> 闻赤松①之清尘兮，愿承风乎遗则②。
> 贵③真人之休德④兮，美往世之登仙。

注释

①赤松：传说中上古的神仙。②遗则：遗留的法则。③贵：看重，重视。④休德：美德。

译诗

听闻赤松子出尘脱俗，愿继承他的风范和行事准则。

重视修道之人的美德，羡慕前人能飞升成仙。

> 与化去^①而不见兮，名声著而日延。
> 奇傅说^②之托星辰兮，羡韩众^③之得一。

注释

①化去：脱离尘俗离去，此处指仙化。②傅说：出身傅岩的筑墙奴隶，得到殷高宗武丁赏识，被任命为相，辅佐高宗实现王朝中兴。③韩众：又名韩终，传说春秋时期飞升成仙。

译诗

形体虽化去而消失不见，名声显耀流传后世。

惊奇于傅说乘着星辰飞向天空，羡慕韩众修真得成大道。

> 形穆穆而浸^①远兮，离人群而遁逸。
> 因气变而遂曾举^②兮，忽神奔而鬼怪。

注释

①浸：渐渐。②曾举：高举，高飞。

译诗

形体肃穆渐行渐远，离开人群而避世隐居。

因着气的改变逐渐高飞，忽见神灵奔走鬼怪现身。

远　游

时仿佛以遥见兮，精皎皎①以往来。
绝氛埃②而淑尤③兮，终不反其故都。
免众患④而不惧兮，世莫知其所如。

注释

①皎皎：明亮的样子。②氛埃：污浊之气。③淑尤：美善。④众患：众人所苦。

译诗

一时仿佛远远看见，灵物闪烁光辉来来去去。
超越尘埃上升到美善的境界，再也不会返回故国的都城。
摆脱众人纠缠再也无所畏惧，世人再也不知我的踪迹。

延伸

以上为诗歌的第三部分，从赤松子和韩众这两个传说中的仙人说起，体现了诗人对自由生活的美慕之意。在古人的思维中，仙人的世界并不是渺茫的，有一个非常清晰的认识边界。仙人是这样一种存在：不但摆脱了物质上的束缚，而且脱离了精神控制，没有名利的缠绕，也没有情感的困惑，真正摆脱了尘俗羁绊。"形穆穆而浸远兮，离人群而遁逸"写的其实是一种隐居状态，由于脱离了人的群体性，自然也就不受世俗观念的影响，好像是实现了"地仙"的状态。

恐天时之代序兮，耀灵①晔②而西征。
微霜降而下沦兮，悼③芳草之先零。

注释

①耀灵：太阳。②晔：光耀。③悼：哀伤。

译诗

担心光阴流逝季节变化，灿烂的太阳也渐偏西。
微细的秋霜降临大地，哀伤于芳草最先凋零。

聊仿佯①而逍遥兮，永历②年而无成。
谁可与玩斯遗芳兮？晨向风而舒情。
高阳③邈④以远兮，余将焉所程？

注释

①仿佯：游荡。②永历：长久的。③高阳：高阳氏，黄帝之孙颛顼，五帝之一。④邈：久远，渺茫。

译诗

暂且游荡而逍遥自在，长长的岁月里什么也没完成。
谁能与我欣赏这遗留的芳草？对着早晨的清风舒展心情。
高阳氏的时代十分遥远，我将怎样继承他的道路？

延伸

以上为诗歌的第四部分，写了诗人远游一年的感受。四季轮替，秋霜降落，芳草凋谢，表面上看一事无成，但是"仿佯而逍遥"这种感受是真切的（虽然是聊以慰怀的心理），并且发出了召唤：尽管时下的风物只有残存的芳草，但仍然可以在晨风里放飞心情。当然，诗人并未完全放弃"追寻圣王"的理想。

重曰春秋忽其不淹兮，奚久留此故居。
轩辕①不可攀援兮，吾将从王乔②而娱戏。

注释

①轩辕：黄帝，居轩辕之丘，故号轩辕氏。②王乔：即王子乔，传说为周

远 游

灵王太子姬晋，后登化成仙。

译诗

再说春秋交替时光不停，何必久留在旧居里？
黄帝不能攀附，我将跟着王子乔去嬉戏。

> 餐六气①而饮沆 瀣兮，漱②正阳而含朝霞。
> 保神明③之清澄兮，精气入而粗秽除。

注释

①六气：指朝旦之气（朝霞）、日中之气（正阳）、日没之气（飞泉）、夜半之气（沆瀣）、天之气、地之气。另说指阴、阳、风、雨、晦、明。②漱：吸吮。③神明：指人的内在精神。

译诗

以六气为食清露为饮，吮吸正阳之气含着朝霞的光芒。
保持内心世界的清明澄澈，吸入精气排出浊气。

> 顺凯风①以从游兮，至南巢而壹息②。
> 见王子③而宿之兮，审壹气④之和德。

注释

①凯风：南风。②壹息：暂时歇息。③王子：即王子乔。④壹气：纯一之气。

译诗

顺着南风出游，到南巢国稍做歇息。
见到王子乔而留宿，请教元气与盛德如何相融。

延伸

以上为诗歌的第五部分，承接前一部分寻求圣王的心理。诗人终于懂

得像轩辕黄帝那样的人物是不可求的，不如顺乎自然之化，存乎本心，把自己的精神和大自然融合，寻求道。最终他找到了一位导师，那就是仙人王子乔。更具体地说，这一部分实际上是游历之路上的心得。"餐六气而饮沆瀣兮，漱正阳而含朝霞"写的正是风餐露宿的旅行，这种旅行使得诗人内在精神更为充实、元气十足。

> 曰："道可受兮，不可传。
> 其小无内①兮，其大无垠。

注释

①内：同"纳"，容纳。

译诗

　　王子乔答："道可以用心感受，但不能用语言传达。
　　它小则内无可纳，大则没有边际。

> "无滑①而魂兮，彼将自然。
> 壹气孔②神兮，于中夜存。

注释

①滑：紊乱。②孔：很。

译诗

　　"你的心神不再紊乱，它会自然而然地出现。
　　一元之气充满神秘，静夜之时才现世。

> "虚①以待之兮，无为之先。
> 庶类②以成兮，此德之门。"

注释

①虚：虚静。②庶类：各种生命和物种。

译诗

"以虚静之心待它，以无为为先。
众生万物都是这样形成，这就是得道的门径。"

延伸

以上为诗歌的第六部分，是诗人向王子乔请教后，王子乔的回答。道是什么？只可意会，而不可言传。其中言及小和大，用了一个哲学化的比喻。朱熹说："虽曰寓言，然其所设王子之词，苟能充之，实长生久视之要诀也。"

闻至贵而遂徂(cú)兮，忽乎吾将行。
仍羽人①于丹丘②兮，留不死之旧乡。
朝濯(zhuó)③发于汤谷④兮，夕晞(xī)⑤余身兮九阳⑥。

注释

①羽人：传说中的仙人。②丹丘：传说中的仙境。③濯：清洗。④汤谷：传说中太阳升起的地方。⑤晞：晾干，此处指晒太阳。⑥九阳：九个太阳。传说汤谷有名为扶桑的神树，九个太阳轮值居其上，照亮人间。

译诗

听了真理便想远去，匆匆忙忙出发前行。
跟随仙人到丹丘仙境，停留在不死之乡。
早晨在太阳升起的汤谷洗头，傍晚让九个太阳照耀我的身体。

吸飞泉之微液兮，怀琬琰(wǎn yǎn)①之华英。
玉色颁(píng)②以脕颜(wàn)③兮，精醇粹(chún cuì)④而始壮。

注释

①琬琰：美玉。②颀：貌美。③脕颜：滋润面部。④醇粹：醇厚而精粹。

译诗

饮用飞泉的甘美之水，怀抱美玉中的精华。
滋润玉一般光洁的面孔，精气神充盈而身体强健。

质销铄①以汋约②兮，神要眇③以淫放④。
嘉南州⑤之炎德兮，丽桂树之冬荣。

注释

①销铄：消瘦。②汋约：同"绰约"，柔美。③要眇：美好的样子。④淫放：洒脱而不受拘束。⑤南州：南土，楚国以南的地方。

译诗

形体消瘦身姿柔美，神气幽远姿态飘逸。
赞赏南方气候火热，漂亮的桂树冬天也欣欣向荣。

山萧条而无兽兮，野寂漠①其无人。
载营魄②而登霞③兮，掩浮云而上征。

注释

①寂漠：空旷，寂静。②营魄：魂魄。③登霞：飞升到云上。

译诗

山林萧索没有野兽，四野寂寞不见人迹。
魂魄直上云端，拥着浮云而向上飞。

命天阍①其开关兮，排阊阖②而望予。
召丰隆③使先导兮，问大微④之所居。

254

注释

①天阍：看守天界大门的人。②阊阖：天界的大门。③丰隆：雷神，或说为云神。④大微：即太微，是传说中天帝所居之地。

译诗

命令天界的看门人开门，他推开大门注视着我。
召来雷神丰隆做向导，询问天帝的太微宫在哪里。

集重阳^①入帝宫兮，造旬始^②而观清都^③。
朝发轫^④（rèn）于太仪^⑤兮，夕始临乎于微闾^⑥（lú）。

注释

①重阳：阳爻为九，指九重天。②旬始：星宿的名称。③清都：天宫之名。
④发轫：起程。轫，削成楔形的木头，塞在轮下，出发时抽出。⑤太仪：天帝的宫廷。⑥于微闾：即医巫闾山，又称无虑山，传说有神仙居住。

译诗

升入九天到天帝的宫廷，造访旬始星游遍清都仙境。
早上从太仪殿驾车启程，晚上到达医巫闾山。

屯^①余车之万乘^②兮，纷溶与^③而并驰。
驾八龙之婉婉兮，载云旗之逶蛇（wēi yí）。

注释

①屯：聚集。②万乘：古人以驷马一车为一乘，此处指车多。③溶与：即容与，迟缓不前。

译诗

万辆马车聚集，浩浩荡荡向前飞驰。
驾车的八龙迤逦而行，车上的云旗舒卷飘扬。

远游

建雄虹之采旄①兮，五色杂而炫耀。
服②偃蹇③以低昂兮，骖连蜷以骄骜。

注释

①旄：用牦牛尾巴装饰旗杆顶部的一种旗帜。②服：古代用四匹马驾车，车辕内的两匹马称为服，车辕外的两匹马称为骖。③偃蹇：婉转的样子。

译诗

竖起彩虹般的旗帜，五色斑斓而闪耀光辉。
居中驾车的马儿矫健自如，两边的马匹欢快地奔驰。

骑胶葛①以杂乱兮，斑漫衍②而方行。
撰余辔而正策兮，吾将过乎句芒③。

注释

①胶葛：纠葛。②漫衍：流溢，泛滥。③句芒：春天之神，传说为少昊之子，掌管草木生发。另说为东方神木的名字。

译诗

车马纠缠杂乱，队伍连绵不绝地向前。
掌控我的缰绳握正马鞭，我将去拜见东方之神句芒。

历太皓①以右转兮，前飞廉②以启路。
阳杲杲③其未光兮，凌天地以径度。

注释

①太皓：又写作"太昊""太皞"，传说中的东方青帝。②飞廉：风神。③杲杲：明亮的样子。

译诗

经过东方青帝太昊的居所右转,让风伯飞廉在前方开路。
闪耀的太阳还未升起放光,横穿天地径直向前。

> 风伯①为余先驱兮,氛埃辟而清凉。
> 凤凰翼其承旂(qí)②兮,遇蓐(rù)收③乎西皇④。

注释

①风伯:即风神。②旂:古代的一种带铃铛的旗帜,上面绘有龙的图案。③蓐收:中国古代神话中的金神、秋天之神、刑神、西方之神,是白帝少昊之子。人面、虎爪、白毛,执钺。左耳有蛇,乘两龙。④西皇:指白帝少昊。

译诗

风神做我队伍的先锋,扫荡尘埃迎来清凉。
凤凰张开羽翼承起云旗,在西方之帝那儿遇见金神。

> 揽彗星以为旍(jīng)①兮,举斗柄以为麾(huī)②。
> 叛③陆离其上下兮,游惊雾之流波。

注释

①旍:同"旌",旗帜。②麾:军旗和车盖。此处指指挥。③叛:纷繁。

译诗

摘下彗星当作小旗,举起北斗之柄做我的帅旗。
纷繁的光彩炫目上下浮动,游走于云海惊涛。

> 时暧(ài)曃(dài)①其晄(tǎng)莽(mǎng)②兮,召玄武③而奔属。
> 后文昌④使掌行兮,选署众神以并毂(gǔ)⑤。

远 游

注释
①暧曃：昏暗不明。②晻莽：幽暗迷蒙。③玄武：四灵之一，位居北方。二十八宿中北方七宿的总称，形象为龟蛇合体。④文昌：指文昌帝君。⑤毂：车毂，联结车辐，中间有圆孔，用来插入车轴。

译诗
天色昏暗四周一片苍茫，召玄武来为随从。
让文昌帝君在车后掌管行程，选众神一起并驾同行。

> 路漫漫其修远兮，徐弭节①而高厉。
> 左雨师②使径侍兮，右雷公③以为卫。

注释
①弭节：停车，驻留。②雨师：又名萍翳、玄冥，中国古代神话中掌管下雨的神灵。③雷公：雷神。中国神话中主管打雷的神。《山海经·海内东经》："雷泽中有雷神，龙身人头，鼓其腹则雷。"

译诗
长路迢迢多么悠远，缓缓地停车飞向高天。
让雨师在左边相伴随侍，让雷公在右边充当护卫。

> 欲度世以忘归兮，意恣睢①以担挢②。
> 内欣欣③而自美兮，聊媮娱④以自乐。

注释
①恣睢：放纵，放任。②担挢：飞升。③欣欣：喜乐的样子。④媮娱：欢愉。

译诗
要超脱于世俗忘记归途，恣意放纵而向上高飞。
心中喜乐自感很美好，聊以自娱求取安乐。

> 涉①青云以泛滥游兮，忽临睨②夫旧乡③。
> 仆夫怀余心悲兮，边马顾而不行。

注释

①涉：本义为徒步渡水，此处指踩着。②睨：斜着眼睛看。③旧乡：故乡。

译诗

踩着青云漫游四方，忽然看见了我的家乡。
仆人们思念故土我心中悲伤，马儿也回过头去不肯前行。

> 思旧故以想象兮，长太息而掩涕。
> 氾①容与②而遐举③兮，聊抑志而自弭④。
> 指炎神⑤而直驰兮，吾将往乎南疑⑥。

注释

①氾：水向四处泛流。②容与：悠闲自得的样子。③遐举：远行。④自弭：自我安慰。⑤炎神：火神。⑥南疑：南方的九嶷山。

译诗

思念我故乡的人啊只能去想象，长叹一声用衣袖擦拭泪水。
随波从容地远行，暂且控制住感情自我安慰。
朝向南方火神奔驰而去，我将要去南方的九嶷山。

延伸

　　以上为诗歌的第七部分，也是最长的一部分。诗人魂游天界，与仙人灵兽为伍。仿佛是勾画出了一条详细的旅行路线图，从哪个门进入，到了哪一座殿堂，参观了什么，遇到了谁，写得清晰而明白。八龙驾车，风伯、雨师、雷公为伴，东方拜见青帝太昊，西方结识了金神蓐收，真可谓神游八极，遍览三界。

远　游

比之于诗人荷马塑造的奥德赛，屈原笔下的"远游者"实际上去过更大更广阔的世界。他的足迹遍布东方大陆，他曾在春天的星空下漫游，在秋日的黄昏醉饮。诗中的太昊实际上是春天，而蓐收则是秋天，而风伯、雨师、雷公只是他旅途中的风雨雷电而已。诗人以极其精致的语言，构建了一个充满诗意的世界。尤其是"山萧条而无兽兮，野寂漠其无人"等语句，将大自然的深邃、空旷与幽静写到了极致。

> 览方外之荒忽兮，沛①罔象②而自浮。
> 祝融③戒而还衡④兮，腾告鸾鸟迎宓妃⑤。
> 张《咸池》⑥奏《承云》⑦兮，二女⑧御《九韶》⑨歌。

注释

①沛：水流大。②罔象：海洋。③祝融：传说中的火神。④还衡：回车。衡，车辕头的横木。⑤宓妃：洛水女神，传说为伏羲之女。⑥《咸池》：黄帝所作的乐曲名。⑦《承云》：与《咸池》一样，同为黄帝所作的乐曲名。⑧二女：娥皇、女英，尧帝的两个女儿，嫁于舜帝为妃。⑨《九韶》：上古乐曲名，传说为舜帝时所创。

译诗

看世外的深远幽寂之境，好像在大海中孤独漂浮。
火神祝融劝我回车，又让青鸾神鸟迎接宓妃。
演奏《咸池》和《承云》这两支神曲，娥皇女英唱起了《九韶》。

> 使湘灵①鼓瑟兮，令海若②舞冯夷。
> 玄螭③虫象④并出进兮，形蟉虬⑤而逶蛇。

注释

①湘灵：湘水女神。②海若：传说中的北海海神。③玄螭：黑色无角的龙。

④虫象：传说中的水怪。⑤蟉虬：屈曲盘绕的样子。

译诗

让湘水之神弹奏乐曲，命海神与河伯起舞。
黑龙与水怪在波涛中翻滚，形态盘绕而蜿蜒。

雌蜺①便娟②以增挠③兮，鸾鸟轩翥④而翔飞。
音乐博衍⑤无终极兮，焉乃逝以徘徊？

注释

①雌蜺：虹有两环时，内环色彩鲜艳为雄，名虹；外环色彩暗淡为雌，名蜺，即霓，现称为副虹。②便娟：轻盈美好的样子。③增挠：层绕。增，通"层"；挠，通"绕"。④轩翥：振翼而上，高飞。⑤博衍：广远。

译诗

彩虹轻盈美好层层环绕，青鸾神鸟振翼高飞云间。
金声玉振广远而不停息，怎么能远去而又踌躇？

舒并节以驰骛①兮，逴②绝垠③乎寒门。
轶迅风于清源兮，从颛顼④乎增冰。

注释

①驰骛：奔腾。②逴：远。③绝垠：天边。④颛顼：五帝之一，后被神化，成为北方天帝。

译诗

放下鞭子让马儿自由奔跑，到大地尽头的寒冷之门。
乘着疾风抵达清源，跟随北方天帝颛顼踏上冰原。

远游

历玄冥^①以邪径兮,乘间维以反顾。
召黔嬴^②而见之兮,为余先乎平路。

注释

①玄冥:冬天之神,也说北方之神、水神。②黔嬴:黔雷,造化之神。

译诗

通过冬日之神的幽径,在天地之间回望。
召唤造化之神来相见,为我先铺平道路。

经营四荒兮,周流^①六漠。
上至列缺^②兮,降望大壑^③。

注释

①周流:周遍流行、遍及各地。②列缺:闪电。③大壑:大海。另说巨大的深渊。

译诗

历经四方荒凉的土地,看遍六合广袤的景色。
向上飞到闪电之穴,向下俯瞰大海洪波。

下峥嵘^①而无地兮,上寥廓而无天。
视倏忽而无见兮,听惝恍而无闻。
超无为以至清兮,与泰初^②而为邻。

注释

①峥嵘:深远、深邃的样子。②泰初:天地未分前的混沌元气,后来代指天地形成前。

译诗

往下看幽远不见大地，往上看寥廓不见高天。
瞬息而逝什么都看不见，恍恍惚惚什么也听不见。
超脱无为达到清静世界，我和天地元气毗邻。

延伸

以上为诗歌的第八部分，延续了诗歌的神话内容。诗人拜会了南方火神祝融和北方黑帝颛顼，也就是说天下四方的神灵都与之相交。他去过南方火热的地方，那是一片浪漫之地。此时的"远游者"仿佛是一个拜伦式的英雄，他得到了好几位女神的青睐。他也到过极寒的北方冰原，在那冷寂、苍凉之地，他并未感到悲伤，相反，他十分平静。经营四荒，周游六漠，他几乎已经走遍了世界，就像第一个环游地球的人一样，成为世界上最伟大的旅行家。与屈原其他作品最后无不落到哀伤的调子不同，这首诗的结尾是恬静的。

卜居

作者及作品

"卜居"之意是占卜自己该如何处世。王逸认为是屈原所作,但清代人崔述却认为并非屈原所作,陈子展驳斥了这一说法。现代大部分学者认可此篇为屈原之作。此篇通过十几个问题,表达了屈原的人生观和处世方式。

屈原既放①,三年不得复见。竭知②尽忠,而蔽鄣③于谗。心烦虑乱,不知所从。乃往见太卜④郑詹尹⑤曰:"余⑥有所疑,愿因⑦先生决⑧之。"

注释

①放:被流放。②知:通"智",智慧。③蔽鄣:遮蔽,阻挠,指屈原的谏言无法上达。④太卜:官名,周代时为春官,主管占卜。⑤郑詹尹:姓郑的占卜官,另说为郑国的占卜官。詹,通"占",占卜。尹,官名。另说"郑詹尹"为人名。⑥余:我。第一人称代词。⑦因:通过,凭。⑧决:分辨,决断。

译文

屈原被流放,三年不得再见国君。他竭尽智慧尽忠,却被谗言遮挡和阻碍。他心情烦闷思想混乱,不知道何去何从。因而去拜见太卜郑詹尹说:"我有一些疑惑难解,想通过先生帮我决断。"

詹尹乃端①策②拂龟③，曰："君④将何以教⑤之？"

注释

①端：扶正。②策：占卜用的蓍草。③拂龟：擦拭龟甲。龟甲和蓍草一样，均为占卜用具。④君：你，指屈原。⑤教：指教。

译文

詹尹摆正占卜用的蓍草，擦亮龟壳说："你有何赐教？"

屈原曰：

"吾宁①悃悃(kǔn)款款②朴③以忠④乎？将送往⑤劳来⑥斯无穷乎？

宁诛锄草茅以力耕乎？将游大人以成名乎？

宁正言不讳以危身乎？将从俗富贵以偷生⑦乎？

宁超然⑧高举⑨以保真乎？将哫訾(zú zī)栗斯⑪，喔咿(ō yī)嚅(rú)儿⑬以事妇人乎？

宁廉洁正直以自清乎？将突梯滑稽(huá jī)⑭，如脂如韦，以洁楹(yíng)⑮乎？

宁昂昂若千里之驹乎？将氾氾(fàn)⑯若水中之凫(fú)⑰，与波上下，偷以全吾躯乎？

宁与骐骥(qí jì)亢轭(kàng è)⑱乎？将随驽(nú)马之迹乎？

宁与黄鹄(hú)⑲比翼乎？将与鸡鹜(wù)⑳争食乎？

此孰(shú)吉孰凶？何去何从？

卜 居

世溷（hùn）浊（zhuó）而不清。

蝉翼为重，千钧㉑为轻；

黄钟㉒毁弃，瓦釜（fǔ）㉓雷鸣；

谗人高张㉔，贤士无名。

吁嗟（xū jiē）㉕默默㉖兮，谁知吾之廉贞？"

注释

①宁：宁可。②悃悃款款：忠诚勤勉之状。③朴：朴实。④忠：效忠。⑤送往：送走去的人。⑥劳来：慰问来的人。⑦偷生：苟且存活。⑧超然：远走高飞。⑨高举：远离俗世，像鸟一样高飞，此处指隐居。⑩呢譬：阿谀奉承。⑪栗斯：献媚。⑫喔咿：柔声。⑬嚅儿：强颜欢笑状。⑭突梯滑稽：委婉顺从。⑮楹：厅堂前面的柱子。⑯氾氾：漂浮的样子。⑰凫：野鸭。⑱亢轭：并驾齐驱。⑲黄鹄：鸟名，此处指高士。⑳鸡鹜：鸡鸭，此处指庸常的人。㉑千钧：形容非常重。古制三十斤为一钧。㉒黄钟：十二律之一，是最宏大的音调。此处指大钟。㉓瓦釜：瓦锅。此处指庸俗的乐调。㉔高张：身居高位。㉕吁嗟：感慨，叹息。㉖默默：无言的样子。

译文

屈原说：

"我是宁愿忠实诚恳、朴实地效忠呢，还是迎来送往而不停歇呢？

我是宁可拿着锄头耕作呢，还是游说于达官贵人之中以获取声名？

我是宁可直言不讳使自身危殆呢，还是顺从世俗偷生呢？

我是宁愿超脱于世俗来保全纯真呢，还是奉承颜色忸怩作态侍奉女人呢？

我是宁愿廉洁正直来使自己清白呢，还是圆滑得像脂肪熟皮装饰门面？

我是宁愿昂然自傲如同千里马呢，还是像野鸭随波逐流保全自己的身躯？

我是宁愿和千里马并驾齐驱呢，还是跟随驽马的足迹呢？

我是宁愿与天鹅比翼齐飞呢，还是跟鸡鸭一起争食呢？

这些选择是对还是错？应该何去何从？

现实世界浑浊不清。
蝉翼被认为重，千钧被认为轻；
黄钟被毁坏丢弃，敲击瓦罐却发出雷鸣般的声音；
谗言献媚的人扬名显爵，贤能的人士默默无闻。
我只能默默地哀叹，谁知道我的廉洁忠贞呢？"

> 詹尹乃释策而谢①，曰："夫尺有所短，寸有所长，物有所不足，智有所不明，数有所不逮②，神有所不通。用君之心，行君之意。龟策诚③不能知事④。"

注释

①谢：辞谢。②不逮：比不上，不及。③诚：诚然。④知事：知此事。

译文

詹尹放下蓍草辞谢说："所谓尺有它的不足，寸有它的长处；物有它的不足，智慧有所不明；术数也有它算不到的事，神灵更有他不能解决的事。你按照自己的心，决定自己的行为吧。龟壳蓍草实在不能为你解决这些问题。"

延伸

这篇类似于一个小故事。屈原被流放，三年不能见楚国国君，不知何去何从，因此请太卜郑詹尹为自己占卜。当这位占卜师摆好龟壳和蓍草的时候，屈原说出了自己的困惑。占卜师却告诉他，占卜和神灵也并不能解决所有问题，按照自己的想法去做即可。其实，占卜师已经看出来了，屈原并非真的求卜，只不过是通过和他探讨，获得一个心安罢了。

渔 父

作者及作品

汉代王逸、宋代朱熹都认为此篇是屈原所作，但清代人崔述却认为是托伪，并非屈原所作。近人姜亮夫认为是屈原之作。由于没有更多证据，现代大多数学者仍视同此为屈原的作品。

《渔父》是《楚辞》中的名篇，也类似于一个小故事。虽然文字较短，但含义精深，蕴含的内容非常丰富。行吟泽畔的大诗人屈原遇到了一个渔父，准确地说是一个隐士。他认出了屈原，说出了"沧浪之水清兮，可以濯吾缨；沧浪之水浊兮，可以濯吾足"的处世观点。不过对于屈原来说，内心的高洁，是不允许他这样处世的。

> 屈原既放①，游于江潭，行吟泽畔②，颜色③憔悴，形容④枯槁⑤。
>
> 渔父⑥见而问之曰："子⑦非三闾大夫⑧与？何故⑨至于斯⑩！"

注释

①放：流放，放逐。②泽畔：湖边上。③颜色：面容，脸色。④形容：形态，容貌。⑤枯槁：形容清瘦的样子。⑥渔父：打鱼的人，此处指隐士。⑦子：先秦对男子的尊称，此处指屈原。⑧三闾大夫：楚国的官名，掌管屈、

美绘楚辞

景、昭三姓贵族事务。⑨故：原因。⑩斯：这里。

译文

屈原被流放后，在江边游荡独行，在大泽边走边唱，脸色憔悴，身形枯瘦。

渔父看到后问他："你不是三闾大夫吗？为什么来到这里呢？"

> 屈原曰："举世①皆浊②我独清，众人皆醉我独醒，是以见放！"

注释

①举世：所有的人。②浊：王夫之《楚辞通释》说："浊，没于宠利。"可理解为糊涂、不清白。

译文

屈原说："整个世界都是污浊的，只有我是干净的；所有的人都是昏醉的，只有我是清醒的。所以遭到流放。"

> 渔父曰："圣人①不凝滞②于物，而能与世推移。世人皆浊，何不淈③其泥而扬其波？众人皆醉，何不铺④其糟⑤而歠⑥其酾⑦？何故深思⑧高举⑨，自令放为？"

注释

①圣人：古人认为完美通晓真理的人。②凝滞：拘泥。③淈：搅浑。④铺：吃。⑤糟：酒糟。⑥歠：喝。⑦酾：薄酒。⑧深思：深深地思虑。⑨高举：高出流俗。

译文

渔父说："圣人不被外物所拘泥牵绊，而能随世道变化。全天下的人

渔 父

都污浊，为什么不搅浑泥水推波助澜？所有的人都迷醉，为什么不与众人一起吃那酒糟喝那酒水？为什么故作清高，与世俗背离，使得自己被流放呢？"

> 屈原曰："吾闻之，新沐①者必弹冠，新浴②者必振衣。安能以身之察察③，受物之汶(mén)汶④者乎！宁赴湘流，葬于江鱼之腹中。安能以皓(hào)皓⑤之白，而蒙世俗之尘埃乎？"

注释

①沐：洗头发。②浴：洗澡。③察察：洁白、清洁的样子。④汶汶：玷污，浑浊的样子。⑤皓皓：形容纯洁。

译文

屈原说："我听说，刚洗过头的人一定要弹去帽子上的尘土，刚洗过澡的人一定要抖掉衣服上的泥灰。哪能让清白的身体去接触污秽的外物呢？我宁可投身湘水，葬身鱼腹，哪能让贞洁的身躯去蒙受世俗的尘埃呢？"

> 渔父莞(wǎn ěr)尔①而笑，鼓枻(gǔ yì)②而去，乃歌曰："沧浪(cāng láng)③之水清兮，可以濯(zhuó)④吾缨(yīng)⑤；沧浪之水浊兮，可以濯吾足。"遂(suì)⑥去，不复与言⑦。

注释

①莞尔：形容微笑的样子。②鼓枻：划桨。③沧浪：沧浪水，一说是汉水的别称，一说为汉水的下游。④濯：清洗。⑤缨：装饰用的穗子。⑥遂：于是。⑦言：交谈。

译文

渔父微微一笑，划着船桨离去，边划边唱："沧浪之水清澈，我就用来

洗我的帽缨子；沧浪之水浑浊，我就用来洗我的双脚。"

于是离开，不再和屈原说话。

 延伸

"沧浪之水清兮，可以濯吾缨；沧浪之水浊兮，可以濯吾足。"渔父说的是对的吗？

笔者认为屈原是对的，渔父也是对的。因为这不是是非分野，而是不同的生活方式罢了。二人对处世的看法，可谓见仁见智。屈原更加坚定，渔父更加旷达。屈原的精神自不必多说，而渔父的精神则容易被贬斥。实际上，渔父是一个拥有大智慧的人。他是超越于世俗的人，就如同赤松子、广成子等上古散仙，不被世俗所羁绊，有世俗所不能体悟的自由。换一种说法，渔父更像是一个真正的自然主义者。后世隐居在瓦尔登湖湖畔的梭罗，他曾在《瓦尔登湖》一书中写道："时间只不过是我钓鱼的小溪。我喝它的水；但是当我喝水的时候，我看到了细沙的溪底，发现它竟是多么浅啊。浅浅的溪水悄悄流逝，但永恒长存。我愿痛饮，在天空钓鱼，天底下布满了卵石般的星星。"这段描写和渔父的那番说辞十分接近，都有一种顺乎大自然的精神。

"沧浪之水清兮，可以濯吾缨；沧浪之水浊兮，可以濯吾足。"两种选择，两种人生。顺从者以为圆通，坚守者以为执着。圣人云："清斯濯缨，浊斯濯足矣，自取之也。"此非旷达者所思，乃圣哲处身晦明之教也。

美 绘 楚 辞

第二册

白羽 译注

天津出版传媒集团
天津古籍出版社

九 辩

作者及作品

宋玉，字子渊，宋国公族之后，曾为楚顷襄王的大夫，战国时期著名的辞赋大家，与唐勒、景差等人齐名。《汉书·艺文志》记载其有赋16篇，但大多已失传。现存作品有《九辩》《风赋》《高唐赋》《登徒子好色赋》等，但也有学者怀疑《风赋》等三篇是后人托名的伪作。宋玉是屈原之后楚国的辞赋大家，后世往往把宋玉和屈原并列，如李白说"屈宋长逝，无堪与言"，便是给予了宋玉和屈原同等的地位。

《九辩》是宋玉的代表性作品，这首长诗和屈原的《离骚》一样，都具有自传色彩。王逸认为此诗是"悯其师忠而放逐，故作《九辩》以哀其志"，不过从诗歌的总体内容来看，主题更多的是"贫士失职而志不平"。

《九辩》在表现手法上借景抒情，情景相生，达到物我两忘、物我合一的意境。句法上参差错落，语言典雅唯美，大量地使用了双声、叠韵、叠字，辞句婉约、缠绵悱恻。刘勰在《文心雕龙·辨骚》中说，此诗"绮靡以伤情"并将它和屈原的作品相提并论——"自《九怀》以下，遽蹑其迹；而屈、宋逸步，莫之能追。故其叙情怨，则郁伊而易感；述离居，则怆怏而难怀；论山水，则循声而得貌；言节候，则披文而见时。"明末清初的大学者王夫之也给予此诗很高的评价，说该诗："因时而发叹也，人之有秋心，天之有秋气，物之有秋容，三合而怀人之情，凄怆不容已矣。"对先秦文学颇有心得的鲁迅先生也评价说："《九辩》本古辞，玉取其名，创为新制。虽驰神逞想，不如《离骚》，而凄怨之情，实为独绝。"当然，对《九辩》也有不客气的批评，司马迁就曾在《史记·屈原贾生列传》中说："皆祖屈原之从容辞令，终莫敢直谏。"意思是说宋玉的诗句多模仿屈原，从头至尾也不敢说一句直抒胸臆的真话。

从文学的角度来看，《九辩》无疑是一篇成功的作品，他对后世的影响非常大，把楚国文学中的"悲秋色彩"输入到了两千余年的吟唱中。曹子建《秋思赋》中说："四节更王兮秋气悲，遥思恼恍兮若有遗。原野萧条兮烟无依，云高气静兮露凝衣。"魏文帝《燕歌行》中说："秋风萧瑟天气凉，草木摇落露为霜。群燕辞归鹄南翔，念君客游思断肠。"欧阳修《秋声赋》中说："噫嘻悲哉！此秋声也，胡为而来哉？盖夫秋之为状也：其色惨淡，烟霏云敛"，等等，都或多或少地受到《九辩》意象的影响。庾子山更是在诗中说："摇落秋为气，凄凉多怨情。"可以说是直接从宋玉的诗篇中化用来的句子。另外，有些诗人干脆直接把宋玉及其《九辩》和秋天联系起来，一提悲秋，自然而然就会想到宋玉。例如杜甫《咏怀古迹》中就说："摇落深知宋玉悲，风流儒雅亦吾师。"除此之外，类似诗句还有很多，可说是不胜枚举。由此，宋玉此诗的影响亦可窥豹斑。

> 悲哉，秋之为气也。
> 萧瑟①兮草木摇落②而变衰。

注释

①萧瑟：秋天的风吹树木之声。②摇落：凋零，零落。

译诗

悲壮啊，秋天的气息。
萧瑟的秋风使草木凋零而衰败。

> 憭栗①兮若在远行，登山临水兮送将归。
> 泬寥②兮天高而气清，寂寥兮收潦③而水清。

注释

①憭栗：形容凄凉。②泬寥：空旷寥廓。③收潦：雨停。潦，雨水。

九 辩

译诗

凄怆得像要远行，跋山涉水（万里）送别将要归去的人。
空虚旷荡而天高气爽，雨水消退后水面虚静而清澈。

> 憯凄①增欷②兮，薄寒之中人③。
> 怆怳④懭悢兮，去故而就新。

注释

①憯凄：同"惨凄"。②增欷：叹息。③中人：侵袭人。④怆怳：形容失意。

译诗

屡次凄怆的叹息，（秋天的）微寒袭人。
悲伤失意地离开故地去新的地方。

> 坎廪①兮贫士失职而志不平，
> 廓落②兮羁旅③而无友生④，惆怅兮而私自怜。

注释

①坎廪：坎坷不平。②廓落：孤独落寞。③羁旅：滞留在途中。④友生：知交。

译诗

遭际坎坷贫士（被）罢职而心中不平。
天宇如此空阔寂静，羁绊在外的旅人却没有朋友，惆怅地顾影自怜。

> 燕翩翩其辞归兮，蝉寂漠而无声。
> 雁廱廱①而南游兮，鹍鸡②啁哳③而悲鸣。

注释

①廱廱：雁鸣之声。②鹍鸡：鸟鸣，羽毛黄白色，形似鹤。③啁哳：细碎

且急促的声音。

译诗

燕子翩然辞北南归,秋蝉寂然没有任何声音。
大雁鸣叫着向南飞去,鹍鸡不停地啾啾悲鸣。

> 独申旦而不寐(mèi)兮,哀蟋蟀(xī shuài)之宵征。
> 时亹亹(wěi)①而过中②兮,蹇(jiǎn)③淹留④而无成。

注释

①亹亹:形容行进不停歇。②过中:超过中年。③蹇:发语词。④淹留:滞留,久留。

译诗

独自到天明难以入眠,彻夜鸣叫的蟋蟀令我哀伤。
时光流逝已过半生,艰难阻滞而一事无成。

延伸

以上是诗歌的第一部分,开篇主题明确,一句"悲哉,秋之为气也"令人心潮激荡。接下来说失去官职,无人怜悯,孤身流浪,且人过中年,而一事无成。似乎有无穷尽的不幸都集中于诗人身上,这使得这位流浪者眼里的风景都带上了些许悲凉的色彩,可以说贫士悲秋是宋玉首创的诗歌表现手法。

> 悲忧穷戚兮独处廓,有美一人①兮心不绎(yì)②。
> 去乡离家兮徕(lái)远客③,超逍遥兮今焉薄④!

注释

①有美一人:特指作者本人。②绎:"怿"的假借字,愉悦。③徕远客:到远方为客。④薄:接近。

译诗

悲伤的是处境窘迫独处荒寂,有一位美人心中不欢愉。
离开家乡在异乡为客,漂泊不定如今去何方?

> 专思君兮不可化,君不知兮可奈何!
> 蓄怨兮积思,心烦憺①兮忘食事②。

注释

①烦憺:烦闷。②食事:吃饭。

译诗

一心顾念君王不可改变,君王不知道(我)又能怎么办!
满怀怨意思虑不止,心中烦闷不想吃饭。

> 愿一见兮道①余意,君之心兮与余异。
> 车既驾兮朅②而归,不得见兮心伤悲。

注释

①道:诉说。②朅:离去。

译诗

愿见一面道出我的心意,君王的心却与我不同。
驾起马车去了又返回,见不到(君王)所以心中伤悲。

> 倚结軨①兮长太息,涕潺湲②兮下沾轼③。
> 忼慨④绝兮不得,中瞀乱兮迷惑。
> 私自怜兮何极?心怦怦兮谅直⑤。

注释

①结轸：指车厢。②潺湲：流水声，此处指流泪。③轼：车前供人手扶的横木。④忼慨：同"慷慨"。⑤谅直：忠诚而正直。

译诗

倚靠着车厢的木栏叹气，泪水滚滚而下沾湿了车扶手的横木。
情绪激昂难以做到决绝，心中迷乱又惶惑。
自怨自艾的心情何时终止？怦怦跳的心忠诚耿直。

延伸

第二部分，诉说见秋而悲的原因。诗中说，"有美一人兮心不绎，去乡离家兮徕远客，超逍遥兮今焉薄"。美丽的女子居然遭到遗弃，使之漂泊远方，思恋丈夫却得不到回应，爱情之梦破灭，伤心痛矣！

> 皇天平分四时兮，窃①独悲此廪②秋。
> 白露既下百草兮，奄③离披此梧楸。

注释

①窃：暗自。②廪：同"凛"，形容寒冷。③奄：忽然。

译诗

上天将一年平分为四季，我私下里悲叹这寒秋。
降下的白露沾濡百草，快速飘散的树叶离开那梧桐和楸树。

> 去白日之昭昭兮，袭长夜之悠悠。
> 离芳蔼①之方壮兮，余萎约②而悲愁。

注释

①芳蔼：芳菲繁荣，此处形容人在盛年。②萎约：枯萎缩小。

九　辩

译诗

离开明亮的白天，步入黑暗的悠悠长夜。
百花盛开的时节已经过去，余下衰败的木叶使人悲愁。

> 秋既先戒以白露兮，冬又申之以严霜。
> 收恢台①之孟夏兮，然欿②傺③而沉藏。

注释

①恢台：形容广大昌盛。②欿：同"坎"，陷落。③傺：停止。

译诗

深秋的白露已先期到来，预告冬天的严霜随后又至。
夏日的繁盛如今都已不见，生机终止而秋收冬藏。

> 叶菸邑①而无色兮，枝烦挐②而交横。
> 颜淫溢③而将罢④兮，柯仿佛而萎黄。

注释

①菸邑：形容黯淡。②烦挐：形容稀疏纷乱。③淫溢：过甚。④罢：同"疲"。

译诗

叶子黯淡无光，枝条交叉纷乱。
草木的颜色改变将凋谢，树干衰败似乎将枯黄。

> 萷①櫹槮②之可哀兮，形销铄③而瘀伤。
> 惟其纷糅④而将落兮，恨其失时而无当。

注释

①萷：同"梢"，树枝。②櫹槮：形容树叶落光的样子。③销铄：树木因天

气变冷而遭到损毁。④纷糅：枯枝败草的杂乱样子。

译诗

　　树梢光秃秃的令人哀叹，枝干枯瘦令人感伤。
　　想到枝叶杂糅飘落于地，怅恨失去时机而生不逢时。

> 揽^{lǎn}騑^{fēi}①辔^{pèi}而下节②兮，聊逍遥以相伴。
> 岁忽忽而遒^{qiú}③尽兮，恐余寿之弗^{fú}将④。

注释

①騑：骖马。②节：鞭子。③遒：迫近。④将：长。

译诗

　　拉住缰绳放下马鞭，暂且随意而缓缓地行走。
　　岁月匆匆就要到头，恐怕我的寿命也难长久。

> 悼余生之不时兮，逢此世之俇^{kuāng}攘^{rǎng}①。
> 澹^{dàn}容与②而独倚兮，蟋蟀鸣此西堂。

注释

①俇攘：纷扰不安。②容与：形容迟缓不前。

译诗

　　哀痛我生不逢时，遇上这纷乱的世界难以拯救。
　　安静地徘徊而无所依靠，听蟋蟀在西堂不断吟唱。

> 心怵^{chù}惕^{tì}①而震荡兮，何所忧之多方。
> 卬^{yǎng}明月而太息兮，步列星而极明②。

注释

①怵惕：惊惧。②极明：到天亮。

译诗

心神惊惧受到极大震动，所担忧的如此之多？
望着明月而长长的叹息，行观星辰直到天明。

延伸

第三部分，仍然诉说见秋而悲的原因。一路所见秋色，眼中尽是凄凉。"白露既下百草兮，奄离披此梧楸"，寒露降落，百草枯黄，乔木落叶，春夏的浓荫俱都消失，这是何等的悲凉之象。同时，"惟其纷糅而将落兮，恨其失时而无当"，不但季节改变，就连机遇也错过了，贫士由此更加悲哀。

窃悲夫蕙华之曾敷①兮，纷旖旎②乎都房③。
何曾④华之无实兮，从风雨而飞飏！

注释

①敷：开放。②旖旎：形容花朵繁盛。③都房：广大。④曾：假借"层"。

译诗

暗自伤感蕙草也曾绽放，五彩缤纷开遍厅堂。
为何花儿没有果实，随着风雨飘落一地！

以为君独服①此蕙兮，羌②无以异于众芳。
闵③奇思之不通④兮，将去君而高翔。

注释

①服：佩戴。②羌：发语词。③闵：同"悯"。④不通：不能与君王相通。

九 辩

译诗

以为君王只佩戴蕙草，谁知他将蕙草看得和其他花儿一样。
哀悯奇思难以上达君王啊，将要离开他远飞高翔。

> 心闵怜之惨悽兮，愿一见而有明①。
> 重无怨而生离兮，中结轸②而增伤。

注释

①有明：自我表白。②结轸：郁结沉痛。

译诗

我的心中哀伤凄凉，但愿见一面说明境况。
一再想着无罪而被生生分离，内心郁结更增添了悲伤。

> 岂不郁陶①而思君兮？君之门以九重！
> 猛犬狺狺②而迎吠兮，关梁闭而不通。

注释

①郁陶：形容忧思郁积。②狺狺：狗叫声。

译诗

怎能不忧思君王而郁结于心？君王的大门却有九重（阻隔不得而入）。
凶猛的狗迎着人狂吠，关隘桥梁阻塞不通（以阻贤路）。

> 皇天淫溢而秋霖兮，后土①何时而得漧？
> 块②独守此无③泽兮，仰浮云而永叹！

注释

①后土：大地。古代经常把"后土"与"皇天"并称。②块：孤独。③无：

通"芜",荒芜。

译诗

上天降下绵绵不断的秋雨,什么时候土地才能干燥呢?
孤身一人守着这荒芜沼泽,仰望着天空的浮云而长叹。

延伸

第四部分,在叙述脉络上和第二部分相呼应,仍然以一个被遗弃的美人的口吻来诉说。她求爱不成,悲苦不已。她想传达衷情,结果却是"猛犬狺狺而迎吠兮,关梁闭而不通"。得到的结局是门墙森严,恶狗守门,不得而入。无奈之际,"块独守此无泽兮,仰浮云而永叹"。在秋草招摇的荒泽边,仰天长叹!这是一幅何等悲戚的画面。

何时俗之工巧兮?背绳墨而改错^①!
却骐骥^②(qí jì)而不乘兮,策驽骀^③(nú tái)而取路。

注释

①错:同"措",措施。②骐骥:千里马,比喻贤才。③驽骀:劣马,比喻凡庸之人。

译诗

为何社会风气那么善于投机取巧? 违背准绳而改变正确的措施。
抛弃骏马不愿骑乘,(竟然)驱策劣马上路。

当世岂无骐骥兮,诚莫之能善御。
见执辔^①(pèi)者非其人兮,故跼跳^②(jú)而远去。

注释

①辔:马缰绳。②跼跳:跳跃。

译诗

当今世上难道缺乏骏马啊？实在是缺乏擅长驾驭的人。
看到执缰绳的人不合适，骏马也会蹦跳着逃走。

> 凫雁皆唼①夫梁藻兮，凤愈飘翔而高举。
> 圜凿而方枘②兮，吾固知其钼铻③而难入。

注释

①唼：指鸟或鱼进食。②枘：榫子。③钼铻：同"龃龉"，彼此不合。

译诗

野鸭和大雁都吃高粱、水藻，凤凰却张开翅膀高高地飞翔。
好比圆孔安装方榫子，我本就知晓难以插入。

> 众鸟皆有所登栖兮，凤独遑遑而无所集。
> 愿衔枚①而无言兮，尝被君之渥洽②。

注释

①衔枚：古代行军为防止士兵出声，每人嘴里衔着一个小木棍。此处指闭口不言。②渥洽：深厚的恩泽。

译诗

所有的鸟儿都有栖息的巢穴，唯独凤凰难以找到安身之处。
希望口中衔着东西而不能说话，（但）想到曾受君王恩泽怎能不出声。

> 太公九十乃显荣①兮，诚未遇其匹合②。
> 谓骐骥兮安归？谓凤凰兮安栖？

注释

①显荣：显贵而且荣宠。②匹合：合适。

译诗

姜太公九十岁才建功显贵，（之前）是未遇到能够赏识他的人。

骏马啊！你将去哪里？凤凰啊！你将在那里栖息？

> 变古易俗兮世衰，今之相者兮举肥①。
> 骐骥伏匿②而不见兮，凤凰高飞而不下。

注释

①举肥：挑选马匹只挑选肥马，此处讽刺选官者只看重表象。②伏匿：隐藏。

译诗

古风习俗已改变，世道日衰，今天的相马人只看重肥腴的马匹。

骏马隐匿而看不见，凤凰高飞而不愿降落（人间）。

> 鸟兽犹知怀德兮，何云贤士之不处？
> 骥不骤进①而求服兮，凤亦不贪喂②而妄食。

注释

①骤进：快速前进。②贪喂：贪恋投喂。

译诗

凤凰与骏马尚且怀有美德，怎能说贤士不愿留在有德行的朝堂？

骏马不会急于快跑而供人使用，凤凰不会贪图喂食而乱吃东西。

> 君弃远而不察兮，虽愿忠其焉得？
> 欲寂漠①而绝端兮，窃不敢忘初之厚德。

> 独悲愁其伤人兮，冯②郁郁其何极？

注释

①寂漠：同"寂寞"，指自甘寂寞。②冯：内心愤懑。

译诗

君王疏远贤士却不自觉悟，虽然想尽忠又怎能实现？
想悄悄地与君王断绝联系，私下里却不敢忘记早年的恩遇。
独自悲伤最能伤人啊，悲愤郁积什么时候能结束啊？

延伸

第五部分，直接模仿屈原的《离骚》和《涉江》，说姜太公九十岁才得以施展才能，但是并未直接论及国家形势，主要突显贫士不被任用的悲哀。"君弃远而不察兮，虽愿忠其焉得？"诗人认为如果贫士得以任用，即便是像姜太公那样到了九十岁，也还是能够建功立业。如果不被任用，就只能"冯郁郁其何极"，悲愤郁结就不知道该如何排解了。

> 霜露惨凄而交下兮，心尚幸①其弗济②。
> 霰③雪雰糅其增加兮，乃知遭命之将至。

注释

①幸：希冀。②济：增加。③霰：雪珠，小冰粒。

译诗

寒霜与凉露掺杂多么凄凉，心中还希望它们不要接踵而至。
雪粒和雪花纷杂交加，才知道糟糕的命运就要到了。

> 愿徼幸①而有待兮，泊②莽莽与野草同死。
> 愿自直而径往兮，路壅绝③而不通。

注释

①徼幸：同"侥幸"。②泊：止。③壅绝：堵塞。

译诗

怀着侥幸有所期待，（愿）在荒野中和野草一起枯萎。
想着自己前去畅游一番，但道路却拥塞不通。

> 欲循道而平驱兮，又未知其所从。
> 然中路而迷惑兮，自压按①而学诵②。

注释

①压按：压抑。②学诵：指学习诵读《诗经》。

译诗

想循着大路平稳地前进，但又不知道何去何从。
走到中途就迷惑不解，自我压抑着去学习《诗经》。

> 性愚陋以褊(biǎn)浅①兮，信未达乎从容。
> 窃(qiè)美申包胥(xū)②之气晟兮，恐时世之不固。

注释

①褊浅：狭隘浅薄。②申包胥：春秋时楚国大夫。

译诗

天性鄙陋狭隘，确实不知道该怎样从容不迫。
暗自赞颂申包胥的胆识，恐怕世道已和往时不同。

> 何时俗之工巧兮？灭规矩而改凿。
> 独耿(gěng)介①而不随兮，愿慕先圣之遗教②。

九　辩

注释

①耿介：正直，不同于流俗。②遗教：遗风。

译诗

为何时下的风气是投机取巧？毁坏规矩改换法度。
独立正直而不随波逐流，希望追随先哲的遗风。

> 处浊世而显荣兮，非余心之所乐。
> 与其无义而有名兮，宁穷处①而守高②。

注释

①穷处：指不做官。②守高：坚守高尚的品行。

译诗

在污浊的世界里荣升显贵，不能让我的内心快乐。
与其无义而声名显著，（我）宁愿仕途不畅而保持清高。

> 食不偷①而为饱兮，衣不苟而为温。
> 窃慕诗人之遗风兮，愿托志乎素餐②。

注释

①偷：苟且。②素餐：本义为粗茶淡饭，此处指不劳而食。

译诗

吃东西不苟且，求得饱腹就行。穿衣服不苟且，求得暖身就好。
私下追慕诗人的遗风，以无功不食禄寄托胸怀。

> 蹇充倔^{jiǎn}①而无端兮，泊莽莽而无垠。
> 无衣裘^{qiú}以御冬兮，恐溘^{kè}②死不得见乎阳春。

注释

①充倔：断绝阻塞。 ②溘：突然。

译诗

引荐断绝无路可走啊，流浪在茫茫无际的原野。
没有皮裘来抵御寒冬，恐怕忽然死去见不到春天了。

靓①杪秋②之遥夜兮，心缭悷③而有哀。
春秋逴逴④而日高兮，然惆怅而自悲。

注释

①靓：通"静"，平和。②杪秋：晚秋。③缭悷：忧思缠结。④逴逴：越走越远的样子。

译诗

寂静暮秋的漫长夜晚，心中缠绕着深深的哀伤。
岁月匆匆年龄渐老，就这样惆怅而自感伤情。

四时递来而卒岁兮，阴阳不可与俪偕①。
白日晼晚②其将入兮，明月销铄而减毁。

注释

①俪偕：偕同。②晼晚：日暮光线暗淡。

译诗

四季交替又是一年将尽，日月不会偕同一起升上天空。
白天的太阳将要落山，月亮也缺损而减少了光辉。

岁忽忽而遒尽兮，老冉冉而愈弛①。
心摇悦而日幸兮，然怊怅②而无冀③。

注释

①弛：精力不济。②怊怅：惆怅。③冀：希望。

译诗

岁月匆匆将尽，衰老将至越发松懈。
内心喜悦每天怀着侥幸，但总是充满忧虑而失去希冀。

中憯恻之凄怆兮，长太息而增欷。
年洋洋以日往兮，老嵺廓①而无处。
事亹亹而觊②进③兮，蹇淹留而踌躇。

注释

①嵺廓：同"寥廓"。②觊：企图，希望。③进：进取。

译诗

心中万分悲凉凄然欲绝，长长的叹息又增加了欷歔。
时光像水一样日渐流逝，老来倍感没有托身的处所。
不断行进希望得到，但行走困难，停留而徘徊不前。

延伸

第六部分，着重描述霜露霰雪，说明已经到了深秋，冬天就要来临。季节不会等人，同样岁月也不会等人。贫士失意，尽管怀着一种侥幸的心理，但是这种无望的期待仍然持续。"无衣裳以御冬兮，恐溘死不得见乎阳春！"冬季来临，能否熬过严冬？从悲秋到畏惧严冬，贫士的心情更加迫切，也更加凄苦。

何泛滥之浮云兮？猋①壅蔽此明月。
忠昭昭而愿见兮，然霠②曀③而莫达。

注释

①猋:本义为狗奔跑的样子,此处形容飞快。②霒:同"阴",乌云蔽日。③曀:天阴而且刮风。

译诗

为何浮云密布天空,迅速地遮蔽明月。
忠心耿耿愿做贡献,但浓云阴风阻碍难以达到。

愿皓日之显行兮,云蒙蒙而蔽之。
窃不自料而愿忠兮,或^①黕^②点而污之。

注释

①或:有人。②黕:污垢。

译诗

祈愿明亮的太阳在空中照耀,蒙蒙乌云却把它遮蔽。
不自思量只想效忠,竟有人用污言秽语诋毁我。

尧舜之抗行^①兮,瞭冥冥而薄天。
何险巇^②之嫉妒兮?被以不慈之伪名。

注释

①抗行:高尚之行。②险巇:崎岖险恶,这里指奸险的小人。

译诗

尧舜二帝的高尚德行,幽远的可同苍天同高。
为何遭险恶佞人的嫉妒,蒙受不孝不贤的虚假罪名?

彼日月之照明兮,尚黯黮^①而有瑕^②。
何况一国之事兮,亦多端而胶加^③。

九 辩

注释

①黭黮：昏黑不明。②瑕：本义为玉上的斑点，此处指人的缺点。③胶加：乖戾，纠缠不清。

译诗

即便是日月普照，尚且有黯淡显现阴影的时候。
何况一个国家的政事，更是多种头绪错综复杂。

延伸

第七部分，岁月流逝令贫士感伤，诗中对秋夜、浮云遮月、阴云蔽日等的描写，都已强调了岁月不停留，感慨一事无成。

被荷裯①之晏晏②兮，然潢洋而不可带。
既骄美而伐③武兮，负左右之耿介。

注释

①裯：贴身的短衣。②晏晏：形容鲜明柔软。③伐：自我夸耀。

译诗

披着荷叶短衣多么轻柔，但太宽太松难以穿戴。
君王夸耀自己的懿德和勇武，辜负了贤臣的忠心。

憎①愠忨②之修美兮，好夫人之慷慨。
众踥蹀③而日进兮，美超远而逾迈。

注释

①憎：憎恨。②愠忨：心中有所想但不善于表达。③踥蹀：小步奔走。

译诗

憎恶心有蕴积却不善表达的美德，喜欢那些巧言令色大言不惭的人。
群奸奔走钻营而越发得志，贤能之人更加疏远而远离。

农夫辍(chuò)耕而容与兮，恐田野之芜秽(wú huì)①。
事绵绵而多私②兮，窃悼(dào)后之危败。

注释

①芜秽：杂草丛生，土地荒废。②多私：私欲过甚。

译诗

农夫中止耕作而逍遥自在，恐怕田野会荒芜起来。
事情琐碎而充满私欲，暗自哀痛后面的危险和失败。

世雷同而炫曜(xuàn yào)①兮，何毁誉(huǐ yù)之昧昧！
今修饰而窥(kuī)镜兮，后尚可以窜藏②。

注释

①炫曜：夸耀。②窜藏：隐匿，潜藏。

译诗

世人附和而互相夸耀，为何是非不分？
现在认真打扮照照镜子，以后还可以潜伏逃匿。

愿寄言夫流星兮，羌倏忽(qiāng shū)①而难当。
卒壅(yōng)蔽此浮云兮，下暗漠②而无光。

注释

①倏忽：形容速度很快。②暗漠：暗淡。

译诗

愿托流星作使者传话，它飞掠迅速难以遇到。
最终被浮云所遮蔽，下界黑暗而没有光明。

九 辩

> 尧舜皆有所举任兮，故高枕而自适。
> 谅^①无怨于天下兮，心焉取此怵惕^②？

注释

①谅：确实。②怵惕：惊惧。

译诗

尧舜二帝都能任用贤士，所以可以舒适得高枕无忧。
诚然没有和天下人结怨，心中为何如此惊恐？

> 乘骐骥之浏浏（liú）兮，驭安用夫强策！
> 谅城郭之不足恃（shì）兮，虽重介^①之何益！
> 邅（zhān）^②翼翼^③而无终兮，忳（tún）惛惛而愁约^④。

注释

①介：铠甲。②邅：难以前行而不前。③翼翼：形容小心谨慎。④愁约：悲愁困苦。

译诗

骑着骏马像流水一样通行无阻，驾驭之道岂需用强有力的马鞭！
设想城墙不足以依赖，那么厚重的铠甲又有什么用！
小心谨慎、回旋不前没结束，忧郁烦闷、精神昏暗而悲苦。

延伸

第八部分，集中分析"失人"的悲哀，并用了农田失去农夫的耕作而荒芜的譬喻。国家失人，则会导致奸佞当道，朝政败坏，社会混乱。想到小人得志，诚臣遭受排挤，诗人的情绪就"邅翼翼而无终兮，忳惛惛而愁约"，愁闷依然。

生天地之若过^①兮，功不成而无效。
愿沉滞^②而不见兮，尚欲布名乎天下？

注释

①若过：形容时间过得快。②沉滞：沉抑湮没。

译诗

（人）生天地之间如同过客，功业不成功而没有成绩。
打算埋没于乱世而不现身，难道还想流芳百世？

然潢洋而不遇兮，直怐愁^①而自苦。
莽洋洋而无极^②兮，忽翱翔之焉薄？

注释

①怐愁：愚昧。②极：边际，尽头。

译诗

无所依附圣君难逢，真是愚昧不堪反倒苦了自己。
原野宽广看不到尽头，忽然回旋翱翔能去哪里呢？

国有骥而不知乘兮，焉皇皇^①而更索？
宁戚^②讴于车下兮，桓公闻而知之。

注释

①皇皇：同"惶惶"。②宁戚：春秋时卫国人，后得到齐桓公重用，成为齐国大夫，是齐桓公的重臣。

译诗

国有骏马却不知道乘骑，反而匆匆忙忙地到处寻求？
宁戚在马车下歌唱，齐桓公听了就知道他是贤士。

九 辩

> 无伯乐之善相兮，今谁使乎誉之？
> 罔^①流涕以聊虑兮，惟著意而得之。
> 纷忳忳^②之愿忠兮，妒被离而鄣之。

注释

①罔：同"惘"。②忳忳：忠诚，诚挚的样子。

译诗

没有伯乐这位善于相马的人，今又有谁衡量良马的价值。
惆怅失意而流泪思虑，惟有闭目自修才能得到。
诚挚专心竭尽忠诚，遭到嫉妒而被分散遮蔽。

延伸

第九部分，以骏马未被赏识的现实与桓公识得宁戚的贤才作对比。加深国家任用小人的悲怨，但悲怨之后，又擦干泪水，闭目自修。但这种自修终究不是改变现实的方法，"失人"的现状依旧存在。贫士抒怀，不过是幻想罢了。秋天的寒意，依旧盘踞在贫士的心头不得消散。

> 愿赐不肖之躯而别离兮，放游志乎云中。
> 乘精气之抟抟^①兮，骛^②诸神之湛湛。

注释

①抟抟：团团，形容凝聚如团。②骛：奔驰。

译诗

请（君王）恩赐不贤的我离开，任意游荡在云中。
驾乘着天地间的团形精气，追求诸神厚重的遗风。

> 骖白霓之习习①兮，历群灵之丰丰②。
> 左朱雀之茇茇③兮，右苍龙之躣躣。

注释

①习习：形容频频飞动。②丰丰：众多。③茇茇：形容轻快的飞翔。

译诗

以白虹为役力驾车飞行，经过诸神的一个个宫殿。
朱雀在左边御风飞翔，苍龙在右边蜿蜒飞驰。

> 属雷师之阗阗兮，通飞廉之衙衙①。
> 前轻辌②之锵锵兮，后辎③乘之从从。

注释

①衙衙：行进的样子。②辌：卧用马车。③辎：有车盖的载重车。

译诗

雷神发出轰轰鸣响为之引导，风神用清风把道路开通。
轻辌车在前面锵锵作响，辎重车在后面辚辚而鸣。

> 载云旗之委蛇①兮，扈②屯骑③之容容。
> 计专专之不可化兮，愿遂推而为臧。
> 赖皇天之厚德兮，还及君④之无恙。

注释

①委蛇：同"逶迤"。②扈：扈从，护卫。③屯骑：聚集车骑。④君：指楚国君主。

译诗

载着云旗舒卷飘扬,护卫骑兵有节奏地前行。
内心的志向专一而不更改,愿最终推及而建善功。
仰仗上天的深厚恩德,希望君王安然无恙。

延伸

第十部分,这是全诗的总结。悲秋的主题到此已经结束,但悲秋并未了结。诗人通过浪漫的想象使悲秋的主题升华,他的灵魂离开躯壳,上游天穹。穿过天宇里的日月精气,驾驭白虹,成了天上诸神的主宰。朱雀、苍龙、雷神、风神都听从他的差遣,大队的扈从和随驾在其身后,悠游而排场。贫士之悲,出现了一个欢快的结尾。但这只能是幻想,幻想和现实之间的差距在这种对比下更加强烈。

招 魂

作者及作品

关于这首诗的作者,历来充满了争议。汉代学者王逸认为,此诗的作者是宋玉,是为招屈原之魂而作。南朝梁昭明太子萧统编的《文选》中,也认可这一说法。后世学者如朱熹、王夫之,也认同此说。另一种说法则认为,此诗为屈原所作,即屈原为自己招魂。就像有的人在活着的时候,就为自己起草好了墓志铭一样。

招魂是中国古老的祭祀方式,在楚地尤其盛行,至今在部分地区依旧存在,招魂的内容、方式都十分近似。招魂的悼词,便是最早的诗歌内容之一。古人认为,人死之后魂魄不散,忠臣烈士更是英灵不灭,只有回到故土才能获得安慰,所以便产生了招魂仪式。

诗中详细地写了招魂的场景。其中亡人的衣服是招魂的必备之物,通常装在精致的竹笼里,竹笼外面还遮盖着罩帕,可能是为了避免见光。巫师提着竹笼上的悬索,倒退着行走,一边走一边发出长长的呼唤:魂兮归来!那声音仿佛一丝丝悲鸣,又似阵阵呼啸,在四野之间飘荡,闻者无不精神一振。招魂歌所传达的绝不只是悲伤,更是精神的洗礼。

朕①幼清以廉洁兮,身服②义而未沫(mèi)。
主③此盛德兮,牵于俗而芜秽(wú huì)。

注释

①朕:我,第一人称代词。②服:践行。③主:固守。

招 魂

译诗

我从小清白廉洁，亲自行仁义而未昏昧。
坚持美德，被牵连于世俗冠以秽名。

> 上①无所考此盛德兮，长离②殃③而愁苦。
> 帝告巫阳④曰："有人在下，我欲辅之。

注释

①上：上天。一说指楚王。②离：通"罹"，遭遇。③殃：祸患。④巫阳：古代神话中的巫师。

译诗

君上不重视我的美德，长期遭受祸害而痛苦。
天帝召见大祭司巫阳说："有人在下界，我想帮助他。

> "魂魄离散，汝筮予之。"
> 巫阳对曰："掌梦①，上帝其命难从。"
> "若②必筮予之，恐后之谢，不能复用。"

注释

①掌梦：执掌梦的官。②若：你，指巫阳。

译诗

"他即将魂飞魄散，你占卜招魂于他。"
巫阳回话说："这是掌梦人的事，大帝您的命令我难以遵从。"
"你必须占卜招魂给他，恐怕晚了就魂散，不能生效了。"

延伸

以上是诗歌的第一部分，通过天帝和大祭司巫阳对话的方式，交代了招魂的原因。

巫阳焉乃①下招曰：魂兮归来！
去君之恒干，何为乎四方些②？
舍君之乐处，而离③彼不祥些！

注释

①焉乃：于是。②些：语尾助词。③离：同"罹"，遭遇。

译诗

巫阳于是去下界招魂：魂魄啊回来吧！
你跟躯体分开，何苦四方游荡？
离开了安乐之处，却去遭受灾祸。

魂兮归来！东方不可以托些。
长人①千仞②，惟魂是索些。
十日代出，流金铄石些。
彼皆习之，魂往必释②些。
归来归来！不可以托些。

注释

①长人：巨人，高大的人。②仞：古代长度单位，周制以八尺为一仞，汉制以七尺为一仞。

译诗

魂魄啊回来吧！东方不能托身。
巨人族身高八百丈，专门抓人的魂魄。
十个太阳交替升起，烤化了金石。
他们习惯了环境，你的魂去了必定消散。
回来吧！不能托身。

魂兮归来!南方不可以止些。
雕题黑齿①,得人肉以祀,以其骨为醢②些。
蝮蛇蓁蓁③,封狐④千里些。
雄虺⑤九首,往来倏忽,吞人以益其心些。
归来归来!不可以久淫些。

注释

①黑齿:南方的一些部落将门齿染黑。②醢:肉酱。③蓁蓁:树木丛生的样子。④封狐:大狐。⑤虺:大蛇。

译诗

魂魄啊回来吧!南方不可以停歇。

蛮族额头刺青牙齿涂黑,用人肉来祭祀,把人骨头碎成泥。

巨蟒汇聚满地,巨狐奔跑千里。

九头毒蛇,来去如电,吃人以满足它们的贪心。

回来吧!不要长久的游荡。

魂兮归来!西方之害,流沙千里些。
旋入雷渊①,麋②散而不可止些。
幸而得脱,其外旷宇些。
赤蚁若象,玄蜂若壶③些。
五谷不生,藂菅④是食些。
其土烂人,求水无所得些。
彷徉无所倚,广大无所极些。
归来归来!恐自遗贼⑤些。

注释

①雷渊：古水名。②麋：同"靡"，粉末。③壶：通"瓠"，葫芦。④菅：野草名。⑤贼：残害。

译诗

魂魄啊回来吧！西方有大害，方圆千里都是流沙大漠。
卷入恐怖的雷渊，粉身碎骨而不能停。
即便幸而脱身，四处也是荒凉戈壁。
红色的蚂蚁像大象一般大，黑色的蜂像葫芦一样大。
五谷不能生长，只有将丛生的茅草充当食粮。
这里的土使人腐烂，找寻水源全无所得。
彷徨无所依靠，广漠荒凉而没有尽头。
回来吧！不要自招灾祸。

> 魂兮归来！北方不可以止些。
> 增①冰峨峨，飞雪千里些。
> 归来归来！不可以久些。

注释

①增：通"层"，厚积的样子。

译诗

魂魄啊回来吧！北方不能停留。
层层冰山巍峨雄壮，方圆千里飞雪。
回来吧！不要停留太久。

> 魂兮归来！君无上天些。
> 虎豹九关①，啄害下人些。

一夫九首，拔木九千些。
豺狼从（zòng）②目，往来侁（shēn）侁③些。
悬人以娭（xī）④，投之深渊些。
致命⑤于帝，然后得瞑（míng）些。
归来归来！往恐危身些！

注释

①九关：九重门。②从：同“纵”，眼睛竖长，形容狼眼。③侁侁：众多的样子。④娭：同“嬉”，玩耍。⑤致命：复命。

译诗

魂魄啊回来吧！你也别去天上。
虎豹把守着九座天门，专门吃下界来的人。
那里的看守者有九个脑袋，力气大到能拔九千棵树。
他们像豺狼般竖着眼睛，成群结队地走来走去。
喜欢把人悬吊取乐，然后丢进深渊里。
只有向天帝请命了，才会闭上眼睛。
回来吧！去了恐怕会危害性命。

魂兮归来！君无下此幽都①些。
土伯②九约③，其角觺（yí）觺④些。
敦（dūn）脄（méi）⑤血拇，逐人駓（pī）駓⑥些。
参⑦目虎首，其身若牛些。
此皆甘人⑧，归来归来！
恐自遗灾些。

注释

①幽都：上古指北方极地，太阳降落于那里。此处指鬼神统治的冥界。②土伯：统领冥界的神。③约：或说为一种武器，另说肚子上的肉。④觺觺：尖利的样子。⑤敦脄：厚实的脊背。⑥駓駓：形容跑得快。⑦参：同"三"。⑧甘人：以食人为美味。

译诗

魂魄啊回来吧！你也莫要去地下的幽都城。
土伯神矛戈锋利，他的长角锐利如刀。
厚皮而血爪，追逐着人到处奔跑。
虎头三眼，长着牛一样的身体。
所有这些怪兽都以人肉为甘美，回来吧！
恐怕会自招灾祸。

> 魂兮归来！入修门①些。
> 工祝②招君，背行③先些。
> 秦篝④（gōu）齐缕⑤，郑绵络⑥些。
> 招具⑦该备，永⑧啸呼些。
> 魂兮归来！反⑨故居些。

注释

①修门：楚国都城郢都的门。②工祝：指巫师。③背行：倒退着行走，引导灵魂。④秦篝：秦国以盛产竹笼而闻名，此处指装着招魂者衣物的笼子。⑤齐缕：齐国以产丝线驰名，此处指装饰"篝"的丝线。⑥郑绵络：郑国产的丝绵品，覆盖"篝"。⑦招具：招魂用具，与"秦篝""齐缕""郑绵络"类同。⑧永：长。⑨反：同"返"。

译诗

魂魄啊回来吧！从故都的修门进来吧。
巫师引导你，倒退着引领你。
秦国的竹笼齐国的线，郑国的罩网覆盖笼子。
招魂的器具齐备了，长久的呼唤你。
魂魄啊回来吧！返回到故居来吧。

延伸

以上是诗歌的第二部分，详写了祭司巫阳招魂的内容，东、南、西、北、天界、幽冥都不可以寄身。这首古老的祭祀诗歌，保留着大量的神话和传说。如诗中所写的东方之地居住着巨人族，那里炎热如火，十个太阳轮番照射，金属和石头都烤化了，人到了那里很快就会魂飞魄散，消于无形。另外，天门的守护者是虎豹和九头怪。在西方很多神话中，门户的看守者也是猛兽或者多头怪，如北欧神话里的地狱犬嘉尔姆、希腊神话中的看门犬刻耳柏洛斯。它们都凶恶、丑陋无比，但同时又象征着灵魂的拷问者。

肉体会凋零，灵魂也会迷失。为了让英灵回归故土，避免迷失于四方，诗人将四方和天界幽冥的恐怖之境都描述了一遍，仿佛是发出警告。文学意义上的招魂，实际上是呼唤精神的回归。《招魂》中的故土，不只是地理意义上的故乡，更是精神家园。故乡的精神意义在希腊神话中也有体现，无论是在海上历险十年的英雄奥德修斯，还是被困迷宫岛的代达罗斯父子，都千方百计要回到自己的故乡，因为那里是精神家园。

诗中所写的土伯，不见于其他的古代神话文献中，完全是一个孤例，已经看不到完整的更多的内容，我们只能通过这有限的几句诗中的信息去联想。土伯是一个头生利角，背脊有很厚的皮肉，虎头三眼，两爪沾染人血，到处追着人跑的怪物，这个形象充满了象征意味。幽冥之地是迷失的象征，在这里人要么成为献祭的牺牲品，要么永远在迷阵中游荡。只有充满智慧的人，才能给自己插上精神羽翼。

> 天地四方，多贼奸些。
>
> 像设①君室，静闲安些。
>
> 高堂邃(suì)宇，槛②层轩③些。
>
> 层台累榭(xiè)，临高山些。

注释

①像设：陈设遗容画像。②槛：栏杆。③轩：屋廊。

译诗

天上地下四方各处，多是祸害人的奸邪之物。
在放置灵位的静室，安静闲适。
高大的殿堂深深的屋宇，栏杆广轩层叠。
高台楼阁，依山而建。

> 网户①朱缀②，刻方连③些。
>
> 冬有突(yào)④厦，夏室寒些。
>
> 川谷径复，流潺湲(chán yuán)些。
>
> 光风转蕙(huì)，泛崇⑤兰些。

注释

①网户：有花纹的门户。②朱缀：朱红装饰。③方连：方形装饰图案。④突：深邃。⑤崇：通"丛"。

译诗

朱红色大门饰网纹，雕镂方形图案。
冬天有温暖的房屋，夏天有清凉的厅堂。
溪谷的水曲折往复，流动的水声潺潺。
阳光下的风吹着花草，兰花在风中摇曳。

经堂入奥①，朱尘筵②些。

砥室③翠翘④，挂曲琼⑤些。

翡翠珠被，烂齐光⑥些。

蒻阿⑦拂壁，罗帱⑧张些。

注释

①奥：内室的西南角。②尘筵：《楚辞集注》："尘，录尘也。筵，竹席也。"
③砥室：平整的居室，地面如同磨刀石一样。④翠翘：翠鸟的长羽毛。
⑤曲琼：玉钩。⑥齐光：光彩辉映。⑦蒻阿：细软的缯布。⑧帱：帐子。

译诗

从大厅进入内室，里面有朱纱遮尘的席子。
平整的居室装饰着翠翎，挂在玉钩上流溢光彩。
翡翠色的被子装饰明珠，闪烁着璀璨的光华。
蒲草和细布饰墙，帐幔张开排布。

纂①组绮②缟，结琦璜③些。

室中之观，多珍怪些。

兰膏④明烛，华容备些。

二八⑤侍宿，射⑥递代些。

注释

①纂：红色丝带。②绮：带花纹的织品。③琦璜：泛指美玉。④兰膏：有香气的油脂。⑤二八：两列，值宿八人一列。⑥射：厌。

译诗

红白色的带子和织物，连缀着珍贵美玉。

内室的陈设，都是稀世罕见之物。
充满香气的明亮火烛，映衬美人的华美富丽。
妙龄女子服侍起居，厌烦了就轮换侍候朝暮。

九侯①淑女，多迅②众些。
盛鬋③不同制，实满宫些。
容态好比，顺弥代④些。
弱颜⑤固植⑥，謇⑦其有意些。

注释

①九侯：楚国境内封的列侯，又泛指封臣。②多迅：盛多的样子。③盛鬋：鬓发好看。鬋，垂下来的鬓发。④弥代：盖世。⑤弱颜：形容容颜柔嫩。⑥固植：内心坚贞。⑦謇：发语词。

译诗

九侯选送的美人，盛多而美丽。
鬓发艳丽而发型不同，站满了宫廷。
她们容颜举止姣好，柔顺且可人。
外貌柔弱内心坚贞，仪态娇媚。

姱①容修态，絙②洞房些。
蛾眉曼睩③，目腾光些。
靡颜腻理④，遗视矊⑤些。
离榭修幕，侍君之闲些。

注释

①姱：美好。②絙：通"亘"，绵延。③睩：眼睛明亮。④理：肌肤。⑤矊：形容目光深长。

译诗

美好的容貌修长的身段，徘徊于深深的内室。
扬起长长的眉毛眼眸婉转，流盼的目光神采奕奕。
细腻而光滑的皮肤，眼睛久久凝视柔和而多情。
清台水榭悬着帷幕，侍候你时轻熟而安静。

翡帷翠帐，饰高堂些。

红壁沙版①，玄玉之梁些。

仰观刻桷②（jué），画龙蛇些。

坐堂伏槛（jiàn），临曲池些。

注释

①沙版：用丹砂装饰的隔板。②桷：方形的椽子。

译诗

碧翠的帷帐，装饰高大的厅堂。
丹砂和垩土涂抹于墙壁板，黑色的美玉装饰着房梁。
仰视屋顶刻花的椽子，画满了龙蛇图案。
坐在堂下的栏杆前，临近弧形的清池。

芙蓉始发，杂芰（jì）荷①些。

紫茎屏风②，文③缘波些。

文异豹饰④，侍陂陁（pō tuó）⑤些。

轩辌⑥既低，步骑罗些。

兰薄⑦户树，琼木篱些。

魂兮归来！何远为些。

注释

①芰荷：菱角与荷叶。②屏风：指水葵。③文：同"纹"，指水生植物的纹理。④豹饰：侍卫武士身上的着装。⑤陂陁：水岸高低不平。⑥轩辌：此指诸侯或卿大夫的车驾。轩，古代一种有帷幕而前顶较高的车。辌，辒辌，古代可以卧的车，也用作丧车。⑦薄：形容草木丛生。

译诗

莲花瓣儿刚开放，与菱角荷叶错落。
紫红色枝干的水葵，随着水波摇曳。
侍从穿着有豹纹的袍服，在高低不平的岸边迎候。
华美的车停下，步行和骑马的侍从们分列两旁。
丛生的兰花繁荣于门外，玉树遮挡着篱笆。
魂魄啊回来吧，何必去那么远的地方呢？

延伸

以上是诗歌的第三部分，用十分夸张的语言描述了故土生活环境的美好，某种程度上也反映了楚国贵族生活的奢华。在他的故乡有依山而建的亭台楼阁，临水而建的广厦华殿。室内悬挂着丝质的帐幔，铺设着精致的座席，点燃着有香气的明烛。美丽的侍女轮番伺候起居，成群的侍从跟随于车前马后。门前兰花玉树，院内曲池芰荷。手法之纵恣，可谓不惜叠床架屋，极尽铺陈之辞。以故土的精致与舒适，衬托出了四方之地与天上地下的恐怖与浊恶。因此也只有故土，才是灵魂的天堂。

室家遂宗①，食多方②些。
稻粢③穱④麦，挐⑤黄粱些。
大苦咸酸，辛⑥甘行些。
肥牛之腱⑦，臑⑧若芳些。

注释

①宗：宗族，此处指一起祭祀的宗族之人。②多方：多种多样。③粱：粟米。④稷：早熟之麦。⑤挐：掺杂。⑥辛：辣。⑦腱：指蹄筋。⑧臑：通"胹"，形容肉质烂熟。

译诗

宗族聚在一起举行祭礼，摆出的供品非常丰盛。

有稻谷和稷米，杂糅着黄粱。

将那苦味、咸味、酸味，和辣味、甜味调和在一起。

又有肥硕的牛腱子肉，熟软而飘溢芳香。

和酸若苦，陈吴羹^①些。

胹^②鳖炮^③羔，有柘浆^④些。

鹄酸^⑤臇^⑥凫，煎鸿鸧些。

露鸡臛^⑦蠵^⑧，厉^⑨而不爽些。

注释

①吴羹：吴地制作的肉汤。②胹：煮。③炮：烧烤。④柘浆：蔗糖汁。⑤鹄酸：据闻一多所校，应为"酸鹄"，即用酸调料调配的鹄肉。⑥臇：汁较少的羹。⑦臛：肉羹。⑧蠵：大龟。⑨厉：味道浓烈。

译诗

为了调和酸味和苦味，端上吴地的肉汤。

接着给那煮烂的鳖肉和烧烤的羊肉浇上甜酱。

还有烹制的鹅肉和野鸭，煎熟的雁肉和鸧肉。

露鸡肉和王八汤，味道浓烈而爽口。

粔籹①蜜饵，有𠇗𫗯②些。

瑶浆蜜勺③，实羽觞ˢʰāⁿᵍ④些。

挫糟冻饮，酎ᶻʰòᵘ⑤清凉些。

华酌ᶻʰᵘó既陈，有琼浆些。

归来反故室，敬而无妨些。

注释

①粔籹：用蜜和面制的条状饼。②𠇗𫗯：饴糖一类的食品。③勺：通"酌"，引申为酒水。④羽觞：一种酒器。⑤酎：醇酒。

译诗

还有细长的和着蜜的糕饼，很多的甜食各式各样。
琼浆美酒和甜酒，盛满了杯子。
滤掉酒糟将酒冰起来，甘冽清凉才好喝。
盛好精美的酒器，倒满晶莹的酒浆。
回到你的故居吧，所有的人都恭敬有加而不违和。

延伸

　　以上是诗歌的第四部分，描述了宗族祭祀时的供品种类，也为后人了解楚国的饮食文化提供了一份清单。我们从这部分内容可以了解楚国贵族的肉类食物，如牛肉、羊肉、鳖肉、龟肉、天鹅肉、大雁肉、野鸭肉、鸽肉、露鸡肉。此外还有主食、糕点、甜食和酒水。从"大苦咸酸"等语句我们会发现，楚人的饮食中不仅含有酸味、咸味、辣味和甜味，还有苦味，可以说是酸甜苦辣咸五味俱全。

　　楚人的饮食，蒸、煮、煎、炙、炮……可以说是食不厌精，比之于四方之地连水也喝不上一口的恶劣环境，大抵就是天堂。人一生中最难以忘却的除了故土亲人之外，恐怕便是家乡的味道了。魂兮归来，有美食飨之。

招　魂

> 肴^{xiū}羞未通^①，女乐罗些。
> 陈钟按鼓，造新歌些。
> 《涉江》《采菱》，发《扬荷》^②些。
> 美人既醉，朱颜酡^{tuó}^③些。
> 娭光^④眇^{miǎo}视^⑤，目曾^⑥波些。

注释

①未通：菜未上齐。②《扬荷》：与前面的《涉江》《采菱》均为楚国歌曲名。③酡：饮酒后面色微红。④娭光：目光传神。⑤眇视：偷偷看。⑥曾：通"层"。

译诗

菜品还未上齐，乐舞列队侍候。
鸣钟击鼓，演奏新歌。
唱响《涉江》和《采菱》，跳起《扬荷》舞。
美人醉酒，脸色绯红。
眉目传情，秋波流转。

> 被^{pī}^①文服纤，丽而不奇些。
> 长发曼鬋^{jiǎn}，艳陆离^②些。
> 二八^③齐容^④，起郑舞^⑤些。
> 衽^{rèn}^⑥若交竿^⑦，抚^⑧案下些。

注释

①被：披。②陆离：形容美艳。③二八：指十六个人的舞者，各为一队，列于两队。④齐容：装束相同。⑤郑舞：郑国的舞蹈，此处指妩媚的舞姿。⑥衽：衣襟。⑦交竿：指衣襟相交。⑧抚：通"拊"，打拍子。

美绘楚辞

译诗

穿着绣满花纹的裙子，雍容而不突兀。
鬓发修长，美艳令人神迷。
十六名舞姬一起，跳起了郑国的舞蹈。
飞动的舞袖交叠，按节拍徐缓而下。

竽瑟狂会，搷^①鸣鼓些。

宫庭震惊，发《激楚》^②些。

吴歈^③蔡讴^④，奏大吕^⑤些。

士女杂坐，乱而不分些。

放陈组^⑥缨，班^⑦其相纷些。

注释

①搷：击打，敲击。②《激楚》：楚国歌舞曲名，另说是激烈的楚歌。③吴歈：吴地的歌曲。④蔡讴：蔡地歌曲。蔡与吴地均被楚国所并，此处泛指吴、蔡二地的歌声。⑤大吕：古代乐律调名。⑥组：丝带。⑦班：同"斑"。

译诗

竽音和瑟声交汇在一起，击鼓声铿锵有力。
宫殿的瓦也被震动，只因演奏《激楚》的乐章。
吴歌和蔡曲一起演奏，敲响了大吕。
男女混坐在一起，打破界限而不分彼此。
解开帽子上的带子放置一旁，色彩斑斓缤纷。

郑卫妖玩^①，来杂陈些。

激楚之结，独秀先^②些。

篦蔽③象棋④，有六簙⑤些。
分曹⑥并进，遒相迫些。

注释

①妖玩：艳丽妖娆的女子。②秀先：秀出众人之上。③篦蔽：竹子制作的博具。④象棋：并非后世象棋，而是指象牙制作的棋子。⑤六簙：古代的一种棋戏。⑥分曹：对局的双方。

译诗

郑卫两国的妖艳美女，错落排列。
演奏《激楚》乐人的发髻，秀美独出于众人。
博具和象棋齐全，还有博弈用的器物。
两两对局分头敬酒，势均力敌互不相让。

成枭①而牟②，呼五白③些。
晋制犀比④，费白日些。
铿⑤钟摇簴⑥，揳⑦梓瑟⑧些。
娱酒不废，沉日夜些。

注释

①枭：古代博戏术语。②牟：取。③五白：五枚竹片内侧朝上，出现这种情况即为获胜。④犀比：犀角制博具，或说是衣带钩。⑤铿：象声词。⑥簴：挂钟的架。⑦揳：弹奏。⑧梓瑟：梓木制成的瑟，此处形容名贵。

译诗

双方棋力相当，高声呼五白。
晋国犀牛角做的博具，令人沉迷一天。

敲击起悠扬的钟声，弹奏起美妙的瑟。
乐舞佐酒不停息，通宵达旦地畅饮。

兰膏明烛，华镫(dēng)错①些。
结撰(jié zhuàn)②至思③，兰芳假些。
人有所极④，同心赋些。
酎(zhòu)饮尽欢，乐先故⑤些。
魂兮归来！反故居些。

注释

①错：错落。②结撰：构思写作。③至思：穷尽心思。④极：极致，此处指欢乐的极限。⑤先故：先祖与故旧。

译诗

溢香的明烛高燃，华灯错落点亮。
冥思苦想地撰辞，用美丽的兰花为喻。
众人竭尽心力，一起来颂扬。
尽饮尽欢，娱乐已故的人。
魂魄啊回来吧，回到你的故居来。

延伸

以上是诗歌的第五部分，延续前一部分的内容来写宴会，气氛热烈，细节尤其详尽，给人十分真实之感，再现楚国贵族们的宴饮生活。贵族们聚会，舞姬和乐队娱人耳目，在酒水的助力下，打破了礼教界线，士女杂坐，博具助兴，觥筹交错，不分昼夜地饮酒。热闹、欢畅、光明的宴会场景与前篇荒凉、枯寂、阴暗的四方之地相比，无疑有天壤之别。游荡在外的灵魂，还有什么理由不回来呢？

美绘楚辞

乱曰：

献岁^①发春兮，汩^②吾南征。

菉^③苹齐叶兮，白芷生。

路贯^④庐江^⑤兮，左长薄^⑥。

倚^⑦沼畦^⑧瀛兮，遥望博^⑨。

注释

①献岁：进入新一年。②汩：匆匆的样子。③菉：通"绿"。④贯：通。⑤庐江：指今湖北襄阳、宜城一带。春秋时，此处为庐戎之国。⑥长薄：高大浓密的林子。⑦倚：站立。⑧畦：成块的水田。⑨博：广大平整的地方。

译诗

乱辞说：

春天万物萌发，我将匆忙去南方。

绿色的浮萍已长满叶子，白芷也发芽了。

贯通庐江的路，左边是高大的林木，

站在水塘和田埂的分界处，遥望广阔大地。

青骊^①结驷^②兮，齐千乘。

悬火^③延起兮，玄颜^④烝^⑤。

步^⑥及骤^⑦处兮，诱^⑧骋先。

抑^⑨骛^⑩若通兮，引车右还。

注释

①青骊：毛色青黑的马。②驷：一车四马。③悬火：夜间打猎点燃的火把。④玄颜：黑里透红，此处指天色。⑤烝：光热上升。⑥步：缓步慢走。⑦骤：骑马疾行。⑧诱：导。⑨抑：停止。⑩骛：奔驰。

译诗

青黑色的四马拉一车,多达一千辆。
悬挂的明灯连缀,点亮了黑暗的天空。
有步行和骑马疾行的人,导引的人一马当先。
或行进或停止都通畅,引导车子向右掉转归来。

与王趋梦①兮,课②后先。
君王亲发兮,惮青兕③。
朱明④承夜兮,时不可淹⑤。

注释

①梦:指云梦泽,古代楚国大湖。②课:比较。③惮青兕:射中大犀牛。楚人传说射中青色的犀牛会遭到厄运。④朱明:太阳。⑤淹:留。

译诗

我和先王在云梦泽打猎,用猎物考定先后。
国君亲自射了一箭,射中了青色的大犀牛。
太阳打破黑夜冉冉升起,时不待我不能停留。

皋①兰被径兮,斯路渐②。
湛湛③江水兮,上有枫。
目极千里兮,伤春心。
魂兮归来,哀江南④!

注释

①皋:水边的高地。②渐:遮没。③湛湛:形容水平稳深广。④江南:长江以南,此处指楚国。

译诗

水边小丘的路被兰草掩映，路荒芜不可见。
透亮清澈的江水边，长满了红枫。
纵目眺望千里之外，充满了春愁。
魂魄啊归来吧，哀伤我的江南。

延伸

以上是诗歌的尾声，写南国楚地的君臣贵族们一起出游、打猎。在古代，大型的车驾巡游和狩猎行动，具有军事意义，往往是一种军事演习。通过信息的传达，打猎行动的配合，从而加深君主和贵族集团之间的关系。楚国的君主和贵族，实际上是建立在血缘基础上的宗亲集团，他们通过祭祀、宴饮、狩猎等活动来维系彼此的关系。这是一个大型的夜间狩猎集会，火烛明灯将黑夜照亮，队伍中有的人驾车，有的人步行，有的人为前锋，有的人为向导，营造了一个庄严而神秘的氛围。诗中写和国君一起在云梦泽打猎，并且君主首发一箭射中大犀牛，暗喻魂魄已回到故乡。然而，黑夜即将退去，梦也会醒。南国的山水再明媚，也无法掩盖社稷倾覆的真相。极目千里，净是伤心事，能不哀江南。

惜誓

作者及作品

关于《惜誓》的作者,争议较多。王逸《楚辞章句》载:"《惜誓》者,不知谁所作也,或曰贾谊,疑不能明也。"支持贾谊说的认为诗篇中的"彼圣人之神德兮,远浊世而自藏。使麒麟可得羁而系兮,又何以异乎犬羊?"与贾谊《吊屈原赋》中的"所贵圣之神德兮,远浊世而自臧。使麒麟可系而羁兮,岂云异夫犬羊?"的表述方式一样,因此当为贾作。反对者则认为,诗篇中有"年老而日衰"的句子,贾谊仅33岁便去世了,不存在年老的问题。不过,这也可能是贾谊拟屈原的口吻,因此多持贾谊说。

文学史研究大家陈子展《楚辞直解》说:"《吊屈原赋》,作者用己意,做己语吊之;《惜誓》,作者用屈意,代屈语惜之。其语意同,而口吻则异。"由此可见,贾谊虽然在"吊"和"惜"屈原,但都是通过文章来抒发自己的怀才不遇之情。

惜①余年老而日衰兮,岁忽忽②而不反③。
登苍天而高举兮,历众山而日远④。

注释

①惜:哀叹。②忽忽:匆匆。③反:通"返"。④日远:指离开家乡日渐遥远。

译诗

痛惜我年纪渐老日渐衰弱，时间飞逝而不返。
我打算飞上苍天而超尘脱俗，越过群山渐行渐远。

观江河之纡曲^①兮，离^②四海之霑濡^③。
攀北极^④而一息兮，吸沆瀣^⑤以充虚^⑥。

注释

①纡曲：纡回曲折。②离：通"罹"，遭遇。③霑濡：被水沾湿。④北极：北极星。⑤沆瀣：夜露。王夫之《楚辞通释》："沆瀣，北方清气。"⑥充虚：充饥。

译诗

观看江河曲折迂回，遭遇大海风浪沾湿衣衫。
攀上北极星方才休息，汲取清和之气充饥。

飞朱鸟^①使先驱兮，驾太一^②之象舆^③。
苍龙^④蚴虬^⑤于左骖^⑥兮，白虎^⑦骋而为右騑^⑧。

注释

①朱鸟：朱雀，星宿名，南方七宿井、鬼、柳、星、张、翼、轸的总称。②太一：即《九歌》中的"东皇太一"，是最高天神。③象舆：象牙装饰的车。④苍龙：即青龙，星宿名，东方七宿角、亢、氐、房、心、尾、箕的总称。⑤蚴虬：屈折行动的样子。⑥左骖：古人以四马拉一车为一乘，驾在车两旁的两匹马叫骖，驾在车内侧的两匹马为服，此处指左边的骖马。⑦白虎：星宿名，西方七宿奎、娄、胃、昴、毕、觜、参的总称。与前文的朱雀、苍龙，后文玉女星所在的星宿"玄武"，合为二十八星宿。⑧右騑：即右骖，右边的骖马。

惜誓

译诗

命朱雀鸟为先导，驾着太一神的象牙车。
蜿蜒的青龙驾着左车辕，驰骋的白虎驾着右车辕。

建日月以为盖①兮，载玉女②于后车。
驰骛③(wù)于杳冥④之中兮，休息乎昆仑之墟。

注释

①盖：指马车的车盖。②玉女：即"女宿"，二十八宿之一，为北方玄武七宿（斗、牛、女、虚、危、室、壁）的第三宿。前方朱雀，后方玄武（古人看平面地图，与今相反，上部为南），此处以女宿代指玄武，故而有"载玉女于后车"之句。③驰骛：奔跑。④杳冥：旷远的地方。

译诗

以日月的光华为车盖，车后玉女随行。
纵横奔驰在缥缈的天空，在巍峨的昆仑山歇息。

乐穷极①而不厌兮，愿从容乎神明②。
涉丹水③而驼骋④(tuó chěng)兮，右大夏⑤之遗风。

注释

①穷极：达到顶点。②神明：神灵。③丹水：神话中的河流名。王夫之《楚辞通释》云："丹水，出昆仑之南，坤维地户也。"④驼骋：奔驰。⑤大夏：传说中的国名。

译诗

快乐到极处而不烦厌，愿逍遥自在地追随神灵。
蹚过丹水河而奔驰，在河流右岸看到大夏的遗迹。

黄鹄^①之一举兮，知山川之纡曲。
再举兮，睹天地之圜方^②。

注释

①黄鹄：天鹅。②圜方：圆和方，古人的宇宙观念，认为天穹是圆形的，大地是方的。

译诗

鸿鹄展翅高飞，看到山川蜿蜒迂回。
再振翅直飞苍冥之巅，看到天圆地方的真容。

临中国^①之众人兮，托回飙^②乎尚羊。
乃至少原^③之野兮，赤松、王乔^⑤皆在旁。

注释

①中国：国中。或说指中原地区。②回飙：旋风。③尚羊：通"徜徉"，安闲的行走。④少原：神话传说中的地名。⑤赤松、王乔：赤松子和王子乔，传说中的两位仙人。

译诗

俯视故国的人们啊，寄身于旋风逍遥远游。
到了仙人居住的少原，见到了赤松子和王子乔。

二子拥瑟而调均^①兮，余因称^②乎清商^③。
澹然^④而自乐兮，吸众气^⑤而翱翔。

注释

①调均：给瑟调弦。均，调音工具。②称：称赞。③清商：曲调名。④澹然：安适自得的样子。⑤众气：六气。王夫之《楚辞通释》："呼吸六气以翱翔。"

译诗

两位仙人抱着瑟调弦，我赞美他们所弹的清商乐。
安然而自得其乐，汲取天地之气而翩然飞翔。

延伸

第一部分，诗人年老而无所建树，因此登天求仙，乘着太一的车驾，命朱雀为先导，驾驭着青龙白虎，携玄武于车内，在天宇间畅游。但诗句中却又含着"霑濡""遗风"等意象，可见作者心系故国。

> 念我长生而久仙兮，不如反余之故乡。
> 黄鹄后时①而寄处②兮，鸱枭（chī xiāo）③群而制之。

注释

①后时：不及时。②寄处：寄居。③鸱枭：指猫头鹰。

译诗

念及我获得长生久居仙界，不如回归我的故乡。
鸿鹄未能及时寄居山林，而遭到猫头鹰的群起攻击。

> 神龙失水而陆居兮，为蝼蚁①之所裁②。
> 夫黄鹄神龙犹如此兮，况贤者之逢乱世哉。

注释

①蝼蚁：蝼蛄和蚂蚁。②裁：侵害。

译诗

神龙失去大海而困居陆地，而遭到蝼蚁的侮辱。
鸿鹄和神龙尚且如此，更何况贤者遭逢乱世。

惜誓

寿冉冉①而日衰兮，固儃回②而不息。
俗流从而不止兮，众枉③聚而矫直④。

注释

①冉冉：渐渐。②儃回：运转。③众枉：指群小。枉，邪曲。④矫直：矫直为枉。矫，矫正。

译诗

年岁见老身体逐日衰弱，时光如流水永不停息。
庸人受流俗裹挟不止，聚在一起用歪斜替代正直。

或偷合①而苟进②兮，或隐居而深藏。
苦称③量④之不审⑤兮，同权⑥概⑦而就衡⑧。

注释

①偷合：苟且聚合。②苟进：为追求晋身而不择方式。③称：称轻重。④量：量多少。⑤审：辨别。⑥权：秤砣。⑦概：平斛木。⑧衡：平。

译诗

或者苟且而得爵禄，或者深居而明哲保身。
苦于君王忠奸不辨啊，将两者放在一起权衡。

或推移①而苟容②兮，或直言之谔谔③。
伤诚是④之不察兮，并纫⑤茅丝⑥以为索。

注释

①推移：可推可移。②苟容：苟且容忍。③谔谔：直言的样子。《史记·商君列传》曰："千人之诺诺，不如一士之谔谔。"即用此义。④诚是：确实是。⑤并纫：合并搓绳子。⑥茅丝：茅草和丝线。

译诗

或者与世推移而同流,要么直言劝谏君主。
伤心君主不能体察忠诚,把珍贵的丝与廉价的茅草一起搓成绳。

> 方世俗之幽昏①兮,眩②白黑之美恶。
> 放③山渊之龟玉兮,相与贵夫砾④石。

注释

①幽昏:昏暗不明。②眩:迷惑。③放:抛弃。④砾:碎石。

译诗

方今风气暧昧不明,混淆黑白与是非。
美玉龟甲被丢弃在荒山与深水,却争相看重碎石头。

> 梅伯①数谏而至醢兮,来革②顺志而用国③。
> 悲仁人之尽节兮,反为小人之所贼④。

注释

①梅伯:商纣王大臣,直谏被杀。②来革:商纣王时期的奸臣。③用国:弄国,玩弄国家给予的权力。④贼:害。

译诗

梅伯多次进谏而被剁成肉酱,来革媚顺君主而玩弄国政。
悲哀的是仁人志士尽职尽责,却被小人所残害。

> 比干①忠谏而剖心兮,箕子②被发而佯③狂。
> 水背流④而源竭兮,木去根而不长。
> 非重躯⑤以虑难⑥兮,惜伤身之无功。

注释

①比干：殷王朝宗亲，纣王叔父（或说兄），因进谏被剖心而死。②箕子：殷王朝宗亲，见比干被剖心，装疯逃走。③佯：假装。④背流：背离水源而流。⑤重躯：爱惜性命。⑥虑难：忧虑磨难。

译诗

比干忠心进谏而被剜心，箕子为了避祸披散头发装疯。
水背离源头必然枯竭，树木断了根必不能长久。
并非看重个人安危而忧虑祸患，是恐怕付出生命仍无所助益。

延伸

第二部分，写诗人虽登天遨游，但仍然思念多难的故国，黄钟大吕被丢弃，瓦片碎石却受到看重。他不担忧自身安危，而是考虑对国家有没有帮助，充分体现了其爱国主义情怀。

> 已矣哉！独不见夫鸾凤之高翔兮，乃集①大皇②之野。
> 循四极而回周③兮，见盛德④而后下。

注释

①集：鸟群栖息。②大皇：广大辉煌。③回周：到四周游走。④盛德：大德。形容君主的胸襟和品格。

译诗

算了吧！你没看到凤凰翔于九天，纵横于广阔无人之野。
沿着四方而回旋飞翔，看到盛世来临才降落。

> 彼圣人之神德①兮，远浊世而自藏。
> 使麒麟可得羁而系②兮，又何以异乎犬羊？

注释

①神德:超凡神圣的品德。②羁而系:羁绊束缚。

译诗

那是圣人的智慧啊,远离乱世而珍重自己。
如果把麒麟羁绊起来,那和狗与羊又有什么分别?

延伸

第三部分,诗人以鸾鸟、凤凰、麒麟自喻,提出了设问。在个人自由与君臣之义之间,究竟如何选择?秦汉之世,尚有这种思考,实属难得。

在写作手法上,此诗颇得屈原作品的真传。尤其是遨游苍天的一系列描写,表现出丰富的想象力与艺术张力。王夫之《楚辞通释》云:"《惜誓》者,惜屈子之誓死,而不知变计也。谊意以为,原之忠贞既竭,君不能用,即当高举远引,洁处山林,从松、乔之游。"

招隐士

作者及作品

作者为淮南小山。东汉王逸认为，淮南小山不是某个人的名字，而是文学团体的名字。班固《汉书·艺文志》记载："淮南王赋八十二篇。淮南王群臣赋四十四篇。"这首诗究竟是刘安所作，还是其门客所作，已无从考证。"招隐士"的意思，就是招纳隐士出山，走仕途之路。

王逸认为，这首诗是"闵伤屈原之作"。但屈原诗中虽写到退隐，实际从未隐居。王逸解释说："怪其文升天乘云，役使百神，似若仙者。虽身沉没，名德显闻，与隐处山泽无异，故作《招隐士》之赋以章其志也。"这种说法有附会之嫌，不为后世学者所采纳。

> 桂树丛生兮山之幽，偃蹇①连蜷②兮枝相缭③。
> 山气𡽱(lóng)嵷(sǒng)④兮石嵯峨，溪谷崭(chán)岩⑤兮水曾波⑥。

注释

①偃蹇：形容高耸。②连蜷：屈曲的样子。③缭：交叉，纠缠。④𡽱嵷：形容云气弥漫。⑤崭岩：险峻的石头。崭，通"巉"。⑥曾波：层层的水波。曾，通"层"。

译诗

丛生的桂树长在幽静的山上，高耸的树干纠缠的枝叶。
云雾在巍峨的山峦间缭绕，山谷的岩石上激荡着层层水波。

招隐士

猿狖①群啸兮虎豹嗥，攀援桂枝兮聊淹留②。

王孙③游兮不归，春草生兮萋萋。

岁暮④兮不自聊⑤，蟪蛄⑥鸣兮啾啾。

注释

①狖：指长尾猿。②淹留：久留。③王孙：泛指贵族子弟。王夫之《楚辞通释》："王孙，隐士也。秦汉以上，士皆王侯之裔，故称王孙。"④岁暮：按上古岁时观念，指秋天。⑤不自聊：依《楚辞章句》，指心中烦乱。⑥蟪蛄：蝉的一种。

译诗

成群的猿猴哀鸣，虎豹长啸，我攀援着桂树啊长久停留。

王孙出游还没有回来，浓密的春草被风吹过。

岁末时分心中烦闷难以排遣，唯听小虫低低吟唱。

延伸

第一部分，写为了追慕品德高尚的隐士，诗人穿行在云雾笼罩、猛兽出没的深山幽壑间，并以春草、秋虫写诗人的萦回之思。

块兮轧①，山曲崈②，心淹留兮恫慌忽③。

罔兮沕④，憭兮栗⑤，虎豹穴⑥，丛薄深林兮人上慄。

注释

①块兮轧：形容云气浓且广大。②曲崈：形容山势曲折盘纡。③恫慌忽：形容忧思深深。④罔兮沕：失神落魄之状。⑤憭兮栗：形容恐惧。⑥穴：闻一多先生疑为"突"，"虎豹突"与上文"虎豹嗥"、下文"虎豹斗"句法上相同，方顺文义。

译诗

云气漫无边际，山势蜿蜒曲折，停留在此的我心思恍惚。
失魂落魄，战战兢兢，虎豹出没，杂草丛生的森林使人惊惧。

> 嶔岑①碕礒兮碅磳魏硊，树轮②相纠兮林木芚蒍③。
> 青莎杂树④兮薠⑤草靃⑥靡，白鹿麏⑦麚⑧兮或腾或倚。

注释

①嶔岑：与碕礒、碅磳、魏硊都用来形容山石的样貌。②轮：横枝。③芚蒍：形容盘纡。④杂树：丛生。⑤薠：草名，似莎草而比莎草大。⑥靃：成群的样子。⑦麏：同"麇"，獐子。⑧麚：公鹿。

译诗

山石嶙峋啊峰岭弯曲，老树的枝干相互缠绕而茂密。
莎草丛生薠草遍地，白鹿、獐子、牡鹿有的奔跑有的相依。

> 状皃①崯崯②兮峨峨，凄凄兮漇漇③。
> 猕猴兮熊罴④，慕类兮以悲。

注释

①皃：同"貌"。②崯崯：形容高峻。③漇漇：润泽的样子。④罴：马熊。

译诗

雄鹿头上的角高峻挺拔啊，身上的皮毛油润光滑。
猿猴和马熊奔走，悲伤地呼唤同类。

> 攀援桂枝兮聊淹留。虎豹斗兮熊罴咆，禽兽骇兮亡①其曹②。
> 王孙兮归来，山中兮不可以久留。

注释

①亡：丢失。②曹：同类。

译诗

我攀援着桂树啊长久停留，虎豹相斗啊马熊呼号，禽兽惊骇失了群。
王孙啊早点归来吧，山中不可留太久。

延伸

第二部分，以山石之崔嵬、虎豹之凶猛、雾岚之郁结、林木之苍茫，极力渲染隐居者所处环境的阴森可怕，并以禽兽失群比喻离开同类的人，规劝隐者归来。

清初学者王夫之说："今按此篇，义尽于招隐，为淮南召致山谷潜伏之士，绝无闵屈子而章之之意。"（《楚辞通释》）但是，仔细品味会发现，诗歌中的"王孙"并非泛指"山谷潜伏之士"，似乎有所指，也就是指向一个确实存在的人。淮南王刘安喜欢文人学士，王府中养了一大批文人和特异之才，其中最杰出的为左吴、李尚、苏飞、田由、毛被、雷被、伍被、晋昌八人，号称淮南八公，因他们常和刘安一起在寿春城外的山上炼丹，因此后世便把城外的山叫作"八公山"。由此可见，刘安颇有点信陵君养门客的范儿。

诗歌名为《招隐士》，但并非指"招"，而是"寻访"。诗歌描写景物的手法非常娴熟，开篇即给人一种森然恐怖、心惊胆寒的感受。诗人以强烈的主观色彩，通过对山峦、溪谷、岩石以及奔跑在深林幽谷间的虎豹熊罴的描绘，将山水景物加以变形和夸张，渲染出一种幽深、怪异、恐怖的气氛。字里行间弥漫着郁结、悲怆而又缠绵悱恻的情思，表现了王孙不可久留的主旨。让人们仿佛听到一声声"王孙兮归来！"的呼唤。

诗中"王孙游兮不归，春草生兮萋萋"一句对后世影响深远。唐代诗人王维曾化用此句，写下了"春草明年绿，王孙归不归？"的佳句。另一位大诗人白居易在《赋得古原草送别》中也曾化用："又送王孙去，萋萋满别情。"

七 谏

作者及作品

作者为西汉东方朔。东方朔,字曼倩,平原郡厌次县(今属山东)人。汉武帝即位,征召有才德的人,东方朔上书自荐,被任命为郎官,后任常侍郎中、太中大夫等职。东方朔言语幽默,善于诙谐戏谑,虽然身负奇才,多次上书言事,但一直被汉武帝视为娱乐之臣,不受重视。东方朔写《七谏》,既是代屈原立言,同时也是借屈原之口说自己的话,借别人的酒消自己的块垒,表达了抱负无从实现的愤懑。

初放

平①生于国②兮,长③于原野④。
言语讷譅(sè)⑤兮,又无强辅⑥。

注释

①平:指屈原,名平,字原。是作者假托屈原写的诗,以屈原自称。②国:国都,指楚国的都城郢都。③长:长期。④原野:荒野,指流放的地方。⑤讷譅:说话不清楚,即不善于言谈。⑥强辅:强大的辅助,此处指强大的背景,也就是朋党。

译诗

我生在楚国都城郢都，长期流放在荒野。
言辞木讷啊，又无强大的背景支持。

浅智褊^①能兮，闻见又寡。
数言便事^②兮，见怨门下^③。

注释

①褊：狭，引申义为薄弱。②便事：利君利国之事。③门下：国君身边的近臣。

译诗

才智浅薄能力低下，孤陋寡闻。
多次为了国事上书，得罪了君王身边的近臣。

王不察其长利兮，卒见弃乎原野。
伏念^①思过兮，无可改者。

注释

①伏念：暗自思虑。

译诗

大王不察我的目的是为国，最后将我流放到荒僻之地。
我暗自思虑自己的过失，没有可改的错误。

群众^①成朋^②兮，上浸^③以惑。
巧佞在前兮，贤者灭息^④。

注释

①群众：指成群的、众多的人。②成朋：结成朋党。③浸：稍，渐。④灭息：无声息，指没有说真话的人。

译诗

小人们结成了朋党，君王逐渐被迷惑。
谗佞小人在君前，忠良陷入缄默。

尧舜①圣已没兮，孰为忠直？
高山崔巍兮，流水汤汤②。

注释

①尧舜：尧帝和舜帝，上古时期的明君。②汤汤：水流的样子。

译诗

尧舜那样的圣君已隐没，谁还能为忠诚正直之臣？
高山巍峨耸立，江水滔滔奔流。

死日将至兮，与麋鹿同坑①。
块②兮鞠③，当道宿。

注释

①坑：水坑。此处指在同一处饮水，即为伍。②块：独处的样子。③鞠：曲，弯曲。

译诗

距老死之日不远了，与麋鹿在荒野为伍。
孤独地蜷曲在地上，夜晚在路中歇息。

> 举世皆然兮,余将谁告①?
> 斥逐鸿鹄兮,近习②鸱枭。

注释

①谁告:即"告谁",告诉谁,为了谐韵倒文。②近习:亲近。

译诗

整个世界都是这样啊,我的委屈向谁倾诉?
他们斥退大雁和天鹅啊,亲近猫头鹰。

> 斩伐橘柚①兮,列树苦桃。
> 便娟②之修竹兮,寄生乎江潭。

注释

①橘柚:橘树和柚子树。②便娟:好看的样子。

译诗

砍伐掉橘子树和柚子树,却种植成片的苦桃树。
婆娑修美的竹子啊,只能在江水边寄生。

> 上葳蕤(wēi ruí)①而防②露兮,下泠泠(líng)而来风。
> 孰知其不合兮,若竹柏之异心③。

注释

①葳蕤:形容草木繁盛。②防:遮蔽。③异心:即"心异",不同。指竹子空心,柏树实心。

译诗

上面茂盛的枝叶遮挡露水,下面吹拂着清凉的风。
谁知我与君王不合拍啊,就像竹子和柏树不同心。

七　谏

> 往者不可及兮，来者不可待①。
> 悠悠苍天兮，莫我振理②。
> 窃怨君之不寤③兮，吾独死而后已。

注释

①不可待：不能期待。②振理：拯救，辨别。③寤：醒悟，警悟。

译诗

过往的明君不可企及，未来的贤主不可期待。
渺远永恒的苍天啊，也不来将我拯救。
暗自埋怨君王不悔悟啊，我独自保持操守死而后已。

延伸

"初放"就是放逐之初。作者从屈原的流放原因写起，屈原直言劝谏，与楚国国君身边的近臣不是一类人，屈原公而忘私，这些人以权谋私，两相一碰撞，谁也不讨谁喜欢，结果屈原遭到诋毁，被赶出了朝廷。诗歌末一句"窃怨君之不寤兮，吾独死而后已"，虽是代笔之辞，但是很有屈原的风格。"高山崔巍兮，流水汤汤"，以高山和大河的意象来形容人的高风亮节，后世范仲淹《严先生祠堂记》有云："云山苍苍，江水泱泱，先生之风，山高水长。"即化用此句。

沉江

> 惟①往古之得失②兮，览私③微④之所伤⑤。
> 尧、舜圣而慈仁兮，后世称而弗忘。

注释

①惟：思，想。②得失：指政治得失，即兴亡之道。③私：亲近。④微：贱，指小人和佞臣。⑤伤：伤害。

译诗

回想历史上的兴亡得失，看亲近佞臣造成的误国往事。
尧舜圣明而对百姓仁义，后世不断称颂而不忘记。

> 齐桓①失于专任②兮，夷吾③忠而名彰。
> 晋献④惑于姮姬⑤兮，申生⑥孝而被殃。

注释

①齐桓：指齐桓公，姜姓，名小白，春秋五霸之一。②专任：专宠佞臣。③夷吾：管仲，名夷吾，春秋时齐国宰相，著名政治家。临死前曾劝告齐桓公远离竖刁、易牙等佞臣。④晋献：指晋献公，姬姓，名诡诸。⑤姮姬：即骊姬，晋献公宠妃。⑥申生：晋献公所立太子，遭到献公宠妃骊姬的诋毁，被逼自杀。

译诗

齐桓公专宠佞臣造成国家动荡，管仲忠诚而名声显扬。
晋献公被骊姬蛊惑，太子申生虽然孝顺仍然遭遇祸事。

> 偃王①行其仁义兮，荆文②寤而徐亡③。
> 纣暴虐以失位兮，周得佐乎吕望④。

注释

①偃王：徐偃王。嬴姓，徐氏，名诞，西周时徐国国君。②荆文：指楚文王，芈姓，熊氏，名赀。楚国又称荆国，故名。③徐亡：指徐国被楚国所灭亡。④吕望：指姜太公。姜姓，名尚，字子牙，因先代封于吕，因而以吕为氏。其辅佐周文王治理周部族，后被周武王尊为尚父，完成了灭商兴周的大业。

译诗

徐偃王只知行仁义（而无武备），楚文王明晓后而趁机将徐国灭亡。
商纣王因暴虐丢了他的宝座，周王朝因得到姜太公的辅佐而拥有天下。

修①往古以行恩兮，封②比干③之丘垄④。
贤俊慕而自附兮，日浸淫⑤而合同⑥。

注释

①修：效法。②封：培土，此处指给坟墓添土。③比干：商朝名臣，商纣王帝辛叔父（一说为兄弟），封于比邑（今山西汾阳），故称比干。因直言进谏而遇害。④丘垄：坟墓。⑤浸淫：浸润，濡湿，此处指渐相亲附。⑥合同：聚合到一起。

译诗

武王仿效古人行使恩德，给比干的坟墓添土。
贤德之人都慕名自己来归附，人才一天一天汇聚到一起。

明法令而修理①兮，兰芷幽而有芳。
苦众人之妒予兮，箕子②痞而佯③狂。

注释

①修理：整治。②箕子：子姓，名胥余，商王文丁之子，商纣王帝辛的叔父。因封于箕，故而得名。为了避免被暴虐的纣王迫害，曾经装疯。与微子、比干，在殷商末年被称为"三仁"。《论语·微子》说："微子去之,箕子为之奴,比干谏而死。孔子曰：'殷有三仁焉。'"③佯：假装。

译诗

法令明确国家政治清明，兰芷虽生长在幽谷也散发清香。
我苦于小人们的妒忌，箕子为避祸而装疯。

不顾地①以贪名②兮，心怫(fú)③郁而内伤④。
联⑤蕙芷(huì zhǐ)⑥以为佩兮，过鲍肆⑦而失香。

注释

①不顾地：不顾念家国。②贪名：贪念忠臣的虚名。③怫：形容忧郁。④内伤：内心受到伤害。⑤联：联结。⑥蕙芷：两种香草名，此处泛指香草。⑦鲍肆：售卖咸鱼的店铺。鲍，咸鱼。

译诗

因贪念虚名而不顾念家国，我心中忧郁而内心充满痛苦。
联结蕙芷等香草做成佩饰，经过卖咸鱼的店铺却丧失了芳香。

> 正臣①端②其操行兮，反离③谤而见攘④（rǎng）。
> 世俗更⑤而变化兮，伯夷⑥饿于首阳⑦。

注释

①正臣：为人正直的大臣。②端：端正。③离：通"罹"，遭受。④攘：排挤。⑤更：改⑥伯夷：子姓，墨胎氏，名允，商朝末年孤竹国国君长子，与殷商君主有共同的先祖，均为契的后裔。其反对武王伐纣，西周灭商后，不吃周朝的粮食，与弟弟叔齐一起饿死首阳山。⑦首阳：今甘肃、陕西、河南、河北、陕西均有首阳山，都有伯夷叔齐的传说。

译诗

正直的大臣端正自己的品行和操守，反而遭受诋毁而被放逐。
世风日下道德风气发生改变，（岂有）伯夷守持节操饿死在首阳山。

> 独廉洁而不容①兮，叔齐②久而逾明③。
> 浮云陈④而蔽晦⑤兮，使日月⑥乎无光⑦。

注释

①不容：不被容纳。②叔齐：子姓，墨胎氏，商末孤竹国国君幼子，被立

为继承人。父亲死后,他将君位让给哥哥伯夷,但伯夷不接受,兄弟一起放弃权位逃走。③逾明:越加光明。指伯夷叔齐的名声没有泯灭,反而更加声名远播。④陈:陈列。⑤蔽晦:指君主被蒙蔽。⑥日月:比喻君主。⑦无光:本义为没有光亮,此处指君主昏聩。

译诗

独自廉洁啊而不被容纳,希望像叔齐一样终将声名远扬。
层层乌云遮蔽得天空昏暗不明,使日月都失去了光芒。

> 忠臣贞①而欲谏兮,谗②谀③毁而在旁。
> 秋草荣④其⑤将实兮,微霜下而夜降。

注释

①贞:坚定不移。②谗:诋毁。③谀:奉承。④荣:开花。⑤其:另作"而"。

译诗

忠直的大臣想进忠言,佞臣却在一旁诽谤他。
秋天的草木开花后将结果,夜里却突降轻霜。

> 商风①肃而害生兮,百草育而不长。
> 众并谐以妒贤兮,孤圣特②而易伤。

注释

①商风:秋风。②孤圣特:指贤臣的特立独行。

译诗

秋风肃杀伤害万物,各种草木凋零不再生长。
群小抱团妒害贤才,贤臣特立独行而遭到打压。

怀计谋①而不见用兮，岩穴处②而隐藏。
成功隳③而不卒④兮，子胥⑤死而不葬⑥。

注释

①怀计谋：怀着谋国之策。②岩穴处：指独处在山洞。③隳：毁坏。④卒：最后。⑤子胥：指伍子胥。名员，字子胥，楚国人，春秋末期吴国大夫、军事家。封于申，又称申胥。⑥死而不葬：伍子胥死后，被抛入江中，故而称之为死而不葬。

译诗

我胸怀良谋却得不到重用，只能在山洞里隐居。
建立功勋却被诋毁而不得终，伍子胥死后也得不到安葬。

世从俗而变化兮，随风靡①而成行。
信直②退而毁败③兮，虚伪④进而得当。

注释

①靡：倒下。②信直：忠信正直。③毁败：遭到谮毁被驱逐。④虚伪：指佞臣。

译诗

世人随着庸风俗气见风使舵，像成排被风吹倒的草木。
忠信正直的大臣遭到诽谤被驱逐，虚伪诡诈的人上位得到重用。

追悔过之无及①兮，岂尽忠而有功。
废制度而不用兮，务行私②而去公。

注释

①无及：赶不上。②行私：追求私利。

译诗

国家败亡才知悔恨已来不及,就算我竭尽忠诚也劳而无功。
抛弃了先王制定的法度不用,一味追求私利而废公务。

> 终不变而死节①兮,惜年齿②之未央③。
> 将方舟④而下流兮,冀幸君之发蒙⑤。

注释

①死节:为节操而死。②年齿:指年岁。③未央:未尽。央,尽。④方舟:大夫的船。⑤发蒙:指解惑。

译诗

我宁可为志向而死也不会改变,可惜我处在盛年并未衰老。
我要乘着船顺江而下,希望君王不再被蛊惑。

> 痛忠言之逆耳兮,恨申子①之沉江。
> 愿悉②心③之所闻兮,遭值④君之不聪⑤。

注释

①申子:即前文所说伍子胥。②悉:尽。③心:又作"余"。④遭值:遭遇。⑤不聪:听觉不佳。聪:听觉敏锐。

译诗

痛惜忠诚的言辞君王听不进去,遗憾赐死伍子胥并沉入江水。
我愿尽心就所见来陈述政事,可遭逢的这个君王太糊涂。

> 不开寤(wù)①而难道②兮,不别横之与纵③。
> 听奸臣之浮说④兮,绝国家之久长⑤。

注释

①不开寤：指没有警醒，糊涂。②难道：不好开导。③不别横之与纵：比喻不辨是非。④浮说：空话，虚话。⑤久长：指前途。

译诗

君王不警醒而难以开导，不辨是非忠奸。
只知道听奸臣的空话，断送了国家的前途。

灭规矩①而不用兮，背绳墨②之正方。
离忧患而乃寤兮，若纵火于秋蓬③。

注释

①规矩：指国家的制度、法度。②绳墨：本义为木工打的直线，此处指政令。③蓬：草名。

译诗

破坏了先王的制度而不使用，背离了正确的政令。
遭到忧患才悔悟过来，就像在秋天干枯的蒿草里放火而来不及施救。

业失之而不救①兮，尚何论乎祸凶？
彼离畔②而朋党兮，独行之士③其何望？

注释

①不救：无法挽救。②离畔：背离叛变之人，指奸佞。畔：通"叛"。③独行之士：被排挤的正直大臣。

译诗

大业败亡无法挽救，还谈什么吉凶祸福？
小人们背叛国家结成小团体，被排挤的忠臣有什么办法？

七　谏

> 日渐染①而不自知兮，秋毫②微哉而变容。
> 众轻积③而折轴兮，原④咎⑤杂而累⑥重。

注释

①日渐染：逐渐受到玷染。②秋毫：秋天鸟兽长出的新细毛。③众轻积：很多轻物品堆积。④原：屈原自称。⑤咎：过错。⑥累：加。

译诗

君王的品德逐渐败坏而不自知，秋天鸟兽的毫毛虽然细微但天天在长。车上堆积的东西多了也会压断轴，众人一起诋毁让我罪过加重。

> 赴湘、沅之流澌(sī)①兮，恐逐波而复东。
> 怀沙砾而自沉兮，不忍见君之蔽壅(yōng)②。

注释

①流澌：流水。②壅：遮蔽。

译诗

我跳进湘沅的流水中，害怕流水带着我再到东方。抱着石头跳进水中啊，不忍心再看见君王被奸臣蒙蔽。

延伸

《沉江》描写了屈原投水前的心理活动，诗中主要反映了三个方面。其一是忠直诚信、肯为国家谋划的大臣被小人排挤。其二是佞臣抱团谋私利而废公事，制度不能执行，政令被破坏。其三是国君昏庸糊涂，不辨忠奸是非。

怨世

> 世①沉淖(nào)②而难论③兮，俗岭峨(qián)④而嶒嵯(cēn cuó)⑤。

清泠泠⁶而歼⁷灭⁸兮，溷湛湛⁹而日多⁰。

注释

①世：世风。②沉淖：沉入，深陷，没落。③难论：难以论是非。④岭峨：形容高下不齐。⑤崾嵯：同"参差"。⑥清泠泠：形容君子的纯洁。⑦歼：尽。⑧灭：灭失。⑨溷湛湛：形容贪婪污浊之徒。⑩日多：逐日增多。

译诗

世风败坏难以论是非，世俗不辨是非毁誉不齐。
高洁的人不被重视而无闻，贪婪腐化之徒逐日增多。

枭鸮①既以成群兮，玄鹤②弭翼³而屏移④。
蓬艾⑤亲入御⑥于床笫⑦兮，马兰⑧踸踔⑨而日加。

注释

①枭鸮：猫头鹰，比喻恶人。②玄鹤：黑鹤，比喻廉士。③弭翼：收敛翅膀，停栖。④屏移：退隐。⑤蓬艾：蓬蒿和萧艾，用庸俗之草比喻小人。⑥入御：宠信。⑦床笫：指床。笫，竹子编成的席。⑧马兰：草名。比喻恶浊之人。⑨踸踔：迅速地生长。

译诗

猫头鹰成群地聚集，黑鹤敛起羽翼消失了。
蒿艾铺上君王的床榻，恶草马兰每天茂盛地生长。

弃捐药芷①与杜衡②兮，余奈³世之不知芳何？
何周道之平易④兮，然芜秽⑤而险戏⑥。

注释

①药芷：香草名，即白芷。屈原诗中常用此意象，借以喻君子，东方朔沿袭之。②杜衡：香草名。比喻人格高尚的贤士。③奈：奈何。④平易：平坦易行。⑤芜秽：荒芜。⑥险戏：充满危险。戏，又作"巇"。

译诗

抛弃白芷和杜衡这样的香草，我慨叹世人不知君子的美德。

大路曾多么平直好走啊，现今杂草丛生充满了危险。

> 高阳①无故而委尘②兮，唐虞③点灼④而毁议⑤。
>
> 谁使⑥正⑦其真是兮，虽有八师⑧而不可为。

注释

①高阳：即高阳氏，指颛顼，黄帝之孙，上古帝王。②委尘：落入尘埃，此处指遭受诬蔑。③唐虞：指尧帝和舜帝。④点灼：本义为炙、烧。此处指言语攻击。⑤毁议：诽谤。⑥谁使：使谁，让谁。⑦正：同"证"，证明。⑧八师：指禹、稷、皋陶、伯夷、任、益、夔等八位贤人，被奉为上古时期的圣人。

译诗

高阳氏无故被像泥土般践踏，尧舜就算是圣人也遭到诬蔑。

让谁来证明他是正确的？纵然有八位贤人也没有办法。

> 皇天保其高①兮，后土②持其久。
>
> 服③清白④以逍遥兮，偏与乎玄英⑤异色。

注释

①高：高旷，不可接近。②后土：主管大地的神，此处指土地。③服：穿着。④清白：纯正，没有被玷污。⑤玄英：黑色。此处指贪婪污浊之辈。

译诗

上天永远高不可及，大地深厚而长久。

我穿着洁净的衣服逍遥自在，偏偏不和污浊之辈同流。

> 西施媞媞①而不得见兮，嫫母②勃屑③而日侍。
> 桂蠹④不知所淹留⑤兮，蓼虫⑥不知徙⑦乎葵菜⑧。

注释

①媞媞：形容美好。②嫫母：传说是黄帝的妃子，容貌丑陋，有贤德，后来成为丑女的代称。③勃屑：形容腿脚不灵便。④桂蠹：桂树上的蛀虫，比喻贪婪的大臣。⑤淹留：逗留。⑥蓼虫：蓼草上的虫。⑦徙：迁移。⑧葵菜：菜名，即冬葵。

译诗

西施容貌美丽而不受待见，嫫母腿脚不灵反而在身边侍候。
桂树上的蛀虫不懂得住手，吃蓼叶的虫子不知道寻找甜菜。

> 处湣湣①之浊世兮，今安所达乎吾志。
> 意有所载②而远逝③兮，固非众人之所识。

注释

①湣湣：同"惽惽"，形容昏乱。②所载：抱负。③远逝：远去。

译诗

我身在这浑浊的时代，现今怎样实现我的志向。
我身怀大志却只能远远地离去，固然不是众人所能懂得的。

> 骥①踌躇②于弊辇③兮，遇孙阳④而得代⑤。
> 吕望⑥穷困而不聊生兮，遭周文⑦而舒志⑧。

注释

①骥：良马。②踌躇：犹豫。③弊辇：破烂的车。④孙阳：指伯乐，传说

中善于相马的人。⑤代：替换。⑥吕望：指姜太公。⑦周文：指周文王。
⑧舒志：实现志向。

译诗

宝马拉着一辆破车而犹豫不前，遇见伯乐才能换上好车。
姜太公曾经穷困而没有生计，幸亏遇到周文王而实现了大志。

> 宁戚①饭牛②而商歌③兮，桓公闻而弗置④。
> 路⑤室女⑥之方桑⑦兮，孔子过⑧之以自侍⑨。

注释

①宁戚：春秋时贤人，齐桓公的大臣。②饭牛：喂牛。③商歌：悲沉的歌，又说系"高歌"之误。④置：弃置。⑤路：路遇。⑥室女：未出嫁的女子。⑦方桑：专心采桑。⑧过：路过，经过。⑨自侍：自己整肃。

译诗

宁戚一边喂牛一边唱着伤心的歌，齐桓公听到后没有将他当普通人对待。
路边的少女专心地在树上采桑，孔子见她贞正立即整肃而恭敬。

> 吾独乖剌①而无当②兮，心悼怵③而耄④思。
> 思比干之恲恲⑤兮，哀子胥之慎事⑥。

注释

①乖剌：不和谐。②当：适合，适宜。③悼怵：悲伤而恐惧。④耄：昏乱，糊涂。⑤恲恲：慷慨。⑥慎事：谨慎侍奉。

译诗

唯独我不合群而显得格格不入，心中悲伤恐惧而思绪糊涂。
想到商朝名臣比干忠诚而正直，又哀叹伍子胥处事谨慎。

七 谏

> 悲楚人之和氏①兮，献宝玉以为石。
> 遇厉武②之不察③兮，羌（qiāng）④两足以毕⑤斮（zhuó）⑥。

注释

①和氏：指卞和，楚国人，曾向楚王献璞玉，后雕琢成璧，即和氏璧。②厉武：指楚厉王和楚武王。③不察：不明察。④羌：楚方言，发语词。⑤毕：全、都。⑥斮：砍断。

译诗

悲叹楚国人卞和，献宝玉却被说成是石头。
遇到楚厉王和楚武王这样没有辨别能力的糊涂蛋，两条腿都被砍断。

> 小人之居势①兮，视忠正之何若②？
> 改前圣之法度兮，喜嗫嚅（niè rú）③而妄作④。

注释

①居势：身在高处，指担任高官。②何若：像什么。③嗫嚅：低声说话。④妄作：胡作非为。

译诗

志短才疏的人身在高位，能把忠诚正直的人放在哪里？
随意改变前代圣贤定下的法律和制度，相互窃窃私语而胡作非为。

> 亲谗谀而疏贤圣兮，讼①谓闾娵（lú jū）②为丑恶。
> 愉近习而蔽远③兮，孰知察其黑白？

注释

①讼：争论。②闾娵：古代的美人，此处泛指美人。③蔽远：疏远。

367

译诗

君王亲近阿谀奉承之徒而疏远贤能的人，美女闾娵被指责容貌丑陋。
君王被近臣包围而排斥股肱之臣，谁又能辨别是非对错？

> 卒①不得效其心容兮，安②眇眇③而无所归薄④。
> 专⑤精爽⑥以自明兮，晦冥冥⑦而壅蔽⑧。

注释

①卒：最终。②安：于是。③眇眇：辽远。④归薄：依附。⑤专：专一。
⑥精爽：指精神。⑦晦冥冥：形容昏暗的样子。⑧壅蔽：指上升之路受阻，言路被阻塞。

译诗

我终究不能向君王表达心意啊，前途渺茫没有归依的处所。
我精诚专一地证明自己啊，世道黑暗言路被阻断。

> 年既已过太半①兮，然坎轲②而留滞。
> 欲高飞而远集兮，恐离③罔④而灭败。

注释

①太半：大半。②坎轲：同"坎坷"，比喻不得志。③离：通"罹"，遭遇。
④罔：同"网"，罗网，比喻律法严酷。

译诗

我的人生已经过去了一大半，可惜命运坎坷停留不前。
想远走高飞去别的地方实现目标，又怕遭遇严酷的法网自绝生路。

> 独冤抑①而无极②兮，伤精神而寿夭③。

皇天既不纯命^④兮，余生终无所依。

注释

①冤抑：压抑冤屈。②无极：没有穷尽。③寿夭：生命长短。④不纯命：反复无常。

译诗

独自压抑着冤屈不知何时是个头，精神遭到摧残恐怕命不长。
上天既然如此反复，我剩余的岁月恐怕会无所依靠。

愿自沉于江流兮，绝^①横流^②而径逝^③。
宁为江海之泥涂^④兮，安能久见此浊世！

注释

①绝：穿过。②横流：大水。③径逝：指灵魂走远。④泥涂：本指泥泞，此处指泥沙。

译诗

我宁愿跳进奔流的江水中，灵魂越过水面而去往远方。
我宁可成为江海底下的沙土，怎能够久见这污浊的世界！

延伸

这首诗写的非常哀痛，充满了压抑，使用了"沉淖""涒湛湛""潗潗""乖刺"等词，如果说词语也有颜色和方向的话，那么这些词汇的色调是晦暗的，方向是向下沉的，使得整首诗歌都笼罩着一种无法用言语来表达的悲伤之情。这首诗虽然使用了明君贤臣的典故，如周文王和姜太公，齐桓公和宁戚，但诗歌的走向并不是明朗的，仿佛是在语言的迷宫中，绕了一圈又一圈，依然看不到希望。诗人所表达的，也正是这种生不逢时的哀怨之情。

屈原喜欢以男女之情比喻君臣之义，汉儒多因袭模仿，东方朔和贾谊

都袭用过这一意象，这也无意中表达了一个事实，即君臣关系与君主后妃的关系是一样的，都是一种人身依附关系。君主要求臣子效忠，但君主对臣子并不负责，就像后妃必须忠诚于君王，但君王却有很多妃子一样，这是一种单向的忠诚关系。臣子也好，妃子也好，重用还是打入冷宫，这要看君主的心情。

东方朔在《怨世》中"蓬艾亲入御于床笫兮，马兰踸踔而日加"一句，写得更加直白，他将庸才和佞臣（蓬艾和马兰）比作入御之妃。以及后面，他将贤臣比作美人西施，而将佞臣比作丑女，希望君主能够像多情的男子看中美人一样重用贤臣。正因如此，贤臣一旦得不到君主的重用，或者被驱逐出朝堂，便流露出被抛弃的怨妇心态。作品也像弃妇诗一样悲悲切切，这一点与屈原并不相同。屈原的作品中虽怨而有愤，而汉儒的诗则是怨而含悲。

怨思

贤士穷而隐处①兮，廉方正②而不容。
子胥谏而靡躯③兮，比干忠而剖心。

注释

①隐处：隐居而处，指没被君主赏识。②廉方正：廉洁正直的人。③靡躯：没留下尸体。

译诗

贤良的人没有被君主赏识而潜藏，廉洁正直的人不被世道所容。
伍子胥劝谏吴王而死无葬身之地，比干忠诚而被挖出了心。

子推①自割而饲君兮，德日忘②而怨深。
行③明白而曰黑兮，荆棘聚而成林。

注释

①子推：介子推，追随晋文公流亡的大臣。②德日忘：恩德被逐日忘记。③行：操行。

译诗

介子推割下自己腿上的肉填饱君主的肚子，恩德却被逐日遗忘而怨恨加深。品行高洁却被污蔑败德，荆棘丛生如今已经长成林子。

> 江离①弃於穷巷兮，蒺藜②蔓乎东厢③。
> 贤者蔽而不见兮，谗谀进而相朋④。

注释

①江离：川芎，此处泛指香草。②蒺藜：草本植物，此处比喻小人。③东厢：东边的厢房，与"穷巷"相对而言，指良好的房屋。④相朋：为私利勾结的小团体。

译诗

香草被丢弃在穷街陋巷，恶草却供奉在华美的东厢房。
贤臣遭受阻塞见不到君主，围绕着君王的都是相互勾结的小人。

> 枭鸮①并进而俱鸣兮，凤皇飞而高翔。
> 愿壹往②而径逝③兮，道壅绝④而不通。

注释

①枭鸮：猫头鹰，泛指恶鸟，此处指小人。②壹往：一直向前。③径逝：消逝。④壅绝：壅塞路绝。

译诗

小人成群地在朝堂上喧哗，贤能的人都被排挤离去。
但愿见君王一面就离开，路途断绝与君王不相通。

延伸

此诗接前篇的调子,仍然是低沉的、灰暗的,君子贤人被排斥,小人得到重用。即便是晋文公这样的明君,也仍然有误会贤人介子推的地方。晋文公重耳曾经和自己的支持者在外流亡达十九年之久,在追随他的人中,就有介子推。有一次他们走了很远的路,很久没有吃东西,所有人都饿得昏昏沉沉,突然介子推端来了一碗香喷喷的肉汤,重耳由此填饱了肚子。他后来得知,那竟然是介子推从自己腿上割下来的肉。这是一个非常令人惊叹的故事。按理来说,后来登上国君之位的重耳应该重用介子推,但他们之间却疏远了,介子推不愿意与那些追逐权势和名利的人为伍,隐居到了一座叫绵山的山中。晋文公为了逼迫介子推出来,让人放火烧山,结果这位隐居者宁可被烧死也不出来。史书中关于介子推的记录非常少,而且有语焉不详的地方。东方朔的诗中说"德日忘而怨深",很可能这对君臣之间发生了一些不快,但这些记载已经被抹掉了。通过子胥、比干、介子推这三个历史典故,诗人想表达对忠臣不得重用,小人在上位现象的愤懑,但却间接说明了古代臣子就像帝王的私属品,命运由不得自己把握。

自悲

居愁勤^①其谁告兮,独永思而忧悲。
内自省而不惭兮,操^②愈坚而不衰。

注释

①愁勤:愁苦。勤,痛苦。②操:操守。

译诗

平生愁苦向谁倾诉呢,唯有独自思虑忧愁。
自我反省并无惭愧之处,操守越来越坚定而不减弱。

> 隐三年而无决①兮，岁忽忽其若颓②(tuí)。
> 怜余身不足以卒意③兮，冀一见而复归。

注释

①无决：没有决断。②颓：本义为水向下流，此处形容岁月流逝。③卒意：尽意。

译诗

隐退三年仍未得到召回的命令，岁月匆匆像流水逝去。
可怜我不能尽意施展志向，希望见君王一面回故乡。

> 哀人事之不幸兮，属①天命而委之咸池②。
> 身被疾而不间③兮，心沸热其若汤。

注释

①属：同"嘱"，托付。②咸池：天神的名字。③间：病愈。

译诗

可叹人间事的不幸，只能将命运托付于神。
身患疾病还没有痊愈，心中焦灼像滚沸的开水一样。

> 冰炭不可以相并①兮，吾固知乎命之不长。
> 哀独苦死之无乐兮，惜余年之未央②。

注释

①相并：相容。②未央：未尽，没有过半。

译诗

冰冷与火热不相兼容，我本来知道寿命不长了。
可叹我痛苦至死都未曾有快乐，可惜我的生命还未过半。

悲不反①余之所居兮，恨离予②之故乡。

鸟兽惊而失群兮，犹高飞而哀鸣。

注释

①反：同"返"。②予：我。

译诗

可叹我不能返回曾经的家园，憾恨离开了我的故乡。
鸟兽惊奔和自己的族群离散，尚且高高飞翔悲哀鸣叫。

狐死必首丘①兮，夫人孰能不反其真情？

故人疏而日忘兮，新人近而俞②好。

注释

①首丘：头朝山丘。②俞：同"愈"。

译诗

狐狸死时头必定朝向故丘，身为人怎能不拥有这种感情？
旧人疏远而日渐被遗忘，新人亲近而越来越亲密。

莫能行于杳冥①兮，孰能施于无报？

苦众人之皆然兮，乘回风②而远游。

注释

①杳冥：本义为昏暗。②回风：旋风。

译诗

不能总在幽暗中前行啊，谁能施舍而不求回报？
苦恼于人们都是这样啊，我只能借旋风去远游。

七 谏

凌^①恒山^②其若陋^③兮，聊愉娱^④(yú yú)以忘忧。
悲虚言之无实兮，苦众口之铄(shuò)金^⑤。

注释

①凌：攀登。②恒山：位于山西北部。③陋：小。④愉娱：娱乐。⑤铄金：熔化金属，比喻人言可畏。

译诗

登上恒山而觉得一切渺小啊，我姑且娱乐而排遣忧愁。
可悲那虚妄的话丝毫没有实据，痛苦于悠悠众口人言可畏。

遇故乡而一顾兮，泣歔欷^①(xū xī)而沾衿^②。
厌^③白玉以为面兮，怀琬琰^④(wǎn yǎn)以为心。

注释

①歔欷：哭泣、叹息。②衿：衣襟。③厌：涂施。④琬琰：指美玉。

译诗

过故乡我回头相望啊，悲伤的眼泪落满了衣裳。
面敷白玉做妆容啊，我怀着一颗美玉般纯洁的心。

邪气入而感内^①兮，施玉色而外淫^②。
何青云之流澜^③兮，微霜降之蒙蒙。

注释

①感内：内有所感。②淫：浸渍，润。②流澜：遍布，散布，此处形容云彩。

译诗

邪气相侵内有所感，玉石般的颜色依旧莹润。
为何乌云翻滚漫卷，迷蒙的轻霜四处飘零。

> 徐风至而徘徊兮，疾风过之汤汤(shāng)①。
> 闻南藩②乐而欲往兮，至会稽③而且止。

注释

①汤汤：形容水很大，此处指风。②南藩：南面的藩国。③会稽：山名，位于今浙江省中南部，古代帝王多在此设祭。

译诗

风徐徐地吹来在此徘徊，强劲的风吹过之处草木狂摇。
听说南部是一片乐土我想去，走到会稽我暂停了下来。

> 见韩众①而宿之兮，问天道②之所在？
> 借浮云以送予兮，载雌霓而为旌。

注释

①韩众：传说中的仙人，本为齐国人，为齐王采药，自己服用而成仙。②天道：长生之道。

译诗

看见神仙韩众住在这里，我向他请教摄生之道。
借用一片浮云送我远去，把彩虹载于车上当旗帜。

> 驾青龙以驰骛兮，班衍衍①之冥冥。
> 忽容容②其安之兮，超③慌忽④其焉如？

注释

①班衍衍：形容飞快。②容容：纷乱动荡。③超：遥远。④慌忽：同"恍惚"。

译诗

驾着青龙拉的车驰骋，车子飞快地飞向远方。
飘忽不定无所适从啊，遥远的地方恍惚一片不知是什么？

> 苦众人之难信兮，愿离群而远举①。
> 登峦②山而远望兮，好③桂树之冬荣。

注释

①举：飞，指离开。②峦：小山。③好：喜爱。

译诗

痛苦于难以取信于众人，我宁可离开人群去他方。
登上小山举目远眺，喜欢的桂树在冬天依旧欣欣向荣。

> 观天火①之炎炀②兮，听大壑③之波声。
> 引④八维⑤以自道⑥兮，含沆瀣⑦以长生。

注释

①天火：可能指天文现象，"观天火"与下句"听大壑"句式上对仗，充满了文学之美。②炀：形容炽热。③大壑：此处指大海。④引：揽着。⑤八维：指四方和四隅，东、南、西、北称为四方，东南、西南、东北、西北称为四隅。神话传说中八维各有一条绳索，系在天上，用来固定大地。⑥道：通"导"。⑦沆瀣：指夜晚的水汽，露水。

译诗

夜观星空天火流荡，听大海波涛汹涌。
拉着八根连接天地的绳索引导自己，吸风饮露以获得生命的永恒。

居不乐以时思兮，食草木之秋实①。

饮菌若②之朝露兮，构③桂木而为室。

注释

①实：果实。②菌若：菌和若，两种香草的名字。③构：搭建。

译诗

闲居不乐是因为心有忧虑，用秋天草木的果实充饥。
饮用挂在香草上的朝露，用桂木搭建我的住宅。

杂①橘柚以为囿②兮，列③新夷与椒桢④。

鹍⑤（kūn）鹤孤而夜号兮，哀居者⑥之诚贞。

注释

①杂：混合。②囿：本指园林，此处指园子。③列：整齐的栽培，成列。④新夷与椒桢：均为香草名。新夷，即辛夷。椒，花椒。桢，女贞子。⑤鹍：鸟名，又称鹍鸡。⑥居者：指屈原。

译诗

在园囿中混合栽种橘和柚，辛夷花椒和女贞都栽培成行。
鹍鸡和仙鹤夜里悲哀地鸣叫，哀怜退隐于此的人诚信且正直。

延伸

这是一首文采飞扬的诗歌，对后世影响很大。如"凌恒山其若陋兮"一句，便影响了唐代诗人杜甫，从而催生出"会当凌绝顶，一览众山小"的诗句。此外，如诗中的"观天火之炎炀兮，听大壑之波声。引八维以自道兮，含沆瀣以长生"，对仗工整，意境幽远，想象力奇瑰，令人胸臆为之一开。东方朔代屈原立言的这首诗，将屈原刻画的尤为丰满。我们在这首诗中可以看到两个层面的屈原，一面是对家国的全情投入，尽管被流放在外三年，仍念及故国，依旧是激情四溢，即诗中所说的鸟兽失群，高飞哀鸣以及狐死首丘。另一个层面则是乘风远游，驾龙而去，登山见桂，观天听海，吸风饮露，香木为屋，这是他身上超脱忘我的地方。我们可以说屈原身上并存着两种精神，一者是理性、秩序，一者是恣意、超越，这两种精神在屈原身上并存，刚好体现他政治家色彩与诗人气息的混合气质。在这首诗中，诗人的故国之思和远游高飞并不是剥离开的，而是纠缠在一起的，这也正是这首诗独有的写作特点。

哀命

哀时命①之不合②兮，伤楚国之多忧。
内怀情③之洁白兮，遭乱世而离尤④。

注释

①时命：时世和命运。②合：符合。③怀情：怀着……情操。④离尤：遭遇忧患。

译诗

可叹我生不逢时啊，悲叹楚国多灾多难。
我怀着纯洁无瑕的情操，在乱世遭逢忧患。

恶^{wù}①耿介②之直行兮，世溷浊而不知。
何君臣之相失兮，上沅湘而分离。

注释

①恶：诋毁，中伤。②耿介：正直；不同于流俗。

译诗

小人们厌恶性格耿介直道而行的人，世道混浊不重视贤良。
为何君臣之间失于彼此了解，我逆着沅水湘水而行离别了君王。

> 测①汨罗之湘水②兮，知时固③而不反④。
> 伤离散之交乱⑤兮，遂侧身⑥而既远。

注释

①测：度量水深浅。②汨罗之湘水：即汨罗江。③固：已然。④反：同"返"。⑤交乱：相互怨恨。⑥侧身：戒备恐惧。另说为置身。

译诗

我将以身度量汨罗江的深浅，我已然知道朝堂的丑恶不再返回。
悲伤于君臣分离后又相互埋怨，故而心中有恐惧而距君王愈远。

> 处玄舍①之幽门②兮，穴③岩石而窟④伏⑤。
> 从⑥水蛟而为徒⑦兮，与神龙乎休息。

注释

①玄舍：暗室。②幽门：昏暗的出入口。③穴：作动词，隐居。④窟：洞穴。⑤伏：隐藏。⑥从：跟随。⑦徒：同类。

译诗

我在暗室望着幽暗的门，隐居于石窟洞穴之中。
我追随水中的蛟龙彼此视为同类，与见首不见尾的神龙相伴。

> 何山石之崭岩①兮，灵魂屈而偃蹇②。
> 含素水③而蒙深④兮，日眳眳而既远。

注释

①崭岩：高而险峻的山。②偃蹇：困顿。③素水：清水。④蒙深：即濛濛，密布的样子。

译诗

山岭高峻而巍峨啊,灵魂却委屈而困顿。
我在清洁而广阔的水源饮水,日头隐没越来越远。

哀形体之离解^①兮,神罔两^②而无舍^③。
惟椒兰^④之不反兮,魂迷惑而不知路。

注释

①离解:形容精疲力竭。②罔两:心神恍惚的样子。罔,通"惘"。③舍:止息,休息。④椒兰:指楚国的两个大臣的名字。椒,楚国司马子椒;兰,楚国令尹子兰。都被视为佞臣。

译诗

哀叹我精疲力竭形容枯槁,神思恍惚无所依托。
子椒和子兰不欲我返回,我的魂魄迷失了归路。

愿无过之设行^①兮,虽灭没^②之自乐。
痛楚国之流亡^③兮,哀灵修^④之过^⑤到。

注释

①设行:施行,照自己的意志安排。②灭没:指身名俱毁。③流亡:危亡。④灵修:指楚王。⑤过:过错。

译诗

我愿坚持自己而没有失误,虽身名俱毁也以之为乐。
痛惜楚国一天天陷入危亡,哀怜楚王铸成大过错。

固时俗之溷浊兮,志^①瞀迷^②而不知路。
念私门^③之正匠^④兮,遥涉江而远去。

注释

①志：心情。②瞀迷：心中烦乱迷茫。③私门：权门。指公权力出于私人之门。④正匠：政教。

译诗

本来世俗就是这样混浊啊，我不知去路心中充满了烦乱。
念及权门以私心治国，我宁可渡过江去越远越好。

念女嬃①之婵媛②兮，涕泣③流乎於悒④。
我决死而不生兮，虽重追⑤吾⑥何及⑦。

注释

①女嬃：早期注释中多认为是屈原的姊（或妹），郭沫若《屈原赋今译》作"女伴"。当为女性的泛指。②婵媛：关心担忧的样子。③涕泣：哭泣的泪水。④於悒：呜咽。⑤重追：再次、再三追求。⑥吾：当作"其"。⑦及：追上。

译诗

想到女嬃的关心牵挂，泪水横流哽咽不已。
我决心赴死不再苟活，再三规劝又有何益。

戏①疾濑②之素水兮，望高山之蹇产③。
哀高丘④之赤岸⑤兮，遂没身⑥而不反。

注释

①戏：嬉戏。②濑：急流。③蹇产：山势曲折的样子。④高丘：高山。⑤赤岸：山崖。⑥没身：指投身江流。

译诗

我嬉戏在湍急的清水间，仰望高山蜿蜒陡峭。
叹息于险峻的高山、陡峭的河岸，随即跳入江流无有回还。

七 谏

延伸

篇名出自首句"哀时命之不合兮",这是东方朔替屈原所写的一篇"绝命词",是屈原最后的告别书。由于相同的境遇,东方朔未尝不曾像屈原一样,有过结束自己生命的想法。诗人借屈原之口,表达自己的痛苦,展现了古代知识分子唯有寄身朝堂才能施展才华的无奈处境。不然,只能像庄子那样辞官隐世。东方朔的这首诗,整体而言,是宣泄汉代儒家知识分子的苦闷。

谬谏

> 怨灵修之浩荡兮,夫何执操①之不固?
> 悲太山②之为隍③（huáng）兮,孰江河之可涸?

注释

①操:操守,气节。②太山:即泰山。太,同"泰"。或说泛指大山。③隍:没有水的护城河,泛指深沟。

译诗

我怨恨君王的荒诞啊,为什么没有坚守自己的操行?
我悲愤高山变成了深沟,为什么江河也会干涸?

> 愿承闲①而效志②兮,恐犯忌③而干讳④。
> 卒抚情以寂寞兮,然怊怅而自悲。

注释

①承闲:等候时机。②志:志向。一本作"忠"。③犯忌:冒犯忌讳。④干讳:与"犯忌"略近,干犯忌讳。

译诗

愿等候机会报效君王啊，又害怕触犯了他的忌讳。
最后我压抑自己守住寂寞，然而心中充满惆怅独自悲伤。

> 玉与石其同匮①兮，贯②鱼眼与珠玑③。
> 驽骏杂而不分兮，服④罢牛而骖骥。

注释

①匮：柜子、箱子。②贯：穿连，指串起来。③珠玑：珠指宝珠，玑指不圆的珠子。此处泛指珠宝。④服：四匹马拉一辆车，中间两马称之为"服"。此处泛指拉车。

译诗

美玉和砾石在同一个柜中收藏，死鱼眼和珍珠串在一起。
劣马和骏马混杂不分啊，让疲惫的牛和千里马协同驾车。

> 年滔滔①而自远兮，寿冉冉而愈衰。
> 心怵惕②(tú tán)而烦冤③兮，蹇④超摇⑤而无冀。

注释

①滔滔：本义为形容水流，此处指岁月流逝。②怵惕：形容忧愁苦闷。③烦冤：烦闷冤屈。④蹇：发语词，无实义。⑤超摇：心中不安。

译诗

岁月像流水般一天天逝去，年岁增长啊身体渐弱。
我心中充满了忧愁和冤屈，心中不安且全无希望。

> 固时俗之工巧兮，灭规矩而改错①。
> 却骐骥而不乘兮，策②驽骀③而取路。

注释

①错：通"措"，举措。②策：本义为鞭子，此处作动词，鞭策。③驽骀：劣马。

译诗

时下的流俗本就善于取巧，破坏法度改变举措。
废置千里马不去驾乘，却用鞭子抽着拙劣的马上路。

> 当世岂无骐骥^①兮，诚^②无王良^③之善驭。
> 见执辔者非其人^④兮，故驹跳而远去。

注释

①骐骥：指骏马，比喻人才。②诚：实在是。③王良：春秋时晋国人，善御马。④非其人：不是善御马的人。

译诗

当世难道没有优秀的人才吗，只是缺乏像王良那样善驾驭的人啊。
见驾车的不是真正的高手，骏马也蹦跳着远远遁走了。

> 不量凿（ruì）^①而正枘^②兮，恐矩矱（jǔ huò）^③之不同。
> 不论世^④而高举^⑤兮，恐操行之不调^⑥。

注释

①凿：此处作名词，指木器上的孔眼，用以容纳榫头。②枘：榫头。③矩矱：法度，此处指原义尺寸。矩，尺子。矱，尺度。④论世：辨别世事（之非）。⑤高举：高飞。⑥调：调和。

译诗

不测量凿孔就削制榫头，恐怕尺寸难以相吻合。
不理会世间的是非远循，唯恐自己的操行与世俗难以调和。

> 弧弓①弛②而不张兮，孰云知其所至？
> 无倾危③之患难兮，焉知贤士之所死？

注释

①弧弓：泛指弓。②弛：弓弦没有绷紧。③倾危：倾覆危难，指国家有危险。

译诗

弓弦松弛而无法射箭啊，谁也不知（绷紧）能射多远？
国家没遇到倾覆的灾难啊，怎知贤良的人不会为之殉难？

> 俗推佞①而进富②兮，节行张③而不著④。
> 贤良蔽而不群兮，朋曹⑤比而党誉⑥。

注释

①推佞：推荐奸佞之徒。②进富：进献富贵。③张：扩张。④著：显著。⑤朋曹：朋辈。⑥党誉：互相称赞。

译诗

世俗好推崇奸佞之人与富贵，品行廉洁的人却无显著声名。
贤良的人遭到排挤而被孤立，小人们结成小团体互相称赞。

> 邪说饰而多曲兮，正法①弧②而不公。
> 直士隐而避匿兮，谗谀登乎明堂。

注释

①正法：正确的法度。②弧：违背。

译诗

邪说再伪饰也充满了歪曲，违反正确法度就会诞生不公。
忠直的人隐居避世，谄媚阿谀之徒就会挤满朝堂。

七 谏

弃彭咸①之娱乐兮，灭巧倕②之绳墨。
菎蕗③杂于黀蒸④兮，机蓬矢⑤以射革⑥。

注释

①彭咸：传说为殷商时大夫，进谏得不到采纳，投水殉国，后成为忠直敢谏者的代称。②巧倕：传说中的能工巧匠，名倕，尧帝时人。此处比喻贤良的人。③菎蕗：香草名。④黀蒸：指麻秸,古代点燃取暖或照明。⑤蓬矢：蓬蒿作的箭。⑥革：去掉毛的兽皮，此处指铠甲。

译诗

丢弃忠臣的进谏而沉溺娱乐，废弃能工巧匠的尺度。
香草和麻秸秆混杂在一起，用不够锋利的箭射坚硬的护甲。

驾蹇驴①而无策②兮，又何路之能极？
以直针而为钓兮，又何鱼之能得？

注释

①蹇驴：瘸腿的驴。②策：鞭子。

译诗

驾着瘸腿驴拉的车却没有鞭子，哪条路能走到终点？
拿着笔直的针当钓钩，又怎么能钓到鱼？

伯牙①之绝弦②兮，无钟子期③而听之。
和抱璞④而泣血兮，安得良工而剖⑤之？

注释

①伯牙：春秋战国时晋国大夫。②绝弦：拉断琴弦，代指不再弹琴。③钟

子期：樵夫名，与伯牙为好友，能听得懂其琴声中的深意，被称为"知音"。
④璞：没有开凿的玉石。⑤剖：剖开，雕琢。

译诗

伯牙绝意不再弹琴，是因为失去了钟子期这位知音。
卞和抱着璞玉哭泣得泪成血，哪里有良工为他证明？

> 同音①者相和兮，同类者相似。
> 飞鸟号②其群兮，鹿鸣求其友。

注释

①同音：音声相同的人。②号：大声叫。

译诗

音声相同可以相互唱和，同为族类故而彼此相似。
飞鸟大声鸣叫是呼喊其他鸟儿，鹿儿鸣叫是召唤它的同伴。

> 故叩①宫②而宫应兮，弹③角④而角动。
> 虎啸而谷风至兮，龙举⑤而景云⑥往。

注释

①叩：敲击。②宫：古代五音（宫、商、角、徵、羽）之一。③弹：弹奏。
④角：古代五音之一。这两句意思相似，用以比喻君臣同声相和，同气连枝。
⑤举：飞。⑥景云：浓厚有光亮的云，祥云。

译诗

因此叩击宫调宫声相应，弹奏角声角音响鸣。
老虎咆哮山谷而大风吹，神龙飞升于天而祥云随。

> 音声①之相和兮，言物类之相感也。
> 夫方圜之异形兮，势②不可以相错③。

注释

①音声：古代"音"和"声"是不同的概念。音指与心灵相感之音，声指外部发出的声音。②势：形状。③错：通"措"，安放。

译诗

音与声相互协调，万物之间相互感应。
方与圆不相吻合，不同形状的东西很难错杂在一起。

> 列子①隐身而穷处兮，世莫可以寄托。
> 众鸟皆有行列兮，凤独翔翔②而无所薄③。

注释

①列子：名列御寇，战国时思想家，道家学派人物，著有《列子》一书。②翔翔：翱翔。③薄：依附。

译诗

列子隐居世外而独处，世人不知其所寄托。
天上的群鸟各自成群，只有凤凰独飞而无须依附。

> 经浊世而不得志兮，愿侧身①岩穴而自托。
> 欲阖②口而无言兮，尝被君之厚德。

注释

①侧身：隐身，指隐居。②阖：闭。

译诗

历经混乱的世道不能施展志向，宁可隐居山洞存身。
我本想闭口不再谈论政事，但曾得到君王的厚遇。

独便悁^①而怀毒^②兮，愁郁郁之焉极？
念三年之积思兮，愿壹见而陈辞。

注释

①便悁：忧愁。②毒：怨恨。

译诗

独自忧愁充满怨恨，我的忧愁抑郁哪有尽头？
怀念君王三年集下深重的思念，愿意一见君王陈说自己的想法。

不及君而骋说^①兮，世孰可为明之？
身寝疾^②而日愁兮，情沉抑而不扬^③。
众人莫可与论道兮，悲精神之不通。

注释

①骋说：放言，尽情地说。②寝疾：卧病。③不扬：得不到释放。

译诗

未能遇到贤君而尽情诉说，世人谁能为我证明（忠贞）。
卧病在床一天天发愁，沉郁压抑的情感得不到释放。
众人都不可以与之谈论大道，悲哀啊精神上无人相通。

乱^①曰：
鸾皇孔凤日以远兮，畜凫^②驾鹅^③。

七　谏

> 鸡鹜④满堂坛⑤兮，鼃黾⑥游乎华池。

注释

①乱：结尾用语。这段乱词是《七谏》这首长诗的结尾。②凫：野鸭。③驾鹅：野鹅。④鸡鹜：鸡鸭，比喻庸人。⑤堂坛：殿堂和祭坛。⑥鼃黾：蛙的一种。鼃，同"蛙"。与前文的"鸡鹜"一样，都比喻庸常之辈。

译诗

乱辞说：
凤凰和鸾鸟逐日远去，只剩下园囿里饲养的野鸭野鹅。
鸡鸭挤满了殿堂，青蛙游荡于华丽的水池。

> 骁裹①奔亡兮，腾驾橐驼②。
> 铅刀③进御④兮，遥弃太阿⑤。

注释

①骁裹：同"腰裹"，指骏马。②橐驼：骆驼。③铅刀：铅质软，故而铸造的刀钝，此处指钝刀子。比喻鲁钝的人。④御：进献。⑤太阿：古代名剑的名称，也称为"泰阿"，后为宝剑的代称。

译诗

骏马远去不见了踪影，人们骑着骆驼奔跑。
鲁钝的刀进献给君王，宝剑却被丢弃在远方。

> 拔搴玄芝①兮，列树芋荷。
> 橘柚萎枯兮，苦李旖旎②。

注释

①玄芝：神草。②旖旎：本义为旗帜随风飘舞，此处形容繁盛。

译诗

拔除仙草灵芝,却将恶草培植成行。
甘甜的橘树和柚树枯萎,苦涩的李子却生长繁盛。

甋瓯^①登于明堂兮,周鼎^②潜潜乎深渊。
自古而固然兮,吾又何怨乎今之人。

注释

①甋瓯:瓦盆。比喻笨拙庸常之人。②周鼎:周代铸造的鼎,代指传国重器。此处比喻人才。

译诗

瓦盆被陈列在祭祀的明堂上,传世宝鼎却沉没于深渊。
自古以来就是这样,我又何必埋怨当今之人呢!

延伸

"谬谏",意为委婉地进谏。这首诗用了大量的比喻,而不是直白地去书写,这也是诗歌的特点。如用"石""鱼眼""驽马""铅刀""鸡鹜""苦李""甋瓯"比喻小人和庸常之人,而用"玉""凤凰""骏马""太阿""周鼎"比喻贤能的人和忠臣,他以玉和石同在一个柜子里储藏,鱼目和明珠串在一起比喻君王不辨贤愚忠奸,表达了自己的愤慨。诗中的"无倾危之患难兮,焉知贤士之所死?"堪称名句,后世唐太宗作《赠萧瑀》,其中有"疾风知劲草,板荡识诚臣"的句子,大体上表达的和这两句是一个意思,可能是此句子的化用。

东方朔在创作上模仿了屈原和宋玉,可以说是对楚辞的某种继承,不过有些地方沿袭痕迹过于明显。如"却骐骥而不乘兮,策驽骀而取路。""见执辔者非其人兮,故驹跳而远去"等句,便是直接引自宋玉《九辩》中的句子。"固时俗之工巧兮,灭规矩而改错"则是从"何时俗之工巧兮,背绳墨而改错""何时俗之工巧兮?灭规矩而改凿"这两句改易而来;"不量

凿而正枘兮，恐矩矱之不同"是从"圜凿而方枘兮，吾固知其鉏铻而难入"改易而来，类似句式很多，不再举例。还有另外一种可能，就是汉代人在整理屈原、宋玉等人的作品时，进行了句式修订，这一类句子是整合过程中留下的痕迹。但总的来说，这首诗文采飞扬，有很多琅琅上口，充满格言色彩的句子，如"当世岂无骐骥兮，诚无王良之善驭。""同音者相和兮，同类者相似。飞鸟号其群兮，鹿鸣求其友。……虎啸而谷风至兮，龙举而景云往。"这些诗句，句式严整，充满了韵律之美，体现了诗人高超的艺术表达能力。

九 怀

作者及作品

作者王褒,西汉蜀地资中(今四川资阳)人,字子渊,著名的辞赋大家,与文学家扬雄(字子云)并称为"渊云"。

王褒好读书,学问博洽,对屈原的辞赋尤为喜爱。益州刺史王襄听闻王褒身负奇才,便邀入门客。其作《中和》《乐职》,很合王襄的意,王襄便让乐工给这些诗都谱了曲,从而传播四方,王褒的诗名便不胫而走。汉宣帝刘询雅好文学和音乐,征召博学之士入宫,王襄便上书推荐了王褒,受诏作《圣主得贤臣颂》,由此进入汉王朝的宫廷。

王褒作《九怀》,代屈原立言。东汉学者王逸在《楚辞章句》中说:"怀者,思也,言屈原虽见放逐,犹思念其君,忧国倾危而不能忘也。褒读屈原之文,嘉其温雅,藻采敷衍,执握金玉,委之污渎,遭世溷浊,莫之能识。追而愍之,故作《九怀》,以裨其词。"用大白话说,王褒感念屈原虽然被流放,但仍然不忘国家和社稷,尤其是读了屈原的文章,更加为之倾倒。心怀怜悯之意,故而写了《九怀》这组诗。《汉书·王褒传》说他"颇好神仙",这恐怕也是《九怀》一诗中"上天入地,消遣于仙界"的意象来源之一。不得不说的是,王褒在再塑屈原艺术形象的方式上是独一无二的,他进一步将屈原艺术化了,使他成为了"诗神"。

《九怀》在内容和写作风格上,都是对屈原骚体文学的继承,后世刘向编订《楚辞》,将此篇收录其中,便是对王褒作品的认可。

王褒终其一生也未能摆脱文学侍从之臣的命运,他在奉命去蜀地祭

祀的路上病逝，享年40岁，这与屈原不被重用的命运倒十分相似。据《汉书·艺文志》记载，他留下了不少作品，不过在其身后千余年的时光里多失传了，明代文学家张溥搜集佚文十余篇，辑成《王谏议集》，是我们今天能够看到的较为全面的文本。

匡机

极运①兮不中，来②将屈③兮困穷。
余深愍（mǐn）④兮惨怛（dá）⑤，愿一列兮无从。

注释

①极运：极力运转。②来：当作"永"。③屈：委屈。④愍：同"悯"。⑤惨怛：忧伤，悲苦。

译诗

大道运行不再不偏不倚，承受委屈而无路可走。
我忧虑深重而闷闷不乐，想进言啊却没有门路。

乘日月兮上征，顾①游心②兮鄗（hào）酆（fēng）③。
弥览④兮九隅⑤，彷徨兮兰宫⑥。

注释

①顾：眷顾。②游心：涉想。③鄗酆：鄗，同"镐"，是周武王姬发所建的都城，在今陕西省长安县西南。酆，是周文王姬昌所建的都城，在今陕西省鄠邑区内。后世以鄗酆代指周王朝。④弥览：遍观。⑤九隅：九州。⑥兰宫：长满香草的宫室，此处泛指王宫。

译诗

驾乘日月向天上飞去，回头念想镐京和酆京。
看遍了四方九州，徘徊于壮丽的宫殿。

芷间^①兮药^②房，奋摇^③兮众芳。
菌^④阁兮蕙楼，观道^⑤兮从横。

注释

①间：里巷的大门，此处泛指门。②药：白芷。③奋摇：猛然飘起。或说花蓬勃生长。④菌：指蕙草。⑤观道：楼台旁的道路。

译诗

香草装饰门廊和殿堂，蓬勃生长飘散着浓郁的芳香。
蕙草和蕙花装潢楼阁，楼宇间道路纵横。

宝金兮委积^①，美玉兮盈堂。
桂水兮潺湲^②，扬流兮洋洋。

注释

①委积：堆积。②潺湲：水慢慢流动的样子。

译诗

珠宝和黄金随地堆积，殿堂内陈列着满满的美玉。
水流徐缓，飘香四溢，激起阵阵波涛，浩浩荡荡。

蓍蔡^①兮踊跃，孔鹤^②兮回翔。
抚槛兮远望，念君兮不忘。
怫郁^③兮莫陈，永怀兮内伤。

注释

①蓍蔡：卜卦用的大龟壳，此处指大龟。②孔鹤：巨大的仙鹤。③怫郁：心情不畅。

译诗

老龟欢快地奔跑，仙鹤在云间翱翔。
手抚栏杆望向远方，思念君王不能遗忘。
忧郁惆怅无处诉说，长久地怀念并且悲伤。

延伸

"匡机"究竟指什么，颇为费解，姜亮夫等学者将"匡"字解为"匡正"，则"匡机"有匡正危机之意。这首诗开篇就说天道运行出了问题，实则是指君主统治出现了混乱，诗人想谏言，但是没有合适的途径。故而，乘日月上达天界，游览宫观楼台，看遍奇珍异宝，尽管天上有长寿并且活跃的灵龟、自由翱翔的仙鹤，但这些也并不能排遣他的悲伤。

王褒的辞赋，韵味十足，读来充满了音乐感，已经有了后世格律诗的音声，略加改动，便是一首极佳的五言诗：大道运不中，来日屈困穷。余心实惨然，进言无门径。驾乘日月升，骋怀望镐酆。遍游八荒地，彷徨芝兰宫。白芷妆精舍，清香溢群芳。奇花楼阁见，宫道纵横长。宝藏委地席，美玉满华堂。清池水潺湲，扬流涌波光。灵龟态踊跃，神鸟恣回翔。抚栏江湖远，念君不可忘。抑郁无人诉，永怀何惆怅。

通路

天门①兮墬户②，孰由兮贤者？
无正③兮溷厕④(hùn)，怀德兮何睹？

注释

①天门：天界的门，此处指天。②墬户：大地门户，泛指地。③无正：没

有正义、正直。④溷厕：混乱杂错。

译诗

天界之门和大地入口，贤者走哪一条路？
鱼龙混杂好坏不分，怀有美德的人怎能被发现？

假寐①兮愍②斯，谁可与兮寤语③？
痛凤兮远逝，畜鹓④兮近处。

注释

①假寐：小憩，假睡。 ②愍：同"悯"。③寤语：日夜相对而语。④鹓：通"鹓"，小鸟。

译诗

躺着假睡心中充满悲悯，谁能与我同席对卧说话？
痛惜凤凰远飞，饲养的小鸟却日渐亲近。

鲸鳟①兮幽潜②，从虾③兮游陼④。
乘虬⑤兮登阳⑥，载象⑦兮上行。

注释

①鳟：同"鲟"，大鱼。②幽潜：潜藏在深水。③从虾：小虾。④陼：通"渚"，水中的小洲。⑤虬：虬龙。⑥登阳：上天。⑦载象：骑着神象。

译诗

大鱼都深潜于水中，小虾米在浅水中兴风作浪。
骑着龙飞上九天，骑着大象四处驰骋。

朝发兮葱岭①，夕至兮明光②。
北饮兮飞泉③，南采兮芝英④。

注释

①葱岭：位于新疆西南，昆仑山、天山等都发脉于此。②明光：神话中昼夜明亮的丹丘。③飞泉：神话中昆仑山的山谷。④芝英：灵芝的花。

译诗

早晨从葱岭出发，晚暮到达明光山。
向北到飞泉谷饮水，向南采集灵芝的花朵。

> 宣游①兮列宿②，顺极③兮彷徉。
> 红采④兮骍(xīng)⑤衣，翠缥⑥兮为裳。

注释

①宣游：遍游。②列宿：天上的星宿。③极：北极星。④红采：红色的光彩。⑤骍：赤红色的马。⑥翠缥：翠色淡青的帛。

译诗

游遍了天上的群星，环绕北极星游荡。
以闪烁红色光彩的虹为上衣，用翠色淡青的云为下裳。

> 舒佩①兮綝(lín)纚(lí)②，竦(sǒng)③余剑兮干将④。
> 腾蛇⑤兮后从，飞駏(jù)⑥兮步旁。

注释

①佩：腰带上的坠饰，多用玉石。②綝纚：佩玉下垂的样子。③竦：耸立。④干将：古代名剑，后用作宝剑的代称。⑤腾蛇：传说中会飞的蛇。⑥飞駏：神兽名。

译诗

舒展环佩光灿琳琅，手持宝剑长身玉立。
灵蛇跟从在后面，神兽伴随在身旁。

九 怀

微观①兮玄圃②,览察③兮瑶光④。
启匮⑤兮探筴⑥,悲命兮相当⑦。

注释

①微观:细微的观察。②玄圃:指悬圃,传说中昆仑山山顶上的神仙居所。③览察:总览。④瑶光:星名,北斗的第七颗星。⑤启匮:打开箱子。⑥探筴:取出占卜用的蓍草。⑦相当:非常。

译诗

细致入微地参观了天帝的花园,总览了璀璨的瑶光星。
打开匣子取出占卜的工具,悲叹我的命运非常不公。

纫①蕙兮永辞,将离兮所思。
浮云兮容与,道②余兮何之?

注释

①纫:连缀,类同缝纫。②道:作动词,引导。

译诗

连缀香草永远辞别,将要离开啊心却有所念。
漂浮的云悠悠不前,引导我向何方?

远望兮仟眠①,闻雷兮阗阗②。
阴忧③兮感④余,惆怅兮自怜。

注释

①仟眠:阡陌。②阗阗:盛大的样子。③阴忧:同"隐忧",深忧。④感:通"撼"。

译诗

眺望远处的道路,我听到滚动的雷霆。
深深的忧虑撼动着我,伤感并孤影自怜。

延伸

  这首诗在九篇作品中写得最好,结尾写得尤其精妙。营造了一种阴云四合,雷声隆隆,日暮途穷的意境。"通路",即出路,或者可以说是做官出仕的路,既是指世俗意义上的人的安身立命,又指一个人内在的出路。一个人在现实中没有出路,必然陷入困穷;一个人的内在世界没有出路,必然发疯。小人上位,贤人远离。出现了大鱼潜入深水隐藏,而小鱼小虾兴风作浪的局面。在这种情况下,诗人驾着虬龙,骑着神象,彩虹为衣,青云为裳,腰间的佩玉叮当作响,手中的宝剑闪烁寒芒,游历四极八荒,翱翔列星瑶光,灵蛇追随在后,神兽陪伴在侧……姿态之飘逸,样貌之潇洒,可谓天人。这一段充满想象力的描写,塑造了一个古今无二的"诗神"形象。

  在《九怀》系列作品中,主体形象是"远游的诗神",他是屈原形象和诗人内在自我的叠加,这种叠加深刻地影响了后世文人。一方面他们有着难以磨灭的家国情怀,另一方面在个体生命的追求上,又有着林泉之思。这种双重情感在后世的阮籍、庾信、杜甫身上都有体现。阮籍穷途哭返,庾信则发出了"日暮途远,人间何世"的慨叹,杜甫更是哀叹"几年春草歇,今日暮途穷"。陈寅恪晚年诗中"一生负气成今日,四海无人对斜阳"之句,未尝没有这种感情的存在。在这些现象里,整个人类的命运和个人的感情纠合在一起,充满了强烈的历史感。

危俊

林不容兮鸣蜩(tiáo)①,余何留兮中州②?
陶③嘉月④兮总驾⑤,搴(qiān)⑥玉英⑦兮自修⑧。

九 怀

注释

①蜩：蝉。②中州：指中土、中原。③陶：选。④嘉月：美好的月份。⑤总驾：聚集车马。⑥搴：采摘，摘取。⑦玉英：玉树的花。⑧自修：修饰自己，引为修养德行。

译诗

林中不容鸣叫的蝉，我何必还留在中土？
选择良辰吉日聚起车马，采集好看的花朵装扮自己。

> 结荣茝(chǎi)①兮逶逝②，将去烝③兮远游。
> 径岱④土兮魏阙⑤，历九曲⑥兮牵牛⑦。

注释

①结荣茝：用茝草的花朵打成结。②逶逝：修长。③烝：指国君。④岱：泰山。⑤魏阙：高大的宫阙，此处指像宫阙一样高大的山。⑥九曲：九天。⑦牵牛：牵牛星。

译诗

用茝草系好书信后离去，离开君王去远方游历。
经过泰山看到像宫阙般高大的山，穿过九重天走过牵牛星。

> 聊假日①兮相佯②，遗光耀③兮周流④。
> 望太一⑤兮淹息⑥，纡⑦余辔兮自休⑧。

注释

①假日：假以时日。②相佯：又作"相羊"，徘徊。③遗光耀：赠予太阳的光辉。④周流：周游。⑤太一：上古的最高神，此处代指太阳。⑥淹息：停滞不前。⑦纡：系结。⑧自休：随意休憩。

译诗

假以时日随处游荡，带着太阳的光芒周游四方。
仰望最高的神灵暂且停下，系住马缰绳随意休憩。

晞^①白日兮皎皎^②，弥^③远路兮悠悠。
顾列^④孛^⑤兮缥缥^⑥，观幽云^⑦兮陈^⑧浮。

注释

①晞：早上的太阳光。②皎皎：洁白明亮。③弥：远，久长。④列：众多。
⑤孛：彗星。⑥缥缥：同"飘飘"，轻举的样子。⑦幽云：色调暗淡的云。
⑧陈：弥漫。

译诗

清晨的日光灿烂明亮，前行的道路悠长。
回头看彗星横贯长空，看幽暗的云影上下浮动。

钜宝^①迁兮砏磤^②，雉^③咸雊^④兮相求。
泱莽莽^⑤兮究志，惧吾心兮惆惆^⑥。

注释

①钜宝：岁星。②砏磤：宝石撞击的声音。③雉：野鸡。④雊：野鸡的鸣叫声。⑤泱莽莽：形容没有边际。⑥惆惆：忧愁深重的样子。

译诗

岁星运行仿佛宝石相撞有声，野鸡求偶相互和鸣。
四野漫无边际令人深思，我心怀忧愁难以放下。

九　怀

> 步余马兮飞柱①，览可与兮匹俦②。
> 卒莫有兮纤介③，永余思兮怞怞④。

注释

①飞柱：传说中的神山名。②匹俦：伴侣。③纤介：细微。④怞怞：忧愁的样子。

译诗

我的马儿缓步于飞柱山下，看谁可以和我做伴侣。
最终也没寻觅到忠贞之人，我的思绪绵绵忧愁不断。

延伸

　　"危俊"，其义不明，有解释作处于危险境地的俊杰、贤人。这首诗可以看作是《九怀》这一组"旅行组诗"的一部分。林中容不得鸣蝉，朝堂容不得诤臣，也就意味着不允许说真话。诗人由此踏上了旅行，或者说是放逐之路。他听到了鸟儿求偶的叫声，想为自己找一个伴侣，可是在一个污浊的世界，持身耿介的人实在是寥若晨星，知音哪里那么容易得到呢？就像唐代诗人李白《月夜听卢子顺弹琴》中说的那样："钟期久已没，世上无知音。"

　　他到达北方的荒漠，也曾深陷迷人的星空；曾长久地凝视彗星，也曾瞩目四方的云气……在大自然面前，他显得如此孤独。唐朝诗人陈子昂在《登幽州台歌》中说："前不见古人，后不见来者。念天地之悠悠，独怆然而涕下。"可以说古来优秀的诗人，都把个人的内在感情与深厚的历史融合在一起，从而赋予了诗歌一种苍凉的底色。

昭世

> 世溷①兮冥昏②，违君③兮归真④。
> 乘龙兮偃蹇⑤，高回翔兮上臻⑥。

注释

①溷：浑浊，污秽。②冥昏：形容光线昏暗。③违君：离开君王。④归真：回归天然本性。⑤偃蹇：屈曲。⑥上臻：上飞到天际。臻，至。

译诗

世道混乱而且昏暗，离开朝堂回归天性。
骑着龙蜿蜒飞行，高高翱翔直达天际。

> 袭①英衣②兮缇绨③，披华裳兮芳芬。
> 登羊角④兮扶舆⑤，浮云漠⑥兮自娱。

注释

①袭：穿。②英衣：鲜亮的衣着。③缇绨：丝麻织物。缇，黄赤色丝织品。绨，麻织衣物。④羊角：古人给风起的名字，旋风。⑤扶舆：一种大风，即扶摇，盘旋而上。⑥云漠：银河。

译诗

穿上鲜亮的袍服，披上熏香四溢的披风。
乘着大风扶摇直上，在银河间自娱自乐。

> 握神精①兮雍容②，与神人兮相胥③。
> 流星坠兮成雨，进④瞵盼⑤兮上丘墟⑥。

注释

①神精：道家术语，精神与神气。②雍容：形容仪态大方，从容不迫。③胥：等待。④进：宋人洪兴祖作"集"。⑤瞵盼：左右顾盼。⑥丘墟：高大的山。

译诗

散发着爽朗的精气神仪态从容，我留下来等候神仙。
坠落的流星仿佛一场雨，我凝视着登上高山。

九 怀

览旧邦兮瀚(wěng)郁^①,余安能兮久居。
志怀逝^②兮心恻(liú)慄^③,纡(yū)^④余辔兮踌躇(chóu chú)^⑤。

注释

①瀚郁:形容云气涌动。②怀逝:想要离去。③恻:忧愁。④纡:系结。⑤踌躇:犹豫,徘徊。

译诗

望见故国云气涌动,我怎能安心长住在这里。
想离去但心中满是忧愁,放松马儿的缰绳徘徊不前。

闻素女^①兮微歌^②,听王后^③兮吹竽。
魂凄怆(chuàng)^④兮感哀,肠回回^⑤兮盘纡^⑥。

注释

①素女:传说中的仙子。②微歌:轻歌。③王后:神女名。④凄怆:感伤,悲伤。⑤回回:纡回曲折。⑥盘纡:盘结。

译诗

听到了仙子轻声地歌唱,神女吹奏着竽。
灵魂似乎出窍感伤且悲哀,九曲回肠缠结在一起。

抚余佩^①兮缤纷,高太息^②兮自怜。
使祝融^③兮先行,令昭明^④兮开门。

注释

①佩:古代人腰间饰物,多为玉制。②高太息:大声叹息。③祝融:火神。④昭明:光明。

译诗

抚摸着我腰间璀璨的玉佩，大声叹息且自怜。
让火神祝融做我的先行官，命守护天门的神将打开门。

> 驰六蛟兮上征，竦①余驾兮入冥②。
> 历九州兮索合③，谁可与兮终生。

注释

①竦：敬肃，此处引申为振作。②入冥：到幽远的地方。③索合：寻求志同道合的人。

译诗

驾乘六条龙拉的车飞翔，飙飞的车驾进入幽幽天穹。
走遍九州大地寻求我的同侪，谁能与我伴随一生。

> 忽反顾兮西囿①，睹轸丘②兮崎倾③。
> 横垂涕兮泫流④，悲余后⑤兮失灵⑥。

注释

①西囿：西方的园囿。②轸丘：高大险峻的山。③崎倾：危崎且倾斜，形容山势险恶。④泫流：流泪。⑤后：指君王。⑥失灵：丧失灵性，头脑不清楚。

译诗

忽而回头看西方那片园林，看到高耸险峻的山势。
泪眼婆娑，老泪纵横，悲伤于我的君王为人那么糊涂。

延伸

"昭世"即"政治清明的时代"。而诗歌的内容写的却是一个昏暗的世道，这是一种反用手法，也就是诗人渴望政治清明。由于世道昏暗，诗人产生

了遁世心理，幻想自己离开现实，飞往苍穹。这一手法也是屈原常用的手法，王褒既是为屈原立言，自然沿用了这一手法。不过，诗人的遁世并非对现实的逃避，他时刻关注着故国的情形，一旦得到召回的诏令，就会即刻返回朝堂。

尊 嘉

季春①兮阳阳②，列草兮成行。
余悲兮兰生③，委积兮纵横。

注释

①季春：阴历三月称作季春。②阳阳：形容风和日丽。③生：憔悴。一作"悴"，亦可解。

译诗

暮春三月风和日丽，百草葱茏的生长。
我悲伤于兰花凋零，坠落得一片狼藉。

江离①兮遗捐②，辛夷③兮挤臧④。
伊⑤思兮往古，亦多兮遭殃。

注释

①江离：香草名。②遗捐：遗弃。③辛夷：香木名。和前文的"江离"一样，都比喻贤人。④挤臧：被排挤而无闻。臧，同"藏"。⑤伊：发语词。

译诗

香草江离遭到抛弃，辛夷被排挤而隐藏。
古往今来的人们啊，大多也有这样的遭遇。

> 伍胥兮浮江，屈子兮沉湘①。
> 运余②兮念兹，心内兮怀伤。

注释

①湘：湘江，此处指汨罗江，湘是泛指。②运余：转过念头想自己。

译诗

伍子胥死后被弃于江中，屈原殉国自沉于湘水。
转而想到我自己的遭遇，内心充满了悲伤。

> 望淮①兮沛沛②，滨③流兮则逝。
> 榜舫④兮下流，东注兮磕磕⑤。

注释

①淮：淮水。②沛沛：形容水势盛大。③滨：水边。作动词，站在水边。④榜舫：船桨和船，此处作动词，乘舟。⑤磕磕：水石相激发出的声音。

译诗

望着滔滔的淮河，站在水边看逝水不息。
乘坐着船顺流而下，东行的船上看见水石相激。

> 蛟龙兮导引，文鱼①兮上濑②。
> 抽蒲③兮陈坐，援④芙蕖⑤兮为盖。

注释

①文鱼：有花纹的鱼。②濑：急流。③抽蒲：抽拔蒲草。④援：引。⑤芙蕖：即荷花。

九 怀

译诗

蛟龙做我的前导，美丽的大鱼助我穿过激流。
抽取蒲草制成席而坐，采摘荷叶做我的伞盖。

> 水跃兮余旌，继以兮微蔡①。
> 云旗兮电骛②，倏③忽兮容裔④。

注释

①微蔡：小草。②电骛：像闪电一样疾行。骛：急跑。③倏：忽然。④容裔：形容高低起伏。

译诗

飞溅的水花打湿了我的旗帜，细小的水草缠住了桨。
扬帆疾行，船在高低起伏的波浪中行进。

> 河伯①兮开门，迎余兮欢欣。
> 顾念兮旧都，怀恨兮艰难。
> 窃②哀兮浮萍，泛淫③兮无根。

注释

①河伯：水神名。②窃：暗自。③泛淫：形容随波漂浮。

译诗

水神河伯为我开门，欢快地迎接我进入。
我忽然念及故都，伤心得迈不动步子。
暗自哀伤自己随波逐流，像没有根的浮萍。

延伸

"尊嘉"，即尊崇美好的人或事物。该篇从春天草木繁盛开始写起，感

叹时光的流逝。兰花凋谢,贤人命运坎坷,进而联系到自身,不由忧从心头起。接着笔锋一转,描写在江流中扬帆起航,并在水族类的簇拥下开始了冒险,河神对他热烈欢迎,似乎忘记了之前的身世之叹,然而一念及故国,又不由地悲伤起来。从草木繁盛到凋零,进而放舟江流,以寻求生命的另外一种可能,这种写法固然与屈原创造的意象有关,但也是汉代诗歌中常见的写作手法,汉武帝《秋风辞》中除了没有神话的那一部分外,其他意象均有相通处,不妨试观之:"秋风起兮白云飞,草木黄落兮雁南归。兰有秀兮菊有芳,怀佳人兮不能忘。泛楼船兮济汾河,横中流兮扬素波。箫鼓鸣兮发棹歌,欢乐极兮哀情多。少壮几时兮奈老何!"由此亦可见,楚辞这种骚体文学在汉代的影响,大者催生了大赋,小者则推动了汉诗的发展。

蓄英

秋风兮萧萧①,舒芳②兮振条③。
微霜兮眇眇④,病殀⑤兮鸣蜩。

注释

①萧萧:风声。②舒芳:使花草绽放。③振条:树木枝条摇动。④眇眇:微小的样子。⑤病殀:病丧夭亡。

译诗

秋风飒飒作响,摇动着草木的枝条。
细小的轻霜落下,鸣蝉已绝迹。

玄鸟①兮辞归,飞翔兮灵丘②。
望溪兮瀚郁③,熊罴兮呴嗥④。

注释

①玄鸟:燕子。②灵丘:神仙的居所,神山。③瀚郁:形容云气涌动。④呴嗥:

指野兽的咆哮。

译诗

黑色的燕子离去,飞往灵丘山。
望着溪谷的云气,熊在耳畔大声咆哮。

> 唐虞①兮不存,何故兮久留?
> 临渊兮汪洋,顾②林兮忽荒。

注释

①唐虞:尧与舜。②顾:回头看。

译诗

尧和舜已不再,我何故在此久留?
走近波涛汹涌的大渊,回看山林已苍茫一片。

> 修余兮袿衣①(guī),骑霓兮南上。
> 乘云兮回回②,亹亹③(wěi)兮自强。

注释

①袿衣:衫子。②回回:形容盘旋而上。③亹亹:形容勤勉不倦。

译诗

整理我的长袍,骑着彩虹向南去。
乘着云气盘旋,勉励自己须自强。

> 将息①兮兰皋②(gāo),失志③兮悠悠。
> 芬蕴④(fēn yùn)兮霉黧⑤(lí),思君兮无聊。
> 身去兮意存,怆⑥(chuàng)恨兮怀愁。

注释

①将息：将养休息。②兰皋：水边长满兰花的小丘。③失志：失去志向。④芬蕴：蓄积。⑤霉黧：面上有污垢。⑥怆：悲伤。

译诗

我在水边长满兰花的小丘上休息，丧失志向而忧郁。

愁思聚集在污黑的脸上，想念君王苦闷不已。

此身虽去心意长存，满是悔恨无限悲伤。

延伸

"蓄英"，即积累美德之意。这首诗已初具五言诗的特点，尤其是第一部分，意象、修辞、音韵都已颇为成熟。诗从秋风摇撼草木的枝条写起，随着秋凉后的第一场清霜降临，鸣蝉也消失了。燕子离去了，大约是飞到了传说中的灵丘仙山。秋天的溪谷里雾气弥漫，熊在大声怒吼。这一段写的实在是美极了，已完全脱离了替屈原代言的窠臼，拥有了山水诗的魂，尤其是"望溪兮瀚郁，熊羆兮响噑"一句，把山野的粗犷美写得淋漓尽致，仿佛大自然的呼声，令人为之倾心。

山野之美，未能留住诗人，他再度出发，下窥大渊，上游九天。《九怀》各篇，单纯从结构上来看，似乎重复度很高，并且有一个范式，即由景入心，故而伤怀，然后放舟江海（或寄身林泉），与天地神族往来，再复伤心。归纳起来，就是伤心复伤心的模式。但是，单独看各篇，就会发现，他的这种"重叠"，实际上是把各种可能都写尽，从而实现一种广度。也正是这种写法，极大地拓展了诗歌意象的运用。

思忠

登九灵①兮游神②，静女③歌兮微晨④。

悲皇丘⑤兮积葛，众体错兮交纷。

注释

①九灵：九天。②游神：驰散精神。③静女：神女。④微晨：黎明。⑤皇丘：美而大的山。

译诗

登上九天散心，听仙子在清晨唱歌。
悲叹大山堆满了葛草，众多枝叶纷乱。

> 贞①枝抑兮枯槁，枉②车登兮庆云③。
> 感④余志兮惨慄，心怆怆兮自怜。

注释

①贞：正直。②枉：弯曲，形容不正。③庆云：祥云。④感：通"撼"。

译诗

正直的人遭到压抑，行路不正的人青云直上。
想起我的志向内心悲痛，心中怏怏唯有自怜。

> 驾玄螭①兮北征②，向③吾路兮葱岭④。
> 连五宿⑤兮建旄⑥，扬氛⑦气兮为旌。

注释

①玄螭（chī）：黑色的无角之龙，此处泛指龙。②征：行。③向：朝向。④葱岭：位于新疆西南，昆仑山、天山等都发脉于此。⑤五宿（xiù）：五个星宿。⑥旄（máo）：牦牛尾装饰的旗子，此处泛指旗帜。⑦氛：云气。

译诗

驾着黑色的巨龙向北去，我的道路通往葱岭。
衔接五星宿制作旗旄，扬起云气做我的旗帜。

九 怀

历广漠①兮驰骛②,览中国兮冥冥。
玄武③步兮水母④,与吾期⑤兮南荣⑥。

注释

①广漠:辽阔的大地。②驰骛:驰骋。③玄武:古代四灵之一,形象为龟蛇。④水母:水神。⑤期:约会。⑥南荣:南方。

译诗

穿越大漠继续驰骋,游览中土漠漠无边。
玄武神和水母,和我相约一同去南方。

登华盖①兮乘阳②,聊逍遥兮播光③。
抽④库娄⑤兮酌醴,援爬瓜⑥兮接粮。

注释

①华盖:星名。②乘阳:上天。③播光:即瑶光,北斗星的第七颗星。④抽:引出。⑤库娄:星官名。⑥爬瓜:小瓜。此处为星名。

译诗

登上华盖星来到天上,姑且在北斗星间游荡。
在库娄星间痛饮美酒,在爬瓜星间索取食粮。

毕休息兮远逝,发玉轫①兮西行。
惟时俗兮疾正,弗可久兮此方。
寤②辟摽③兮永思,心怫郁④兮内伤。

注释

①发玉轫:启程。轫,阻止车轮转动的楔子形状的小木头,垫在车轮下,

防止车轮滚动。取掉轫,即为启程。②寤:醒来,比喻觉醒。③辟摽:抚摩并捶打胸口。摽:击打。④怫郁:心情不畅。

译诗

休息够了我将远行,驱动车轮向西方。
想起流俗嫉恨正直的人,不可久留在这里。
醒来捶击胸部愁思绵长,心情不畅而忧伤。

延伸

"思忠",即思念忠臣。因身边无正直、贤能可用之人,才会思念忠臣,这意味着身边已无忠臣。这是站在君王的角度来写的,也就是诗人换了自己的身份,从对方的视角出发。诗歌起首以葛草纵横、贞枝枯槁来比喻国家政局的糟糕,既而写飞跃九天、游历星宿等游仙经历。文学表达往往掺杂着作者本人的性格特点。相较于东方朔的《七谏》,王褒的诗更偏向于写离开朝堂,行游天地。尽管其中也表达了"身在江湖,心忧庙堂"这一重含义,但从文学的偏重而言,王褒将更多的笔墨花在了对行游的细节描写上,这也印证了其"好神仙"之道的性格。

陶壅

览杳杳①兮世惟②,余惆怅兮何归。
伤时俗兮溷乱,将奋翼兮高飞。

注释

①杳杳:高远的样子。②世惟:世道。

译诗

看世道昏暗礼法丧尽,我心中惆怅哪里是归宿?
感伤时俗浑浊纷乱,将振翅飞往更高的地方。

九 怀

> 驾八龙兮连蜷①,建虹旌兮威夷②。
> 观中宇③兮浩浩,纷翼翼④兮上跻⑤。

注释

①连蜷:形容龙飞的样子。②威夷:同"逶迤"。③中宇:即宇中,指天下。④纷翼翼:形容数量众多。⑤跻:登上。

译诗

驾着八条龙联翩而飞,坚起彩虹旗随风飘扬。
看天下浩荡无边,乘着风急速地向上飞去。

> 浮溺水①兮舒光②,淹③低佪④兮京⑤沚⑥(chí)。
> 屯余车兮索友,睹皇公⑦兮问师⑧。

注释

①溺水:同"弱水",传说中的水名,在昆仑山。②舒光:光彩焕发。③淹:逗留。④低佪:徘徊。⑤京:高。⑥沚:同"坻",水中的小洲。⑦皇公:指天帝。⑧问师:请教。

译诗

漂浮在河流上闪烁微光,徘徊停留于高大的水中小洲。
停下我的车去访友,见到天帝后向他请教。

> 道莫贵兮归真①,羡余术②兮可夷③。
> 吾乃逝④兮南娭⑤(xī),道幽路兮九疑。

注释

①归真:回归天然本真。②余术:我的修真之术。③夷:平静。④逝:往。⑤娭:嬉戏。

译诗

他说大道贵在返璞归真，喜爱我的道术心境平和。
我将到南方去消遣，取道幽暗的小径到九嶷山。

> 越炎火兮万里，过万首①兮嶷嶷②。
> 济江海兮蝉蜕③，绝北梁兮永辞。

注释

①首：山头。②嶷嶷：形容山势高峻。③蝉蜕：本指蝉蜕皮，此处指修仙得到解脱。

译诗

穿越火热之地到万里外，看见海中万余座高大的山。
渡过江海获得解脱，穿过北方的河梁就此永别。

> 浮云郁兮昼昏，霾土①忽兮坱塺②（méi）。
> 息阳城③兮广夏④，衰色罔⑤兮中怠⑥。

注释

①霾土：尘土。②坱塺：形容尘土飞扬。③阳城：春秋时楚国地名。④夏：通"厦"。⑤罔：忧伤，失去志向。⑥中怠：心中懈怠。

译诗

浮云遮蔽下的白天也昏暗，阴霾和尘土四处飞扬。
停歇于阳城的高大房屋，容貌衰老神情懈怠。

> 意晓阳①兮燎寤②，乃自诊③兮在兹。
> 思尧舜兮袭兴④，幸咎繇⑤（gāo yáo）兮获谋。

九 怀

> 悲九州兮靡君，抚轼叹兮作诗。

注释

①晓阳：即晓畅。②燎寤：觉悟，明白。③自诊：自省。④袭兴：相继兴起。⑤咎繇：即"皋陶"，夏禹时贤臣，以司法公正著称。

译诗

心中畅达清醒的像火烤一般，就在这里自我反省。
想到尧帝和舜帝相继兴起，有幸得到皋陶这样的贤臣辅佐。
悲伤天下没有明主，抚着车上的横木赋诗一首。

延伸

"陶壅"，即郁陶，心中忧闷。心中忧愁，故而需要发散。这是一首恢宏的游历诗，诗歌虽然短，但却描写了复杂而漫长的游历过程。从天上到地上，再从陆地到海上。尤其是在海上的视角，极为逼真，仿佛在东南亚某处的大海中穿行，从船上看兀立的海中悬山、陡立的崖岸，有着十分强烈的视觉冲击感，这是诗人从第一视角描写。

株昭

> 悲哉于嗟(xū jiē)①兮，心内切磋②。
> 款冬③而生兮，凋彼叶柯。

注释

①于嗟：叹息声。②切磋：内心绞割。古人称雕刻骨器为切，雕刻象牙为磋。此处为引申义。③款冬：植物名。

译诗

我悲伤地长叹，内心如同刀绞。
微小的款冬虽生长，枝与叶俱凋落。

瓦砾①进宝兮，捐弃随②和③。
铅刀④厉御⑤兮，顿⑥弃太阿⑦。

注释

①砾：石头。②随：隋侯之珠。"随"同"隋"。③和：和氏璧。④铅刀：铅质软，故而铸造的刀钝，此处指钝刀子。比喻鲁钝的人。⑤厉御：受到重用，居于高位。⑥顿：舍弃。⑦太阿：上古宝剑名。

译诗

瓦块被当作宝贝，珠宝玉璧被抛弃一边。
铅质的钝刀得到重用，太阿神剑却被丢弃。

骥垂两耳兮，中坂①蹉跎②。
蹇③驴服驾④兮，无用日多。

注释

①中坂：山坡半途。②蹉跎：失足，颠蹶。③蹇：跛，瘸。④服驾：驾辕，指驾车。

译诗

骏马低垂着两耳，在半山坡上颠蹶不前。
瘸腿的毛驴拉着车驾，行进的日子不能太多。

修洁①处幽②兮，贵宠③沙䃳④。
凤皇不翔兮，鹌鹑⑤飞扬。

注释

①修洁：有道德修养的人。②处幽：处于隐居处。③贵宠：显贵得宠。
④沙䃳：微小，细小。⑤鹌鹑：鹌鹑和鹦雀，都是小鸟。比喻无能的人。

译诗

有道德修为的人隐退，卑琐的小人物得以荣升。
凤凰不再高飞，小雀鸟却上蹿下跳。

> 乘虹①骖霓②兮，载云③变化。
> 鹔鹏④开路兮，后属⑤青蛇。

注释

①乘虹：驾着彩虹。②骖霓：霓来拉车。③载云：乘载于云。④鹔鹏：五方神鸟之一，居于南方，似凤凰。⑤后属：追随在后。

译诗

乘着彩虹以霓为马，载着我变化无穷的云气。
神鸟为我开路，灵蛇在身后追随。

> 步骤①桂林②兮，超骧③卷阿④。
> 丘陵翔舞兮，溪谷悲歌。

注释

①步骤：或慢或快地行进。步：慢行。骤：快跑。②桂林：长满桂树的树林。③超骧：腾跃往前跑。④卷阿：卷阿山。阿，大陵，高山。

译诗

朝着桂树丛生的大林前进，穿越蜿蜒曲折的大山。
山丘为我起舞，溪谷为我悲鸣。

> 神章灵篇兮，赴曲①相和。
> 余私娱兹兮，孰②哉复加③。

注释

①赴曲：合拍。②孰：谁。③复加：达到顶点。

译诗

美妙的乐章神曲，应和重叠。
我感到十分快乐，还有什么比这更欢乐。

> 还顾①世俗兮，坏败罔罗②。
> 卷佩③将逝兮，涕流滂沲④。

注释

①还顾：再次回头。②罔罗：指法度与纲纪。③卷佩：收拾行囊。④滂沲：同"滂沱"，形容泪水多。

译诗

回头看人间世俗事，纲纪法度都已败坏。
收拾行李将要离去啊，涕泪横流。

> 乱曰：
> 皇门①开兮照下土②，株秽③除兮兰芷睹。
> 四佞④（nìng）放兮后得禹，圣舜摄⑤兮昭⑥尧绪⑦，
> 孰能若兮愿为辅⑧。

注释

①皇门：指通向君主的门。②下土：指人间。③株秽：腐败的草木，比喻坏人。④四佞：传说尧时的四个恶人，驩兜、共工、三苗、鲧。⑤摄：摄政。⑥昭：发扬光大。⑦尧绪：唐尧留下的事业。⑧辅：辅佐大臣。

译诗

乱辞说:
天帝的门大开光照人间,铲除污秽再度看到香草。
四大恶人被放逐之后大禹出现,圣明的舜帝光大了尧帝的事业,
谁是这样的明主我甘愿辅佐。

延伸

"株昭",即诛杀、逐出掌握权柄的坏人。此诗与东方朔《七谏》中的《谬谏》在意象的使用和写作方式上很相似,多处使用了相同或相似的意象和结构,可以看出王褒对东方朔的模仿。如东方朔诗中说:"铅刀进御兮,遥弃太阿。"王氏诗中则说:"铅刀厉御兮,顿弃太阿。"东方朔用"服罢牛"(疲惫的牛),王氏用"蹇驴服驾"(瘸腿驴拉车)等。宋代学者朱熹不取王氏之作,大概也是源于这个缘由。

九　思

作者及作品

在王逸之前，王褒作《九怀》，刘向作《九叹》，大发忧愤之辞。《楚辞章句·九思》篇前小序说："《九思》者，王逸之所作也。逸，南阳人。博雅多览。读《楚辞》而伤愍屈原，故为之作解。又以自屈原终没之后，忠臣介士游览学者读《离骚》《九章》之文，莫不怆然，心为悲感，高其节行，妙其丽雅。至刘向、王褒之徒，咸嘉叹之。作赋骋辞，以赞其志。则皆列于谱录，世世相传。逸与屈原同土共国，悼伤之情，与凡有异。窃慕向、褒之风，作颂一篇。号曰《九思》，以裨其辞。"透过这篇序文，我们大体上知道王逸作《九思》的意旨了。宋人洪兴祖为《楚辞章句》作补注时，却提出了一个小的异议，他认为《九思》一篇文前的小序和注不是王逸所作，而是王逸的儿子王延寿所作。近代学者俞樾《读楚辞》则认为，该篇应为魏晋时人所作。

王逸生卒年已不可考证，字叔师，南郡宜城（今湖北襄阳宜城）人。曾任豫州刺史、豫章太守等职，其作品据说有百余篇传世，可惜多散佚，以《楚辞章句》留存最为完整。后世的《楚辞》注本多以王本为基础，事实上，楚辞这种文体并不终于王逸，王逸之外的很多文学家都有创作，如朱熹的《楚辞集注》就收录了扬雄和贾谊的作品，清初三大家之一的王夫之撰《楚辞通释》，则将梁人江淹的《山中楚辞》《爱远山》收录在内，并在末一卷效仿王逸，收入了他自己所写的《九昭》。

王逸不是《楚辞》的最早作注者，据文献记载，最早作注者可能是西汉的淮南王刘安，不过刘氏仅注《离骚》一篇，且今已不存。王注本就成现存最早、最完整的版本，后人研究《楚辞》，多以之为宗。宋人洪兴祖在

九 思

这个基础上作补注，从而使之更加完备，也使之影响愈大。

《九思》从内容上来说，贯穿着这样一条线索：《逢尤》《遭厄》写屈原被谗言毁谤而心中悲愤的心情；《怨上》写他对主君的怨恨但又怀有希望的矛盾心情；《悯上》则包含深深的同情与怜悯之心；《疾世》《悼乱》写屈子所处的混乱时代；《伤时》《哀岁》写因时光流逝，志向不得施展而伤怀；最后一篇《守志》则以神话人物的身份实现理想而结尾。每篇之间并非严格的承接关系，每一篇都能独立成篇，就像九个独立的独白剧。但各篇之间又有内在联系，就像九颗明珠，串起来后，就成了一串珍贵的项链。

从文学角度来说，王逸的作品更加成熟，语言也更富于多样性。在表达方式上，王逸更进一步，塑造出了一个形象更加具体的诗人、爱国者屈原。当然，他也沿袭了刘向、王褒的一些窠臼，比如在主题上，依旧停留在奸臣当道，忠臣被逐，身怀美德之人的政治理想不能实现这个套路上，而没有能打破这个固定的文本形式。

逢尤

悲兮愁，哀兮忧，天生我兮当暗时①，
被谮譖②兮虚③获尤④。
心烦愦⑤兮意无聊⑥，严载驾⑦兮出戏游⑧。

注释

①暗时：昏暗的时代。②谮譖：谗言诬陷。谮，毁谤。③虚：平白无故地。④获尤：遭到怨恨。⑤烦愦：心烦意乱。⑥无聊：不快乐。⑦严载驾：整饬车驾。⑧戏游：游玩，此处指逸乐。

译诗

悲伤哀愁啊，哀怨烦闷啊，我出生遇上这晦暗的时代。
被谣言攻击而遭怨恨。
心烦意乱而不乐，整理行装去远游。

周①八极②兮历③九州④，求轩辕⑤兮索重华⑥。
世既卓⑦兮远眇眇，握佩玖⑧兮中路踌⑨。

注释

①周：周游，环绕。②八极：八方的尽头，形容非常远的地方。③历：游历。④九州：指代中国。⑤轩辕：即黄帝。生于姬水，故而姬姓；居于轩辕之丘，故号轩辕氏；建都城于有熊，故而又称有熊氏。⑥重华：即舜帝，名重华，古籍记载系黄帝的八世孙，帝颛顼的六世孙。生于姚墟（另说诸冯），故而姚姓；国号虞，所以又称虞舜。⑦卓：遥远。⑧佩玖：用作佩饰的浅黑色石头。⑨踌：彷徨。

译诗

走遍八方九州之地，求见轩辕黄帝求索舜帝重华。
伟大的时代已经很遥远，我怀揣美玉在中途彷徨不已。

羡①皋繇②兮建典谟③，懿④风后⑤兮受瑞图⑥。
愍⑦余⑧命兮遭六极⑨，委玉质兮于泥涂。

注释

①羡：羡慕。②皋繇：即皋陶，舜帝的大臣，执掌刑狱，以公正著称，是中国古代史籍所载的最早的司法官员。③典谟：《尚书》中《尧典》《舜典》《大禹谟》和《皋陶谟》的并称，也代指《尚书》。④懿：称赞，赞美。⑤风后：传说是伏羲氏的后裔，风姓，是黄帝的大臣，在黄帝征战蚩尤的军事行动中立下大功。⑥瑞图：上天所赐的，代表天命的图籍。⑦愍：怜悯，恻隐。⑧余：我，第一人称代词。⑨六极：《洪范》中记载的六种坏事，一为凶、短、折，二为疾，三为忧，四为贫，五为恶，六为弱。

译诗

羡慕皋陶遇到明主建立法纪，赞美风后得到上天所赐的图籍。
可怜我命运不济遭遇种种苦难，如同美玉被丢弃在烂泥里。

九 思

遽^①偟遑^②兮驱林泽，步屏营^③兮行丘阿^④。
车軏^⑤折兮马虺颓^⑥，憝怅^⑦立兮涕滂沱^⑧。

注释

①遽：匆忙。另说通"遂"，于是。②偟遑：张皇失措。③屏营：彷徨。④丘阿：山丘的转曲处。⑤軏：古代马车的车辕和横木连接的部位。⑥虺颓：疲病。《诗经·卷耳》中说"陟彼崔嵬，我马虺颓"，同此意。⑦憝怅：惆怅失意。⑧滂沱：即滂沱，形容泪水多。

译诗

匆忙而仓皇地驱车到林中水边，彷徨地行进到大山的僻静处。
车辕折断了，马儿也病倒了，惆怅呆立泪水滚滚而下。

思丁^①文^②兮圣明哲，哀平^③差^④兮迷谬愚^⑤。
吕^⑥傅^⑦举兮殷周^⑧兴，忌^⑨嚭^⑩专兮郢^⑪吴虚^⑫。

注释

①丁：指武丁，殷商第二十二任君主，实现了殷商王朝的中兴。②文：指周文王，姬姓，名昌，西周王朝的奠基人。③平：指楚平王，著名的昏君，宠用奸佞，死后国都被攻破，被伍子胥掘墓鞭尸。④差：指吴王夫差，宠爱奸佞，排斥伍子胥，最后被越国灭国，自杀身亡。⑤谬愚：荒谬而痴愚。⑥吕：指姜太公，姓姜，名尚，字子牙。因其先祖封于吕，故而又称"吕尚"。⑦傅：指傅说，名说，是傅岩的筑墙奴隶，殷高宗发现其才华后，任命为自己的宰相，是著名的政治家、军事家。⑧殷周：殷商王朝和周王朝。⑨忌：指费无忌，楚平王时的著名奸臣，陷害太子建，导致太子逃亡遇害；构陷大臣伍奢、伍尚、伍员父子，使伍奢、伍尚被杀，伍员（即伍子胥）逃亡吴国。因其谗言误国，最后被令尹子常诛杀。⑩嚭：指伯嚭，春秋后期吴国大夫。原为楚国贵族，因为被排挤逃到吴国，获得吴王重用，谗言陷害伍子胥，

导致伍子胥被疏远、赐剑自杀。吴国亡国后，被越王处死。⑪郢：楚国都城。
⑫吴虚：指吴国被灭后，都城被毁弃，成为废墟。

译诗

思慕殷高宗和周文王的圣明智慧，哀叹楚平王和吴王夫差的荒谬愚蠢。

姜太公和傅说得到重用，商朝和周朝兴盛，费无忌和伯嚭专权，楚国和吴国的都城成为废墟。

仰长叹兮气饐(yē)①结，悒殟(yì wēn)②绝兮咶(huài)③复苏。
虎兕(sì)④争兮于廷中，豺(chái)狼斗兮我之隅(yú)⑤。

注释

①饐：同"噎"，气哽塞郁结。②悒殟：昏厥。③咶：喘息。④兕：犀牛，比喻凶残的人。⑤隅：角落，此处指身旁。

译诗

仰天长叹气结心头，昏倒后又喘息着醒过来。

猛虎和犀牛般的残暴之人在朝堂上相争，豺狼般的奸臣在我身旁。

云雾会兮日冥晦(míng huì)①，飘风②起兮扬尘埃。
走悵惘(chàng wǎng)③冈兮乍东西，欲窜伏④兮其焉如⑤？

注释

①冥晦：昏暗。②飘风：旋风。③悵惘：怅惘失意的样子。④窜伏：逃窜隐藏。⑤焉如：到哪里去。

译诗

乌云遮日天色昏暗，旋风吹起尘土飞扬。

怅惘失意到处乱走，想逃窜隐藏能去哪里？

437

念灵闺①兮奥②重深，愿竭节③兮隔无由④。

望旧邦兮路逶随⑤，忧心悄⑥兮志勤劬⑦。

魂茕茕⑧兮不遑⑨寐⑩，目脉脉⑪兮寤⑫终朝⑬。

注释

①灵闺：指君主的宫室。②奥：房屋内部西南角，引申为内室深处。③竭节：竭尽忠诚。④隔无由：遭到阻隔无法与君主取得联系。⑤逶随：曲折而遥远。⑥悄：忧伤的样子。⑦勤劬：辛勤劳累。⑧茕茕：孤独的样子。⑨不遑：没有闲暇。⑩寐：入睡。⑪脉脉：眼睛睁着。⑫寤：醒来。⑬终朝：整天。此处指整个晚上。

译诗

思念君王但是宫廷太深，愿竭尽忠诚但是无法见到君王。

回望故国的路遥远而曲折，忧心忡忡的辛苦勤劳。

孤独的夜晚无法入睡，睁着眼睛又过了一整夜。

延伸

"逢尤"，指的是屈原遭遇的不平待遇。此篇为《九思》之首，以轩辕、舜帝、武丁、周文王等君主之明，风后、皋陶、傅说、姜太公之贤，表达了作者对明君贤臣政治理想的追求。反过来，楚平王这样的昏聩之君身边有费无忌这样的佞臣，夫差这样刚愎自用的君主身边有伯嚭这样的谗臣，导致忠良被逐，身死国破，鞭挞了昏庸的统治者和危害国家的奸邪小人。诗以正反两方面的历史为鉴，衬托了诗人的探索和追求，最终落笔到虽九死而不悔的家国情怀。作为开篇之诗，奠定了后面各篇的基调。

怨上

令尹①兮謷謷②，群司③兮谀谀④。

哀哉兮淈淈⑤，上下兮同流。

九　思

注释

①令尹：春秋时楚国的最高官职，对内主持政务，对外执军事大权，多由芈姓贵族担任。②謷謷：傲慢且胡言乱语。③群司：百官。④诜诜：多嘴多舌的神态。⑤溷溷：形容混乱。

译诗

令尹大人骄傲妄言，百官喜欢饶舌。
哀叹朝政混乱，上下同流合污。

菽藟^①兮蔓衍^②，芳蘜^③兮挫枯^④。
朱紫^⑤兮杂乱，曾^⑥莫^⑦兮别诸^⑧。

注释

①菽藟：豆子一类的植物，此处指小人。②蔓衍：滋生。③芳蘜：芳香的白芷。④挫枯：摧折，枯萎。⑤朱紫：朱为正色，紫为杂色，比喻正邪。⑥曾：竟。⑦莫：没有，无。⑧别诸：即"别之于"，分辨。

译诗

豆类到处生长，白芷枯萎凋零。
朱色和紫色混杂在一起，竟然无人能够分辨。

倚^①此兮岩穴，永思兮窈悠^②。
嗟怀^③兮眩惑^④，用志兮不昭^⑤。

注释

①倚：倚靠。②窈悠：深远的样子。③怀：楚怀王。④眩惑：被迷惑。⑤昭：显明。

译诗

倚靠着山洞，思绪绵绵不绝。
可叹怀王被迷惑，忠贞的心意难以显明。

将丧兮玉斗①，遗失兮钮枢②。
我心兮煎熬，惟是兮用忧。

注释

①玉斗：北斗星。②钮枢：北斗七星中的第一颗星天枢星。

译诗

将丧失北斗星一样，国家失去指路的路标。
我的心就像被油煎炸一样，念及此事充满了痛苦。

进恶①兮九旬②，复顾兮彭务③。
拟斯兮二踪④，未知兮所投。

注释

①进恶：进思。②九旬：纣为九旬之饮而不听政。宋哀公后裔。③彭务：彭，指彭咸，殷商大夫，进谏不被采纳，投水自杀。务，指务光，商代初期的隐士。此处以二人比喻清白正直的人。④二踪：二人的踪迹。

译诗

进思纣王迷恋饮宴几个月不听政，又想到投水而死的彭咸和务光。
想要追随二位贤人的踪迹，只是不知该去哪里。

谣吟兮中野①，上察兮璇玑②。
大火兮西睨③，摄提④兮运低。

注释

①中野：指荒野。②璇玑：北斗七星的第二、第三颗星，即天璇、天玑。③睨：本义为斜着眼睛看，此处指星辰下斜。④摄提：星辰名，总共六颗，左边三颗称为左摄提，右边三颗称为右摄提。

译诗

在荒野之中徘徊吟唱，抬头观看北斗七星。
大火星向西斜，摄提星向下方运行。

雷霆兮硠礚①，雹霰②兮霏霏③。
奔电兮光晃，凉风兮怆凄④。

注释

①硠礚：石头敲击发出的声音，此处形容雷声。②雹霰：冰雹和小雪珠。③霏霏：雨雪稠密的样子。④怆凄：悲伤哀凄。

译诗

雷声大作，冰雹和雪珠密密地落下。
闪电划过天际，冷风呼啸令人感到彻骨的冰凉。

鸟兽兮惊骇，相从①兮宿栖。
鸳鸯兮噰噰②，狐狸兮徾徾③。

注释

①相从：相互依从。②噰噰：鸟儿的和鸣声。③徾徾：相互跟随的样子。

译诗

飞鸟走兽惊恐不已，相互偎依着钻进巢穴。
鸳鸯鸟相互和鸣，狐狸成群相依。

哀吾兮介特①，独处兮罔②依。
蝼蛄兮鸣东，蟊蠽兮号③西。

美绘楚辞

注释
①介特：孤独。②罔：无。③号：呼号。

译诗
哀叹我孤独一人，独处而没有依靠。
东边有蟋蟀鸣叫，西边也有小虫子鸣叫。

> 蛓^①(cì)缘兮我裳，蠋^②(zhú)入兮我怀。
> 虫豸^③(zhì)兮夹余，惆怅兮自悲。
> 伫立兮忉怛^④(dāo dá)，心结绌^⑤(gǔ)兮折摧。

注释
①蛓：小毛虫。②蠋：鳞翅目昆虫的幼虫。③虫豸：昆虫，比喻小人。④忉怛：忧伤，悲痛。⑤结绌：心思烦乱。

译诗
小毛虫爬在我衣裳的边上，昆虫的小幼虫跳入我怀中。
小人们将我夹在中间，让我惆怅而悲伤。
久久地站立满心哀痛，心思烦乱已到崩溃的边缘。

延伸
"怨上"，即对君主诉说怨屈、怨情。此诗继承了屈原"写怨"的风格，将内心的不平倾泻而出，如同流水泻出银瓶，直抒胸臆。可以说屈原是写内心伤痛的鼻祖，尽管都是表达痛苦，但用词精准而细微，将怨恨、哀伤、悲痛、忧郁、孤独表达得十分准确，而王逸很好地继承了这一点，全诗用了嗟怀、煎熬、用忧、怆凄、惆怅、自悲、忉怛、结绌、折摧等九个词，将痛苦的情绪由浅入深，从叹息到心碎一步步加重，再辅以自然变化和鸟兽的奔走，更是将一人的孤独痛苦诉说得淋漓尽致。可以说，屈原和宋玉、刘向、王褒、王逸等诗人，共同构建了一个情绪表达词库，我们可以称为楚辞式情绪表达法。

疾世

周①徘徊兮汉渚②,求水神兮灵女③。
嗟此国兮无良④,媒女诎⑤兮谰(lián)偻(lóu)⑥。

注释

①周:走遍。②汉渚:汉水岸边。③灵女:水中的女神,或指汉水女神。④良:忠良,贤人。⑤诎:言辞迟钝。⑥谰偻:形容言辞烦琐,表达不清楚。

译诗

踌躇于汉水之畔,思慕于神女。
可叹啊举国无贤人,媒人嘴笨言语不清。

鹔(yàn)雀①列兮哗(huá)谨(huān)②,鸲(qú)鹆(yù)③鸣兮聒(guō)④余。
抱昭华⑤兮宝璋⑥,欲衒(xuàn)鬻(yù)⑦兮莫取。

注释

①鹔雀:小鸟名。②哗谨:喧哗。③鸲鹆:鸟名,即八哥。④聒:喧哗吵闹。⑤昭华:美玉名。⑥宝璋:美玉名,造型如同半个圭。⑦衒鬻:吆喝,叫卖。

译诗

小鸟儿栖息吵闹不休,八哥聒噪淆乱视听。
抱着珍贵的美玉,沿街叫卖却无人问津。

言①旋迈②兮北徂(cú)③,叫我友兮配耦④。
日阴曀(yì)⑤兮未光,阒(qù)⑥睄(qiáo)窕(tiǎo)⑦兮靡(mí)睹。

注释

①言：句首助词。②旋迈：远去。③徂：行。④配耦：配偶，此处泛指朋友。⑤阴曀：阴暗。"曀"同"翳"。⑥阒：寂静。⑦眴窕：昏暗，幽深意。

译诗

转身向北而去，呼唤我的友人和伴侣同行。
太阳昏昏不见光亮，幽暗看不清楚。

纷载驱兮高驰，将谘询①兮皇羲②。
遵河皋③兮周流④，路变易兮时乖⑤。

注释

①谘询：拜问。②皇羲：上古部落君长伏羲氏，中华人文始祖。③皋：水边的高地。④周流：遍及各地。⑤时乖：时事反常。乖，反常。

译诗

整饬车驾纵马奔驰，去拜谒远古之王伏羲。
沿着河边的山丘绕行，道路曲折时事更替。

沥①沧海兮东游，沐盥浴兮天池。
访太昊②兮道要，云③靡④贵兮仁义。

注释

①沥：渡河。②太昊：又写作"太皞"，上古部落君长，以木为德。也是传说中的东方青帝。③云：说。④靡：莫。

译诗

横渡沧海向东游历，在天池欢畅的沐浴。
向太昊请教天道人世的秘密，他说最珍贵的莫过于仁义。

志欣乐兮反征，就周文兮邠岐^①。
秉^②玉英兮结誓，日欲暮兮心悲。

注释

①邠岐：邠，同"豳"，西周先君的发源地，后稷的曾孙公刘率领族人迁徙至此。岐，岐山下的周原，周部族的君长古公亶父率领族人迁徙至此，扩大了周族人的生存空间，为周文、武王的发展奠定了基础。②秉：握持。

译诗

充满欢喜地踏上归途，到达周文王的故地豳和岐。
手持玉兰花立誓，天色黯淡心中又充满伤悲。

惟天禄^①兮不再，背我信兮自违。
逾陇堆^②兮渡漠，过桂车^③兮合黎^④。

注释

①天禄：上天所赐的福禄，此处指人的阳寿。②陇堆：山名，即陇山，在今陕、甘交界处。③桂车：不知指何山，或为传说中的西部高山。④合黎：传说中西部一带的高山。

译诗

天赐之福不在了，背弃了我的誓约违背了初心。
翻过陇堆山越过大漠，逾越了桂车、合黎等山脉。

赴昆山兮䮾骎^①，从邛^②遨兮栖迟。
吮玉液兮止渴，啮^③芝华兮疗饥。

注释

①絷骎：系住马的脚。此处指拴马。②邛：即蛩蛩，一种异兽，青色。汉代学者郭璞注《山海经》，称之为"蛩蛩钜虚"。③啮：咬。

译诗

登上昆仑山系好我的马，和蛩蛩神兽一起遨游。
用琼浆玉液解渴，用灵芝的花朵果腹。

居嶚廓^①兮尟畴^②，远梁昌^③兮几迷。
望江汉兮濩渃^④，心紧縈^⑤兮伤怀。

注释

①嶚廓：辽阔，空旷。②尟畴：缺少同类。尟，少。畴，同匹。③梁昌：处境艰难，进退失据。④濩渃：水势浩大。⑤紧縈：纠缠。

译诗

居所空旷茕茕孑立，踉跄远游视线迷失。
眺望汉江之水辽阔浩荡，内心紧张又忧伤。

时昢昢^①兮且旦^②，尘莫莫^③兮未晞^④。
忧不暇^⑤兮寝食^⑥，吒^⑦增叹兮如雷。

注释

①昢昢：日月才出来，光线较暗淡。②旦：天色将明。③莫莫：漠漠，形容尘土飞扬。④晞：消散。⑤暇：空闲。⑥寝食：睡觉和饮食。⑦吒：愤怒的声音。

译诗

太阳升起天还未亮，飞扬的尘土没有消散。
忧思难消无法饮食睡眠，满腔的愤怒犹如雷霆。

延伸

"疾世",意为痛恨混乱之世。诗人不愿与小人同厕朝堂,而去寻求贤人,追随真正的大道。诗以"一求三访",描写了诗人对贤人、知音和同道者的寻访。一求者,汉水女神也。诗以男子恋慕女神,比喻对理想的追求。三访,则分别写拜谒伏羲,访问太昊,谒问周文王。写出了自己对明主贤人的敬仰之情。然而,自己的君主背弃了誓约,亲近小人,而疏远贤臣。他只能在更广阔的天地间去寻找自我。在王逸的笔下,屈原是一个具有旅行家色彩的人,他西过陇堆山,横穿大漠和西北那些高耸入云的巨大山脉,到了传说中神仙居住的昆仑山,以玉液为饮,以芝华为食,与神兽为伴。然而,神仙般的逍遥生活不是他的追求,他心系江汉边的故国,忘不了那里的土地和人民,那里是父母所居之地,有井水和墓庐。

悯上

哀世①兮睩睩(lù)②,诶诶(jiàn)③兮嗌喔(ài wō)④。
众多兮阿媚⑤,骫靡(wěi mǐ)⑥兮成俗。

注释

①哀世:哀伤之世。 ②睩睩:谨慎小心之态。 ③诶诶:巧言善辩的样子。 ④嗌喔:奉承讨好的声音。 ⑤阿媚:阿谀谄媚。 ⑥骫靡:委曲以获得欢喜。

译诗

哀世之人谨慎小心,巧言以讨好权贵。
众人多谄媚,巧言令色成了一种风气。

贪枉(tān wǎng)①兮党比(dǎng bǐ)②,贞良③兮茕独(qióng dú)④。
鹄窜(hú)兮枳棘(zhǐ jí)⑤,鹈(tí)集兮帷幄(wéi wò)⑥。

注释

①贪枉：贪婪枉法。②党比：朋比为奸。③贞良：忠贞贤能的人。④茕独：形容孤独的样子。⑤枳棘：两种恶木，此处比喻小人。⑥帷幄：帷帐。

译诗

贪赃枉法之人结成朋党，中正贤良的人形只影单。

鸿鹄逃窜被困在恶木上，凡鸟成群地停在帷帐上。

蓟蒵^①兮青葱，槁本^②兮萎落。
睹斯兮伪惑^③，心为兮隔错^④。

注释

①蓟蒵：草名。②槁本：指香草。③伪惑：虚假的。④隔错：遭受挫折。

译诗

杂草郁郁葱葱，香草委弃凋零。

看到世间的丑态，我的心中满是痛惜。

逡巡^①兮圃薮^②，率彼兮畛陌^③。
川谷兮渊渊^④，山阜^⑤兮峉峉^⑥。

注释

①逡巡：徘徊。②圃薮：水边园圃。③畛陌：田间的小路。④渊渊：深而且幽暗。⑤山阜：土山。阜，同"阜"。⑥峉峉：形容山势高峻。

译诗

徘徊在湖边的园子，沿着田间的小路慢行。

山谷幽深，山势巍峨。

丛林兮崟崟①，株榛②兮岳岳③。
霜雪兮漼溰④，冰冻兮洛泽⑤。

注释

①崟崟：繁盛的样子。②榛：丛生的树木。③岳岳：遍布四周的样子。④漼溰：形容霜雪堆积。⑤洛泽：冰冻。

译诗

丛林茂密，丛生的树木遍布周遭。
霜雪堆积得很厚，封冻了水面。

东西兮南北，罔①所兮归薄②。
庇荫③兮枯树，匍匐④兮岩石。

注释

①罔：无。②归薄：归宿，停下。③庇荫：庇护。④匍匐：趴着向前行进，此处指藏匿。

译诗

东南西北，何处是回归的路。
在枯树下寻求庇荫，在岩石下隐藏。

蜷跼①兮寒局数②，独处兮志不申。
年齿③尽兮命迫促④，魁垒⑤挤摧⑥兮常困辱，
含忧强老⑦兮愁不乐。
须发苎悴⑧兮颢⑨鬓白，思灵泽⑩兮一膏沐⑪。

注释

①蜷跼：不舒展。②局数：局促。③年齿：年龄。④迫促：逼近，接近。⑤魁垒：心情郁闷。⑥挤摧：命运坎坷。⑦强老：因忧愁而过早地衰老。⑧苄悴：散乱。⑨颛：头发花白。⑩灵泽：上天的恩惠，此处指下雨。⑪膏沐：沐浴，洗澡。膏，古人润发的油脂。

译诗

蜷缩在局促的地方，孤身一人志向难以实现。
年龄大了寿命将尽，心情忧郁常感到命运的不公。
因忧愁而过早地老去没有感受过快乐。
头发散乱鬓发花白，希望天赐甘霖为我沐浴。

> 怀①兰英②兮把琼若③，待天明兮立踯躅④。
> 云蒙蒙兮电倏(shū)烁⑤，孤鹬⑥惊兮鸣吼(hǒu)吼⑦。
> 思怫郁⑧兮肝切剥⑨，忿⑩悁悒(yuān yì)⑪兮孰⑫诉告。

注释

①怀：怀揣。②兰英：香草。③琼若：像玉一样的杜若。④踯躅：徘徊不前。⑤倏烁：闪烁。⑥孤鹬：孤单的雌鸟。⑦吼吼：鸟儿的叫声。⑧怫郁：愤懑不平。⑨切剥：形容心情痛苦而且急切。⑩忿：怨愤。⑪悁悒：忧郁。⑫孰：谁。

译诗

怀揣兰花手持杜若，在夜色中徘徊等待天亮。
乌云密布电光闪烁，孤单的雌鸟惊恐地叫个不停。
内心愁苦而且焦急，谁肯倾听我愤懑的心绪。

延伸

"悯上",可能是"悯己"的误写。在这首诗里,作者刻画出了一个"寻路者"的形象。屈原遭到排挤后,流落荒野的意象表达有两重:一重是实写,通过描写诗人在水畔、阡陌、深谷、山陵、密林间的徘徊及在枯木、岩石下的躲藏,乌云闪电中的惊恐,勾勒出了一个踽踽而行的孤独者形象;另一重则是虚写,表面上是写密林之中,霜雪堆积之地,枯木峭岩的影里,实则是烘托诗人因无路可走而内心愁苦焦急的精神状态。

王逸的这首诗艺术手法高超,语言十分娴熟,略加改动,便是一首极佳的五言乐府诗。为了保留古诗的韵味,不妨试译之,并与前文的白话翻译对照之:世人皆可哀,阿谀成巧舌。众僚言语媚,委曲善附和。贪墨结朋党,君子独寡合。鸿鹄困于林,凡鸟在帷幄。杂木青郁郁,香草多凋落。忽见世间恶,心头如刀割。踯躅近湖泽,率步踱阡陌。川谷倚清幽,山阜势巍峨。木叶葱葱意,林深影绰绰。霜雪积陵岸,极目寒冰澈。东西南北行,周处是归薄。枯树可庇荫,岩隙托为舍。局促斗室中,独自对冷月。年老岁月迫,半生多坎坷。到老愁不乐,须发染霜色,膏沐浴灵泽。怀中兰一握,暗夜独蹉跎。云集电闪烁,雌鸟鸣于巢。愤懑肝肠断,何人可言说。

遭厄

悼①屈子②兮遭厄③,沉玉躬④兮湘汨⑤。
何楚国兮难化⑥,迄乎今兮不易。

注释

①悼:哀悼。②屈子:屈原。子,对人的敬称。③遭厄:遭遇灾祸。④玉躬:指屈原的躯体。⑤湘汨:汨罗江为湘水的支流,故称。⑥化:感化。

译诗

哀悼屈原遭遇祸患,自沉金贵之躯于汨罗江。
楚国为何难以感化,至今仍旧没有改变。

士莫志兮羔裘^①，竞佞谀^②兮谗阅^③。
指正义兮为曲，訾^④玉璧兮为石。

注释

①羔裘：出自《诗经·郑风·羔裘》，是一首郑国人赞美大夫的诗。②佞谀：阿谀奉承。③谗阅：谗言诋毁。④訾：诋毁，指摘。

译诗

士大夫们没有人守持美德，相互阿谀奉承或争吵。
将正义污蔑为谬误，将美玉贬损为石头。

鸱雕^①游兮华屋，鹔鹴^②栖兮柴蔟^③。
起奋迅^④兮奔走，违^⑤群小兮谤诟^⑥。

注释

①鸱雕：指恶鸟，比喻奸佞。②鹔鹴：神俊的鸟，此处比喻贤人。③柴蔟：小木枝搭建的鸟巢。④奋迅：形容鸟飞兽走迅速而有气势。⑤违：躲避，离去。⑥谤诟：辱骂。

译诗

恶鸟在大殿之上飞，神鸟却只能栖息在简陋巢穴中。
奋翼振翅高飞，躲开群小们的诋毁。

载^①青云兮上升，适^②昭明^③兮所处。
蹑^④天衢^⑤兮长驱，踵^⑥九阳^⑦兮戏荡。

注释

①载：乘着。②适：去。③昭明：光明。④蹑：踩、踏。⑤天衢：天界的大路。⑥踵：本义为脚跟，此处指走到。⑦九阳：传说中太阳出入之地。

译诗

乘着青云到天上，去太阳所在的地方。
沿着天界的路阔步而行，到太阳的家游玩。

越云汉①兮南济，秣②余③马兮河鼓④。
云霓纷兮晻蔼⑤，参辰⑥回⑦兮颠倒。

注释

①云汉：银河，天河。②秣：喂牲口。③余：我。④河鼓：星名，在牵牛星北面，或说即牵牛星。⑤晻蔼：遮蔽而阴暗。⑥参辰：两颗星名，一颗在东方，一颗在西方，此升彼落，互不相见。⑦回：回转。

译诗

越过银河向南涉水，喂饱我的马去河鼓星。
云雾彩霞遮蔽了阳光，参星和商星回旋相替上下颠倒。

逢流星兮问路，顾我指兮从左。
径①娵訾②兮直驰，御者迷兮失轨。

注释

①径：经过。②娵訾：星名，二十八星宿中的室宿和壁宿。

译诗

遇见流星向其问路，回头为我指了向左的路。
经过室宿和壁宿向前奔去，驾车者迷失方向找不到路。

遂踢达^①兮邪造^②，与日月兮殊道。
志阕绝^③兮安如，哀所求兮不耦^④。

注释

①踢达：行为不正，放荡的样子。②邪造：斜着行驶，不从正道。③阕绝：阻断，断绝。④不耦：不符合。

译诗

才获悉方向不正走上歪路，和日月的轨迹相背离。
心志断绝该怎么办，哀叹自己所追求的无人认同。

攀天阶^①兮下视，见鄢郢^②兮旧宇。
意逍遥兮欲归，众秽^③盛兮沓沓^④。
思哽饐^⑤兮诘诎^⑥，涕^⑦流澜^⑧兮如雨。

注释

①天阶：传说中的天梯，此处指星名。②鄢郢：楚国的都城。③秽：脏污，不干净。④沓沓：幽暗，此处指世俗风气昏暗。⑤哽饐：由于悲伤而气息堵塞。⑥诘诎：滞塞。⑦涕：泪水。⑧流澜：流泪很多，如同波浪。

译诗

登上天阶星座俯瞰，看到祖国都城的故居。
心意摇摆想要回去，群奸众多世风昏暗。
前思后想悲哀哽咽，涕泗横流如同滂沱大雨。

延伸

"遭厄"，即遭受祸患，灾殃。写屈原遭到谗毁后，被迫离开朝堂，寻求精神世界的光明。他以为驾乘青云到天上，会有一个与人间不同的世界，

但天上阴翳遮蔽日光,星座位置颠乱,他失去了前行的轨迹。这首诗充满了象征主义意味,古人认为天上的星座是人间秩序的象征,星辰的排布是遵循天道的。诗中写人间群小阿谀奉承,天上星辰失序,实则是指现实世界的追求与精神的追求都已破灭,即双重的破灭,以呼应屈原怀沙投江,殉身报国。

悼乱

嗟嗟①兮悲夫,殽乱②兮纷挐③。
茅丝④兮同综⑤,冠屦⑥兮共絇⑦。

注释

①嗟嗟:叹息的样子。②殽乱:交错,纷乱。③纷挐:混乱,错杂。④茅丝:茅草和丝线,比喻忠良和奸臣。⑤同综:交织在一起。⑥冠屦:帽子和鞋子。⑦共絇:装饰相同。絇,古代鞋子上的装饰,或说是鞋带。

译诗

可叹悲哀啊,世事交错混乱着。
茅草和丝线缠在一起,帽子和鞋子的缨带竟然一样。

督万①兮侍宴②,周邵③兮负刍④。
白龙⑤兮见射,灵龟⑥兮执拘。

注释

①督万:华督和宋万,春秋时期宋国贵族。②侍宴:在宴席上陪侍。③周邵:周公和召公,均为西周名臣。④负刍:背柴草。⑤白龙:此处指河神。⑥灵龟:有灵性的神龟。

译诗

贼臣华督和宋万曾在宴席上陪侍君主,名臣周公和召公曾打柴草。
河神被弓箭射中,有灵性的神龟被锁链困住。

仲尼①兮困厄②,邹衍③兮幽囚④。
伊⑤余⑥兮念兹,奔遁兮隐居。

注释

①仲尼:孔子。②困厄:困苦危难。此处指孔子曾被困在陈国和蔡国之间,充满了人身风险和断粮的危难。③邹衍:战国时期齐国大臣,曾被陷害入狱。④幽囚:幽禁、囚禁。⑤伊:发语词,无实义。⑥余:我。第一人称代词。

译诗

孔子曾处于困难与危险中,邹衍曾被囚禁。
我一想到这些故事,就想奔走山林隐居起来。

将升①兮高山,上有兮猴猿。
欲入兮深谷,下有兮虺蛇②。

注释

①升:登,攀爬。②虺蛇:毒蛇。

译诗

欲登高山,上有猿猴。
想下深谷,下有毒蛇。

左见兮鸣鶪①,右睹②兮呼枭③。
惶悸④兮失气⑤,踊跃兮距跳⑥。

注释

①鵙：鸟名，即伯劳。②睹：看。③枭：猫头鹰，古代视为恶鸟。④惶悸：惊恐。⑤失气：形容恐惧而呼吸微弱。⑥距跳：跳跃，超越。

译诗

左边看到鸣叫的伯劳，右边看到呼应的猫头鹰。

惊恐的气息若有若无，惶恐地跳出险恶处境。

便旋①兮中原，仰天兮增叹。
菅蒯②兮野莽，藿苇③兮仟眠④。

注释

①便旋：徘徊，回旋。②菅蒯：茅草，用来编绳子。③藿苇：芦苇一类的植物。④仟眠：草木丛生的样子。

译诗

徘徊于原野，仰天长叹。

茅草苍茫，芦苇丛生。

鹿蹊①兮躖躖②，猯貉③兮蟫蟫④。
鸇鹞⑤兮轩轩⑥，鹑鹌⑦兮甄甄⑧。

注释

①蹊：路径。②躖躖：快速地追。③猯貉：两种野兽，猪獾和貉子。④蟫蟫：形容跟随行进。⑤鸇、鹞：两种猛禽，晨风和雀鹰。⑥轩轩：大型鸟类飞舞的样子。⑦鹑鹌：一种体形较小的鸟类。⑧甄甄：鸟类飞翔的样子。

译诗

鹿群挤在小路上，猪獾和貉子拥在一起。

猛禽在天上翱翔，小鸟儿在低空飞个不停。

> 哀我兮寡独①，靡有兮齐伦②。
> 意欲兮沉吟，迫日兮黄昏。

注释

①寡独：本义指没有配偶和子女的老人，此处形容孤单。②齐伦：相同的人。伦，同类。

译诗

哀叹自己形单影只，没有同类。
想要思考人生，只是已近黄昏。

> 玄鹤①兮高飞，曾逝兮青冥②。
> 鸧鹒③兮喈喈④，山鹊兮嘤嘤。

注释

①玄鹤：黑色的鹤，或指灰颈鹤。②青冥：天空。③鸧鹒：又作仓庚，黄鹂鸟。④喈喈：鸟鸣的声音。

译诗

灰颈鹤远逝，消失于渺渺长空。
黄鹂婉转而鸣，山鹊的叫声穿透山林。

> 鸿鸬①兮振翅，归雁兮于征。
> 吾志兮觉悟，怀我兮圣京②。
> 垂屣③兮将起，跂俟④兮硕明⑤。

注释

①鸿鸬：鸬鹚，一种捕鱼的水鸟。②圣京：指楚国的都城。③垂屣：穿鞋子。④跂俟：停下脚步等待。⑤硕明：天光大亮。

译诗

鸱鹕张开羽翼，归去的大雁向南飞去。
我的内心终于彻悟了，怀念我无法忘却的故都。
穿好鞋子将要出发，驻足等待天明。

延伸

"悼乱"，即为乱世而哀悼。此诗开篇名义，开头就连用几个譬喻，说世道混乱。贤人处在较低的地位，而奸佞则在国君左右，受到宠幸。想要隐居山林，但山林也不是一块干净地方，上有猿猴，下有毒虫，怪鸟奇兽遍布。此诗的独特之处就在此，古代贤人，不能处庙堂之上，则放舟江湖，即孟子所谓达则兼济天下，穷则独善其身。但是诗人却提出了另一种观点，当天下都处于大混乱之中，没有任何一个人能够置身事外。想要寄身山野之中，做个自由人，那是不可能的。雪崩之时，没有一片雪花是无辜的。只有肩负起责任，才算一个真英雄。诗人觉醒了，他决定天一亮，还是回到故国。

伤时

惟昊天①兮昭灵②，阳气发兮清明。
风习习兮龢暖③，百草萌④兮华荣。

注释

①昊天：春天。或说夏天。②昭灵：显灵。③龢暖：同"和暖"。④萌：萌发，萌芽。

译诗

春天之神踱着脚步，温暖的气息上升。
习习的春风带来温暖，百草萌生欣欣向荣。

> jīn tú　　　　fú shū　　héng zhǐ　　　míng
> 堇荼①茂兮扶疏②，蘅芷③雕兮莹嫇④。
> mǐn　　　　　　　　　　　suì mí
> 愍⑤贞良⑥兮遇害，将夭折兮碎糜⑦。

注释

①堇荼：蔬类植物。②扶疏：形容枝叶繁茂。③蘅芷：杜衡和白芷，均为香草。④莹嫇：枯萎凋谢。⑤愍：怜悯。⑥贞良：坚贞贤良。⑦碎糜：碎烂。

译诗

堇菜和荼菜长得十分繁茂，杜衡和白芷枯萎凋零。
怜悯贤良之士遭到陷害，将要死去零落成泥。

> 　　　　　　　　zàn
> 时混混①兮浇馇②，哀当世兮莫知。
> 　　　　jùn yàn　　　qū rǔ
> 览往昔兮俊彦③，亦诎辱④兮系累。

注释

①混混：浑浊，此处指社会环境不清正。②浇馇：汤羹饭，形容混乱。③俊彦：俊杰，形容有才能的人。④诎辱：委屈耻辱。

译诗

浑浊的时代像汤羹饭，当世之人怕无人知道。
回顾过去的那些俊杰，也曾遭受却被捆绑。

> 　　　　　　　zhì gù
> 管①束缚②兮桎梏③，百④贸易兮传卖。
> huán móu
> 遭桓 缪⑤兮识举，才德用兮列施⑥。

注释

①管：管仲，春秋时齐国名臣。②束缚：用绳子捆绑。③桎梏：刑具，枷锁。④百：百里奚，春秋时秦穆公的大臣。⑤桓缪：齐桓公和秦穆公。桓，齐桓公；

缪，秦穆公。⑥列施：充分施展。列，陈列，布置。

译诗

管仲被捆绑着戴刑具，百里奚被当作奴隶贩卖。
一旦得到齐桓公和秦穆公得赏识，才智终于得到了施展。

> 且从容兮自慰，玩琴书兮游戏。
> 迫中国①兮zé xiá 侧狭②，吾欲之兮九夷③。

注释

①中国：国中，此处指楚国。②侧狭：狭小，狭窄。③九夷：泛指古代东方的部族。

译诗

姑且从容地自我安慰，弹琴读书自娱自乐。
受制于国中的狭窄局促，我准备去东方的九夷之地。

> 超五岭①兮cuó é嵯峨②，观浮石③兮cuī wéi崔嵬④。
> 陟⑤丹山⑥兮炎野⑦，屯⑧余⑨车兮黄支⑩。

注释

①五岭：山名，在今广西广东与湖南、江西的交界处，是划分长江流域和珠江流域的界山。②嵯峨：形容山势高大险峻。③浮石：浮石山，在东海之中。④崔嵬：形容山高大雄伟。⑤陟：登上。⑥丹山：南方的山名。⑦炎野：指南方。⑧屯：停驻。⑨余：我，第一人称代词。⑩黄支：古国名。

译诗

越过五岭的巍峨高山，观看了雄壮的浮石山。
翻过丹山到达南方，停驻我的车在黄支古国。

就祝融①兮稽疑②，嘉③己行兮无为④。
乃回偈⑤兮北逝，遇神嫣⑥兮宴娭⑦。

注释

①祝融：传说中的火神。②稽疑：决断疑难的事。③嘉：嘉奖，夸奖。④无为：顺应自然大道。⑤回偈：转身离开。⑥神嫣：名叫嫣的神仙。⑦宴娭：宴饮娱乐。

译诗

像祝融神请教决断疑难，他嘉奖我顺应自然。
于是转身向北去，遇到神嫣一起宴饮娱乐。

欲静居兮自娱，心愁戚①兮不能。
放余辔②兮策驷③，忽飙腾④兮浮云。

注释

①戚：伤感，忧伤。②辔：马缰绳。③驷：四匹马拉一辆车为驷。④飙腾：飞腾。

译诗

想安居下来自寻乐趣，心情愁苦无法做到。
放松马辔信马由缰，转眼飞腾到云间。

蹠①飞杭②兮越海，从安期③兮蓬莱④。
缘天梯⑤兮北上，登太一⑥兮玉台⑦。

注释

①蹠：跳上，乘坐。②杭：渡船。③安期：安期生，古代神仙名。④蓬莱：蓬莱山，神话传说中神仙居住的海上仙山，与方丈、瀛洲齐名。⑤天梯：通往天界的梯子。⑥太一：太一神。⑦玉台：太一神所居住之地。

译诗

乘坐轻舟越过大海，跟随安期生到达蓬莱仙山。
顺着天梯一路向北，到达了太一神的琼玉台。

使素女①兮鼓簧②，乘戈③龢④兮讴谣⑤。
声噭誂⑥兮清和，音晏衍⑦兮要婬⑧。

注释

①素女：传说中的仙女。②鼓簧：吹走簧管。③乘戈：传说中的神仙名。④龢：通"和"，唱和。⑤讴谣：歌唱。⑥噭誂：歌声清畅。⑦晏衍：旋律悠长。⑧要婬：形容舞姿柔媚妖娆。

译诗

让素女仙子吹奏乐曲，乘弋仙人应和歌唱。
歌声清越而和谐，旋律悠长舞姿柔媚。

咸①欣欣②兮酣乐③，余眷眷④兮独悲。
顾⑤章华⑥兮太息⑦，志恋恋兮依依。

注释

①咸：都，俱。②欣欣：喜乐的样子。③酣乐：畅快的娱乐。④眷眷：依依不舍的样子。⑤顾：回头。⑥章华：章华台，春秋时期楚灵王所建，以华美绝伦著称。⑦太息：叹息。

译诗

每个人都欢乐且沉醉，只有我满怀眷恋独自悲伤。
回头望着章华台叹息，满心眷恋依依不舍。

延伸

伤时,有两重含义。其一为伤春,即伤感于大自然的变化;其二为伤感于时局的恶浊糟糕。此处是两重含义的双关。春日施刑,不顺天时,故谓之伤春,此之谓也。诗歌从春天入手,写阳气上升,草木荣华,转眼间香草凋零。由忠臣遭难联想到春秋时期的名臣管仲和百里奚也曾有过牢狱之苦和为奴的经历。屈原未能遇到齐桓公和秦穆公那样的贤君,只能抚琴读书,在其中寻求精神的安慰。道不行,乘桴浮于海,诗人的志向无法实现,便游弋于想象的世界。此处的写作手法充满了蒙太奇的效应,既有现实内容,也有虚构的内容。越过巍峨的五岭,看大海上宛若漂浮在水上的悬崖峭壁浮石山,翻过丹山,到达炎热的南方古黄支国地界,是诗歌的现实部分。和祝融神、玉女、太一神等神仙为伍,则是幻想。两者交织在一起,给人亦真亦幻的感觉。

唐代诗人司空曙《送郑明府贬岭南》诗云:"青枫江色晚,楚客独伤春。"将伤春的典故与"楚客"联系在一起,成为文学史上的一个经典用法,事出于屈原,文则恐始于王逸。

哀岁

旻天^①兮清凉,玄气^②兮高朗。
北风兮潦冽^③,草木兮苍唐^④。

(mín) (liáo liè) (cāng táng)

注释

①旻天:秋天。②玄气:即元气,大自然之气。③潦冽:寒冷凛冽。④苍唐:草木凋谢的样子。

译诗

秋日清凉,万里澄澈明朗。
北风凛冽,草木枯黄。

美绘楚辞

蚏蛱①兮噍噍②，蝍蛆③兮穰穰④。
岁⑤忽忽⑥兮惟暮⑦，余⑧感时兮凄怆⑨。

注释

①蚏蛱：似蝉的小虫，或说蝉。②噍噍：鸟儿的叫声。③蝍蛆：蟋蟀。另一说为蜈蚣。④穰穰：众多的样子。⑤岁：年。此处指时光。⑥忽忽：形容时间过得快。⑦暮：本义为天色晚，此处指晚年、暮年。⑧余：我。⑨凄怆：悲伤，悲凉。

译诗

蝉鸣鸟叫，蟋蟀众多。
时光飞逝已到晚年，我感慨岁月内心悲伤。

伤俗①兮泥浊②，曚蔽③兮不章④。
宝⑤彼兮沙砾，捐⑥此兮夜光⑦。

注释

①伤俗：为世俗而悲哀。②泥浊：形容世道混乱。③曚蔽：欺骗隐瞒。④不章：不明。⑤宝：珍视。⑥捐：捐弃，丢弃。⑦夜光：夜明珠。此处指明珠。

译诗

伤感于世道俗风的沉沦，人心受欺瞒而不辨是非。
砂石被当作宝贝珍视，夜明珠反而被丢弃。

椒瑛①兮涅污②，枲耳③兮充房④。
摄衣⑤兮缓带⑥，操⑦我兮墨阳⑧。

注释

①椒瑛：香木和美玉，比喻有德之人。②涅污：污染，玷污。③菓耳：苍耳。④充房：充实房屋。⑤摄衣：整理衣服。⑥缓带：把带子放松。⑦操：拿着，执，持。⑧墨阳：宝剑名。

译诗

香木美玉遭污染，糟糕的苍耳却充实房间。
整理衣冠系好带子，拿着我的墨阳剑去远游。

升车①兮命②仆③，将④驰兮四荒⑤。
下堂⑥兮见虿⑦（chài），出门兮触蜂。

注释

①升车：驾车。②命：让。③仆：仆从。④将：即将。⑤四荒：四方荒远之地，此处指遥远的地方。⑥下堂：走出屋子。⑦虿：毒虫，蝎子之类。

译诗

我让仆人备好车马，即将去遥远的地方。
下台阶的时候遇上蝎子，出门时被毒蜂蜇伤。

巷有兮蚰蜒①（yóu yán），邑②多兮螳螂（táng láng）。
睹③斯兮嫉贼④，心为兮切伤⑤。

注释

①蚰蜒：昆虫，生活在较为潮湿的地方。②邑：城市。③睹：看到。④嫉贼：痛恨奸臣、谗臣。嫉，痛恨。贼，危害社会的人。⑤切伤：伤痛。

译诗

巷子里到处是小昆虫，城市里爬满螳螂。
就如同看见奸佞，心中充满了伤痛。

俛①念兮子胥②，仰怜③兮比干④。
投剑兮脱冕⑤，龙屈兮蜿蟺⑥。

注释

①俛：同"俯"。②子胥：指伍子胥。③怜：怜悯。④比干：人名，商纣王的叔父。⑤冕：一种帽子。⑥蜿蟺：屈曲不伸展的样子。

译诗

低头思念伍子胥，仰头怜悯比干。
丢弃宝剑脱下帽子，像龙一样隐藏而不声张。

潜藏兮山泽，匍匐兮丛攒①。
窥②见兮溪涧，流水兮沄沄③。

注释

①丛攒：罗列分布。此处指草木茂密。②窥：偷偷看。此处泛指看。③沄沄：水流回旋涌动。

译诗

隐居于深山大泽，安身于丛林之中。
观清溪深涧，流水奔涌向前。

鼋鼍①兮欣欣，鳣鲇②兮延延③。
群行④兮上下，骈罗⑤兮列陈⑥。

注释

①鼋鼍：鳖和鳄鱼。②鳣鲇：两种鱼类，鳝鱼和鲇鱼。③延延：众多的样子。④群行：成群的游。⑤骈罗：并列排布。⑥列陈：排成队形。

译诗

鳖和鳄鱼悠然自得，鳇鱼和鲇鱼熙熙攘攘。
它们成群地上下游动，并列排布成队形。

自恨①兮无友，特②处兮茕茕③。
冬夜兮陶陶④，雨雪兮冥冥⑤。

注释

①自恨：恨自己。②特：独自。③茕茕：孤独的样子。④陶陶：漫长的样子。⑤冥冥：形容光线暗淡。

译诗

恨自己没朋友，独自孤独地生活。
冬天的夜晚如此漫长，雨雪纷飞夜色黑暗。

神光①兮颎颎②，鬼火③兮荧荧④。
修德⑤兮困控⑥，愁不聊兮遑⑦生。
忧纡⑧兮郁郁，恶所⑨兮写情⑩。

注释

①神光：神明之光。②颎颎：炯炯，形容光亮。③鬼火：幽灵之火，此处应从神话角度理解，不当解释为磷火。④荧荧：微微闪烁。⑤修德：修行品德。⑥困控：指无人引荐。⑦遑：怎么能。⑧忧纡：忧郁。⑨恶所：何处。⑩写情：排泄、宣泄感情。

译诗

神明之光灿烂，幽冥之火黯然。
修养美德无人引荐，忧愁不可解，何以为生。
忧思郁结于心，何处宣泄心情。

美绘楚辞

延伸

"哀岁",哀叹年华逝去,岁月流逝。此篇可以与前篇《伤时》对照来看,《伤时》从春天开始写起,此诗则从秋天开始写起,都落笔到奸臣当道,贤臣报国无门,只能出游这一主题上。从艺术的角度而言,此诗写景极美,用词精准,意象清晰,起承转合恰到好处,善于用典故,却并不堆砌,虽然出于匠心,但也天然成趣,为后世的五言诗的发展奠定了基础。略加改动,便是一首隽永的五言诗:秋日天气凉,云淡风色朗。北风萧萧过,千山草木黄。虫鸣鸟啾啾,蟋蟀飞道旁。光阴忽入暮,伤感又凄怆。浊世如污泥,人心不得彰。珍宝弃如砂,无人识夜光。美玉遭玷染,恶草植殿堂。缓带将远游,振衣执墨阳。唤仆备车驾,将驰万里疆。阶下见虫蝎,毒蜂触门廊。虫豸跃里巷,邑中多螳螂。见此如贼臣,愤恨复悲伤。俯首念伍员,仰面怜比干。弃剑脱冠冕,如龙曲蜿蠂。潜藏山泽中,托身委林泉。行到清溪涧,坐看水回环。鱼鳖随水上,激流多鳣鲇。成群结队游,熙熙满碧潭。长恨无知己,茕茕立山峦。冬夜雨雪至,天色复黯淡。神光炯炯意,鬼火幽幽然。怀德无人荐,愁苦何为生。忧思郁在怀,无处可排遣。

守志

陟①玉峦②兮逍遥③,览高冈④兮峣峣⑤。
桂树列⑥兮纷敷⑦,吐紫华⑧兮布条⑨。

注释

①陟:从低处向高处走。②玉峦:美丽的山峦。③逍遥:悠然自得的样子。④高冈:高的山脊。⑤峣峣:形容山势高大。⑥列:排列。⑦纷敷:分布错乱。⑧紫华:紫色的花朵。"华"通"花"。⑨布条:舒展枝条。

译诗

登上美丽的高山悠然自得,一览高峰巍峨绵延。
桂树错综排列,舒展的枝条上开满紫色的花朵。

九　思

实①孔鸾②兮所居③，今其集④兮惟⑤鸮⑥。
乌鹊⑦惊⑧兮哑哑⑨，余⑩顾瞻⑪兮怊怊⑫。

注释

①实：此，这。②孔鸾：孔雀和鸾凤。③居：居所。④集：停歇，栖息。⑤惟：只有。⑥鸮：猫头鹰。⑦乌鹊：乌鸦和喜鹊。⑧惊：受惊。⑨哑哑：乌鸦发出的叫声。⑩余：我。⑪顾瞻：回看，环视，也泛指看。⑫怊怊：惆怅的样子。

译诗

这里是孔雀和鸾凤的居所，现在停歇的只有猫头鹰。
乌鸦和喜鹊恐惧地哑哑叫，我看到这种情景十分怅然。

彼①日月兮阉昧②，障覆③天兮浸氛④。
伊⑤我后⑥兮不聪⑦，焉⑧陈诚⑨兮效忠⑩。

注释

①彼：那个。②阉昧：昏暗没有光亮。③障覆：遮蔽覆盖。④浸氛：不祥的气氛。⑤伊：语气词。⑥后：君主。⑦聪：明察。⑧焉：怎么。⑨陈诚：表达诚意。⑩效忠：报效忠诚。

译诗

那日月昏暗无光，遮蔽天空的不祥气息。
我的君王不能明察，怎么表达诚意报以忠诚。

摅①羽翮②兮超俗，游陶遨③兮养神④。
乘六蛟⑤兮蜿蝉⑥，遂驰骋⑦兮升云⑨。

注释

①摅：舒展。②羽翮：鸟的翅膀。③陶遨：无牵无挂的样子。④养神：陶

冶心志。⑤六蛟：六龙。蛟，龙的一种，此处泛指龙。⑥蜿蟬：蛟龙盘曲的样子。⑦遂：就，于是。⑧驰骋：奔跑自如。⑨升云：飞上云间。

译诗

张开翅膀脱离尘俗，无有牵挂地陶冶性情。
驾着六条龙盘曲舞动，驰骋直达云间。

扬①彗光②兮为旗，秉③电策④兮为鞭。
朝晨⑤发⑥兮鄢郢⑦，食时⑧至⑨兮增泉⑩。

注释

①扬：飞扬。②彗光：彗星的光芒。③秉：手持。④电策：闪电的光，此处指像鞭子一样的闪电。⑤朝晨：早晨。⑥发：从……出发。⑦鄢郢：指楚国都城。楚文王定都于郢，楚惠王迁都于鄢，但仍然号为郢。⑧食时：吃早饭的时候。⑨至：到达。⑩增泉：即银河、河汉。

译诗

扬起彗星的光为旗帜，用闪电作鞭策马而行。
清晨从故国的都城出发，吃早饭时已到达河汉之滨。

绕曲阿①兮北次②，造③我车兮南端④。
谒⑤玄黄⑥兮纳贽⑦，崇⑧忠贞⑨兮弥坚⑩。

注释

①曲阿：高大山陵的山坳。②北次：在北边住宿。③造：驾驶。④南端：南方。⑤谒：拜见。⑥玄黄：天地之神。⑦纳贽：第一次拜见长者赠送的礼物。⑧崇：尊崇。⑨忠贞：忠诚而贤良。⑩弥坚：更加恒定。

译诗

绕道高山北边的山坳留宿，又驾着车赶往南边。
拜见天地的神并进献珍贵礼物，崇尚贤良之心更加坚定。

历①九宫②兮遍观③，睹④秘藏⑤兮宝珍⑥。
就⑦傅说⑧兮骑龙，与织女⑨兮合婚⑩。

注释

①历：游历。②九宫：传说中神仙居住的宫殿，此处泛指天宫。③遍观：看遍。④睹：看。⑤秘藏：隐藏的。⑥宝珍：即珍宝。⑦就：乘着。⑧傅说：辅佐殷高宗武丁实现王朝中兴的名臣，是殷商时期的政治家、军事家。传说死后化为辰宿。⑨织女：神话传说中的仙女，也是星名。⑩合婚：结下婚姻。

译诗

游历参观了天上的宫廷，看遍了珍藏的各种宝物。
骑着龙拜见了名臣傅说，和天上的仙子织女结为伴侣。

举①天毕②兮掩③邪④，彀⑤(gòu)天弧⑥兮射奸⑦。
随⑧真人⑨兮翱翔⑩(áo xiáng)，食⑪元气⑫兮长存。

注释

①举：高举。②天毕：即天毕星，形状似网，故而得名。③掩：网尽。④邪：奸邪之臣。⑤彀：拉满的弓。⑥天弧：星名，形状似搭箭张弓，故而得名。⑦射奸：射杀奸臣。⑧随：追随，跟随。⑨真人：道家称修仙炼气之人，此处泛指仙人。⑩翱翔：回旋飞翔。⑪食：服食。⑫元气：道家或方术所称的导引术语，此处指仙家所炼之气。

译诗

举起大网将奸邪灭尽，拉满弓射杀奸臣。
追随仙人四处云游，服食精华之气以长生。

> 望①太微②兮穆穆③，睨④三阶⑤兮炳分⑥。
> 相⑦辅政⑧兮成化⑨，建⑩烈业⑪兮垂勋⑫。

注释

①望：仰望。②太微：即太微垣，与紫微垣、天市垣合称为"三垣"，是古代天文学上的"星官"，类似于现代所称的星座。③穆穆：庄严肃静的样子。④睨：斜着眼睛看。⑤三阶：星名，又称为"三台"，分为上台、中台、下台，总共六颗星，两两相对。古人以天文对应人事，将三台星比作人间的三公（司马、司徒、司空，另一说为太师、太傅、太保）。⑥炳分：缤纷。⑦相：为相。⑧辅政：辅佐政事。⑨成化：实现教化。⑩建：建立，成就。⑪烈业：伟大的功业。⑫垂勋：不朽的功勋。

译诗

仰望太微星庄严而且肃穆，三台星璀璨夺目。
辅佐君王教化万民，建立伟大的不朽功业。

> 目①瞥瞥②兮西没③，道④遐 迥⑤兮阻⑥叹。
> 志稸积⑦兮未通⑧，怅敞罔⑨兮自怜。

注释

①目："日"的误写。②瞥瞥：一瞬间。③西没：太阳下落。④道：道路。⑤遐迥：路途旷遥远。⑥阻：阻隔。⑦稸积：压抑，积郁。⑧未通：没有实现。⑨怅敞罔：惆怅而迷茫。

译诗

太阳一瞬间西沉，前方的道路遥远且充满艰辛。
壮志满怀无法实现，惆怅迷茫自叹自怜。

> 乱曰：
> 天庭①明兮云霓②藏，三光③朗④兮镜⑤万方⑥。
> 斥⑦蜥蜴⑧兮进龟龙⑨，策谋⑩从兮翼⑪机衡⑫。
> 配⑬稷契⑭(jì)兮恢⑮唐⑯功，嗟⑰英俊⑱兮未为双⑲。

注释

①天庭：天上的神殿。②云霓：虹，此处指云霞。③三光：日、月、星。④朗：明亮。⑤镜：照耀。⑥万方：指万国，泛指四处。⑦斥：斥退。⑧蜥蜴：爬行动物，此处指小人。⑨龟龙：传说中的灵物，此处指忠贞的贤臣。⑩策谋：出谋划策。⑪翼：辅助，辅佐。⑫机衡：星名，北斗七星中的第三颗星璇玑与第五颗星玉衡。⑬配：匹配。⑭稷契：周代的始祖后稷和商代的始祖大契。⑮恢：宏大。⑯唐：尧帝，又称唐尧。⑰嗟：赞叹，叹息。⑱英俊：英杰、俊才。⑲未为双：无人能够匹敌。

译诗

乱辞说：
天庭光明而云霞隐退，日月星辰光芒万丈照耀四方。
斥退小人而贤良之臣上位，出谋划策安定邦国。
以后稷和大契般的才智建立唐尧般的功业，感叹当世的俊杰无人匹敌。

延伸

"守志"，就是恪守志向。这是一首"游仙"意味十分浓厚的诗歌，诗人以充满想象力的笔触，构建了一个绮丽的世界。继承了《离骚》的遗风，与前篇中的刘向、王褒的诗歌一脉相承，都是对"诗人屈原"这一意象的

发扬，并将这种表达方式继承了下来。在这里，诗人屈原不只是一个历史人物，同时还是一个艺术形象。写诗人得不到重用后，乘龙飞升上天，游历了仙界，并与著名的贤臣傅说交谈；并最终实现了明君贤臣的理想，建立了可以垂范万古的不朽事业。

诗人飞升到天界与被奉为圣人的傅说交谈这一情节，不妨与文艺复兴时期的伟大诗作《神曲》做个比较。但丁迷失于森林，被豹子、狮子、狼（三只动物代表邪恶、骄傲、贪婪）阻住了去路，在这危急时刻，古罗马诗人维吉尔出现了，他不仅搭救了但丁，而且引着他游历了地狱和炼狱，后来又在贝阿德丽齐的引导下看遍天堂。不同的着眼点，都表达了与志士为伍，并始终坚守自己节操的志向。

美绘楚辞

第三册

白羽　译注

天津出版传媒集团

天津古籍出版社

佹诗

作者及作品

宋代朱熹称,此诗的作者是荀子。荀子,名况,字卿,战国时期赵国人。汉宣帝之后因避讳宣帝的名讳"询"字,改"荀"为孙,又称孙卿。荀子是战国时期著名的思想家、哲学家和教育家,是儒家学派的重要人物。法家代表人物韩非子,秦国丞相李斯均为其弟子。

荀子不同意儒家的性善论思想,创造性地提出了性恶论,即人天性是恶的,他主张礼法并施,强调学以致用,著有《荀子》一书。战国时期是大争之世,各国统治者重视的是王霸之道,也就是争夺土地和人口的哲学,因而荀子的主张很难得以实现。

荀子和孔子一样,也曾周游列国,向齐、楚、赵等国的君主陈说自己的政治主张。荀子曾三次担任齐国稷下学宫的祭酒,稷下学宫是齐国的官办教育和学术机构,类似于大学,荀子的这个职位相当于大学校长。荀子也曾两度担任楚国的兰陵令,类似于兰陵县的县令。据朱熹《楚辞后语》所载,荀子担任兰陵令时,有人在掌权的春申君黄歇面前诋毁他,黄歇就将他罢免了。荀子离开楚国到赵国后,有人对春申君说:"从前伊尹离开夏朝的国都,得到殷商重用,结果殷商胜利夏朝灭亡;管仲离开鲁国而被齐国重用,从此齐国强而鲁国弱。贤者在哪里,该国的国君也尊荣啊。荀子是当今天下的贤士,你怎么罢免了他呢?"春申君一听,赶紧派使者去延请,荀子拒绝了楚国之聘,交给使者这首诗应付差事。《佹诗》,意为语调激切的诗,即激愤的诗歌。不过,朱熹对于此诗是否是荀子拒绝楚国之聘的作品，并未下定论，仅备为一说。《佹诗》痛诉了乱世之下，贤人得不到重用，天下失序，佞人在位的现状。荀子是最早采用赋之名和以问答方式写辞赋的人，故而和屈原一起被视为辞赋之祖。

天下不治①，请陈②佹(guǐ)诗。

天地③易位④，四时⑤易乡⑥。

列星殒(yǔn)坠⑦，旦暮⑧晦(huì)盲⑨。

幽闇(àn)登昭(zhāo)⑪，日月⑫下藏⑬。

公正无私，反见从横⑭。

志爱公利，重楼疏堂⑮。

无私罪人，憼(jǐng)⑯革⑰二兵。

道德纯⑱备⑲，谗口⑳将将㉑。

仁人绌(chù)约㉒，敖暴㉓擅强㉔。

天下幽险㉕，恐失世英。

螭龙㉖为蝘蜓(yǎn tíng)㉗，鸱枭(chī xiāo)㉘为凤皇㉙。

比干㉚见刳(kū)㉛，孔子拘匡(kuāng)㉜。

昭昭㉝乎其知之明也，郁郁㉞乎其遇时之不祥也。

拂乎其欲礼义之大行也，闇乎天下之晦盲也。

皓天㉟不复㊱，忧无疆也。

千秋必反，古之常也。

佹 诗

弟子勉学，天不忘也。
圣人共手，时几㊲将矣。
与愚以疑，愿闻反辞㊳。

注释

①不治：缺乏治理。②陈：呈献。③天地：代指世界的一切本来的秩序。④易位：颠倒了位置。⑤四时：四季。⑥乡：通"向"，方向。⑦殒坠：坠落。殒，通"陨"。⑧旦暮：早晨和晚上。⑨晦盲：昏暗不明朗。⑩幽闇：指小人。⑪登昭：荣升显要的位置。⑫日月：代指君子。⑬下藏：指正直的人退避和潜藏。⑭从横：本义为合纵连横，此处指反复无常。⑮重楼疏堂：高大的楼阁和轩敞的厅堂。⑯憼：通"儆"，戒备。⑰革：牛皮做的铠甲，此处代指兵器。⑱纯：纯良、纯正。⑲备：完备。⑳谗口：指诋毁贤者的小人。㉑将将：通"锵锵"，聚集的样子。㉒绌约：黜退。㉓敖暴：傲慢残暴。敖，通"傲"。㉔擅强：专横。㉕幽险：晦暗、凶险。㉖螭龙：传说中无角的龙。㉗蝘蜓：壁虎。㉘鸱枭：猫头鹰，比喻坏人。㉙凤皇：即凤凰，比喻君子、高尚的人。㉚比干：商纣王帝辛的叔父，因为进谏触怒纣王，被剖腹取心。㉛刳：破开。㉜匡：古地名，位于今河北省长垣县，孔子在这里遭受被围困的厄难。㉝昭昭：明亮，光明的样子。㉞郁郁：形容情绪不佳。㉟皓天：光明的天空。㊱复：复返。㊲几：近。㊳反辞：反复陈说的话。

译诗

天下缺乏治理，请让我呈上言辞激切的诗。
天地颠倒了位置，四季颠倒了次序。
天上的星辰坠落，从早到晚昏暗不明。
小人登上了高位，君子退避隐遁。
公正无私，被诽谤为反复无常。
窃取公家之利为己用，反而得到华屋居住。
不对有罪之人徇私情，但也备好兵甲做好戒备防止被害。
道德上没有瑕疵，却招来小人无尽地诋毁。

仁人君子遭罢黜而穷困，傲慢残酷的小人专权擅政。
天下如此晦暗危险，恐怕要失去当代圣贤。
把螭龙当作壁虎，把猫头鹰视为凤凰。
贤臣比干遭到剖心，圣人孔子被困在匡地。
光明灿烂啊他的知识广博，晦暗不明啊生不逢时。
要实行的礼义符合大道，但天下依然一片晦暗。
光明的天空不再出现，忧心忡忡没有尽头。
久乱必定回归太平，这是自古以来的常理。
后辈们要勉力学习，上天不会遗忘。
圣人们相互拱手，好的时运即将到来。
愚钝的我所说的话可能令人怀疑，请让我反复述说。

其小歌①曰：

念彼②远方，何其塞③矣。

仁人绌(chù)约，暴人④衍⑤(yǎn)矣。

忠臣危殆⑥(dài)，谗人⑦服⑧矣。

琁(xuán)玉瑶珠⑨，不知佩也。

杂布与锦，不知异也。

闾娵⑩(lú jū)子奢⑪(shē)，莫之媒也。

嫫(mó)母⑫力父⑬，是之喜也。

以盲为明⑭，以聋为聪⑮；

以危为安，以吉为凶。

呜呼上天，曷⑯(hé)维其同。

注释

①小歌：相当于楚辞中的"乱"，作为尾声。②彼：那个。③塞：蔽塞。④暴人：残暴不仁的人。⑤衍：多。⑥危殆：危险。⑦谗人：指喜欢说谗言诋毁正直之人的小人。⑧服：被任用。⑨琁玉瑶珠：指珍贵的美玉和宝珠。琁，通"璇"，美玉。⑩闾娵：战国时期魏国著名的美人。⑪子奢：即"子都"，春秋时期郑国著名的美男子。⑫嫫母：传说中的丑女，黄帝的妃子之一。⑬力父：传说中的丑男。⑭明：视力好。⑮聪：听觉敏锐。⑯曷：怎么。

译诗

结尾的短歌唱道：
我心中挂念远方，那里多么闭塞。
仁人君子遭到罢黜而穷困，暴虐的人却很多。
忠臣义士陷于危险，谗言小人被任用而洋洋得意。
珍贵的美玉和宝珠，不加重视。
普通的布和锦缎，不懂得分辨。
美丽的闾娵和英俊的子奢十分匹配，没人为他们做媒。
丑陋的嫫母和寒碜的力父，却得到人们的喜爱。
把眼盲当作视力敏锐，把耳聋当作听力超群；
把危险当作安全，把吉祥当作祸患。
上天啊，我怎么能和这些人同流合污。

延伸

《荀子·赋篇》包括《礼》《知》《云》《蚕》《箴》五篇，其中《佹诗》附录于后。有些研究者认为这篇作品当为两首诗，前半部分是一首，"小歌"以下是一首。关于这首诗创作的年代，《战国策·楚策四》记载荀子在楚国任职，春申君听信谗言将荀子罢免，后来春申君又派人请荀子回去，于是荀子写了这首诗。朱熹应当是沿袭了此说。这首诗是荀子遭人诋毁后，心怀不平之作。诗中以比干、孔子为例，说贤者不被重用是古来常有的事。

这首诗在艺术上十分成熟，音韵跌宕起伏，充满了作者的个人情感。在表达手法上，吸收了屈原楚辞歌调的韵味，朱熹说"出于幽忧穷蹙，怨慕凄凉之意"，十分中肯。鲁迅在《汉文学史纲要》中更是给了极高的评价，说它"词甚切激，殆不下于屈原，岂身临楚邦，居移其气，终亦生牢愁之思乎？"

易水歌

作者及作品

　　作者是战国时期的刺客荆轲。荆轲（？～前227年），姜姓，庆氏。战国末期卫国人，世称庆卿、荆卿。据司马迁《史记·刺客列传》记载：荆轲受到燕国太子丹的委托，去刺杀秦王嬴政。离去的那一天，太子丹和所有宾客，以及他的朋友高渐离都来为之送行。所有人都知道，此去刺杀秦王，荆轲就算成功了也是有去无回。从前的著名刺客，如专诸、聂政没有能全身而退的，无不死于卫士的乱刀之下。送行者都戴着白色的帽子，到了易水河边，看着荆轲动身，高渐离击筑而歌，荆轲也和着乐曲，纵声高歌"风萧萧兮易水寒，壮士一去兮不复还"。歌声悲凉凄怆，闻歌之人无不涕泪横流，唱到激昂处，乐声变成了铿锵悲壮的羽声，送行者莫不睁大了眼睛，眼角欲裂，怒发冲冠。于是，荆轲登上马车，扬尘而去，始终未曾回头。《史记》中并未提及这首歌的名字，因即兴作于易水之畔，故而后世称为《易水歌》，朱熹《楚辞后语》亦用此名。

风萧萧①兮易水②寒，壮士③一去兮不复④还⑤。

注释

①萧萧：音同"咻咻"，风吹的声音。②易水：河名，位于今河北易县，为燕国的南界。③壮士：勇士，猛士。④复：再。⑤还：回归。

译诗

寒风萧萧易水冰寒，壮士一去就不再返还。

延伸

"风萧萧兮易水寒，壮士一去兮不复还。"虽然只有两句，但是充满了悲壮、凝重的气氛。冯梦龙《东周列国志》中此诗为四句，后两句为"入虎穴兮探蛟宫，仰天呼兮成白虹"。但这两句不论是《战国策》还是《史记》都不见记载，甚至连较晚的《通鉴》中也没有收录，可能是明代人伪托续貂之句。

战国末期，秦国席卷天下，雄视六合，秦王嬴政设计好了囊括天下于股掌之中的蓝图。东进南下，将六国打得鸡飞狗跳，燕国的大片土地也被夺走，面临着灭国的危机。身为燕国太子的姬丹十分惶恐，向一个名叫田光的名士求教，田光认为，如果想令秦国快速退兵，只有一个办法——刺杀秦王。他向太子丹推荐了荆轲。

荆轲是卫国人，喜欢读书，好剑术，曾经向卫国国君毛遂自荐，但没得到重视。荆轲离开卫国后，游历天下，到燕国后，也结交了不少朋友。《史记》载："荆轲嗜酒，日与狗屠及高渐离饮于燕市，酒酣以往，高渐离击筑，荆轲和而歌于市中，相乐也，已而相泣，旁若无人者。"真乃豪迈之人也！当时的社会，杀狗的人、击筑的人都属于社会底层最低贱的人，而荆轲既能游说卫元君，又能与屠狗击筑者来往，可见他无视等级高低，在他眼里王侯将相和杀狗的人一般无二，由此也可看出其境界之不凡。当然，在燕国，荆轲结交最重要的一个人物是田光。

荆轲被推荐给太子丹后，得到了非常高的待遇。这时候，秦国悍将王翦已经灭了赵国，俘虏了赵王，只有公子嘉逃到了代地，在那里纠集残余势力，建立了一个小王国——代国。秦军顺势逼近燕国南边的疆土，虎视眈眈。于是，太子丹催促荆轲行动。

荆轲告诉太子丹，自己入秦国不难，但是要刺杀秦王就必须靠近，要靠近就必须获得秦王的信任。

太子丹问他，怎样才能获得秦王的信任？

易水歌

  荆轲告诉太子丹，需要樊於期的人头和燕国督亢的地图作为觐见的礼物。

  听了荆轲的话，太子丹顿时脸色大变。燕国督亢的地图不难，但是要樊於期的人头他却犹豫了。樊於期原是秦国名将，因为打了败仗怕被治罪而投身燕国。秦王一怒之下，灭其九族，并悬赏他的人头，从此樊於期视秦国为死敌，日夜想着报仇。樊於期在最危难的时候投奔了燕国，太子丹不忍心再利用他。

  荆轲亲自去拜见樊於期，说明来由，樊於期便拔剑自刎了。有了面见秦王的"礼物"，太子丹又花重金从一个名叫徐夫人的人手中购买了一柄锋利的匕首，并给匕首淬毒。

  荆轲有了最佳装备，还需要一个副手，以成为最佳组合。太子丹推荐了秦武阳，秦武阳是个街头小混混，十三岁的时候就杀了人，以至于没有人敢正眼看他。不过荆轲看不上这个人，准备等一个帮手。但太子丹以为荆轲露怯了，甚至要求让秦武阳先行动。这使荆轲非常生气。史载：荆轲怒，叱太子曰："何太子之遣？往而不返者，竖子也！且提一匕首入不测之强秦，仆所以留者，待吾客与俱。今太子迟之，请辞决矣！"遂发。

  荆轲到了秦国后，首先贿赂秦王的宠臣中庶子蒙嘉，蒙嘉一再向秦王嬴政说燕国使臣的好处和殷勤，这样秦王很快就召见了燕国使臣。他穿上礼服，设置九宾之礼，在咸阳宫专门召见荆轲。荆轲手捧装着樊於期头颅的匣子，秦武阳捧着装着燕国督亢地图的匣子进了大殿。

  秦武阳是个没见过什么世面的草包，进了大殿，看到秦王的气派和威势，顿时浑身发抖，脸色大变。秦国的大臣们感到很奇怪，荆轲害怕露出马脚，赶紧圆谎说："副使是个没见过多少世面的粗鄙之人，见了大王，不免害怕，希望秦王宽容。"

  秦王嬴政打发秦武阳出去，让荆轲捧着盒子过来。荆轲先让嬴政看了樊於期的人头，之后打开地图的卷轴，慢慢地展开，指给他看。就在地图全部打开的时候，卷在地图里的匕首露了出来，荆轲左手拉住秦王的袖子，右手拿起匕首，就刺向秦王，可惜没刺中。秦王大惊失色扯断了袖子，绕着柱子逃跑。他想拔剑反击，但是剑太长了，仓促间拔不出来。这时一个名叫夏无且的御医灵机一动,将随身携带的药包扔向了荆轲。趁着这个机会,大臣们大喊:"大王把剑拉到背上!"这样增大了拔剑的空间。秦王一下拔出了利剑,并回身砍荆轲,斩断了他的左腿。荆轲重伤跌落在地,举起匕首投向秦王,刺在了柱子上。

秦王用剑砍荆轲,荆轲受了八处伤。史载:轲自知事不就,倚柱而笑,箕踞以骂曰:"事所以不成者,以欲生劫之,必得约契以报太子也。"

这时候,侍卫们才缓过神来,冲上台阶将荆轲杀了。荆轲以一身而入强秦,试图通过手中短小的匕首扭转整个历史的格局,不可谓不豪迈,不可谓不惊天动地。若论身份,他和贩夫走卒并无二致,但是他身上飞蛾扑火,毫不惜身的抗争精神却令史家为之击案,这首诗连同他本人的事迹,都在史册里写留下了浓重的一笔。

越人歌

作者及作品

　　作者失考，朱熹《楚辞后语》说："《越人歌》者，楚王之弟鄂君泛舟于新波之中，榜枻越人拥楫而歌此词。"据刘向《说苑》记载，这首诗中的公子是楚王的弟弟，曾担任过令尹的公子子皙。古人以男女之情来比喻相互之间的信任是一种常有的情况。据考证，子皙被楚王封为鄂君，他领地上的越人专门举行了水上游活动，为鄂君划桨的是当地的船夫，他们为了表达对鄂君的敬意，唱了这首歌。鄂君听不懂越人的语言，当地人为他翻译成了楚语。鄂君被船夫们的真诚打动了，按楚国的习惯拍打越人的肩膀，表达自己的回敬之意，并赠予他一匹锦帛。可以说，这是古代部族融合的一首见证性的作品，也是一首现存最早的翻译诗歌。

今夕①何夕兮搴(qiān)洲②中流③，
今日何日兮得与王子同舟。
蒙羞被④好兮不訾(zī)诟(gòu)耻⑥，
心几⑦顽而不绝兮得知王子。
山有木兮木有枝，
心说(yuè)⑧君兮君不知。

注释

①夕：晚上。②搴洲：荡舟，划船。"洲"字疑为"舟"之误。③中流：水中央。④被：通"披"，覆盖。⑤不訾：不怕说坏话。⑥诟耻：羞辱。⑦几：同"机"。⑧说：通"悦"，喜欢。

译诗

今夜是怎样的晚上，划着船在水中漫游，
今日是什么日子，得以与王子同乘一舟。
承蒙王子眷顾，不因我的身份而嫌弃我、责骂我，
心绪纷乱不止，得与王子相知。
山上有嘉树，树木有枝，
我喜欢你啊你却不知。

延伸

这是一首很美的情诗。一位楚国的贵族公子在河中泛舟，为他打桨的少女爱慕他，一边打桨一边用越语唱歌，公子让人把歌词翻译成楚语，就是这首美丽的情诗。诗歌语调隽永，深情款款，韵味悠长，充满了古典主义的含蓄之美。读此诗仿佛眼前有一幅美景：春天的江面上一叶扁舟，一个神情俊朗的男子独立船头，一群打桨的少女们低着头不敢仰视，只有其中的一个女孩儿偷偷地看着他，情不自禁地把心中的情愫唱了出来，歌声吸引了贵族男子，他禁不住低下高傲的头，看着打桨少女，两人的目光相遇。他们跨越了等级界限，彼此相爱。爱情到来的时候，是不分等级、地位和贫富的。

垓下帐中之歌

作者及作品

作者系西楚霸王项羽。项羽名籍,是楚国名将项燕的后代。他与刘邦一起举起了反抗秦朝的大旗,但是在楚汉相争中失败了,成为了中国古代史上最著名的失败的英雄。他被汉军围困在垓下,与妃子虞姬相对悲伤慨叹,即兴唱了这首歌。有些选本中作《垓下歌》,朱熹《楚辞后语》作《垓下帐中之歌》。

力①拔山②兮气盖世③,时④不利兮骓⑤不逝⑥。
骓不逝兮可奈何,虞⑦兮虞兮奈若何!

注释

①力:力量。②拔山:比喻力量大。③盖世:形容高出当世之上。④时:时机,时运。⑤骓:乌骓马,项羽的坐骑,是一匹黑色的骏马。⑥逝:奔腾。⑦虞:虞姬,项羽的妃子。

译诗

力量可以拔起山,气概盖世无人比,时运不济骏马不能奔驰。
骏马不奔驰啊可怎么办?虞姬啊虞姬我该拿你怎么办?

延伸

汉王刘邦率领诸侯联军讨伐项羽，将项羽包围在垓下，包围圈一层又一层，楚军人少粮食也用尽了。汉军的谋士张良让会唱楚歌的军士在夜晚唱歌，瓦解楚军的斗志，项羽听到楚歌后说："楚地都被汉军占领了吗？为何会有这么多楚人。"项羽饮酒，慷慨悲歌，他的妃子虞姬也一边舞蹈一边唱。项羽这位在反秦起义中一路势如破竹的英雄，竟然流下了眼泪，他的士兵们也在歌声中热泪纵横。朱熹说："其词慷慨激烈，有千载不平之余愤。"诗歌是人类用来对抗时间的最好武器，在这样一种独特的，意味着失败和无奈的情形下，项羽唱这样一首歌，既寄托了他内心的不甘与愤慨，同时也加深了悲剧性，这大概是人类的本性，是诗的作者自己也未曾料到的。英雄豪杰希望通过建功立业来与时间抗衡，从而使得自己的生命获得永恒的价值。毫无疑问，在这一点上项羽是失败的，然而这几句诗流传至今，且被发扬光大，这一点上他又是成功的。诗歌本身的悲剧性，使得他成了古代史上最著名的失败的英雄。

这首诗虽然很短，但却是楚歌中流传极广的名篇，也是古代诗歌中最令人惆怅的作品。将英雄气短，儿女情长，表达得酣畅淋漓。

大风歌

作者及作品

作者系汉高祖刘邦。刘邦,名季,秦末沛县人,与项羽一起推翻了秦王朝,在楚汉之争中获胜,开创了西汉王朝,史称汉高祖。司马迁《史记·高祖本纪》中也收录了这首作品。朱熹《楚辞后语》中说:"然自千载以来,人主之词,亦未有若是其壮丽而奇伟者也。呜呼雄哉!"给了这首诗非常高的评价。

大风起①兮云飞扬,
威②加海内③兮归④故乡,
安得⑤猛士⑥兮守⑦四方⑧!

注释

①起:吹。②威:权威。③海内:四海之内,比喻天下。④归:回去。⑤安得:怎么得到。⑥猛士:勇士,有勇力的人。⑦守:守卫。⑧四方:指国家的各个地方。

译诗

大风吹起浮云飞扬,
威望遍及四海,回归故乡。
怎么能得到勇士,守护四方!

大风歌

🔴 延 伸

汉高祖登天子位十二年（前195年）十月，淮南王英布发动了叛乱。英布是和刘邦一起反秦的老搭档，非常英勇，因而其叛军声势浩大，刘邦不得不御驾亲征。击败英布后，刘邦顺道回到了家乡沛县，把家乡的父老子弟都招来，得沛中子弟120人，共同饮酒，欢饮十几天。有一天喝得酒酣，刘邦起舞击筑，即兴唱了这首《大风歌》。

刘邦建立汉帝国后，相继灭了自己分封的燕王臧荼、韩王信、阳夏侯陈豨等诸侯，此时又击破英布，回想起以往的战斗岁月，不由得产生了"安得猛士守四方"的悲凉之感。他在酒宴上深情地对故乡父老说："游子悲故乡。吾虽都关中，万岁之后，吾魂魄犹思沛。且朕自沛公以诛暴逆，遂有天下，其以沛为朕汤沐邑，复其民，世世无有所与。"朱熹说刘邦所唱的这首歌，是典型的楚声。直白地说，这首歌是继承了楚辞的传统的。

对于刘邦来说，功业已成，然而抵挡不住时光的流逝，诗中的"大风起兮云飞扬"正是对时间流逝的另一种表达。"安得猛士兮守四方"，从现实意义上来理解，是守护疆土，从更高层面上来说，却是守护生命本身。汉高祖刘邦以布衣之身成为天子，本身就是一个传奇，而诗中表达的同样是个体生命对命运本身的一种超越，亦即生命价值的永恒。追求超越于世俗的存在，可以说从这首诗起头，最终成为汉诗的广泛主题，并且一直影响到了魏晋。

鸿鹄歌

作者及作品

作者系汉高祖刘邦，诗歌作于其晚年。刘邦破了英布叛军后，回到都城长安便生病了，他嫌吕后所生的太子刘盈懦弱，不像自己，想废掉他，立戚夫人所生的赵王刘如意为太子。况且，戚夫人一直陪伴晚年的刘邦，也日夜在他身边哭，希望立自己的儿子为继承人。但是刘盈的母亲吕后十分有政治手腕，她向张良问计，张良建议请商山四皓，也就是著名的四位隐士东园公、甪里先生、绮里季和夏黄公来当太子的老师，辅佐他。刘邦看到商山四皓后，十分吃惊，自知换太子的想法不能实现了。

当戚夫人催促刘邦更换太子时，刘邦说："我想换太子，但是他得到了商山四皓的辅佐，羽翼已经丰满，不可撼动了。"戚夫人哭了起来。刘邦说："你为我跳一支楚地的舞，我给你唱一首楚地的歌吧。"刘邦便唱了这首歌。

鸿鹄①高飞，一举②千里。
羽翮③已就，横绝④四海。
横绝四海，当可奈何？
虽有矰缴⑤，尚安所施？

注释

①鸿鹄：天鹅，比喻志向远大的人。②举：振翅飞翔。③羽翮：本意为羽轴，此处指羽毛。④横绝：翱翔。⑤矰缴：一种用来射飞鸟的箭，箭上拴着细绳子。

译诗

天鹅高飞在天上，一飞远及千里。
羽翼已经丰满，在四海之内翱翔。
翱翔于四海，你能将它如何？
虽然拥有射鸟的箭，你又能拿它怎样？

延伸

这首歌和《大风歌》一样，都是汉高祖遗留下来不多的作品，虽然短小，但是继承了楚辞的传统，可以说是后世更加成熟的赋的先声。传统上认为诗中的"鸿鹄"指的是羽翼已经丰满的太子，但这显然是把历史故事当成了诗歌的佐证。从诗歌内容来看，"鸿鹄"实际上象征的是更高的精神追求，也是晚年的刘邦对生命的另一个维度的思索。

吊屈原赋

作者及作品

作者贾谊,是西汉时期的文学家,洛阳人。汉文帝时,洛阳郡守吴公推荐贾谊入朝,得到汉文帝的赏识,被任命为太中大夫。由于贾谊才华出众,与权贵们格格不入,因而遭到排挤,被贬为长沙王吴差(长沙王吴芮玄孙)的太傅,离开了朝廷,到地方任职。这篇文章就是其渡湘水时念及自己的遭遇而作的凭吊文章。

贾谊后来被重新召回长安,被任命为梁怀王太傅。后来梁怀王坠马而死,贾谊认为是自己的责任,深自歉疚,忧伤而死。贾谊的政论散文非常出彩,其中最著名的当属《过秦论》《治安策》《论积贮疏》等篇。

恭承①嘉惠②兮,俟罪③长沙④。

仄⑤闻屈原兮,自湛⑥汨罗。

造⑦讬⑧湘流兮,敬吊⑨先生。

遭世罔极⑩兮,乃殒⑪厥⑫身。

呜呼哀哉兮,逢时不祥⑬。

鸾凤⑭伏窜⑮兮,鸱鸮⑯翱翔⑰。

阘^⑱茸尊显兮，谗谀得志。

贤圣逆曳^⑲兮，方正倒植^⑳。

谓随夷^㉑溷^㉒兮，谓跖蹻^㉓为廉。

莫邪^㉔为钝兮，铅刀^㉕为铦^㉖。

吁嗟默默^㉗，生^㉘之亡故兮。

斡弃^㉙周鼎^㉚，宝^㉛康瓠^㉜兮。

腾驾^㉝罢^㉞牛，骖^㉟蹇^㊱驴兮。

骥垂两耳，服^㊲盐车^㊳兮。

章甫^㊴荐^㊵履，渐不可久兮。

嗟苦先生，独离^㊶此咎^㊷兮。

注释

①恭承：恭敬的接受。②嘉惠：美好的恩赐，指被汉文帝任命为长沙王太傅。③俟罪：待罪。此处当系谦辞。④长沙：指长沙王吴差的封地。⑤仄：同"侧"。⑥湛：同"沉"。⑦造：到。⑧讬：同"托"，寄托。⑨吊：凭吊。⑩罔极：没有准绳。⑪殒：死亡。⑫厥：其，指屈原。⑬不祥：不幸。⑭鸾凤：比喻贤德之人。⑮伏窜：躲藏，逃窜。⑯鸱鸮：猫头鹰，古人认为是恶鸟，比喻小人和奸臣。⑰翱翔：比喻得志。⑱阘茸：小门上长着的细微的草。⑲逆曳：倒拖着前进。⑳倒植：倒立。㉑随夷：商代的贤士卞随和商末贤士伯夷二人。㉒溷：混浊。㉓跖蹻：春秋时鲁国的大盗跖和战国时期楚国叛将庄蹻，被视为恶人的代表。㉔莫邪：古代传说中的宝剑。㉕铅刀：比喻钝刀，指用较软的金属锻造的刀。㉖铦：锋利。㉗默默：志向不得伸的样子。㉘生：指屈原。㉙斡弃：抛弃。㉚周鼎：国家重器，比喻人才。㉛宝：看重，重视。㉜康瓠：瓦罐，比喻庸才。㉝腾驾：驾驭。㉞罢：疲惫。

㉟骖：古代四马驾一车，中间的两匹马叫服，外侧的两匹马叫骖。㊱蹇：瘸腿。㊲服：驾。㊳盐车：典故出自《战国策·楚策》，一匹骏马拉着非常重的盐车上桥，相马的人看到后哭了。比喻糟蹋人才。㊴章甫：古代的礼帽。㊵荐：垫。㊶离：通"罹"，遭遇。㊷咎：灾难。

译诗

恭敬地接受美好的恩赐，到长沙去做官。
听别人说起屈原，自沉汨罗江自杀。
到湘江后寄托我的情思，凭吊屈原夫子。
遭受了世间的极端诋毁，害了你自己的生命。
啊！啊！遭逢不幸的时代。
君子躲避流窜，小人却在高位上。
小人们尊贵显耀，用谗言奉承获得重用。
贤臣无法立足，正派的人不得志。
世俗的人认为卞随与伯夷丑恶，盗跖、庄蹻廉洁。
认为莫邪那样的宝剑鲁钝，用铅铸造的小刀却锋利。
慨叹志向不能施展，先生你无故遭遇祸患！
就好像抛弃了珍贵的周鼎，把瓦罐儿当个宝。
好像疲牛拉车，瘸腿的驴驾辕啊。
骏马低垂着耳朵，拉着盐车上桥啊。
帽冠垫在鞋履下，这种局面是不长久的。
慨叹先生不幸啊，竟遭遇这样的祸患！

讯(suì)曰①：

已矣！国其莫吾知兮，子独壹(yī)郁②其谁语？
凤缥(piāo)缥③其高逝④兮，夫固自引⑤而远去。
袭⑥九渊⑦之神龙兮，沕(wù)⑧深潜以自珍。

偭⁹蟂獭⁑⁰以隐处兮，夫岂从⑪虾⑫与蛭螾⑬？

所贵圣之神德兮，远浊世而自臧⑭。

使麒麟可系⑮而羁⑯兮，岂云异夫犬羊？

般⑰纷纷其离此邮⑱兮，亦夫子⑲之故也。

历⑳九州而相㉑其君兮，何必怀此都㉒也？

凤皇翔于千仞㉓兮，览德辉㉔而下之。

见细德之险征兮，遥曾击而去之。

彼寻常之污渎㉕兮，岂容吞舟之鱼㉖？

横江湖之鱣鲸兮，固㉗将制于蝼蚁。

注释

①谇曰：告白说。结尾用语，相当于楚辞中的"乱曰"。②壹郁：同"抑郁"。③缥缥：同"飘飘"，飞翔的样子。④高逝：飞得很高。⑤自引：自己离去，即高飞。⑥袭：效仿。⑦九渊：指非常深的深渊。⑧沕：深潜的样子。⑨偭：面向。⑩蟂獭：类水獭动物。⑪从：跟随。⑫虾：指蛤蟆。⑬蛭螾：水蛭和蚯蚓。螾，同"蚓"。⑭臧：通"藏"。⑮系：用绳子系住。⑯羁：羁绊。⑰般：久。⑱邮：同"尤"，祸患。⑲夫子：指屈原。⑳历：走遍。㉑相：考察。㉒此都：楚国都城郢。㉓千仞：形容极其高。㉔德辉：指君主的德行之美。㉕污渎：小臭水沟。㉖容吞舟之鱼：非常大的鱼儿，能吞下船。典出于《庄子·庚桑楚》："吞舟之鱼，砀而失水，则蝼蚁苦之。"㉗固：本来。

译诗

告白说：

就这样吧！国中再没有人了解我，一人独自忧愁抑郁能和谁交流呢？

凤凰远远地向高处飞去，自己本也打算远走高飞。

仿效深渊中的神龙，深深地潜藏珍视自己。

吊屈原赋

面向蟂獭去隐居，怎么能和蛤蟆、水蛭和蚯蚓等小虫为伍。
我认为珍贵的是圣人的贤明德行，要远离污浊的世界深藏。
如果麒麟也能够被羁绊，那和狗、羊有什么分别呢？
久处混乱之世遭此祸患，也是夫子你品格的原因。
走遍九州任何一国你都能辅佐君主，何必只留恋楚国呢？
凤凰在万里长空翱翔，看到人君的光辉仁德才落下来。
看到细微的危险征兆，就远远地飞翔离去。
那狭窄的小臭水沟，怎能容下吞舟的巨鱼呢？
横行于江海的巨大鳣鱼和鲸，在小水池里本就受制于蝼蚁。

延伸

屈原和贾谊不是同时代的人物，但司马迁作《史记》却将屈原和贾谊放在同一篇列传里来写，这是大有深意的。《史记·屈原贾生列传》中说："自屈原沉汨罗后百有余年，汉有贾生，为长沙王太傅，过湘水，投书以吊屈原。"指明了诗歌写作的原因。屈原和贾谊有很多相似之处，二人都身负匡正天下的才华，才高气盛，但却被贬官，郁郁不得志，这也使得贾谊对屈原的身世感同身受。在这篇作品中，贾谊缅怀了屈原高尚的人格，美好的政治理想和悲剧性的命运，并将自己的忧愤融入其中，从而使得作品充满了真切的情感力量。这首诗中，名句迭出，令人眼花缭乱，如"使麒麟可系而羁兮，岂云异夫犬羊""彼寻常之污渎兮，岂容吞舟之鱼？横江湖之鳣鲸兮，固将制于蝼蚁"等句，可谓是神来之笔。

《史记·屈原贾生列传》中全文照录了《吊屈原》，后世单列这篇文章时，往往在标题上加"赋"字，本篇标题亦加"赋"字，但需要说明的是朱熹《楚辞后语》中没有"赋"字。此外，《楚辞后语》中所收录的这篇赋与《列传》中的赋有细微的文字差别，如"使麒麟可系而羁兮，岂云异夫犬羊"一句，《列传》中"麒麟"为"骐骥"，可知在流传中文字发生了变化，本文同样以《楚辞后语》为根本。

历代文学理论家对贾谊的这篇赋有极高的评价，刘勰《文心雕龙·哀吊》中说："自贾谊浮湘，发愤吊屈，体同而事核，辞清而理哀，盖首出之作也。"马积高《赋史》中说："《吊屈原赋》在体制上虽上承《九章》，但前一段连用许多排比句，第二段多用反诘句和感叹句，形成一种铺张扬厉的风格，同他的名文《过秦论》相似，具有战国策士说辞那种雄辩的余风。"

鵩鸟赋

作者及作品

作者贾谊。朱熹《楚辞后语》无"鸟"字。司马迁《史记·屈原贾生列传》中全文照录了这篇文章，字句与此篇略有出入，句尾多有"兮"字。为保持通篇统一性，此篇文句以《楚辞后语》为宗。

贾谊在长沙王吴差的封地当了三年太傅，某一日一只鵩鸟飞进了他的房间，这是一种像猫头鹰的鸟儿。按照当时人的习俗，认为这种鸟飞进主人的房间，预示着不吉利，亦即主人可能不久于人世。贾谊的这首赋，表达了他的豁达的人生态度。朱熹认为，贾谊文章中的观点，不出于庄子和列子（凡谊所称，皆列御寇、庄周之常言），但是贾谊高于司马相如，扬雄则更在其下。

单阏①之岁，四月孟夏②，庚子③日斜。鵩集④予舍，止于坐隅⑤，貌甚闲暇⑥。异物⑦来萃⑧，私⑨怪其故。发⑩书⑪占之，谶⑫言其度⑬。曰："野鸟入室，主人将去。"问于子鵩："予去何之⑭？吉乎告我，凶言其灾⑮。淹速⑯之度，语⑰余其期。"

注释

①单阏：太岁在卯称为单阏，这一年是汉文帝六年（前174年），即丁卯年。②孟夏：初夏，农历四月。农历四季的每个季节都有孟、仲、季的排列。农历夏季的三个月即四月、五月、六月，分别对应孟夏、仲夏、季夏。③庚子：四月的一天。④集：栖息。⑤坐隅：坐在席子一角。⑥闲暇：从容的样子。⑦异物：指鹏鸟。⑧萃：同"萃"，止。⑨私：暗自。⑩发：翻开。⑪书：占卜用书。⑫谶：预示吉凶的话。⑬度：吉凶定数。⑭之：往。⑮凶言其灾：是凶事，请把灾祸说明。⑯淹速：死生迟速。⑰语：告诉。

译文

丁卯年，初夏四月，庚子太阳西斜。鹏鸟进入我的住房，降落在座旁，从容不迫，十分闲暇。鹏鸟进入房屋，我暗自思量原因。打开书占卜，验证其吉凶。策书上定数说："有野鸟入室，主人即将离去。"请问鹏鸟："我将去何方？吉事告诉我，凶事也请说明是什么灾祸。寿命长短，也把期限告诉我。"

鹏乃叹息，举首奋翼。口不能言，请对以意。万物变化，固亡休息。斡流①而迁，或推②而还③。形④气⑤转续，变化而蟺⑦。沕穆⑧亡穷，胡可胜⑨言！祸兮福所倚⑩，福兮祸所伏⑪；忧喜聚门⑫，吉凶同域。彼吴强大，夫差以败；越栖会稽，勾践伯世⑬。斯游遂成⑭，卒被五刑⑮；傅说⑯胥靡⑰，乃相武丁。夫祸之与福，何异纠⑱缠⑲；命不可说，孰知其极⑳！水激则旱㉑，矢激则远；万物回㉒

薄㉓，振㉔荡相转㉕。云蒸㉖雨降㉗，纠错㉘相纷；大钧㉙播物㉚，块圠㉛无垠。天不与虑㉜，道不可与谋；迟速有命，乌识㉝其时㉞！

注释

①斡流：转动。②推：推移。③还：回。④形：有形之物。⑤气：无形之物。⑥而：如。⑦嬗：蜕变。⑧沕穆：精微深远的样子。⑨胜：尽。⑩倚：起因。⑪伏：藏。"祸兮福所倚，福兮祸所伏"这两句系引用老子《道德经》中的句子。⑫聚门：聚集在门内。⑬"彼吴强大"四句：指春秋末期吴越两国争霸，越王勾践最终灭了吴国，吴王夫差自杀。伯，同"霸"。⑭斯游遂成：指李斯到秦谋职，最后得到重用，成为秦丞相。⑮五刑：秦二世时，李斯被腰斩而死。⑯傅说：殷高宗武丁时贤人，被任命为相。⑰胥靡：古代的刑罚，把犯罪的人用绳子系在一起，让他们服劳役。⑱纠：两股交织的绳索。⑲纆：三股交织的绳索。⑳极：究竟。㉑旱：通"悍"，形容水奔涌。㉒回：返。㉓薄：迫。㉔振：同"震"。㉕转：转化。㉖蒸：因热而水汽上升。㉗降：因冷而变成雨水下降。㉘纠错：纠缠交错。㉙大钧：造化。钧，本指制作陶器所用的转轮。㉚播物：运转造物。㉛块圠：没有边际的样子。㉜与虑：与后文的"与谋"同义，都指预见。㉝识：预知。㉞时：期限。

译文

鵩鸟叹息，昂着头挥动翅膀。嘴里不能说话，只能示意。万物变化，本来没有休止。推移运转，循环往复。有形和无形移转连续，互相交替。道理微妙，岂能尽数说完。灾祸啊，幸福依傍在它里面；幸福啊，灾祸藏伏在它的里面。忧喜聚集，吉凶同处。吴国虽强大，夫差却失败。越国受困于会稽，但勾践却称霸于世。李斯游说成功，最后竟然遭受极刑。傅说受刑啊，却因此辅佐武丁。祸之与福，好像绳索纠缠。命运难以言说，谁知最后的结果。水激就会猛烈，箭的速度快就能飞得远。万物回旋，动荡转换。云气上升雨水下落，事物的变化纷繁复杂。上苍造物，茫然没有穷尽。天难思虑，道难预测。死生由命，谁能预知期限呢？

且夫天地为炉①，造化为工②。阴阳为炭③，万物为铜④。合⑤散⑥消⑦息⑧，安有常则⑨？千变万化，未始⑩有极⑪！忽然⑫为人，何足控⑬揣？化为异物⑭，又何足患！小智⑮自私⑯，贱彼贵我。达人⑰大观，物亡不可。贪夫殉⑱财，烈士殉名。夸者⑲死权，品庶⑳每生。怵迫之徒，或趋西东。大人㉑不曲，亿变齐同。愚士系俗㉒，僒若囚拘㉓。至人㉔遗物，独与道俱㉕。众人惑惑㉖，好恶积亿。真人恬㉗漠㉘，独与道息㉙。释智㉚遗形㉛，超然㉜自丧㉝。寥廓忽荒㉞，与道翱翔。乘流则逝，得坻㉟则止。纵躯委命，不私与己㊱。其生兮若浮，其死兮若休；澹乎若深渊之静，泛乎若不系之舟。不以生故自宝㊲，养空而浮；德人㊳无累㊴，知命㊵不忧。细故蒂芥，何足以疑！

注释

①炉：冶炼用的炉子。与下文的工、炭、铜都是作比喻。②工：冶炼工匠。③炭：比喻阴阳。④铜：比喻铸成之物。⑤合：聚。⑥散：分散。⑦消：灭。⑧息：生。⑨常则：一般法则。⑩未始：未尝。⑪极：终极。⑫忽然：偶然。⑬控：引。⑭化为异物：指人死亡，化为生命之外的物质。⑮小智：智识短浅的人。⑯自私：只顾得上自己。⑰达人：通达的人。⑱殉：以身为物而死。⑲夸者：贪求虚名的人。⑳品庶：像普通人。㉑大人：非常之人，伟大的人。

㉒系俗：为俗累所系。㉓囚拘：像罪人一样被拘束。㉔至人：指有至德之人。出自《庄子·天下》："不离于真，谓之至人。"㉕独与道俱：独与大道同行。㉖惑惑：惑乱到极点。㉗恬：安。㉘漠：静谧。㉙与道息：与大道同在。㉚释智：放弃智虑。㉛遗形：遗弃形骸。㉜超然：超脱于万物之外。㉝自丧：自忘其身。㉞忽荒：同"恍惚"。㉟坻：水中的小洲。㊱不私与己：不私爱身躯。㊲自宝：自我珍视。㊳德人：出自《庄子·天地》："德人者，居无思，行无虑，不藏是非美恶。"㊴累：牵累。㊵知命：知晓天命。

译文

宇宙为火炉，上天是管理炉的工人。阴阳为火炭，万物为铜。聚散消长，哪有一定的规律。千变万化，没有终极。偶然成为人，何足珍惜。变为生人之外的他者，有何忧虑。智虑短浅的人自私，贱视别人而看重自己。胸襟宽广的人坦荡，对万物听其自然。贪婪的人为财而死，重情重义的人为名而亡。恋权的死于权势，大多数普通人贪生怕死。逐利的人，东奔西忙。见识广博的人不为物欲所屈，万变等同。愚人囿于世俗，窘迫得好像被拘禁的囚徒，圣人超然物外，独与大道同在。众人迷惑，利欲充塞胸中。真人淡泊，与大道同归。弃绝智慧忘掉形体，超然忘我。辽阔洪蒙的境界，与大道同飞翔。顺流而行，遇上小洲就停息。把躯体交给命运，不把自己当成私物。活着好像浮寄于人世，把死亡当作休息。静如深渊，动如不系之舟。不因活着就看重自己，心如浮舟一样空荡。注重道德的人超然物外，知道天命的人不会忧愁。芥蒂琐事，何足以疑虑！

延伸

这篇文章反映了贾谊的生死观和生命观。作者借鹏鸟之口指出了祸福倚伏的道理，并以史为鉴，列举了吴王夫差、越王勾践、李斯、傅说等历史人物，说明祸福无常。作者连续用了"小智"以下二十句，表达了豁达的人不为外物役使，能够对万物一视同仁。"释智遗形"以下十六句则表达了作者理想的处世态度。齐死生、等荣辱，是这篇文章的中心。很显然，贾

谊对老子和庄子的思想有着深刻的理解。文中的"祸兮福所倚，福兮祸所伏"二句即《老子》中的名句，"齐死生"则出自《庄子·齐物论》。作者将老庄思想化为自己的精神指引力量，从而使生命更加开阔，有了更多的选择，犹如朝霞明珠，长空丽日一般。

贾谊的赋结构巧妙，音韵铿锵，文字行云流水，尤其是辞藻之华美，具有极高的创造性，为文学的丰富性做出了极大的贡献，堪称古典汉语的大手笔。

瓠子歌

作者及作品

作者是汉武帝刘彻。元光三年（前132），黄河决口入瓠子河，造成了淮河、泗水一带连年洪涝。元封二年（前109），汉武帝从事庞大的泰山封禅活动后，发卒万人，进行治河。此诗便是当时所作。《史记·河渠书》中全引了这首诗，但《楚辞后语》中的文句与之有所差异，本文以《楚辞后语》为宗。

瓠子①决兮将奈何，浩浩洋兮虑殚②为河。

殚为河兮地不得宁，功无已时兮吾山平。

吾山平兮钜野③溢，鱼弗郁兮柏④冬日。

正道驰兮离常流，蛟龙骋兮放远游。

归旧川⑤兮神哉沛，不封禅兮安知外。

为我谓河伯⑥兮何不仁，泛滥不止兮愁吾人⑦。

齿桑⑧浮兮淮泗⑨满，久不反⑩兮水维缓。

注释

①瓠子：地名，在今河南省濮阳县西南，也称作瓠子口。瓠子河由此分流，经山东注入济水。②虑殚：心思用尽。③钜野：古湖泽名，位于今山东省巨

野县北。④柏：通"迫"，逼近。⑤旧川：原来的河道。⑥河伯：神话中的黄河水神。姓冯，名夷，或说名冰夷，又名冯迟。传说渡河淹死，被天帝封为水神。⑦吾人：吾民，我的属民。⑧齿桑：古地名。⑨淮泗：淮河与泗水，泗水是淮河下游第一大支流，同淮河连称淮泗。⑩反：同"返"，返回。

译文

瓠子河决堤有何良策，浩浩荡荡泛滥成泽国。
一片汪洋百姓无法安宁，救灾无功洪水与山平。
洪水漫上高山流溢巨野，鱼儿成群地游荡在田野又值冬日来临。
洪波脱离河道横流，好像蛟龙四处遨游。
回归原来的河道吧河流的神，若不赴泰山封禅哪知外面的民情。
为我对河伯说为何如此不仁，泛滥的河水不停令人愁闷。
池桑浮在水中淮河泗水都满了，洪水不返回河道流速变缓慢。

河汤汤①兮激潺湲②，北渡回兮汛流难。
搴③长茭④兮湛美玉，河伯许兮薪⑤不属⑥。
薪不属兮卫人⑦罪，烧萧条兮噫乎何以御水。
隤林竹兮楗石菑⑧，宣防塞兮万福来。

注释

①汤汤：大水急流的样子。②潺湲：水缓慢流动的样子。③搴：取。④长茭：芦苇和竹片编织的长索。⑤薪：柴。⑥属：连续、供给。⑦卫人：卫地的百姓，此地为古卫国属地。⑧菑：插入，垒砌。

译文

黄河的水流激起滚滚浪花，汛期来了向北渡河太困难。
用竹子和芦苇编成长索修筑水坝啊又用美玉来祭河，河伯答应了但柴薪不足。

柴薪不足啊卫人自认为有罪，砍伐尽了竹木用什么来堵水？

砍伐淇园的竹子插木填土，堵住洪水的决口幸福就会来临。

延伸

雄才大略的汉武帝重视水利，但汉初以来由于战争原因，淮河一带水利崩坏，尤其是元光三年黄河决口后，洪水肆虐长达20多年之久。诗歌借用奇幻的意象，怒责河神没有仁义之心，使得百姓遭殃。不过，与其埋怨神灵，还不如人来实干。元封二年（前109年），汉武帝到泰山举行封禅大典，这是一项他为自己的丰功伟业树碑的工程，为此他调集4万人筑堤治水。

汉武帝亲自指挥了这场征服洪水的工程，他命令士兵和民夫们一起砍伐竹子，搬运泥土和石头。由于当时的生产力比较落伍，洪水很容易就将堵水用的泥沙冲走，因此人们才用了在泥土中添加柴薪，搅拌后增加黏合度的方法。汉武帝则命令士兵们砍伐淇园的竹子，把竹子做成桩子，钉在决口处，然后在桩子中间沉入石块，用这种方式最终堵住了决口。淇园是自商代以来就存在的一个文化遗址，被当地人视为文化地标，砍伐这里的竹子对卫地（古卫国旧地）的人来说是一件惨痛的事。但洪水治理成功，造福了当地的百姓。

乌孙公主歌

作者及作品

作者是汉代宗室公主刘细君，刘细君身份高贵，出身十分显赫，她的曾祖父是汉景帝刘启，祖父刘非是汉武帝刘彻的哥哥，父亲刘建是第二代江都王，她是名副其实的汉室公主。她是比出塞的王昭君还要早的一位和亲的女性，以公主之尊，嫁给乌孙国王。在乌孙期间，写下了这首诗。在有些选本中，此诗又名《悲愁歌》。

> 吾家①嫁我兮天一方，远托异国兮乌孙王（wū sūn）②。
> 穹庐（qióng lú）③为室兮旃（zhān）④为墙，以肉为食⑤兮酪（lào）⑥为浆。
> 居常土思兮心内伤，愿为黄鹄（hú）⑦兮归故乡。

注释

①吾家：我家人，此处指汉王朝。②乌孙王：乌孙国王。乌孙国是汉代时西域之国，位于新疆温宿以北、伊宁以南一带。③穹庐：帐篷。④旃：同"毡"，指帐篷的墙。⑤食：主食。⑥酪：乳汁。⑦黄鹄：天鹅。

译文

我家将我嫁出后天各一方，托身于遥远异国的乌孙国王。
帐篷为屋毡子做墙，以肉为食乳汁为饮料。
居住在这里常因思念而悲伤，我愿化为天鹅回到家乡。

延 伸

　　刘细君的父亲江都王刘建不法,于汉武帝元狩二年(前121年)被赐死,封国被废。刘细君虽系罪人之后,但同时又拥有皇室血统,汉武帝命她嫁给西域的乌孙国王猎骄靡,担当起外交使命。

　　细君公主出嫁时携带着丰厚的嫁妆,并配备了属官和百余名随从人员。到了乌孙国后,她将物品分赐给当地百姓,得到了人们的拥戴。到了当地后才知道国王猎骄靡已经年老,加上习俗差异大、语言不通,十分悲愁,于是写下了这首诗。猎骄靡年老,让孙子军须靡代行政事,按照乌孙国传统,老国王死了后,新国王军须靡要娶刘细君。刘细君不同意,向汉武帝上书,汉武帝要求她遵从当地习俗。

　　刘细君改嫁军须靡后,曾生有一个女儿。太初四年(前101年),也就是嫁到乌孙国之后的第五年,细君公主病逝了。这首诗很短,只有6句48个字,但却有着巨大的冲击力,将一位女性内心的痛苦和无奈展现得淋漓尽致。刘细君的父亲因谋反罪被逼自尽,江都王室被灭三族,只有她一个人被法外施恩,赦免了。她要活下去,只能接受和亲公主的命运,然而那是一个远在天边的地方。她多么想挣脱束缚自己的肉体,化为一只天鹅,回到日思夜想的故乡。通过这首诗,我们深深感受到了命运的悲剧性,诗歌的力量在这里得到了最大的彰显,似乎每一行字里都落满了眼泪。

长门赋

作者及作品

　　作者是西汉文学家司马相如,这是他代失宠的皇后陈阿娇所写的一篇作品。司马相如,字长卿,蜀郡成都人,汉赋四大家之一。因《子虚赋》而受到汉武帝赏识,后又作《上林赋》得到武帝授官,被任命为郎。曾以使臣身份出使西南诸夷,均完成了使命,晚年因病免官。

　　朱熹《楚辞后语》中说:"《长门赋》者,司马相如之所作也。归来子曰:'此讽也,非《高唐》《洛神》之比。'梁萧统《文选》云:'汉武帝陈皇后得幸,颇妒,别在长门宫。闻蜀郡司马相如天下工为文,奉黄金百斤为相如、文君取酒,因求解悲愁之辞,而相如为文以悟主上,皇后复得幸。'而《汉书》皇后及相如传无奉金求赋复幸事。然此文古妙,最近楚辞。或者相如以后(指陈皇后)得罪,自为文以讽,非后求之,不知叙者何从实此云。"这段话翻译成大白话是说,这篇赋是讽刺之作,不是《高唐赋》《洛神赋》那样的作品。梁昭明太子萧统编《文选》,收录了这篇赋。书中有小序说:"汉武帝的皇后陈皇后,经常得到宠幸,为人喜好妒忌。失宠后住在长门宫,愁苦郁闷而悲伤。听说蜀郡成都人司马相如是天下第一流的文章高手,馈赠百斤黄金,让司马相如、卓文君买酒喝(此处是让司马相如写文章,付给他的稿酬的文雅说法)。因而,相如写了这篇用以纾解悲愁的文章。"不过《汉书》中不论是皇后传,还是司马相如的传记,都没有记录这件事。也就是说,并不存在汉武帝看了这篇赋恢复和陈皇后的关系这回事,陈阿娇终老于长门宫。朱熹认为,这篇赋高古而充满才华,最具楚辞之风。

夫①何一佳人兮，步逍遥②以自虞③。
魂④逾佚⑤而不反⑥兮，形枯槁而独居。
言我⑦朝往而暮来兮，饮食乐而忘人⑧。
心慊移⑨而不省故⑩兮，交得意⑪而相亲⑫。

注释

①夫：发语词，无实义。②逍遥：缓步慢走的样子。③虞：思量。④魂：梦境。⑤逾佚：失散。⑥反：同"返"。⑦言我：指汉武帝。⑧忘人：指陈皇后阿娇。⑨慊移：断了往来，指汉武帝移情别恋。⑩省故：念旧。此处指汉武帝忘记了故人。⑪得意：称心如意的人。⑫相亲：相爱。

译文

哪里的美人啊，玉步轻移独自思量。
仿佛丢了魂一样不返回，面色憔悴一人独居。
你曾经早上离开晚上又来看望，却因为有了新欢忘了故人。
从此与我断了音讯不再相见，结识了别的女子并相爱相亲。

延伸

《长门赋》是宫怨题材的大手笔，深刻地影响了后世的宫怨诗。作品的第一部分将宫廷内的景物和人物的内心结合起来，以景入情，以心寓景，达到了情景交融的效果。作品开头写陈皇后独居于冷宫，神思恍惚，孤独地徘徊着，把一个倍遭冷落的女子的凄凉形象勾勒得出神入化，令人顿生恻隐之心。接着写被抛弃的原因，原来是君王有了新人，因而忘记了故人。尤其是"饮食乐而忘人""交得意而相亲"，写出了只闻新人笑，不闻旧人哭的人世悲哀。

伊①予②志之慢愚③兮，怀贞悫④之欢心。

愿赐问⑤而自进⑥兮，得尚⑦君之玉音。

奉虚言⑧而望诚⑨兮，期城南之离宫⑩。

修⑪薄具⑫而自设兮，君⑬不肯乎幸临⑭。

廓⑮独潜⑯而专精⑰兮，天漂漂⑱而疾风。

登兰台⑲而遥望兮，神怳怳⑳而外淫㉑。

浮云郁㉒而四塞㉓兮，天窈窈㉔而昼阴。

雷隐隐㉕而响起㉖兮，声象君之车音。

飘风回而赴闺㉗兮，举帷幄㉘之襜襜㉙。

桂树交㉚而相纷㉛兮，芳㉜酷烈之誾誾㉝。

孔雀集而相存㉞兮，玄猿㉟啸而长吟。

翡翠㊱胁翼㊲而来萃㊳兮，鸾凤㊴飞而北南㊵。

注释

①伊：发语词，无实义。②予：指陈皇后。③慢愚：反应慢，迟钝。④贞悫：忠诚笃厚。⑤赐问：指得到汉武帝的垂问。⑥自进：前去进见。⑦尚：奉。⑧奉虚言：得到虚假的承诺。⑨望诚：看起来诚恳。⑩离宫：指皇帝正式的宫殿之外的别宫，此处指长门宫。⑪修：整治。⑫薄具：指简陋的饮食，这是自谦的一种表达。⑬君：指汉武帝。⑭幸临：敬辞。犹惠临，光临。⑮廓：空阔。⑯独潜：一个人深居。⑰专精：用心专一。此处指思念皇帝。⑱漂漂：同"飘飘"。⑲兰台：指精美的台榭。⑳怳怳：同"恍恍"，形容心神不定。㉑淫：游走。㉒郁：郁积。㉓四塞：形容乌云密布。㉔窈

窈：形容幽暗。㉕隐隐：形容沉重的雷声。㉖起：开。㉗闺：宫内的小门。㉘帷幄：宫殿的帷幔。㉙襜襜：形容摇动的样子。㉚交：交错。㉛相纷：重叠。㉜芳：香味。㉝闾闾：形容香气十分浓烈。㉞存：恤问。㉟玄猿：黑色的猿。㊱翡翠：鸟的名字。㊲胁翼：收敛翅膀。㊳萃：停息。㊴鸾凤：鸾鸟和凤凰。㊵飞而北南：飞到北方又飞到南边。

译文

我的反应是多么的迟钝啊，只知道怀着忠诚博取君王的欢心。
愿赐给我机会让我觐见，愿得到君王的回音。
明知是虚假的话依然那么诚恳，期望在城南的离宫相会。
整理简陋的饮具等待着，君王却不肯光临。
空旷的宫殿我独居着仍然心怀专一，冷飕飕的风吹着门。
登上兰台遥望君王啊，神情恍恍惚惚好像梦游。
浮云遮蔽了四方，天空幽暗瞬间变成了阴天。
远处沉闷的雷声响起，仿佛君王你的车轮作响。
冷风回旋着吹进了我的门，吹得宫里的帷幕飘零。
桂树被风吹得不停摇曳，浓烈的香气四散飘溢。
孔雀纷纷落在树上相互问候，黑色的猿猴发出了悲哀的长鸣。
翡翠鸟收拢起翅膀落在树上，凤凰从北飞到南，又从南飞到北。

延伸

诗歌的第二部分，以更为立体的方式塑造了一位渴盼情郎的温婉的女性形象。她登上楼台，看到大风呼啸，阴云四起，心不由地揪住了，隐约的雷声让她误以为是郎君的车驾，彼时她心潮澎湃。但诗人并未直接写心情，而是以风吹进了宫室，吹动帷幔，桂树散发香气，孔雀相互致意等画面来抒发情感。但这一切只是幻想，诗人以猿猴的悲哀嘶鸣，将情绪降落到了冰点，这一段写得跌宕起伏，极具艺术的感染力。

心凭①噫②而不舒兮，邪气壮③而攻中④。
下兰台而周览兮，步从容⑤于深宫。
正殿块⑥以造天⑦兮，郁⑧并起而穹崇⑨。
间⑩徙倚⑪于东厢兮，观夫靡靡⑫而无穷。
挤玉户以撼⑬金铺兮，声噌吰⑭而似钟音。

注释

①凭：气满。②噫：叹气。③壮：盛。④攻中：气攻心。⑤步从容：形容走路的步态。⑥块：形容屹立的样子。⑦造天：及天。造：到，达。⑧郁：形容宫室雄伟。⑨穹崇：形容高大的样子。⑩间：间或。⑪徙倚：徘徊。⑫靡靡：纤美的样子。⑬撼：动。⑭噌吰：指钟声。

译文

内心的伤感久久不能平息，郁积之气伤害着内心。
走下兰台茫然无助，久久地徘徊于深宫。
高大的宫殿仿佛直达天际，高耸的殿顶触到了天穹。
不时徘徊于东边的宫室，看着这繁华世间伤心。
玉雕的门和黄金殿，回声仿佛清脆的钟鸣。

刻木兰以为欀①兮，饰文杏②以为梁。
罗③丰茸④之游树⑤兮，离楼⑥梧⑦而相撑。
施瑰木⑧之欂栌⑨兮，委⑩参差⑪以槺⑫梁。
时仿佛以物类兮，象积石⑬之将将⑭。
五色炫⑮以相曜⑯兮，焕烂爌而成光。

长门赋

致⑰错石⑱之瓴甓⑲兮，象瑇瑁⑳之文章㉑。
张罗绮㉒之幔帷㉓兮，垂楚组㉔之连纲㉕。

注释

①榱：房椽。②文杏：树木名，或说指银杏树。③罗：集。④丰茸：装饰繁密的样子。⑤游树：浮柱，房梁上的短柱子。⑥离楼：又写作"离娄"，众木交加的样子。⑦梧：屋梁上的斜柱子。⑧瑰木：瑰奇的木头。⑨欂栌：指中国建筑特有的斗拱。⑩委：堆积。⑪参差：指斗拱纵横交错的样子。⑫㯱：同"窾"，空虚。⑬积石：指积石山，位于今甘肃省临夏州境西界。⑭将将：形容高峻。⑮炫：明亮。⑯曜：照耀。⑰致：致密。⑱错石：铺设石头。⑲瓴甓：砖瓦。⑳瑇瑁：即玳瑁。㉑文章：花纹。㉒罗绮：带花纹的丝织品。㉓幔帷：宫廷内的帷幕。㉔楚组：楚地生产的用来系帷幕的带子。组：绶带。㉕连纲：连结幔帷的绳。

译文

雕刻木兰制成宫殿的椽子，装饰文杏木做梁。
豪华花纹饰满了浮柱，密集的斜柱相互支撑。
珍贵的瑰木制成斗拱，纵横交错一层高于一层。
朦胧中仿佛灵动的聚集，宛若积石山那样高峻。
色彩绚烂而光芒四射，闪烁着璀璨的光。
致密的坚石铺地上、好的砖砌成墙，仿佛玳瑁上美丽的花纹。
打开珍贵的丝绸帷帐，玉带将它们悬挂在两旁。

延伸

作品的第三部分，极尽渲染宫殿的华美和壮观。从宫殿椽子、栋梁所用的名贵木材，到装饰豪华的花纹、各种柱子、砌墙和铺地的砖石一直写到宫内的帷幕。其目的都在于表达，如此华丽壮美的宫室，却居住着一个孤独寂寞的人。以宫殿之富丽堂皇，来衬托人的孤独，展现了人物内心的巨大落差。

抚①柱楣②以从容兮，览曲台③之央央④。
白鹤噭⑤以哀号兮，孤雌⑥跱⑦于枯杨。
日黄昏而望绝⑧兮，怅⑨独托⑩于空堂。
悬明月以自照兮，徂⑪清夜于洞房。
援雅琴以变调兮，奏愁思之不可长。
案⑫流⑬徵⑭以却转兮，声幼妙⑮而复扬。
贯⑯历览其中操兮，意慷慨而自卬⑰。
左右⑱悲而垂泪兮，涕⑲流离⑳而从横㉑。
舒㉒息悒㉓而增欷㉔兮，蹝履㉕起而彷徨。
投长袂㉖以自翳㉗兮，数㉘昔日之愆殃㉙。
无面目之可显兮，遂颓思而就床。
抟㉚芬若㉛以为枕兮，席荃兰而茝香。

注释

①抚：抚摸。②柱楣：柱子和门楣。③曲台：长安城内的宫殿名。④央央：形容广大的样子。⑤噭：鸟儿的鸣叫。⑥孤雌：失去配偶的雌鸟。⑦跱：同"峙"，立。⑧望绝：望而不得。⑨怅：悲伤。⑩托：托身。⑪徂：往，此处指经历。⑫案：同"按"，弹奏。⑬流：转调。⑭徵：古琴的徵调式。⑮幼妙：同"要妙"，声音轻而细。⑯贯：连贯。⑰自卬：对自己激励。⑱左右：身边的人。⑲涕：眼泪。⑳流离：流泪的样子。㉑从横：同"纵横"。㉒舒：展。㉓息悒：忧闷叹息。㉔欷：抽泣声。㉕蹝履：趿着鞋。㉖袂：衣服的袖子。㉗自翳：掩住自己的脸。翳，遮蔽。㉘数：回想。㉙愆殃：过失和罪过。愆，同"愆"。㉚抟：拢住。㉛芬若：香草之名。

译文

抚摸着门前的柱子徘徊,宫室广阔而寂寞。
白鹤发出长长的哀鸣,孤单的鸟儿栖在枯死的树上。
黄昏的太阳落山了希望也落空,内心的惆怅托付于空房。
只有天上的月亮照着我,清冷的辉光照进了我的窗。
抱起瑶琴弹奏伤心的音乐,调子中的愁思怎能那么长。
弹奏的乐曲转了音,从轻而微的曲调转向飞扬。
连贯的过往中有爱与忠诚,意气慷慨而激昂。
身边的宫女们听了都流下眼泪,涕泪横流的场景一片悲凉。
吐出了内心的忧郁却增添了忧伤,穿上鞋子在宫室内彷徨。
举起衣袖遮住脸上的泪痕,一再思量昔日的跋扈和过失。
没有颜面再见人,只好颓废地上床就寝。
拢起香花做成的枕头,席子上散发着兰茝的气息。

延伸

作品的第四部分,写人物站在曲台上,眺望着殿角重叠的重重宫殿,听到了仙鹤和孤独的鸟儿的鸣叫。黄昏时的她,就像枯枝上那只失去了配偶的鸟儿一样。"悬明月以自照兮,徂清夜于洞房。"在这里,写到月亮就有了特别的意义。对于人类短暂的一生而言,月亮无疑是一个永恒的存在,因而古往今来的诗人也好,情人也好,游子也好,都会对月亮寄托美好的寓意,其原因就在于永恒性。孤独的人,面对月亮这个永恒不变的存在,会倍加孤独。人会变,世界也在一刻不停地运动,处于流变之中,而月亮却是不变的。可以说,悬月自照,清夜洞房这个意象,是这篇赋中最令人心折的地方。

作品并未停留在月光这个地方,而是写到了弹琴。中国古人非常含蓄,弹琴也是寄托情感的一种方式。诗中从琴声变化,再写到宫女们脸上的泪水,使得冷宫里的凄凉场景更加凝重。

忽寝寐而梦想兮，魄①若君之在傍。

惕寤②觉而无见③兮，魂迋迋④（kuāng）若有亡。

众鸡鸣而愁予⑤兮，起视月之精光⑥。

观众星之行列兮，毕昴⑦（mǎo）出于东方。

望中庭之蔼蔼⑧兮，若季秋⑨之降霜⑩。

夜慢慢⑪其若岁⑫兮，怀郁郁⑬其不可再更⑭。

澹⑮偃⑯（yǎn jiǎn）蹇而待曙兮，荒⑰亭亭⑱而复明。

妾人⑲窃自悲伤兮，究⑳年岁而不敢忘。

注释

①魄：本义为魂魄，此处指梦境。②惕寤：突然醒来。③无见：指一切都无所见。④迋迋：形容恐惧。⑤愁予：使我愁。⑥月之精光：指月光。⑦毕昴：古代两种星宿名，属西方七宿。旧历五六月间出现在东方。⑧蔼蔼：形容月光微弱。⑨季秋：深秋。⑩降霜：形容月光落在地上像霜一样。⑪慢慢：同"漫漫"，形容夜晚漫长。⑫若岁：仿佛经历了一年。⑬郁郁：愁苦郁积不得散。⑭更：历。⑮澹：形容摇动。⑯偃蹇：伫立的样子。⑰荒：亮又微暗的样子。⑱亭亭：形容久远。⑲妾人：陈阿娇自称，属于谦辞。⑳究：终。

译文

忽然从睡梦中醒来，朦胧中仿佛你在身旁。

蓦然惊醒一切又都无所见，神思恍惚若有所思。

鸡啼过而我的内心依旧充满愁绪，起来看那一片月光。

看星辰陈列于苍穹，毕星卯星移往东方。

中庭的月光如同轻纱，宛若深秋的寒霜。

漫漫长夜仿佛又过了一年，心中的愁思还能有多少。

在夜气中伫立着等待天明,微茫幽远似亮未亮。
我暗自里这样悲伤,年年岁岁也不能把你忘。

延 伸

陈阿娇出身显赫,她的母亲刘嫖是汉文帝与窦皇后的女儿,汉景帝的姐姐,汉武帝的姑姑,被封为馆陶长公主,地位与诸侯王相同。她的父亲堂邑侯陈午是汉初开国功臣陈婴的后代,是世袭的第三代侯爵。陈阿娇少年时,同样年少的刘彻跟着母亲王夫人到姑母家做客,姑母刘嫖开玩笑说:"你喜欢阿娇吗?"刘彻说:"如果能娶阿娇,我愿意造一座金屋。"这就是金屋藏娇的典故。刘彻的回答令姑母非常高兴,从而结下了这门亲事。

金屋藏娇这个故事发生时,刘彻还只是胶东王,他的父亲汉景帝当时所立的太子是刘荣。馆陶公主曾经想和刘荣的母亲栗姬谈婚事,但遭到了栗姬的拒绝,这令馆陶公主非常愤怒。她利用自己在哥哥面前的影响力,不断说刘彻母亲王夫人十分贤德,从而使得汉景帝逐渐关注到刘彻。后来太子刘荣被废黜,刘彻被立为太子,陈阿娇也成了太子妃。可以说,汉武帝刘彻能继承皇位,他的姑母馆陶公主刘嫖居功至伟。因此,汉武帝即位后在姑母的封号前加封"大"字,成为"馆陶大长公主",从而上升到公主的最高一级。顺理成章,刘彻当了皇帝后,太子妃阿娇也成了皇后。年轻夫妻,再加上这层政治关系,前十年汉武帝刘彻和皇后陈阿娇的关系十分亲密。然而,大长公主刘嫖非常有政治头脑,从汉武帝手中获取了大量财富,并且为人十分跋扈,这就遭到了汉武帝的厌恶,这些也影响到了帝后的关系。

皇后陈阿娇多年无子,而另一个妃子卫子夫(西汉名将卫青的姐姐)生下了汉武帝的长子,这就引起了皇后的妒忌。由于诸多事端,最终陈阿娇被废黜,从皇后的宫殿移居到别宫长门宫。而这篇作品,就是在这种背景下诞生的。虽为代写之作,但却深切地反映了女性内心的哀婉与凄凉。陈皇后与汉武帝十年夫妻,情深自不待言,她被废居冷宫,经常在梦魂之中感觉到丈夫就躺在身边,"忽寝寐而梦想兮,魄若君之在傍",这是充满了体验感的文学表达手法。可以说,这超越了时间,无论是古代也好,还是现代也好,富贵者也好,普通人也好,离散后都会产生这种心理感受。

在这一部分,诗人再一次写到了月亮,"众鸡鸣而愁予兮,起视月之精光""望中庭之蔼蔼兮,若季秋之降霜",把月光当作寒霜,以李白的"疑是地上霜"这个句子知名度最高。然而,这种句法的先河很可能自司马相如而始创,他赋予了月亮下个体的心理体验,自他而后,月亮成为了一个巨大的文化符号。曹子桓的"秋风萧瑟天气凉,草木摇落露为霜",杜甫的"露从今夜白,月是故乡明",温庭筠的"鸡声茅店月,人迹板桥霜",张继的"月落乌啼霜满天,江枫渔火对愁眠",无不"月与霜齐",都堪称千古佳句,而祖师爷即司马相如是也。

作品的最后,尽管被抛弃的人苦度荒年,但仍然怀着几乎不具有可能性的希冀。"澹偃寒而待曙兮,荒亭亭而复明。"以这种方式,这位女子度过了自己的后半生。两千年时光宛若一瞬,透过诗行,我们仍旧能够感受到这种怅然,仿佛她依旧活在字里行间。

思玄赋

作者及作品

作者张衡，东汉时期的文学家、科学家。朱熹《楚辞后语》中说，汉顺帝诏命张衡进入内廷，向他咨询国政，尤其是问到社会最大的病症是什么。掌权的大太监们害怕张衡把矛头指向他们，因而纷纷侧目，向张衡使眼色。张衡害怕太监们陷害自己，随便说了一通作为应对。尽管这样，张衡离开后，太监们仍然在皇帝面前说了他一堆坏话，来诋毁他。张衡想到黑暗的太监政治，不知吉凶，内心恐惧不安，因而写了这篇文章明志。《楚辞后语》中收录了此篇，但无赋前小序。

衡①常思图身之事，以为吉凶倚伏②，幽微难明，乃作《思玄赋》，以宣寄情志③。其辞曰：

注释

①衡：张衡自称。②吉凶倚伏：吉凶变幻无定。③情志：感情志趣。

译文

我常常思虑图谋全身之事，以为吉凶变幻无定，隐微难以明知，于是作《思玄赋》，以宣示寄托情志。赋的辞文说：

仰先哲之玄训兮，虽弥高①其弗违。
匪②仁里③其焉宅兮，匪义迹④其焉追？

注释

①弥高：先贤学问高深。最早见于《论语·子罕》"仰之弥高，钻之弥坚"，是孔子的弟子赞扬先生学问之高的话。②匪：通"非"。③仁里：仁人所居之地。④义迹：义人留下的遗迹。

译文

仰慕前代哲人的玄妙训导啊，虽然高深但我也不会背离。
若不是仁人安居的地方我将在哪安家啊，若无伟大的遗风我将追随谁？

潜服膺①以永靓兮，绵②日月而不衰。
伊③中情之信修兮，慕古人之贞节。

注释

①服膺：心中诚服。②绵：连。③伊：这。作者称自己。

译文

深刻的诚服永远审其义啊，连绵的岁月永远不会衰减。
我内心真诚地爱好美德行啊，思慕古人坚贞的节操。

竦余身①而顺②止兮，遵绳墨③而不跌④。
志团团⑤以应悬⑥兮，诚心固其如结。

注释

①竦余身：恭谨自己的行为。②顺：循。③绳墨：木工打线的工具，此

处比喻规矩和法度。④跌：失足，此处指差误。⑤团团：聚集。⑥应悬：遥应。

译文

我恭敬而顺应礼法啊，遵守法度规矩而不曾有错。
志向专一遵循先人的教训啊，诚心坚定仿佛解不开的绳结。

> 旌^①性行^②以制佩兮，佩夜光^③与琼枝。
> 纗^④幽兰之秋华^⑤兮，又缀之以江离^⑥。

注释

①旌：彰明。②性行：品格和行为。③夜光：明珠之名。④纗：系。⑤秋华：秋天的花。华，同"花"。⑥江离：香草之名。

译文

为了昭彰节操而制作玉佩啊，佩戴夜明珠和玉树花。
腰间悬着秋天的幽兰之花啊，又连缀香草江离做的带子。

> 美襞积^①以酷烈^②兮，允^③尘邈^④而难亏。
> 既姱丽而鲜双兮，非是时之攸^⑤珍。

注释

①襞积：袍子上的褶子，用衣服比喻品格。②酷烈：香气浓郁。③允：信实。④尘邈：久远。⑤攸：所。

译文

美丽的香草堆积在一起香气浓烈啊，实在是能保持很久而不消散。
既美丽而绝世无双啊，不是时俗所看重的那一类。

> 奋余荣①而莫见兮，播②余香而莫闻。
> 幽独守此仄陋③（zè）兮，敢怠皇而舍勤（dài）？

注释

①荣：花盛。②播：散。③仄陋：同"侧陋"，指僻侧贱陋的处所。

译文

开放我的花朵无人看见啊，散发我的香味无人闻到。
孤独深居在荒村郊野啊，哪敢怠惰荒废而舍弃勤奋呢？

> 幸二八之遌①虞（è）兮，喜傅说②之生殷（yuè）（yīn）。
> 尚③前良之遗风兮，恫④后辰⑤而无及（tōng）。

注释

①遌：遇。②傅说：本为筑墙的奴隶，后得到殷王武丁重用，成为名相。③尚：慕。④恫：痛。⑤后辰：出生的晚。

译文

庆幸八恺、八元等俊杰遇到了舜帝啊，可喜傅说生在殷商。
羡慕前贤留下的风尚啊，痛心自己降生太晚没赶上好时代。

> 何孤行之茕茕①（qióng）兮，子②不群而介③立（jié）。
> 感鸾鹥④之特⑤栖兮，悲淑⑥人之稀合⑦（luán yī）。

注释

①茕茕：形容孤独无依靠。②子：独。③介：孤单。④鸾鹥：指凤凰一类的神鸟。⑤特：独。⑥淑：善。⑦合：遇合。

译文

那么多日的孤单独行啊,孑然一身卓然不群。
有感于凤凰特立独行啊,悲伤善良的君子孤立寡合。

延伸

第一部分,诗人直抒胸臆,说自己仰慕先贤的品德和遗风,并对没有赶上舜帝和殷高宗武丁的时代而略表遗憾,表达了贤臣难遇明君的苦闷。汉代人之追捧屈原,在文学上的效法,是后世文学创作者所无法比拟的,张衡此篇的开篇,写作手法、意象都出于屈原。就连舜帝和傅说这两个典故,也是屈原所喜爱的。历数中国古代史,以东汉士人节操最著,敢于批评强权者,包括对皇帝的批评。诗人说自己没赶上好时代,言下之意就是当时汉帝国的统治者是昏主,而朝臣则皆是佞臣。这种直白的文学表达法,是明清时期高度集权统治下所不可想象的。

彼①无合其何伤兮,患众伪之冒真。
旦②获讟③(dú)于群弟兮,启金縢④(téng)而乃信。

注释

①彼:指淑人贤士。②旦:周公旦。③讟:诽谤。④金縢:用金封住的装有重要文件的匣子。

译文

不遇知己又有什么可伤感啊,担忧的是众小人冒充贤人。
周公旦遭到众弟的诋毁啊,打开封住的文书箱才知真相并重获信任。

> 览烝①民之多僻②兮，畏立辟③以危身。
> 曾烦毒④以迷惑兮，羌⑤孰可与言己？

注释

①烝：众。②僻：邪。③立辟：立法。④烦毒：烦扰。⑤羌：发语词，无实义。

译文

看到民众行为多邪僻啊，畏惧众人立法危及己身。
增加烦忧而迷惑啊，与谁可以推心置腹的聊天？

> 私湛①忧而深怀②兮，思缤纷③而不理。
> 愿竭力以守义兮，虽贫穷而不改。

注释

①湛：深。②怀：思。③缤纷：纷乱的样子。

译文

私下忧虑而深深怀念啊，思维混乱理不出头绪。
只愿尽力坚守礼义啊，虽然贫穷也不改初心。

> 执雕虎①而试象②兮，阽焦原③而跟止。
> 庶④斯奉以周旋兮，要⑤既死而后已。

注释

①雕虎：带花纹的老虎。李善注释，雕虎比喻贫穷。②试象：李善注，比喻竭力。③焦原：根据《尸子》一书所记录，莒国有一块大石头，名叫焦原，长五十步，下临数千尺的深涧，没有人敢走到石头的边缘。有个勇士，竟

然独自走到边上，由此著称于世。后世以踵齐焦原的勇气来比喻大义。李白《梁甫吟》："手接飞猱搏雕虎，侧足焦原未言苦。"用的也是这个典故。④庶：副词，表希望。⑤要：约。

译文

虽然贫穷仍然竭尽全力啊，坚守追随焦原的大义。
庶几这样尊奉行止周旋于世啊，发誓守约到死才罢休。

俗迁渝^①而事化兮，泯规矩^②之圆方。
珍萧艾^③于重笥兮，谓蕙茝^④之不香。

注释

①迁渝：移动改变。②规矩：圆规和尺子，此喻法度。③萧艾：两种普通的草名，此处指小人。④蕙茝：两种香草名，用来比喻贤人。以香草美人喻君子贤人，是屈原开创的传统。

译文

改变原来的习俗使事物变化啊，泯灭规矩使法度改变。
珍惜普通的草放进两层竹编的衣箱啊，竟然说香蕙和白芷没有芬芳。

斥西施而弗御兮，羁要褭以服^①箱。
行陂僻^②而获志兮，循法度而离殃。

注释

①服：驾车。②陂僻：邪僻。

译文

斥责西施而不临幸啊，给骏马要褭套笼头拉重车。
行为邪僻反而得到重用啊，遵守法度反而遭受祸患。

惟^①天地之无穷兮，何遭遇之无常！
不抑操而苟容兮，譬临河而无航^②。

注释

①惟：思。②航：舟船。

译文

思天地无边无际啊，为何人生遭遇这么多的反复无常？
降低情操苟且求容啊，譬如到了河边却没有船。

欲巧笑^①以干媚兮，非余心之所尝。
袭^②温恭^③之黻(fú)衣兮，披礼义之绣裳^④。

注释

①巧笑：粲然微笑，此处有贬义，有谄媚之义。②袭：穿着。③温恭：温良恭敬。④绣裳：绣有美丽花纹的衣服。

译文

想要赔着笑获取宠爱啊，这不是我内心所想要的。
穿上看起来恭顺的礼服啊，披上体现礼和仁义的衣裳。

辫^①贞亮以为鞶(pán)兮，杂技艺以为珩(héng)^②。
昭^③彩藻^④与雕琢兮，璜(huáng)声远而弥长。

注释

①辫：交织。②珩：古代贵族杂佩上部的横玉。③昭：彰明。④彩藻：美丽的饰物，此处为泛指。

译文

编织贞节诚信为衣带啊,错杂技艺成玉佩。

昭彰闪亮的配饰和绶带啊,玉璜锵锵的声音悠长而清越。

> 淹①栖迟以恣欲兮,燿灵忽其西藏。
> 恃己知②而华予兮,鶗鴂鸣而不芳。

注释

①淹:久。②己知:知己。

译文

长久出游和停歇随心所欲啊,落日停在西边的山岗。

靠着知己使我得以重用啊,杜鹃鸣叫后百草凋谢不芳。

> 冀一年之三秀①兮,遒②白露之为霜。
> 时亶亶而代序③兮,畴可与其比伉?

注释

①秀:开花。②遒:迫。③代序:顺次更迭。

译文

希望花儿一年三次开放,畏惧于白露不得开放。

四时循环不停代替啊,谁可与之并列为匹?

> 咨①姤嫮之难并兮,想依韩以流亡。
> 恐渐冉②而无成兮,留则蔽而不章。

注释

①咨:叹。②渐冉:时光渐渐逝去。

译文

叹息美人受妒忌难并行啊，想追随神仙韩众一同周游。
担心时间慢慢消逝学仙不成啊，留下则被雪藏而不得实现志向。

延伸

第二部分，开头引用了周公畏惧流言的典故，暗指自己遭到太监们的诋毁和诽谤。这个典故是说：周武王死后，年幼的周成王登基，由武王的弟弟周公旦执政，他的三个弟弟不满他的执政地位，就造谣说他想篡位，即便是周公这样的智者，也忧惧不已。同时，这些谣言也引起了朝臣和年幼的成王的疑虑，直到三个弟弟发动叛乱，周公将叛乱平息，并将封存的文件拿出来公布，才得以洗刷了他的冤屈，重新得到大家的信任。

诗人使用了大量的典故和意象，反复强调，自己不会为了得到重用改变节操。就算是帝王们喜欢谄媚的人，他也不会把谄媚当作敲门砖。

心犹与①而狐疑兮，即岐趾（qí zhǐ）而攄②（shū）情。
文君③为我端蓍（shī）兮，利肥遁④以保名。

注释

①犹与：同"犹豫"。②攄：抒发。③文君：指周文王。④遁：《易经》六十四卦之一卦名。

译文

心里犹豫而迟疑不决啊，到岐山脚下向君王陈情请决。
周文王为我算了一卦啊，《遁卦》说隐居避世有利于保全名声。

历众山以周流兮，翼迅风以扬声。
二女感①于崇岳兮，或②冰折而不营。

注释

①感：感应。②或：又。

译文

翻越群山四处周游啊，借着风张开翅膀声名显扬。
二女有感于山太高啊，寒冰摧折不可经营。

天盖①高而为泽兮，谁云路之不平！
勔②自强而不息兮，蹈玉阶③之峣峥。

注释

①盖：尚。②勔：勤勉。③阶：道。

译文

天高尚可变为泽，谁说大道不平不可行呢？
勉励自己不断努力啊，想踏着玉阶到达高高的地方。

惧筮氏之长短兮，钻东龟以观祯①。
遇九皋之介鸟兮，怨素意之不逞②。

注释

①祯：吉祥。②逞：施展。

译文

害怕算卦的人说长道短啊，钻乌龟壳看吉凶。
遇到了栖鹤兆啊，怨恨平素的志向得不到施展。

游尘外而瞥①天兮，据冥翳②而哀鸣。
雕鹗③竞于贪婪兮，我修洁以益荣。

"子有故于玄鸟④兮,归母氏⑤而后宁。"

注释

①瞥:目光扫过。②冥翳:形容高远。③雕鹗:指两种猛禽,此处指代小人。④玄鸟:指仙鹤。⑤母氏:母族,此处指母亲。

译文

遨游尘外看到高天啊,贴着青冥的高天哀鸣。
雕和鹗这些恶鸟竞逐贪婪啊,我修美高洁更加光耀。
(文王说)"你的卦象和仙鹤有关啊,鹤子与母鹤在一起可获得安宁。"

延伸

第三部分,就像诗人屈原迷惑于世俗而寻求更高的安慰,在长诗《离骚》中写遇见了舜帝重华(济沅湘以南征兮,就重华而陈辞)一样,诗人张衡写自己遇到了善于卜卦的周文王,请这位智者为自己的人生提供建议。

占既吉而无悔①兮,简②元辰而俶(chù)装。
且余沐③于清原兮,晞(xī)余发于朝阳。

注释

①悔:灾。②简:选择。③沐:古人将洗头发称为"沐"。

译文

占卜吉祥没有什么可后悔的啊,选择日子整理行装出发。
早晨我在清原洗头发,在朝阳下把头发晾干。

漱(shù)飞泉之沥(lì)液兮,咀(jǔ)石菌之流①英②。
翾(xuān)鸟举而鱼跃兮,将往走③乎八荒④。

注释

①流：大。②英：花。③走：奔赴。④八荒：泛指荒远的地方。

译文

用飞泉的水漱口啊，含着长在石头上的灵芝的露水。
鸟儿高飞鱼儿跃动啊，我将漫游于八方荒凉之地。

> 过少皞（hào）①之穷野②兮，问三丘乎句芒（gōu máng）③。
> 何道真④之淳粹（chún cuì）兮，去秽累而怴（huì）轻。

注释

①少皞：又写作少昊，名玄嚣，一说名己挚，黄帝的长子，号金天氏，又号青阳氏。为神话中的五方上帝之一，称白帝。②穷野：穷桑之野。③句芒：少昊的儿子，是东方青帝太昊的佐神、木神、春神。④道真：大道之真。

译文

经过少皞的穷桑之野啊，向木神句芒询问三座仙山的位置。
大道真义是多么纯粹的啊，抛开尘世的牵绊顿感轻松。

> 登蓬莱而容与①兮，鳌虽抃（áo biàn）而不倾。
> 留瀛（yíng）洲而采芝②兮，聊且以乎③长生。

注释

①容与：形容安闲自得。②芝：灵芝。③以乎：相当于"用之"。

译文

登上蓬莱山安闲自在啊，神龟背负着蓬莱虽欢欣而不倾覆。
留在瀛洲采集灵芝啊，姑且用它寻求长生之道。

> 凭归云而遐逝兮，夕余宿乎扶桑①。
> 噏②青岑之玉醴兮，餐沆瀣以为粮。

注释

①扶桑：传说中的神树。②噏：吮吸。

译文

驾着飞逝的云而远去啊，晚上住在神木扶桑下。
吸青峰上流下的露水啊，饮用半夜的水气果腹。

> 发昔梦于木禾①兮，谷②昆仑之高冈。
> 朝吾行于汤谷③兮，从伯禹于稽山。
> 集群神之执玉兮，疾防风④之食言。

注释

①木禾：传说长在昆仑山上的一种谷。②谷：生。③汤谷：传说中太阳沐浴的地方。④防风：指防风氏，大禹在涂山会盟，防风氏来晚了，于是大禹将其处死。

译文

回忆从前梦中的木禾啊，木禾长在神仙居住的昆仑山。
早晨我从汤谷出发啊，追随夏禹到会稽山。
招集执玉持帛的众神啊，怨恨防风氏食言晚到。

延伸

第四部分，毫无疑问，张衡是屈原的超级大粉丝。这个句式明显来源于《少司命》中的"与女沐兮咸池，晞女发兮阳之阿"这一句。当然，沐

浴这个比喻是屈原的常用表达法，在《远游》一诗中他有过同样的表达："朝濯发于汤谷兮，夕晞余身兮九阳。诗人张衡显然熟知这些"书袋"。

张衡在诗中模仿了屈原云游上下四方，与往古圣人与神仙相遇的桥段，说自己经过了白帝少皞之都，遇到了木神句芒，并且到了蓬莱仙山，获得了能够长生的灵芝。吸风饮露，遵从神仙之道。尤其是后一句"集群神之执玉兮，疾防风之食言"。融历史与神话为一体，充满了想象力。需要注意的是，在一些古代神话中所被提及的"帝"，也就是"天帝"，并不是一个固定的形象。大禹同样具有"帝"的身份，在一些文献中，诛杀防风氏并不是单纯的上古历史，而具有神话色彩。张衡在这里想象了一个大禹召集诸神来集会的场景，神仙们带着玉和帛来进献，而防风氏巨人竟然迟到了。诗人写自己遇神，采用了一种穿越式的手法，仿佛自己身临其境。

> 指①长沙以邪(xié)径兮，存②重华乎南邻。
> 哀二妃之未从兮，翩傧(bīn)处③彼湘滨(bīn)。

注释

①指：向。②存：慰问。③处：居。

译文

朝着长沙的方向奔走啊，在南面问候舜帝重华。
哀伤娥皇女英两位妃子没有跟着啊，一起溺死在湘水之滨。

> 流目覜(tiào)夫衡①阿兮，睹有黎之圮(pǐ)坟。
> 痛火正②之无怀③兮，托山陂(bēi)以孤魂。

注释

①衡：即衡山，位于今湖南衡山县。②火正：即祝融，古代主管火的官员，

也是司民事的官。③怀：归。

译文

放眼眺望衡山山脉啊，看到有黎倒塌的荒坟。
哀痛火神祝融无处可去啊，孤魂被寄托在山坡上。

愁蔚蔚以慕远兮，越卬州而愉敖。
跻日中于昆吾①兮，憩炎天②之所陶③。

注释

①昆吾：山名，传说太阳在其上则为日中。②炎天：指南天。③陶：炎炽。

译文

愁思缠绕羡慕远方啊，穿越卬州而愉悦。
日上中天时登上昆吾山啊，在南方最炎热的火山边休息。

扬芒①熛而绛②天兮，水泫沄而涌涛。
温风翕③其增热兮，恝④郁邑其难聊⑤。
惸⑥羁旅而无友兮，余安能乎留兹⑦？

注释

①芒：光。②绛：大红色。《说文》："绛，大赤也。"③翕：聚合。④恝：忧思。
⑤聊：依赖。⑥惸：独。⑦兹：此。

译文

光芒四射天空变成了赤红啊，大水涌动化为波涛。
热风汇聚天气酷热啊，忧思郁积难以聊赖。
孤独的旅人在他乡没有朋友啊，我怎么能长久留在此处。

延伸

第五部分，继续前一部分关于神话的内容，周流天下，一直到了南方炎热的地带，诗中的衡阿、湘水、祝融，都是南方的象征。起首用了舜帝二妃娥皇女英的传说。舜帝出巡到苍梧山，病死了，他的两个妃子娥皇和女英赶到后，痛哭流涕，泪水落在竹子上，斑斑点点，形成了湘妃竹。不过二女投水之说鲜见于典籍，包括之后诗句中火神祝融之死，也都乏典。可能来源于一些亡佚的文献。

顾金天①而叹息兮，吾欲往乎西嬉②。
前祝融使举麾③兮，缅④朱鸟以承旗。

注释

①金天：指西方，此处指金天氏少皞。②嬉：戏耍。③麾：旗帜，军中主帅的旗帜，有指挥之用。④缅：最初指扎头发的带子，后成为冠的代称。

译文

回头看着金天氏少皞叹息，我想到西方去游历。
祝融在前面高举着大旗，朱雀在后面戴着帽子撑着旗。

躔建木①于广都②兮，拓若③华而踌躇。
超④轩辕⑤于西海兮，跨汪氏之龙鱼。
闻此国之千岁兮，曾⑥焉⑦足以娱余？

注释

①建木：传说中的神木，也是大地通往天界的梯子，众神通过它上下。②广都：传说中南方的山，建木长在山上。③若：指若木，传说中的神木，开红色的花。④超：越。⑤轩辕：此处指传说中的国名，国中寿命最短的人也八百岁。⑥曾：岂。⑦焉：此。

译文

经过广都的神树建木啊,采集神树若木的花朵犹豫不决。
穿过轩辕国到达西海啊,骑着沃民国的龙鱼。
听说这些国家的人寿命千岁啊,这怎能使我足够快乐?

延伸

第六部分,前面写到南方的游历,此处则写到西方的游历,诗中的"金天""西海"都是西方的象征。采集神树之花,骑着鱼跨越大洋的意象,都充满了浪漫主义气息。

思九土①之殊风兮,从蓐收②而遂徂。
欻③神化④而蝉蜕⑤兮,朋精粹而为徒。

注释

①九土:九州。②蓐收:西方白帝少昊的佐神、金神、秋天之神、司刑之神。
③欻:轻捷急速。④神化:指人的精神变化。⑤蝉蜕:蝉脱壳,此处指解脱。

译文

怀念九州与此处不同的风俗啊,随从西方之神蓐收前往。
忽然神化脱去了形体啊,与天地间的纯粹之气为友。

蹶①白门而东驰兮,云台②行乎中野③。
乱④弱水之潺湲兮,逗华阴之湍渚。

注释

①蹶:行动急剧。②台:我。③中野:中土。④乱:横渡。

译文

快速经过白门向东奔驰啊，我行走在中土。
横渡奔流的弱水啊，逗留在华山北面的黄河边上。

> 号①冯夷俾清津兮，棹龙舟以济②予。
> 会③帝轩④之未归兮，怅倘佯而延伫。

注释

①号：喊叫。②济：渡。③会：值。④帝轩：指黄帝。

译文

呼喊水神河伯清理渡口啊，划着龙舟渡我过河。
恰好黄帝没回来啊，遗憾地徘徊着长久伫立。

> 呬河林①之蓁蓁兮，伟《关雎》之戒女。
> 黄灵詹而访命兮，摎天道其焉如②。

注释

①河林：传说中的木名。②如：往。

译文

在繁茂的河林树下休息啊，赞美《诗经·关雎》中所说的女子之德。
黄帝的神灵归来拜访啊，寻求天道应往哪里去。

> 曰："近信而远疑兮，六籍①阙而不书。"
> 神逵②昧其难覆兮，畴克谌而从诸？

注释

①六籍：《易》《书》《诗》《礼》《乐》《春秋》儒家六经。②神逵：天道。

译文

他说："信任切近怀疑渺远啊，六经缺失没有记载。"
神道不明说难以了解啊，谁能筹划就追随谁？

> 牛哀①病而成虎兮，虽逢昆②其必噬③。
> 鳖令殪而尸亡兮，取蜀禅而引④世。

注释

①牛哀：姓公牛，名哀，春秋时鲁国人。《淮南子·俶真训》记载的寓言，公牛哀患病，卧床七日后化身为老虎，吃了来看望他的哥哥。②昆：兄。③噬：咬。④引：长。

译文

牛哀生病后成老虎啊，虽然遇到哥哥也必定吃掉。
鳖令死后失去尸体啊，复活后得到蜀帝的王位传于后世。

> 死生错而不齐兮，虽司命①其不晰。
> 窦号②行于代路兮，后膺③祚而繁庑。

注释

①司命：神话中的神名，掌管人的寿夭福禄名册。②号：哭。③膺：当。

译文

人的生死错杂不同啊，就是主管命禄的司命神也搞不明白。
窦皇后哭着去往代国啊，但后来子孙却登上皇位并世代昌盛。

> 王肆侈于汉廷兮，卒衔恤①而绝绪。
> 尉龙眉而郎潜兮，逮②三叶而遘武。

注释

①恤：忧。②逮：及。

译文

王皇后在汉朝的皇宫肆意奢侈啊，最后含着忧虑而死并且断了后代。
都尉颜驷眉毛花白还在郎署做小官啊，过了三世才遇到汉武帝。

> 董弱冠以司^①衮兮，设王隧^②而弗处。
> 夫吉凶之相仍兮，恒^③反侧^④而靡所。

注释

①司：领受。②隧：指挖掘的通道，此处指墓道。③恒：常。④反侧：反复。

译文

董贤才弱冠就做了大司马卫将军啊，虽建造了王侯级的墓却死无葬身之地。
吉和凶是互为因果啊，经常反复无常没有定数。

> 穆负天以悦牛兮，竖乱^①叔而幽^②主。
> 文^③断袪而忌伯兮，阉谒贼而宁后。

注释

①乱：谋害。②幽：囚禁。③文：指晋文公，名重耳，春秋五霸之一。

译文

叔孙豹梦见竖牛背着他上天啊，但后来竖牛作乱幽禁了他。
晋文公因勃鞮砍断自己的衣袖而怨他啊，勃鞮却告知他逆贼的消息而使国家安宁。

> 通人^①暗于好恶兮，岂昏惑而能剖^②？
> 赢^③擿谶而戒胡兮，备诸外而发内。

注释

①通人：通达的人。②剖：分辨明析。③嬴：指秦始皇嬴政。

译文

通达的人尚且囿于自己的好恶啊，更何况糊涂的人怎能分辨清楚？
秦始皇理解图谶而戒备胡人啊，防备于外敌却亡国于儿子胡亥。

> 或①辇赇②而违车兮，孕行产而为对。
> 慎③灶显于言天兮，占水火而妄诿。

注释

①或：有人。②赇：财。③慎：春秋时鲁国大夫梓慎，著名的阴阳家之一，活跃于鲁襄公、鲁昭公时期。

译文

用人力车拉着财物外逃啊，适逢妻产子于车而取名为"车子"。
梓慎、裨灶是通晓大道的人啊，但占卜水灾火灾时都不灵验。

> 梁叟患夫黎丘①兮，丁厥子而事刃。
> 亲所睇而弗识兮，矧幽冥②之可信。

注释

①黎丘：地名，位于梁国北部。②幽冥：昏昧不明。

译文

梁国老人忧患黎丘山的鬼啊，误将儿子杀了。
亲眼看到的都不能识别啊，更何况幽冥之事怎可信。

> 毋绵挛^①以涬^②己兮，思百忧以自疢。
> 彼天监之孔^③明兮，用棐忱而佑仁。

注释

①绵挛：牵拘。②涬：牵制。③孔：甚。

译文

莫要被世俗牵制而使自己忧愁啊，忧愁太多了就会生病。
苍天所视是有双明亮的眼睛啊，帮助诚实并保佑仁德的人。

> 汤蠲体以祷祈兮，蒙厖^①褫以拯民。
> 景^②三虑以营国兮，荧惑次于他辰。

注释

①厖：大。②景：指宋景公。

译文

商汤沐浴身体向苍天祈祷啊，蒙受福报而拯救人民。
宋景公多次谋虑都是为了治国啊，感动火星移动到其他地方。

> 魏颗亮以从理兮，鬼亢回以敝^①秦。
> 咎繇^②迈^③而种^④德兮，树德懋于英六。

注释

①敝：破败。②咎繇：即皋陶。③迈：行。④种：布。

译文

魏颗诚信能遵从事理啊，鬼魂绊住敌军大将杜回从而击败秦军。
皋陶行为高尚广布德操啊，后裔因他的德行封到英、六地为国君。

桑末寄夫根生兮，卉既凋而已毓。
有无言而不雠兮，又何往^①而不复？
盍^②远迹以飞声兮，孰谓时之可蓄？

注释

①往：行。②盍：为何不。

译文

桑树枝末寄生的植物啊，草木都凋零了只有它还生长。
不说话则不会有酬答啊，又去往何处而不返回？
何不传扬遗风播撒声誉啊，谁说时机可以等待。

延伸

　　第七部分，游历回到了中土，古以黄帝为五方天帝之中。这一阕使用了大量的历史典故，用来佐证祸福相依的道理。其中以汉文帝妻子窦皇后、汉景帝妻子王皇后、汉武帝大臣颜驷、汉哀帝宠臣董贤四人的故事为汉世故事。汉文帝的母亲薄太后不受刘邦的宠幸，因而刘启被封为代王，一家都去偏远且挨着匈奴的代地，他的王妃窦氏哭了一路，但没想到吕后去世后代王刘启被大臣们拥戴成了皇帝，窦氏也被立为皇后，她的子孙承继国祚。汉景帝的妻子王娡成为皇后以后飞扬跋扈，包庇族人犯罪，让弟弟田蚡获得了宰相位置并封赐爵位，但后来田家的爵位被废黜，断了宗绪。颜驷在朗署做个小官儿一直到眉毛都花白了，还没升迁。有一次汉武帝经过朗署，看见了他，问他什么时候担任的郎官，颜驷回答说："我在文帝时为郎，但是文帝好文，而我学的是武；后来景帝即位，我虽然改学了文，但是景帝喜欢美，而我长得太丑。陛下您即位了，喜欢年少的，可惜我已经年老，所以经历了三个皇帝也没升迁。"汉武帝十分感动，就升迁他为会稽都尉。董贤是汉哀帝的宠臣，性情柔和，善于逢迎，最初升迁他为郎官。董贤的妹妹被立为昭仪后，董贤地位跟着上升，被封为高安侯，食邑一千户，后增封至二千户。这样的爵位和封赐，在汉代只有立下重大军功的臣子才能获得。后来哀帝甚至任命年轻的董贤为大司马，位列三公。依赖董

贤的关系，董氏家族的亲眷都担任了高官。但哀帝驾崩后，董贤的命运急转直下，遭到朝臣弹劾被罢官，并于当日自杀身亡。董氏家族也落得被抄没财产、驱逐出京的下场。在历史典故中夹杂当世故事，以说明吉凶因循既在于古，也在于今。德行之美，利于身，也立于政。

> 仰矫首①以遥望兮，魂怅惘而无俦。
> 逼区中②之隘陋兮，将北度③而宣游。

注释

①矫首：抬起头。②区中：区域之中，此处指中原。③度：越。

译文

抬头举目远眺啊，神魂恍惚好像失去了伙伴。
所居之地何其狭隘啊，将去北方游历。

> 行积冰之硙硙兮，清泉沍①而不流。
> 寒风凄而永至兮，拂穹岫②之骚骚。

注释

①沍：冻结。②穹岫：指山崖。

译文

行走在冰雪皑皑的大地上，泉水都被冻住了而不流动。
刺骨的寒风经久不息啊，风在山谷中呼啸，席卷着山峰。

> 玄武缩于壳①中兮，螣蛇蜿而自纠。
> 鱼矜鳞而并凌②兮，鸟登木而失条。

注释

①壳：乌龟壳。②凌：冰。

译文

北方神兽玄武缩进了壳中，神蛇腾蛇蜷曲成了一团。
河里漂满冰凌、鱼都竖起了鳞，鸟儿在树枝上站不稳。

> 坐太阴①之屏室兮，慨含欷(xī)而增愁。
> 怨高阳之相②寓兮，佃颛顼(zhuān xū)之宅幽③。

注释

①太阴：传说北方最寒冷的地方。②相：择。③幽：北方。

译文

处于极阴之地的暗室中啊，大发感慨抽泣且忧愁。
埋怨高阳氏选择的这个住处啊，抱怨颛顼居此小陋之地。

> 庸织络于四裔(yì)兮，斯与彼其何瘳(chōu)①？
> 望寒门②之绝垠(yín)兮，纵余绁(xiè)乎不周。

注释

①瘳：病愈，引申为好转。②寒门：传说中极北之地的大山，山形似门。

译文

往来四方之地就像织布啊，北方也并不比其他地方好。
眺望寒门山的无边绝地啊，放开我的马缰绳奔向不周山。

> 迅飙(biāo)潚(sù)其朕(yìng)我兮，骛(wù)翩飘而不禁。
> 越崟(hān xiá)岈之洞穴兮，标通渊②之碄(lín)碄。

经重阴③乎寂寞兮，愍坟羊之潜深。

注释
①飙：狂风。②通渊：指比较大的地下深河。③重阴：指地下。

译文
狂风吹着我快速前行啊，被风吹着翩然飘舞不能控制。
穿越山石险峻的地穴啊，马蹄敲击着地下河发出声音。
行经阴森的地中十分寂寞啊，怜悯坟羊竟然在这么深的地下行动。

延伸
第八部分，中土并无诗人所想象的、可以实现他理想的环境，因而他又到了北方。诗中的"玄武""颛顼""高阳氏"都是北方的象征。高阳氏颛顼为五方天帝中的北方黑帝，是北天的主宰。诗歌将北方的寒冷、冰雪、幽暗写得十分细致，仿佛一个忠实的旅行记录者，以写实的手法将冰雪覆盖的冰原、冻结的泉水、咆哮的谷风都做了记录。为了彰显寒冷的天气，说河里的鱼儿被冻得竖起了鳞，树上的鸟儿站不住枝，人只能躲在地下室等。而无边而又深邃的寒门山，怪石林立的地下洞穴，回荡着声音的地下河等意象，更是赋予了诗歌一种神秘莫测的气息。

追慌忽①于地底兮，轶无形而上浮。
出石密之暗野兮，不识蹊②之所由。

注释
①慌忽：道之气，指无形无相的道，等同于老子《道德经》中所说支配万物的大道。②蹊：路径。

译文
在地中追随混元之气啊，超在元气之前而向上飘去。
从西方密山的幽暗大野中出来啊，不知道路所经过的地方。

速①烛龙令执炬兮，过钟山而中休。
瞰②瑶溪之赤岸兮，吊祖江之见刘。

注释

①速：征召，催促。②瞰：望。

译文

命令烛龙举起火炬啊，经过钟山中途歇息。
瞻望瑶溪的红色高崖啊，凭吊祖江被杀。

聘①王母于银台兮，羞②玉芝以疗饥③。
戴胜④慭⑤其既欢兮，又诮⑥余之行迟。

注释

①聘：访问。②羞：同"馐"，引申为进食。③疗饥：吃饱饭。④戴胜：一种鸟类，此处指羽毛装饰的帽子。⑤慭：笑的样子。⑥诮：责怪。

译文

访问西王母于银台啊，进食玉芝填饱肚子。
头戴羽毛冠的西王母且笑且欢，责怪我走得太慢。

载太华①之玉女兮，召洛浦之宓妃。
咸姣②丽以蛊媚兮，增嫮眼而蛾眉。

注释

①太华：指华山。②姣：美好。

译文

车上带着太华山的仙女啊，又唤来洛水女神宓妃。
都是那样美丽而妩媚啊，又增添了含情的双眼和弯弯的眉。

舒妙婧^①之纤腰兮,扬杂错之袿徽。
离朱唇而微笑兮,颜的砾^②以遗光。

注释

①妙婧:美好的样子。②的砾:明亮的样子。

译文

轻舒纤纤细腰啊,扬起色彩斑斓的衣衫。
朱唇微启莞尔含笑啊,容颜焕发光彩照人。

献环^①琨^②与玙璃兮,申厥好以玄黄。
虽色艳而赂美兮,志浩荡而不嘉。

注释

①环:玉环,配饰。②琨:美玉。

译文

赠给我玉环、玉琨等配饰和美玉香缨,又送我黑色和黄色丝绸表达结好之意。
虽然面容美艳礼物丰厚啊,但心志不专不能称我意。

双材悲于不纳兮,并咏诗而清歌^①。
歌曰:"天地烟煴^②,百卉含葩。

注释

①清歌:没伴奏的歌。②烟煴:阴阳二气交互作用的状态。

译文

两位美人因不被收纳而伤悲啊,一起吟诗和唱歌。
歌词说:"天地间烟云缭绕,百花竞相开放。

> "鸣鹤①交颈,雎(jū)鸠相和。
> 处子怀春,精魂回移。
> 如何淑明②,忘③我实多。"

注释
①鸣鹤:同类的离合。②淑明:指君子。③忘:不识。

译文
"鸣叫的仙鹤彼此相依,水鸟雎鸠相互和鸣。
怀春的少女思恋君子啊,神志慌乱魂不守舍。
多么美善磊落的君子啊,却很快就忘记了我。"

延伸
第九部分,以美人比喻君王,同样是屈原所开之先河。西王母、太华玉女、洛水宓妃等神话传说中的人物对诗人充满爱慕,但诗人并未轻易应允。以这种方式表明,其志节不可轻移。洛水宓妃这个意象,也出现在《离骚》中,表达方式也庶几近乎。

> 将答赋而不暇(xiá)兮,爰(yuán)整驾而亟(jí)①行。
> 瞻昆仑之巍巍兮,临萦(yíng)②河③之洋洋。

注释
①亟:急速。②萦:弯曲。③河:指黄河。

译文
将要回应歌诗但不得空闲啊,于是整理车驾即刻驰行。
瞻望巍峨的昆仑山啊,面临回绕的黄河浩浩荡荡。

> 伏灵龟以负坻兮，亘螭龙之飞梁①。
> 登阆风之曾城兮，构不死②而为床。

注释

①梁：桥。②不死：传说中的不死树。

译文

灵龟在水底下背负着岛屿，螭龙横卧成为桥梁。
登上神仙所居的阆风山和曾城啊，用不死树的枝干架设成床。

> 屑瑶蕊以为糇兮，斟白水以为浆。
> 抨①巫咸以占梦兮，乃贞吉之元符。

注释

①抨：使。

译文

捣碎玉树上的花朵做干粮，酌取白水为饮品。
让巫咸为我解梦啊，占卜的结果是大吉大利。

> "滋①令德于正中兮，合嘉秀以为敷。
> 既垂颖而顾本②兮，尔要思乎故居。
> 安和静而随时兮，姑纯懿③之所庐。"

注释

①滋：形容丰茂。②本：树木的根。③纯懿：大而美。

译文

"丰茂之德中正美好，应了梦见的嘉禾。
禾穗低垂眷恋着根啊，你思念回归你的故乡。
安静平和顺应时俗啊，姑且造那大美的居所。"

延伸

第十部分，仿佛一个连贯性的大型乐章一样，乐调忽而高亢忽而低沉。诗中写他登上了昆仑山，以山上的玉树之花为食，流露出了出世思想，就仿佛一个激昂的乐调越来越低沉一般。

> 戒①庶寮(liáo)以夙(sù)会兮，佥②恭职而并迓(yà)。
> 丰隆③軯(pēng)其震霆(tíng)兮，列缺④烨(yè)其照夜。

注释

①戒：命令。②佥：皆。③丰隆：传说中的雷神（或说云神），此处代指雷。④列缺：闪电。

译文

告诫众僚提前会合啊，全都恭于守职一起来迎我。
惊雷轰鸣着响彻霹雳之声，闪电照亮了整个长夜。

> 云师𩂣以交集兮，冻雨沛(dōng pèi)①其洒涂。
> 軏(yǐ)雕舆(yú)而树葩(pā)兮，扰②应龙③以服辂(lù)。

注释

①沛：形容雨水多。②扰：驯。③应龙：传说中有翼的龙，另一说为黄帝的大臣。

思玄赋

译文

云神汇聚天上的乌云，暴雨浇湿了道路。
装饰玉饰的雕车上竖起华盖系上缰绳，驯服应龙为我拉起车驾。

> 百神森①其备②从兮，屯骑罗而星布。
> 振余袂(mèi)而就车兮，修③剑揭④以低昂。

注释

①森：众多的样子。②备：尽。③修：长而美，通常所说修长。④揭：高举。

译文

众多的神簇拥在后啊，聚集的车骑星罗棋布。
扬起我的袖子登车啊，挥舞的长剑高低起伏。

> 冠岌岌(è)其映盖①兮，佩綝缡(shēn lí)以辉煌。
> 仆夫②俨(yǎn)其正③策④兮，八乘摅(shū)而超骧(xiāng)。

注释

①盖：古代车顶上的盖子。②仆夫：驾车的人。③正：治办。④策：马鞭。

译文

高高的帽子映照车盖啊，佩戴的美玉和绶带辉煌夺目。
仆人们严肃地挥舞马鞭啊，八条龙驾车腾跃高飞。

> 氛(fēn)旄(máo)溶②以天旋兮，蜺(ní)旌(jīng)飘而飞扬。
> 抚轸(líng zhǐ)轹(nì)而还睨兮，心灼药(zhuó)③其如汤。

注释

①氛：大气。②溶：广大的样子。③灼药：灼热的样子。

译文

大气化为旗帜在高天飘扬啊,长虹变为旌旗随风飘扬。
手抚摸着车厢栏杆远眺啊,内心着急得如同滚开的汤。

> 羡上都之赫戏^①兮,何迷故而不忘。
> 左青雕^②以揵芝兮,右素威以司钲。

注释

①赫戏:形容光彩明盛。②青雕:有青色花纹的龙,即青龙,东方星宿名。

译文

羡慕上帝天都的光明灿烂啊,为何恋着故土而不忘。
左面青龙执掌着灵芝装饰的车啊,右面白虎敲击铜铃为信号。

> 前长离使拂羽兮,委水衡乎玄冥。
> 属箕伯以函^①风兮,澄涴渜而为清。

注释

①函:含。

译文

朱雀在前面高举羽旄啊,委任玄冥担任水神之职。
嘱托风神箕伯收住大风啊,扫荡混浊之气玉宇澄清。

> 曳^①云旗之离离兮,鸣玉鸾之嘤嘤。
> 涉清霄而升遐兮,浮蔑蒙^②而上征。

注释

①曳:拖。②蔑蒙:指云、雾、气等物。

译文

拖曳云旗随风飘扬啊,玉质的车铃叮叮而鸣。
飞上碧霄越来越高啊,驾着云气向上逝去。

> 纷^①翼翼以徐戾兮,焱回回^②其扬灵。
> 叫帝阍使辟扉^③兮,觌天皇于琼宫。

注释

①纷:多。②回回:明亮的样子。③辟扉:开门。

译文

翩翩飞行徐徐而降啊,光焰明亮显扬神之灵。
叫天帝的守门人开门啊,想于琼宫朝拜天帝。

> 聆广乐^①之九^②奏兮,展泄泄以肜肜。
> 考理乱于律钧^③兮,意建始而思终。

注释

①广乐:传说中天界的乐曲。②九:表示极其多。③律钧:泛指音律的标准。

译文

聆听天上的广乐多次演奏啊,神情舒展其乐融融。
凭音乐而考察治乱啊,在其开始的意境里就能预料到终局。

> 惟盘逸^①之无斁兮,惧乐往而哀来。
> 素^②抚弦而余音兮,大容吟曰念哉。

注释

①盘逸:尽情的享乐。②素:指素女。

译文

忧思放纵游乐没有满足啊,担心欢乐去了悲伤来。
素女弹琴余音袅袅啊,乐师大容吟歌引以为告诫。

> 既防溢①而静志兮,迨我暇以翱翔。
> 出紫宫之肃肃②兮,集太微之阆阆。

注释

①溢:满。②肃肃:清穆的样子。

译文

防止过度逸乐来肃静心志啊,趁我还有闲暇远走高飞。
离开了庄严的紫宫啊,来到高高的太微殿。

> 命王良掌策驷兮,逾高阁之锵锵①。
> 建罔车②之幕幕兮,猎青林之芒芒。

注释

①锵锵:形容高。②罔车:指毕宿。

译文

命令王良给我执鞭驾车啊,越过高入云中的楼阁。
停在绵密的罔车星边啊,到茫茫的青林中打猎。

> 弯威弧①之拨剌兮,射蟠冢之封狼。
> 观壁垒于北落兮,伐河鼓②之磅硠。

注释

①威弧:指弧矢星,像一张弓。②河鼓:星名,即牵牛星。

译文

用力拉开天弓威弧啊,射杀嶓冢山上的巨狼。

观看北落星的营垒啊,把河鼓星敲打得咚咚作响。

乘天潢之泛泛①兮,浮云汉②之汤汤。
倚招摇③摄提以低回剹流兮,察二纪五纬之绸缪遹皇。

注释

①泛泛:水流动的样子。②云汉:指银河。③招摇:星名,位于北斗星柄部之南。

译文

乘着天潢星漂摇啊,渡过广阔的天河。

凭依着招摇星摄提星随时节而回转,观察日月和金木水火土五星的连绵运行。

偃蹇夭矫娩以连卷①兮,杂沓丛颣飒以方骧。
碱汨飂泪沛以罔象兮,烂漫②丽靡藐以迭逿。

注释

①连卷:长而曲的样子。②烂漫:分散的样子。

译文

或高扬恣意或疏落连绵啊,星宿众多天象纷纭。

飞驰不歇似有似无啊,分散在旷缈幽深的天幕上往复摇荡。

凌①惊雷之砊磕兮,弄狂电之淫裔。
逾厖鸿于宕冥②兮,贯③倒景而高厉。

注释

①凌：乘。②宕冥：指渺远的天空。③贯：穿透。

译文

乘着轰鸣的雷霆啊，戏玩撕破天幕的闪电。
在天的高处逾越混元之气啊，穿过日月的倒影而高飞。

> 廓①荡荡其无涯兮，乃今穷②乎天外。
> 据开阳③而颙盼兮，临旧乡之暗蔼。

注释

①廓：空旷而广大。②穷：终极。③开阳：指北斗七星中的第六颗星。

译文

天幕空旷无际无垠啊，而今我游遍天外之世。
凭据着开阳星而向下看啊，下面是渺远的故土。

> 悲离居之劳心兮，情惆悒①而思归。
> 魂眷眷②而屡顾兮，马倚辀而徘徊。

注释

①惆悒：忧郁。②眷眷：依恋向往的样子。

译文

离乡独居的人悲伤劳心啊，心情忧郁只想回到家乡。
神魂牵挂频频回望啊，马儿在车辕边徘徊。

> 虽邀游以媮乐兮，岂愁慕之可怀①？
> 出阊阖兮降天涂，乘飙忽兮驰虚无②。

注释

①怀：安。②虚无：指天空。

译文

虽然遨游使我得以享乐啊，但怎能减弱心中的哀愁。
出了天门啊顺着天路降落，乘着疾风在空中驰骋。

> 云霏霏①兮绕余轮，风眇眇（miǎo）兮震余旟（yú）。
> 缤②联翩兮纷暗曖（ài），倏（shū）眩（xuàn）眃（yún）兮反常闾③。

注释

①霏霏：云朵飞散。②缤：形容杂乱。③常闾：指故里。

译文

片片云彩萦绕我的车轮，飒飒的风吹拂我的旗帜。
缤纷连绵啊昏暗不清，倏忽之间啊我恍惚回到了家乡。

延伸

第十一部分，继续浪漫的游历。这一阕可以说是把天文和文学相结合的典范。我们知道，张衡不但是文学家，还是一位在天文学方面有造诣的科学家。如"烂漫丽靡貌以迭逿"之句，是具有科学的严谨性的诗，指出星星在往复摇荡，也就是有规律的闪烁。诗中提到了很多星名，如紫宫、太微、罔车、威弧、北落、河鼓、天潢、招摇、摄提、日、月、金星、木星、水星、火星、土星、开阳等，这些星星既指星星本身，也有比喻义，如把紫微垣、太微垣比作天上的宫阙，罔车比作一辆车，威弧比作一张大弓，北落比作营垒，河鼓比作一面大鼓，等等。通过丰富的联想，使得这些天体具有了浪漫的生命力。

尽管在那个不辨真实与虚幻的世界游历，但诗人并未迷失，最终还是回到了故土。

> 收畴昔①之逸豫兮，卷②淫放之遐心。
> 修初服③之娑娑兮，长余佩之参参。

注释

①畴昔：往昔，从前。②卷：收。③初服：入仕以前穿的衣服。

译文

收敛住从前的游乐态度，藏起过度放纵的远游心思。
整治当官前穿的那些柔软衣服，佩戴上我修长的玉佩。

> 文章①焕②以粲烂兮，美纷纭以从风。
> 御六艺③之珍驾兮，游道德之平林。

注释

①文章：错杂的花纹。②焕：鲜明。③六艺：指礼、乐、射、御、书、数。

译文

美丽的花纹闪烁夺目的光彩，色彩缤纷的衣饰随风飘扬。
驾着六艺的珍贵车子啊，奔驰在道德的深林之中。

> 结典籍①而为罟兮，欧儒墨而为禽。
> 玩②阴阳之变化兮，咏《雅》《颂》之徽③音。

注释

①典籍：古代圣贤的著作。②玩：习。③徽：美。

译文

用经典编织成网啊，驱赶儒、墨家之学为猎物。
习阴阳变化的学问啊，吟唱《雅》《颂》等诗歌的大美之音。

> 嘉曾氏①之《归耕》兮，慕历陵之钦崟。
> 共②夙昔而不贰兮，固终始之所服③也。

注释

①曾氏：指曾子，名参，孔子的弟子之一。②共：同"恭"。③服：行。

译文

赞美曾子《归耕》中表达的孝啊，仰慕舜帝重华在历山耕田的行迹。早晚恭敬服侍没有二心，坚持终始所秉承的道义。

> 夕惕若厉以省①諐兮，惧余身之未勅也。
> 苟②中情之端直兮，莫吾知而不恧。

注释

①省：反思。②苟：如果。

译文

晚上仍然忧伤戒惧如临危难以减少过错啊，担忧我的修为不能每天提高。如果我内心端正而正直，就算没人懂我也不惭愧。

> 墨①无为②以凝志兮，与仁义乎消摇。
> 不出户而知天下③兮，何必历远以劬劳！

注释

①墨：同"默"。②无为：道家思想，顺其自然。③不出户而知天下：引用自《老子》第四十七章。

译文

默默地用无为的态度涵养性情，我与仁义相伴而游。不出门而知道天下大事啊，何必到远方游历经受劳苦。

延伸

第十二部分,诗人最终还是收起了脱离现实世界的游历之心,就像把奔驰的马儿牵回来一样。他决定以经典为马车,游弋在道德文章的原野上,与仁义相伴。奉行曾子等圣贤之道,做一个足不出户,而能知天下的人。

系曰①:
天长地久岁不留,俟②河之清③只怀忧。
愿得远度④以自娱,上下无常穷六区⑤。

注释

①系曰:辞赋末尾惯用语,相当于《离骚》中的"乱曰",作为诗歌的尾声。②俟:等。③河之清:古人认为黄河如变清澈,预示着有圣人出现,此处以喻时机难遇。《左传·襄公八年》引《诗经》:"俟河之清,人寿几何?"今本《诗经》中不见此句,当为逸诗。④远度:远行。⑤六区:又称六合,指天、地和东南西北。

译文

陈辞说:
天长地久岁月无尽而不停留,期待黄河水再次变清而心怀忧愁。
愿凭远行聊以自得欢乐,上下随兴遍游六合。

超逾腾跃绝世俗,飘飙神举逞①所欲。
天不可阶仙夫希②,《柏舟》③悄悄④吝⑤不飞。

注释

①逞:极尽。②希:少。③《柏舟》:指《诗经·邶风》中的一首诗,有"忧心悄悄,愠于群小"的句子,汉代人所作的《诗序》中说"言仁不遇

也",作者引用这首诗,言外之意是说没有遇到明君,反被宦官谗毁。④悄悄:忧虑的样子。⑤吝:惜。

译文

趁着云气上升超尘脱俗,飘然如神高飞极尽兴致。

向天上不能飞得太高神仙稀少,《柏舟》说忧心忡忡不忍心远行。

> 松乔^①高跱^②(zhì)孰能离^③,结精^④远游使心携^⑤。
> 回志揭来^⑥(qiè)从玄諆^⑦(qī),获我所求夫何思!

注释

①松乔:赤松子和王子乔,古代传说中的神仙。②跱:踞。③离:同"丽",附丽。④结精:集中精力。⑤携:牵引,此处引为惦念。⑥揭来:去来,此处偏重"来"。⑦諆:阐发前人哲理。

译文

赤松子和王子乔两位仙人在天上谁能依附?凝心神而游天宇得心灵交汇。

转回远游的心思追从先圣之道,我得获追索的清静无为又有何忧思!

延伸

第十三部分,是对全诗的总结。"天长地久岁不留,俟河之清只怀忧",后世范仲淹的"先天下之忧而忧"思想与此是一样的,眼看着时光流逝,什么时候才能盼到天下太平繁荣呢,有着浓厚的家国情怀。

全诗写得跌宕起伏,宛若一曲宏大的交响乐。

悲愤诗

作者及作品

　　作者是东汉女诗人蔡琰，也就是蔡文姬。蔡文姬是东汉文学家蔡邕之女，陈留郡圉县（今河南省杞县）人，是中国古代最有才华的女性文学家之一。她博学多才，继承了父亲优秀的文学素养和艺术才华，精通文学、音乐、书法。

　　蔡琰最初嫁与卫仲道，丈夫亡故后回到蔡家。东汉末期中原大乱，群雄割据，内迁的南匈奴趁机作乱，蔡文姬被匈奴左贤王掳掠，在胡地生活了12年，与左贤王生了两个孩子。曹操统一北方后，念及和蔡邕的情谊，花重金将他的女儿蔡琰赎了回来，再嫁董祀。这首诗作于汉献帝建安十二年（207），也就是蔡琰被赎离开匈奴回汉之后创作。蔡文姬念及自己悲哀的身世，尤其是与两个孩子分别，她的心灵再度遭受巨大的打击，撕开了难以愈合的创伤，在这种历史背景下写了这首肝肠寸断的作品。

嗟薄祐兮遭世患，宗族殄①兮门户单。

身执略②兮入西关③，历险阻兮之羌蛮。

山谷眇④兮路曼曼，眷东顾兮但悲叹。

冥当寝兮不能安，饥当食兮不能餐。

常流涕兮眦⁵不干，薄志节兮念死难，
虽苟活兮无形颜。

注释

①殄：衰败。②执略：遭到掳掠。③西关：指函谷关。④眇：渺忽，形容遥远而不清晰。⑤眦：眼睑。

译文

悲叹福薄遭遇此大难，宗族衰落孤立无援。
我被掳掠西入函谷关，历经磨难方才抵达蛮人地盘。
山谷雾气弥漫道路迢迢，向东眺望故乡长声悲叹。
夜幕降临辗转反侧，虽然饥肠辘辘，但依旧不能下咽。
时常泪眼婆娑，志节有亏但想到死又如此之难，
虽然苟活于世但已无脸面。

惟彼方①兮远阳精②，阴气凝兮雪夏零③。
沙漠壅④兮尘冥冥⑤，有草木兮春不荣。
人似禽兮食臭腥，言兜离⑥兮状窈停⑦。
岁聿⑧暮兮时迈征，夜悠长兮禁门扃⑨。
不能寐兮起屏营⑩，登胡殿⑪兮临广庭⑫。
玄云合兮翳⑬月星，北风厉兮肃泠泠⑭。
胡笳⑮动兮边马鸣，孤雁归兮声嘤嘤。
乐人兴兮弹琴筝，音相和兮悲且清。
心吐思兮匈⑯愤盈，欲舒气兮恐彼惊，
含哀咽兮涕沾襟。

注释

①彼方：指匈奴人所在的地方。②阳精：指太阳。③零：落下、飘零。④壅：遮蔽。⑤冥冥：昏沉沉，形容迷茫。⑥兜离：形容匈奴人的语言。⑦窈停：形容匈奴人的外貌。窈，指眼窝；停，指鼻梁高。⑧聿：语助词。⑨扃：关闭。⑩屏营：忧伤、彷徨之态。⑪胡殿：指匈奴人的宫殿。⑫广庭：指匈奴右贤王的宫室。⑬翳：遮盖。⑭泠泠：风吹的声音，清越而凄清。⑮胡笳：乐器名。⑯匈：同"胸"。

译文

匈奴人居住的土地远离太阳，阴气凝聚夏天雪花飘零。
黄沙遮蔽了天空、尘土蔽日，三月天草木依旧没有生机。
人像野兽一样吃生的和膻腥，言语不清高鼻子深眼睛。
终年漂泊四处迁徙，夜晚很长门庭经常关闭。
无法入眠忧心忡忡，徘徊在匈奴人的宫廷。
乌云密布遮住了月亮和星星，北风呼啸冷冷清清。
胡笳的声音吹响、马儿嘶鸣，向南飞的孤雁啼鸣。
触景生情弹奏琴声一曲，声色和鸣更感悲凉。
满腔的忧伤和悲愤淤积于胸，想抒怀又怕惊醒身边人，
只得咽下满腹悲哀让泪水浸染衣襟。

家既迎兮当归宁①，临长路兮捐所生。

儿呼母兮啼失声，我掩耳兮不忍听。

追持我兮走茕茕②（qióng），顿③复起兮毁颜形。

还顾之兮破人情，心怛绝④兮死复生。

注释

①归宁：女子出嫁后,回家探望父母。此处指回到汉地。②茕茕：形容孤独。③顿：困踬、停顿。④怛绝：悲痛至极。

悲愤诗

译文

亲人来迎接我自当归还看望父母,临别却要丢下亲生骨肉。
孩儿呼喊母亲痛哭失声,我掩住耳朵不忍倾听。
追赶并牵着我又孤独地走了,昏沉沉再起时已毁了容颜。
回头看一眼这千疮百孔的骨肉情,内心伤悲令人痛不欲生。

延伸

  这是一首书写个人命运的骚体诗,记录了女诗人蔡琰颠沛流离的半生,与后文的《胡笳》一起,构成了具有自传色彩的诗篇。这首诗虽然只写了几个点,但足可以点带面,勾勒出诗人悲凉命运的缩影。"嗟薄祐兮遭世患,宗族殄兮门户单。身执略兮入西关,历险阻兮之羌蛮。"写门庭单薄,在大乱中遭到匈奴人掳掠。在风沙漫卷的西去之路上,她不饮不食,泪如泉涌。使得面对残酷的命运,遭到伤害的弱女子形象跃然纸上。

  她被匈奴掠去后,被迫嫁给了左贤王。边地的一切,不论是自然环境(惟彼方兮远阳精,阴气凝兮雪夏零。沙漠壅兮尘冥冥,有草木兮春不荣),还是生活风俗(人似禽兮食臭腥,言兜离兮状窈停),都与她过去的生活大不同。她看到月亮和星星,听到鼓声、风声、归雁的啼鸣,都会禁不住流泪。然而,即便是哭泣,她也不敢大声,因为害怕惊醒身边的那个王,只能默默地让泪水滑落脸庞,浸染衣襟。

  和左贤王一起生活了那么久,尽管她日夜盼望回到汉地,然而当真的有一天可以回去了,她却又陷入了另一个巨大的情感黑洞。她走了,意味着要与胡人生的两个儿子离别。回归家乡的喜悦,抵消不了与爱子分别的痛苦。他固然对左贤王没有感情,但是儿子是她的亲生骨肉,她除了是女人,同时还是母亲。亲子关系是天然的,并不会因为战乱、政治等外在的影响而改变。"儿呼母兮啼失声,我掩耳兮不忍听。"描绘了一出凄惨的亲子分离悲情剧。感情动人,催人为之落泪。可以说,这首诗是中国古代所写的受伤害的女性的最具代表性的作品。

胡笳

作者及作品

作者是东汉末女诗人蔡琰,此诗可视为是前篇《悲愤诗》的深化。对比于前诗,这首诗歌有强烈的自传性质,非常详尽地以诗歌的语言讲述了她家门庭冷落,在汉末天下大乱中被匈奴掳掠到了边地,并被强迫嫁给了左贤王,与左贤王生下二子。在胡地生活了十几年后,又回到故乡,与亲生儿子天各一方的巨大痛苦。诗歌非常细腻地描写了情感与理智间的挣扎与徘徊。此诗当写于她回到故国之后。这首诗最早收录在郭茂倩《乐府诗集》中,朱熹将其收入《楚辞后语》。有些选本标题作《胡笳十八拍》,朱本仅作《胡笳》。

我生①之初尚无为,我生之后汉祚②衰。
天不仁兮降乱离③,地不仁兮使我逢此时。
干戈④日寻兮道路危,民卒流亡兮共哀悲。
烟尘⑤蔽野兮胡虏⑥盛,志意乖兮义节亏。
对殊俗⑦兮非我宜,遭恶辱兮当告谁?
笳⑧一会兮琴一拍⑨,心愤怨兮无人知。

注释

①生：出生。②汉祚：汉王朝的运势。祚，福。③乱离：因遭战乱而流离失所。④干戈：本义为兵器，此处指战争。⑤烟尘：烽烟和战场上的尘土，此处指战乱。⑥胡虏：此处指北方游牧民族。⑦殊俗：与自己生活习惯不相同的风俗。⑧笳：古代北方民族的乐器，类似笛子。⑨拍：乐曲的一章。"笳一会兮琴一拍"，指胡笳吹完一个段落响起合奏声，刚好是琴曲的一个乐章。

译诗

我出生之初天下太平无事，长大以后汉朝国运急剧衰落。
苍天不施仁德啊使人们遭受离乱，大地没有仁心啊让我遇到这个时代。
战争不断啊世道分外艰难，百姓流离失所啊心中伤悲。
烽烟遮蔽原野啊胡兵四处劫掠，违背本心苟活着啊丧失了道义。
对匈奴的习俗啊我难适应，遭受巨大耻辱啊我向谁倾诉？
胡笳吹一节啊玉琴弹一拍，满腔的怨恨啊没有人知道。

戎羯①逼②我兮为室家③，将我行兮向天涯。

云山万重兮归路遐④，疾风千里兮风扬沙。

人多暴猛兮如虺蛇⑤，控弦⑥被甲⑦兮为骄奢。

两拍张弦兮弦欲绝⑧，志摧心折兮自悲嗟。

注释

①戎羯：戎和羯，古族名，此处泛指西北游牧民族。②逼：逼迫。③室家：家室的倒文，指家眷，此处指被逼嫁给匈奴左贤王为妻。④遐：远。⑤虺蛇：指毒蛇。虺，同"蛇"。⑥控弦：持弓。此处指能拉弓射箭的骑士。⑦被甲：穿着盔甲，此处代指穿甲的战士。被，同"披"。⑧绝：断裂。

译诗

胡人强逼我嫁给他啊，挟持着我向西到天涯。

云雾遮着高山返回故乡的路那么遥远，大风刮起了千里尘沙。

胡人凶残暴烈好像毒蛇，拉着弓弦披着铠甲十分骄横。

二拍的琴曲唱完啊琴弦几乎要断了，心志被摧残啊独自悲叹。

> 越①汉国②兮入胡城③，亡家失身兮不如无生。
> 毡裘④（zhān qiú）为裳兮骨肉震惊，羯膻⑤（shān è）为味兮枉遏我情。
> 鞞鼓⑥（pí）喧兮从夜达⑦明，胡风⑧浩浩兮暗⑨塞营。
> 伤今感昔兮三拍成，衔悲畜恨兮何时平。

注释

①越：穿过。②汉国：指汉王朝。③胡城：指匈奴人的城市。④毡裘：古代游牧民族用皮毛制成的衣服。⑤羯膻：羊臊味。⑥鞞鼓：古代军用小鼓。⑦达：一直到。⑧胡风：北方的风。⑨暗：变得昏暗。

译诗

越过大汉边界啊进入匈奴的城，家园破败又失身啊不如莫要活着。

穿着毛皮衣服啊心惊肉跳，羊膻味袭鼻啊难以控制悲伤之情。

匈奴人的鼓声啊从夜晚一直敲打到天明，狂风席卷啊吹得门外一片昏暗。

伤感于今日怀念昔日啊琴笳三拍又制成，含着悲愤怀着恨意的心情啊何时才能平息？

> 无日无夜兮不思我乡土，禀（bǐng）气合生兮莫过我最苦。
> 天灾国乱兮人无主，唯我薄命兮没戎虏（lǔ）。

胡　笳

殊俗心异兮身难处，嗜欲^①不同兮谁可与语！
寻思涉历^②兮多艰阻，四拍成兮益凄楚。

注释

①嗜欲：嗜好与欲望，指行为习惯。②涉历：经历。

译诗

日日夜夜啊无不思念我的故乡，呼吸着气息活着的人啊没有谁比我更苦。
天灾加上国家混乱啊百姓无人做主，怨我命运多舛啊沦落在匈奴。
习俗不同心不在一起啊无法立身，行为习惯不同啊谁能与我交流？
回想我曾经的经历啊充满艰难险阻，胡笳四拍也制成啊曲调变得更加哀戚悲苦。

雁南征^①兮欲寄^②边声，雁北归兮为得汉音^③。
雁飞高兮邈^④难寻，空断肠兮思愔愔。
攒眉^⑤向月兮抚雅琴，五拍泠泠^⑥兮意弥深。

注释

①南征：向南飞。②寄：传递。③汉音：指来自家乡的书信。④邈：邈远。
⑤攒眉：皱眉。⑥泠泠：声音清脆激越。

译诗

大雁南飞想传达边地的消息，大雁北飞想获取家乡的音讯。
大雁飞得太高看不见踪影，肝肠寸断默默地寻思。
紧锁双眉望着月亮啊弹奏琴曲，五拍的曲调轻快哀怨啊痛苦更深。

冰霜凛凛兮身苦寒，饥对肉酪①兮不能餐②。
夜闻陇水③兮声呜咽，朝④见长城兮路杳漫⑤。
追思往日兮行李难，六拍悲来兮欲罢弹。

注释

①肉酪：肉和乳汁，此处指匈奴人的食物。②餐：吃饭。③陇水：河流名，发源于陇山。④朝：早晨。⑤杳漫：渺茫旷远。

译诗

凛冽的冰霜刺骨啊我的身世凄凉，饿了看着羊肉和奶酪也难以下咽。

半夜听到远方陇河水声啊仿佛在啼哭，晨起看见长城啊路途飘渺而又遥远。

回想往日西来的路啊行程充满了痛苦，六拍唱罢悲从心起啊无法再弹奏。

日暮风悲兮边声①四起，不知愁心兮说向谁是！
原野萧条兮烽戍②万里，俗贱老弱兮少壮为美。
逐有水草兮安家葺垒③，牛羊满野兮聚如蜂蚁。
草尽水竭兮羊马皆徙，七拍流恨兮恶居④于此。

注释

①边声：边境上的马嘶、风号等声音。②烽戍：设置烽燧，驻兵防守的地方。③葺垒：修建营垒。④恶居：厌恶所居住的匈奴人之地。

译诗

晚暮悲伤的风啊送来马嘶和人声，不知心头的哀愁啊向谁倾诉。

原野一片萧条啊烽火和哨所遍布万里，匈奴人歧视年老体弱看重年轻力壮的人。

胡　笳

追逐着水草啊哪里丰美就在哪儿安家，牛羊漫山遍野啊像蜂群和蚂蚁群。

牧草吃完溪水枯竭啊就赶着牛羊离开，七拍唱罢恨意无尽啊厌恶这漂泊的日子。

为天有眼兮何不见我独漂流①？

为神有灵②兮何事处我天南海北头？

我不负天兮天何配我殊匹③？

我不负神兮神何殛④我越荒州？

制兹八拍兮拟排忧，何知曲成兮心转愁。

注释

①漂流：漂泊流浪。②灵：灵验。③殊匹：异族的配偶，指匈奴左贤王。④殛：惩罚。

译诗

如果苍天有眼啊为何看不见我漂泊他乡？

如果神灵灵验啊是何原因让我身处天涯的尽头？

我没有辜负上天啊为何让我嫁给蛮族人为妻？

我没有辜负神灵啊为何惩罚我沦落在苦寒的边地？

制成曲调第八拍啊借此排遣忧虑，谁知曲子制成后啊更加忧愁。

天无涯①兮地无边，我心愁兮亦复然。

人生倏忽②兮如白驹之过隙③，然不得欢乐兮当我之盛年④。

> 怨兮欲问天，天苍苍兮上无缘。
>
> 举头仰望兮空云烟，九拍怀情兮谁与传？

注释

①涯：边际。②倏忽：形容快。③白驹之过隙：《庄子·知北游》："若白驹之过隙。"意指如同白色的马在缝隙间飞驰而过，转眼就不见了，形容时间过得快。④盛年：壮年，指正好的年华。

译诗

高天无涯大地无边，我内心的愁苦也没有尽头。

人生短暂的好像墙缝里看白马奔驰，然而没有一丝欢乐啊可惜我正当年。

充满怨恨啊想问一问上天，上天高渺竟无处登攀。

抬头仰望天际滚动着云烟，九拍曲调中的怀念之情谁能传达？

> 城头烽火不曾灭，疆场征战何时歇①？
>
> 杀气②朝朝冲塞门，胡风夜夜吹边月。
>
> 故乡隔兮音尘③绝，哭无声兮气将咽。
>
> 一生辛苦兮缘别离，十拍悲深兮泪成血。

注释

①歇：停息。②杀气：战争的氛围。③音尘：音讯。

译诗

城头点燃的烽火不曾熄灭，战场上的杀伐何时停歇？

战争的氛围每天都笼罩着边塞的门，凛冽的风夜夜吹着边地之月。

来自故乡的讯息被隔绝，哭泣着没了声音气息将绝。

一生的心酸苦恨都缘自离别，十拍的曲调如此悲伤啊泪水掺杂着血。

胡笳

我非贪生而恶死，不能捐身①兮心有以。
生仍冀②得兮归桑梓③，死当埋骨兮长已矣。
日居月诸兮在戎垒④，胡人宠我兮有二子。
鞠⑤之育之兮不羞耻，愍⑥之念之兮生长边鄙⑦。
十有一拍兮因兹起，哀响缠绵兮彻心髓。

注释

①捐身：放弃生命。②冀：希望。③桑梓：指故乡。④戎垒：胡人的居住地。⑤鞠：抚育。⑥愍：悯爱。⑦边鄙：边远的地方。

译诗

我并非贪生而厌恶死，不能放弃此身自有缘由。
活着仍然希望能够回到家乡，尸骨能够埋在故乡也就心安了。
日复一日年复一年身在匈奴之地，匈奴人丈夫和我生了两个孩子。
抚育和教养孩子不因此而羞耻，怜悯并牵念他们生在荒凉之地。
十一拍的曲调因此情而填完，哀痛纠缠的情绪啊痛彻心扉。

东风应律①兮暖气②多，知是汉家天子兮布阳和③。
羌胡蹈舞④兮共讴歌⑤，两国交欢⑥兮罢兵戈⑦。
忽遇汉使⑧兮称近诏⑨，遗⑩千金兮赎妾身⑪。
喜得生还兮逢圣君，嗟别稚子⑫兮会无因⑬。
十有二拍兮哀乐均⑭，去住两情兮谁具陈。

注释

①应律：应合历象。②暖气：温暖你的气息，指天气变暖。③阳和：本意为春天的气息，此处指祥和的气氛。④蹈舞：跳舞。⑤讴歌：唱歌。⑥交欢：

两国交好。⑦罢兵戈：停息战争。⑧汉使：汉王朝的使臣。⑨诏：天子的诏书。⑩遗：馈赠。⑪妾身：蔡文姬的自称。⑫稚子：年幼而孩子，指蔡文姬在胡地所生的两个孩子。⑬无因：没有因由。⑭均：等同。

译诗

大地回暖温和的气息上升，知道是我大汉的皇帝发出了和平的信号。

一起跳舞一起唱歌，两国交好停息了战争。

忽然遇见汉室的使臣拿着诏书，馈赠匈奴人千金来赎我回归故土。

惊喜自己还能活着回去真是遇见了明君，叹息着告别年幼的孩子啊再无相见的因由。

十二拍的曲调完结，喜悦和悲伤一样多，去留两难无可奈何啊向谁诉说。

不谓①残生②兮却得旋归③，抚抱胡儿兮泣下沾衣。

汉使迎我兮四牡④(mǔ)骓骓⑤(fēi)，号失声兮谁得知？

与我生死兮逢此时，愁为子兮日无光辉。

焉得羽翼兮将汝归？

一步一远兮足难移，魂消影绝兮恩爱遗。

十有三拍兮弦急调悲，肝肠搅刺兮人莫我知。

注释

①不谓：不意，不料。②残生：余生。③旋归：回归。④四牡：拉车的四匹雄性的马，此处形容马儿雄壮。⑤骓骓：马行走不停的样子。

译诗

不料余生竟然能够回到故乡，抱着两个儿子啊泪水打湿了衣裳。

汉朝使臣来迎接，我的马车十分雄壮，孩子哭喊的声音让我乱了心，又能说与谁？

胡　笳

生离死别啊就在此时，为了我的孩子而心碎啊太阳都失去了光芒。

恨不能生出一双翅膀啊带着你飞回去。

走一步一回头啊脚步再也难以移动，孩子们的身影看不见了啊留下慈爱在这里。

十三拍的曲调啊急切而且悲伤，肝肠如同刀绞啊没有人懂得我的心。

身归国兮儿莫知随，心悬悬兮长如饥。

四时万物兮有盛衰①，唯我愁苦兮不暂移。

山高地阔兮见汝无期②，更深夜阑③（lán）兮梦汝来斯④。

梦中执手⑤兮一喜一悲，觉后痛吾心兮无休歇时。

十有四拍兮涕泪交垂，河水东流兮心是思。

注释

①盛衰：事物发展的周期。②无期：没有期限。③阑：将尽。④斯：这里。⑤执手：握着手。

译诗

我身回故国孩子不知跟随，心中空空仿佛饥饿一般。

四季万物盛衰兴亡都有规律，惟有我心中的愁苦没有一丝改变。

山岳高峻大地辽阔再想见你竟没有机会了，更漏已深天还未亮梦见孩儿来到身边。

梦中拉着你的手啊又是喜悦又是悲伤，醒后痛苦撕咬着我的心啊没有片刻停息。

十四拍的曲调完结眼泪和鼻涕交替而下，如同东流的黄河水都是思念儿子的泪。

十五拍兮节调促，气填匈①兮谁识曲？

处穹庐②兮偶殊俗，愿得归来兮天从欲。

再还汉国兮欢心足，心有怀兮愁转深，日月无私兮曾不照临。

子母分离兮意难任，同天隔越兮如商参③，生死不相知兮何处寻！

注释

①匈：同"胸"，胸中。②穹庐：匈奴人居住的帐篷。③商参：参商。二十八宿的商星与参星，商在东，参在西，此出彼落，不得同见。后世以商参比喻人分离不可相见，是中国古代诗歌中得到不断深化的一个意象。

译诗

十五拍的曲调急促，愤恨填满了胸腔又有谁能体会？

住的是帐篷，丈夫是个匈奴人，天遂人愿回到了故乡。

再次回到故国虽然心中欢喜，但心中有牵挂啊变忧愁，无私的太阳月亮啊为何对我这般残酷。

母子被分开啊如何承受，天各一方如同参商二星不得相见，是生是死不得而知啊应去何处寻觅。

十六拍兮思茫茫，我与儿兮各一方。

日东月西兮徒相望，不得相随兮空断肠。

对萱草①兮忧不忘，弹鸣琴兮情何伤！

今别子兮归故乡，旧怨平兮新怨长！

泣血仰头兮诉苍苍，胡为生我兮独罹②此殃！

胡　笳

注释

①萱草：植物名。古人认为种植此草可以忘忧，故而称忘忧草。②罹：遭受苦难不幸。

译诗

十六拍乐曲结束啊愁思茫茫，我与儿子啊天各一方。
太阳在东月亮在西举目相望，不能在一起啊思念断肠。
对着忘忧草啊也无法解除忧愁，弹奏着瑶琴啊更加悲伤。
今日辞别孩子回到故乡，旧的怨恨消失了新的怨恨又产生。
哭的泪成血啊抬头向上天哭诉，为何让我遭受这种熬煎。

> 十七拍兮心鼻酸，关山阻修兮行路难。
> 去时怀土①兮心无绪，来时别儿兮思漫漫。
> 塞上黄蒿②（hāo）兮枝枯叶干，沙场白骨③兮刀痕箭瘢④（bān）。
> 风霜凛凛兮春夏寒，人马饥疻⑤（huī）兮筋力单。
> 岂知重得兮入长安，叹息欲绝兮泪阑干。

注释

①怀土：怀恋乡土。②黄蒿：枯黄的蒿草，此处泛指枯草。③白骨：此处指战死的人。④瘢：创伤留下的痕迹。⑤饥疻：同"饥痑"，指又饿又病。

译诗

十七拍的曲子弹完心酸流涕，关山重重阻隔道路艰险。
被掳去匈奴时怀恋故土心绪杂乱，回归时割舍下儿子忧思漫漫。
塞上的野草枝叶都枯萎了，从前战场上死去的人的白骨上还有刀印和箭的痕迹。
凛冽的风霜啊春夏交替时依旧寒冷，人困马也疲乏脚力几乎用尽。
哪晓得重新回到长安，叹息不断泪水不干。

> 胡笳本自①出胡中，缘琴翻出②音律同。
> 十八拍兮曲虽终③，响有余兮思无穷。
> 是知丝竹微妙兮均造化之功，哀乐各随人心兮有变则通。
> 胡与汉兮异域殊风④，天与地隔兮子西母东。
> 苦我怨气兮浩⑤于长空，六合⑥虽广兮受之应不容！

注释

①本自：本来就，一向是。②翻出：重新改作。③终：完结。④异域殊风：地域不同风俗有差别。⑤浩：弥漫。⑥六合：本义指上下东南西北，即天地四方，形容空间巨大。

译诗

胡笳本来自于胡人中，依照琴曲制曲乐调相同。

十八拍的曲子虽然完结，余音未断思绪也无穷。

因懂得音乐的奥妙啊是上天的神奇造化，哀伤和欢乐各随人心有所变化情感却相通。

匈奴和大汉啊地域不同风俗有别，仿佛天地永远相隔啊儿子在西母亲在东。

可叹我心中的怨气啊像乌云弥漫天空，天地四方再广阔啊也无法容纳。

延伸

这首诗与《悲愤诗》相比，写的更加详细，意象更加婉约，用了长达十八阕的诗句，来写自己被掠往胡地和迎回汉地的生活。诗歌委婉、细腻、深沉、缠绵，敲击着人的心扉。诗的第一阕写汉祚衰微，天下纷乱，悲哀的命运降临到了自己头上，即被匈奴人所掳掠。诗歌的第二阕写被掠去之路和路上遭受的侮辱，尤其是"云山万重兮归路遐，疾风千里兮风扬沙"，意象萧瑟，惨淡而哀凉。第三、第四阕写到达胡地后，胡地的衣食习惯和兵民一体的风俗，嗜好与需求都与汉地不同，大风不停地吹着，这一切都

令她倍感绝望。第五阕写到了北飞和南飞的大雁，在中国文化中，大雁是一个独特的文化符号，它是音讯的象征，是对离乱之人的安慰。后世唐代诗人杜甫《归雁》诗中说："东来万里客，乱定几年归。肠断江城雁，高高正北飞。"宋代诗人张蕴《归雁亭》诗中说："青云影里自由身，几倚阑干看不真。又是江湖春雪尽，年年肠断玉关人。"大雁是自由的，可以南来北往，然而女诗人却是不自由的，只能望着高飞远去的大雁空自断肠。

第六、第七两阕再次写到了胡人生活和风俗，实际上是一步一步地深入到胡人的生活里，一方面写时日久，另一方面写女诗人的心理落差越来越大，尤其是"陇水""长城"的意象，带着浓厚的悲凉色彩。自西汉武帝以来，匈奴和汉军之间多次发生战争，汉诗中产生了大量的以长城和边地生活为题材的作品，这些作品情感真挚而炽烈，震撼人心。如建安七子之一的陈琳所写的《饮马长城窟行》有云："饮马长城窟，水寒伤马骨"，将长城边塞的苦寒写得入木三分。此外，魏晋乐府中有三首《陇头歌辞》，一首比一首凄婉，其一说："陇头流水，流离山下。念吾一身，飘然旷野。"其三说："陇头流水，鸣声幽咽。遥望秦川，心肝断绝。"简直就像是为蔡文姬专门写的。

第八、第九两阕是诗人对自己不公命运发出的控诉，她质问上苍，这样的命运为何落在她的头上。然而，上天不可能给她任何回答(怨兮欲问天，天苍苍兮上无缘)。在她的盛年，正常情况下，她应该继承了父亲的遗志，像才女班昭一样著史，而不是让时间像白驹过隙一样，浪费在这片荒凉的胡地。即便是不能实现这样的宏愿，她也应该拥有相应的快乐。盛年，不论是身体，还是内心的丰盈程度，都是人生的巅峰时期。她应该爱人，也应该被人所爱。然而，她身在异国，与毫无共同语言、习惯也不同的人生活在一起，哪里还谈得上爱呢，这种内心的悲哀，真可谓惨痛不可比拟。

仿佛是前面九阕的一个情感上的爆发，第十阕前四句写得宛若狂飙横扫，一首七绝横空出世。"城头烽火不曾灭，疆场征战何时歇？杀气朝朝冲塞门，胡风夜夜吹边月。"把边地战云密布，杀气冲天，塞上的冷漠无情写得撼人心魂。后面的四句，去掉其中的"兮"字，略增二字，同样是一首令人落泪的七绝。"故乡久隔音尘绝，哭无声兮气将咽。一生辛苦缘别离，十拍悲深泪成血。"尤其是"一生辛苦缘别离",简直是道尽了所有人的内心,即便是一千多年后的当下,依旧有着共鸣。

第十一阕写女诗人心心念念想着回到故乡的土地,即便只是死后埋在那里,也甘心。同时,又透露了自己与左贤王生了两个孩子,矛盾的心情初露端倪。十二阕写汉、匈两边罢兵和谈,蔡文姬被赎回。十三阕写回汉地时与儿子的分别,这一段和《悲愤诗》中所写的内容有所重合,但侧重不同,提供了更多分别时的细节,仿佛从不同的镜头角度来看这场悲剧,更觉其悲哀。

十四阕写回到汉地后,母子分别,日夜悬想,大自然的一切都发生了改变,但是女诗人内心的痛苦竟然丝毫未转移。"山高地阔兮见汝无期,更深夜阑兮梦汝来斯。梦中执手兮一喜一悲,觉后痛吾心兮无休歇时。"儿子来看她了,令她惊喜交加,然而很快就发现,这只是一场梦。梦境有多真实,醒后就有多怅然。汉乐府《饮马长城窟行》中说:"青青河畔草,绵绵思远道。远道不可思,宿昔梦见之。梦见在我傍,忽觉在他乡。"这是多么的相似,又是怎样相同的内心啊。然而这首诗中最后还有一封信,而不知蔡文姬是否收到过儿子的信呢?《饮马长城窟行》最后两句中说:"上言加餐饭,下言长相忆。"我们宁可相信,这就是《十八拍》的续篇吧。

第十五、第十六、第十七三阕采用了倒叙的手法,再次重复回归汉地时与儿子的分别,好像对当时的一切重新回忆了一遍。并将归来路上看见的情景也写入了诗中,"塞上黄蒿兮枝枯叶干,沙场白骨兮刀痕箭瘢。风霜凛凛兮春夏寒,人马饥豗兮筋力单"。战场的白骨,旅途的苦寒,和儿子的分别,完全感受不到回归的喜悦。

最后一阕是总结性的。痛苦并不会随着时间的流逝而消失,对于敏感而满怀深情的女诗人而言,痛苦会永远伴随着她存在,她活着,痛苦就在。大天大地,装不下她的痛苦。"胡与汉兮异域殊风,天与地隔兮子西母东。苦我怨气兮浩于长空,六合虽广兮受之应不容!"她离开这个世界一千多年了,她的痛苦依然让我们感同身受。这是悲剧的力量,也是文学的力量,它是人类情感的真实记录。

登楼赋

作者及作品

作者是东汉末文学家王粲。王粲（177—217年），字仲宣。山阳郡高平县（今山东微山县）人，建安七子之一，系汉太尉王龚曾孙、司空王畅之孙。王粲少年负有才名，曾得到大学者蔡邕的器重。汉末天下混乱，一度依附荆州牧刘表。建安十三年（208年），曹操南征荆州，荆州势力投降，王粲得到曹操、曹丕父子的信任被重用，并赐爵关内侯。曹魏立国后，被任为侍中。建安二十二年（216年），王粲追随曹操南征孙权，返回途中病逝，享年41岁。王粲很有文学才能，与孔融、陈琳、徐干、阮瑀、应玚、刘桢并称建安七子，其诗赋为七子之冠，与曹植并称"曹王"。

《登楼赋》见于梁昭明太子萧统所编《文选》卷十一，朱熹《楚辞后语》中评价甚高。汉献帝兴平元年（194年）董卓部将李傕、郭汜在关中作乱，王粲南下投刘表，但却不被重用。他在襄阳寄居十年，一腔才华无处施展，十分苦闷。建安九年（204年），是他到荆州的第十三个年头，他登上当阳东南的麦城城楼，眺望山河，思绪万千，写下这首抒情的作品。

> 登兹①楼以四望兮，聊②假日③以销忧④。
> 览⑤斯宇之所处⑥兮，实显敞而寡仇⑦。
> 挟⑧清漳⑨之通浦⑩兮，倚⑪曲沮⑫之长洲。

登楼赋

背^⑬坟^⑭衍^⑮之广陆^⑯兮,临^⑰皋隰^⑱之沃流^⑲。

北弥^⑳陶^㉑牧,西接昭丘^㉒。

华^㉓实蔽野,黍稷^㉔盈畴。

虽信美^㉕而非吾土^㉖兮,曾何足以少留。

注释

①兹:此。②聊:姑且,暂且。③假日:假借此日。④销忧:解除忧虑。⑤览:观览。⑥斯宇之所处:这座楼所在的地方。⑦寡仇:少有匹敌。⑧挟:带。⑨清漳:指漳水,源出于湖北南漳,后与沮水会合,经江陵注入长江。⑩通浦:两条河流相通的地方。⑪倚:靠。⑫曲沮:弯曲的沮水。⑬背:背靠,指北面。⑭坟:高。⑮衍:平。⑯广陆:广袤的原野。⑰临:面临,指南面。⑱皋隰:水边低洼的地方。⑲沃流:可灌溉的水流。⑳弥:接。㉑陶:陶地。春秋时越国范蠡助越王勾践灭吴,后悄悄来到陶地,自称陶朱公。此处指范蠡的墓地。㉒昭丘:楚昭王的陵墓。㉓华:同"花"。㉔黍稷:泛指农作物。㉕信美:确实美。㉖吾土:指作者自己的故乡。

译诗

登上这座楼眺望四方,姑且借闲暇时光消除忧愁。
我看这座楼所在的地方,实在明亮宽敞无与伦比。
带着清澈的漳水交汇浦口,倚临着弯曲的沮水中的沙洲。
背靠着高而平的大片陆地,俯临低处那些可灌溉的水流。
北边衔接着陶朱公的墓地,西边毗连楚昭王的陵墓。
挂满花果的树木遮蔽平原,农作物遍布整个田野。
这里确实美但不是我的故乡,又怎能值得我逗留?

遭纷浊^①而迁逝兮,漫逾^②纪^③以迄今^④。

情眷眷^⑤而怀归兮,孰忧思之可任^⑥?

冯⁷轩槛以遥望兮，向北风而开襟⁸。
平原远而极目兮，蔽荆山⁹之高岑⑩。
路逶迤而修迥⑪兮，川既漾而济深。
悲旧乡之壅⑫隔兮，涕⑬横坠而弗禁⑭。
昔尼父⑮之在陈兮，有归欤之叹音。
钟仪⑯幽而楚奏兮，庄舄⑰显而越吟，
人情同于怀土⑱兮，岂穷达⑲而异心。

注释

①纷浊：纷乱混浊，此处指乱世。②逾：超过。③纪：古人以十二年为一纪。④迄今：至今。⑤眷眷：形容念念不忘的样子。⑥任：承受。⑦冯：同"凭"，倚，靠。⑧开襟：敞开胸襟。⑨荆山：在湖北南漳。⑩高岑：小而高的山。⑪修迥：长远。⑫壅：同"壅"，阻塞。⑬涕：眼泪。⑭弗禁：止不住。⑮尼父：指孔子。⑯钟仪：春秋时期楚国大臣。⑰庄舄：春秋时越人，在楚国为官。⑱怀土：怀念故乡。⑲穷达：没有官做称为"穷"，官场顺利称为"达"。

译诗

我因世道纷乱流寓到这里，到现在已超过十二年了。
心中思念故乡实想回归，谁能承受这种思乡的忧思啊！
依靠着楼上的栏杆向远方眺望，面朝北风敞开了衣襟。
平原那么遥远我极目远眺，视线被荆山的小山头遮蔽。
道路弯弯曲曲而且绵长，河水浩荡而深不可测。
悲痛故乡的道路被阻塞，眼泪横流不能停止。
从前孔子在陈国时，也曾经发出"回去吧"的叹息。
钟仪被晋国囚禁而演奏楚国的乐曲，庄舄在楚国做官但仍说故土越地的方言。
人思念故土的感情是一样的，岂会因穷困或显达而有差异？

惟①日月之逾迈兮，俟②河清手其未极③。

冀④王道之一平兮，假⑤高衢⑥而骋力。

惧匏瓜之徒悬⑦兮，畏井渫之莫食⑧。

步栖迟⑨以徙倚兮，白日忽其将匿⑩。

风萧瑟⑪而并兴⑫兮，天惨惨而无色。

兽狂顾⑬以求群兮，鸟相鸣而举翼。

原野阒⑭其无人兮，征夫行而未息。

心凄怆以感发兮，意忉怛⑮而憯⑯恻。

循⑰阶除而下降兮，气交愤于胸臆。

夜参半而不寐兮，怅盘桓⑱以反侧。

注释

①惟：发语词，无实际含义。②俟：等待。③未极：未至。④冀：希望。⑤假，凭借。⑥高衢：大道。⑦惧匏瓜之徒悬：担心自己像匏瓜那样被空空挂在那里。典故出自《论语·阳货》："吾岂匏瓜也哉？焉能系而不食？"比喻得不到重用。⑧畏井渫之莫食：害怕井淘好了却无人来打水。渫，淘井。典故出自《周易·井卦》："井渫不食，为我心恻。"⑨栖迟：徘徊，漫步。⑩匿：藏匿。⑪萧瑟：风吹拂草木的声音。⑫并兴：风从不同的地方同时吹。⑬狂顾：恐慌的回头。⑭阒：静寂。⑮忉怛：忧伤,悲痛。⑯憯：同"惨"。⑰循：沿着。⑱盘桓：本义为徘徊不离开，此处指内心不平静。

译诗

念及岁月的流逝，等待圣明之君出现要到什么时候。

我希望国家统一太平，凭借明主之力施展自己的才能。

担心像葫芦空挂在那里得不到任用，害怕像淘好的井水无人饮用。

漫步游走止息又徘徊，太阳很快就落下山头。
摇摆着树木的风从四面吹来，天色惨淡而无明亮之色。
野兽慌忙奔逃寻找兽群，鸟雀相互召唤啼鸣展翅高飞。
原野上一片寂静没有人，只有公差走个不停。
我的心中凄凉悲伤且难过，意绪忧伤而充斥着悲痛。
顺着台阶走下楼来，胸中的气愤依旧凝结不散。
到了半夜还无法入眠，惆怅不平静而不得入眠。

延伸

《登楼赋》虽然创作于汉末，但是却丢开了汉代大赋那种长篇铺陈，堆砌辞藻的陋习，语言简洁而精悍，字字如金，在感情上把忧虑世道和大志不能伸张的愤懑结合在一起，充满了强烈的悲愤。借景抒情，借典故表达胸臆，都十分精妙。如"路逶迤而修迥兮，川既漾而济深"之句，表面上看表达的是道途艰难，但实际写的是命运坎坷。"惟日月之逾迈兮，俟河清其未极。"表达了一种时光流逝，但却无法等到天下太平的情怀，字里行间流露着急切与无望。"心凄怆以感发兮，意忉怛而憯恻"一句的感情是极为深刻的，他亲身经历了汉末的离乱，寄身荆州让他在生活上和精神上都处于一种压抑的状态，故而忧虑天下的情怀包裹着一层深沉的悲哀，在诗中表露无遗。尽管这样，王粲并未轻易放弃自己。"夜参半而不寐兮，怅盘桓以反侧。"诗中写的这种痛苦，正是那敏锐的神经和不甘的内心的真实反映啊！他的好友，同为建安诗人的曹植后来曾赞扬他说："身穷志达，居鄙行鲜，振冠南岳，濯缨清川，潜处蓬室，不干势权。"尽管寄人篱下，但他内心始终保有尊严。

建安七子中，王粲的艺术成就最高，创作领域也最广泛，他既写出了《登楼赋》这样的赋体文章，也写出了《七哀诗》那样记录史实，满怀恻隐与悲悯的诗歌，尤其是"出门无所见，白骨蔽平原。路有饥妇人，抱子弃草间。"仿佛是一帧摄影，永远闪耀于诗歌史上。他还写出了成熟的五言从军诗，如《从军诗》中的"白日半西山，桑梓有余晖。蟋蟀夹岸鸣，孤鸟翩翩飞。"无论是句式结构，还是意境，都已非常成熟，可以说是唐代从军诗歌的先声。

王粲不但有文学才华，而且还有政治才干，追随曹操后，他曾向曹操分析了袁绍、刘表失败的原因，得到曹操的赞许。他博学多识，熟悉典章制度，对于曹操、曹丕父子的咨询，往往能够对答如流。面对朝堂大事，反应灵敏，写奏议一挥而就，即便是王朗、钟繇等官场大僚，也只能甘拜下风。王粲的文学造诣和政治才干，使得他与三曹父子建立了良好的私人关系。他去世后，曹植在纪念他的诗中说："文若春华，思若涌泉，发言可咏，下笔成篇。"在他的葬礼上，身为魏王世子的曹丕对一同送葬的朋友们说："仲宣（王粲的字）平时喜欢听驴叫，我们一人学一声驴叫，为他送行吧。"结果一片驴鸣。可见曹氏兄弟与他的私人情义之深厚，亦可见魏晋人的风流与行迹。

归去来辞

作者及作品

作者是东晋时诗人陶渊明,晋孝武帝太元十八年(393年)起他被任命为江州祭酒(主管地方教育的官员),义熙元年任职彭泽令,在出仕为官的这十三年里,他曾多次归隐,但为了生存又不得不踏上仕途。他曾有过一番豪壮的政治抱负,写过"刑天舞干戚,猛志固常在"这样的诗句。然而,当时政治十分黑暗,军阀们争权夺利,百姓民不聊生。他不愿同流合污,故而每次做官不久旋即辞职。

安帝义熙元年(405年)仲秋,陶渊明履职彭泽县令80多天便弃官了。《宋书·陶潜传》和梁昭明太子萧统所作的《陶渊明传》都记录了这件事。地方上来了一位督邮(郡守的属官,职守是代表太守督察县乡),属下要他穿上官袍去迎接。他生气地说:"吾安能为五斗米折腰向乡里小儿耶!"随即挂印不干了,并写了这篇《归去来兮辞》明志。朱熹《楚辞后语》中也引用了这一说法。欧阳修对这篇文章评价极高,说"两晋无文章,幸独有此篇耳"。朱熹说这篇文章有楚辞之风,但是却没有那种幽怨的令人皱眉的毛病,赞誉甚高。

余家贫,耕①植②不足以③自给④。幼稚⑤盈⑥室,缾⑦(píng)无储粟⑧(sù),生生⑨所资⑩,未见其术⑪。亲故多劝余为长吏⑫,

脱然⑬有怀⑭，求之靡(mǐ)途⑮。会⑯有四方⑰之事，诸侯⑱以惠爱为德，家叔⑲以⑳余贫苦，遂见㉑用于小邑。于时风波㉒未静㉓，心惮(dàn)㉔远役㉕，彭泽㉖去家百里，公田之利，足以为酒。故便求之。及少日，眷(juàn)然㉗有归欤(yú)之情㉘。何㉙则㉚？质性㉛自然，非矫厉(jiǎo lì)㉜所得。饥冻虽切㉝，违己㉞交病㉟。尝㊱从人事㊲，皆口腹自役㊳。于是怅(chàng)然㊴慷慨(kāng kǎi)，深愧平生之志。犹㊵望一稔(rěn)㊶，当敛裳㊷宵㊸逝㊹。寻㊺程氏妹㊻丧于武昌㊼，情㊾在㊾骏奔㊿，自免去职。仲秋㊿至冬，在官八十余日。因事㊿顺㊿心，命篇曰《归去来兮》。乙巳岁十一月也。

注释

①耕：种田。②植：植桑。③以：来。④给：供给。⑤幼稚：指家里的小孩。⑥盈：装满。⑦瓶：同"瓶"，是一种口小腹大的陶器。⑧粟：小米，此处泛指谷物。⑨生生：指维持生计。第一个"生"为动词，后一个为名词。⑩资：凭借。⑪术：经营生计的本事。⑫长吏：职位较高的县吏，此处指小官员。⑬脱然：轻快的样子。⑭有怀：有所念想。指出仕的想法。⑮靡途：没有门路。⑯会：适逢。⑰四方：指各地。⑱诸侯：指州郡一级的高官。⑲家叔：指陶渊明的叔叔陶逵，当时任太常卿，是主管祭祀和文化的官员。⑳以：因为。㉑见：被。㉒风波：指东晋时的权臣争斗。㉓静：平静。㉔惮：害怕。㉕役：服役。㉖彭泽：地名。在今江西省湖口县东。㉗眷然：依恋的样子。㉘归欤之情：回归的心情。㉙何：什么。㉚则：道理。㉛质性：本性。㉜矫厉：造作勉强。㉝切：迫切。㉞违己：违反自己的心意。㉟交病：思想之痛苦。㊱尝：曾经。㊲从人事：从事官场往来。㊳口腹自役：

为了填饱肚子而自我驱使。㊴怅然：失意。㊵犹：仍然。㊶一稔：公田的一次收获。稔，谷物成熟。㊷敛裳：收拾行李。㊸宵：星夜。㊹逝：离开。㊺寻：不久。㊻程氏妹：嫁入程家的妹妹。㊼武昌：指今湖北鄂州市。㊾情：吊丧之情。㊾在：像。㊿骏奔：急着赶去奔丧。(51)仲秋：指农历八月。(52)事：辞官。(53)顺：顺遂。(54)乙巳岁：指晋安帝义熙元年（406 年）。

译文

我家贫困，依靠耕田种桑不足自给。年幼的孩子多，装米的瓮里没有储存的余粮，维持全家的生计，再想不到别的办法。亲友们都劝我去做个小官，我对此豁然而有所思，但出仕也没有门路。恰巧各地进行勤王，州郡长官们都以广施仁爱为美德。担任太常卿的叔父因为我家境困难，就推荐我到小县担任县令。当时讨伐叛逆的战争还未平息，我也害怕去远方当差。彭泽县离我家只有百余里，公田里收获的粮食足以酿酒，因而就求取这个官职。到任只几天，十分怀念家乡，有回归的念头。为何呢？我本性率真自然，不能勉强改变。饥饿与苦寒虽也是切骨之痛，但违背本心就身心憔悴成病。从前在官场上周旋，那是为了吃饱饭役使自己。于是惆怅的感慨，深深的愧疚平生志向未实现。本想干到田里的粮食收割，就打点行装乘夜离去。但不久嫁到程家的妹妹在武昌辞世，急切地赶着去吊唁，于是自己递上了辞呈。从八月仲秋到入冬，当官总计 80 多天。因此事遂了心愿，写了篇名为《归去来兮》的文章。时在乙巳年的十一月。

归去来兮①，田园将芜(wú)胡②不归？既自以心③为形④役⑤，奚(xī)⑥惆怅⑦而独悲？悟已往⑧之不谏(jiàn)⑨，知来者⑩之可追⑪。实⑫迷途⑬其⑭未远，觉今是而昨非。舟遥遥⑮以轻飏(yáng)，风飘飘而吹衣。问征夫⑯以⑰前⑱路，恨⑲晨光之熹微(xī wēi)⑳。乃瞻(zhān)㉑衡宇㉒，载欣载奔。僮(tóng)仆欢迎，稚子候门。三径㉓就㉔荒，松菊犹存。携幼入室，有酒盈樽(zūn)㉕。引㉖壶

觞^{shāng}以自酌,眄^{zhuó}㉗庭柯㉘以㉙怡颜㉚。倚南窗以寄傲㉛,审㉜容膝㉝之易安。园日涉㉞以成趣,门虽设而常关。策㉟扶老以流憩^{qì}㊱,时矫㊲首而遐^{xiá}观。云无心㊳以出岫^{xiù}㊴,鸟倦飞而知还。景㊵翳翳^{yì}㊶以将入,抚孤松而盘桓㊷。

注 释

①归去来兮:回去吧。来,语助词,表趋向。兮,语气词。②胡:为什么。③心:意愿,心意。④形:形体,指人的物质存在。⑤役:奴役,役使。⑥奚:为什么。⑦惆怅:失意的样子。⑧已往:过去。⑨谏:谏止,劝停。⑩来者:未来之事。⑪追:挽救,追回。⑫实:确实。另说认识到。⑬迷途:指做官。⑭其:大概。⑮遥遥:形容摇摆不定。⑯征夫:行路之人。⑰以:把。⑱前:前面的。⑲恨:遗憾。⑳熹微:天未大亮。㉑瞻:远望。㉒衡宇:指简陋的房屋。㉓三径:汉朝人蒋诩隐居后,在院子里的竹林下开辟三条小路,只与少数朋友往来,后来以三径指代隐士的居所。此处泛指院子里的路。㉔就:近于。㉕盈樽:倒满杯子。㉖引:拿来。㉗眄:斜着眼睛看,此处泛指随便看。㉘柯:树枝。㉙以:为了。㉚怡颜:使脸上现出愉悦神色。㉛寄傲:寄托傲然自得的心情。㉜审:觉察。㉝容膝:只能放得下双膝的小屋,指狭小。㉞涉:涉足,走到。㉟策:指拄着手杖。㊱流憩:游息。到处走一走歇一歇。㊲矫:举。㊳无心:无意地。㊴岫:有洞穴的山,此处泛指山峰。㊵景:同"影",指太阳。㊶翳翳:形容阴暗的样子。㊷盘桓:盘旋,徘徊,形容留恋不舍。

译 文

回去吧!田园都荒芜了为何不回归?既然心灵被躯壳所役使,为什么惆怅而悲伤?我悔悟过去已不可挽回,深悉未来尚可补救。踏上迷途还没有走太远,觉悟如今的选择正确而过去错误。小船在水上轻快的前进,习习的清风吹着衣衫。我向路上的行人询问前方的路,只恨天亮得太缓慢。终于看见了自家的房屋,充满了欢喜地跑了过去。家里的仆人欢迎我,年

幼的孩子们守候在门口。院子里的小路长出了荒草,松树和菊花仍然还在。我牵着孩子们的手进了屋,看见酒樽的酒是满的。我端起酒壶给自己倒上酒,看着庭院中的树心中愉悦;倚靠在南边的窗下寄托傲然的心情,觉得在狭窄的小屋里也很安心。每天去园子里走一趟也很有趣,小园虽然有门但经常关着。拄着拐杖走一会儿歇一会儿,经常抬起头眺望远方。云气自然地从远山的罅隙中涌出,小鸟飞得倦了也知道回巢;太阳的光黯淡将要落山,我手抚孤松留恋徘徊。

归去来兮,请①息交②以绝游③。世与我而相遗,复驾④言⑤兮焉求?悦亲戚之情话⑥,乐琴书以消忧。农人告余以春及⑦,将有事⑧于西畴⑨。或命巾车⑩,或棹⑪孤舟。既窈窕⑫以寻壑⑬,亦崎岖而经丘。木欣欣以向荣,泉涓涓⑭而始流。善万物之得时,感吾生之行休。

注释

①请:谦敬副词。②息交:停止与人往来。③绝游:断绝交游。④驾:驾车,此处指驾车出游去追求欲得到之物。⑤言:助词。⑥情话:知心的言辞。⑦春及:春天来了。⑧有事:指耕种的农事。⑨畴:田地。⑩巾车:有帷帘的小车。⑪棹:本义为船桨,此处作动词划船。⑫窈窕:幽深而曲折的样子。⑬壑:山中的沟壑。⑭涓涓:形容水流细微。

译文

回去吧!我要停止交际断绝往来。世事与我的心意相违背,再去远行还能追求什么呢?因亲人间的知心话而开心,以弹琴读书之乐来排遣忧愁。农夫告诉我春天来了,西边的田地里将要播种。有时叫一辆有帘子的小车出门;有时划一艘小船游荡;有时在幽深的山谷里探访;有时在崎岖的道路上观景。草木十分茂盛,泉水清澈。羡慕自然界的万物在春天生发,感叹我自己的一生就这样结束。

归去来辞

已矣乎①！寓形②宇内③能复几时？曷(hé)④不委心⑤任去留⑥？胡为遑(huáng)遑⑦欲何之⑧？富贵⑨非吾愿，帝乡⑩不可期⑪。怀⑫良辰⑬以孤⑭往，或植⑮杖而耘(yún)⑯耔(zǐ)⑰。登东皋(gāo)⑱以舒⑲啸⑳，临清流而赋诗。聊㉑乘化㉒以归尽㉓，乐夫㉔天命复㉕奚(xī)疑㉖！

注释

①已矣乎：算了吧！矣、乎均为助词，连用是为了加强感叹的语气。②寓形：寄生。③宇内：天地间。④曷：何。⑤委心：随心。⑥去留：指人在世间的生死。⑦遑遑：形容不安。⑧之：往。⑨富贵：高官厚禄。⑩帝乡：指都城。⑪期：希望，企及。⑫怀：留恋，爱惜。⑬良辰：前文所指的春天。⑭孤：独自外出。⑮植：立，扶着。⑯耘：除草。⑰耔：培苗。⑱皋：水边的高地。⑲舒：放。⑳啸：古人用嘴巴发声的一种独特方式，清越嘹亮。《幽梦影》中说："古之不传于今者，啸也。"具体的发声方式已不可考证。㉑聊：姑且。㉒乘化：顺从大自然的变化。㉓归尽：到死。尽，死亡。㉔夫：语助词，无实义。㉕复：还有。㉖疑：疑虑。

译文

就这样吧！寄生在天地之间还能有多久，何不随心快意，管它什么生与死呢？为何心神不宁想去哪里？追求富贵不是我的愿望，京城的名利场不是我的期待。爱惜这美好的时光独自外出，有时扶着手杖去除草培苗儿。登上东边的小山放声长啸，傍着清澈的溪流吟诵诗篇。姑且顺从自然走完生命之路，乐安天命还有什么可疑虑呢！

延伸

陶渊明家世显赫，他的曾祖父陶侃是东晋军事家、政治家，由于军功显著，累官至大司马，主管八州军事，封长沙郡公。他的祖父陶茂、父亲

陶逸虽然不像曾祖那样辉煌，但都曾担任太守之职。陶渊明九岁时父亲去世，标志着这个家族走向没落。因衣食无依，他们母子被外祖父孟嘉接到了家里。孟嘉是个名士，喜欢喝酒，为人放浪形骸，家里有很多书，少年时的陶渊明就是在外祖父的影响下长大的，既读过《老子》《庄子》等书籍，也读过儒家经典。青年时代的他胸藏"大济苍生"之志，希望像自己的祖辈那样建功立业。曾写下了"猛志逸四海，骞翮思远翥"这样大气磅礴的诗句。也写下了《咏荆轲》那样豪迈的作品："燕丹善养士，志在报强嬴。招集百夫良，岁暮得荆卿。君子死知己，提剑出燕京；素骥鸣广陌，慷慨送我行。雄发指危冠，猛气充长缨。饮饯易水上，四座列群英。渐离击悲筑，宋意唱高声。萧萧哀风逝，淡淡寒波生。商音更流涕，羽奏壮士惊。心知去不归，且有后世名。登车何时顾，飞盖入秦庭。凌厉越万里，逶迤过千城。图穷事自至，豪主正怔营。惜哉剑术疏，奇功遂不成。其人虽已没，千载有余情。"全诗激情澎湃，很难想象这样充满穿透力的句子会和《饮酒》那样冲淡远逸的诗句出自一人之手。

晋安帝元兴二年（403年），门阀桓玄篡权，自立为楚国的皇帝。元兴三年（404年），大将刘裕起兵讨伐桓玄，杀入东晋都城建康（今南京），桓玄倒台。但是到了义熙十四年（418年），仅仅只过了15年时间，刘裕又成了另一个桓玄，彻底控制了朝政。为了抢夺权力，权贵们发动了一次又一次战争，文明遭到破坏，文化精英们也成了夺权的牺牲品，古都建康在战争中遭到多次进攻，百姓也跟着遭殃。面对这种政治环境，陶渊明失望透顶了。

服务于野心家违背陶渊明的心意，他在刘裕、刘敬宣麾下任职时间都不长。但后来为了生计，他在叔叔陶逵的举荐下担任了彭泽县令这个小官职，但只干了80多天，上级派来一个督邮视察工作，属下告诉他要穿戴整齐去迎接。陶渊明一听小小督邮居然这么大排场，顿时大怒。这不禁让人想起《三国演义》开头张飞鞭打督邮的故事，当时的陶渊明也很恼火，但他毕竟不是张飞，没有那么暴力。故而只是挂印辞职了。

陶渊明辞官后，回到了上京（今江西庐山市）的故土，这里风景非常优美。上京背靠庐山，面朝湖水，远望一片沃土，斜川中流，水鸥翻飞。

湖中帆影片片，水中的鲤鱼常常跃出水面，不但是读书的好地方，更是隐居的好地方。陶渊明曾说这里"平畴交远风，良田亦怀新"。在西畈，他像一个真正的农民，过着躬耕自资的生活。他的夫人翟氏十分贤惠，为人淡定闲安，不追慕富贵。他们"夫耕于前，妻锄于后"，倒也充满田园情调。

"结庐在人境，而无车马喧。问君何能尔？心远地自偏。采菊东篱下，悠然见南山。山气日夕佳，飞鸟相与还。此中有真意，欲辨已忘言。"这样空灵，有田园风气的诗歌，也只有在这种生活中才能写得出来。当他写下《归去来辞》的时候，期待的正是这样的诗酒生涯吧。

义熙四年（408年），陶渊明的家中发生了一场大火，他从上京迁至栗里(今庐山市栗里陶村)，生活开始贫困。如果收成好，还能够"欢会酌春酒，摘我园中蔬"。如果收成不好，则"夏日抱长饥，寒夜列被眠"。尽管如此，他仍然能够安贫乐道，自娱自乐。

义熙末年的一天，一个老农清晨来叩门，带着酒与他同饮，喝得欢畅处，老农劝他"褴褛屋檐下，未足为高栖。一世皆尚同，愿君汩其泥"。这些话和屈原《渔父》里渔父的说法几乎一致，陶渊明在诗中做了这样的回答："深感老父言，禀气寡所谐。纡辔诚可学，违己讵非迷？且共欢此饮，吾驾不可回。"表现了坚决不和统治者合作的态度。陶渊明辞官隐居长达22年，始终坚守着田园生活。

元嘉四年（427年）九月中旬，处于弥留之际的陶渊明给自己写了三首挽诗，他在第三首中说："死去何所道，托体同山阿。"对死亡表现了超然的平静。写完诗不久，他就走完了自己的人生路。他的作品语言质朴无华，但读来余韵不绝，就好像一杯清茶，越品越有味道。千古而下，依旧拥有无数拥趸。

鸣皋歌

作者及作品

作者李白,唐代著名诗人。此诗写于唐天宝四年(745年),是时李白离开了长安,到梁宋之间漫游。宋刊本此诗下有注,曰:"时梁园三尺雪,在清泠池作。"当时李白与友人岑勋一起游了西汉梁孝王刘武的梁园之遗址,并在此送别友人归鸣皋山,故而写了此诗。朱熹《楚辞后语》中说,李白的这篇作品最像楚辞的风格。事实上,李白对屈原的作品有过深入研究,他的作品中也不时可见屈原的影子,他更是高度评价了屈原,诗中有"屈平词赋悬日月,楚王台榭空山丘"之句。

若有人兮思鸣皋(háo)①,阻积雪兮心烦劳。
洪河凌②兢(jīng)③不可以径度,冰龙鳞兮难容舠(dāo)。
邈(miǎo)仙山之峻(jùn)极④兮,闻天籁(lài)之嘈嘈。
霜崖⑤缟(gǎo)皓⑥以合沓⑦兮,若长风扇海,涌沧溟(cāng míng)之波涛。
玄猿⑧绿罴(pí)⑨,舔舕(tàn)⑩崟岌(yín jí)⑪,
危柯(kē)振石,骇(hài)胆栗魄,群呼而相号。
峰峥嵘(zhēng róng)以路绝,挂星辰于岩嶅(áo)⑫!

送君之归兮，动鸣皋之新作。

交鼓吹兮弹丝，觞⑬清泠⑭之池阁。

君不行兮何待？若返顾之黄鹤。

扫梁园之群英⑮，振大雅于东洛。

巾征轩⑯兮历阻折，寻幽居兮越巘崿⑰。

盘白石兮坐素月，琴松风兮寂万壑。

望不见兮心氤氲⑱，萝⑲冥冥兮霰纷纷。

水横洞以下渌，波小声而上闻。

虎啸谷而生风，龙藏溪而吐云。

寡鹤清唳⑳，饥鼯㉑嚬呻㉒。

块独㉓处此幽默㉔兮，愀㉕空山而愁人。

鸡聚族以争食，凤孤飞而无邻。

蝘蜓㉖嘲龙，鱼目混珍㉗。

嫫母㉘衣锦，西施负薪。

若使巢由㉙桎梏㉚于轩冕兮，亦奚异于夔龙㉛蹩躠于风尘！

哭何苦而救楚㉜，笑何夸而却秦㉝？

吾诚不能学二子㉞沽名矫节以耀世兮，固将弃天地而遗身！

白鸥兮飞来，长与君兮相亲。

注释

①若有人兮思鸣皋：有一个人啊思念鸣皋山。这个句式是李白模仿屈原《九歌·山鬼》中的"若有人兮山之阿"这一句而来的。"若"为语气词，无实义。鸣皋山位于今河南省嵩县东北。②凌：冰凌。③兢：形容小心谨慎。④峻极：高大到了极点。⑤霜崖：积满霜雪的山崖。⑥缟皓：洁白的颜色。⑦合沓：重叠的样子。⑧玄猿：黑色的猿猴。⑨绿罴：长绿毛的大熊，形容其神异。⑩舕：吐舌头。⑪崟岑：高而险的山。⑫磝：山多小石。⑬觞：畅快的饮酒。⑭清泠：指清泠池，是宋州梁园的名胜。⑮梁园之群英：指曾经在梁孝王园子里得到赏识的枚乘、邹阳、司马相如等人。梁园是西汉梁孝王刘武营造的园林，后世以此处为名胜。⑯征轩：远行的车。轩，轩车。⑰巑岏：山崖，峰峦。⑱氤氲：又作"纷纭"。⑲萝：女萝。⑳清唳：仙鹤叫声清亮。㉑鼯：形似松鼠的小动物。㉒顣呻：皱着眉头呻吟。㉓块独：孤独的样子。㉔幽默：指寂然无声。㉕愀：忧惧的样子。㉖蝘蜓：壁虎。㉗鱼目混珍：鱼目混珠。㉘嫫母：传说是黄帝的妃子，容貌丑但是有贤德。㉙巢由：指上古时期的著名隐士巢父、许由。㉚桎梏：枷锁。㉛夔龙：传说中只有一只足的龙。㉜哭何苦而救楚：春秋时伍子胥的父兄被楚王杀害，伍子胥奔逃到吴国，得到吴王重用，率领吴军杀回楚国，几乎灭楚。楚国大臣申包胥到秦国请求救兵，在秦庭大哭七日，终于感动秦王出兵救楚。此处所用的就是"申包胥哭秦庭"的典故。㉝笑何夸而却秦：秦国围困赵国都城邯郸，齐国人鲁仲连去说服了魏国使臣辛垣衍，从而使得魏国出兵解围。此处所用的是"鲁仲连义不帝秦"的典故。㉞二子：指申包胥、鲁仲连。

译诗

有一人啊念念于鸣皋峰，被积雪所阻而乱了心神。

黄河上飘满了冰凌不能轻易渡过，浮冰容不下一只小船啊如同翻动的龙鳞。

缥缈的仙山直入云端，高天上回荡着长风。

落满霜雪的层叠山峦白了头，仿佛强风卷起的海浪掀起千层波纹。

鸣皋歌

黑色的猿猴和绿色的熊出没,在山岩间露出狰狞的面孔。

风摇撼孤悬的枯树似欲与巨石一同坠落,惊心动魄,齐声发出惊骇的声音。

陡峭的山岩阻断了行路,星星仿佛倒悬于崖峰。

送你回归啊我的朋友,写下这首《鸣皋歌》。

饯行宴上奏响丝竹之声,在清泠池边的亭阁里痛饮。

你此时不走还等待什么,就像回旋的黄鹤。

超越昔日在梁园相聚的英才,让自己的大名响彻东洛。

驾着一展雄才的车驾却历经曲折,往那深幽的山中寻找隐居之所。

坐在白石上玩赏明月,弹一曲《风入松》静观群山万壑。

望不见你啊心思纷乱,烟霞般的女萝间飘起了纷纷雨雪。

泉水激荡在山的岩穴中,听得见细小的流水声。

山谷中的老虎长啸生风,深溪中的苍龙吐气成云。

孤飞的白鹤发出清越的长鸣,饥饿的鼫鼠在草木间低吟。

孤独的居于这寂然无声的世界,对此空山怎不愁人。

鸡聚拢在一起争抢食物,凤凰独飞卓尔不群。

墙角的壁虎嘲笑飞龙,鱼眼睛混在明珠之中。

丑女身穿华丽的衣裙,美人西施背负着柴薪。

假如使巢父和许由拥有枷锁般的豪车与冠冕,何异于让夔龙跳跃于风尘。

申包胥为救楚国而大哭于秦廷,鲁仲连谈笑间退却了秦兵。

我不能像这两人沽名钓誉矫名立节夸耀于后人,我将在天地间遗世而立。

白鸟翩然飞来,我将与君终身为友。

延伸

这首诗是李白送别朋友岑勋的诗,当时李白和友人都在宋州的梁园(在今河南商丘市睢阳区),而岑勋准备去嵩县的鸣皋山(今属洛阳)隐居。从地理位置上来说,两地相距并不远,用我们今天的里程算,也不过380多千米而已,并非天涯海角。那么,在李白的诗中,为何出现了被积雪所阻

（阻积雪兮心烦劳），被结冰的大河所挡（洪河凌兢不可以径渡），要越过高峻接天的大山（邈仙山之峻极兮），要渡过积满雪的群山（霜崖缟皓以合沓兮）……明明友人还在一省之内（用我们今天的标准），为何却写的像是万里长征呢？这是一种艺术上的夸张手法，其目的在于渲染咫尺天涯的难舍。李白非常善于渲染这种旅途的艰难，如《行路难》中的"欲渡黄河冰塞川，将登太行雪满山"，《梁园吟》中的"我浮黄河去京阙，挂席欲进波连山"等。这也许与他常年旅行，内心漂泊无依的那种情结有关。与朋友在梁园痛饮狂歌（交鼓吹兮弹丝，觞清泠之池阁），丝竹之声盈耳的快意，被离别的痛苦所打断，从而产生了一种到无尽远的地方的错觉。

尽管诗人并未随友人一起去隐居，但却想象出了友人隐居之所的那种旷古之幽与美。宁静的月亮照耀在白色的石头上，弹一曲古调后万山俱寂。挂满女萝的松柏间，小雪珠轻轻地飘落。清澈的水汇入山腹那些幽深的洞穴中，不停地涌动和激荡，发出硁硁的声音，直达人的耳畔。幽谷中不断有风在呼啸，仿佛是老虎的怒吼，深溪云雾笼罩，仿佛有龙隐藏。古之仁人志士，尤其是像屈原那样怀有家国情怀的志士，无不以天下为己任，既然岑勋怀有"扫梁园之群英，振大雅于东洛"那样的才华，为何还要隐居到如此人迹罕至的地方呢？前面的这些描写，仿佛是用大力敲击响鼓，都是为后面的诗句做铺垫的。"鸡聚族以争食，凤孤飞而无邻"以下十二句，表达了凤凰不会与鸡群为伍的骨气。他以上古的隐士巢父和许由为例，说名利就像枷锁一样。事实上，李白的诗中一直存在一种矛盾，一方面想实现自己治国平天下的壮志，另一方面又无法与庸碌名利之徒为伍。他有一展抱负的雄心，却又孤高不群。这种矛盾，是艺术上的真实，也是性情上的真实。

此诗的诗体并非唐代流行的词句整齐，平仄严格的近体诗，而是李白模仿楚辞自创的一种诗体。虽然句子长短不齐，但是错落有致，间以"兮"字成韵，充满了节奏感。李白的作品中，与此诗的写法比较接近的还有《梦游天姥吟留别》《蜀道难》等诗，虽然体古，但是并不僻奥。对于此诗和楚辞的关系，历代学者皆有差不多的说法。宋人诗话《艇斋诗话》中就说："古今诗人有离骚体者，惟李白一人，虽老杜亦无似骚者……《鸣皋歌》云：'鸡

聚族以争食，凤孤飞而无邻。螝蜓嘲龙，鱼目混珍。嫫母衣锦，西施负薪。'如此等语，与骚无异。"明人许学夷《诗源辨体》中说："太白《鸣皋歌》虽本乎骚，而精彩绝出，自是太白手笔。"周珽《唐诗选脉会通评林》中说："通篇仿楚辞意，发衰世之慨。"清代人王琦说："《鸣皋歌》一篇，本末楚辞也，而世误以为诗，因为出之，其略曰：'螝蜓嘲龙，鱼目混珍。嫫母衣锦，西施负薪。'此谆谆效屈原《卜居》及贾谊《吊屈原》语，而白才自逸荡，故或离而去之云。"王有宗《十八家诗钞评注》则说："此诗声响，逼似《九辩》。"

"鸡聚族以争食，凤孤飞而无邻。螝蜓嘲龙，鱼目混珍"等句子，与《惜誓》中的"黄鹄后时而寄处兮，鸱枭群而制之。神龙失水而陆居兮，为蝼蚁之所裁"，可谓是后效于前，李白受楚辞的影响之深，自然无须多言。

引 极

作者及作品

作者是唐代诗人元结。元结,字次山,为人性格耿介。早先应试不第,曾在商余山隐居。直到唐玄宗天宝二十年,才考上进士,此时距离第一次参加考试已经过去16年了。安史之乱时,曾招募义军抗击史思明叛军。唐代宗时,曾被任命为道州刺史,后任容管经略使(地方军政长官名)。元结的一生有隐居时期,也有出仕时期,这首诗写的是大自然的空旷与玄远之美,可能写于其不第后的隐居时期。表达了一种不得意的内在状态,艺术手法上得楚辞精髓。宋儒朱熹对此诗评价甚高,收录在《楚辞后语》中,朱子说其文字冲淡而隐约,就好像古钟磬不谐于里弄,而词义幽渺,玩之悠然,若有尘外之趣。

天旷漭(mǎng)兮杳(yǎo)泱(yāng)茫②,气浩浩兮色苍苍。

上何有兮人不测,积清寥③兮成元极④。

彼元极兮灵且异,思一见兮藐(miǎo)⑤难致。

思不从兮空自伤,心慅(sāo)劳兮意惶攘(huáng ràng)⑦。

思假⑧翼兮鸾皇(luán huáng),乘长风兮上䃔(hóng)⑨。

挹(yī)元极兮本深实,餐至和兮永终日。

引 极

注释

①旷漭：浩邈而空荡。旷，开阔。漭，水深且广。②杳泱茫：广远而渺茫。③清寥：清幽静寂。④元极：指万物的本原，也用来指天。⑤藐：远。⑥慅：骚动。⑦惶懹：忧惧。⑧假：借。⑨矼：腾冲，高飞。

译诗

　　天空的云气浩渺而无边无涯，天色是那么的湛蓝青碧。
　　苍穹之顶有些什么人并不知，亿万载积成的清寂而辽远的神秘之所。
　　那个遥远的高天有灵而且神异，想一睹它的真面目太远无法实现。
　　内心的志虑无法实现啊空自悲伤，内心躁动而情思忧惧。
　　想借得一双凤凰鸾鸟的翅膀，乘着大风高飞而去。
　　探究万物之初原啊这般深邃，享得安顺长久的时光。

延伸

　　这虽然是一首唐代诗人写的诗歌，但辞句上却十分古朴，直逼汉人之作。起首两句把天空的浩渺和色彩描绘的十分壮丽，似乎令人目睹了那不可测的青冥，天神元极呼之欲出。这两句诗气象开阔，雄浑而大气，令人有耳目一新之感。接下来的几句写想一睹神的尊颜而不可得，想拥有凤凰的翅膀飞到天空去，是承袭了《离骚》的传统。这首诗虽流传不广，但是如掷地之金石，铿锵有力。

山中人

作者及作品

作者是唐代诗人王维。别本作《送友人归山歌》，朱熹《楚辞后语》作《山中人》。王维精通音律，擅长绘画，以诗歌活跃于唐玄宗开元年间，是艺术气质浓厚的诗人。安史之乱时，王维没能逃出长安，而是被安史叛军裹挟。叛乱平息后，由于弟弟王缙为其说情甚至愿意免去官职为之赎罪，加上他被掳入叛军时曾写过表明心迹的诗，因而被宽赦。王维的一生是在半官半隐的状态中度过的，这首诗写的就是他作为隐士时的生活。

山寂寂①兮无人，又苍苍②兮多木。
群龙③兮满朝④，君何为⑤兮空谷⑥？
文寡(guǎ)和⑦兮思深，道难知兮行独⑧。
悦⑨石上兮流泉，与松间兮草屋。
入云中兮养鸡，上山头兮抱犊(dú)。
神与⑩枣兮如瓜，虎卖杏兮收谷。
愧不才兮妨贤，嫌既老兮贪禄⑪。
誓解印兮相从，何詹尹(zhān yǐn)⑫兮何卜。

注释

①寂寂：寂静无声的样子。②苍苍：悠远苍茫的样子。③群龙：指俊才。④满朝：占满朝堂。⑤何为：为何。⑥空谷：名词动用，躲藏在空谷。⑦寡和：曲高和寡，能够唱和回应的人少。⑧行独：独自行走。⑨悦：喜欢。⑩与：给与。⑪贪禄：贪恋官位。⑫詹尹：古代占卦卜筮者的名字。

译诗

山中寂静清幽无一人，只有长满悠远苍茫的林木。
俊杰们占满了朝堂，你为何隐居在山谷？
文辞曲高和寡思虑深远，知行路艰险因此独自行走。
喜欢石头上流淌的泉水，安居在松间的茅屋。
在云雾深处养鸡，上山头的时候抱着小牛犊。
神仙赠给我瓜那么大的枣儿，和老虎换杏子然后收谷。
自愧才不如人不妨碍贤者的路，以免被人说老且贪恋官禄。
发誓解下官印追随本心，那算卦之人何不为我占卜。

山中人兮欲归，云冥冥①兮雨霏霏②。
水惊波兮翠菅③蘼④，白鹭忽兮翻飞。
君不可兮褰⑤衣，山万重兮一云，混天地兮不分。
树晻暖⑥兮氛氲⑦，猿不见兮空闻。
忽山西兮夕阳，见东皋⑧兮远村。
平芜⑨绿兮千里，眇⑩惆怅兮思君。

注释

①冥冥：形容天色昏暗。②霏霏：雨雪纷纷的样子。③翠菅：水葱。④蘼：盛尽之美。⑤褰：揭起。⑥晻暖：掩映。⑦氛氲：云雾朦胧的样子。⑧东皋：地名。⑨平芜：草木丛生的平旷原野。⑩眇：远。

译诗

住在山中的人准备归来,云气低垂雨雪纷纷。
溪流荡起一圈涟漪漂起翠色的水葱,白鹭从水岸边掠过。
你不要提起衣襟过河,群山之上浮云遮蔽,天地混沌无法分辨。
树木掩映云雾朦胧,看不见的悲猿不断发出啼声。
忽然在山的西边看见美丽的夕阳,看见东皋远处的村庄。
广袤的原野上千里碧绿,我内心空茫惆怅只因思念你。

延伸

　　王维的《山中人》气调高雅,继承了《诗经》《楚辞》以来的伟大传统。唐代宗李豫很喜欢王维的诗,在王维死后曾经下诏书征集他的诗稿,王维的弟弟王缙编成诗集上呈,代宗皇帝在回应的手书中说:"卿(称王缙)之伯氏(指王维),天下文宗。位历先朝,名高希代。抗行周雅,长揖《楚辞》。调六气于终篇,正五音于逸韵。泉飞藻思,云散襟情。诗家者流,时论归美,诵于人口,久郁文房,歌以国风,宜登乐府。"其中"抗行周雅,长揖《楚辞》",是说可以与《诗经》("周雅"是对《诗经》的别称)比肩,足以向《楚辞》致意。唐代宗李豫当皇帝的水准很一般,但是艺术鉴赏品味却很高,敕书中对王维诗歌的艺术评论,是十分中肯的。

　　在王维的这首诗里,我们能够看出《山鬼》和《招隐士》的某种传承。"山寂寂兮无人,又苍苍兮多木。"与《招隐士》中的首句"桂树丛生兮山之幽,偃蹇连蜷兮枝相缭"在意境上有异曲同工之妙,相较之下,《招隐士》诗句古雅幽微,王维的诗句则更空灵而玄远,虽然同样是"幽",但是文字的透明度不同。王维非常善于写"空"这种意境,而且不止一次写过,他在《山居秋暝》中说:"空山新雨后,天气晚来秋。明月松间照,清泉石上流。"在《鸟鸣涧》中说:"人闲桂花落,夜静春山空。"在《鹿柴》中说:"空山不见人,但闻人语响。"每一种空,都各有层次,各不相同。这三首诗中,虽然写"空",似乎是无人,恰恰有人的存在。而"山寂寂兮无人"一句,则非常鲜明地写无人的状态,将荒野的幽寂抖露得更加彻底。空山隐者,养鸡抱

犊，令人想到了《山鬼》中与赤豹文狸相伴的那个形象。不同的是，《山鬼》中的人物是一个大自然原生的具有性灵的人，而王维诗中所写的，却是一个受过人文熏陶，主动选择走向山野的人。前者具有空幻感，而后者则是真实的人的选择。选择与自然同在，选择人生的自适。

鱼山迎送神曲

作者及作品

　　作者是唐代诗人王维。《河岳英灵集》中诗名作《渔山神女智琼祠歌》，而在《乐府诗集》诗名叫作《祠渔山神女歌》，朱熹《楚辞后语》中作《鱼山迎送神曲》，此处从朱子所录之名。这是诗人为祭祀鱼山神灵而写的歌，颇有屈原《九歌》的意趣。关于鱼山的所在地，古籍中有多处记载。《太平寰宇记》："郓州东阿县有鱼山，一名吾山。"或说，此山就是汉武帝《瓠子歌》所说的那座"吾山"。诗中所写的神，便是此山之灵。

坎坎①击鼓，鱼山之下。
吹洞箫，望极浦②。
女巫③进，纷屡④舞。
陈⑤瑶席⑥，湛⑦清酤⑧。
风凄凄兮夜雨，神之来兮不来，使我心兮苦复苦。

注释

①坎坎：击鼓的声音。《诗经·魏风·伐檀》中有"坎坎伐檀"的句子，其词义与此相同。②极浦：遥远的水滨。《九歌·湘君》中有"望涔阳兮极浦"

的句子，其词义与此相同。③女巫：迎神的女祭司。对于这种迎接降神的人，《国语》中说，男子称作觋，女子称作巫。④屡：一再，多次。⑤陈：陈设，布置。⑥瑶席：一种珍贵的席子。《九歌·东皇太一》中说"瑶席兮玉瑱"，其词义与此相同。⑦湛：清澈。⑧清酤：美酒。《诗经·列祖》中有"既载清酤"，其词义与此相同。

译诗

咚咚的击鼓声，在鱼山下响起。

吹奏得呜呜作响的洞箫，眺望遥远的水滨。

美丽的女祭司们趋向前，纷纷起舞。

陈设精致的象牙席，斟满清冽的美酒。

萧萧的风带来夜晚的雨，神灵降不降临呢？我心中苦上加苦。

纷进拜①兮堂前，目眷眷②兮琼筵③。

来不语④兮意不传，作暮雨兮愁空山。

悲急管⑤，思繁弦⑥，灵之驾⑦兮俨欲旋。

倏⑧云收兮雨歇，山青青兮水潺湲⑨。

注释

①拜：舞。②眷眷：顾盼的样子。③琼筵：盛宴，美宴。④不语：不说话。⑤急管：节奏快的管乐。⑥繁弦：形容乐器演奏的热闹。⑦灵之驾：神灵的车驾。⑧倏：倏忽，时间短暂。⑨潺湲：水流的样子。《九歌·湘夫人》中说"观流水兮潺湲"，其词义与此相同。

译诗

在庙堂前纷至拜舞，在盛宴上目光顾盼。

来时悄然不语情义不传，化作夜雨，如愁绪般飘落在空山。

悲伤而急切的曲子，思绪伴随着繁密的琴弦，女神的车驾刚抵达又准备离去。

忽然间雨过天晴，山峦青碧水波潺潺。

延伸

诗歌分为两阕，第一阕为迎神，第二阕为送神。第一阕写鱼山下人们击鼓、吹箫，不断地眺望远处的水滨，陈设祭祀用品，这与《东皇太一》中那种铺陈十分相似。"风凄凄兮夜雨，神之来兮不来，使我心兮苦复苦"这一句，则与《湘君》中的"望夫君兮未来，吹参差兮谁思"的表达略近。很显然，此诗受到《九歌》的深刻影响。明代诗人杨慎即已指出"语从《楚辞》中出"，明代桂天祥在《批点唐诗正声》中也说："二曲俱由楚骚变化，而《送神》尤精致。"第二阕写神灵已受享，眷恋不舍地在筵席之间。其中"来不语兮意不传，作暮雨兮愁空山"这一句十分传神，仿佛令人看到了一个不染尘迹的女神形象，而且将这一形象写得朦胧，且神秘莫测。清代张谦宜在《茧斋诗谈》中说："妙在恍惚，所以为神。"是十分中肯的。在急管繁弦的音乐声中，把神送走了，诗人没有具体写神灵的举动和面容，甚至没有写任何世俗的人看得见的东西，而是以一个云收雨散，青山隐隐碧水潺潺的世界来替代。这种写法就是文字的留白，令人遐想。

日晚歌

作者及作品

　　作者是唐代诗人顾况。顾况,字逋翁,号华阳真隐(或说华阳真逸),海盐(今浙江海盐县)人。他善于绘画,精于鉴赏,有很高的艺术天分。至德二年(757年)进士及第后,曾担任校书郎,后在大理寺任职。曾出任镇海军节度使韩滉的判官,负责钱粮工作。后来由于宰相李泌重视他,被调到皇帝身边担任著作佐郎。因作诗触怒了权贵,被贬为饶州司户。

　　退职后的顾况隐居于茅山,过着隐士生活,这首诗所写的便是隐者的所见。顾况是一位现实主义诗人,而这首诗则充满了浪漫主义的魅力,展现了其卓越的才华。

日窅窅(yǎo)①兮下山②,望佳人兮不还③。

花落兮屋上,草生兮阶间。

日日兮春风,芳菲兮欲歇④。

老不可兮更少,君胡⑤为兮轻别。

注释

①窅窅:隐晦、幽暗的样子。②下山:落山。③还:回归。④歇:停止。⑤胡:为何。

译诗

日影幽暗沉于山后，等待的美人还未回归。
落花飘在了屋顶上，绿草生长在了台阶间。
每日都吹拂着春风，遍开的花将要凋谢。
衰老的人不能返回青春，你为何啊轻别离。

延伸

  这是一首送别诗，像一幅沉郁的山水画，又像一则哲思诗。诗歌写暗淡不明亮的太阳就要下山了，即将落山的太阳的确如此。然而，他写落日并非要像李商隐一样发出"夕阳无限好，只是近黄昏"的叹喟。而是怀着对离别之人的期待。中国古诗最可称道的一点，就是用独特的意象来表达内心的世界，也就是用甲来说乙，以万物来指心。诗中所写的"花落屋上，草生阶间。日日春风，芳菲欲歇"当然是写实，但何尝不也是自己的心情。这四句去掉其中的"兮"字，就是一首精悍的四言近体诗，但是带着"兮"字，则有了楚辞那种可以咏唱的感觉。时光不可晚归，变老不会再青春，人生的时光是短暂的，为何轻言别离呢？

吊田横文

作者及作品

作者韩愈，唐代著名文学家。文前有小序，交代了写此文的缘由。序文说："贞元十一年九月，愈东如京，道出田横墓下，感横义高能得士，因取酒以祭，为文而吊之。"就是说贞元十一年九月，我到洛阳去，经过田横的墓旁，感于田横义气高尚得到贤士追随，于是取酒来祭奠他，写了一篇文章悼念他。田横是秦末群雄之一，战国时期田氏齐国贵族后裔，曾为齐国宰相，一度自立为王，兵败后逃入海岛。汉王朝建立后，田横不肯归汉，自尽而死，其墓在今河南偃师。田横虽然是一位失败者，但历来被奉为有大节、不屈不挠的英豪。《楚辞后语》中未收录小序，仅录其文。

事有旷①百世②而相感者，余不自知其何心。非今世之所稀，孰为使余歔欷③（xī xǔ）而不可禁？余既博观乎天下，曷④（hé）有庶几⑤乎夫子⑥之所为？死者不复生，嗟余去此其从谁？当秦氏之败乱，得一士而可王。何五百人之扰扰，而不能脱夫子于剑铓⑦（máng）？抑所宝⑧之非贤，亦天命⑨之有常。昔阙里⑩（què）之多士，孔圣亦云其遑遑⑪（huáng）。苟⑫余行之不迷，虽⑬颠沛(diān pèi)其何伤？自古死者非一，夫子至今有耿光⑭。跽⑮(jì)陈辞而荐⑯酒，魂仿佛而来享。

注释

①旷：阻隔。②世：古人以三十年为一世。③歔欷：叹息，哽咽。④曷：何。⑤庶几：差不多，表可能。⑥夫子：指田横。⑦剑铓：剑锋。铓，刀尖。⑧宝：珍视。⑨天命：天道的意志。⑩阙里：地名。传说为孔子授徒的地方，在今山东曲阜城内。⑪遑遑：形容匆忙。⑫苟：如果。⑬虽：即使。⑭耿光：光明，光辉。⑮跽：古人的一种跪姿。两膝着地，上身挺直。⑯荐：进献。

译文

事情有经过上百世而相感应的，我不知自己的心情如何。您不是当今之世所崇尚的，为什么却让我哽咽唏嘘个不停啊？我遍览了全天下，哪里有与你差不多的作为啊？死去的人不能复生，感叹你离开后又能去追随谁呢？当年秦朝败亡时，得到一名贤士就可以称王。何况有五百贤士追随你，却不能使你脱离刀剑的伤害啊！抑或是时所珍视的并非贤才，或许这是所谓天道有常。从前阙里有很多贤能之士，孔子也自言惶然。如果我所行走的道路不迷失方向，就算颠沛流离有什么伤心的呢？自古死去的不止一人，你的声誉至今还光焰万丈。我长跪诵读祭文并献酒，你的英魂仿佛过来享用。

延伸

田横是战国时代齐国的贵族后裔，秦末陈胜吴广发动大起义，田横和兄长田荣、从兄田儋及其他田氏宗族子弟也在齐国故地起兵反抗秦朝的统治，并立田儋为齐王。后来与秦军大将章邯交战，田儋被杀，田横又拥戴自己的哥哥田荣为齐王，并夺取了原来齐国的土地。

项羽和刘邦一起推翻秦朝后，项羽自称西楚霸王，大封诸侯，但由于之前田横兄弟未曾协助楚军，因而没有被封王。对此，田横怨恨项羽，联合赵将陈余一起反楚。项羽大怒，率军北上讨伐齐国，齐王田荣战败逃跑到平原，被当地人所杀。项羽的楚军在齐地到处洗劫，伤害了齐地人，他

吊田横文

们奋起反抗，田横的麾下因此聚拢了数万人。恰在此时，汉王刘邦攻入了楚国的都城彭城。项羽只好放弃对田横的打击，率军去攻击刘邦。项羽率领他的主力楚军一离开，田横立刻袭击留下的守军，最终收复了丢失的全部城池，立田荣的儿子田广为齐王，自己担任丞相。

汉王刘邦为了争取诸侯们与自己联合，共同对付项羽，他派遣说客郦食其到齐国去，说服齐王归附自己。田横答应了郦食其，因而解除了齐国驻军对汉军的防备。当时韩信已经荡平了赵国和燕国，他趁齐国麻痹大意，率军袭击了齐国。田横认为郦食其不守信，欺骗了自己，就烹杀了他。齐王田广出逃后，与楚将龙且联合一同抵抗韩信，但战败被俘虏。田横听说田广死了，就自立为齐王，逃到了梁地彭越的地盘。

楚汉相争最终以刘邦获胜而告终，刘邦登上皇帝之位，分封功臣们，彭越被封为梁王。田横觉得待在梁地也不安全，就率领自己的属下逃到了海上的一座小岛。刘邦认为，田横兄弟在反秦大起义中立了大功，而且得到齐地老百姓的拥戴，很有影响力，因而派使者拿着自己的诏书去召他到长安来。田横辞谢了刘邦的招揽，对使者说："请你告诉皇帝陛下，我杀了他的臣子郦食其，而且郦食其的弟弟郦商也在朝廷担任重要官职，我不敢进京，请允许我在这座海岛上做一个普通老百姓吧。"

使者禀告了刘邦，刘邦立刻给郦商下了一道诏书，要求他不得伤害田横和他的随从人员，不然治重罪。然后又让使者去招揽田横，并告诉他这件事，并在诏书中说："田横如果来京，大可以封王，小可以封侯，如果不来就发兵诛杀他。"田横接到诏书后，只好带着两个属下一起进京。

距离京城不远，有一座驿站。田横告诉使者，在面见天子前，他要沐浴，因而暂时歇息了下来。田横私下对自己的两个门客说："我最初也和汉王一样称王，如今他做了皇帝，我怎么能向奴仆一样侍奉他呢。再说我杀了郦食其，就算他的弟弟郦商因皇帝有命令不与我争斗，我心中就无愧吗？"他与门客说完一番话，高唱："大义载天，守信覆地，人生遗适志耳！"然后自杀了。两个门客带着田横的头去见刘邦，刘邦看着田横的遗容，遗憾地说："田氏兄弟从普通百姓起家，三人相继称王，真是贤能啊。"说着说着流下了眼泪。他封田横的两个门客为都尉，并让他们带人以诸侯王的礼仪安葬了田横。田横的葬礼结束后,两个门客也一起自尽了。

  刘邦听说门客自尽的事后,大为叹息,认为追随田横的人都是有烈性的汉子,是真正的贤才,因而派人去招揽海岛上的那500人。那些门客听说田横已死,也都自杀了。田横和五百士身上,体现了中国古人富贵不能淫、威武不能屈的高贵精神和血性,两千余年来被颂扬不已。唐代大诗人韩愈经过他的墓葬,仰慕他的人品,故而写了这篇作品。抗战时期,著名画家徐悲鸿也曾以这一历史题材,画下了名画《田横五百士》。

吊屈原文

作者及作品

作者柳宗元，唐代文学家。他参加了贞元二十一年（805年）的"永贞革新"，这是一场旨在打击宦官势力，抑制藩镇权力，革除积弊的改革。当时唐德宗病死，太子李诵继位，是为唐顺宗。顺宗当太子时，就有改革志向，因而即位后重用他的东宫旧人王叔文，王叔文与王伾、韦执谊、韩泰、陈谏、柳宗元、刘禹锡、韩晔、凌准、程异等人组成了改革班底，其中韦执谊作为宰相，推动了这场革新。世家子弟出身的柳宗元在这场改革中，担当的是一个缓和革新派与旧派力量的关系的角色。然而，由于王叔文等人过于急躁，方法不得当，而且其内部也矛盾重重，最终失败成为必然。后世的史家，如新旧两《唐书》，更是给了他们极其不公允的评价。

改革被反对派阻断后，王叔文被处死，王伾病死，另外八人都被贬到偏远寒凉的地方为司马，因而这次改革又被称为"二王八司马事件"，柳宗元被贬官到偏远的永州，经过湘江时，写下了这篇作品。宋儒朱熹在《楚辞后语》中说："殆困而知悔者，其辞惭矣。"其论调仍旧不出前代史家的老调子。

后①先生②盖③千祀④兮，余⑤再逐⑥而浮湘⑦。
求⑧先生之汨罗⑨兮，揽⑩蘅若⑪以荐⑫芳。
愿荒忽⑬之顾⑭怀兮，冀⑮陈辞而有明。

注释

①后：晚。②先生：指屈原。③盖：大约。④祀：年。⑤余：我。⑥逐：贬逐。⑦浮湘：漂泊在湘水间的意思。⑧求：访求。⑨汨罗：江名，在今湖南东北部，屈原投汨罗江而死。⑩揽：采，摘。⑪蘅若：杜衡、杜若，均为香草名。⑫荐：祭献。⑬荒忽：同"恍惚"，模糊的样子。⑭顾：顾念，顾及。⑮冀：希望。

译文

先生离开这个世界约一千年，我再次被贬谪乘船到湘江。
访求先生留在汨罗江畔的遗迹，采集杜衡向先生敬以一瓣馨香。
愿先生在恍惚之中能让我有所感应，希望向你倾诉我的衷肠。

先生之不从世①兮，惟道②是就③。
支离抢攘④兮，遭世孔疚⑤。
华虫⑥荐壤兮，进御⑦羔袖⑧。
牝鸡⑨咿嘎⑩兮，孤雄⑪束咮⑫？
哇咬⑬环观兮，蒙耳⑭大吕⑮。
堇⑯喙⑰以为羞兮，焚弃稷黍⑱。
犴狱⑲之不知避兮，宫庭之不处。
陷涂⑳藉㉑秽兮，荣若绣黼㉒。

> 榱^㉓折火烈兮。娭娭笑语。
> 谗巧之哓哓^㉔兮，惑以为咸池^㉕。
> 便媚鞠恧^㉖兮，美逾西施^㉗。
> 谓谟言^㉘之怪诞兮，友置瑱^㉙而远违^㉚。
> 匿^㉛重痼^㉜以讳^㉝避兮，进俞缓^㉞之不可为^㉟。

注释

①从世：屈从世俗。②道：屈原所指的明君贤臣、国家昌盛的美政。③就：即，趋。④抢攘：纷争。⑤孔疚：重患，此处指政治腐败。⑥华虫：冕服。⑦进御：进用。⑧羔袖：用羔羊皮装饰袖口的衣服，指一般的衣服。⑨牝鸡：母鸡。⑩咿嘎：纷杂的鸡叫声。⑪孤雄：孤独的雄鸡。⑫咮：鸟嘴。⑬哇咬：古代表达男女之情的小调，此处指庸俗的音乐，靡靡之音。⑭蒙耳：塞上耳朵。⑮大吕：古代音乐十二律之一，大吕为第二律。代指高雅的音乐。⑯堇：药用植物，有毒。⑰喙：本义为鸟兽的嘴，此处指毒药。⑱稷黍：两种谷物，此处泛指粮食。⑲犴狱：监狱。狴犴是传说中的一种神兽，其图案被装饰在监狱大门上。此处指楚怀王被骗入秦国后遭到幽禁。⑳涂：污泥。㉑藉：坐在……之上。㉒绣黼：绣有黑白相间花纹的礼服。㉓榱：椽子，此处代指房屋。㉔哓哓：叫喊声。㉕咸池：古代乐曲名，传说系黄帝所作。㉖鞠恧：低声下气的样子。㉗西施：春秋时期越国著名的美女。㉘谟言：可奉为金石的治国之言。㉙瑱：古代的一种玉制耳饰，用来塞耳。㉚远违：扔得远远的。㉛匿：隐，藏。㉜痼：难以治的病。㉝讳：忌讳。㉞俞缓：指战国时期的两位名医,俞跗和秦缓。㉟不可为：不会治病。

译文

先生不屈从于世俗，只追求自己的美政理想。
国家的政治残破而纷乱，离乱的世道，仿佛社会正患着重病。
珍贵的礼服被丢弃在泥土里，却穿起了羊皮装饰袖子的粗陋衣装。

母鸡叽叽咕咕地乱叫，孤立的雄鸡被封住了嘴巴。
庸俗小调得到人们的追捧，高雅的庙堂之乐无人欣赏。
有毒之物被当成美食，粮食却被抛弃烧掉。
牢狱之灾不知躲避，美盛的宫殿被废弃。
陷入烂泥坐在肮脏处弄得浑身污秽，却以为穿着华美的礼服。
房屋的椽子已被烈火吞没，却仍然欢声笑语浑然不知。
谄媚逢迎的言辞喋喋不休，被视作是高雅动听的乐章。
低声下气没有廉耻的小人，却被当成西施那样的美人。
把治理国家的金玉良言视为乱谈，塞住耳朵将这些话抛弃不顾。
生了重病还要隐瞒逃避，就是俞跗和秦缓那样的盖世名医也没办法。

何先生之凛凛①兮，厉②针石而从之？

仲尼③之去鲁兮，曰："吾行之迟迟。"

柳下惠④之直道兮，又焉往而可施！

今夫世之议夫子⑤兮，曰："胡隐忍而怀斯⑥？"

惟达人⑦之卓轨⑧兮，固僻陋⑨之所疑。

委⑩故都以从利⑪兮，吾知先生之不忍。

立而视其覆坠⑫兮，又非先生之所志。

穷与达固不渝⑬兮，夫唯服道⑭以守义⑮。

矧⑯先生之悃愊⑰兮，蹈⑱大故⑲而不贰⑳。

沉璜瘗佩㉑兮，孰幽而不光？

荃蕙㉒蔽匿兮，胡㉓久而不芳？

注释

①凛凛:严肃的样子。②厉:同"砺",磨刀石。此处用作动词,磨砺。③仲尼:指孔子。④柳下惠:春秋时鲁国大夫。⑤夫子:指屈原。⑥怀斯:怀着忠诚和苦闷的情感。⑦达人:通达事理的人。⑧卓轨:高尚之行。⑨僻陋:见识浅薄。⑩委:丢弃。⑪从利:追名逐利。⑫覆坠:覆灭堕落。⑬渝:改变。⑭服道:坚持原则,坚持大道。⑮守义:信守大义。⑯矧:况且。⑰悃愊:忠诚。⑱蹈:赴。⑲大故:大的变故。⑳不贰:没有二心,忠诚。㉑沉璜瘗佩:璜和佩都是古代的美玉,古代祭河将美玉沉入水中,祭地则把美玉埋在土里,此处指将美玉掩藏。㉒荃蕙:两种香草的名字。㉓胡:何,为什么。

译文

为何像先生这样怀有大义的人,还要磨砺针石去自我医伤?

从前孔子离开鲁国,说:"我要慢慢地走啊。"

柳下惠选择直道而行,又能去哪里施行自己的主张呢。

当今之世议论先生您,说:"遭受了那样的忧患为何还要关怀故国?"

唯有通达事理的人卓尔高尚,本就见识浅薄的人不能理解。

抛弃祖国追求个人的私利,我知道先生不忍心这样做。

坐视自己的故国覆灭,这不是先生的志向。

无论穷困潦倒还是身在高位都不改变志向,始终坚持原则持守正义。

况且先生忠诚于国家,宁可投江而死也不变忠诚之志。

沉入水底和埋在土里的美玉,怎会变得幽暗无光?

香草被隐藏起来,为何久久闻不到芳香?

先生之皃(mào)①不可得兮,犹仿佛其文章。

托遗编(yí)②而叹唱兮,涣(huàn)③余涕之盈眶。

呵④星辰而驱诡怪兮,夫孰救于崩亡?

何挥霍⑤雷电兮，苟为是之荒茫⑥。

耀姱辞⑦之晄朗⑧兮，世果以是之为狂。

哀余衷⑨之坎坎⑩兮，独蕴愤而增伤。

谅⑪先生之不言兮，后之人又何望。

忠诚之既内激⑫兮，抑衔忍⑬而不长。

芊⑭为屈之几何兮，胡独焚其中肠。

注释

①皃：容貌。②遗编：遗留下的著作。③涣：流。④呵：大声质问。屈原《天问》中提出一系列疑问，曾用这种表达方式。⑤挥霍：驱使。⑥荒茫：渺茫的宇宙。⑦姱辞：形容屈原的作品之高妙。姱，美好。⑧晄朗：不明朗。⑨衷：内心。⑩坎坎：不平。⑪谅：料想。⑫内激：内心感到激动。⑬衔忍：隐忍。⑭芊：疑为"芈"之误。

译文

先生的容颜不能一睹，但仿佛在文章中看见你的影子。

捧着你的遗著我一再感叹，禁不住泪水盈眶。

你向星辰发问驱使各种灵怪，谁能挽救国家的危亡？

你为何驱使驾驭雷电，暂且浸沉于渺茫的幻境。

你写下了华美而又令人不解其意的文章，世人以为你已发狂。

可叹我内心怀着不平之气，只是增加了愤怒和悲伤。

如果先生不写文章里那些话，后世的人又如何了解你？

你的忠诚之意在胸中激荡，哪能一直隐忍而不流溢于外？

芈姓与屈姓的渊源有多深呢，为何你一直忧心如焚？

吊屈原文

> 吾哀今之为仕兮，庸①有虑时之否臧②？
> 食君之禄畏不厚兮，悼③得位之不昌。
> 退自服④以默默兮，曰："吾言之不行。"
> 既偷风⑤之不可去兮，怀先生之可忘！

注释

①庸：难道。②否臧：恶善。③悼：担心。④自服：自己的习惯。⑤偷风：苟且偷安的风气。

译文

我对当今的官员们痛心疾首，难道有关心时事的好坏的吗？
拿着国家的俸禄唯恐不够多，担心自己的地位不够高。
退避自保而不肯进谏，竟说："我的主张不能施行。"
既然明哲保身的苟安风气难以改变，那就长怀先生而不遗忘。

延伸

屈原身后，凭吊他的文章不少，以汉代贾谊《吊屈原》、扬雄《反离骚》最为知名。柳宗元的这篇凭吊诗，与他自己的宦途多舛有关。柳宗元少年得志，但是中年时的官场遭际十分坎坷，第一次被贬官永州，十年后召回京城，然而才一个月又被贬到柳州。两次贬官，与屈原的两次被流放十分相似。而这首诗正是他被贬官途中经过湘江时，想起一千多年前遭到流放的屈原，所写的篇章。可以说，在精神上，柳宗元与屈原有强烈的共鸣。

吊乐毅

作者及作品

作者系唐代文学家柳宗元。前有小序：许纵自燕来，曰："燕之南有墓焉，其志曰'乐生之墓'。"余闻而哀之。其返也，与之文，使吊焉。即许纵从燕地来，说："燕南有一座陵墓，墓碑上刻着'乐生之墓'。"我听了感到很悲哀。在他回去的时候，把这篇文章给他，请他前去祭奠。朱熹《楚辞后语》未收录此小序。柳宗元所写《吊屈原》《吊乐毅》，都是吊祭志业不能申的人，但都被视为仁人志士，这与他的内在情怀与经历有很大关系。

大厦之搴^{qiān}①兮，风雨萃^{cuì}②之。

车亡③其轴兮，乘者弃之。

呜呼夫子兮，不幸类之。

尚何为哉？昭^{zhāo}④不可留兮，道不可常。

畏死疾走兮，狂顾彷徨^{páng huáng}⑤。

燕复为齐⑥兮，东海洋洋。

嗟夫子之专直兮，不虑后而为防。

胡去规而就矩兮，卒陷滞以流亡？

吊乐毅

惜功美之不就兮，俾^⑦愚昧之周章^⑧。
岂夫子之不能兮，无亦恶是之遑遑^⑨。
仁夫对赵之悃款^⑩兮，诚不忍其故邦^⑪。
君子之容与^⑫兮，弥亿载而愈光。
谅遭时之不然兮，匪^⑬谋虑之不长。
跽^⑭陈辞以陨^⑮涕兮，仰视天之茫茫。
苟偷世^⑯之谓何兮，言余心之不臧^⑰。

注释

①骞：毁坏。②萃：集。③亡：失掉。④昭：光明。⑤徬徨：徘徊。⑥燕复为齐：指燕国在乐毅率领下攻得的齐城，全都被齐国人收复。⑦俾：使。⑧周章：大而显。章，通"彰"。⑨遑遑：不安之状。⑩悃款：诚恳。⑪故邦：指燕国。⑫容与：形容安逸自得。⑬匪：通"非"。⑭跽：长跪，两膝着地，上身挺直。⑮陨：落。⑯苟偷世：苟且偷生。⑰臧：善，好。

译诗

大厦崩坏啊，风雨也集中摧残。
车子丢掉了轴，就被乘车的人丢弃。
哎呀，先生啊，你的不幸与这正相似。
还能怎么样呢？昭王不会永生不死啊，他的治国方法也不会恒久不变。
你为避祸只好逃走啊，惊慌四顾又犹豫徬徨。
燕国攻占的土地又复归于齐，东海依旧广阔无边。
可叹你只懂得忠诚正直啊，不为自己考虑做好预防。
为什么丢开圆滑而坚守方正啊，最终陷入阻滞而逃亡？
可惜你建立的大功不能长久啊，使得愚昧之辈上位。
难道是先生不会考虑自己吗？不过是讨厌奔走钻营罢了。

你回应赵王时显示了自己的忠诚，实在不忍抛弃故国燕国。
你这种对国家安然的君子态度，就是过了亿万年依旧光辉灿烂。
实在是遭遇的时机不对啊，并非你谋略和思虑不长远。
我长跪着说这些话泪水一起坠落，仰望苍天一片茫然。
苟且偷生是为何啊，大约会说我的内心不够善美。

延 伸

战国时代是一个急剧纷争的时代，而名将乐毅就活跃在这样一个时代。乐毅虽为赵国人，但和当时的大部分贤士一样，在列国寻求一展才华的机会。他到过魏国，后来又到了燕国，因为他听说燕昭王正在招纳贤才。

燕国在燕昭王即位前曾发生过一次大内乱，昭王的父亲，也就是燕王哙非常信任国相子之，竟然把国君之位禅让给了子之，这令太子平非常不满，联合将军市被攻击子之，子之为了保住自己的地位，予以反击。这时候齐国军队趁机以协助太子平的名义进入燕国，杀了燕王哙，活捉子之并处死。太子平在这场内乱中也死去了。燕王哙的另一个儿子公子职在韩国做人质，得到赵武灵王的支持，回到燕国即位，这就是燕昭王。

燕昭王发誓要向齐国报仇，但齐国此时正如日中天，向南打败了楚国，向西打败了魏国和赵国，并且拉着韩、赵、魏三国一起打败了秦国，还灭掉了宋国，使齐国的面积扩大了一千多里。这样一个强国，贫弱的燕国谈何复仇呢？乐毅向燕昭王分析了齐国目前的局面，对外，齐国不断侵凌其他诸侯国，四面树敌，其他国家对它又恨又怕；对内，齐湣王横征暴敛，老百姓恨透了他。因此，燕国要讨伐齐国，首先要联合其他诸侯国。燕昭王认为乐毅说的对，派他去赵国结盟，派使臣到楚、魏、韩进行军事洽谈，五国由此组成了联军，赵惠文王还将相国之位授予乐毅，就这样乐毅率领联军进击齐国。

齐湣王听说五国联军来，亲自率领大军在济水西面迎战，结果被乐毅打得落花流水，逃回了临淄。乐毅认为齐军已丧失斗志，因而让赵、楚、魏、韩四国的军队回国，自己率燕军追击逃兵。乐毅的大军一路势如破竹，一直打到齐国都城临淄。齐湣王逃走，最后被楚国将军淖齿杀死。燕昭王听说乐毅打了大胜仗，亲自到济水岸边慰劳将士们，并封乐毅为昌国君，

形同小国诸侯。

在随后的战争中,乐毅率领燕军攻占了齐国的70多座城池,只有莒和即墨这两座城市没有拿下。乐毅认为,要让齐国人认可燕国,就不能纯粹使用暴力,而要用节义来打动他们,因而他保护当地人的利益,尊重他们的习惯。对莒和即墨只是围而不攻。

燕昭王死后,他的儿子乐资即位,也就是燕惠王。燕惠王还是太子时,就因为昭王特别信任乐毅而十分不满。一些嫉妒乐毅的人,也不断说坏话,挑唆燕惠王和乐毅的关系。他们造谣说乐毅对莒和即墨围而不攻,是想自己当齐王。燕惠王立刻召乐毅回来,命令将军骑劫替代他。乐毅获悉有人陷害他,不敢回燕国,便逃到了赵国。赵国将观津的土地封给乐毅,并封他为望诸君。骑劫替代了乐毅后,用残暴的方法对待当地人,结果被齐国名将田单打败并杀死,燕军很快失去了全部夺取的土地。齐湣王的儿子法章回到临淄,是为齐襄王,差点亡国的齐国又复国了。

这时候,燕惠王才发现自己被左右的人蒙骗,上了大当,十分后悔。但他不从自己身上找原因,认为都是乐毅的错,是乐毅辜负了先王燕昭王的信任,他几次派人去指责乐毅。乐毅面对燕惠王的责难,写下了那篇在中国古代闪闪发光的《报燕惠王书》,他用慷慨激昂的语言回敬燕惠王,说自己不会为了一个昏君效忠,也不会去做枉死的傻瓜。他的身上,闪烁着战国士人身上那种独立的精神。这是秦统一后,被忠君思想完全洗脑的知识分子身上所没有的。

燕惠王收到乐毅的信,为了表达自己的诚意,就让乐毅的儿子乐间继承昌国君的爵位。乐毅感念燕王的心迹,在赵国和燕国之间进行外交斡旋工作,加强两国的合作。燕、赵两国都任用他为客卿。最终,乐毅在赵国度过了自己的一生。战国时代是一个血腥的时代,立了大功而被猜忌的将军很多。相较于被秦王逼死的名将白起,被赵王杀死的名将李牧,乐毅不但是一位军事家,更像一位智者。柳宗元在这首诗中,遗憾于他的功业未能圆满,又赞叹于他并不放弃自己的道义。

憎王孙文

作者及作品

　　作者系唐代文学家柳宗元。柳氏被贬永州，在山中观察猴子和猿，得其灵感，以楚辞体写了一篇寓言式的作品。屈原以香花凤鸟比喻君子贤人，以恶鸟秽草比喻小人和奸佞，而柳宗元以猿比喻君子，以猢狲猴子比喻小人，可以说是发扬了屈原的传统。朱熹《楚辞后语》中未收录诗文前之小序。

　　猨(yuán)、王孙①居异山，德异性，不能相容。猨之德静以恒，类仁让孝慈。居相爱，食相先，行有列，饮有序。不幸乖离，则其鸣哀。有难，则内其柔弱者。不践稼蔬。木实未熟，相与视之谨；既熟，啸呼群萃，然后食，衎(kàn)衎②焉。山之小草木，必环而行遂其植。故猨之居山恒郁然。

　　王孙之德躁以嚣，勃诤(xiāo zhèng)③号咷(náo)④，喳喳(zé)⑤强强⑥，虽群不相善也。食相噬啮(shì niè)，行无列，饮无序。乖离而不思。有难，推其柔弱者以免。好践稼蔬，所过狼藉披攘(pī rǎng)。木实未熟，辄龁(zhé hé)⑦咬投注。窃取人食，皆知自实其嗛(qiǎn)⑧。山之小草木，必凌挫折挽，使之瘁(cuì)然后已。故王孙之居山恒蒿(hāo)然。

以是猨群众则逐王孙，王孙群众亦齚(zé)⑨猨。猨弃去，终不与抗。然则物之甚可憎，莫王孙若也。余弃山间久，见其趣如是，作《憎王孙》云：

注释

①王孙：猴子、猢狲一类动物的别称。②衎衎：和气欢快的样子。③勃诤：发生争执。④号咷：大声吼叫。⑤喑喑：呼喊的声音。⑥强强：相互随从的样子。⑦龁：咬。⑧嗛：猿猴一类动物两颊内的皮囊。⑨齚：咬。

译文

猿和猴子居住在不同的山上，彼此品德有差异，不能互相包容。猿安静而恒定，都能仁爱谦让孝顺慈悲。它们群居相互关爱，进食互相推让，行走成对列，饮水遵守秩序。如果伙伴不幸离散，就发出悲哀的鸣叫。如果遇到灾难，就把弱小的护在怀中。它们不践踏庄稼蔬菜。树上的果子未成熟，共同爱护珍视；果子熟了后，呼唤同伴们聚集，然后进食，显得和气而欢快。遇到山上的小草和没长大的树，就绕道走使其能长大。所以猿居住的山头永远都是郁郁葱葱。

猴子暴躁而且喜欢喧嚣，整天相互争执吼叫，吵吵嚷嚷个不休，虽然群居却相互不善待。进食时互相撕咬，行走时乱七八糟，饮水抢夺成一团。有的同伴走散了也不会被念及。遇到灾难，推出弱小的而自己逃避。它们喜欢糟蹋庄稼和蔬菜，经过的地方一片狼藉。树上果子未成熟，就被乱咬乱扔。偷人们的粮食，只知填满自己的腮囊。遇到山上的小草幼苗，一定摧残损坏，直到彻底毁弃才罢休。所以猴子居住的山上经常一片荒败。

所以猿的群体大时一定赶走猴子，猴子多的时候也咬猿。猿放弃离去，始终不同猴子争斗。因而动物中更可恶的，没有超过猴子的了。我被贬到山中很久了，看到猴子这样的行为，就写了《憎王孙文》这篇文章。

憎王孙文

湘水之潋潋^{yóu}^①兮，其上群山。

胡兹郁而疲瘁兮，善恶异居其间。

恶者王孙兮善者猨，环行遂植兮止暴残。

王孙兮甚可憎！噫，山之灵^②兮，胡不贼^③斿^{zhān}？

跳踉^{liáng}叫嚣兮，冲目宣龂^{yín④}。

外以败物兮，内以争群。

排斗善类兮，哗骇披纷。

盗取民食兮，私己不分。

充嗛果腹兮，骄傲欢欣。

嘉华美木兮硕而繁，群披竞啮兮枯株根。

毁成败实兮更怒喧，居民怨苦兮号穹^{qióng}旻^{mín⑤}。

王孙兮甚可憎！噫，山之灵兮，胡独不闻？

猨之仁兮，受逐不校。

退优游兮，唯德是效。

廉来^⑥同兮圣^⑦囚^⑧，禹稷^⑨合^{jì}兮凶^⑩诛。

群小遂^⑪兮君子违^⑫，大人聚兮孽^{niè⑬}无余。

善与恶不同乡兮，否^{pǐ⑭}泰^⑮既兆其盈虚。

伊细大之固然兮，乃祸福之攸^{yōu⑯}趋。

王孙兮甚可憎！噫，山之灵兮，胡逸而居？

注释

①㴖㴖：水流的样子。②山之灵：指山神。③贼：诛杀。④宣龂：露出牙龈。⑤穹旻：泛指天。⑥廉来：飞廉和恶来，传说中商纣王时期的两个佞臣。⑦圣：指周文王。⑧囚：周文王曾被纣王囚禁在羑（yǒu）里（今河南牖城），故而称为囚。⑨禹稷：夏禹和后稷，尧帝时期的贤人，据说是舜所推荐的。⑩凶：指"四凶"，上古时期传说中的四个坏人，浑沌、穷奇、梼杌（táo wù）、饕餮（tāo tiè）。⑪遂：得逞。⑫违：遭殃。⑬孽：妖异的,恶的。⑭否：恶运，与泰相反。⑮泰：吉利，顺利。⑯攸：所。

译文

  湘江的水浩浩荡荡，两岸是连绵不绝的山峰。
  为何这座山郁郁葱葱而那座山那么荒凉，因为善的和恶的分别居住在两座山上。
  恶的是猴子善的是猿，绕道而行让草木生长停止残暴。
  猴子们啊太可恶了，唉，山神啊，为何不诛杀猴子们。
  上蹿下跳不断啸叫，瞪着眼睛龇着牙。
  对外破坏东西啊，在内争夺打斗。
  排挤善良的猿啊，喧哗惊扰个不休。
  偷盗百姓的食物啊，肥了自己不顾他人。
  填满两颊塞满肚皮，骄横傲慢且得意。
  美而丰的树木啊十分茂盛，猴子们攀折毁坏只剩下枯根。
  毁了成木败坏果子而且暴怒喧哗，百姓怨声载道向苍天呼救。
  猴子们啊太可憎！唉，山神啊，你为什么听不见？
  猿仁慈啊，遭受驱逐也不计较。
  从容不迫地退去啊，只注重美好的德行。
  飞廉和恶来勾连，圣人周文王就被囚禁。
  大禹与后稷协作，"四凶"就被诛杀。
  小人们一旦得志啊君子就会倒霉，有德的人聚合啊恶棍就没市场。
  善与恶不能共存啊，坏与好得看彼此的强弱。
  这是大小规律的本原啊，是祸与福所关的趋势。
  猴子啊太可恶！唉，山神呀，为什么你能安逸地居住？

憎王孙文

延 伸

柳宗元家族是著名的河东柳氏,他的七世祖柳庆曾为北魏侍中,封济阴公。堂高伯祖柳奭曾在唐高宗时出任宰相,家族中的其他人,包括他的父亲也都在官场,按当时的说法他系世家之子。他从小受到良好的教育,21岁就进士及第。唐顺宗即位后,柳宗元被提拔为礼部员外郎,这是掌管朝廷的礼仪和祭祀的官职。

当时唐王朝积弊丛生,急需一场改革。柳宗元与度支使(主管财政的官员)王叔文等改革派友善,与好友刘禹锡都参加了王叔文集团的"永贞革新"。由于改革的中心人物王叔文曾是唐顺宗当太子时的东宫旧人,因而最初的改革得到了唐顺宗的支持。然而,改革触犯了顽固派的利益,他们联合太子李纯逼迫唐顺宗退位,使得改革胎死腹中。新的皇帝上台后,罢免了王叔文,随后王叔文被处死,柳宗元被贬为邵州刺史,他的好友刘禹锡被贬为朗州刺史。还没到地方,朝廷又来了新的加重处罚的圣旨,他被贬到更加偏远的永州效力。

柳宗元在永州生活了10年,他虽然是羁旅,但是留下了丰富的活动痕迹,其中《永州八记》是他留给永州最珍贵的人文礼物。《憎王孙文》是他在柳州期间所写的文章之一,是一篇具有语言色彩的赋体文章。柳宗元也是参与古文运动的大家,他反对浮华和堆砌辞藻,务求实际,这篇文章质朴刚健,继承了先秦文学的特点,也是他参与古文运动的践行作品。

书山石辞

作者及作品

作者是宋代文学家王安石。朱熹《楚辞后语》中说,王安石到舒山的山谷游览,作了这首诗,只因写在了山涧的石头上,故而得此名。这首诗只有四句,非常短,但是却有浓烈的楚辞韵味,故而深得朱熹推崇。

水泠泠(líng)①而北出②,山靡靡(mǐ)③以旁围。
欲穷原④而不得,竟怅望(chàng)⑤以空归。

注释

①泠泠:形容水流的声音。②北出:向北流。③靡靡:零落。④穷原:穷尽源头。⑤怅望:失意、伤感地望着远方。

译诗

淙淙的溪流向北流逝,疏离的山丘一片萧瑟。
我想穷尽河源而不可得,只能伤感地望着远方落寞。

延伸

古人出游,有在石上刻字的习惯。这是一首即兴之作,却可以看出王安石追本溯源的探索精神,求而不得,怅然返回的内心世界。朱熹说王安石"以文章节行高一世,而尤以道德经济为己任"。其所说的"经济",就是经世致用的济世学问。王安石此诗仅24字,但短而精悍,意蕴无穷,令人遐想。

寄蔡氏女

作者及作品

作者王安石。朱熹《楚辞后语》中提到，这是王安石写给女儿的诗歌。王安石的女儿嫁给了蔡京的弟弟蔡卞，故而称之为蔡氏女。这首诗采用了一种独特的视角，并不是以父亲的身份写给女儿，而是以仰慕者的身份来写，颇具文学特点。朱熹说这首诗"其言平淡简远，翛然有出尘之趣"。

建业①东郭②，望城西堠③。

千嶂④承宇⑤，百泉绕溜⑥。

青遥遥兮缅邈（lí），绿宛宛兮横逗。

积李兮缟（gǎo）⑦夜，崇桃兮炫（xuàn）⑧昼。

兰馥（fù）⑨兮众植，竹娟兮常茂。

柳蔫绵（niān）⑩兮含姿，松偃蹇（yǎn jiǎn）⑪兮献秀。

鸟跂（qǐ）兮下上⑫，鱼跳兮左右。

顾我兮适我，有斑兮伏兽。

感时物⑬兮念汝，迟汝归兮携幼。

寄蔡氏女

注释

①建业：指南京。②东郭：东边的城郭。③西埭：西边的土堆。古代记里程的设置。封土为坛，以记里也。五里只埭，十里双埭。④千嶂：连绵的像屏障一样的山峰。⑤承宇：山中云气旺盛而与屋檐相承接。《九章·涉江》中有："云霏霏而承宇"之句，词义与此相同。⑥绕溜：环绕下注的水。⑦缟：白色。⑧炫：闪亮。⑨兰馥：形容气味芳香。⑩蔫绵：柔美的样子。⑪偃蹇：高耸。⑫上下：指鸟儿上下翻飞。⑬时物：时节景物。

译诗

在金陵城东边的城郭，眺望城西边的土丘。
千重晴峦连着屋宇，百里川溪潺潺流淌。
青色林木相衔接，绿色的原野平铺。
白色的李花照亮了黑夜，红色的桃花炫耀着白日。
浓郁的花香飘在林间，翠竹常年丰茂。
柳树柔美而姿态动人，松树挺拔而卓尔不凡。
鸟儿上下翻飞，鱼儿拍打起水花。
回头看着我并嫁给我，有美丽花纹的瑞兽伏在那里。
感到时令物候变化念及你，你迟迟归来携带着孩子们。

延伸

诗歌起首用了赋的手法，先写风景，从城市的外围建筑山峦、流水、花木写起，进而写到鸟儿的翻飞、鱼儿的跳跃，最后一笔写到人，带着幼儿归来的已嫁之女。这种渲染法，得《诗经》之真义。

我营①兮北渚②（zhǔ），有怀③兮归女。
石梁④兮以苫盖⑤（shàn），绿阴阴兮承宇。
仰有桂兮俯有兰，嗟汝归兮路岂难。
望超然之白云，临⑥清流而长叹。

注释

①营：停驻。②北渚：北边的水渚。③怀：思念。④石梁：石桥。⑤苫盖：遮盖。⑥临：朝下看。

译诗

我停留在北边的水岸，等候着归来的你。
小石桥被浓阴遮蔽，绿色的树荫连着屋檐。
仰头看到桂花啊低头看到兰花，叹息你回来的路如此艰难。
望着超然物外的白云，望着流逝的溪水而长叹。

延伸

听说你来了，我到很远的地方，也就是河流的北岸去迎接。诗句没写迎接或等待之着急，而是转笔写桥梁如何，树木如何，白云溪水如何，仅以一句"嗟汝归兮路岂难"来写归路。用笔之含蓄，令人惊叹。

全诗笔触天然，毫无雕琢之感，有李太白"清水出芙蓉，天然去雕饰"之义。

秋风三叠

作者及作品

这首诗的作者是北宋诗人邢居实。邢居实是北宋大臣邢恕之子,幼年时有神童的美名,八岁所作的诗歌《明妃引》被视为天才之作。弱冠之时就得到了苏轼、黄庭坚、秦观等文学大家的赏识,并成为忘年之交。其诗歌《秋晚》被称颂,其中"目送闲云尽日愁,寒来着破旧貂裘。凭谁说与西风道,留取黄花点缀秋"传诵度极高。可惜生命终于20岁,是一位早逝的诗人。《秋风三叠》有楚辞之风,被朱熹收录于《楚辞后语》中。

> 秋风夕起兮白露为霜,草木憔悴①兮窃②独悲此众芳。
> 明月皎皎兮照空房,昼日苦短兮夜未央③。
> 有美一人兮天一方,欲往从之兮路渺茫。
> 登山无车兮涉水无航④,愿⑤言⑥思子兮使我心伤。

注释

①憔悴:凋零,枯萎。②窃:暗自。③未央:未尽。④航:船。⑤愿:思念。
⑥言:语助词。

译诗

秋风白露化为一片清霜,草木凋零我为花儿们感到凄凉。

明亮的月光照耀着空房，白日苦短啊长夜未央。
与美人天各一方，想去看望她道路却很渺茫。
行路无车渡河无船，思念你啊使我倍感心伤。

秋风淅淅兮云冥冥，鸱枭①昼号②兮蟋蟀夜鸣。
岁月徂迈③兮忽如流星，少壮几时兮老冉冉其相仍④。
展转反侧兮从夜达明，怅独处此兮谁适为情。
长歌激烈兮涕泣交零，愿言思子兮使我心怦⑤。

注释

①鸱枭：猫头鹰，古人认为是一种恶鸟。②号：大声叫。③徂迈：过去，逝去。④相仍：相继，相从。《九章·悲回风》"观炎气之相仍兮"，与此词义相同。⑤心怦：心动。

译诗

秋风瑟瑟云色昏暗，猫头鹰昼鸣蟋蟀夜晚低吟。
岁月如同逝去的流星，青春还能剩多少啊衰老已相从。
翻来覆去失眠直到天明，独自一人惆怅啊谁会理解我的心情。
长歌激荡纵使泪水流个不停，想念你啊使我怦然心动。

秋风浩荡兮天宇高，群山逶迤①兮溪谷寂寥。
登高望远兮不自聊，驾言②适野③兮谁与游遨④。
空原无人兮四顾萧条，猿狖⑤与伍兮麋鹿为曹⑥。
浮云千里兮归路远遥，愿言思子兮使我心劳⑦。

注释

①逶迤：蜿蜒曲折。②驾言：出游。③适野：前往野外。④游遨：漫游，游历。⑤猿狖：泛指猿猴。⑥曹：等，辈。⑦心劳：费心，操心。

译诗

秋日和风徐徐天高云阔，群山曲折溪谷空寂的回应。
登高望远啊十分无聊，前往野外出游谁能与我同行。
空旷的原野上杳无人烟，猿猴和麋鹿结队成群。
漂浮的云彩遮蔽千里归路，思念你啊让我费心。

延伸

这是一首继承了《诗经》和《楚辞》传统的作品。起首一句"秋风夕起兮白露为霜，草木憔悴兮窃独悲此众芳"把秋天的肃杀和人们内心的感受完美的相结合，可以说得《蒹葭》"白露为霜"与《湘夫人》"袅袅兮秋风"二句之妙。秋风白露已是寒凉，接着一句"明月皎皎兮照空房，昼日苦短兮夜未央"则转入"明月空房"的冷清。在这种境遇下，水到渠成地写人的思念，然而"天各一方"加上"无车无船"，只能是茫然无措，空自悲伤。诗歌的第一阕文辞契合感情表达，寒凉、冷清、茫然、不得，循序渐进，起承转合十分自然，可以说如瓶水泻地，流云在天。

秋风在吹，云雾低暗，猫头鹰竟然在白天叫，而晚上的蟋蟀也叫个不停，营造了一种令人伤怀的氛围。这时候回顾逝去的光阴，才发现一切像流星一样飞逝，年轻的时光不在，衰老却跟着来了。青春时光的流逝，最使人感到痛切。陶渊明《杂诗》中说："盛年不再来，一日难再晨。"王勃《滕王阁诗》中说："闲云潭影日悠悠，物换星移几度秋？"李白《将进酒》中说："高堂明镜悲白发，朝如青丝暮成雪。"虽然都是写时间流逝，但各有不同，都能使人为之动容。正因为时光不等人，才凸显了生命的有限性，惟其有限，故而接下来的情感张力才会那么强烈。辗转反侧的长夜，孤独之刃切割和撕裂着每一根神经。就连唱出的歌，情感也都是那么激烈，泪水为之滑落。

不过，诗人并未让自己的文字在情绪中失控，而是从内心重新转往对大自然的关照。写秋风、天宇、群山、空谷，灵魂似乎脱离了躯壳，在四野萧条的地方游荡，与猿猴和麋鹿相伴。然后笔锋一转，重新想到了那个人。这种写法非常屈原，也非常楚辞化。无论是意境的营造，还是语言的运用，都极其娴熟。

参考文献

1. （西汉）刘向辑，（东汉）王逸注，（宋）洪兴祖补注：《楚辞》，中国书店，2019年，影印明翻宋本。

2. （东汉）王逸撰，黄灵庚点校：《楚辞章句》，上海古籍出版社，2017年。

3. （宋）洪兴祖撰，白化文等点校：《楚辞补注》，中华书局，2015年。

4. （宋）朱熹撰：《楚辞集注》，国家图书馆出版社，2017年，影印宋端平二年（1235）本。

5. （宋）朱熹撰，黄灵庚点校：《楚辞集注》，上海古籍出版社，2015年。

6. （宋）吴仁杰撰：《离骚草木疏》，文物出版社，2020年，影印知不足斋丛书本。

7. （清）王夫之撰，杨新勋点校：《楚辞通释》，上海古籍出版社，2018年。

8. （清）蒋骥撰，于淑娟点校：《山带阁注楚辞》，上海古籍出版社，2019。

9. （清）纪昀等纂：《楚辞集注》，上海古籍出版社，1989年，影印文渊阁四库全书本。

10. 闻一多著：《楚辞校补》，岳麓书社，2013年。

11. 汤炳正、李大明、李诚、熊良智注：《楚辞今注》，上海古籍出版社，2019年。

12. 董楚平译注：《楚辞》，上海古籍出版社，2016年。

13. 林家骊译注：《楚辞》，中华书局，2010年。

后 记

后 记

《楚辞》于我而言,是一本有独特意义的书。从某种程度上来说,我所受的诗歌教育,始于它。年少时,能见到的书不多,有次无意中得到一本被撕掉封皮的书,读了几行,却是怎样也读不懂,这让我十分惊奇。书中的内容没读懂,但是密密麻麻的注释倒读了一遍又一遍,后来在《史记》中读了《屈原贾生列传》,始知那本书是《楚辞》。大概小学四年级,我开始尝试写诗。最初模仿旧体诗,包括模仿楚辞,不论写得通不通,每一句都要带一个"兮"字,后来写新诗,到初中毕业时,已经写满好几个本子。

青少年时的我,嗜书如命,借到一本书,就像饥肠辘辘的人获得了食物,一头扎在里面,再也拔不出来。有一次周末从同学手中得到一本古典文学作品,叮嘱我无论读完与否,周一必须得还给他,否则就再也不会将书借给我了。回到家后,草草写完作业,就躲进祖母的房间看了起来,一直看到凌晨。祖母催促我睡觉,她催促了一次又一次,我嘴里答应着,就是不肯放下书,她便不再催促,在灯下假寐。在她的庇护之下,我贪婪地读书,写一些自以为是诗歌的句子。她离开这个世界已经快30年了,但我仍然清晰地记得她对我的宽容。就在我写这篇文章的时候,父亲、姑姑和叔叔们,准备举行一个纪念祖母的家庭活动,农历的十一月十七日,是她的忌日。

她永远活在我们的心中。

上高中时，学校有个藏书约两万册的图书室，我仿佛发现了宝库，几乎每天下午的课外活动都泡在图书室里，读遍了能找到的所有诗集，似乎是冥冥中有所注定，几乎已经抛弃旧诗，专写新诗的我，又一次通读了《楚辞》，就像重启的电脑一样，又开始模仿楚辞体。我的这种"复古"行为，虽遭到不少人的嘲笑，但也得到一些朋友们的鼓励，还与友人曾继伟、阿康等人一起成立了学校历史上第一个文学社，办了八开大的油印小报《春之旅》。虽然只持续了三期，却是青春时期最珍贵的记忆。也是在那一年，一本杂志发表了我的诗，使得我在这条路上越走越远。

在中学时代，我对文学的热衷并未得到多少支持，甚至遭到不少反对，尤其是搞了文学社之后，有同学在课堂上写诗被老师发现，因此而遭到斥责，我更是成了"罪魁祸首"，为了表示与"文学"决裂，我也曾将写满了诗的本子投入火炉。好在，家人对我想当诗人的念头既不表示支持，也不反对，在不影响学业的前提下，听之任之。我曾把自己的诗句用粉笔写在家里的墙上、门板上、路边看起来比较平整的石头上，甚至还曾刻在尚未食用的西瓜上。寒暑假时，我经常通宵读书或写作，尽管投出去的稿子，很多被退回来，也并未扼杀掉我这颗热爱文学的心。

在很长时间里，我与祖父住在一起，那时候我已开始大量阅读西方文学作品，并且尝试性地写了自己的第一部长篇小说《怀念那场雪》。

祖父多次给我讲起他的少年时代，也讲述了一些充满奇幻色彩的怪诞故事，不少内容成了我写诗和故事的素材。他所讲的故事里，有些是关于乡间野祭的，与《楚辞·九歌》里的内容不能说全无关系，也是理解《楚辞》的另外一个路径。我与祖父共同生活的时间很长，他诙谐开朗的性格、深沉但却细腻的情感，于我而言，都是一扇不断闪光的门。这扇门的外面，是有着各种可能的世界。

我在《写给故乡的抒情诗》中曾写道：

后 记

木叶摇落的声音响了一晚
清风在河面上盘桓
晃荡着我家的船

狗在前面撒欢
我们一路走过洄水湾
爬上摸得着云彩的那座山

我想念我的祖父
我梦见远去的一片孤帆
我看见萝卜地和种满庄稼的田园

我看见邻居的屋顶上升起炊烟
枣树林里传来孩子的轻喧
短篱上缠满了丝瓜蔓

诗并不是虚构,就是我与祖父的生活。

每当我懈怠的时候,我就会想起年少时那些通宵达旦读书和写作的日子,似乎我没有辜负那些时光。我一直都不算太聪明,为了生活,日日奔忙。在诗歌与生活之间,寻求着幽微的光芒。村上春树在他的某本书的前言里说:"我们要力图认识的对象和实际认识的对象之间,总是横陈着一道深渊,无论用怎样的尺,都无法完全测量其深度。"诗歌,尤其是古典主义诗歌,大约就是我用来缩短距离的尺子。我试图与现实保持距离,避免被功利主义所裹挟,在精神上拥有一片纯粹的领地。

长期性的阅读和写作,可能是一种病,即阅读依赖和书写依赖。我企

图通过这两种方式,获得生命的更新。诗人屈原创立楚辞这种诗体,并且自觉性的,写出了《离骚》这种180多行的超长诗歌,这在先秦以竹简为文字载体的时期,简直是不可想象的。与同时期那些为君主提供治国策略的文本不同,屈原的诗歌具有对现实的脱敏性,它让人看到的,是现实中的各种不足,赋予了人第三只眼睛。对我们这个民族而言,幸运的是这些作品竟然流传了下来。究其原因,还在于伟大的作品,能够唤醒人的心灵,使得生命免于死水一潭。我想,对我、对读者而言,意义也是如此。

这本书前后写了两年,所用的是周末和假期的时间。记忆最深刻的是2021年的端午节,从早到晚都在写作,写作状态极佳,是颇可值得纪念的一天。起初写这本书,系出版人孙光雨兄所"鼓动",我每写完一部分,就发给他看,若非他一再鼓励,断难完成。诗人、学者余世存先生,北京市语文特级教师、正高级教师、北京市语文教学研究会副理事长刘德水先生,畅销书作家萨苏先生,山东大学文化传播学院教授、博士生导师、威海市作家协会主席张红军先生,畅销书作家、《中华好诗词》第三季总冠军石继航先生,学者、畅销书作家、中华书局三全本《列仙传》注译者林屋先生为本书写了推荐语。本书的出版,还得益于出版人姚丰兄的推动。诸位师友的高谊嘉惠,不能尽言,谨此致谢。

感谢在我的生命里留下深刻痕迹的人,那些有关爱,有关诗歌的温暖瞬间。

白羽
二〇二三年五月二十三日

插画师简介

阿正：自由插画师，曾签约动画《白蛇全传》。自小迷恋画画，认为绘画是浪漫且神奇的事情。擅长古风神话题材，致力于水彩与颜彩等综合材料的绘画。

百里阿木：毕业于太原理工大学，自由插画师，擅长颜彩古风。从事插画、IP设计、绘本创作、角色创作等工作，曾为多家企业设计卡通形象。

决明：毕业于安徽工程大学动画系，自由国风插画师。擅长神话插图，在继承国画水墨基础上对现代画法进行创新。曾获安徽赛区原创动画奖。参与多种电子图书的插画，并与多家文创公司合作，具有丰富的插图创作经验。

美绘楚辞

Rachel 七宝：新锐插画师，毕业于浙江理工大学动画专业。曾参与《追寻一朵叫童话的蒲公英》《黄的海 蓝的海》等8部作品插画创作；参与的科普绘本《牙齿精灵和牙齿妖怪》荣获陈伯吹儿童文学奖；《白蛇全传》签约插画师。擅长综合材料绘画，形式不拘一格。

婉宁：新锐插画师，成长于文艺气息浓郁的鼓浪屿。曾参与《穿变色衣裳的树》《外星人啊噗啊噗》等图书插画绘制。擅长以现代水彩技法结合细腻的传统工笔刻画人物，画风清新温暖，用色柔和细腻。

淤兮：新锐插画师，水瓶座。从小喜欢画画和神怪杂谈。本以为这辈子会平淡度过，但在2018年查出甲状腺癌并手术成功后，决定让自己再为儿时梦想疯狂一把，遂辞掉工作开始自学插画，目前为 Art One Gallery 签约画师。擅长鬼怪及人物角色创作。